一千零一夜

纳 训 译

人民文学出版社

目　　次

艾尔德施尔和哈娅图·努夫丝的故事

相传古代施拉子国王名叫赛义府·艾尔宰睦·沙,权势很大,但美中不足,他已年满花甲,膝下还没子嗣。因此,他忧心忡忡地召集哲人和医士,对他们说:"我老了,至今还没子嗣。我的情形和王位的继承制度,不言而喻,你们是清楚的。现在我所担心的是:我死后,社稷和庶民的前途问题。"

"主上,我们可以给陛下配制一种药剂,若是安拉愿意,会有成效的。"哲人和医士听了国王的谈话,欣然许下诺言,并诚惶诚恐地忙着配制药剂。

国王赛义府·艾尔宰睦服了药剂,与王后同房后,王后果然怀孕。妊娠期满,生下一个月儿般美丽可爱的儿子,取名艾尔德施尔。国王赛义府·艾尔宰睦老年得子,爱如掌上明珠,苦心孤诣地抚养、教育。好不容易,艾尔德施尔太子终于年满十五岁了,知书识礼,对文学很有造诣。

跟国王赛义府·艾尔宰睦同时代的伊拉克国王,名叫阿补督勒·哥迪尔,膝下有个独生女儿,叫哈娅图·努夫丝,生得像太阳一样美丽可爱。可是她性情乖僻,向来讨厌男子,因而谁都不敢在她面前提说男子。波斯王子曾经屡次向国王阿补督勒·哥迪尔求亲,希望跟哈娅图·努夫丝公主结婚。国王征求公主的意见,她却断然拒绝说:"我这一辈子不想结婚了,如果父王要强迫我结婚,我便自杀了事。"

艾尔德施尔太子听说哈娅图·努夫丝公主非常美丽,一心向往,希望娶她为妻,并向国王表明心意。国王见太子心情迫切,顿生同情、怜悯心肠,慨然答应满足他的愿望,并派宰相前往伊拉克,向国王阿补督勒·哥迪尔提亲。

宰相奉命去到伊拉克,向国王阿补督勒·哥迪尔求亲。国王断然拒绝,宰相败兴而返。国王赛义府·艾尔宰睦听了宰相的回报,知道对方拒绝,感到左右为难,大发脾气:"像我这样的国王,派使臣去向另一个国王提亲,难道对方还不愿意吗?"盛怒之下,他即刻下令军中,大张旗鼓地备办帐篷、粮秣,准备远征,即使为此次征战而负债也在所不惜。他还宣称:"此去若不踏破阿补督勒·哥迪尔的国土,杀尽斩绝他国中的男人,消灭他的遗迹,夺走他的钱财,誓不回国。"

艾尔德施尔太子听了国王誓师远征的消息,赶忙来见国王,跪下去吻了地面,然后说道:"父王不必为此事操劳,也不必兴师动众,调遣这么多的兵将,花这么多的钱财。因为父王比伊拉克国王强大,大兵一旦开到,势必攻破他的城池,杀死他的人马,掳走他的钱财,甚至于连他本人也难免不被杀戮。这样一来,他的女儿知道她父亲和其他的人因她而遭殃受害,结果只会自刎而死。要是她果真死了,我会因她之死而丧生的。她死了,我是绝对不要活下去的。"

"儿啊,依你说该怎么办呢?"

"这是我自身的事,让我自己想办法好了。我打算扮成商人,先想办法跟公主见面,然后再进一步谋求解决婚姻问题的策略。"

"你决心要这样做吗?"

"不错,我是决心要这样做的。"

国王唤宰相到跟前,吩咐道:"你陪随太子——我心头上的果实,去伊拉克旅行一趟,帮助他达到他的目的,好生保护他,利用你的智慧替他出谋划策。从今天起,你算是代表我跟他在一起了。"

"听明白了,遵命就是。"宰相欣然接受委托。

国王给太子预备了三十万金币和大批珍珠、宝石、金银首饰、名贵衣料、货物和其他旅途上必需的物品。

太子向王后辞行，吻她的手，求她代向安拉祈祷。王后虔心虔意地替太子祈祷、祝愿一番，然后起身，打开她自己的库藏，选出一批珍珠宝石、金银首饰、上好衣服和绫罗绸缎，以及历朝遗留下来的无价之宝，慨然送给太子，让他拿去做本钱。

太子、宰相和仆从都打扮成商人模样，用牲口驮着货物，并携带着旅途中需要的各种物品，辞别国王、王后和皇亲贵戚，然后动身起程，在荒原漠野中继续跋涉了一天。黑夜降临，他们在野外露宿，太子眼看前途茫茫，顿感心烦意乱，凄然吟道：

> 热烈的爱情增加我的病情，
> 我身受灾难侵袭却无人救援。
> 我眼睁睁等待北斗星露面，
> 俨然是拜倒在爱情脚下最忠诚的奴婢。
> 我直等到晨星一旦闪现，
> 才抖擞精神表达满腔恋念情绪。
> 我发誓：偿还情债之期还未到限，
> 我只得眼巴巴终夜辗转床笫。
> 为愿望早日实现弄得我精疲力尽，
> 撇开你我的耐性只会日益减退。
> 我耐心等候安拉使我们结为眷属，
> 让嫉妒者和仇人恼羞成怒。

太子吟罢，伤感过度，一时昏迷不省人事。宰相赶忙往他脸上洒蔷薇水进行急救。待太子慢慢苏醒过来，他便好言安慰他说："太子殿下，你权且忍耐一时吧。现在你已经踏上走向目的地的旅程了。忍耐终于会带来快乐的。"宰相一再安慰、劝告太子，让他镇静下来，然后动身起程。在漫长的旅途中，太子迫不及待，一心想念着心爱的人

儿,凄然吟道:

> 遥远的距离增加我惶惑不安的心情,
> 熊熊的火焰在我心中越烧越烈。
> 爱情使我一旦变成白头,
> 眼泪忍不住夺眶奔流。
> 指创造枝叶的至高主宰,
> 我向可爱的一心向往的人儿起誓:
> 为追求你的爱情我所肩负的一切,
> 情场中任何人都担当不起。
> 请向夜晚打听我的情形,
> 它会透露我通宵不寐的消息。

太子吟罢,诉说他内心无可抑制的激情,忍不住痛哭流涕。宰相任劳任怨地安慰他,劝告他,并许下诺言:无论如何,总要使他达到目的。于是他们继续旅行,经过几昼夜的跋涉之后,终于在一天的日出时,到达白玉佐武城郊。宰相指着城郭说:"太子殿下,我给你报个喜信吧:咱们已经到达目的地了。你看,那就是白玉佐武城呀。"

太子听了宰相之言,感到无限的快慰,欣然吟道:

> 朋友啊! 如今我正醉心于爱情,
> 爱情牢不可破地建立在我心里。
> 我像长夜不眠的丧子者那样悲哀、哭泣,
> 在漫长的黑夜里迷恋者难得别人的怜惜。
> 大凡风暴从你那方面刮起,
> 我的心脏便随之感到寒栗。
> 眼内暴雨般涌出泪水,
> 心儿就在附近的泪海中游泳。

宰相带着太子和仆从进入白玉佐武城,找到一家大旅店,租了三间仓房,把钱财、货物堆存妥帖,然后住下来静静地休息了几天,待恢

复疲劳之后,这才开始替太子谋划策略。他对太子说:"我有个打算,若是安拉愿意,按此办法去做,这对实现你的愿望是有好处的。"

"智谋双全的宰相啊!你有什么打算,只管照你的想法去做好了,安拉会叫你的主意成为正确、可行的事实哩。"

"我打算在匹头市中替你租个铺子,让你坐在铺里经营生意。因为任何官宦人家和普通老百姓,都要上匹头市去买衣料,因此可以接触的人自然就多。我认为你要是能坐在铺中经营生意,来买东西的人看见你,一定会喜欢你亲近你,这对促成你的愿望是有帮助的。因为你的形象不凡,容貌漂亮,看见你的人会产生愉快心情而乐意接近你呢。"

"你只管按照你的想法和看法去做吧。"太子欣然同意宰相的想法和做法。

宰相和太子每人换一身最华丽的衣服,随身带一千金币,一起去到市中。街上的行人看见太子标致的形貌,都感到惊讶,不约而同地惊叹起来:"赞美、祝福造化这个美少年的安拉!他是伟大、卓越的造物主呀。"接着人们议论纷纷,有的说:"这个少年不是人类,他是一个慈祥的天使。"有人说:"难道是管天堂门的李子旺一时疏忽大意,忘记关天堂门,这个仙童才偷偷地跑出来的吗?"人们都追随着宰相和太子看热闹,直来到匹头市中。当时有个庄重、严肃的老人走到宰相和太子跟前,先向他俩问好,然后说:"请问两位有什么事要我们帮忙吗?"

"老人家,你是谁?"宰相问老人。

"我是本市区的监管人。"

"老人家,你要知道:这个孩子是我的儿子。我打算在这条街上替他租个铺子,让他坐在铺中经营生意,学习买卖的知识、本领,以便将来他成为商界的一个行家。"

"听明白了,遵命就是。"市场管理人说着即刻给宰相拿来一间铺子的钥匙,并吩咐掮客一同去把铺子打扫、收拾出来,供他使用。

宰相租到铺子,把货物搬进去陈列起来,并替太子预备一个驼绒厚坐垫。一切准备妥帖之后,便择吉开张。太子坐在绒垫上,有两个衣着非常考究的仆人在左右伺候,另外还有两个聪俊的埃塞俄比亚男仆打杂。宰相吩咐太子好生保守秘密,以便借此达到目的,并嘱咐他把在铺中所碰见的事物,逐日告诉他。

　　太子坐在铺中经营生意买卖,显出容光焕发的面目,像一轮光辉灿烂的明月,非常惹人注目。人们听说他漂亮,虽然不买东西,也相率到市中来亲眼看看他的容貌。看见他的人,都同声称羡,惊佩造物主的伟大创造。由于看热闹的人太多,市中拥挤不堪,致使行人无法通过。太子摆着头左右观看,见人群都呆呆地把视线集中在他身上,感到心烦意乱。他一心所希望的是,结识一个与宫廷有关系的人,从而获得有关公主的消息。但是这个愿望无从实现,因而越发感到心灰意懒,大有一蹶不振之意,幸亏宰相每天都宽慰他,答应无论如何要想办法,促使他的愿望实现。这种情况一直延续了很长时间。

　　有一天太子照例坐在铺中经营生意买卖,顾客中有个面貌严肃、庄重的老太婆,身着虔诚信徒的服装,领着两个月儿般美丽的姑娘,慢步走近太子,仔细端详他一番,随口赞道:"赞美安拉,是他创造出这个美丽可爱的形象呀。"接着她向太子问好。

　　太子回问老太婆好,并照拂她在身边坐下。于是两人攀谈起来。老太婆问道:"漂亮的小伙子,你是从哪里来的?"

　　"从印度来的,老伯母。我是抱着观光、游览的心情到贵国来经营的。"

　　"蒙你光临敝国,我们深为荣幸。请问你铺中销售什么样的布帛?请拿适合官宦人家使用的衣料给我看看吧。"

　　太子听了老太婆的口气,欣然说道:"我们铺中有各式各样的布帛。你老人家要买上等货吗?我可以拿给你过目。"

　　"孩子,我要买价格最贵、质料顶好的布帛。"

　　"你老人家应该告诉我是买给什么人用,以便我拿最适当的给你看。"

"你说得对,孩子,我是买给哈娅图·努夫丝公主用的。她父亲阿补督勒·哥迪尔是这个地方的主人,也是这个国家的君王。"

太子一听她提哈娅图·努夫丝的名字,心怦怦地跳个不止,顿时欢喜若狂,忘了使唤仆人,自己伸手拿出盛着一百金币的一个钱袋,一股脑儿塞在老太婆手里,说道:"这是给你做洗衣费用的。"接着又从包袱中取出价值一万金币的一袭名贵衣服,递给老太婆说:"这是我带到贵地来销售的一种货物。"

老太婆看见这样名贵的衣服,非常满意,问道:"好纯善的孩子啊!这袭衣服,要卖多少钱呢?"

"不用付款,请拿去用吧。"

老太婆谢谢太子,再一次询问衣价的时候,太子剀切地说:"指安拉起誓,这袭衣服是送给公主穿的,我不把它当商品出卖。如果公主不肯收受,那就作为招待客人的礼物,转送给你老人家好了。赞美安拉,是他使我有机会和你碰头见面的。今后要是我有什么事情,还得请你老人家多多帮忙。"

老太婆对太子能说会道的口才、非凡的慷慨行为和周全的礼貌,感到惊讶、钦佩,问道:"我的主人啊!你叫什么名字?"

"我叫艾尔德施尔。"

"指安拉起誓,这个名字稀奇极了,一般王子皇孙才叫这个名字哩。你是商人的子弟,怎么也叫这个名字呢?"

"这是因为家父过分爱我的缘故,所以给我取了这个名字。其实人的姓名,倒不见得一定表示什么意思。"

老太婆十分钦佩太子的应付本领,再一次要求他:"孩子,还是请你算一算这袭衣服的价钱吧。"太子却赌咒发誓,坚决不取分文。老太婆这才剀切坦率地说:"亲爱的孩子,你要知道:诚实是待人接物首要的事情。今天你对我这么慷慨、仁慈,这显然是有缘故的。告诉我你的实情和目的吧,也许你有什么需求,我当全力以赴地帮助你,替你解决困难。"

太子听了老太婆的由衷之言,赶忙把手放在她的手中,同她商量。求她严守秘密,然后把他钟情哈娅图·努夫丝和希望跟她结婚的愿望,直言不讳地说给老太婆听。

老太婆听了太子的叙谈,摇着头说:"这是你的实情。不过我的孩子,聪明人说过一句流传广远的谚语:'假若别人不同意你要做的事情,这就不该强求。'我的孩子,你既然出身于商人的家庭,即使你掌握着宝藏的钥匙,也不失为商人的身份。如果你希望抬高身份、等级,无妨向法官或其他官吏的女儿去求婚。可你怎么偏要追求国王的女儿呢?须知:哈娅图·努夫丝公主是个不谙世故的处女,从小生活在深宫后院,从来没见过世面。她虽然年轻,可是聪明、伶俐、机智、活泼、头脑清楚、行为端正、见识卓越。她是个独生女儿,所以在国王心目中,公主比他自己的生命、灵魂更可贵,因此他每天清晨去看她,陪她进餐,宫里的人,谁都害怕她。因此种种,我的孩子,你别以为会有谁敢跟她谈这方面的问题,我自己也没法做这样的事情。指安拉起誓,我的孩子,我一心爱护你,恨不得让你和她在一起,无奈心有余而力不足。不过我要替你出个主意,或许安拉会因此而把你的心病给医好的。总而言之,我将不惜生命冒着粉身碎骨的危险,促成你的愿望实现。"

"老伯母,你打算给我出个什么主意呀?"

"让我替你向宰相或别个官吏的女儿去求亲吧。如果你真同意我这样做,我这就可以答应你的要求。须知,任何人都不可能一步登天的。"

太子听了老太婆的建议,非常礼貌、机智地说:"老伯母,你老人家是非常聪明而善于处事的人。请你告诉我:一个患头痛病的人,他会把手包扎起来吗?"

"不,指安拉起誓,我的孩子,当然不会的。"

"那我的情况也是这样的,因为我一心一念只是追求公主,除她之外,别人的爱情是杀不死我的。指安拉起誓,如果在这方面得不到指引和援助,我就非死不可了。老伯母,我是异乡人,眼睛快要哭瞎了,求你大发慈悲,可怜可怜我吧。"

"指安拉起誓,我的孩子,你的一席话把我的心肝给割碎了。这样的事,我的确是无法办到的,是寸步难行的。"

"我只要你替我捎一封信进宫去,交给哈娅图·努夫丝公主,并代我吻一吻她的尊手。"

"你要跟她谈什么,只管写在信里,我替你捎去交到她手里好了。"老太婆慨然答应太子的要求。

太子听了老太婆的回话,喜得几乎飞腾起来,立刻吩咐仆人拿来笔墨纸张,匆匆写了下面的寄情诗:

> 为追求爱情我吃尽奔波、跋涉的苦头,
> 愿你——哈娅图·努夫丝啊——慨然答应我的要求。
> 当初我的生活一向过得舒适、甜蜜,
> 到如今只落得凄惨、悲切,不堪回首。
> 我一直失眠,通宵合不上眼皮,
> 陪我夜谈、聊天的人在漫长的黑夜里一个个相对挥泪、
>   饮泣。
> 我这个悲哀、苦恼的痴情者眼睁睁等待你的恩顾、怜惜,
> 因为追求爱情我一直哭破了眼皮。
> 倘若我所期待的黎明果真不肯降临,
> 这说明我是醉汉般陶醉在虚无缥缈的梦幻里。

太子写毕,折叠起来,亲切地吻了一下,然后递给老太婆,并伸手从箱中取出装有一百金币的一袋钱,塞在老太婆手中,说道:"请把这份钱分给这两个女仆吧。"

老太婆当面拒绝:"指安拉起誓,我的孩子,你我之间,实在不该这样客气,我没有理由收受这个。"

太子谢谢老太婆，说道："无论如何非请你收下不可。"

老太婆收了钱，吻过太子的手，然后告辞，一直回到宫中，来到哈娅图·努夫丝跟前，对她说："小姐，我给你带来一件这座城中的人从来没有见过的宝物了。这件宝物是从一个美少年手中弄到的。那个美少年呀，他生得非常漂亮，是人世间绝无仅有的。"

"乳娘，那个少年是从哪儿来的？"

"据说是从印度来的。他给我这袭镶珠宝玉石的锦缎衣服，是波斯、罗马帝王穿戴的御用之物。"老太婆说着展开手中的衣服。衣服上无数的珍珠宝石闪烁发光，顿时照亮了宫室，致使宫人个个感到惊异。公主仔细打量一番，认为衣服的价值，远远超过她父亲的整年税收。她问老太婆："乳娘，这袭衣服，是你从他本人手中拿来的，还是别人给你的？"

"是从他本人手中得到的。指安拉起誓，他身边有奴仆，非但人生得标致，而且性情温良，心胸宽阔，为人慷慨大方。除你之外，比他更美丽可爱的人，我生平没见过。"

"这就奇怪了。他是一个生意人，怎么会有这种非金钱可以计价的宝贵衣服呢？乳娘，这袭衣服，他要多少钱？"

"他根本没提价钱，只对我说：'我不把这袭衣服作价当商品出卖，而是当礼物送给公主，因为除她之外，别人是不配穿这袭衣服的。'所以他把你让我带去的钱给退回来了，而且赌咒发誓说分文不取。他还对我说：'如果公主不接收，那就送给你吧。'"

"指安拉起誓，这显见得他是个慷慨、度量过人的人；我只怕这样的事，将来惹是生非。乳娘，你干吗不顺便问一问他有什么事需要我们帮忙吗？"

"小姐，我问过他了。我说：'你有什么需求吗？'他说：'我是有需求的。'可他没告诉我到底他需求什么，只是递给我这张纸卷，嘱咐道：'请捎进宫去，呈给公主吧。'"老太婆说着把信递给公主。

公主从乳娘手中接过纸卷，打开过目之后，情况顿时大变，她那泰然自若的脾性一点也不存在了,脸色一下子变得苍白,恶狠狠地责问老太婆:"该死的乳娘哟!我来问你:胆敢对国王的女儿说这种话的那个狗子,他叫什么名字?我与这狗子之间有什么亲戚关系?他凭什么给我写信?指伟大的安拉起誓,如果不是畏惧安拉,我非派人去把他的手臂捆绑起来,拉破他的鼻子,割掉他的耳朵,然后把他吊死在匹头市中示众不可。"

老太婆听了公主的咒骂,吓得面无人色,张口结舌,浑身发抖,一时不知如何是好。继而她鼓足勇气,小声说:"小姐,你温和些。他在信中说些什么,致使你这么烦恼?莫非他写给你的是一份请愿书,向你诉说他的贫困或委屈,借此求你救济他,或者替他申冤雪耻?"

"不。我的乳娘啊!指安拉起誓,这不是什么请愿书,而是一首歪诗,说的都是鄙语、丑话。不过我的乳娘啊!这个狗子如此狂妄,总是跟下面三种可能之一分不开的。第一,他是失去理性的一个疯子;第二,他想找死路或者要我帮助他对付恶霸、强暴;第三,他听说我是这座城市中随便就跟要求者同床过夜的淫妇。他给我写这首歪诗,其目的是要气坏我,使我变成疯子。"

"小姐,指安拉起誓,你说得对。不过你住在巍峨坚固的深宫后院中,风刮不到,鸟飞不进,对那个愚昧无知的狗子,尽可置之度外,不必斤斤计较地拿他当一回事。但是你无妨给他写封警告信,狠狠地骂他一顿,甚至于拿死威胁他。你还可以直截了当地质问那个为营谋一块钱而不惜长期在荒郊漠野奔波跋涉的狗商人,问他怎么认识你而给你写信。你发誓警告他:如果他还不从沉梦、酣醉中清醒过来,就把他吊死在市场中示众。"

"我若给他写信,就怕他另有企图,会肆无忌惮地更加放诞起来。"

"他一无权力,二无地位,怎么能对咱们有所企图呢?而你给他写信,是可以斩断他的念头,增加他的畏惧心情的。"老太婆一再生方设法地怂恿公主给太子写回信。

公主首肯,吩咐拿来笔墨纸张,终于写了下面的诗,回复太子:

告诉你这个自称投身爱情而备尝熬夜苦头的人,

你在胡思乱想、痴人说梦中消磨时辰。

难道你妄想登天揽月?

莫非人世间有谁能达到与日月接近的目的?

我忠告你必须谨言慎行,

因为你所处的是接近死亡的境地。

倘若你再提说这种要求,

必然要受到严厉的处分。

我在诗中谆谆尽了忠言,

愿你去做聪明、伶俐、彬彬有礼的诗人。

指创造宇宙万物的主宰起誓,

并指用灿烂的星辰装饰苍天的主宰起誓:

如果你再重复已经说过的语言,

必定要遭受吊死在树枝上的极刑。

公主写毕,折叠起来,递给乳娘。老太婆带着哈娅图·努夫丝公主写的回信,走出王宫,一直去到艾尔德施尔太子的铺中,把信交给他,说道:"请读回信吧! 你要知道,公主读了你写给她的信,大发雷霆,怒不可遏。幸亏我费了许多唇舌,再三再四地从中劝慰、说服,她才勉强给你写这封回信的。"

太子欣然接过去,打开过目之后,大失所望,气得痛哭流涕。老太婆眼看太子伤心哭泣,心里很难受,说道:"我的孩子,像你这样的人,安拉是不会让你伤心流泪的。你做了这种事,她还给你写回信,还有什么比这个更宽大、慈悲的呢?"

"老伯母,她在信里拿杀头、上吊来威胁我,禁止我再给她写信。现在我该怎么办才能应付这种局面呢? 指安拉起誓,我觉得索性死了反而比活着好。不过我恳求你,劳驾再替我给她捎一封信去。"

"你写吧！我替你捎去，并保证给你带来回信。指安拉起誓，为使你的愿望实现，我一定冒着生命危险去奔走。只要能求得你的满意，即使牺牲老命，我也在所不惜。"

太子衷心感激老太婆，亲切地吻她的手，然后执笔写了下面的诗：

> 我为钟情于你而受到杀身的威胁，
> 不过死期有定，杀头只会给我带来安息。
> 情场中我既然处于被驱逐、排斥之列，
> 干脆死掉比在纠缠中苟延残喘更幸运。
> 我这个孤苦无援的迷恋者若蒙你垂青、接见，
> 这当中斡旋、奔走者的德行必然深受称赞、感激。
> 你们只管执行决心要做的一切，
> 反正我是俘虏中变成你们的奴隶之一。
> 我无法强制爱慕你的激情，
> 因为爱情是出自内心不可抑制的强烈表现。
> 为爱情病得奄奄一息的我恳求小姐慈悲、怜惜，
> 因为凡是对自由民一往情深的人应该受到原宥。

太子写毕，折叠起来，递给老太婆，并送给她两袋钱，每袋中盛着一千金币。老太婆拒绝接受，太子发誓，非要她拿走不可，她才半推半就地收下，并表示感谢，说道："我一定要使你达到目的，一定要叫你的情敌碰一鼻子灰。"

老太婆带着艾尔德施尔太子的信，回到宫中，走进哈娅图·努夫丝公主的绣阁，把信递给她。

"这是什么？"公主指着信问，"乳娘，你带着信去，又带着信来，咱们竟然同外界交往起来了。我只怕消息传出去会惹是非呢。"

"小姐，哪能会这样呢？谁敢谈论这个呀？"

公主从老太婆手中接过信，打开过目后，知道内中底细，气得拍

着巴掌埋怨道:"咱们叫这小子给干扰了,我不知道这小子是从哪儿找到我们的!"

"小姐,指安拉起誓,你再给他写封信吧。不过此次须加重语气,不要跟他客气,写粗鲁些,无妨直截了当地对他说:'从此之后,如果你再给我写信,我就杀你的头。'"

"乳娘,我知道这个办法不济于事,最好是跟他断绝书信往来。假若狗子执迷不悟,仍不接受前一封信的警告,我就索性砍掉他的脑袋。"

"那你再给他写封信,说明这种情况吧。"老太婆再一次催公主写回信。

哈娅图·努夫丝公主不胜其烦,吩咐取来笔墨纸张,执笔写了下面的威胁诗:

> 对灾难疏忽、大意的人哟!
> 难道你想驾云登天不成?
> 对我怀有痴情、单思的人哟!
> 岂不是要升天揽月?
> 我将把你抛进熊熊不灭的火坑里,
> 让你成为利剑下的牺牲品。
> 劝你这个朋友即刻离开这走不到头的遥远历程,
> 因为眼睛看不见的隐蔽事情,往往使人一旦变成白发老人。
> 请接受我的忠言,赶快抛弃你的痴情,
> 反正这是不适合的事情,必须即刻回头。

公主写毕,重读一遍,觉得措辞得当,欣然折叠起来,递给老太婆。她带着回信,匆匆走出宫殿,一直来到艾尔德施尔的铺中,把信交给他。

艾尔德施尔太子接过信,打开过目之后,垂头呆然凝视地面,缄默不言不语,手指却不停地画来画去。老太婆觉得奇怪,问道:"我的孩子,你怎么不说话呀?"

"老伯母,我能说什么呢?她写信威胁我,使用的言辞更加残酷、可怕了。"

"你随随便便地再给她写封信吧,有我保护你。你只管放心,我一定要让你同她见面。"

艾尔德施尔衷心感谢老太婆的关怀,亲切地吻她的手,然后执笔写了下面的诗:

> 你的心不肯向求爱者表示怜惜,
> 追求者的热烈渴望也不屑一提。
> 一双慧眼闪烁着灿烂的光辉,
> 漆黑的夜间依然清澈、透明。
> 一个被爱情折磨得奄奄一息的离乡人,
> 求你优待、怜惜并慷慨施恩。
> 黑夜里他一直淹没在泪海里,
> 通宵辗转合不了眼皮。
> 爱情使他悲伤、恐惧,
> 恳求你别割断他的一线希冀。

太子写毕,折叠起来,递给老太婆,并酬谢她三百金币,说道:"给你,拿去做洗衣费吧。"

老太婆谢谢太子,吻过他的手,然后告辞,回到宫中,进入哈娅图·努夫丝公主的绣阁,把信递给她。

公主拆开信,从头到尾读了一遍,然后把它扔在地上,即刻站了起来,蹬着镶珠玉的金拖鞋,怒气冲冲地直奔她父亲的寝宫。她的眼睛冒出愤怒的火星,谁见了都不敢和她接近、交谈。她来到国王的寝宫中,问国王的去向。宫娥彩女们毕恭毕敬地回答她说:"小姐,主上出外打猎去了。"

公主像发怒的狮子,转身回到绣阁里,整整三个钟头没同任何人说一句话。经过长时间的沉默,她的怒气慢慢消除,容颜逐渐平静下来,乳娘试探着走近她,跪下去吻了地面,轻言慢语地说道:"小姐,刚才你上哪儿去了?"

"上父王的寝宫去了。"

"小姐,你有什么事要做,难道没人代劳吗?"

"我亲身去跑一趟,只是为了要把那个狗商人纠缠我的情况告诉父王,请求父王派人把那个狗子和他的伙伴逮捕起来,通通吊死他们,从此不许一个外路商人待在我们这座城市里。"

"如此说来,我的小姐啊!难道你亲身去见国王,仅仅是为的这个吗?"

"是的,就是为了这个。不过父王出外打猎去了,我没碰见他。这件事等父王回来再说吧。"

"小姐,求安拉保佑!你是个聪明人,可我不明白,你干吗要让国王知道这种不可告人的诳言诞语呢?"

"为什么不可以呢?"公主不服气。

"小姐,你想一想吧:要是你在寝宫中碰见国王,把这件事原原本本地讲给他听,他一怒之下,下命令把商人们通通吊死在他们铺前,老百姓见了,难免要问处他们死刑的原因,那时会有人回答说:'因为他们企图诱惑公主。'这样一来,跟你有关的消息便一下子传开,人们以讹传讹,有的说:'她离开宫室,跟商人们在一起混了十天,叫他们饱享艳福。'有的人甚至于另造别种不堪耳闻的谣言,总之人言可畏。小姐,你要知道:妇女的名誉像奶汁一样,极微的尘埃都可污染它。妇女的名节也像玻璃,碰破了就无法弥补、修理。因此之故,小姐呀!你应该深思熟虑,这件事千万不可让国王和其他的人知道,免得玷污你的好名节。总而言之,人们的谈论,对你丝毫不利。凭你的聪明智慧,请仔细考虑我的忠言吧。如果你认为我的意见不对,那就照你的办法行事好了。"

哈娅图·努夫丝公主听了老太婆的一席话,深思熟虑一番,觉得不无道理,便对她说:"乳娘,你说得非常正确,可是我的心老被忿恨、怨气蒙蔽着,所以想不到事情的结局。"

"你不透露这件事的念头是很好的,能博得安拉的赞许。不过对那个卑鄙、无耻的狗商人,咱们可不能缄默。你再给他写封信,对他说:'告诉你这个商界中卑鄙的败类:假若不为父王狩猎而离开宫殿,我一定请求他立刻下命令把你和你的邻居通通绞死。关于这件事,你是得不到甜头的。我指安拉向你发誓,假若你敢再放厥词,我就要你的命,非把你从地面上灭迹不可。'你的语调尽可放强烈、严厉些,俾他幡然打消原来的念头而醒悟过来!"

"如果我这样对他说,他能放弃先前的念头,不再来纠缠我吗?"

"我要当面对他说明情况,说明你决心把他的不法行为报告国王的经过。这样一来,他怎能不抛弃追求你的念头呢?"

哈娅图·努夫丝公主相信乳娘的话,吩咐取来笔墨纸张,写了下面的诗:

> 你口口声声要求同我们联系在一起,
> 希望我们满足你的愿欲。
> 人往往死于自身的欺诈行为,
> 他的追求只会给他带来灾星。
> 你既无地位,也不掌握权力,
> 更非出身于帝王将相们的行列。
> 倘若我们同一门第中有谁做出这类事情,
> 他一定会被恐怖和白热的战火所吓退。
> 今日我且饶恕你所犯下的滔天罪行,
> 也许你即将知悔而退。

公主写毕,折叠起来,递给老太婆,说道:"乳娘,你好生禁令那个狗子,叫他别逼我砍他的头,免得连累咱们也犯过失。"

"小姐,指安拉起誓,我不会让他有缝可钻的。"老太婆说罢,带着信离开王宫,径直来到艾尔德施尔太子的铺中,边问好边把信递给他。

太子回问老太婆好,把信从她手中接过去,拆开过目之后,摇头叹道:"我们是属于安拉的,我们都要归宿到安拉御前去。"继而他对老太婆说:"老伯母,我的忍耐力日益减小,我的身体越来越衰弱,这该怎么办呢?"

"我的孩子,你坚持忍耐吧,临了,安拉总会让你有出路的。现在你心里有什么话,只管写下来,我替你捎进宫去,再给你带回信来。你应该放宽胸怀,不必愁眉苦脸地恁自苦恼。若是安拉愿意,我非想办法让你和她见面不可。"

太子祝愿老太婆几句,然后执笔写了下面的诗:

> 爱情场中倘若没人助我一臂之力,
> 情人的暴戾即将成为致我死命的凶器。
> 我心脏里燃烧着炽烈的火焰,
> 白天黑夜没有安定、宁息的余地。
> 你是我最终的目的,我怎能停止追求?
> 因此凡是情人给予的一切,我都甘心接受。
> 恳求安拉满足我的愿欲,
> 因为恋念美人我已走到毁灭自身的边缘。
> 但愿安拉在这方面早作判决,
> 因为我经受着被抛弃的威胁。

太子写毕,折叠起来,递给老太婆,并酬谢她四百金币。老太婆带着信和钱满载而归,一直回到宫中,进入哈娅图·努夫丝的绣阁,把太子的回信递给她。公主拒不接收,问道:"这是什么?"

"小姐,是那个狗商人写给你的回信。"

"你按照我的吩咐禁止他没有?"

"禁止了。这是他的复信。"老太婆把信递过去。

公主把信接过来,拆开过目之后,回头问道:"当初你对我所说的话,哪里有什么效果?"

"小姐,他不是在信中向你表示悔悟而不再犯了吗?他不是求你饶恕他的过失吗?"

"不!指安拉起誓,他并未这样做,而是变本加厉地更放肆了。"

"小姐,你再给他写封信吧。这回我对付他的办法,将会是有成效的。"

"我没有必要再给他写回信了!"公主拒绝写信。

"必须有一封回信,我才好斥责他,从而砍断他的痴心妄想。"

"不用带回信,你去谴责他,割断他的痴心妄想好了。"

"必须根据回信,我才能谴责他,并割断他的痴心妄想!"老太婆坚持要公主写回信。

没奈何,哈娅图·努夫丝只得吩咐取来笔墨纸张,执笔写了下面的诗:

> 我一再责备,可阻止不了你犯禁,
> 为阻止你犯罪,我曾亲手写过多少诗句!
> 你当抑制感情,千万不可张扬、表现自己,
> 倘若违反忠言,我绝不偏袒、徇情。
> 如果你再重复说过的语言,
> 报丧者就会向你传递死信;
> 很快你就看到狂风暴起,
> 旷野中的飞禽将围绕你的尸体盘旋。
> 愿你回头去做有收获的好事情,
> 如果硬要胡作非为,就得把你置之死地!

哈娅图·努夫丝写毕,折叠起来,随手扔到地上。老太婆赶忙拾起来,带着信匆匆走出王宫,径直去到艾尔德施尔的铺中。

太子从老太婆手中接过回信,拆开过目之后,知道公主对他非但

没有温柔、怜悯心肠,反而对他增加忿怒、厌恶情绪。他知道没有办法可以接近她,因而打算在信里用求助于安拉的办法对付她,于是执笔写了下面的诗:

> 为爱她我遭受灾难,吃尽苦头,
> 求我主看五位谢赫的情面给我以救援。
> 我这烧焦的心灵、病羸的身体全为你所知悉,
> 却得不到对方的同情和怜悯。
> 我始终得不到她的同情,
> 这羸弱的身体还要经受多久的虐待、折腾?
> 恋爱使我遭受没完没了的苦头,
> 始终没人伸出援救之手。
> 多少不眠的黑夜持续降临,
> 我只会不停地大声号啕或暗中饮泣。
> 此生我怎能打消爱慕她的念头?
> 因为我的耐性在爱情场中已消逝无遗。
> 借问使人离散的乌鸦哟!
> 莫非你对时运的变迁保证安全、无虞?

艾尔德施尔写毕,折叠起来,递给老太婆,并酬谢她五百金币。老太婆带着信和钱,满载而归,径直回到宫中,进入哈娅图·努夫丝的绣阁,把太子的信递给她。

公主拆信过目之后,把它一扔,厉声说:"坏老婆子!你在我面前弄虚作假,一再夸赞那个坏家伙,左一次右一次催我给他写信,经你一手送去拿来,形成他和我们之间书信往来的局面。你干这种事情的原因何在?必须全盘招供出来。你每去来一次,都强调说:'我要谴责他,要割断他的痴心妄想。'你说此话的目的,显然是催我给他写信,好让你借送信之便而在我和他之间跑来跑去地耍手段,从而败坏我的名节。"她斥责老太婆一番,回头喝令奴仆:"该死的奴才

们！给我抓住这个坏老婆子，打死她！"

奴仆们遵循命令，果然七手八脚地抓住老太婆，一顿痛打，打得她遍体鳞伤，皮破血流，昏迷不省人事。哈娅图·努夫丝这才吩咐奴仆们把她拖出去，扔到后宫门外，并吩咐一个婢女："你跟着出去，守在她旁边，待她苏醒时，告诉她，我已经发誓，不许她再进宫来。如果她敢违拗命令再进宫来，我便毫不留情地下令杀死她。"

老太婆躺在后宫门外，慢慢苏醒过来，她身边的婢女把公主吩咐的话说给她听。她无可奈何地说："听明白了，遵命就是。"

那婢女可怜老太婆，弄来一个大箩筐，让她坐在里面，然后雇个脚夫送她回家，并请大夫替她治伤。

经过一度治疗，老太婆的创伤逐渐痊愈，便骑马上艾尔德施尔铺中去。由于她挨打，在家中治疗、养息，一度跟太子之间中断往来，致使太子忧心忡忡，正渴望知道她的消息，因而他一见老太婆到来，赶忙起立，趋前迎接，亲亲热热地问候她，见她衰弱、疲惫不堪，便追问个中情形。老太婆把哈娅图·努夫丝虐待她毒打她的经过和盘托出。太子听了，非常难过，拍着手巴掌说："老伯母，指安拉起誓，你的不幸遭遇，我感到切肤之痛。不过我要问你：公主如此怨恨男子，这到底是什么缘故？"

"我的孩子，告诉你吧：哈娅图·努夫丝公主有一座无比美丽的花园，在人世间算得是绝无仅有的。有一天夜里，公主在梦中看见自己去逛花园，见一个猎人张网捕雀，把谷粒撒在罗网周围，然后远远地躲起来等雀鸟落网。不多一会儿，一群雀鸟飞来啄食谷粒，其中有一只雄鸟陷入罗网，无法挣脱，群鸟为之落荒飞散，连它的雌伴也在遁逃之列。但不多一会儿，那只雌鸟又飞转来，不停地用嘴啄缠在雄鸟脚爪上的那个网眼，终于啄断了网线，救出雄鸟，然后双双飞去。当时猎人打瞌睡，不曾发觉雄鸟落网，待他醒来，过去一看，见网眼被啄破，只好修理一番，然后换个地方，另行张网，并撒下谷粒，这才坐在较远的地方等着捕鸟。不多一会，一群雀鸟飞来啄食谷粒，当中有前次落网被救的那只雄鸟和它的雌伴,而此次陷在罗网中的,恰巧是那只雌鸟。它的遭遇吓得它的雄伴跟随群鸟一齐展翅飞逃,只剩它在罗网中挣扎,眼睁睁等待它的雄伴前来救援,可是始终不见它的踪影。猎人打了好一阵瞌睡醒来,见一只雌鸟落在网中,便捉住它,把它给宰了。

"公主从梦中醒来,大吃一惊,喟然叹道:'人类的男女关系,也像飞禽一样。这只雌鸟爱护、怜惜那只雄鸟,当雄鸟遇难对,不惜冒生命危险去救雄鸟。相反的,碰到雌鸟遭灾遇难时,雄鸟却若无其事,漠不关心,不肯救援,因此,雌鸟对雄鸟的关心、爱护,全是白搭。愿安拉诅咒信任男子的人!因为他们是不承认妇女对男子的恩情而一味抹煞的。'就是因为这个缘故,所以从那天起,公主就开始怨恨男人了。"

"老伯母,公主从来不出宫门一步吗?"

"是的,我的孩子!不过每年当水果成熟的季节,她总要去花园中游憩一天。她上花园去游玩的时候,只从通往花园的暗门出入,而且除她的绣阁外,她从来不在宫外过夜。现在我告诉你一件事情,若是安拉愿意,这对你是有好处的。你要知道:目前距果子成熟的时候还有一个月,届时她将去游园。我嘱咐你:从今天起,你去找御花园的园丁,跟他打交道,搞好彼此间的交情。由于御花园跟公主的绣阁紧接在一起,所以园丁戒备很严,向来不许任何人进去参观游览。等公主决定游园的时候,我可以把她游园的日期提前两天告诉你。到时候,你照样跟园丁往来,并设法在园中过夜,找个妥当的地方躲起来。待公主去到园中,你看见她时,便从藏身的地方走出来,让她看一看你。我相信她对你会一见倾心的。这是因为你的相貌漂亮,有过人之美,会使她神魂颠倒的,爱情会把其他事物掩盖起来的。我的孩子,你只管放心,我非叫你和她碰头聚首不可。"

太子衷心感谢老太婆,吻她的手,送她三套亚历山大出产的丝绸衣料和三套颜色不同的锦缎衣料,并在每套衣料外,附加上缝衬衫、裤子、头巾和衬里必需的葛布、棉布和拔尔勒板克地区出产的白布各一份，足够做成六套华丽的衣服。此外还酬谢她一袋现款，计六百金币，说道："这是给你做衣服用的手工钱。"

老太婆收下衣料和金币，说道："我的孩子，你乐意认识我的住处吗？我自己倒也需要认识你的寓所。"

"乐意极了。"太子派一个仆人带老太婆去看他的寓所，并吩咐仆人随老太婆去识别她的住处。

老太婆走后，艾尔德施尔吩咐仆人关锁铺门，回到寓所，和宰相见面，把跟老太婆交谈的经过，从头至尾，详细叙述了一遍。

宰相听了太子的谈话，说道："少爷，假若你在御花园中跟哈娅图·努夫丝公主见面之后，得不到她的眷顾，那你怎么办呢？"

"除了抛弃空谈而见诸行动地去冒险，别的办法是没有的。我打算从她的婢仆中抢夺她，带着她快马加鞭，先逃到郊外，再想办法。此举若能顺利进行，我就算达到目的了。若不幸因此而丧命，我就可以摆脱这种讨厌的生活了。"

"我的孩子，你打算用这种办法谋出路吗？须知：在我们和我们的家乡祖国之间，隔着遥远的路程，我们怎么能轻易取道回家呢？再说，这里的国王是有权有势的，拥有十万之众的大兵，你怎么能跟他要这一套呢？他可以派人马阻断我们的去路，这对我们来说，既不保险，也无丝毫好处，这是智者所不为的。"

"足智多谋的相爷啊！那该怎么办呢？我等于是一个死人，别无其他的办法可想呀。"

"你权且忍耐一时，待咱们明天去参观御花园，了解一下情况，看一看园丁的态度，然后再想办法吧。"

次日早晨，宰相和艾尔德施尔随身携带一千金币，离开寓所，一起来到御花园门前，抬头观看，只见园墙既高又厚，里面果树林立，溪渠畅流，树上果实累累，地下鲜花怒放，枝头上的鸣禽叫出悦耳的声音，景色异常优美，俨然是一座人间乐园。宰相和太子欣赏一会，随即向坐在门内石凳上的一个老人打招呼。老人闻声站了起来，回问一声，仔细打量宰相和太子的豪华装束和打扮，然后说："哦，两位老爷！你们有什么事，需要我帮忙吗？"

"老人家，我们是异乡人，住在城那边，寓所离此很远。现在天气太热，有意求你让我们进园去，坐在近水的树荫下乘一乘凉，并请你拿这两枚金币买些饮食，陪我们一块儿吃喝。待吃饱肚子，消除疲劳之后，我们就告辞回寓所去。"宰相说罢，从衣袋里掏出两枚金币，塞在老人手中。

这个老人原来就是御花园的园丁。他活了七十岁，从来还没拿过这么多的钱。因此他眼看着手中的两枚金币，欢喜若狂，毫不犹豫地让宰相和太子进花园来，指引他俩坐在一棵大树荫下，嘱咐道："两位请坐在这儿乘凉，千万不可随便走动。因为这座花园里有一道暗门，直通王宫内院，外人向来是不许出入此间的。"

"放心吧，老人家！我们一定不离开此地一步。"宰相和太子接受园丁的嘱咐。

园丁走出园门，替宰相和太子去买食物。不多一会，他便买了烤羊肉、面饼和其他的食物，雇个脚夫顶着回到园中，摆在宰相和太子面前，然后坐下来，陪他俩吃喝，饱餐了一顿。吃饱后，彼此谈心，倒也投缘。宰相边谈话边摆头左右观看，发现园中的一幢高大楼阁，因年久失修，不仅墙壁剥蚀不堪，而且角落有倾倒的地方，便指着说："老人家，这座花园是你自己的，还是租用的？"

"我的主人啊！这座花园既不是我自己的，也不是租用的。我不过是在此替人看守、管理花园罢了。"

"园主人每月给你多少工钱？"

"一枚金币。"

"这未免太苛待你了。要是你有家庭负担，这怎么够用呢？"

"我的主人啊！指安拉起誓，我有八个子女，家庭负担可不轻呀。"

"全无办法,只盼伟大的安拉拯救了。"宰相喟然长叹一声,接着对园丁说:"唉,可怜人哟!指安拉起誓,你的不幸处境,使我难过极了。不过要是有人为减轻你的家累而存心接济你,你该怎么说呢?"

"我的主人啊!你对我做的任何好事,都是寄存在安拉御前的储蓄。"

"老人家,你要知道:这座花园非常美丽可爱,只是那幢楼阁太古旧,破破烂烂,不堪入目。因此我存心做一桩好事,打算把它修葺、粉刷、油漆一番,俾它焕然一新,成为这座花园中最美观的建筑。将来园主见了,他必然要问是谁替他修葺、漆刷楼阁。那时候,你可以对他说:'老爷,是我替你修葺、漆刷的,因为它太古老、破旧,随时有倒塌的可能,谁也不敢进去观赏,既有碍观瞻,又有倾倒伤人的危险,所以我才修葺、漆刷它。'假若园主打听修葺费用的来历,你就对他说:'老爷,这是用我自己的钱修葺、漆刷的。我这样做的目的,只不过是一方面求得你的欢喜,一方面是企图获得你的奖赏罢了。'这样一来,园主必然会按你所开支的费用补偿你。好了,明天我派建筑、漆刷匠人来修葺、漆刷楼阁,一切费用,都由我支付。"宰相说罢,掏出装有五百金币的一袋钱,送给园丁,说道:"收下这袋金币,拿去抚养你的儿女,嘱咐他们多替我和我的这个儿子祈祷。"宰相说着指太子给园丁看。

园丁眼看满满的一袋金币,欢喜若狂,赶忙跪下去,亲切地吻宰相的脚,虔诚地替他和他的儿子祈福求寿。宰相和太子临走时,他依依不舍地说:"我等着两位明天光临。但愿安拉赏我天天跟两位见面,永不分离。"

宰相和太子告别园丁,在回寓所的路上,太子问宰相:"你这样做,到底是什么意思?"

"这样做的好处,很快你就会看见的。"

次日,宰相去市中,找到建筑工匠的头目,带他和匠人去御花园中,接洽修葺、漆刷楼阁的事项。园丁一见宰相,喜不自胜。宰相交给他一笔工资和器材费,于是工作开始。工匠们修补的修补,粉刷的粉刷,油漆的油漆,大伙一齐动手,群策群力地进行修葺、漆刷那幢古老破旧的楼阁。宰相特意关照油漆匠人,说道:"大师傅们,我有话对你们讲,请注意听清楚,然后按我的意图行事。你们要知道:我有一座花园,园中的景致跟这座花园相仿佛。有一天夜里,我在睡梦中,看见一个猎人张网捕雀。他把谷粒撒在罗网周围,等着雀鸟落网。当时一群雀鸟飞来啄食谷粒,果然有一只雄鸟陷在网中,吓得群鸟落荒飞散,连它的雌伴也在飞遁之列。但不多一会儿,那只雌鸟却飞转来,啄破缠住雄鸟脚爪的那个网眼,救出雄鸟,然后双双飞去。当时猎人正打瞌睡,不曾发觉雄鸟落网的事。待他醒来,见网眼被啄破,只好修补一番,换个地方,另行张网,撒下谷粒,然后躲藏起来,等待雀鸟落网。这时候,一群雀鸟飞来啄食谷粒,而前次落网得救的那只雄鸟和它的雌伴也在群鸟之中,可此次落网的恰巧是那只雌鸟。它的遭遇吓得它的雄伴也跟随群鸟一齐飞散,撇下它在网中挣扎,始终不来解救它。结果它被猎人捉去宰了,它的雄伴也在飞遁时落在一只凶禽爪中,叫凶禽啄吃了。现在我希望你们把我的梦境,照我刚才叙述的情形,用鲜艳的油漆,在墙壁上描绘成一幅美丽的图画,以便它跟园中的树木、花卉、亭榭、溪渠相辉映、媲美。而画面上,必须把猎人、罗网和那只凶禽啄食雄鸟的景象都描绘出来。如果你们果真按我的意图描绘出令人满意的图画来,那我会额外增加你们的工资的。"

油漆匠人遵循宰相的指示,按照他的意图,精心细致、勤勤恳恳地卖力漆刷、描绘,终于画出了鲜艳美丽的图画。

楼阁的修葺、漆刷、描画竣工后,宰相前来观看,认为匠人按他的指示绘画出来的图景,跟他的梦境相差不离,感到满意,因而实践诺言,果然加倍奖赏他们。

艾尔德施尔太子照例去御花园中游玩,看见楼阁墙上猎人捕鸟和雄鸟被凶禽攫捕的图画,大为惊讶,赶忙去找宰相,说道:"足智多谋的相爷,今天我看见一桩奇怪的事情,如果把它记录下来,那对后人来说,一定会起警诫作用的。"

"少爷,你看见什么怪事了?"

"我不是对你说过:哈娅图·努夫丝公主是为做了一个梦才怨恨男人吗?"

"不错,我听你说过了。"

"相爷,指安拉起誓,今天我看见公主的梦境已经叫人绘成图画了。我眼看那幅图画,似乎是我亲身经历过的梦境。我还发现当中的一部分画面,是公主所梦想不到的。因此之故,根据这部分隐情,我的愿望可以实现了。"

"我的孩子,你所看见的隐情到底是什么?"

"我看见当那只雌鸟落网之后,它的雄伴落荒飞遁时,中途跌在一只凶禽爪中被啄食的情景。但愿当天夜里,公主在梦中也看见这个景象,从而明白雄鸟中途被凶禽杀害,不能飞去救援雌伴的原因,那该有多好啊。"

"幸运的孩子,指安拉起誓,这的确是一桩奇事哩。"

太子始终钦佩那幅图画,一直念念不忘,对公主没看见整个梦境深抱惋惜、遗憾心情。他心里想:"但愿那天夜里她把梦做完,那该有多好啊! 或者让她再做一次梦,从而看清整个梦境,即使属于胡思乱梦,那也是有好处的。"

"孩子,"宰相说,"当初你问我修葺、漆刷那幢楼阁的理由时,我回答说:'其好处,你很快就会看见的。'现在,修葺、漆刷楼阁的好处,你果然看见了。告诉你吧:这桩事是我做的。我嘱咐匠人描绘那幅梦境图,教他们把那只雄鸟落在凶禽爪中被啄食的景象描绘出来,以便哈娅图·努夫丝公主游园时,看见那幅梦境图,知道雄鸟被杀害的情形,从而有所警悟,从此不再怨恨男人。"

太子听了宰相的谈话,赶忙吻他的手,对他的所作所为,表示钦佩、感激,说道:"相爷,像阁下这样的人物,实在配当最大国王的军师呢。指安拉起誓,此次如果成功,待我回到父王御前时,我一定要把这桩事的始末告诉他,俾他加倍敬重你,擢升你的爵位,并事事依从你。"

宰相听了太子的恭维话,怡然自得,吻一吻太子的手,然后带他去见园丁,对他说:"老人家,你看那幢楼阁,多美观啊!"

"这全是托两位的福分呢。"

"老人家,假若园主知道楼阁被修饰得焕然一新,前来向你打听修饰情况时,你告诉他,这是用你的钱修饰的,俾你借此获得他的恩赏和重视。"

"听明白了,遵命就是。"园丁欣然接受宰相的建议。从此之后,园丁同宰相和太子之间的交情日益亲密,尤其太子和他的接触,从不间断,彼此天天在园中碰头见面。

哈娅图·努夫丝一怒之下,赶走了乳娘,断绝了跟商人之间的书信往来之后,心情豁然开朗,满心欢喜快乐,相信那个商人小子已经离开城市回他的故乡去了,因而心中毫无忧愁、顾虑,过着快乐如意的生活。有一天她收到国王送来的一盘食物,即时揭开盖子一看,见盘中盛着成熟的鲜果,便问女仆:"现在是果子成熟的季节了吗?"

"是的,小姐! 目前正是果子成熟的时候。"

"嗨! 咱们应该准备去游园寻乐了。"

"小姐,你想得真好。指安拉起誓,我们早就盼望陪你进御花园去游玩呢。"众婢女同声附和公主的想法。

"这该怎么办呢?"公主突然为难起来,"过去每年一次的游园,都是乳娘陪伴我们,给我们讲解园中的各种花卉树木。到头来我却又打她又撵走她。我这样对待她,现在懊悔却来不及了。她是我的乳娘,从小把我哺养成人。全无办法,只盼伟大的安拉拯救了。"

婢女们听了公主的感叹,大伙趋前,跪下去吻了地面,齐声说:"小姐,我们恳求你饶恕乳娘,让她回宫来侍候你吧。"

“指安拉起誓,我已经下决心这样做了,还给她预备了一套名贵衣服,可是派谁去接她才合适呢?”

婢女们听了公主之言,喜得眉飞色舞。她们中两个年纪较长、容貌格外美丽、向来不离公主左右的亲信婢女,自告奋勇地应声说:“小姐,派我俩去迎接她吧。”她俩一个叫布勒补鲁,另一个叫赛娃督勒·尔依妮。

“可以,你俩去接她好了。”公主同意布勒补鲁和赛娃督勒·尔依妮去接她的乳娘。

布勒补鲁和赛娃督勒·尔依妮双双走出王宫,一直去到老太婆屋前敲门。老太婆开门一看,见是布勒补鲁和赛娃督勒·尔依妮,喜不自禁,忙把她俩搂在怀中,热情地接待她俩。

布勒补鲁和赛娃督勒·尔依妮坐定之后,这才对老太婆说:“乳娘,公主已经饶恕你了,而且非常想念你。我们是奉命来接你回宫去的。”

“我宁可被人毒死,决不再做这种事情。当初公主不念旧情,她当着爱我和怨我的人侮辱我,把我打得皮破血流,衣服全被鲜血染湿,差一点把我打死,最后还把我当死狗拖出来,抛在后宫门外。她的这种恶毒行为,莫非你们都忘记了?指安拉起誓,我可不愿见她的面,决不再回宫去。”老太婆断然拒绝回宫。

“乳娘,别叫我们的奔走、斡旋不起作用吧。如若不然,我们对你的殷勤、敬重还管什么用呢?你想一想:进你家来拜望你的到底是什么人?莫非你要一个在公主面前比我们地位更高的人来拜望你吗?”

“求安拉保佑!我知道两位的地位比我高。我在公主面前,充其量不过虚有其位而已。那是蒙她眷顾,另眼看待,把我抬举得比其他婢仆都高,甚至于高到我向她们中地位最高的人发脾气时,她会一下子被吓死的程度。”

“情况跟过去一样,非但没有改变,而且是有增无减的。因为公主是低声下气地迁就你的，是要平心静气地同你和好如初的。"

"指安拉起誓，假若不是你们两位驾临，那宁可挨杀挨砍，我也不愿再回宫去。"老太婆说着站起来，换一身衣服，然后随布勒补鲁和赛娃督勒·尔依妮一起回到宫中，进入哈娅图·努夫丝公主的绣阁。公主起身迎接她。她一见公主便嚷道："安拉啊，安拉！告诉我吧，小姐！到底是我错了呢，还是你自己不对？"

"乳娘，是我错了，请原谅、饶恕我吧。指安拉起誓，我向来把你看得很高，因为你对我有哺乳之恩、抚育之情。不过你总要明白：由于伟大、清高的安拉给人类规定了性格、生命、衣食和寿数等四种东西，使人无法违拗这种法令。我自己当然也不例外，无法控制自己的性癖，也不能挽回它的过失。乳娘，在这样的情况下，我对你的所作所为都是过失，我懊悔到极点。"

老太婆听了哈娅图·努夫丝公主的忏悔、道歉，心中的气恨顿时烟消云散，赶忙跪下去，吻了地面，表示谅解她的苦衷。

公主吩咐取来一袭华丽衣服，亲手递给乳娘。老太婆在成群的婢仆面前，得到公主的厚赏，感到十分快慰。接着公主对她说："乳娘，目前水果的生长如何？御花园中的果实成熟到什么程度了？"

"小姐，指安拉起誓，我见城市中的水果是蛮好的。至于御花园中的果实，待日内我去踏看之后，再给你回话。"

老太婆跟哈娅图·努夫丝公主言归于好，主仆皆大欢喜。在快乐的气氛中，老太婆退出公主的绣阁，急急忙忙去找艾尔德施尔太子。

艾尔德施尔太子早就等待老太婆，急于要跟她见面，所以一见老太婆到来，喜不自禁，欣然站起来迎接，伸开胳膊，紧紧地拥抱她，一时快乐得心花怒放。老太婆把哈娅图·努夫丝公主跟她和好如初的经过，详细叙述一遍，还告诉他公主即将游园的日期，并问他："我嘱咐你去跟园丁打交道的事进行得怎么样了？你给他一些好处没有？"

"不错，我已经结识他了，彼此的交情很好，已成为知心朋友。我且有什么需求，他都肯帮忙。"太子回答几句，随即把他父亲借修葺园中楼阁之便，将哈娅图·努夫丝公主的梦境，命匠人描绘在墙壁上，并增绘雄鸟被凶禽攫杀的始末，全都讲给老太婆听。

老太婆听了太子的谈话，十分欢喜，说道："但愿安拉援助。我的孩子，你应该衷心感谢令尊，事事依从他。因为他的这个办法，证明他是聪明过人的人，也因为必须有他帮助，你的希望才能实现。我的孩子，现在是我们成功的关键时刻了。你快去澡堂中洗个澡，换身最华丽的衣服，然后去见园丁，想个办法，求他让你在园中过一夜。须知：目前是公主游园的时候，即使给园丁铺平地面的金子，他也不会随便让人进御花园去。你到花园里，找个地方好生躲藏起来，直至听见我说：'好善乐施的人儿哟！我们所顾虑的事已经不存在了'时，你才从藏身的地方走出来，在树丛中慢步走动着，让哈娅图·努夫丝公主看看你这堂堂一表的相貌，使她对你满怀爱慕心情，那就好办事了。你的希望、理想是会因此而实现的，从而你的忧愁、苦恼也会一扫而光的。"

"听明白了，遵命就是。"太子欣然接受老太婆的建议，随即拿出装有一千金币的一袋钱酬谢她，并送走她，这才赶忙动身，上澡堂去沐浴熏香一番，然后换一身波斯王袍，束一条镶满珠玉的名贵腰带，缠一块绣金嵌珍珠宝石的头巾。这样一来，他的玫瑰腮颊、羚羊眼似的眉眼、朱红的嘴唇，跟楚楚的衣冠相映生辉，显得格外漂亮。他穿戴打扮齐全，携带一千金币，像带几分醉意似的、一摇一摆地径向御花园走去。

艾尔德施尔太子来到御花园门前敲门。园丁闻声开门一看，见是艾尔德施尔光临，大为欢喜，热情地招呼、问候他，同时发现他愁眉不展，便问他不痛快的原因。太子说："老人家，你要知道：家父向来是怜爱我的，可今天他第一次动手打我。这是因为话不投机，我和他之间发生龃龉，而惹他生气。我不仅吃了他的耳光，挨了棍杖，而且还被撵了出来。现在我既无家可归，又没亲朋可以求援，这可不是寻常小事。老伯，因为你跟家父交情好，所以我前来投奔你。求你行行好，让我进园去避一避，待到傍晚，或者索性让我在园中过一宿。等家父气消了，我们父子和好之后，我再回家去。"

园丁听了太子的谈话，对他挨父亲打骂这件事深表关怀、同情，说道："我的主人，我打算去见令尊大人，替你说一说情，从中调解一番，以便你父子和好如初。你同意我这样做吗？"

"老伯，你要知道：家父性情急躁、易怒。如今他正在气头上，你去说情也不管用，他是不会接受的。不过等一两天，他气消后，便温和、慈祥如初了。"

"既然如此，我就不必要去见他了。我的主人，你随我来，上我家去，跟我的子女们住在一起，别人是不会非难我们的。"

"老伯，我心绪不宁，只想一个人静静地待下去。"

"我是有家的，你不跟我一块儿去住，让你一个人孤单单地在园中过夜，我就感到为难了。"园丁不同意太子的想法。

"老伯，我坚持要一个人待下去是有打算的，目的是想借此消除胸中的苦恼情绪。而且我认为这样待它一夜，在博取家父的好感和怜惜方面，对我来说是有好处的。"

"如果你非在园中过夜不可，我取一套被褥来，供你垫盖好了。"

"老伯，这倒无妨，不过太麻烦你了。"

园丁并不知道哈娅图·努夫丝公主要来游园的事，所以慨然答应艾尔德施尔太子的要求，让他在园中过夜，并取来被褥，供他垫盖。

哈娅图·努夫丝公主的乳娘跟公主恢复感情，和好如初，知道公主急于要游园的心情之后，随即偷偷地跑到艾尔德施尔太子铺中，向他通风报信，教他混进御花园，等着跟公主见面的方法。一切布置妥帖，便转回宫去，告诉公主，说花园里百花怒放、争艳，各种果树结实累累，已经到了成熟阶段。公主听了，喜上眉梢，说道："乳娘，若是安拉愿意,明天你陪我去游园,痛痛快快地玩它一天。你打发人通知园丁,告诉他,咱们明天要上御花园去游玩,让他有所准备。"

乳娘遵循命令,果然派人通知园丁,对他说:"明天公主要到园中来游览,吩咐你好生准备,不许管理花卉果木的匠人留在园中,也不许任何外人到园中来参观、游览。"园丁得到通知,赶忙布置,把手下的匠人一一打发走了,然后来见艾尔德施尔太子,说道:"你是我的恩人,我有生以来只蒙受过你的眷顾。这个地方等于是你自己的,你可以随便游憩。但我的舌头却踩在我自己的脚下,无论如何须求你原谅我,这是因为哈娅图·努夫丝公主是这座花园的主人。今天我得到通知,公主明天一早要到园中来游览,不许留人在园中窥探她。因此,我只得恳求你暂且离开此地。等明天傍晚公主游毕回宫之后,你再转来,那时节,你即使在这里逗留几月几年,甚至于一辈子待下去都可以。"

"老人家,也许我们给你带来过什么灾难吗?"

"不,我的主人!指安拉起誓,你们给我带来的,全是礼遇和优待。"

"既然我们给你带来的是好而不是坏,那就让我躲藏起来,不叫任何人看见,直至公主游园回宫之后,我才出来好了。"

"我的主人,公主旦在园中看见一个人影,她就要杀我的头呢。"

"你别害怕,我决不让任何人看见我。毫无疑问,目下你的家用不敷,非常需要接济。"太子掏出五百金币,递给园丁,说道:"收下这五百金币,拿去用在子女头上,减轻一些你的家庭负担吧。"

园丁一见金币,心就软下来,不好意思再坚持原意。他一再嘱咐太子,叫他必须躲好,千万不可露面。艾尔德施尔太子终于得到园丁的同意,一直留在园中。

次日早晨,哈娅图·努夫丝公主吩咐仆人打开通往御花园的暗门,然后收拾打扮,预备去园中游览。她头戴一顶嵌珍珠宝石的赤金王冠,身着绣金衬衫,外罩一袭镶珍珠宝石的波斯王服,脚蹬一双镶赤金嵌珠宝玉石的高底木屐。她的天生丽质，再加上漂亮的衣冠，显得越发窈窕美丽，俨然是仙女下凡，能使智者为她而神魂颠倒，懦夫因她而勇气倍增。

哈娅图·努夫丝公主袅袅娜娜地迈出绣阁，把手搭在乳娘肩上，由她搀扶着慢步走出暗门，姗姗来到御花园中。乳娘抬头一看，见园中到处都是成群结队的婢仆。有的摘果子吃，有的在溪滨玩水，有的谈笑追逐，各依所好，尽情地寻欢作乐。面对这种情景，她眉头一皱，计上心来，便对公主说："小姐，你是顶聪明、智慧的人，自然知道，今天到花园中来游览，是不需要这么多婢仆伺候你的。假若你是离开宫室到城中去，让婢仆们前呼后拥地伺候你，可以增加你的威仪、尊严，那种排场是必不可少的。可今天你是从暗门悄悄地进御花园来游览，是不让任何外人看见你的，这就不需要婢仆们陪随你了。"

"乳娘，你说得对。不过她们都出来了，这该怎么办呢？"

"把她们通通打发回宫去，只留两人在身边使唤，以便咱们清清静静地耍个痛快。"乳娘给公主指出办法。

哈娅图·努夫丝公主听从乳娘指使，果然把婢仆们使回宫去，只留两个最亲信的在身边使唤。乳娘眼看公主心情舒畅，正是游览的大好时机，便对她说："来吧，小姐！现在咱们可以到处游览、任意寻乐了。"于是她搀扶公主，跟随两个婢女，互相逗趣取笑，谈笑风生地开始游览起来。她们慢步走动着，乳娘时而指花卉树木给公主看，时而摘果子给她吃，带着她从一个地方去到另一个地方，不停地挪动着，一直来到新修葺的那幢楼阁下。哈娅图·努夫丝公主抬头见楼阁焕然一新，觉得奇怪，随口问道："乳娘，你不曾看见吗，这幢楼阁已经修葺、漆刷过了？"

"小姐，指安拉起誓，我早就听说了。事情是这样的：据说老园丁向一伙商人赊了一批布帛，转手卖出去，然后用卖布帛所得的钱，购买砖瓦、石灰、石膏和石头等材料。当时我问他：'你买这些材料做什么用？'他说：'用来修葺、漆刷园中的这幢破楼阁。'他还说：'商人们向我讨债时，我就说等公主来游园，看见新修饰的楼阁，觉得满意，便赏赐我，我就可以还债了。'我问他：'你为什么要做这种事情？'他说：'因为这楼阁太古旧，有的地方已坍塌，墙壁剥落不堪，却不见有谁发个善心修建它，所以我才借钱来修缮这幢古老的建筑。而我所希望于公主的是，但愿她恰如其分地做她应做的事情。'我对他说：'公主是最善良、慈祥不过的人。你借钱修缮楼阁，她会偿还你、赏赐你呢。'总而言之，老园丁之所以做这桩事情，其目的只是为了获得你的恩赏罢了。"

"指安拉起誓，他借钱来修缮楼阁，算是做了一桩好事。他做的是正人君子所做的事情，应该给予报酬。乳娘，你快去替我唤管账的人来。"

老太婆遵循命令，即时唤来替公主理财的人。公主吩咐取来两千金币，作为赏银。同时老太婆打发人去唤园丁前来领赏。差人去到园丁的住处，对他说："我奉命前来唤你。你应该遵循公主的命令，赶快前去见她。"

园丁听了差人的吩咐，大吃一惊，吓得发抖，全身痰软无力，心里想："毫无疑问，这一定是公主看见那个小子了。今天是我最倒霉的日子哪。"他嘀咕着跑到家中，把公主唤他的事讲给老婆儿女们听，并嘱咐几句，然后和她们告别。他的老婆儿女，都替他着急、发愁而号啕痛哭。他自己拖着沉重的脚步，慢吞吞地来到哈娅图·努夫丝公主跟前，脸色像姜一样黄，身体瑟缩成一团。老太婆一见他的狼狈相，赶忙对他说："老人家，你快跪下去赞祝安拉，替公主祈祷吧！因为你纠工修饰楼阁的经过，我全都告诉公主了。她非常赞赏你做的这桩好事，为报酬你的功劳，她赏你两千金。现在你可以向管账的领取赏钱，然后跪下谢谢公主的恩赏，去你的吧。"

园丁听了老太婆的吩咐，顿时转忧为喜，欣然领取二千金的赏钱，并跪在公主面前，吻了地面，虔心虔意地祝福、祈祷一番，然后告辞，急急忙忙奔到家中。他的老婆儿女见他平安归来，欢喜若狂，大伙都替使他得赏的人祈福、求寿。

　　园丁领赏走后，老太婆回头对公主说："小姐，这幢楼阁已经修饰得非常美观了。老实说，比这个更洁白的石灰，比这个更鲜艳的油漆，我从来还没见过。但不知楼阁的内部是否也修饰过？也许它的外表漆刷得焕然一新，而内部却漆黑一片。现在让咱们进去看看吧。"她说着带公主走了进去，举目一看，只见内部同样修饰得光彩夺目，景象异常别致。公主摆着头左右观看，最后把视线落到厅堂的墙壁上，她仔细看了一眼，便呆然不动了。老太婆知道她发现了那幅梦境图，便把她身边的两个丫头拉到楼阁外面，避免她俩扰乱公主的心思。

　　公主仔细欣赏了梦境图，满怀惊奇心情，拍着手掌，回头对老太婆说："乳娘，你来看这件奇事吧。这样的事情，如果把它记录下来，那对后人一定会起警诫作用的。"

　　"小姐，什么奇事呀？"老太婆装出不知的神情。

　　"你进厅堂去，仔细看一看，然后告诉我，这到底是一回什么事？"

　　老太婆果然进入厅堂，瞪眼看看梦境图，然后显出惊讶神情，说道："小姐，指安拉起誓，这是一幅捕鸟图，上面画着猎人、罗网和你在梦中所看见的各种情景。原来那只雄鸟飞遁之后，不曾转来营救它的雌伴，这当中是有缘故的。因为从画面上，我看见它落在一只凶禽爪中，被撕破皮肉，连血带肉都叫凶禽给啄吃了。小姐，这便是那只雄鸟迟迟不来营救雌伴的原因呀。不过，小姐，我觉得奇怪的是，你的梦境怎么被描画出来了呢？当初假若你本人要把梦境描绘成图，那是绝对办不到的。指安拉起誓，这真是一桩稀奇古怪的事，会流传为史实呢。但是，我的小姐啊！莫非这是因为当初我们误解那只雄鸟，埋怨它不飞来解救雌伴，所以奉命掌管人类的天神们，才举出证据来，替它辨明是非曲直呢？"

　　"乳娘，那只雄鸟叫命运给扼杀了，我们对它也未免太过分了。"

公主表示悔悟。

　　"小姐！冤家对头将来总归要在安拉御前见面的。不过,我的小姐,现在真相已经大白,我们已经知道雄鸟的无辜了。假若那只雄鸟不被凶禽啄吃掉,那它一定会赶来解救雌伴的。无奈死亡是无法避免的,这对人类来说,也不例外。比如我们中的男人,他往往是宁可自己忍饥受冻,而让妻子吃饱穿暖的,为了博取妻子的欢喜,他是不惜触怒兄弟姊妹的,甚至于为依从妻子而忤逆父母的事也层出不穷。同样的,妻子对丈夫也是亲密无间的,她对丈夫的一切秘密了若指掌,一时也离不开他。丈夫不在家过夜时,她通宵合不了眼皮。丈夫在她心目中,比生身的父母还可贵可爱。夜里夫妻同衾共枕,互相搂抱,彼此枕着对方的胳膊,卿卿我我地谈情说爱,而且丈夫吻妻子,妻子吻丈夫,彼此过鱼水和谐的甜蜜生活。诗人吟得好:

> 我让她枕着我的手肘同衾共眠,
> 我对良夜说:'月亮升起来了,请你走慢些。'
> 这样的夜晚开天辟地还是第一回,
> 前半夜甜蜜无比,后半夜却苦不堪言。

据我所知,古帝王中,由于夫妻间的感情过于亲密,许多是生死与共的。有的帝王,当王后患病丧命之时,他自愿舍生陪葬。同样的,有的王后,当国王病逝装殓时,她决心以身殉葬,并以自刎表示决心。而宫人无法劝阻,只得念她恩重谊笃的情操,不得不把她同君王合葬一穴。"老太婆不停地讲古今男女之间的关系给哈娅图·努夫丝公主听,打动她的春情,借以消除她怨恨男人的意念,直至她觉得公主的心情有所转变,对男人开始有兴趣时,这才对她说:"小姐,现在是咱们出去游览的时候了。"于是陪公主走出楼阁,在果树林中慢步观赏景物。

　　老太婆引公主观赏花果时,艾尔德施尔太子躲藏着悄悄地窥探,视线终于落在哈娅图·努夫丝公主身上。眼看着公主那匀称的体态、苗条的身段、玫瑰色的腮颊、黑而大的眼睛,顿时惊喜得目瞪口呆,这时候,他的正当恋爱念头一点不存在了,心绪超出爱情范围之外,心脏被炽烈的欲火燃烧着,由于过分激动,他一下子晕倒,昏迷不省人事。过了一阵,他慢慢苏醒过来,见公主已经去远,她的倩影消失在果木丛中。他从内心深处长叹一声,喟然吟道:

> 面对她超凡、出众的美丽,
> 我的心肝顿时被狂喜撕得粉碎。
> 我一旦被人抛进泥泞,
> 美丽的公主却茫然不知我的遭遇。
> 她的拒绝摧毁我竭诚的心灵,
> 请看安拉的情面对这真诚的爱情加以怜惜。
> 趁我气绝身死被送进坟墓之前,
> 求主缩短个中距离,让我们碰头聚首。
> 为消除她腮上疲惫、憔悴的遗迹,
> 我将十次、十次、再十次地吻她不停。

老太婆引导哈娅图·努夫丝公主不停地到处游览,观看奇花异果,慢步挨近艾尔德施尔太子藏身的地方时,便自言自语地说:"好善乐施的人儿哟!现在我们没有什么可怕的了。"太子听了老太婆的暗语,便昂然挺身而出,从从容容、大大方方、一摇一摆地在果林中走动起来。公主无意间发现艾尔德施尔太子蓦然出现在花园中,定睛仔细一看,终于被他那标致、端正的体态、珠光似的额角、晚霞般的腮颊、羚羊眼似的眉目所吸引,因而越看越出神,顿时感到心神不定。她的心被他的锐利目光射穿了,她的魂魄叫他的漂亮仪态给勾走了,于是她茫然对老太婆说:"乳娘,那个标致漂亮的青年,他是谁呀?他是打哪儿来的?"

"谁个青年呀,小姐?他在哪儿呢?"老太婆显出不知的神情。

"呶!他就在附近的树林中。"公主指着太子说。

老太婆摆头东张西望,显出莫名其妙的模样,惊问道:"哟!是谁指引这个小伙子进花园来的?"

"赞美创造男人的安拉!谁能把这个青年的来历告诉我们呢?乳娘,你认识他吗?"公主急于要知道太子的来历。

"小姐,他就是叫我给你捎信的那个青年呀。"

"乳娘,这个青年多漂亮啊!"公主情动于衷,已经淹没在情海中了,"他生得真美!我相信人世间比他更美的人是找不到的。"

听了公主由衷之言,老太婆知道她已钟情太子,便对她说:"小姐,我不是对你说过,他是一个绝无仅有的美少年吗?"

"乳娘,国王的女儿们,一般都不懂世故,不明白人世间的各种真情实况。因为她们不跟外人结交、往来,一般收付、取舍、应酬、交际的事,向来不闻不问。乳娘,现在我怎样才能结识他?用什么办法跟他见面?见面时该说什么呢?"

"现在我能有什么办法呢?关于这件事,你的举止、态度那么强硬,真叫我困惑极了。"

"乳娘,你要知道:如果说世间有人为爱情而死,那我就是这个人了。唉!我相信我会立刻身死气绝的,因为我经不起爱情之火的燃烧了。"

老太婆听其言而观其色,知道她对艾尔德施尔太子已经一见倾心,便对她说:"我的小姐,他不是近在你跟前吗?除非趁此时机去结识他,别的办法是没有的。你太年轻,不方便去见他,这是可以原谅的。你随我来吧!我带你去见他,由我先开口说话,免得你羞怯、畏缩不前。这样一来,你和他之间便播下爱情的种子,很快就会开花结果的。"

"好的,请带我去吧。反正安拉安排下的事,是无法避免的。"

老太婆果然带哈娅图·努夫丝公主一直来到艾尔德施尔太子面前,见他坐在树荫下,面颜闪闪发光,好像一轮满月。老太婆喜笑颜开地对他说:"小伙子,你看吧:是谁到你跟前来了?她是当今国王的女儿哈娅图·努夫丝公主。你应该意识到:像她这样有品级、地位的人,居然步行着来见你,的确不是寻常的事。你快站起来,表示尊敬吧。"

艾尔德施尔太子毕恭毕敬地起立,抬起头来,他的视线和哈娅图·努夫丝公主的视线接成一线,彼此顿时感到如痴似醉。公主爱慕太子的心情越发浓厚,一时无法抑制激情,于是二人不约而同地各自伸开胳膊,情投意合地互相拥抱在一起,陶醉在爱情的海洋中,不自主地双双晕倒,昏迷不省人事。过了很长时间,仍处在昏迷状态。老太婆生怕秘密揭穿、出丑,不得已,只好把他俩弄到新修葺的楼阁中,她自己却待在门前,看守门户,并对随身侍候的婢女说:"你俩随便玩去,让小姐静静地休息一会。"

艾尔德施尔太子和哈娅图·努夫丝公主慢慢苏醒过来,见自己置身在楼阁中,不觉大吃一惊。继而太子对公主说:"指安拉起誓,最美丽的人儿哟!告诉我吧:我们是在梦寐中吗?或者这是一种幻象?"他说罢,欣然吟道:

> 太阳从她灿烂的脸上升起,
> 晚霞由她两颊间射出光辉。
> 每逢她在人前出现,
> 满天星斗便惭愧得悄然隐退。
> 每逢电光在她微笑的唇边露面,
> 黎明便继黑夜而出现。
> 她那穿着考究衣裙的苗条身躯活动、摇摆的时候,
> 招展的柳枝便躲进叶丛中不敢露面。
> 和她谋面我再不需要任何东西,
> 恳求宇宙万物的创造者保佑她一辈子安全。
> 月亮借用她的一部分美丽,
> 太阳却没像月亮那样达到借用的目的。
> 太阳从何获得这么窈窕、柔软的肢体?

月亮怎么会有人类特具的美丽？

我追求她的痴情惹得人们议论纷纭，

他们的意见有的符合实情,有的属于无稽谰言。

她以一瞥勾住我的心弦,

恋念者彼此间的心情怎样才能协调、并存！

　　哈娅图·努夫丝听了太子的吟诵,把他搂在怀中,痛吻他的嘴唇和额角。太子惊魂方定,慢慢镇静下来,这才向公主诉苦,叙述他为恋念、爱慕和追求她所吃的苦头,以及她狠心拒绝他时所感受的痛苦和绝望。公主倾听太子叙述,明白他的苦衷,深为感动,情不自禁地吻他的手和脚,说道:"亲爱的人儿哟！你是我最终的希望。从今以后,但愿安拉别叫我们离散,让我们永久生活在一起。"她紧紧地搂着太子,痛哭失声,凄然吟道:

使太阳、月亮见了感愧的人哟！

你居然以放荡不羁的派头宣判我的死刑。

作为武器,你的眼睛比宝剑更锐利,

碰到这样的武器,哪有逃避的余地？

从你那弯弓似的眉毛里面,

射出一支击中我心灵的爱情之箭。

在你红润的面颊上出现一座乐园,

我怎能不闯到园中去采集？

你活泼、伶俐的举止、动作像结满果实的树木,

从枝头上人们采集丰富的果实。

在你胁迫、诱惑下,我天天熬夜,

为爱情我把羞怯、腼腆的本性全都抛弃。

在安拉的匡助、指引下,愿你走上光明路径,

从而缩短距离,很快到达目的地。

请怜惜这颗为爱你而受熬煎的心灵,

这是一颗需要你保护的疲惫不堪的脆弱心灵。

公主吟罢,感情冲动,抑制不住激情,一时痛哭流涕,挥泪如雨。她的激情烈火似的燃烧着太子的心,越发增加他对她的爱慕之情。他抑制不住澎湃的激情,紧捏着公主的手,边吻她边失声哭泣。就这样,太子和公主在一起,一会儿互相埋怨、谴责,一会儿絮絮叨叨地谈情说爱,一会儿吟诗寄情,直至晡祷时候,听见招祷声,才恍然如梦初醒,知道时间已晚,是分手的时候了。公主说:"我的眼珠,我的心肝啊!现在是分手的时候了,我们什么时候再见面呢?"她说着起身,走出楼阁。

"指安拉起誓,"公主的话像一支利箭射中太子的心,"我可是不乐意听分手的话。"眼看公主雨点般的泪水,耳听她沉痛的叹息声,他心烦意乱,顿时堕入苦难的情海中,凄然吟道:

> 心爱的人哟!强烈的爱情使我惶恐不宁,
> 我该用什么药方治疗这样的病情?
> 面对人群,你的容颜日华般灿烂、光明,
> 你的头发跟漆黑的夜晚没有区别。
> 你慢步姗姗前行或稍微弯腰的时候,
> 轻盈的体态像北风中招展的柳枝那么软柔。
> 经过高贵者的观察、品评,
> 公认你的眼睛比小羚羊的更美丽。
> 你的腰肢既纤且柔,臀部又大又肥,
> 形成上部纤细、灵便,下部敦实、肥厚。
> 你的口水比醇酒更甜蜜,
> 它具备着馨香、甜蜜气味。
> 我悲伤过度,吃尽苦头,
> 恳求一代佳人同情、怜惜,慨然给予一线希冀。

公主听了太子的赞美诗,转身回到他跟前,紧紧地抱着他痛吻。

这是因为她心中炽烈的离愁火焰，非拥抱、亲嘴是泼不灭的。她对太子说："古人说过：'忍耐对情场中人来说是必不可少的。'因此我们必须忍耐，同时我一定要为我们再次相逢、聚首，想出妥当的办法来。"她说罢，向太子告别，匆匆走出楼阁。由于爱情冲动，她心慌意乱，茫然不知如何下脚迈步，只会盲目地胡闯乱碰，跌跌撞撞地奔到宫中，进入绣阁，一头栽倒在床上。

公主走后，艾尔德施尔太子怅然如有所失，只好怀着满腔情愁，拖着沉重的脚步，慢吞吞地转回寓所。从此他茶不思，饭不想，连觉也睡不熟。

哈娅图·努夫丝公主躲在绣阁中，不吃不饮，通宵辗转不能成寐。她的耐心已经消失殆尽，身体疲软无力，疲惫不堪，好不容易熬到天亮，老太婆前来伺候她时，她便直截了当地说："我所遭受的一切，都是你一手弄出来的，因此你用不着再问我了。不过你得告诉我，我心爱的那个人儿哪里去了？"

"小姐，他是什么时候和你分手的？他不是昨天下午离开你的吗？"老太婆反问她一句。

"难道他离开我一点钟，我能受得了吗？我的灵魂快要离开我的身体了。你赶快去想办法，尽快把他找来吧。"

"小姐，你安静些，待我替你两人想个谁都想象不到的相会办法吧。"

"指安拉起誓，如果今天你不把他给我找来，我一定要告诉父王，说你败坏我的名节，使我堕落，好让他杀你的头。"

"小姐，这是一桩很危险的事情。我凭安拉的大名，恳求你把限期放宽些。"

老太婆一再苦苦哀求、告饶，公主才同意给她三日的期限，并叮咛说："乳娘，三日的限期，对我来说，跟三年的时间一样长。到了第四天，要是你还不带他来，我就报告父王，让他处你死刑。"

老太婆遵循命令，暂时告别公主，回到自己家中，赶忙物色城中有名的侍婆们,向她们搜罗妆饰处女所必需的化妆品,从她们手中弄到上好的胭脂花粉等化妆物品。三天的限期很快就过去。第四天清晨,老太婆请艾尔德施尔太子到她家中,对他说:"我的孩子,你愿意跟哈娅图·努夫丝公主见面吗?"

"愿意极了。"太子满心欢喜。

"那么让我替你化妆吧。"老太婆打开箱子,取出一个包袱,把预备给他穿戴的、镶满珍珠宝石、价值五千金币的一套女人衣服以及其他名贵首饰拿给他看,并打开妆饰匣,用镊子拔他脸上的毫毛,再替他涂脂抹粉、画眉点眼,然后脱掉他的衣服,用脂粉涂染他的四肢:从手指到手臂,从脚背到大股通通粉饰过,一直把他打扮得像摆在白云石上的一朵红玫瑰,这才拿细软的衬衫、裤子和那袭御用的名贵衣服给他穿起来,再替他束起腰带,戴上面纱,然后教他学娘儿们走路,说道:"你前偏左,后偏右,摇摆着走吧!"艾尔德施尔太子听从老太婆的指示,果然左摇右摆地走起路来,活像一个下凡的仙女。

老太婆眼看艾尔德施尔太子的装扮和步伐差不多了,这才对他说:"现在我带你上王宫去。王宫的大门有卫兵和仆役把守着,警卫森严,你必须鼓足勇气。在那些卫兵、仆役跟前,你如果稍微露出一点恐怖、畏缩行色,准会引起他们的疑虑,从而招致他们的盘查。万一破绽被发觉,那就糟了,你和我的生命都不可保。如果你真沉不住气,没有这副胆量,那趁早对我说,咱们索性就别去冒险。"

"这件事,对我来说,丝毫没有可怕的地方。老人家,你只管放心。"太子斩钉截铁地回答老太婆。

老太婆听了太子的话,心安理得,毅然决然带太子走出家门,一前一后地径直走向王宫。到了王宫附近,眼看门前站满了卫兵和仆役,戒备森严。老太婆悄然回头打量太子,看他有没有畏缩、恐怖行色,见他不动声色,镇静自若,这才如释重负,从而大胆地带他走进宫门。

卫官看见老太婆,知道她是宫中的保姆,但是面对她身后那个形貌令人神魂颠倒的妙龄女郎,却大感不解,心里想:"老太婆固然是公主的乳母,至于她身后的这个举世无双、绝无仅有的妙龄女郎,只会是哈娅图·努夫丝公主本人。不过公主一年四季深居内宫,向来大门不出,二门不迈,揆之情理,此中必有缘故。但愿我能知道她今天是怎么出去的,莫非主上允许她出去吗,或者是她背着国王偷偷地溜出去?"他怀着疑虑心情站起来,走向老太婆,打算问个清楚明白。他手下的三十名门卫也随他走了过来。

老太婆见卫官和他手下的卫兵拥过来,吓得魂飞魄散,暗自叫苦:"我们是属于安拉的,我们都要归宿到安拉御前去。毫无疑问,这非要我们的命不可了!全无办法,只盼伟大的安拉拯救了。"

卫官眼看老太婆不自然的神情,感到事情难办。他深知哈娅图·努夫丝公主太任性,国王对她都是体贴入微的。因此他暗自说:"可能是国王吩咐乳娘陪公主出去做她的私事,她不让别人知道个中情形吧。现在我若前去盘问她,只会惹她生气,诬我擅自盘问她,企图揭她的底,从而怀恨在心,甚至于会生方设法地谋害我,这就是我自招杀身之祸了,何苦来呢!所以对这桩事情,我还是不过问的好。"他想到这些利害关系,便打消盘问的念头,毅然退归原位。他手下的三十名门卫,也随他退站一旁,给老太婆让路。

老太婆乘机带太子走进宫门,并点头向门卫们打招呼。他们也齐齐整整地排队站着,表示回敬她。老太婆和艾尔德施尔太子泰然自若地继续朝前走,顺利地通过一道道宫阙,来到第七道门前,这是前宫后院之间的一道大门。越过这道大门,便是国王、王后、公主和嫔妃们起居的深宫后院。老太婆站在门前,对太子说:"唉!我的孩子,现在咱们来到后宫门前了。赞美安拉!是他掩护咱们平安进入深宫内院的。不过我的孩子,除非天黑时候,咱们是不可能同公主见面的,因为只有黑夜才能掩护担心受怕的人呀。"

"你说得对,不过目前该怎么办呢?"

"你暂且到那僻静、阴暗的角落里躲一躲吧。"老太婆指使太子躲藏起来,然后若无其事地各自归去。

艾尔德施尔太子躲在大门后面的井栏边,直到日落天黑,老太婆才来唤他,并带他进入内宫,去到哈娅图·努夫丝公主的绣阁前,轻轻地敲门。里面的小丫头闻声问道:"谁敲门呀?"接着她知道是乳娘敲门,赶忙跑去向公主请示。公主说:"你去开门,让乳娘和随她来的人进来吧。"

老太婆带太子一起进入绣房,举目一看,见哈娅图·努夫丝公主已经做了准备:室内收拾、陈设得齐齐整整;成行的宫灯和金、银烛台上的烛光相互辉映;椅凳上铺着坐褥、毡毯,桌上摆满食物、鲜果和甜品;麝香、沉香和龙涎香的气味馨香扑鼻。公主正襟坐在灯烛前面,容光焕发,比灯光烛光还灿烂。她一眼看见老太婆带来的是个女郎,便问她:"乳娘,我心爱的人儿在哪里?"

"小姐,我没碰见他,我到处寻找,都不见他。不过我把他的亲妹妹给你带来了。呶!这便是她。"

"乳娘,你发疯了?我可是不需要他妹妹呀。莫非一个患头痛的人,会把自己的手包扎起来吗?"

"不,我的小姐!指安拉起誓,患头痛的人自然不会把手包扎起来。不过,我的小姐!你先看她一眼吧。如果你认为不错,那就留下她吧。"老太婆说着,摘掉太子头上的面纱。

公主抬头,一眼看出艾尔德施尔太子,赶忙站起来,张开胳膊迎接他。于是二人紧紧地拥抱着双双晕倒。老太婆赶忙拿玫瑰水洒在他俩脸上急救,让他俩慢慢苏醒过来。哈娅图·努夫丝公主成千次地吻艾尔德施尔太子的嘴唇,欣然吟道:

> 黑夜里心爱的人儿前来幽会,
> 我起身迎接,热情招待他坐定。
> 我问道:
> > "我所追求、期待的人哟!
> > 你黑夜里光临,难道不怕值更人发现?"

他回道：

　　"我固然恐怖至极，

　　　但理智、神魂全被爱情所占据。"

　　于是我们互相拥抱，彼此融为一体，

　　继而安然促膝谈情，畅所欲言。

　　哈娅图·努夫丝公主吟罢，对艾尔德施尔太子说："我亲眼见你在我房里，陪我吃喝，做我最亲密的伴侣，莫非这一切的一切都是事实吗？"她一时情怀冲动，乐不可支，兴奋得差一点发疯，欣然吟道：

　　指黑夜里前来和我幽会者的生命起誓，

　　我早做准备，等着同他如约见面。

　　使我最兴奋的是他那柔和、悦耳的哭泣，

　　因此我说：欢迎，欢迎，竭诚欢迎阁下光临。

　　我吻他的腮角一千回，

　　且成千次地把他紧紧抱在怀里。

　　我说：我已经获得我所盼望的一切，

　　赞美安拉！是他满足我的愿欲。

　　我们按自己的心愿欢度良夜，

　　直至黎明才从甜梦中尽欢而醒。

　　哈娅图·努夫丝公主和艾尔德施尔太子亲密无间地坐在一起，卿卿我我地谈情说爱，直谈到天明，公主才把他藏起来。太子在秘密地方，从清晨躲到日落，公主才悄悄地带他回到绣房中，陪他吃喝、游玩，彼此促膝谈心。太子说："我打算转回家园，把你我相爱的情形告诉家父，由他派宰相前来正式向令尊求亲，完成我俩的婚姻大事。不知你意下如何？"

　　"亲爱的，我只怕你走后，跟我一疏远，就把我忘记，或者令尊不同意结这头亲事，我俩就无法成亲，这样一来，摆在我面前的，就只有死路一条。目前我觉得最妥善的办法是：你暂且留在我身边，我负责保护你。这样我们不仅天天可以见面、谈心,而且我要设身处地地好生计划一番,设法私奔。到时候,咱俩趁黑夜溜出王宫,一鼓作气地逃往你的家乡去。因为我对家人不再抱什么希望,打算跟他们断绝关系了。"

"听明白了,遵命就是。"太子同意公主的想法。

公主和太子约定伺机潜逃。在未实现计划之前,他俩每天夜里都要碰头幽会,习以为常地在一起吃喝、谈心,因而彼此间的恩情日益加深,已经到了难分难舍的境地。有一天夜里,公主和太子格外高兴、快乐,一直谈到日出还没完没了,絮絮叨叨地老待在一起不动。

恰巧那天清晨,国王阿补督勒·哥迪尔收到藩属进贡的一批礼物,当中有一串用二十九颗名贵珠宝镶成的项链,其价连城,远非一般小国王的财库可以换取。国王非常看重、珍惜这串项饰,欣然说道:"这串项链,只有我的女儿哈娅图·努夫丝公主配戴它。"于是回头吩咐身边的宦官:"你把这串项链送给公主去,告诉她这是贡礼中的无价之宝,叫她戴在脖项上。"

宦官遵循命令,捧着项链径往后宫去。他曾因触怒公主而被她打落白齿,因而怀恨在心,边走边咒骂公主:"她叫我没了白齿,但愿安拉把这串项链变成她在人世间的最后一件装饰品。"他嘀咕着急急忙忙来到公主的寝宫门前,见大门还关锁着,老太婆靠着门打盹。他伸手摇一摇老太婆。她蒙眬睁眼一看,吓了一跳,惊惶失措地问道:"什么事?"

"我奉国王的命令来见公主。"宦官讲明来意。

"钥匙不在我身边。你去吧,等一会再来。我给你去取钥匙好了。"老太婆想调虎离山。

"非见公主之面,交代了差事之后,我是不可能回禀国王的。"

老太婆见宦官不上她的当,越发忧愁、恐怖。不得已,她只好借取钥匙之便而溜之大吉。宦官等了一会,见她迟迟不来,生怕耽误回禀国王的时刻,急得推着大门使劲一摇,门扣一下子被挣断,大门随之豁然洞开。宦官不顾一切直冲进院落,奔到公主的绣房门前,推开门,把头伸进去一看,见房内灯烛辉煌,陈设富丽堂皇。大白天还不熄灯,宦官面对这种情景,大惑不解,非常诧异。他毫不迟疑地迈步挨至床前,揭起绣花镶珠的罗帐一看,见哈娅图·努夫丝公主躺在床上,怀抱里还睡着一个比她更漂亮的小伙子。他这一惊非同小可,喟然叹道:"嗬,多么好的风尚啊!一个口口声声怨恨男子的闺女,居然做出这种事情来了。这个小伙子,她到底是从哪儿弄来的?现在我可猜透她的心意了。她把我的臼齿给打落了,原来为的就是这个宝贝人儿呀。"他惊叹着放下罗帐,转身便走。公主被宦官的脚步声惊醒,掀起罗帐,看见宦官的背影,便出声喊:"卡夫尔!"

公主见宦官不理睬,纵身跳下床来,追到门前,扯住宦官的衣尾蒙起头,边吻他的脚,边哀求道:"卡夫尔,恳求你把安拉所掩蔽的事情掩蔽起来吧。"

"安拉不会掩蔽你。掩蔽你的人,也不会受到安拉的掩蔽。当初你不光是打落我的臼齿,而且还严令告诫我说:'不许任何人在我面前提男人和谈他们的事情'呢。"宦官摆脱公主,跑出绣房,把房门关起来,命仆人看守着,这才匆匆离开后宫,回到殿前。

"卡夫尔,你把项链交给哈娅图·努夫丝公主了吗?"国王追问宦官一句。

"指安拉起誓,陛下比谁都该享受这种无价之宝呢。"

"发生什么事了?赶快告诉我吧。"国王感觉惊讶。

"这样的事情,臣下只能私下里禀告陛下。"

"不必私下禀告,你就当众说吧。"

"那么,恳求主上免我的罪好了。"

国王把手帕扔给宦官,作为保证他生命安全的证据。宦官卡夫尔收下免罪证物,这才放心地说:"奴婢奉主上的命令,去到哈娅图·努夫丝公主的绣房中,见房内灯火辉煌,陈设焕然一新。同时奴婢还看见公主跟一个小伙子同衾共枕,两人双双地躺在床上,正睡得香甜。奴婢看见那种情景,只得把他俩关在房中,然后前来回禀陛下。"

国王听了宦官的禀告,气得跳将起来,即时抽出宝剑,连声呼唤卫官,吩咐道:"你带领手下的卫兵,前往后宫,把哈娅图·努夫丝和跟她在一起的人,一起给我带来。依然叫他俩躺在床上,拿被子盖着。"

卫官遵循命令,带领手下的卫兵,一哄来到后宫中公主的绣房里,见哈娅图·努夫丝公主和艾尔德施尔太子相对泣不成声,哭成两个泪人。他指着公主说:"像刚才那样,你去躺在床上,并让他同样跟你睡在一起。"

公主畏罪,不敢违拗卫官的命令,反而对太子说:"现在可不是抗拒的时候。"于是她和太子只得依然躺在床上。卫兵们拿被子给他俩盖着,这才七手八脚地把公主和太子连人带床抬出后宫,径直来到殿上,然后把床放在国王面前。

国王伸手揭开被子,举起手中的宝剑,要杀公主。哈娅图·努夫丝一骨碌爬起来,不知如何是好。幸亏艾尔德施尔太子一个箭步迈到国王面前,倒身伏在他的胸膛上,说道:"她没罪,罪过是我犯的。你先杀我吧。"

国王听了太子之言,果然举剑要杀他。哈娅图·努夫丝公主赶忙趋前阻拦,投身伏在国王身上,说道:"杀我吧!千万不可杀害他。因为他是一个王子,他父亲是非常有权势的大国王呢。"

国王听了公主之言,犹豫起来,回头瞟他那老奸巨猾、专权用事的宰相一眼,然后征求他的意见:"爱卿,这件事,你说该怎么办呢?"

"叫我说,凡是干这种事的人,必然要说谎、扯淡。因此,对他二人,应该施加各种刑法,再斩首示众。"

国王采纳宰相的意见,马上传剑子手上殿。剑子手奉命带着助手来到殿前。国王吩咐他:"你把这个该死的罪犯拉去斩首之后,再处决这个小娼妇,并烧毁他俩的尸体。关于这桩事情,就这样办理,不必再向我请示。"

剑子手遵循命令,伸手握住公主的臂膀,预备带她下刑场去。国王突然把他手中握着的东西向剑子手抛去,差一点砸死他,同时吼骂道:"狗东西!你干吗要怜惜我所痛恨的人?你应该抓住她的头发,摔倒她,再顺地把她拖下去!"

剑子手听从国王吩咐,果然抓住公主的头发,使劲一拽,她便跌倒,扑在地上,然后被拖到殿下执法的地方。接着剑子手又如法炮制太子,并从他衣尾上撕下一块布,用它束住他的眼睛,这才抽出宝剑,打算拿他先开刀,存心把公主摆在后面,给她留有余地,以期朝臣中有人出来说情、搭救她。

剑子手摇晃着锋利的宝剑,对准太子的脖项,一起一落地做了三次比试。当此紧急关头,在场的人,一个个洒下同情的眼泪,都默默祷告,祈望安拉解救太子和公主的性命。最后当剑子手高高举起宝剑,即将刀落斩首的一刹那,王宫外面,烟尘突起,越积越密,弥漫在空中,遮断了人们的视线。

这到底是怎么一回事呢?原来这是因为艾尔德施尔太子离国后,迟迟不归,音信杳然,他父亲赛义府·艾尔宰睦不知他的下落,忧心如焚,便亲身率领人马,前来寻找儿子,碰巧在艾尔德施尔太子遇险临危之时,他和人马突然赶到伊拉克的都城。弥漫在空中的烟尘,便是国王赛义府·艾尔宰睦的人马踏起来的。

国王阿补督勒·哥迪尔看见弥漫在空中的烟尘,惊问道:"哟!发生什么事了?那些弥漫空际的烟尘是哪儿来的?"

宰相立刻站起来,急急忙忙奔往宫外,以便察明事情的真相。他极目朝烟尘起处一看,只见满山遍野,到处都是人马,数量之多,有如飞蝗。他大吃一惊,赶忙回宫,禀告大兵压境的噩耗。

国王听说大兵压境的消息,惊恐万状,吩咐宰相:"你快去探听那支军队的来历,打听他们进入我国境内的原因,以及他们统帅的姓名,并替我向他致意,问清楚他出兵的目的。如果他有什么需求,我们可以尽量满足他的愿望；假若他是向别的国王报仇雪耻，我们愿意和他并肩作战；如果他要礼物，我们可以尽量奉献。我们必须这样做，这是因为他们人数太多，显然是一支最强暴的队伍。万一奉承不周，咱们难免要遭殃的。"

宰相遵循命令，即时出去应付。他带着人马连续跋涉，穿过一丛丛帐篷、一队队兵卒和一群群卫士，从早奔波到傍晚，才进入刀枪辉映、警卫森严的将领宿营地，最后来到国王的帐前。坐在帐中的是一个威风凛凛的大国王，左右的侍臣一见宰相，便大声喝令："跪下！跪下！"

随着喝令声，宰相即时跪了下去，吻过地面。可他刚站起来的时候，他们又第二次第三次喝令他跪下。他不敢违拗命令，只得一而再，再而三地跪下去吻地面，最后当他抬头站起来的时候，已经吓得心惊胆战，直不起腰来，因而只得畏畏葸葸、卑躬屈节地慢步挨近国王，低声说："启奏吉祥、尊贵的大国王陛下，愿安拉赏您长寿，扩大您的权力。敝国王阿补督勒·哥迪尔顿首向你致敬，并顺便询问陛下发兵的原因。如果陛下是向某国王兴师问罪，他愿率部下与陛下并肩作战；如果陛下是为谋求某种目的，他在能力范围内，当尽犬马之劳。"

"你既是使臣，就该迅速禀告你的主人，我是施拉子国王，为了寻找我的儿子，才率师到这儿来的。这是因为我的儿子久别家园，音信杳无，行踪不明的缘故。假若他在这座城中，我便秋毫不犯地带走他。要是当中发生什么不测，或者他受到你们的迫害，那就对不起，我非踏破你们的江山、夺取你们的财物、杀绝你们的男人、掳走你们的妇孺不可。现在趁大祸临头之前，你必须尽快把情势禀告你的主人。"

"听明白了，遵命就是。"宰相应诺着告辞，但听国王左右的人又喝令道："跪下！跪下！"没奈何，他只好又跪下去，接连吻了二十次地面，才站起来。这时候，他的心已经跳到嗓子眼处。

宰相吓得面无人色，浑身发抖，狼狈不堪地退出帐篷。在回宫途中，他老想着国王赛义府·艾尔宰睦的威风和他的千军万马之气势，惊魂始终不定。他急急忙忙回到宫中，把所见新闻，从头到尾，详细禀告国王。

国王阿补督勒·哥迪尔听了宰相的禀告，骇然震惊，惊惶失措，感到自己和老百姓的生命财产危在旦夕，愁然问道："爱卿，到底谁是那位大国王的儿子呀？"

宰相瞠目不知所答，幸亏旁人代他回道："陛下下令斩首的那个青年，他就是那位大国王的儿子。幸亏陛下不曾催促即时杀掉他，否则他父亲必定要替他报仇，咱们的国土和生命财产就不可保了。"

"瞧你的这个坏主意！是你叫我杀他呀。"国王埋怨宰相，"那位大国王的儿子，他在哪儿呢？"

"主上，你已经下令处他死刑，吩咐刽子手带他斩首去了。"

国王听了宰相的回答，吓得目瞪口呆，茫然不知所措，大声吼道："可叹他的脑袋！该死的家伙们！你们快去制止刽子手，叫他暂缓执法吧。"

国王左右的人听从吩咐，慌慌张张地一哄奔下殿去，一会儿就把刽子手带到殿前。刽子手站在殿前，毕恭毕敬地回答国王："启禀陛下，奴婢遵命把犯人的脑袋砍掉了。"

"狗东西！假若事情真是这样，那我非让你和他同归于尽不可。"国王责怪刽子手。

"主上，我原是遵命行事的，因为当初是你吩咐我不必再向你请示呀。"刽子手提出抗议。

"那是当时我在气头上所说的话。"国王自知做事不当，"现在趁你还有一口气，快说实话吧。"

"启禀主上：我还不曾执法，他还活着呢。"

国王知道太子还活着，并未被斩首，喜不自胜，心神顿时安定下来，吩咐即时带他上殿。艾尔德施尔太子来到殿上，站在国王面前。

国王起身迎接，亲切地吻他，说道："我的孩子，我做了错事，亏枉了你，祈望安拉饶恕我的罪行。关于这桩见不得人的事，你在令尊施拉子国王御前，千万别再提它，免得惹他蔑视、生气。"

"国王陛下，你所说的施拉子国王，如今他在哪里？"

"他为找你，已经赶到此地来了。"

"指你的尊容起誓，除非你把我和令爱被败坏了的名节挽救回来，否则我是不轻易离开你的。因为我并未奸污令爱，她还是一个纯洁的处女哩。你不相信，可以找产婆来当面检验。经过检验，如果证明她已失去童贞，那么，杀我的头也是应该的。反之，如果检验的结果，证明她还是纯洁的处女，那么，我和她所受的诬蔑和侮辱，便水落石出了。"

国王同意太子的建议，果然找到几个产婆，吩咐她们检验哈娅图·努夫丝公主的处女膜。经过检验，产婆们发现公主还是个处女，便欣然把检验的结果禀告国王，借此向他讨赏。国王慨然赏赐产婆们，同样还连带赏赐宫娥彩女们，并吩咐侍从捧出香水，洒在朝臣们身上。宫中馨香扑鼻，欢声雷动，到处洋溢着欢乐气氛。国王乐不可支，紧紧地搂着艾尔德施尔太子，表示十分敬重、爱护他，并打发亲信陪他上澡堂去洗澡。

艾尔德施尔太子沐浴、熏香归来，国王赏他一套华丽衣服，一顶镶珠宝的王冠和一条嵌珠玉的丝腰带，让他穿戴起来，并预备一匹高头大马，配上嵌珠宝玉石的金鞍银镫，供他骑用，还派文臣武将陪他去见施拉子国王。临行，阿补督勒·哥迪尔嘱咐艾尔德施尔太子："替我向令尊致意，告诉他：我唯他的命令是听，愿效犬马之劳。"

"我一定照办。"艾尔德施尔太子应诺着向国王告辞，欢天喜地地跟同行的文臣武将一起出城，走向他父亲的宿营地。

国王赛义府·艾尔宰睦一见艾尔德施尔太子，欢喜若狂，赶忙起身迎接，紧紧地搂着他不放。他父子久别重逢，快乐到极点。接着消息传遍军中，三军欢声雷动。在一片欢呼声中，文臣武将相率来到国王帐中,跪在太子面前,祝他平安归来之喜。由于太子平安无事,兼之国王和太子久别重逢,所以这一天便成为国王赛义府·艾尔宰睦军中最快乐的节日,有的唱歌,有的跳舞,乐趣盎然。欣逢这样的欢乐景象,艾尔德施尔太子慨然允许陪他前来拜会他父亲的文武官员以及城中的老百姓,随意参观他父亲的兵营,让他们亲眼看一看他父亲的人马之多和势力之雄厚。这样一来,凡是在市场中见过太子坐在铺中经营生意的人,都觉得奇怪,认为像他这样高贵而有地位的人,甘心投身于生意买卖可是怪事。

国王赛义府·艾尔宰睦率大兵压境的消息很快就传开了。哈娅图·努夫丝公主从屋顶上极目眺望,见满山遍野都是人马。当时她被看管着,其结局不是获释、恢复自由,便是杀头、焚尸。她眼看城外的人马,知道是艾尔德施尔的父亲带来的部队,心里觉得恐怖,生怕太子忘记她,并丢下她而跟他父亲一道归去,结果只会害得她死在她父亲手下。因此,她打发一个女仆去见艾尔德施尔太子,对她说:"现在你大胆去找艾尔德施尔太子,用不着害怕。见面时,你跪下去告诉他是我打发你去见他的,并对他说:'我们小姐问候你,现在她被看管在宫中,正等待判决。她父亲可能饶恕她,也可能杀死她。她恳求你别忘记她,也别抛弃她。因为你现在是有权势的人,你且下个命令,谁都不敢违拗你,所以你应该行行好,把她从她父亲手中救拔出来,让她跟你在一起,这对你来说是再好不过的,也证明你是慷慨无私的。须知:她之所以忍受这种患难,全是为了爱你。假若你不想要她,也不管她的死活,这对你来说是不对的。同时你应该对令尊谈一谈个中情形,他可能会向公主伸出援助之手,使她获得自由,并在他动身之前,跟她父亲达成一个协议,保证她的安全,从此不受迫害、虐待。这是她对你的最后嘱望。愿安拉不使你寂寞,并保佑你康乐。'"

女仆遵循哈娅图·努夫丝公主的吩咐,偷偷溜出王宫,径直去到兵营中,找到艾尔德施尔太子,把公主嘱咐的话,向他复述一遍。太

子听了,情动于衷,忍不住痛哭流涕。继而他慷慨激昂地对使女说:
"你要知道:哈娅图·努夫丝公主是我的主人,我是她的奴仆,也是
她的爱情的俘虏。我不但忘不了我和她之间的爱情,而且更忘不了
和她分别时所感受的痛苦。你回宫去吻公主的脚后,对她说,我要把
公主的处境告诉家父,求他派第一次奉命前来提亲的那位宰相,去向
她父亲求亲。这次看来他是不敢拒绝的了。如果她父亲派人征求她
的意见,叫她慨然同意,千万不要拒绝,因为我不带着她是不肯回
国的。"

女仆回到宫中,吻了哈娅图·努夫丝公主的脚,然后把艾尔德施
尔太子所说的话叙述一遍。公主听了太子由衷之言,不禁喜极而悲,
忍不住流下感激的眼泪。

当天夜里,艾尔德施尔太子和国王赛义府·艾尔宰睦静悄悄地
在帐中谈心。国王问太子别后的情形。太子把自身的经历,从头到
尾,详细叙述一遍。国王听了说道:"儿啊! 现在你要我替你做什么
呢? 假若必须向国王阿补督勒·哥迪尔报复,我就下令打破他的城
池,掳走他的财物,甚至于糟蹋他的妻妾也是做得到的。"

"不,父王! 我可不希望你这样做。因为他所做的事情,没有一
件应受这样的报复。相反,我倒是需要跟哈娅图·努夫丝公主接近。
因此,恳求父王行行好,预备一批礼物送给她父亲。而我所说的礼
物,必须是顶名贵的。礼物可以派那位智勇双全的宰相送去。"

"我听懂你的意思了,一定照你的想法行事。"国王满口答应太
子的要求。于是把历来收藏而最心爱的宝物挑出来,当作礼物,先让
太子过目,博得他的赞赏、同意,这才唤宰相到跟前,派他做使臣,替
他去向阿补督勒·哥迪尔国王献礼,并替太子向他的女儿求婚。临
行,他吩咐宰相:"你替我向国王致意,请他收下礼物,然后给我
答复。"

国王阿补督勒·哥迪尔,从艾尔德施尔太子走后,心神不宁,惴
惴不安,唯恐国土遭到践踏,财物受到劫掠,正感觉大祸临头的时候,

想不到国王赛义府·艾尔宰睦的宰相突然前来求见,毕恭毕敬地问候他。国王起身趋前迎接,热情地接待宰相。宰相受宠若惊,赶忙跪下去,边吻国王的脚,边道谢说:"恳求大王原宥。像我这样卑微的臣仆,前来觐见陛下这样高贵的君王,是不该受陛下起身接待的。现在请容臣禀告陛下:敝国的艾尔德施尔太子回到营中,与敝国王见面言欢,谈到陛下对他无微不至的关怀、眷顾,敝国王深感陛下的恩德,故略备薄礼,遣臣前来敬献,藉表谢忱,并向陛下致意,祝陛下万寿无疆。"

国王阿补督勒·哥迪尔听了宰相满口修好、祝愿之词,由于过分恐惧,不敢信以为真,直至宰相拱手奉上礼物,心中的疑虑才烟消云散。他眼看那批礼物,每一件都是金钱买不到的无价之宝,也非一般王侯所收藏的宝物可以望尘,因而在宰相面前,顿时感到自身的渺小,不由自主地站了起来,以感激涕零的心情,既赞美安拉,又感谢太子。

"启奏大王陛下。"宰相开始谈到正题,"敝国王遣臣前来献礼,表示钦佩、敬仰心意,愿与贵国结秦晋之好,故命臣顺便向陛下求亲,期望敝国艾尔德施尔太子与贵国哈娅图·努夫丝公主匹配成双,结为夫妻。如蒙陛下允诺,同意缔结姻亲,即希当面提出订婚办法和筹办妆奁的意见。"

"听明白了,关于缔姻之事,我本人非常赞同,毫无异议,遵命就是。不过从小女方面说,她已是成年的人,婚姻大事,应由她自主,所以这桩婚事,必须征求她的意见,让她自由选择。"国王说罢,回头瞅宦官一眼,吩咐道:"你去见公主,把刚才宰相前来替艾尔德施尔太子向她求婚的消息告诉她,问她同意不同意。"

"听明白了,遵命就是。"宦官应声赶往后宫,进入哈娅图·努夫丝公主的绣房,跪下去吻了地面,然后把国王嘱咐的话讲给她听,最后问道:"关于缔姻的事,你同意否?作何答复?"

"听明白了,遵命就是。"哈娅图·努夫丝公主早已胸有成竹,所以不用思考，毫不踌躇地欣然答应了。

宦官回到殿前，回禀国王，说公主慨然同意缔姻。国王听了，欢喜若狂，即时吩咐取来一袭名贵衣服，赏给宰相，并赏赐一万金，嘱咐道："请把公主同意缔姻的消息禀告贵国王，并替我说情，容我前去拜望他。"

"听明白了，遵命就是。"宰相应诺着告辞，走出王宫，急急忙忙转回营寨，禀告此行经过，叙述国王阿补督勒·哥迪尔和哈娅图·努夫丝公主都同意缔姻以及国王阿补督勒·哥迪尔请求前来觐见的消息。

国王赛义府·艾尔宰睦和艾尔德施尔太子听了回报，皆大欢喜，尤其太子喜出望外，一时心旷神悦，乐不可支。同样，国王在一片欢乐声中，慨然同意接见国王阿补督勒·哥迪尔。

次日，国王阿补督勒·哥迪尔骑马率领亲信，前往营寨中，拜会国王赛义府·艾尔宰睦。国王赛义府·艾尔宰睦竭诚欢迎，让他坐在首席，尽情祝愿他，彼此促膝谈心，形如至亲密友，并当面达成联姻协议。艾尔德施尔太子也在侧侍候。当时国王阿补督勒·哥迪尔的随臣中最长于辞令的名演说家即席慷慨陈词，祝太子和公主联姻之喜，并预祝他俩举案齐眉、百年偕老。国王赛义府·艾尔宰睦吩咐取来一盒珍珠、宝石和五万金币，摆在国王阿补督勒·哥迪尔面前，说道："关于订婚的一切手续，由寡人负责办理。这批财物，是我替太子付出的聘礼，请收下吧。"

国王阿补督勒·哥迪尔欣然收下聘礼，并宣称愿意拿出五万金，一并替公主备办妆奁，随即邀请法官和证人，替艾尔德施尔太子和哈娅图·努夫丝公主正式办理订婚手续，写下婚书。就这样，联姻喜事顺利完成，成为两国间的大事，致使亲戚故旧都欢呼、乐道，一时传为佳话。同时，一些仇视和嫉妒的人，对此事却大为恼火、生气。继而他们择吉成婚，举行隆重仪式，大宴宾客，热闹空前。洞房花烛之夜，艾尔德施尔太子发觉哈娅图·努夫丝是一颗没钻孔的珍珠，也是一匹没人骑过的牝驹,因而觉得她越发美丽可爱。

艾尔德施尔太子抑制不住快乐情绪,把美满的婚姻给他带来的愉快、幸福,赤裸裸地在父亲面前表露无遗,因而国王赛义府·艾尔宰睦也格外欢喜,问道:"儿啊! 在动身回国之前,还有什么事该做吗?"

"有的,父王! 那个居心叵测的宰相和那个造谣诬蔑我们的宦官,我可是要向他俩报复、雪恨呢。"

国王赛义府·艾尔宰睦即时差人进宫,向国王阿补督勒·哥迪尔要人。国王阿补督勒·哥迪尔慑于国王赛义府·艾尔宰睦的权势,不敢违拗命令,诚惶诚恐地把宰相和宦官交给差人带走。

国王赛义府·艾尔宰睦下令处决宰相和宦官,把他俩吊死在城门上,然后小住几日,这才向国王阿补督勒·哥迪尔辞行,预备带太子和公主一起动身回国。国王阿补督勒·哥迪尔欣然同意公主同行,赶忙替她预备行李,选骏马拉车、载运妆奁,还特意制一张嵌珠宝玉石的赤金靠椅,摆在轿中,供她坐靠,使她沿途感觉舒适、愉快,并打发全班婢仆随行,供她使唤。公主还把畏罪逃走的乳娘找回来,恢复她的职位,并带她同行。

国王赛义府·艾尔宰睦率领太子、公主和人马动身起程之日,国王阿补督勒·哥迪尔率朝臣和皇亲贵戚,出城送行,举行隆重的欢送仪式。老百姓扶老携幼,出来看热闹,万人空巷,热闹空前。

国王阿补督勒·哥迪尔骑马送行,走了一程又一程,依依不舍,直至离城郭很远的地方,经国王赛义府·艾尔宰睦发誓,一再请他留步,他才紧紧地拥抱国王赛义府·艾尔宰睦,热烈地吻他的额角,由衷地感激他的宽宏大量,再三地嘱托他破格眷顾公主,最后才转向哈娅图·努夫丝公主,紧紧地搂着她作最后一次话别。公主依依不舍地吻国王的双手,父女难分难舍,相对洒下惜别的眼泪。

送君千里,终归一别。国王阿补督勒·哥迪尔眼看赛义府·艾尔宰睦和太子、公主去远了,才如有所失地转回城去。

国王赛义府·艾尔宰睦率领艾尔德施尔太子和哈娅图·努夫丝公主继续跋涉,最后平安回到施拉子。他爱子心切,因而郑重其事地重新替太子和公主举行婚礼,大宴宾客。从此他们过着极其舒适、安逸的幸福生活,直至白发千古。

白第鲁·巴西睦太子和赵赫兰公主的故事

国王收买海姑娘

古代波斯国有个国王,叫佘赫鲁曼,住在呼罗珊。他宫中有一百个后妃,但她们中谁也不曾给他生男育女。有一天,他忽然想到自己活了大半生,应该有一个子嗣,以便将来继承他的王位,像他继承祖先的江山那样,帝业才可以世世代代相传下去。他想到这里,感到十分忧愁苦闷。

佘赫鲁曼国王因为没有子嗣,正在感觉忧愁苦闷。有一天,一个侍卫匆匆跑到国王面前,奏道:"主上,王宫门前来了一个商人,身边还带着一个举世无双的美丽女郎。"

"你去领那个商人和女郎到宫里来见我吧。"

侍卫遵命,果然把商人和女郎带到国王面前。国王举目一看,见她披着绣花的丝斗篷,身段像鲁迪南出产的长矛那样苗条可爱。商人揭开女郎脸上的面纱,整个宫室就被她的美丽光辉照耀得焕然发光。她梳着七根发辫,像马尾一样,一直垂到腿下。国王看着她的苗条身段和美丽的姿态,感到十分惊讶,对商人说:"老人家,这个姑娘你打算卖多少钱?"

"主上，我花了一千金币把她从贩子手中买了过来，三年以来我带着她周游旅行，今天才流浪到这儿。我在她身上先后花了三千金。现在让我把她当礼物献给陛下吧。"

国王加倍赏赐商人，给他一万金。商人收下赏银，吻了国王的手，感谢一番，然后告辞。国王把女郎托付给女仆，吩咐道："你们好生服侍她，认真替她装饰打扮，并收拾一幢宫殿给她居住。"同时嘱咐侍从把需要的各种什物搬去供她使用。

女仆们遵从命令，把女郎安置在一幢近海的宫殿里。宫中有几道窗子面临大海，视界辽阔，景致非常美丽。国王十分关心女郎，亲身到她宫中去看她。可是她若无其事，也不起身迎接国王。国王叹道："她好像没有受过教育，不懂礼貌。"他仔细一看，见她越发美丽可爱。她的美容好像满圆的月亮，也像晴空中灿烂的太阳。国王感到十分惊讶，忍不住赞美安拉创造的奥妙。他走到女郎身边坐下，吩咐摆出丰盛筵席，陪她吃喝。可是吃完一顿饭，她却一直不言语。国王跟她谈话，问她的姓名，她却默然不语，老是低着头不回答。为了她的姿色和可爱，国王不生她的气，心里想："赞美安拉创造这个绝世佳人，可是她不言语，未免美中不足。"后来他问奴婢们："她跟你们说话吗？"

"她从到这儿来，直到现在，都没有说一句话，什么也不吩咐我们。"

海姑娘不说话

国王唤来一群宫娥彩女，叫她们给女郎唱歌，陪她玩耍，引她谈笑。宫娥彩女们遵从命令，在女郎面前歌唱、舞蹈，玩各种游戏。所有的人都感到快乐，哄堂大笑，其中只是女郎听而不闻，视若无睹，默然不笑，也不言语。国王感到苦恼，闷闷不乐，暗自叹道："奇怪得很,这么标致漂亮的美女,为什么会是这样的呢!"

国王可不绝望。他摒弃宫中成群的后妃,始终陪伴女郎,随时不离她的左右,整整过了一个年头。虽然她不说话,但在国王看来,好像才过了一天,爱慕她的心情越来越浓厚。有一天他对女郎说:"可爱的人儿啊!我太爱你了。因为你我才舍弃后妃和宫娥彩女,把你当作世间我所有的一切。我耐心地等了一年,切望安拉恩赐,让你的心肠软下来,跟我促膝谈心。如果你是哑巴,那么请你比个手势告诉我,好让我从此息下听你谈话的念头。我只希望安拉赏我一个子嗣,将来继承我的王位。因为我活了大半生,至今孤零零一个人,还没有一个子嗣。我指安拉向你起誓,你如果爱我,那么请明明白白地回答我吧。"

女郎低头凝视地下,沉思默想一会,这才抬头,望着国王启齿微笑,说道:"英勇、伟大的主上,告诉你吧,安拉应答你的祈祷,已经使我有了身孕。现在妊娠期快满,眼前就要分娩,但不知腹中的胎儿是男是女。老实说,我要是不为你而有了身孕,那我是不想跟你说话的。"

国王听了女郎开口说话,顿时觉得整个宫廷都充满闪电之光,喜笑颜开地吻她的头和两手,感到无限的快慰,说道:"赞美安拉,他满足我的两重愿望了。第一是你开口说话了,第二是你为我怀孕了。"于是他欢天喜地地奔向朝廷,坐在宝座之上,命宰相取十万金,拿去救济鳏寡孤独的穷苦人,表示感谢安拉。宰相诚惶诚恐,遵命办理。

海姑娘叙述自己的身世

国王回到海姑娘宫中,坐在她身旁,说道:"我的妃子啊!我和你白天黑夜醒着睡着都在一起,整整过了一个年头,你却默然不言语,直到今天才开口说话。过去你到底为什么不说话呢?"

"主上,我告诉你吧。你要知道,我是一个忧愁可怜的异乡人,老远地离开母亲、哥哥和家属,没有跟他们见面的希望了。"

国王听了她的谈话,明白她的意思,说道:"你说你是个可怜人,这是不尽然的,因为我的国家和境内的一切财富都是供你使用的,我自己也是甘心为你服务的。至于说离开母亲、哥哥和家属,这你只管告诉我,他们在哪儿,我派人去接他们去。"

"幸运的国王啊!你要知道,我叫海石榴花。家父是海洋里的一个国王,他死后留下来的江山,被邻国侵占,致使我们遭到亡国的惨祸。我有一个哥哥,叫萨里哈。我们意见不相投,彼此争辩过。我发誓要同陆地上的人结婚,才毅然离开海洋,趁月明之夜来到陆上,坐在海滨。当时有人从我身边走过,把我带到他家里,调戏我,要奸污我。我生气,打他的脸,差一点结果他的性命。后来他把我卖给那位把我献给陛下的善良的仁人君子。如果不是因为你爱我,把整个心都给了我,那我是不愿跟你在一起待上一个钟头的,我早从这个窗户跳到海里找我母亲去了。我已经为你而身怀有孕,不好意思去见母亲。如果我告诉他们我被一位国王收买在宫里,被当作唯一的宝贝看待,国王为我而舍去后妃和其他一切,这话他们不但不相信,反而会怀疑我干了坏事。"

国王听了海石榴花的一席话,衷心感谢她,痛吻她的额角,说道:"我的爱妃,我的瞳仁啊!指安拉起誓,我一时一刻都不能离开你。假若不见你的面,这非要我的命不可,这如何是好呢?"

"主上,我快要分娩,非请我的亲属到场不可了。"

"他们生活在海里,能够不被海水浸湿吗?"

"我们凭圣苏莱曼戒指上刻着的护符生活在海里,跟你们生存在陆上完全一样,毫无分别。主上,现在我请求你:待我的亲属来看我时,我告诉他们是你收买我,百般恩爱我,优待我。在他们面前,希望你给我作证,让他们亲眼看见事实,并知道你是帝王的后代。"

"我的妃子啊!你高兴怎么办就怎么办吧。你要做的一切,我全都依从你。"

"你要知道，主上，我们生活在海里，大家都睁着眼睛，观看各种事物，跟在陆地上一样，可以看见天空中的太阳、月亮和星辰，一点障碍都没有。你要知道，海洋里有许多形形色色各式各样的人类，跟陆地上的人类略有区别。告诉你吧，陆地上的东西，跟海里的东西比较起来，实在太有限了。"

国王听了，感到十分惊奇。

海石榴花招请亲属

海石榴花点着香炉，从身边掏出两片沉香，扔在炉中，使劲吹了一声口哨，便喃喃地念起来。随着她的念声，炉中冒出弥漫的黑烟。国王眼看这种情景，莫名其妙，也不知道她念的是什么，只听她说道："主上，现在我要请我母亲和我哥哥以及叔伯姊妹们上这儿来，你快隐起来，躲着看一看他们，好让你在这儿看到宇宙间各种不同形象的奇怪事物。"

国王依从她，立刻躲到一间密室里，注意观看她的行动。只见她一面烧香，一面念咒语，直念得海水汹涌澎湃，接着波涛开处，出现一个标致漂亮的小伙子，像夜空里满圆的月亮，满面红光，明眸皓齿，体态跟海石榴花相仿佛。同时在小伙子后面出现一个老态龙钟的妇人，被五个月儿般美丽的姑娘簇拥着。她们的模样跟海石榴花相仿佛。她们在水面上行走，姗姗来到窗前。海石榴花喜笑颜开地起身迎接。一见面她们便认出她，一起奔到宫里，和她拥抱，痛哭流涕，说道："海石榴花啊！四年来你为什么丢着我们不闻不问？你在什么地方，我们连知都不知道。指安拉起誓，从分别以来，我们真想你哪，一天也吃喝不好。因为惦念你，我们整天整夜都伤心哭泣。"

海石榴花向亲属叙述她的优越处境

海石榴花吻她哥哥、母亲的手,也吻叔伯姊妹们的手。于是大家围她坐下谈心,打听她的情况和遭遇。她说道:"你们要知道,我和你们分别后,走出海来,坐在海滨,被一个男人带去卖给一个商人。商人带我到这座城市里,以一万金的代价把我卖给这里的国王。国王非常爱我,为了我他把后妃和宫娥彩女都撇开了。他关怀照顾我,废寝忘食,甚至于忘了他自己和国家大事呢。"

她哥哥听了她的谈话,说道:"赞美安拉,他叫我们骨肉重新相会。妹妹,现在希望你跟我们一块儿回家去,和骨肉生活在一起。"

国王在密室中听了她哥哥的谈话,生怕她听他的话而离开自己,吓得神志不清,惊惶失措,正在感到迷惘恐怖的时候,忽然听得她对她哥哥说:"指安拉起誓,你要知道,哥哥,买我的人是这个岛国的国王,他的权力很大,很有头脑,为人十分慷慨,性格纯善,钱财很多。他十分敬重我,体贴入微,待我很好。他还没有生过儿女。我到这里之后,一句不如意的话都没听他说过。他始终看重我,事事跟我商量,给我创造优美的处境,享尽人间幸福,夫妻生活过得很甜蜜,致使他一会儿也不能离开我。我要离开他,这会致他死命的。再说,从我跟他相处以来,蒙他格外优待,我十分钟情于他,要我离开他,这也就要我的命了。老实说,如果父亲还活着,那我在他面前的地位会远不如在这个伟大国王面前这样高贵呢。你们都看见,现在我已经有身孕了。赞美安拉,他使我生为海王之女,并使我做了陆上最有权力的帝王之妻。幸蒙安拉保佑,加倍赏赐我,我切望安拉赏我生个男孩,让他成为王位的继承人。"

海石榴花的哥哥和叔伯姊妹们听了她的谈话,感到欢喜快慰,对她说:"海石榴花啊,你在我们心目中的地位和我们敬爱你的程度,这是你清楚明白的。你也知道你在我们心目中是最尊贵的人;你也相信我们对你的安全和舒适愉快所抱的关怀。要是你过不惯此地的生活,那希望你跟我们一块儿回家去。如果你认为此地还好,过得舒适如意,那就是我们的希望目的,你就住下去吧。总之,我们一心一意只希望你过得舒服快乐,我们就放心了。"

"指安拉起誓,我不但舒服愉快,而且享尽人间的荣华富贵呢。"

国王同海石榴花的亲属见面

国王在密室里听了海石榴花的谈话,非常高兴,顿时安定下来,怀着满腔感激情绪,越发出自心坎地钟爱她。他发现她像自己爱她那样地钟情于他,并要跟他生活在一起,替他生育孩子。

海石榴花吩咐婢仆预备筵席,欢宴亲属,她自己亲身到厨房里参加烹调,办出丰盛的饮食和糕点、果品,陪亲属一起吃喝。席间他们对她说:"海石榴花,你丈夫对我们来说还是一个陌生人,他不认识我们,我们却未得他的许可便到他宫里来,请你替我们向他致谢。最遗憾的是你拿他的饮食招待我们,我们都吃饱了,可还没和他碰头会面。这只怪你不引他来见我们,让他和我们一块儿吃喝,以便我们和他结成面包和油盐之交。"

他们说罢,怒形于色,怨言百出,不再吃喝下去。国王在密室中看着这种情景,吓得痴痴呆呆,不知如何是好。海石榴花临机应变,站了起来,好言安慰他们,随即匆匆来到国王隐蔽的密室中,说道:"主上,我在亲属面前,感谢你,夸赞你,你听见没有? 他们说要带我回家去和骨肉生活在一起,你听见没有?"

"我听见了,我也看见了,愿安拉重赏你。指安拉起誓,在你心目中我爱你的程度,在今天这个吉日里,我清楚明白了。同时你对我的钟情我也不怀疑了。"

"主上,好心不是应得好报吗？你优待我,无上地尊敬我,使我知道你爱我爱到极点,并且无微不至地体贴我;为了看重我,你不惜抛弃你心爱的人儿,不惜牺牲你需要的一切。在这样的情况下,我怎么忍心离开你跟他们回家去呢？现在恳求陛下随我来,跟我的亲属们会一会面,向他们问问好,让你和他们结成亲密的友谊。主上,你要知道,我在我母亲和哥哥姊妹面前夸赞你,因此他们对你印象很好,十分喜欢你,说在回家前必须和你见一面,当面问候你。他们要看看你,以便获得一些慰藉。"

"听明白了,遵命就是。这是我所切望的一桩心事呢。"

国王离开密室,随海石榴花来到席间,和她的亲属见面,很礼貌地问候他们。他们都站起来,亲热地迎接他。于是他坐下,陪他们吃喝,留他们在宫中,当上宾款待。大家在一起欢度了一个月,他们才向国王和海石榴花欣然告辞归去。

海石榴花生了个儿子

海石榴花妊娠期满,生下一个男孩,像满圆的月亮一般美丽可爱。国王第一次生子,喜出望外,张灯结彩,欢欢喜喜地庆祝了七天。到了第七天,海石榴花的母亲、哥哥和叔伯姊妹们听说她生了太子,赶来庆贺。国王殷勤接待,感到无限的快慰,说道:"你们来得真好。我说过要等你们来了才给孩子取名字呢。现在沾你们的光,给他取个名字吧。"

他们给太子取名白第鲁·巴西睦,博得国王的赞同,于是抱太子出来给他们看。他舅父萨里哈把他抱在怀里,来回地在宫中踱了一会,接着走出宫殿,行在海面上,慢慢就不见了。国王眼看太子被他舅父抱进海去,忍不住叹息流泪。海石榴花见国王忧虑的情形,对他说:"你别怕,别为你的儿子担忧害怕,我比你更疼爱我的儿子呢。

孩子和他舅父在一起，你就用不着担心，他不会淹在海里的。我哥哥要是知道对孩子有什么不利，他就不会这样做了。若是安拉愿意，一会儿他会把孩子安全地带回来的。"

海石榴花刚说完，接着海中波涛汹涌，海水翻腾起来，一霎时萨里哈抱着太子出现在海面上，安全地回到宫中。太子像满圆的月亮，乖乖地睡在他的怀抱里。他望着国王，说道："我带太子到海里去，也许你怕他受伤了吧。"

"是啊，我实在担心，认为他绝对活不了了。"

"陆地上的国王啊，我们给他点了一种我们特有的眼药，还替他念了刻在圣苏莱曼戒指上的护符。这是因为我们生了孩子，都习惯这样做的。以后他到海里去，你就别担心他会淹死或遇到不测的祸患了。告诉你吧，我们在海里过活，跟你们在陆地上是一样的。"

海石榴花的亲属告辞回家

萨里哈从身边取出一个袋子，打开，倒出各种名贵的珍珠宝贝，其中有三百翡翠，三百宝石，每颗有鸵鸟蛋那么大，闪烁着强烈的光泽，比太阳月亮更明亮。他对国王说："主上，这些珍珠宝贝是我们第一次献给你的礼物。过去我们不知道海石榴花的下落，音讯杳然。最后才知陛下抬举她，使她贵为后妃，因而我们也成为皇亲贵戚，彼此是一家人了，所以我们带这些礼物来送给你。若是安拉愿意，以后每隔几天我们就预备同样的一份礼物献给你。我们海里盛产珍珠宝贝，数量之多，超过陆上的沙土。它们的好坏和出产地，我们都清楚明白，收集也很容易。"

国王见了那么多名贵的珍珠宝贝，一时迷惘起来，说道："指安拉起誓，仅仅这些珠宝中的一颗，就可以和我的江山等价齐观了。"他衷心感谢萨里哈，回头对海石榴花说："承蒙你哥哥送给我这许多陆上罕有的名贵珍宝,真是却之不恭受之有愧。"

海石榴花对她哥哥的仗义疏财行为表示感谢。萨里哈说道:"主上,陛下维护我们在先,我们应该向你表示谢意。陛下抬举我妹妹,我们又到你宫中来吃喝、叨扰,你的情义如山,我们即使服侍你一千年,也不能报王恩于万一。区区微物,比起王恩来,这有什么值得一提的?"

国王十分感激萨里哈,殷勤挽留他们。萨里哈母子和姊妹们碍于情面,便留在宫中,跟国王、王后在一起热热闹闹地过了四十天。到第四十一那天,他起身去到国王面前,倒身跪下,伏在地上。国王问道:"萨里哈,你这是什么意思?"

"承蒙主上优礼厚待,我们终生难忘。现在我们思乡心切,非常想念亲戚朋友,不能继续在妹妹和御前待下去,恳求陛下慨然允许,让我们回家去吧。指安拉起誓,国王陛下,我固然不愿离开你们,不过我们都是生长在海里的,不习惯过陆地生活,这有什么办法呢?"

国王听了萨里哈的谈话,满足他的要求,起身挥泪送萨里哈母子和他的姊妹们。临行,大家依依不舍,流着惜别的眼泪,说道:"主上,过不久我们还要到这儿来呢,我们要跟你们经常来往。今后,每隔几天,我们便来拜望你们一次。"他们说着告辞,径向海中归去。

国王越发优待、看重海石榴花,百般尊敬、宠爱,夫妻相敬如宾,认真抚育太子。太子发育很正常。他外祖母、舅父和阿姨们隔不上几天便出海到宫中来看望他们,和他们在一起住上一两月才告辞回去。

国王同朝臣商议传位给太子

白第鲁·巴西睦太子年岁渐长,身体越来越茁壮,到年满十五岁时,长得标致漂亮,为当代出类拔萃的英才,在学术上也很有成就,能读能写,还学过武艺,精通骑射、剑术,并学习当代公子王孙必须懂得的各种技艺。因为他生得标致漂亮,学艺高强,名扬天下,所以男妇老幼,人人都谈论他,夸赞他。

国王十分疼爱太子,蓄意要传位给他。有一天召集宰相朝臣和文武官员,跟他们商量王位继承问题,向他们发誓,要他们同意白第鲁·巴西睦太子为王位继承人。文武官员皆大欢喜,遵循命令,大家宣誓,拥戴太子继承王位。

佘赫鲁曼本来是个贤德君主,为人公正,言谈亲洽,乐善好施,向来关心人民疾苦,民众都拥护爱戴他。在他和文武官员商妥传位给太子的第二天,便举行登极典礼。国王和太子骑马,带领文武官员和士兵,在城中巡游,回到王宫附近,国王便下马步行进宫,表示尊敬太子。宰相和朝臣轮流抬着传位毡,前面开道,慢步行至朝廷,国王和朝臣才把太子抱下马来,放在宝座上,然后分立两旁,听他发号施令。

白第鲁·巴西睦执政和老王之死

白第鲁·巴西睦登极为王,掌握政权,即刻宣布开庭,替百姓排难解纷,公正廉明,执法如山,对一般受屈的善良民众,主持公道,维护他们正当的权利;对作奸犯科的贪官恶徒,判给咎由应得的惩罚,以儆效尤。当日他继续裁判到正午,才宣布退堂,离开宝座,和父王一起回后宫去。太后海石榴花见太子头戴王冠,面如满月,立刻起身迎接,边吻边祝贺他,虔心虔意地替他父子祈福求寿。

白第鲁·巴西睦坐在母亲面前闲谈,休息到午后,然后告辞,率领朝臣随从,骑马去到校场操练演习,直至日落才率领人马回宫。从此他每天都骑马到校场演习、操练,然后回宫开庭审判,分别替官宦和平民排难解纷,处理诉讼问题,不停地终日埋头苦干。

时间过得很快,不知不觉也就过了一年。白第鲁·巴西睦准备行装,率领人马出去打猎消遣,并周游全国各地,视察政绩和治安,尽为王应尽的职责,充分表现出高贵、勇敢、公正的品质。

白第鲁·巴西睦巡行归来,不幸老王佘赫鲁曼身染疾病,惴惴不安,觉得已是不治之疾。继而病势日益严重,濒于死亡,便唤白第鲁·巴西睦到床前,谆谆嘱咐他,叫他好生奉养母亲,关心民众,爱护臣僚,同时再一次跟朝臣们协商,盼望他们同心辅佐国王处理国家大事,表示信任他们的誓约。

老王安排了自己的善后,没有几天工夫,便瞑目长逝。白第鲁·巴西睦母子以及满朝文武都为老王之死悲哀哭泣,替他建筑陵寝,安葬毕,然后守孝致哀。萨里哈母子和他的姊妹们也前来吊孝、慰问,对太后说:"海石榴花啊,主上虽然逝世,可是他已经遗下一个精明强悍的孩子。这孩子是世间罕见的,他是一只猛勇的雄狮,也是一个灿烂的月亮。有白第鲁·巴西睦这样后嗣的人,他等于不死的。"

一个月的孝期守满,朝臣们谒见白第鲁·巴西睦,说道:"先王驾崩,陛下感到悲哀,这是人之常情;不过悲哀哭泣,应该属于妇女们的事情。先王既已仙逝,陛下和我们用全副心思去追怀也不济事。再说有陛下这样后嗣的人,他是等于不死的。"于是他们安慰他,规劝他,说服他,陪他到澡堂洗澡,给他戴上王冠,穿上绣花镶珠宝的宫服,前呼后拥地回到宫中,让他坐在宝座上,重理国事,替民众排难解纷,审理诉讼案件,惩办贪官恶霸,保护良民生命财产,博得民众的欢喜爱戴。

海石榴花同哥哥商议给白第鲁·巴西睦成亲

白第鲁·巴西睦励精图治,勤勤恳恳地埋头苦干,忍苦耐劳地坚持了一整年。在那个期间,海里的亲戚经常来看望他母子,生活既舒适,精神也愉快。有一天夜里,他舅父萨里哈到他母亲房中,问候她。

她起身迎接,亲热地拥抱他,请他坐在身边,说道:"哥哥,你的健康如何?母亲和姊妹们都好吧?"

"她们过得好极了,大家都很健康,只是不能经常和你见面,这是美中不足的。"

海石榴花摆出饮食招待他。兄妹边吃边谈,慢慢谈到白第鲁·巴西睦的为人,说他长得标致漂亮,已经发育成熟,不但勇敢机智,而且聪明知礼。当时白第鲁·巴西睦靠在一旁,一听他母亲和舅父的话题转到他身上,便假装睡熟,暗中却侧耳细听。只听得他舅父对他母亲说:"你的儿子已经十七岁了,还没有结婚。我们怕他发生什么意外,会影响他的后嗣。我打算从海里帝王的女儿中物色一个和他一样美丽的公主匹配给他为妻子。"

"你打算给他找谁,你说说看。我都认识她们呢。"

于是萨里哈一个接一个地数出那些公主的姓名。海石榴花听了,说:"我不愿意这些个公主做我的儿媳妇。我儿子的妻子,我要给他找一个知书识礼,生得美丽活泼,而且在宗教、家财、门第、身份方面也要跟他差不离的。"

"我给你数过一百多个公主,你却一个也看不上,现在我没有认识的了。不过妹妹,你去看看,到底他睡熟没有?"

海石榴花走过去试探一下,觉得他睡熟了,说道:"他睡着了。你有什么话要说?你为什么注意他睡觉呢?"

"妹妹,你要知道:我已经想起一个公主,她很适于做你的儿媳妇。如果他醒着,我怕说出来叫他听见,他会一听倾心,钟情于她。那时候也许我们高攀不上,那么你我和你的儿子以及朝中文武官员都会感到困难,大家就为此事而自讨苦吃了。古人说得好:爱情当初不过是一点唾涎,继续发展下去,它会变成汪洋大海呢。"

"那个公主的情形如何,她叫什么名字,你说说看。海里各帝王的女儿以及其他名门贵胄之家的姑娘我都认识。如果那个公主真适于做我的儿媳妇,我可不惜花尽手边的财物,都要向她父亲去求亲。

她是谁？告诉我吧。你别害怕，我儿子睡着了。"

"我怕他还醒着呢。"

"不，哥哥，你简单扼要地告诉我吧，不必顾虑。"

"妹妹，指安拉起誓，国王瑟曼德尔的女儿赵赫兰公主最适于做你的儿媳妇。她是一个绝世佳人，长相和白第鲁·巴西睦差不多。她的标致、漂亮、活泼、美丽、聪明、伶俐是绝无仅有的，海里和陆上的任何女子都不能和她媲美。她有玫瑰色的腮，闪光的额，珍珠般的牙，明亮的眼睛，真有闭月羞花之貌。她举目可以羞退羚羊。她的窈窕身段能使柳树为之折腰。因此大凡看见她的人，都会成为她的俘虏呢。"

"你说对了，哥哥。指安拉起誓，我见过她不少次，幼年时代我和她是很要好的朋友。现在隔得远，我们彼此疏远了，不往来了。我整整有十八年没见她了。指安拉起誓，的确只有她才配做我的儿媳妇呢。"

白第鲁·巴西睦听了有关赵赫兰公主的传说

白第鲁·巴西睦偷听他母亲和舅父的谈话，把萨里哈关于国王瑟曼德尔的女儿赵赫兰公主的描绘从头到尾都听清楚了，从此一听倾心，爱上了她，心里为她燃起了炽烈的火焰，已经堕在又深又广的情海里，可是他依然装出熟睡的样子。

萨里哈看了海石榴花一眼，说道："指安拉起誓，妹妹，瑟曼德尔是海王中最傻的一个，他的权力却比任何国王都大。现在暂且别对国王谈赵赫兰公主的情况，先让我们向她父亲去求婚。如果他慨然允许，接受我们的请求，跟我们结为眷属，则感谢安拉不尽。要是他断然拒绝，不肯把女儿嫁给国王为妻，我们只好息下这个念头，给他另行物色别的女子。"

"你的见地很好,就这样办好了。"

萨里哈兄妹的谈话到此结束,各自安歇睡觉去了。可是白第鲁·巴西睦心中已被他们点着了不可扑灭的爱情的火焰。他一心一意恋念着赵赫兰公主,但只好隐忍着,不好意思向他母亲和舅父吐露真情。

次日清晨,白第鲁·巴西睦随舅父进浴室洗澡、喝酒,继而陪母亲和舅父早餐。吃喝毕,洗过手,萨里哈站起来,向白第鲁·巴西睦母子告辞,说道:"请两位允许吧,我打算回家去了,我在宫中叨扰了好几天,家中老母在等我哪。"

"舅父,你在这儿再住一天吧。"

白第鲁·巴西睦留住萨里哈,接着说道:"来吧,舅父,我们上花园里去走走。"于是甥舅两人一起到花园中散步、消遣。白第鲁·巴西睦找一处树荫下坐着乘凉、休息,突然萨里哈听说的关于赵赫兰公主的那副窈窕美丽的倩影浮现在他脑际,他忍不住落下感伤的眼泪,凄然吟道:

> 爱情的火焰燃烧着我的心,
> 激起我满腔的情愁。
> 倘若有人问我:
>   "万一你和她相见的时候,
>   能把她作为最宠幸的人否?
>   或者你只希望喝一杯清凉的甜水?"
> 我回道:
> "我势必把她作为我最心爱的人儿。"

萨里哈听了白第鲁·巴西睦的爱情诗,无可奈何地搓着手,叹道:"唉! 安拉是唯一的主宰,穆罕默德是他的使徒。全无办法,只盼伟大的安拉拯救了。"接着他问白第鲁·巴西睦:"孩子,我跟你母亲关于赵赫兰公主的谈话,你听见了?"

"是，舅父，我全都听见了。我听了你们关于她的谈话，一下子就爱上了她。我的心一直恋念着她，弄得我隐忍不住了。"

"陛下，让我们去见你母亲，把情况告诉她，求她准我带你到海里去，替你向赵赫兰公主求婚。要是不先征求你母亲的同意我就带你走，叫你母子离散，那她会生我的气呢。再说让她一个人待在群龙无首的城中，没有人执掌政权，管理国家大事，这就糟了，江山会败在你手里呢。"

"舅父，你要知道，如果我去见母亲，跟她商量，她是不会同意的。因此我不要去见她，我决不和她商议。"他说着伤心哭泣，苦苦哀求："舅父，让我跟你去吧，不必告诉我母亲。我去去就回来。"

萨里哈听了白第鲁·巴西睦的哀求，一时迷惘起来，茫然不知所措，叹道："唉！别无办法，只望安拉援助了！"在当时的情况下，他知道白第鲁·巴西睦一心要随他去，不愿见母亲之面，于是脱下一个刻着安拉大名的戒指，递给白第鲁·巴西睦，吩咐道："你戴着这个戒指，就保险你不会淹在海里，并可避免怪物的袭击。"

萨里哈受到谴责

白第鲁·巴西睦接过戒指，戴在手指上，随舅父离弃宫殿，潜入大海。他们继续不停地向前跋涉，一直去到萨里哈宫中，见他外祖母和一些亲戚坐在一起谈心。他们走过去吻她们的手。他外祖母起身迎接，把他搂在怀里，吻他的前额，说道："孩子，你来得真好。可是你母亲怎么不来？她身体好吗？"

"我母亲很好。她向你老人家和姨姨们问好哪。"

这时候萨里哈把他和他妹妹海石榴花关于瑟曼德尔国王的女儿赵赫兰公主的谈话，以及白第鲁·巴西睦听了赵赫兰公主的美名而爱慕的情况从头叙述一遍，最后说道："这次外甥随我到这儿来，目的是向瑟曼德尔国王求亲,预备娶赵赫兰公主为妻。"

白第鲁·巴西睦的外祖母听了儿子的谈话,惊恐万状,大发雷霆,说道:"儿啊!你在外甥面前提说瑟曼德尔国王的女儿赵赫兰公主,这你错了。你明明知道瑟曼德尔最没头脑,是个愚顽横霸成性的家伙。他对女儿赵赫兰公主一向抱着吝啬心情,断然拒绝求婚的人。海里的许多公子王孙向他求亲,要娶赵赫兰公主,全都遭到拒绝。他还骂人家说:'你们的长相、气派,什么都够不上和我的女儿匹配。'咱们出身高尚,是有人格的人,如果冒失地去向他求亲,我怕会像别人那样遭他拒绝,这我们就自找烦恼了。"

"母亲,我跟海石榴花妹妹谈到赵赫兰公主,白第鲁·巴西睦一听倾心,爱上了她。他说:'我拼着江山不要,非向她父亲求婚不可。'他还下定决心,如果娶她不成,只好为她而牺牲自己。母亲,这桩事你说该怎么办呢? 母亲,你要知道,外甥比赵赫兰公主漂亮,他父亲是波斯国王,现在他已经继承王位,最适于娶赵赫兰公主为妻。我决心带着珍珠宝贝和各种适于帝王享受的名贵礼品去见瑟曼德尔国王,替外甥向他求亲。如果他向我们夸耀他是国王,那么白第鲁·巴西睦也是国王哪。如果他夸耀赵赫兰公主美丽,那么白第鲁·巴西睦比她更漂亮呢。如果他夸耀他是堂堂大国,那么白第鲁·巴西睦的国土比他的更广阔,兵马比他的更多。为了满足外甥的愿望,纵然冒着生命的危险,我也非奔走斡旋不可。因为这桩事是我惹出来的,是我把他推到情海里去的,所以我就该尽力给他娶赵赫兰公主为妻。关于这桩事情,切望安拉冥冥中协助我们。"

"你要去,就去吧。不过你说话留神些,别得罪他。他是个愚蠢蛮横家伙,不辨好歹是非,我怕他会虐待你呢。"

"听明白了,遵命就是。"

萨里哈向瑟曼德尔国王求婚

萨里哈预备了几皮袋珍珠、玛瑙、珊瑚、翡翠和各种最名贵的宝石，叫仆人带着，随他去到瑟曼德尔国王的宫殿门前，请求入见。国王答应接见他。他进宫去，跪在国王面前，吻了地面，毕恭毕敬地祝福、问候。国王起身迎接，十分尊敬他，请他坐下，说道："蒙你光临，幸甚幸甚。一向久违，我们不胜寂寞之至。萨里哈，今天你到这儿来，有何见教？你有什么需求？告诉我吧，我给你解决好了。"

萨里哈站起来，第二次跪下去吻了地面，说道："国王陛下，我指望安拉和狮子般伟大的国王成全我的需求。陛下的美名传播遐迩，为世人所称道。陛下从善如流，又以慷慨、容忍、宽恕、仁慈等美德见称，这是值得我们仰慕爱戴的。"于是他打开皮袋，取出珍宝，摊在国王面前，说道："陛下可否体念下情，慨然收下区区薄礼，使奴婢有所宽慰吗？"

"你为什么送我这些礼物？对我讲明这个道理，告诉我你的需求吧。如果我能力所及，马上就替你办，决不让你感受困难。要是我能力不及，那就没办法了。安拉不教人做能力以外的事呀。"

萨里哈站起来，第三次跪下去吻了地面，说道："国王陛下，你是能够满足我的愿望的呢。我的愿望不但在你的能力范围之内，而且是你掌握着的。我并不为难你。我不是疯子，怎么能要求你给我做能力以外的事呢？谚语说得好：欲知此中三昧，须向有经验的人去请教。话又说回来，我到这儿来所抱的愿望，你是能满足我的。"

"你尽量要求好了。你的愿望是什么，清楚明白地告诉我吧。"

"主上，你要知道，我们希望同陛下结为眷属，所以特来向你独珠般的千金小姐赵赫兰公主求婚。"

国王听了萨里哈的谈话，现出蔑视的态度，放荡不羁地哈哈大笑,笑得几乎倒在地上。接着他厉言正色地说:"萨里哈,原先我当你是个有头脑的、言端行正的有为青年。你疯了!是谁叫你甘冒这么大的危险,大言不惭,胆敢向国王的女儿求婚?难道你有这样崇高的地位吗?岂不是你的头脑坏到这步田地,才说出这种无稽之谈吗?"

"安拉保佑你,陛下。我不是为我要娶公主为妻而来求婚的。即使我为自己而向公主求婚,我也够资格匹配她的,彼此也算是门当户对。先父原是海里的国王之一,到后来我们才变成你的藩属的。不过今天我是替白第鲁·巴西睦国王求婚来的,他父亲佘赫鲁曼是波斯国王,他的权力你是知道的。如果你觉得你是国王,那么白第鲁·巴西睦的国土比你的更广大。如果你认为你的女儿生得美丽,那么白第鲁·巴西睦的面貌比她更漂亮,出身、门第也比她高贵,他是当今赫赫有名的英雄骑士。我的要求如果蒙你接受,那么国王陛下,你算是把一桩事情摆到一个适当的地位上了。你要是表示高傲自大,对我们来说,这是不公允的,等于阻断了我们的正路。国王陛下,你自然明白,你的千金小姐赵赫兰公主迟早是要结婚的。如果你决心替公主料理婚姻大事,那么让我的外甥白第鲁·巴西睦来做你的快婿,这是最适宜不过的。"

国王生气要杀萨里哈

国王听了萨里哈的言谈,大发雷霆,气得昏头昏脑,差一点丧了生命,喝道:"狗杂种!像你这样的人胆敢大言不惭,也配向我的女儿求婚?你说你妹妹海石榴花的儿子配做她的丈夫,这是胡说八道。你算什么东西?你妹妹是谁?你外甥和他父亲到底是些什么家伙?其实你们跟我的女儿比起来,连狗彘都不如。你这个狗东西!不自量力,居然如此这般地向我求亲来了!"他骂着呼唤仆从,吩咐道:

"仆人们，给我杀死这个贱种！"

仆从遵命，拔出宝剑，要杀萨里哈。他见势头不好，寡不敌众，拔腿逃跑。他跑出宫门，见他的叔伯兄弟、亲戚朋友和家里的仆人，总共一千多人，大家穿着铠甲，握着宝剑，摩拳擦掌地站在王宫门外。他们是奉老太太的命令前来支援萨里哈的。一见萨里哈，他们齐声问道："事情怎么样了？"

萨里哈把求婚的经过告诉他们。他们听了，认为国王太鲁莽，过于凶暴，不讲道理，大家愤愤不平，举起宝剑，一齐闯进宫去，只见昏王怒气冲冲，坐在宝座上，他的仆从卫队，一个个悠闲自在，什么防备也没有。直至他们到他面前，他才惊叫起来，呼唤仆从、卫队，喝道："该死的家伙们哟！快来保护我，快给我杀死这些狗东西。"仆从、卫队慌慌张张勉强支持着起来抵抗，于是宫中大功干戈，双方战斗起来。国王的人抵敌不住，死的死，逃的逃，一会儿就分出胜负，瑟曼德尔国王束手就擒。

白第鲁·巴西睦和赵赫兰公主逃到一个岛上

国王的女儿赵赫兰公主蒙眬醒来，知道父亲被擒，他的仆从、卫队被杀，惊惶失措，拔腿跑出宫殿，逃到一个荒岛上，爬在大树梢头躲藏起来。当时国王的人东逃西窜，白第鲁·巴西睦见他们慌慌张张的狼狈情况，一打听，知道他舅父和国王之间发生冲突，国王被擒，心中十分恐怖，自言自语地叹道："唉！这种灾祸是我惹出来的，只怪我坚持要向他求亲呀。"于是为了避免杀身之祸，拔脚逃跑。可是他茫然不知应该逃到什么地方才算安全，最后在不知不觉中被命运驱使到赵赫兰公主逃亡的那个荒岛上，一步一跌地奔到赵赫兰公主栖息的那棵大树下面，死气沉沉地倒在地上，躺着歇息。

赵赫兰公主和白第鲁·巴西睦不期而遇

白第鲁·巴西睦气息奄奄地躺在地上，睁眼仰视树顶，无意间他和赵赫兰公主的视线相遇。他仔细端详，见她生得无比美丽，像初升的月亮一般可爱。他一见倾心，十分爱慕，喃喃地说道："赞美化工之妙，这个美丽的形象是安拉创造的。他是万能的，宇宙中的一切都是他一手创造的。指安拉起誓，如果我猜得不错，那她一定是赵赫兰公主。我猜她是听了战斗消息，才逃到这儿来躲在树顶上的。如果她不是赵赫兰公主，那她的美貌一定胜过赵赫兰公主了。"

他静下来思索一会，心里想："我要捉住她，打听她的情况。如果她真是赵赫兰公主，我便当面向她求婚。这是我的愿望哪。"他撑持着站起来，对赵赫兰说："我所切望的人儿呀！你是谁？是谁带你上这儿来的？"

赵赫兰公主看了白第鲁·巴西睦一眼，见他像乌云下面的月儿一般清秀可爱，笑容可掬，生得非常标致漂亮，回道："告诉你这位品行端正的青年小伙子吧，我是瑟曼德尔国王的女儿赵赫兰公主。因为萨里哈打败了我父亲的士兵，擒走了我的父亲，我才逃到这儿来躲避的。我怕死在乱军之中，不得已逃命于此。我还不知道家父的下场呢。"

白第鲁·巴西睦听了她的谈话，对彼此间的巧遇感到十分惊奇，心里想："毫无疑问，因她父亲被擒，我的愿望可望实现了。"于是对她说："小姐，请下来吧。这是为了你我的事，才惹出祸患，掀起战争的呢。你要知道，我就是白第鲁·巴西睦国王，萨里哈是我的舅父，是他去你父亲面前，替我向你求婚的。为了你，我离乡背井，扔下国家大事不顾。我们此时在这儿碰头见面，这真是从未有过的巧遇呢。现在你请下来，我和你一起上你父亲宫里，让我请求舅父释放你的父亲,然后我们合法地结为眷属吧。"

赵赫兰听了白第鲁·巴西睦一番中肯之言,心里想:"原是为了这个贱种才惹出这桩祸事来的,连累父王被俘,牺牲了无数生命,还害得我无处栖身,不得不亡命到荒岛中,受尽千辛万苦。我要是不设法自卫,他会战胜我而达到目的呢。"于是她花言巧语地欺骗他,说道:"我瞳仁般的人儿呀!你是白第鲁·巴西睦国王吗?海石榴花女王是你母亲吗?"

"不错,小姐。"

"唉!家父如果要找比你更漂亮可爱的女婿,那他一定要受安拉惩罚,非亡国不可,甚至难免会惨死在异乡的。指安拉起誓,他没有眼光,头脑太简单。他的这种行为,恳求陛下饶恕他吧。说老实话,如果你对我有五寸的爱慕,那我对你的恋念早已超过一尺了。你先前具有的那种爱情,现在已经转移到我身上来了。而且你的爱情跟我的比起来,它不过十分之一罢了。"

白第鲁·巴西睦中了赵赫兰公主的魔法

赵赫兰公主从容溜下树来,走到白第鲁·巴西睦面前,亲切地拥抱他。白第鲁·巴西睦眼看她温存、柔和地对待自己,爱慕她的程度更是有增无减,并且坦率地信任她,说道:"公主,指安拉起誓,关于你的美丽可爱,我舅父萨里哈对我谈过的还不到十分之一呢。"

赵赫兰公主口中念念有词,随即向白第鲁·巴西睦面上一吐,说道:"变成一只白羽红嘴红脚的飞禽吧。"她刚开口一说,白第鲁·巴西睦一下子就变成一只美丽的鸟儿,拍拍翅膀,一骨碌站了起来,呆呆地望着赵赫兰公主。

赵赫兰公主望她身边的女仆麦尔辛娜一眼,说道:"指安拉起誓,如果父王不落在他舅父手里,我非要他的命不可,这个倒霉家伙没有可饶恕的余地,这一切的灾难都是他惹出来的。你给我带走他,把他送到那个旱岛上,扔在那儿,渴死他吧。"

女仆麦尔辛娜遵循公主的命令,把白第鲁·巴西睦送到旱岛上,撇下他,预备离开那里;但她有所不忍,想道:"这么漂亮可爱的人,不该让他渴死在旱岛上。"于是她带他去到一个长着很多果树并有河流的大岛上,让他有生存的余地,这才回到公主面前消差,说道:"我已经把他扔在旱岛上了。"

萨里哈寻找白第鲁·巴西睦

萨里哈擒住瑟曼德尔国王,杀死并赶走其余的人,随即寻找赵赫兰公主,可是找遍整个宫殿,都不见她的踪影。没办法,他大失所望地回到自己家中,对他母亲说:"娘,白第鲁·巴西睦上哪儿去了?"

"儿啊!我没见他,不知他上哪儿去了。据说他听得你跟瑟曼德尔国王争执,打了起来,他着了慌,就逃跑了。"

"娘!"萨里哈感到十分忧愁苦闷,"我们丢掉白第鲁·巴西睦了,我怕他会遇到什么不测的祸事呢。万一他落在乱军或赵赫兰公主手中,那我们有什么脸面去见妹妹呢?事情就更糟了。因为我是瞒着妹妹把白第鲁·巴西睦悄悄地带到这儿来的。"于是他派人分头到各处去寻找,打听白第鲁·巴西睦的下落。使者走遍各地,可一点消息也探不到,结果只好回来交差,报告寻找的经过。萨里哈听了,忧心如焚,越发忧愁苦闷了。

海石榴花听到儿子的消息

白第鲁·巴西睦随他舅父萨里哈走后,他母亲海石榴花坐卧不安,耐心地在宫中等了几天;后来始终不见他回去,也没有得到什么信息,她这才毅然离开宫殿,回到海里的娘家去找儿子。她母亲一见她,起身迎接,把她搂在怀里痛吻。海石榴花同样亲亲热热地吻了她母亲,然后向她打听儿子的消息。她母亲说:"儿啊,他舅父回来时带他了。后来他舅父拿着珍珠宝贝去见瑟曼德尔国王,向他求亲。可是他不但不愿跟我们结亲,而且出言骂你哥哥。我派了一千人马去支援你哥哥,双方就打了起来。幸蒙安拉保佑,你哥哥打了胜仗,杀败瑟曼德尔国王的士兵,并把他也擒住了。消息传来,你的儿子好像怕自己遭劫,也不告诉我们便悄悄地溜走。他走后一直没回来,他的信息一点也打听不到。"

海石榴花打听她哥哥的情况。她母亲告诉她:"他在瑟曼德尔宫中,坐在他的宝座上。他已经派人分头寻找你的儿子和赵赫兰公主去了。"

海石榴花对儿子的安全怀着无限的忧虑,而且十分恼恨她哥哥萨里哈不征求她的同意就把她的儿子带到海里。她对她母亲说:"娘,我担心着国家大事哪,因为我上这儿来,没让宫里的任何人知道。我要是回去迟了,恐怕出什么岔子,这会影响王位的。现在我先赶回去,掌握着政权,静待安拉如何安排我儿的事吧。我觉得这样应付是必要的。你们可别忘了我的儿子,别把他不当一回事看待。万一他有什么好歹,我就非死不可了。因为没有他,我就看不见宇宙了。他要活着,我才能感受人生的乐趣呢。"

"好的,我儿,你放心回去吧。这桩事你不必顾虑,由我们负责处理好了。"

海石榴花满腔郁结,哭哭啼啼地拜别老母,转回家去,觉得宇宙真是太狭窄了。

白第鲁·巴西睦被猎获卖到国王手里

赵赫兰公主施了魔法,把白第鲁·巴西睦变成鸟儿,吩咐女仆:"带他到旱岛去,扔在那儿,渴死他。"可是女仆心术不坏,送他到一个森林茂密、有果树有河流的大岛上。于是他吃果子充饥,喝河水解渴,继续生存下去,过了好些天,却不知该向什么地方去找归宿,而且也不会飞翔。就在这样徘徊不知如何是好的时候,有一天,一个猎人到岛上来打猎,看见白第鲁·巴西睦这只白羽红嘴红脚的可爱鸟儿,心里一下子乐开了,想道:"这只鸟美极了,像这样可爱的飞禽,我生平还是第一次看见呢。"于是把网一撒,捉住它,带到城中,心里想:"我卖掉它,拿钱去过活吧。"

"这只鸟你打算卖多少钱?"城里有人问他。

"你买去做什么用?"

"买去杀吃。"

"这样美丽可爱的鸟儿,谁忍心杀吃它? 我要把它献给国王,养在宫里欣赏它这美丽可爱的形象,国王会重赏我呢。再说我这一辈子以打猎为生,无论在山中或海里打到的禽兽,从来没见过像这样可爱的动物。指伟大的安拉起誓,你出多大的价钱我也不卖给你。"

猎人带着白鸟去到宫中,国王一见,被那白羽红嘴红脚的美丽形象所吸引,叫仆人向猎人收买。仆人遵命走到猎人面前,问道:"这只白鸟你卖不卖?"

"不卖,这是献给国王的礼物。"

仆人接过白鸟,带到国王面前,把猎人的话重说一遍。国王收下礼物,赏猎人十个金币。猎人收了赏银,跪下去吻了地面,然后起身退出。仆人把白鸟关在一个考究的雀笼中,供给食物,挂在宫里,当装饰品看待。国王办完公事,对仆人说:"那只白鸟在哪儿? 把它给我带来,让我欣赏欣赏吧。指安拉起誓,那鸟儿美丽极了。"

仆人遵命带来白鸟,放在国王面前。国王见白鸟不吃摆在笼中的食物,觉得奇怪,叹道:"指安拉起誓,我不知它想吃什么;如果我知道,我一定要喂它呢。"于是吩咐仆人预备饮食。仆人遵命摆出筵席,供国王吃喝。白鸟见了席中的肉食、糕点和水果,便吃喝起来,国王和在座的人都觉得奇怪。后来国王对左右的婢仆说:"能吃这种饮食的飞禽,我是生平第一次看见呢。"

王后解救白第鲁·巴西睦

国王命侍从去请王后出来观看奇迹。侍从奉命去到后宫,对王后说:"主上有请娘娘前去观看刚买来的那只白鸟。我们给主上摆出筵席,那只鸟儿从笼中飞出来,落到桌上,啄食席中的各种食物。娘娘,你快去看,那鸟儿美丽极了,这是当今最稀罕的事情呢。"

听了侍从的报告,王后急急忙忙离开后宫,来到国王面前,看了白鸟,仔细端详清楚,然后捂着面孔,转身就走。国王忙起身,追了过去,说道:"这里除了我和你的婢仆以外,没有外人,你为什么要捂着脸回避呢?"

"国王陛下,这只白鸟并不是飞禽,他跟你一样,是一个男人哩。"

"你撒谎!你多爱开玩笑呀!它怎么会不是飞禽呢?"

"指安拉起誓,我没有同陛下开玩笑,我说的都是事实。这只白鸟是白第鲁·巴西睦国王的化身,他父亲是波斯国王,名佘赫鲁曼,他母亲叫海石榴花。"

"他怎么会变成这个形象的呢?"

"瑟曼德尔国王的女儿赵赫兰公主把魔法施在他身上了。"于是她从头到尾叙述事件的经过:他向瑟曼德尔国王请求和赵赫兰公主结婚,可是国王不许可,白第鲁·巴西睦的舅父萨里哈跟他打仗,大动干戈,结果国王失败被俘。听了王后的叙述,国王感到十分惊奇。原来王后是个精通魔法的人,所以深知其中三昧。国王对她说:"指我的生命起誓,你发个善心,解除他身上的魔法,别叫他再受苦受难了吧。那个欺诈成性的赵赫兰公主多么丑恶!多么缺德呀!愿安拉惩罚她,砍掉她的手掌。"

"你叫白第鲁·巴西睦到贮藏室去吧。"

国王一吩咐,白第鲁·巴西睦遵命走进贮藏室。王后蒙起自己的脸面,端一碗水,去到贮藏室中,喃喃地念了咒语,一面洒水在他身上,一面说道:"凭着创造宇宙、生死和分配衣食、寿限的安拉的真理,你摆脱这个形象,快快恢复你的原形吧。"

她刚开口一说,白第鲁·巴西睦猛然颤抖一下,摇身变成人类,恢复了原形。国王一看,眼前出现一个举世绝无仅有的美少年。白第鲁·巴西睦看了当时的情景,如梦初醒,欣然说道:"安拉是唯一的主宰,穆罕默德是他的使徒。赞美安拉,他创造人类,并给人们分配了衣食、寿限。"接着他吻国王的手,替他祷告祈福。国王亲切地吻他的额,说道:"白第鲁·巴西睦,把你的遭遇从头到尾详详细细地讲给我听吧。"

白第鲁·巴西睦流落在海岛上

白第鲁·巴西睦毫不隐瞒,把自己的遭遇全都告诉国王。国王听了,感到十分惊诧,说道:"白第鲁·巴西睦,安拉解救了你,破除你身上的魔法,现在你打算怎么办?希望做什么呢?"

"国王陛下,恳求你行行好,给我预备一只船一些粮食,派几个仆人送我回家吧。我在漫长的时日里,漂流在外,再不回去,我的江山就保不住了。恳求陛下行好行到底,答应我的要求吧。"

国王看他生得标致漂亮，口才又伶俐，欣然答应他的要求，说道："听清楚了，我满足你的愿望好了。"于是给他预备一只帆船，装上食物和其他旅行需要的东西，并派几个仆人送他回家。

白第鲁·巴西睦辞别国王，和仆人们乘船回家，一帆风顺地航行了十天。可是到了第十一天，飓风突起，船在汹涌澎湃的惊涛骇浪中漂荡着，水手驾驭不住，终于触礁，砸得粉碎，全舟覆没，只剩下白第鲁·巴西睦一人，抓住一块木板，紧紧地攀伏着，任风吹浪打，漂流了三天。第四天，他终于流落到海滨，发现一座建筑在海岛上的白色城市，城墙很高，房屋很坚固别致。他疲劳不堪，饿得要命，一见那种情景，喜不自胜，十分快乐。

到魔法城中遇见卖蔬菜水果的老头

白第鲁·巴西睦挣扎着爬起来，打算进城去找归宿，可是眼前出现无数的骡马和毛驴，一齐向他进攻，拦住去路，不让他进城。不得已，他潜到海里，游至城市后面，然后上岸，走到城中，却不见一个人影，觉得非常奇怪。他漫无目的地走着，自言自语地说道："这座城市里既无国王，也没有老百姓，到底是归谁管辖的？那些不让我进城的骡马毛驴又是从哪儿来的呢？"后来他碰到一个卖蔬菜水果的老头，走过去打招呼，问候一声。老头见他生得聪俊漂亮，问道："孩子，你是哪里人？为什么上这儿来？"

他把自己的遭遇从头叙述一遍。老头听了，感到惊诧，问道："孩子，你进城时没碰到别人吧？"

"城中空空不见一个人影，我正感觉奇怪呢。"

"孩子，快到我铺里来，你别冒险吧。"

白第鲁·巴西睦去到铺中坐下。老头给他拿来食物，吩咐道："孩子，上里面吃去。赞美安拉，他把你从那个魔鬼手中放出来了。"

白第鲁·巴西睦感到十分恐怖,神魂不定地吃了饭,洗过手,呆呆地望着老头,说道:"老人家,你刚才说的到底是怎么一回事? 你的话把我给吓坏了。"

"孩子,你要知道,这是一座魔法城,城中的女王是个欺诈、狡猾成性的魔法师,跟魔鬼一模一样。你看见的那些骡马毛驴,它们跟我们一样,全都是圆颅方趾的外路人。因为凡是像你这样的年轻人进得城来,通通都叫那个异教徒的魔法师拿去陪她食宿,尽情玩弄利用四十天后,才给他施魔法,叫他变成骡、马或毛驴,如你在海滨所见的那样。当初你上岸要进城时,它们关心、疼爱你,怕你像它们那样中她的魔法,所以它们指点着对你说:'你别进去,免得魔法师看见你。'要是她看见你,难免会像对付他们那样对付你呢。她是凭魔法统治这座城市的,她叫辽彼女王。"

白第鲁·巴西睦听了老头的谈话,惊恐万状,像暴风中的竹子,颤巍巍地叹道:"我再也想不到我刚摆脱魔法给我带来的灾难,现在又叫命运把我引到更恶劣的地方来了。"他默然考虑自己的遭遇和处境,难过到极点。老头仔细打量,见他惊恐万状,说道:"孩子,你来铺前坐着,注意看看行人们的衣服和肤色吧,他们没有遭受魔法,你不必害怕。女王和城中的居民都喜欢我,爱护我,谁也不怕我,也不疑心我。"

白第鲁·巴西睦听从老头的指示,到铺前坐下,见人们来来往往,数目之多,指不胜屈。人们看见他,都走到老头面前,围着问道:"老人家。这是你的俘虏吗? 这是你最近的猎获物吗?"

"不,他是我的侄子。因为他父亲去世了,我才叫他上这儿来,以便减少我对他的惦念哪。"

"这是一个聪明漂亮的小伙子,我们替他担心着呢。你老人家得留神些,别叫女王见了,把他带走。"

"女王一向喜欢我,保护我,她不会亏待我的。只要她知道孩子是我的侄子,就不会不尊重我而带走他的。"

白第鲁·巴西睦进宫陪随女王

　　白第鲁·巴西睦跟老头生活在一起,起居饮食都好,受老头的关心疼爱,平安无事地过了几个月。有一天,他照例坐在铺中,忽然有一千名卫队,穿着各式各样的服装,结着镶珠宝的腰带,佩着印度宝剑,骑着阿拉伯骏马,来到老头铺前,向他致敬一番,然后归去。接着又来了一千名月儿般美丽的女兵,穿着各种绣花镶珠的丝绸衣服,佩着宝剑,其中有个女官,骑着阿拉伯骏马,备着镶珠宝的金鞍银辔,她们一直来到老头铺前,向他致意一番,然后顺序归去。最后是辽彼女王在森严的仪卫簇拥下,姗姗来到老头铺前。她一眼看见白第鲁·巴西睦坐在铺中,月儿般漂亮可爱,不禁感到惊奇。她愣了一会,去到铺中,和白第鲁·巴西睦坐在一起,对老头说:"你从哪儿得来的这个漂亮小伙子?"

　　"他是我的侄子,到这儿来还不久呢。"

　　"让他跟我到宫里去,陪我谈心吧。"

　　"你带他去,不施他魔法吗?"

　　"对,我不会施他魔法的。"

　　"那么请你发誓吧。"

　　辽彼女王果然对老头发誓,决不伤害他,也不施他魔法。于是她吩咐侍从给白第鲁·巴西睦预备一匹骏马,备着镶珠宝的金鞍银辔,并赏老头一千金,说道:"给你,拿去添着过活吧。"然后告辞,和白第鲁·巴西睦并辔而行。人们见了白第鲁·巴西睦生得标致漂亮,都怀着惋惜心情,窃窃私语,说道:"指安拉起誓,这么漂亮的一个小伙子,不该让那个该死的妖魔施他魔法呀。"白第鲁·巴西睦抱着听天由命的主意,虽然听了旁人的危言,却始终保持镇静态度。

　　人马回到王宫门前,文武朝臣都排队迎接。女王叫侍卫传令,他们才跪下去吻了地面,然后顺序归去。白第鲁·巴西睦随女王和婢仆去到宫中,抬头一看,是一幢无比富丽堂皇的宫殿,屋顶和墙壁都是金的。宽广的花园中有个清澈的小湖,园中养着各种美丽可爱的雀鸟,在枝头上清脆悦耳地歌唱着。白第鲁·巴西睦眼看这种情景,心有所感,不自主地叹道:"赞美仁慈宽大的安拉,他给崇拜邪恶的人们享受优美的生活哪。"

女王在靠花园窗前铺得十分柔软的一张象牙床上坐下,让白第鲁·巴西睦坐在她身旁,然后吩咐摆宴。婢仆们遵命,端出镶嵌珠宝玉石的碗盏,盛着各种可口的山珍海味。他们两人饱餐一顿,洗过手,婢仆们又摆上金、银、水晶盏和酒肴、馨花,并带来十个手持乐器、月儿般美丽的歌女。女王斟了一杯,一饮而尽,然后斟给白第鲁·巴西睦。他们交换着一面斟,一面饮,喝得有些醉意,歌女们才弹唱起来。白第鲁·巴西睦醉眼蒙眬,觉得整个宫殿,都舞蹈起来,陶醉在歌声酒色的氛围中,心旷神怡,乐不可支,忘了自己是离乡背井的外路人,心里想:"这位女王温存得很,她的江山比我的国土更广大,她本人比赵赫兰公主更美丽,我这一辈子也不要离开她了。"

他和女王一面喝酒,一面听歌女们弹唱,直到天黑,仍不罢休。女王命点燃灯火,焚烧香炉,日以继夜地欢饮下去。直至更残夜静,才命婢仆给白第鲁·巴西睦铺床,她自己也和衣倒在象牙床上,很快就进入甜蜜的梦乡。

白第鲁·巴西睦生女王的气

第二天清晨,女王拿最华丽的衣冠给白第鲁·巴西睦穿戴起来,牵着他的手双双去到席间,一起吃喝。饭后,婢仆收拾布置,摆出酒肴果品,接着歌女们也弹唱歌舞起来。他俩一面饮酒作乐,一面欣赏歌舞,尽情享受,从早到晚,终日荒淫无度。这样习以为常,一直过了四十天，女王才洋洋得意地说道："白第鲁·巴西睦，是我这儿好呢，还是你伯父的蔬菜铺好？"

"指安拉起誓，主上，自然是你这儿好。我伯父他不过是个贩卖蔬菜的穷汉罢了。"

女王听了，哈哈大笑，感到欢喜快慰。

有一天，白第鲁·巴西睦从梦中醒来，不见女王，便自言自语地说道："她上哪儿去了？"他感觉寂寞、迷惘，焦急地等了一会，仍不见她回来，便问自己："她到底上哪儿去了？"于是他起身寻找，不见她在宫中，心里想："也许她到园中去了。"于是急急忙忙奔到园中，见河堤上站着一只白鸟，白鸟附近的一棵大树上栖息着各种羽色不同的飞禽。他悄悄躲着窥探，只见树上的一只黑鸟飞到堤上，白鸟便跟它争吵起来。一会儿白鸟摇身变成人类。他仔细一看，原来它就是女王辽彼。看了那种情景，他知道那只黑鸟原是中了魔法的人，而女王把自己变为白鸟，原是为它的缘故。他一方面产生嫉妒心，一方面同情黑鸟的遭遇，因此痛恨女王，怒气冲冲地转回宫去。

一会儿女王回到宫中，向他献殷勤，嬉皮笑脸地逗趣他。他恨透女王，默然一句话也不说。女王察言观色，看出他的心事，知道她为那只黑鸟而变形的秘密已经被他窥破。可是她隐忍着，不跟他理论。后来白第鲁·巴西睦说道："主上，我四十天没见伯父的面，很想念他，我要上他铺里去看他。"

"听明白了，你去吧。"女王同意了。

白第鲁·巴西睦叙述宫中的见闻

白第鲁·巴西睦骑马去到蔬菜铺前。老头一见，起身迎接，拥抱着他问道："你跟那个异教徒过得怎么样？"

"我很健康，生活得也好。只是今天早晨我醒来时不见她，到处寻找,最后到花园里去……"他把在河堤上发现的事从头叙述一遍。老头听了,说道:"你得留神。你要知道,那棵树上栖息着的飞禽,原是从外乡来的一些青年人,都是中了她的魔法才变成飞鸟的。你看见的那只黑鸟,原是她的一个奴仆。她施用魔法,把它变成黑鸟。之后,每当想起他时,她就变自己为白鸟,前去和他幽会。你既然窥破她的秘密,她怀恨在心,对你不怀好意。不过有我保护你,她是不敢危害你的。你别害怕,我叫奥补顿拉,是穆斯林。当今没有比我更精通魔法的人,但我要在紧要关头,万不得已的时候,才肯施用魔法。在很多场合,我破了那个妖魔的法术,从她手中解救许多的人。我不怕她,她无法和我对抗,而且怕我怕得要命。同样,城里的每个魔法师也和她一样,信仰祆教,从事拜火,对我都抱着戒心。今天晚上她必然要想法谋害你。明天你上这儿来,告诉我她的举动,让我教你对付的办法,好击破她的阴谋。"

女 王 的 阴 谋

　　白第鲁·巴西睦听从老头的嘱咐,告辞回到宫中。女王正在等候他,一见便起身迎接,让他坐在自己身边,殷勤奉承,摆出饮食一起吃喝。饭后,洗过手,接着换上果品醇酒,两人对饮,喝到更残夜静。白第鲁·巴西睦被她灌得酩酊大醉,人事不知,她这才对他说:"指火起誓,如果我向你打听一桩事情,你肯老老实实地告诉我吗?"

　　"肯的,我的主人。"他醉眼蒙眬地说。

　　"当你不见了我出去寻找我的时候,去到园中,见我变为白鸟,跟一只黑鸟在一起。关于这桩事情的真相,我须要告诉你,那只黑鸟原是我的一个仆人,当初我爱他爱到极点,可是有一次他触怒我,我才施魔法把他变成黑鸟的。到如今,回忆往事,总是无法抑制情绪,所以每当惦念他时,就变自己为白鸟,去和他幽会。我知道你却因此事恼恨我。指光、火、影、热起誓，我是钟情于你的，我爱你的程度日益增加，承认你是宇宙间幸福的泉源呢。"

"我气愤的原因，你说得很清楚，除此之外，没有别的理由了。"

女王表示十分钟爱他，谈了一会儿，便解衣睡觉。可是半夜里，她却蹑手蹑脚地爬起来。当时白第鲁·巴西睦也蒙眬醒来，悄悄地暗中窥探她的举动。只见她从一个红口袋中掏出一些红色东西，洒在地上，眼前便出现一条澎湃的河渠。接着她取出一把大麦，种在土里，用河水一灌溉，大麦便发芽、开花，结出麦穗。她采集麦穗，磨成面粉，收藏起来，然后回到床上，一觉睡到天明。

白第鲁·巴西睦得到老头庇护

第二天清晨，白第鲁·巴西睦起床，洗过脸，征得女王同意，前去看望卖蔬菜的老头，叙述昨夜里的见闻。老头听了，哈哈大笑，说道："指安拉起誓，你叫那个弄魔法的异教徒给骗了。你不用顾虑，这不算一回事。"于是他给他弄了一磅面粉，递给他，吩咐道："给你，随身带去。你要知道，她看见这个，必然要打听你的意图。你告诉她：'这不过是锦上添花罢了。'你说着便吃起来。要是她拿出自己的面粉让你吃，你须敷衍她，暗中只吃自己的面粉，千万别吃她的，一点儿也别沾染，否则你就会中她的魔法，不得不任她摆布，她会把你变成她想望中的任何动物的。如果你不吃，她的魔法就不管用，无法危害你。这时候她自觉十分惭愧，会巧辩说她是给你开玩笑，表示钟情你，爱护你。但这都是欺骗手腕，你得敷衍她，假惺惺地表示真心爱她，亲热地呼唤她，叫她吃你的面粉，尝尝它的味道。待她吃了，即使只尝一点儿，你就弄些水在掌中，洒在她脸上，这时你希望她变成什么形象，只消开口一说，她就会应声变成那种形象的。你这样摆脱了她，快上我这儿来，我再替你想别的办法好了。"

女王辽彼变为母骡

白第鲁·巴西睦听从老头的吩咐,向他告辞,急急忙忙回到宫中。女王辽彼一见他,立刻起身迎接,说道:"竭诚欢迎你,我的人儿呀! 你耽搁到这时候才回来,可等坏我了。"

"我到伯父铺里,他拿这种面粉招待我呢。"

"我们有的是面粉,比他的好得多。"她说着把白第鲁·巴西睦带去的面粉放在一个盘中,把她自己的放在另一个盘中,说道:"你尝一尝这种吧,比你的还好呢。"

白第鲁·巴西睦敷衍着假意只顾吃。女王见他既然吃了面粉,便取水洒他,喃喃地说道:"你这个吝啬家伙,给我变成一匹难看的独眼骡吧!"然而出乎意料,她的魔法失灵,咒语不管用,白第鲁·巴西睦依然未变。她见他原封不动,没变成骡子,便走到他面前,吻他的前额,说道:"我心爱的人儿哟! 我是跟你开个玩笑,所以你才没变形呀。"

"指安拉起誓,我的主人,我一点也不怪你,反而我相信你是爱我的。来呀,你尝尝我的面粉吧。"

女王毫不犹豫,抓把面粉,吃了一口,刚咽下肚,便焦虑急躁起来。白第鲁·巴西睦从容取水在掌中,洒在她脸上,说道:"丑家伙,给我变成一匹宰尔祖尔出产的母骡吧!"

一霎时,女王果然变成了骡子。她回顾自身,流出清泪,举起前蹄擦腮上的眼泪。白第鲁·巴西睦拿马勒去套她,她不依。没办法,他跑去见老头,叙述个中情况。老头起身,取出一个马勒,说道:"给你,拿这个马勒去套她。"

白第鲁·巴西睦带着老头给的马勒,回到宫中,她一见,便驯服地走到他面前。他套住她,跨在她身上,骑着她走出宫殿,去到奥补顿拉铺前。老头一见，走到她面前，骂道："坏家伙！你恶贯满盈，该倒霉了吧。"接着他吩咐白第鲁·巴西睦："孩子，你没有待在城里的必要了。你骑着她，愿意上哪儿就上哪儿去吧。你要留神，千万别把马缰递给别人。"

白第鲁·巴西睦谢谢奥补顿拉，和他告别，骑着母骡向前迈进，继续跋涉了三天，来到一座城镇附近，中途遇见一个慈祥老人，对他说："孩子，你从哪儿来？"

"我从魔法城中来。"

"那么今晚上你到我家去住宿，做我的客人吧。"

白第鲁·巴西睦接受老人的邀请，随他走着。路旁一个老妇看见那匹母骡，一声哭泣起来，说道："安拉是唯一的主宰，这匹骡子很像我儿子那匹死了的骡子，我为它而感到失魂落魄呢。指安拉起誓，先生，求你把它卖给我吧！"

"指安拉起誓，老伯母，我不能卖它。"

"指安拉起誓，别拒绝我吧。我要是不给儿子买下这匹骡子，毫无疑问，他会丧失生命的呢。"于是她唠唠叨叨，不停地纠缠，不让他走。

"你要买是可以的。你肯出一千金，我就卖给你。"白第鲁·巴西睦说着，心里想："这个老太婆哪儿来一千金呢？"可是出乎他的意料，他刚一说，老妇毫不迟疑地从腰带里掏出一千金，决心买下骡子。白第鲁·巴西睦眼看钱在她手里，迫不得已，便对她说："老伯母，我是跟你说笑着玩儿的。这匹骡子我不能卖它。"

当时那个慈祥的老头在旁听了白第鲁·巴西睦和老妇的交谈，郑重地警告他说："孩子，我们这座城市里不许说谎。谁说谎骗人，人家会把他处死的呢。"

白第鲁·巴西睦受骗

白第鲁·巴西睦听了老头的警告,默然跳下骡来,把骡子交给老太婆。老太婆买了骡子,卸下马勒,拿水洒在它身上,喃喃地说道:"我的女儿啊,摆脱这个形象,赶快恢复你的原形吧。"她开口一说,骡子猛然颤抖一下,霎时变成人类,恢复了她的原形。于是母女碰头,互相拥抱着不放。

白第鲁·巴西睦知道老太婆是女王辽彼的母亲,自己已经受骗,想要逃跑。可是老太婆响亮地吹了一声口哨,眼前便出现一个山岳般高大的魔鬼。白第鲁·巴西睦吓得目瞪口呆,魂不附体。

老太婆跃身骑在魔鬼背上,让女儿骑在后面,把白第鲁·巴西睦放在前面,魔鬼就飞腾起来,一会儿回到魔法城的王宫里。女王辽彼在宝座上坐定,看着白第鲁·巴西睦,骂道:"你这个贱种!你到这儿来,享尽荣华富贵,达到了希望目的,现在该叫你和那个卖蔬菜的老头看看我的厉害了。我对他无微不至地关怀照顾,他却以怨报德,暗中谋害我。没有他从中作祟,你这个坏蛋是不可能达到目的的。"她说着取水洒在他身上,说道:"离开人形,马上变成一只最丑恶的飞鸟吧。"

她刚说完咒语,白第鲁·巴西睦一下子就变成一只很难看的小鸟,被关在笼中,不给食吃,不给水喝,存心饿死他。幸亏宫里的一个女仆看着可怜,背着女王暗地里拿饮食给他吃喝。有一天,她还趁女王不注意的时候,偷偷摸摸溜出去,跑到蔬菜铺里,传递消息,对奥补顿拉说:"女王辽彼决心害死你侄子哪。"老头非常感激她,对她说:"我非夺下她的江山,让你来做国王不可。"

海石榴花带领人马赶到魔法城解救白第鲁·巴西睦

奥补顿拉吹了一声口哨，霎时出现一个长着四只翅膀的魔鬼。老头吩咐道："给我把这个姑娘送往海石榴花母女居住的那座城市去，因为海石榴花和她母亲花蝴蝶是世间最精通魔法的人。"接着他吩咐姑娘："到那儿，你告诉她母女，白第鲁·巴西睦被女王辽彼当俘虏监禁起来了。"

魔鬼负着姑娘，一会儿就飞到目的地，落在海石榴花的宫顶上。姑娘从屋顶下到宫中，到海石榴花面前，跪下去吻了地面，然后从头到尾，详细报告白第鲁·巴西睦的遭遇。海石榴花听了，非常感谢姑娘，十分尊敬她，同时对皇亲眷属和满朝文武通报白第鲁·巴西睦国王有了下落的消息，于是喜讯传遍了京城。

海石榴花和她母亲花蝴蝶、她哥哥萨里哈一齐动手，积极准备，召集所有的神将、海兵——因为自从瑟曼德尔国王被俘以后，他们掌握政权，神将、海兵都听从他们的指挥——一起飞腾起来，一会儿就到达魔法城，占领了王宫，转瞬间消灭了所有作恶多端的异教徒，海石榴花这才问姑娘："我的儿子在哪里？"

姑娘取来一个雀笼，递给海石榴花，指着笼中的小鸟，说道："这就是你的儿子。"海石榴花从笼中拿出小鸟，取水洒在它身上，说道："摆脱这个形象，马上恢复你的原形吧。"

她刚说完，白第鲁·巴西睦摇身一变而为人类，形貌跟先前的一模一样，毫无差别。他母亲走过去，把他搂在怀里，母子抱头痛哭。他外祖母花蝴蝶、舅父萨里哈和姨姨们都流着喜悦的眼泪，一个个吻他的手脚，皆大欢喜。

海石榴花派人到蔬菜铺里邀请奥补顿拉，对他关心、照顾和优待白第鲁·巴西睦的崇高美德，致以诚恳的谢意，把那个他使去传信的姑娘匹配给他为妻,并召集民众,在一起商议,选奥补顿拉为王,跟他们定约、起誓,要他们都服从国王的命令,群策群力地辅佐他治理国家。民众欢欣鼓舞,齐声应道:"听明白了,遵命就是。"

白第鲁·巴西睦同赵赫兰公主结婚

海石榴花母女带着白第鲁·巴西睦和人马,辞别魔法城和奥补顿拉,浩浩荡荡地凯旋回国,受到民众热烈欢迎。为了庆祝白第鲁·巴西睦国王,人们装饰城郭,狂欢了三天。白第鲁·巴西睦对他母亲说:"娘,现在我需要成个家,跟你们团聚在一起,欢欢喜喜、热热闹闹地过活呢。"

"儿啊,你的见地很好。不过希望你暂且忍耐一时,让我察访察访,看有哪一国的公主配做你的妻子。"

他外祖母花蝴蝶和姨姨们听了他母子的谈话,齐声说:"我们愿意替你奔走,助你一臂之力,非使你达到希望目的不可。"于是大家预备分头出去给他物色妻子。同时海石榴花差遣神使负着亲信的女仆去各处探访,嘱咐道:"任何大小城市和帝王的宫室都不要放过,必须进去仔仔细细地探访那些生得苗条美丽的女子。"

白第鲁·巴西睦眼看她们十分热心、重视这桩事情,便对他母亲说:"娘,请你打消这个念头,别麻烦这么多的人了。因为别的女子我看不上,只有赵赫兰公主才是我唯一的对象,我只愿和她结婚,她像她的名字一样,是一颗无价的宝石呢。"

"我明白你的意思了。"她说着立刻使人去请瑟曼德尔国王。瑟曼德尔国王奉命进宫,谒见母后,给白第鲁·巴西睦祝福、致敬。白第鲁·巴西睦当面向他求亲。他慨然回道:"小女是陛下的丫头,让她到御前来伺候陛下好了。"他说着派侍从回国去接公主,叫他们告诉公主他在白第鲁·巴西睦国王宫中的情况。

赵赫兰公主知道父亲的下落，随侍从去到白第鲁·巴西睦国王宫中，一见父亲，便倒在他怀里。她父亲对她说："儿啊，你要知道：我把你的终身许配给这位英勇伟大的白第鲁·巴西睦国王了。他是现在人类中最善良、出身最高尚的英雄豪杰，体格容貌非常标致漂亮。你们两人结婚，佳偶天成，这是最适宜不过的了。"

　　"女儿不敢违背父王之命。如今云散天晴，心中的离愁苦闷，全都烟消云散，父王愿怎么办，就怎么办，我不过是他的一个奴婢罢了。"

　　赵赫兰公主愿意和白第鲁·巴西睦国王结婚，海石榴花和瑟曼德尔国王非常喜欢，马上准备，请来法官和证人替他俩证婚，写婚书，举行订婚仪式，并大赦天下，救济鳏寡孤独，赏赐文武官员。喜讯传遍全国，举城欢腾。接着举行结婚大典，城郭被装饰得焕然一新，宫中办了丰盛的筵席，大宴宾客，与民同乐，欢欣鼓舞，日以继夜地整整庆祝了十天。

　　白第鲁·巴西睦国王重赏瑟曼德尔国王，放他回国去和家人见面，彼此结为眷属，来往甚密。大家安居乐业，过着太平盛世的快乐幸福生活，直至白发千古。

赛义府·姆鲁可和白狄
尔图·赭曼丽的故事

　　相传古代的波斯帝王中,有个叫穆罕默德·本·瑟巴羽可的国王。他统治着呼罗珊,每年都派大兵攻打印度、信德、中国及其他各地方的异教徒。他为人勇敢、仁慈、慷慨,爱好文艺,喜听朗诵诗歌,尤其爱好故事、史实和掌故。任何给他讲奇异故事的人,都得到重赏。据说有一次一个外路人给他讲了一个奇妙的故事,他听了很感兴趣,认为非常生动,所以赏他一套名贵衣服、一千金币和一匹鞍辔齐全的骏马,让他骑着满载而归。又有一次国王听了一个老头讲一个稀奇美妙的故事,非常满意,尤其钦佩他的伶俐口齿,所以下令重赏他。那次老头所得到的赏赐,有一千呼罗珊金币、一匹鞍辔齐全的骏马和其他名贵的衣物。后来国王爱听故事和他好善乐施的消息传遍各国,民间的文人学士听了很感兴趣,都想进宫去一试身手。其中有个叫塔芷尔·哈桑的文人学士,学识渊博,名声很大,也跃跃欲试,想进宫去一显身手。不过当时国王的宰相性情乖张,嫉妒心大,老百姓中的穷人和富人,他都不喜欢,每逢有人得到国王的赏赐,总要发牢骚,埋怨说:"这显然是浪费国帑。这种任性妄为的事,对国家有害无益,会把社稷给毁掉的。"这种牢骚、怨语虽然纯是出自宰相的嫉妒、愤懑心情,但人们却慑于他的权势,裹足不前,找不到用武之地,塔芷尔·哈桑也不例外。幸亏国王听见他的大名,才召他进宫。

哈桑奉命进宫，来到国王跟前。国王对他说："塔芷尔·哈桑，我的宰相反对我，不同意我把大批钱财赏给诗人、学者和善于讲故事的文人学士。现在我要你给我讲个稀奇美妙的故事，必须是我从来没听过的。如果你讲的故事能使我满意，我可以把很大的一片国土，连同它的堡垒都封赠你，作为你的领地。此外我还要拜你为宰相，让你坐在我的右边，执掌政权，和我共事，管辖百姓。假若你不能满足我的愿望，我就没收你的财产，把你驱逐出境。"

"听明白了，遵命就是。"哈桑诚惶诚恐地接受国王的吩咐，"不过恳求陛下宽限奴婢一年的期限，以便充分准备，到限期满时，奴婢就能把非常美妙而为陛下和别人不曾听过的故事讲给主上听了。"

"我同意你的要求，限你一年的期限好了。"国王慨然同意哈桑的请求，并吩咐取来一套名贵、华丽的衣服，赏他穿在身上，接着嘱咐他："在一年的限期内，你好生待在家里预备，别骑马出去东奔西跑，免得浪费时间，到时候才能完成任务。倘若你真能满足我的愿望，我可以加倍赏赐你。我当面许下诺言，说到做到，决不食言。万一到时候你拿不出故事来，那你是你，我是我，彼此就断绝往来吧。"

哈桑跪在国王跟前，吻了地面，然后告辞，回到家中，即刻从仆人中选拔五个知书识礼、能读会写而且头脑清楚、礼貌周全的人，每人发给五千金，然后对他们说："古人说得好：养兵千日，用兵一时。多年以来，我不惜资财，苦心孤诣地供养你们，总的目的，只是为了应付像今天发生的这个局面罢了。现在你们应该全力协助我来满足国王的要求，把我从他手中救拔出来。"

"你要我们替你做什么呢？我们是不惜为你而牺牲生命的。凡是你需要我们做的事，赴汤蹈火，在所不辞。"五个奴仆异口同声地向主人表示决心，愿意替他效劳。

"我要你们分道扬镳，各往不同的地区去，勤勤恳恳地物色当地的学者、诗人、文士和讲奇异故事的说书人，拜访他们，和他们结识，借此替我向他们搜集《赛义府·姆鲁可和白狄尔图·赭曼丽的故事》。他们中谁知道这个故事，可出高价向他收买；无论他要金要银，都不必计较，即使索价一千金，也得收买。如果携款不敷应用，可先兑一部分现钱，其余之数，约期补付。总之必须把故事先弄到手。你们中谁收集到这个故事，而把它给我带回来的，我除了赏赐他一套名贵衣服之外，还要加倍重赏，并且格外重视、赏识他。"

哈桑向五个仆从交代一番，随即指定他们的去向，吩咐他们中的一人去塞乃德和印度，一人去波斯和中国，一人去呼罗珊，一人去马格里布，一人去叙利亚和埃及。他还为他们选择吉利的日子，作为出发的日期。动身起程之日，他嘱咐他们："今天你们动身起程，前往各国去旅行，必须竭尽全力收集我所需要的资料，应当抱定即使为此事碰到生命危险也不退缩的决心，千万不可苟安偷闲、敷衍了事。"

哈桑的五个仆从唯主人的命令是听，大伙向他告辞，然后分道扬镳，各奔前程，不辞跋涉，辛辛苦苦地赶到指定的地区，勤勤恳恳地从事搜集有关《赛义府·姆鲁可和白狄尔图·赫曼丽的故事》。经过四个月的奔波、跋涉、苦心搜求之后，他们中的四人，一无所得，空手而返。文人哈桑听说他们到了各国，遍访各城镇、乡村中的文人学士，都搜罗不到《赛义府·姆鲁可的故事》，因而大失所望，灰心丧气，忧心如焚。这时候他唯一的希望，全都寄托在那个未回来的第五人身上。

哈桑派往叙利亚、埃及的那个仆人，怀着满腔的希望赶到大马士革，发现那是一座美丽、宁静的城市。那里有茂盛的树木，蜿蜒的河渠，到处鸟语花香，景致异常秀丽。他在城中逗留了几天，随时随地搜求主人所需要的史料，但始终没有找到更有价值的资料。他失望之余，打算离开大马士革，预备上别的城镇去物色。他踟蹰街头，边行边思索，无意间一个少年打他身边跑过，踩着了他的衣尾，摔了一跤。他赶忙扶起少年，问道："你干吗奔跑？看你急的！你打算上哪儿去？"

"这儿有个年迈的学者，每天的这个时候，他坐在椅上，讲美妙动听的传说、掌故给人听。他所讲的故事，都是人们没听过的。我之所以奔跑，只想占到一个靠近老人家的座位。因为听他讲故事的人太多，去迟了恐怕找不到座位。"少年把奔跑的原因和目的说给他听。

"你带我一块儿去听吧。"他急于要去听故事。

"你要去，就该跑快点。"少年同意带他去听。

他果然跟随那少年没命地奔跑，一直跑到老人聚众讲述的地方，抬头一看，见一个面颜闪烁发光的年迈长者，坐在椅上，正在向围绕着他的人群，娓娓动听地讲述。他挤进人群，挨到老人附近坐下，聚精会神地听着。直到黄昏日落时，老人的讲述告一段落，听众归去之后，他才趁机挨到老人面前，问他好。老人热情地回问他好，并显出非常敬重他的神态。于是他迫不及待地跟老人攀谈起来，说道："老人家，您是最孚众望的人物；您讲述的故事，尤其美妙动听。现在我要向您请教一件事情。"

"你有什么话要问，只管说吧。"老人愿意回答问题。

"请问老人家：您这儿有《赛义府·姆鲁可和白狄尔图·赭曼丽的故事》吗？"

"你从哪儿听到这个的？是谁告诉你的？"老人感到惊奇。

"我从来没听人说过这个故事。不过我是异乡人，不远千里跋涉，为的就是搜寻这个故事。假若您有这个故事而愿索价出售，那您要多少，我便出多少。如果您为表现慷慨、好义的天性而肯把它当布施赏给我，那作为受惠的人来说，我对您的感激是没齿难忘的。为报答您的恩情，必要时即使牺牲性命，我也是心甘情愿的。"

"既然如此，那你放心好了，故事你是会得到的。不过这个故事，谁也不该拿它向广大听众讲述，我向来也是不随便把这个故事讲给每个人听的。"

"指安拉起誓，我的主人，您老人家可不要对我吝啬。要多少钱？只管说吧。"

"如果你真需要这个故事，请给我一百金好了。我可以把故事卖给你，但是必须提出五个条件。"

他知道老人掌握着这个故事，而且愿意出售，顿时欢喜若狂，欣然回道："我愿意出一百金的价钱买它，并额外增加十个金币，作为送您的酬金，而且全部接受您所提出的条件。"

"行！你先回去取钱，然后拿来换取你所需要的东西吧。"

生意成交了，他站起来，吻过老人的手，然后告辞，欣然回到寓所，拿出一百一十个金币，盛在钱袋中，这才解衣安歇，香甜地睡了一夜。

次日清晨，他穿戴得齐齐整整，带着钱去找老人，见他坐在门前，便向他问好，把袋中的一百一十个金币递给他。老人回问他好，收下钱，起身带他进屋，让他坐下，并给他拿来笔、墨、纸张和一本书，说道："有关《赛义府·姆鲁可仁和白狄尔图·赭曼丽的故事》，都记载在这个手抄本中，你对照着把你所需要的抄写下来吧。"

他听从老人的指示，埋头抄写，直至抄写完毕，才从头到尾地读给老人听。老人听他朗诵，把错落的地方修正一番，然后开诚布公地对他说："你要知道，我的孩子！我要向你提出的五个条件是：第一，不许在大庭广众中讲述这个故事；第二，不讲给太太小姐和使女们听；第三，不讲给奴仆和愚昧的人听；第四，不讲给孩子们听；第五，只许向王侯将相和有成就的读书人讲述。"

他接受老人提出的条件，保证严格遵守，并吻他的手，然后告辞，赶回寓所，迅速收拾行囊，即日动身起程。由于获得《赛义府·姆鲁可的故事》，已经达到目的，所以喜不自禁，不停留地跋涉，日以继夜地赶路程。到了呼罗珊境内，他打发随从兼程赶回城去报喜信，告诉主人他已带着目的物归来的消息。接着他回到城中，和文人哈桑见面言欢，报告他的情形和搜求故事的经过，最后把《赛义府·姆鲁可和白狄尔图·赭曼丽的故事》的手抄本呈献给主人。这时候，国王给商人哈桑规定的期限，仅仅还剩十天。当此紧急关头，商人哈桑一旦得到《赛义府·姆鲁可和白狄尔图·赭曼丽的故事》，如获珍宝，喜得几乎发狂。为了酬劳仆人，他毅然把穿在身上的衣服一概脱下来赏给他，此外还赏他骏马、骆驼、骡子各十匹和五个奴仆。

哈桑把《赛义府·姆鲁可和白狄尔图·赭曼丽的故事》亲手抄了一个副本，带进宫去，谒见国王，说道："启奏吉庆的主上，奴婢给陛下带来新奇、稀罕的故事了；这个故事是前人从来没听过的。"

国王听了哈桑的报告，非常高兴，一时心血来潮，马上下令，把见广识远的公侯将相、知识渊博的学者和杰出的诗人、学士召进宫去，齐聚一堂，陪他听讲新奇故事。

哈桑坐在国王面前，给国王、朝臣和文人学士们朗诵《赛义府·姆鲁可和白狄尔图·赭曼丽的故事》。国王和在座的人听了，都感到惊奇，异口同声地公认它是新奇美妙的故事，所以送给哈桑许多金币、银币和珠宝。此外国王慨然赏他一套最名贵的宫服，并封赠他一座大城市，拜他为相，跟他平起平坐，替他出谋划策，共掌国家大事。继而国王吩咐御前文书，用金墨郑重其事地把《赛义府·姆鲁可和白狄尔图·赭曼丽的故事》抄录、装订成册，珍藏在密库中，以备不时之需。

有一天国王心绪不宁，愁眉不展，宰相哈桑察言观色，知道国王忧愁苦闷，便想法替他消愁解闷，吩咐取来《赛义府·姆鲁可和白狄尔图·赭曼丽的故事》，在国王面前，又从头朗诵起来：

相传在远古时代，埃及国王阿绥睦·本·索夫旺，为人慷慨、大量，仪表庄重、严肃。他统治的地方广大，手下的人马众多，而且城池坚固，真是名副其实的泱泱大国。国王的宰相叫法力斯·本·萨礼和，历来辅佐国王安邦治国。他们信仰祆教，膜拜太阳。国王活到一百八十岁时，体弱多病，显然已是风前残烛。由于膝下没有一男半女，所以日夜忧愁苦恼，生活越来越不好过。有一天，国王坐在宝座上，照例由文武朝臣，按爵位的高低，顺序轮班侍候、陪随他。他见每一个朝臣的身边都带着一个或两个儿子,便由羡慕而产生嫉妒心情,心里想:"他们谁都为自己有子嗣而欢乐,我自己却一个儿子也没有,将来我一倒头,我的江山、王位、田产、库藏和钱财没人继承,势必叫外人夺走,从此没人纪念我,我的名声也就不存在人世间了。"他淹没在想象的海洋里,由于过度的忧愁顾虑,忍不住伤心、落泪,不自主地离开宝座,一屁股坐在地板上,痛哭流涕,哭得死去活来。

宰相和御前大臣眼看国王的反常举动,吓得惊惶失措,赶忙使走殿上的官吏,对他们说:"你们各自回家去休息吧,等国王恢复原状后,你们再来伺候他。"

宰相一个人留在殿上照顾国王,等他慢慢清醒过来,才跪下去吻了地面,说道:"主上为何伤心流泪?告诉我吧:是何王、侯或群臣中的某人跟陛下作对?告诉我吧:是谁胆敢违拗您的命令?以便我们群策群力地把他捉来,当陛下的面弄死他。"国王默然不言语,也不抬头。宰相第二次吻了地面,说道:"主上,我是您一手提拔、扶植起来的,好像是您的儿子,也像是您的一个奴隶。如果连我也不知道您忧愁、苦恼的原因和您的真实情形,那还有谁能知道呢?又有谁能替我伺候您呢?因此,恳求陛下还是让我知道您悲哀、苦恼的原因吧。"国王不开口说话,也不抬头看他,却长吁短叹起来,接着索性放声号啕痛哭不止。宰相耐心等了一会,然后坦率地说:"假若您不告诉我个中原因,我就即时当您的面自杀了事,免得眼睁睁望着您苦闷而难受。"

国王抬起头来,擦一擦眼泪,凄然说道:"忠诚的宰相啊!我心中的烦恼已经够受的了,让我一直忧愁、苦闷下去吧。"

"主上,告诉我您伤心、哭泣的原因吧,也许上天会借我的手给您指示出路的。"

"爱卿,我可不是为金钱、车马和其他的事物而伤心落泪;其实是因为我老了,活了一百八十来岁,还没生一男半女。每逢想到我一倒头,被埋葬在坟里,没有子嗣继承事业,从此不仅我的姓名不能流传于世,而且我的江山、王位会叫外人给夺走的。"

"主上,我的年龄比陛下大一百岁,也没有一个子嗣,因此日夜不安,老是忧愁苦恼。您和我的境遇是同样的,咱们该怎么办呢?据说有一位叫所罗门·本·大卫的帝王,他所膜拜的主宰是万能的。我觉得应该让我带着礼物去拜望他,求他替咱们向他的主宰祈祷。也许他的主宰大发慈悲,会让咱们每人生个儿子的。"

宰相的意见博得国王赞许,于是他预备行李,带着大批名贵礼物,动身起程,前去拜望所罗门大帝。

所罗门大帝受到安拉的默示,告诉他埃及国王派宰相前来向他进贡的消息,并说明他们的来意,叫他派人前去盛情迎接客人,趁机劝他们皈依伊斯兰教。所罗门大帝按默示行事,果然派宰相倭隋辅·本·白尔海亚前去迎接。宰相遵循命令,按指示办事,即刻准备一番,率领卫队远道出迎,去到埃及宰相法力斯和随行人员留宿的地方,热情、隆重地接待他们,供给他们大批粮秣。他向宰相法力斯和随行人员请安、问好一番,然后说:"欢迎,欢迎,竭诚欢迎光临敝国的贵宾!我前来报个喜信:你们的希望可以指日实现。愿各位安心、快慰。"

宰相法力斯听了宰相倭隋辅的欢迎词,大为惊奇,心里想:"是谁把我们的情形告诉他们的呢?"继而他对倭隋辅说:"我的主人啊!是谁把我们的消息和来意告诉您的?"

"这是所罗门大帝告诉我们的。"

"所罗门大帝是从哪儿知道这个的?"

"那是创造天地万物的主宰启示他的。"

"这位主宰真伟大哪!"法力斯表示钦佩、景仰。

"你们膜拜他吗?"

"不,我们只是膜拜太阳。"

"太阳不过是安拉所创造的星球中的一个,它不是主宰,因为太阳有时候升起来,有时候落下去。而我们膜拜的安拉,他无时无地不存在,他是万能的。"

宰相倭隋辅陪宰相法力斯和他的随行人员动身向京城出发。他们快到京城的时候,所罗门大帝下令军中的人、神和禽兽,分别排队站在路旁迎接宾客。于是海中的动物和陆地上的大象、老虎、豹子等野兽,都遵命分类别种地各自排成双行,站在路旁。同样,所有的神类,显出各种凶恶、可怕的本来面目,分类排成双行站在路旁。而各类飞禽,则腾空展翅,给站在路旁的各种队伍遮阴,并唱出各种动听的歌曲。

埃及客人来到各种形形色色的队伍面前,初次看见那种场面,吓得要死,不敢迈步前行。宰相倭隋辅向客人解释道:"各位只管穿过这些队伍,继续朝前走,不必害怕,因为他们都是所罗门大帝的臣民,是前来欢迎你们的。他们中的任何人,不会凭空伤害你们。"他说罢,带头朝前走,埃及宰相法力斯和他的随行人员,才战战兢兢地随他走进夹道欢迎的队伍,一直进入京城,下榻迎宾馆,受到极其隆重的款待。

埃及宰相法力斯和随行人员,在宾馆中休息三天之后,被引进王宫,谒见所罗门大帝。法力斯和随行人员来到所罗门大帝面前,诚惶诚恐地要跪下去叩头。所罗门大帝立刻制止,说道:"人类除了膜拜创造天地、万物的安拉外,是不该向人叩头的。你们中谁愿意坐,就请坐下来,愿意站的,就让他站着吧。可是站着的,却不是为了崇拜我。"

宰相法力斯和随行人员,遵循所罗门大帝的指示,顺序坐了下来,只剩几个小官员仍然站在一旁伺候。所罗门大帝设盛宴招待法力斯及其一行,宾主和人神同席,饱食畅饮之后,所罗门大帝才跟法力斯促膝谈心,说道:"请把你此行的原因,毫不隐讳地告诉我吧!因为你既不远千里而来,总是有需求而需要满足的。据我所知:派你上这儿来的埃及国王叫阿绥睦,已经年迈力衰,膝下还没子女,致使他日夜忧愁苦闷。有一天他坐在宝座上,受群臣朝拜,眼见文臣武将都有子嗣。他们中有的有一个儿子，有的有两个儿子，有的甚至于有三个儿子，大家都带着儿子入朝伺候他。他触景生情，忧心忡忡地想道：'我死后谁来继承王位呢？莫非让一个外人把江山给篡过去吗？这样一来，我就等于没到过人世间了。'因此他淹没在想象的海洋中，越想越愁，忍不住伤心泪夺眶而出。他拿手帕捂着脸，放声痛哭流涕。继而他舍弃宝座，索性一屁股坐在地板上，时而长吁短叹，时而号啕痛哭。他满腔的忧愁苦恼情绪，除安拉外，谁都不知道。"接着所罗门大帝把埃及国王和他的宰相之间所做的事，从头到尾，详细叙述一番，然后对埃及宰相法力斯说："刚才我所谈的这些情形，你说对不对？"

"陛下所说的非常对，而且都是事实。不过请问主上：当我和敝国王商议这桩事情的时候，谁也不在我们身边，任何人都不知道这桩秘密事情，而陛下对这件事的始末，却了如指掌。这到底是谁告诉您的？"

"是我膜拜的安拉告诉我的。他对人类心中眼中的隐秘是洞见无遗的。"

"如此说来，安拉诚然是一位仁慈、伟大、万能的主宰了。"宰相法力斯和他的随行人员，毅然改奉了伊斯兰教。

"阁下此次光临敝国，还给我带来大批珍贵的礼物。是吗？"所罗门大帝再一次揭露法力斯的秘密。

"不错，那是奉敝国王之命，前来进贡的一点薄礼。"宰相法力斯坦然承认事实。

"那批名贵礼物，我心领之余，把它全部转送给你好了。阁下和随行人员长途跋涉，备受风霜之苦，现在请回宾馆去好生休息，早日恢复劳顿。明天，若是安拉愿意，你再进宫来，我当极尽绵薄，全力满足你的需求。总之在宇宙万物的主宰支持、操作的前提下，你的目的，可望全部实现。"

埃及宰相法力斯回到宾馆，安然过了一宿。第二天，他践约进宫去。所罗门大帝对他说:"待你回到埃及,跟阿绥睦·本·索夫旺国王见面之时,约他去郊外,攀上一棵大树,静悄悄地躲在上面,待太阳偏西,气候凉爽时才下树来。那时候,大树附近出现两条蛇怪;其中一条的头像猴子头,另一条的头像妖魔头。你和国王各放一箭,射死两条蛇怪,再把蛇头蛇尾各砍掉一虎口,然后把蛇身带回去,烂烂地炖出来,让王后和你的夫人吃喝,并在当天晚上,你俩和老伴睡一觉,她俩便怀孕,将来可以各生一个儿子。"所罗门大帝嘱咐毕,送给法力斯一个图章戒指、一把宝剑和一个包袱,里面包着两件绣金镶珠的长袍,并嘱咐说:"将来等你和贵国王的儿子长大成人的时候,把这两件长袍给他们每人一件。现在你的需求已经得到满足,算是完成了使命,应该赶快动身回国,因为贵国王日日夜夜眼巴巴盼望着你呢。"

宰相法力斯向所罗门大帝告辞,吻过他的手,然后动身起程。由于获得需求,他非常快乐,地赶路程,直至进入埃及境内,才打发随从兼程赶往京城,向国王报喜信。

阿绥睦国王和满朝文武官员听到宰相法力斯完成任务平安归来的消息,皆大欢喜。接着国王率领群臣出城迎接。君臣见面之时,宰相法力斯下马徒步趋前,跪在国王面前,吻了地面,然后报告按计划完成任务的经过,并劝他改奉伊斯兰教。国王不假思索,欣然皈依伊斯兰教,并嘱咐宰相:"你先回家去睡觉、休息,好好养息一礼拜,进澡堂洗个澡,然后再来见我,以便咱们从长计议。"

宰相法力斯和国王分手,带领随从回到相府,休息了八天,然后进宫,谒见国王,把旅途上的见闻和跟所罗门大帝见面、交谈的经过,从头到尾,详细叙述一遍。最后说:"请陛下动驾,随我来吧。"于是随身携带两张弓和两支箭,引国王出城,去到郊外,攀登到一棵大树上,静悄悄地从正午直待到太阳偏西,等最炎热的时候过去了,才下树来,果然发现两条蛇怪从树根下面爬了出来。国王眼看蛇身上一道道金色的圈纹,觉得好看、可爱,便对宰相说:"爱卿,这两条蛇身上,全是一道道的金环。指安拉起誓,这真是稀奇的事物。咱们捉住它们,关在笼中养着玩吧。"

"这是安拉为人类的利益而创造的。我们放箭把蛇各射死一条吧。"宰相法力斯回答着,和国王一齐动手,张弓搭箭,顿时射死两条蛇怪。并把蛇头蛇尾各砍掉一虎口,然后把蛇身带回宫去,交给厨师,吩咐道:"你把蛇肉拿去,加香料好生煮熟,盛在两个碗中,然后按时送来,不得有误。"

厨师把蛇肉拿到厨房中,认真仔细地炖出来,盛在两个碗中,按时送到国王和宰相跟前。国王和宰相,每人各得一碗,彼此分别端给他俩的老伴吃喝,并在当天夜里跟她俩房事。结果,王后和宰相夫人,果然都有了身孕。

国王听信宰相之言,按照所罗门大帝的指使做了之后,三个月以来,将信将疑,心神志忑,暗自说:"这种事情,不知是真是假,等着瞧吧。"

有一天王后肚里的胎儿动弹起来,知道自己已经怀孕,一时痛得面容发白,便对身边资历最长的老宦官说:"你快去给国王报喜,告诉他,我已经怀孕,胎儿在我腹中蠕动起来了。不管他在哪里,你必须找到他。"

宦官满心欢喜,赶忙奔到殿上,见国王用手掌托着腮帮子,心事重重,正在沉思默想。他趋前,跪下去吻了地面,然后告诉他王后怀孕的消息。国王听了喜报,喜不自禁,立刻站了起来。由于过度的喜欢,他既吻宦官的手,又吻他的头,还把身上的衣服脱下来赏给他,并对在座的人说:"你们中敬爱我的人,快来赏赐他吧!"朝臣们为讨国王的喜,纷纷解囊,有的给宦官金钱,有的给他珍珠宝石,有的给他骡马,有的给他房舍。宦官得到无数的赏赐,一朝变成富翁。

国王和朝臣们正感到欢喜的时候,宰相法力斯急急忙忙奔进宫来,挨到国王面前,说道:"主上,刚才我一个人待在屋里,为子嗣问题大伤脑筋,百思而不可理解,正在问自己:'这种办法会生效吗?

霍图妮到底会不会怀孕'的时候,不想老仆人忽然闯进屋来,向我报喜信,告诉我拙荆霍图妮怀孕的消息,说胎儿在她腹中一阵阵跳动,她感到阵痛,脸色都变白了。我一时欢喜,立刻把衣服脱下来赏给老仆人,并赏他一千金,还提升他为奴婢们的领班。"

"爱卿,承蒙清高、伟大的安拉,本其慈祥、仁爱、慷慨的德行,不仅恩赏、眷顾、赏识我们,而且还给我们正确的信仰,把我们从黑暗中救拔出来,指引我们走上光明大道。为了感谢安拉,我要照顾黎民,让他们快乐。"

"主上要怎么办,就怎么办吧。"宰相同意国王的想法。

"爱卿,你快去把监狱中的犯人,全都放掉,无论他们是刑事犯、现行犯,或者是为债务而被拘禁的人,通通都在被赦之列,并斟酌情况,分别对待,该救济的人,就大力赈济他们。其次是沿城墙设立食堂,召集厨夫们,日以继夜地烧煮各式各样的饭菜,免费招待客人,让城中的居民以及京城附近和远道而来的人随便吃喝,吃剩的食物,让他们带回家去,并叫他们装饰城郭,夜不闭市地欢度七天。此外咱们还要发布一道命令,豁免三年的钱粮赋税。"

宰相遵循命令,立刻按国王的指示行事,下令把城郭装饰得焕然一新,城中的堡垒和楼阁显得格外美观。人们穿着盛装,随便吃喝、玩耍,痛痛快快地欢度了一周。

王后妊娠期满,即将临盆之夜,国王按习惯召集城中知名的学者、天文学家和占星者齐聚一堂,等着婴儿的诞生,以便替他算命,预卜一生的吉凶祸福。接着王后生下一个男孩,像满圆的月亮,非常美丽可爱。于是天文、占星家们分头卜占一番,然后一个个跪在国王面前,吻了地面,向他祝贺说:"太子的一生显然是吉庆、幸福的,不过他的前半生,多少要遇一些风险,个中实情,我们可不敢当陛下的面直说。"

"你们只管对我直说,一点也别害怕。"

"主上,太子成年后,要离开本国,到外地去旅行。在旅途中,会遇惊涛骇浪,淹在海里,也会成为俘虏,受尽各种磨折。总之他面前出现的是重重祸患、灾难,但他能克服各种困难、险阻,最后达到目的。他的后半生极其幸福、美满,统治权日益巩固,版图日益扩大,所有的仇敌和嫉妒者,全都不在他的眼下。"

国王听了占星家们的预言,满不在乎地说:"这种事是神秘的,万能的安拉给奴婢的一生所规定的事,无论好的坏的,都必须实现,而且人从诞生之日起,非经历千万次风险,是过不完一生的。"国王并不把占星家的预言当一回事,只是好生打发他们,赏每人一套名贵的衣服,并兼赏在座的人。

占星家们刚走出宫殿,接着宰相法力斯欢天喜地地赶到国王面前,跪下去吻了地面,然后向他报喜:"启奏主上:拙荆妊娠期满,刚才临盆,生下一个小子,像月华一样美丽可爱。"

"爱卿,去把你的儿子带进宫来,让他和太子在一起,同样把你的夫人也一并接进宫来,让她和王后在一起,以便彼此同心协力,互相照顾、哺育两个婴儿。"

宰相法力斯听从国王的指示,果然把老婆儿子送进宫去,跟王后和太子在一起,在保姆和奶娘们的照顾下,共同哺乳两个孩子。过了七朝,保姆和奶娘们把两个婴儿抱到国王跟前,对他说:"主上给两个孩子取个什么名字?"

"你们随便给他俩取个名字好了。"

"新生的孩子,应该由生身的父母给他取名呀。"

"那就选用先祖父的大名,你们叫太子赛义府·姆鲁可好了。至于宰相的儿子,你们叫他梭尔德吧。"国王给太子和宰相的儿子各取了一个名字,并赏保姆、奶娘们每人一套衣服,然后嘱咐她们:"好生疼爱、哺育两个孩子吧。"

保姆和奶娘们勤勤恳恳、小心翼翼地哺育太子赛义府·姆鲁可和宰相的儿子梭尔德,直至年满五岁,国王便送他俩入学读书写字,委派法学大师教他俩《古兰经》,灌输法学知识。经过五年攻读,年满十岁时,便开始练武艺。国王派武官教他俩骑马、射箭、刺剑、打马球。经过五年的勤学苦练,年满十五岁时,他俩便精通各种武艺,成为超群出众的骑士,有千夫之勇,为当时同辈中无可匹敌的能手。

国王眼看太子赛义府·姆鲁可和宰相的儿子梭尔德逐渐成长和在学术武艺方面的成就,满心欢喜,乐不可支。直至他俩年满二十岁时,国王才私下对宰相法力斯说:"爱卿,我存心要做一件事情,但是必先和你商议商议。"

"主上打算做什么事,就直截了当地做吧。当然啰,您的意见是最正确不过的。"

"爱卿,现在我年迈体衰,已经成为老朽,只想待在屋角里,安安静静地膜拜安拉,以终余年,所以打算把王位传给我的儿子赛义府·姆鲁可,让他执掌政权。因为他已到成年阶段,是个精悍的青年,武艺高强,聪明有为,知书识礼,为人庄重严肃,执政的本领想必也不差。我的这个意图,爱卿以为如何?"

"主上的这个意见周全、可贵极了。陛下既然要传位给太子,我就该效学陛下的做法,预备退位,让我的儿子梭尔德担任宰相职务,因为他是个精明有作为的青年,既学识渊博,又见解高明,可以胜此重任。这样一来,让两个青年人在一起共事,执掌国家政权,我们这些老年人,则从旁替他俩出谋划策,可千万不能疏忽大意,必须循循善诱地指使他们走康庄、正直的道路。"

"既然如此,你去写一道谕旨,打发专差送往全国各地和各藩属,召集每个地区、城镇、堡垒、要塞中的行政官吏,教他们按规定的日期,到飞里广场中来集合、听令。"

宰相法力斯遵循命令,即刻缮写谕旨,分发出去,召集各地区各藩属的公侯将领,按时前来听令,并命令京城中的官吏,不论职位的高低和地区的远近,必须一律按时前来参加集会。

接近集会日期,国王吩咐装饰飞里广场,叫仆役在场中搭起一座座圆顶帐篷,并在中央的帐篷中,摆一张国王在节日专用的大宝座。

仆役们遵循命令，按照指示，诚惶诚恐地搭起帐篷，摆好宝座，并极尽匠心地把一座座帐篷装饰、点缀得无比漂亮，使得整个飞里广场焕然一新。

各地的公侯将领奉到谕旨，陆续赶至京城听令。到了聚集的时候，国王下令前往飞里广场。国王在将相朝臣们的陪同下，率领各地的公侯将领和京城的大小官吏，一起来到广场中。国王坐在宝座上，其余的人按职位的大小和官阶的高低，顺序该坐的坐，该站的站。待他们到齐，坐定站稳之后，国王便吩咐摆出丰盛的筵席，大宴臣僚。他们大吃大喝，并替国王祈祷，祝他万寿无疆。吃喝毕，御前大臣奉命向臣僚们宣布国王即将发号施令的消息，吩咐在场的人静坐聆听圣旨，不许走动。接着国王对他们说："任何喜欢我的人，让他坐着听我说吧。"

到场的文武朝臣和公侯、官吏们，不明白召集他们的原因，也不知道葫芦里卖的什么药，因而人人自危，惶恐不安，直至国王开口说话之后，才安然自若地坐下，仔细聆听国王的号令。

国王站了起来，先向在场的人发誓，嘱咐他们不要起身，仍然坐着，然后说："各位臣僚和大小官员们！我的江山是祖宗留传下来的，你们都知道吧？"

"是的，主上！我们全都知道。"在场的人同声回答。

"往昔我和你们都崇拜日月，信仰袄教，幸亏安拉关怀、眷顾，指引我们皈依伊斯兰教，把我们从黑暗中引向光明大道。如今我年迈体衰，已经变成老朽无能之辈，打算退避在屋角里，埋头膜拜安拉，虔心忏悔，求主饶恕我前半生造下的各种罪孽，以终余年。这是我的儿子赛义府·姆鲁可。你们都知道他是个好样的青年人，能说会道，明理懂事，聪明智慧，性格高尚，为人公正。因此种种，我打算现在宣布退位，把王位传给他，让他登极为王。从今日以后，我退隐起来，埋头膜拜安拉，由我的儿子赛义府·姆鲁可代替我执掌政权，做你们的国王，处理国家大事，替你们排难解纷。关于这件事，你们大家怎么说呢?"

在场的人全体起立,一齐跪下去吻了地面,异口同声地以"听明白了,遵命就是"回答了国王。之后,他们说道:"主上,您是我们的保护人,我们历来听您的话,遵循您的命令,因此即使您让一个奴隶来当国王,我们也一定服从他,何况是您的儿子赛义府·姆鲁可来执政,那更用不着说了。主上既然要退位,我们衷心拥戴,竭诚欢迎太子来当我们的国王。"

听了臣僚们的回答,国王站起来,让赛义府·姆鲁可太子坐在宝座上,然后把王冠从自己头上脱下来,亲手给他戴在头上,接着又把御带解下来,替他结在腰中,当臣僚的面,给太子行了加冕礼,之后,才从容坐在他身旁。这时候,宰相、朝臣、公侯和官吏们全体起立,一齐跪下去,吻了地面,然后毕恭毕敬地站起来欢呼、祝福。人们相互称赞赛义府·姆鲁可:"他是最应该继承王位的人,他比任何人都适合当我们的国王。"同时广场中欢声雷动,"安宁! 胜利! 兴旺"的祝福声响彻云霄。

赛义府·姆鲁可太子一旦登极为王,受到朝臣、公侯和官吏们竭诚拥护爱戴。在欢呼、祝福声中,他把金币银币一齐撒向人们,并分别赏赐他们衣服什物。宰相法力斯眼看这种动人的场面,抑制不住满腔激情,蓦地站了起来,先在国王面前跪下去吻了地面,然后对在座的人说:"同僚们,我是当朝的堂堂宰相,而且是远在老王阿绥睦·本·索夫旺登极为王之前,我就拜相担任这个职务了。现在老王阿绥睦已经宣布退位,让位给他的儿子赛义府·姆鲁可。这两桩事,你们都清楚、明白吧?"

"不错,我们都知道:您的宰相职位是祖传父、父传子地继承下来的。"人们齐声回答。

"现在我当众宣布退职,让我的儿子梭尔德来担任宰相职务,因为他是个聪明机智、明理懂事的人。你们看怎么样?"宰相法力斯征求同僚们的意见。

"令郎梭尔德是唯一配当宰相的人,因为他任宰相职务,可以辅佐赛义府·姆鲁可国王执掌政权,彼此共谋国家大事,那是相得益彰的。"

宰相法力斯眼看同僚们一致赞同他的建议,没有相反的意见,便毅然从自己头上,把为相的缠头脱了下来,亲手拿它给他的儿子梭尔德戴在头上,同时还把宰相专用的墨盒拿出来,拱手摆在他面前,当同僚们的面,进行移交手续。这时候,御前大臣和朝臣们都称赞梭尔德,异口同声地说:"他真配当宰相,他真配当宰相。"

阿绥睦老王和法力斯老相相继宣布退位,把王位和宰相职务相互传给他俩的儿子之后,感到一身轻松愉快,彼此约着打开库藏,奖赏公侯、将相和大小官吏,每人赏给一套名贵衣服和大批的赏钱,并发给由新王赛义府·姆鲁可和新宰相梭尔德签名盖章的新委状和特许状。公侯、官吏们在京城逗留一周,然后各自归去。

老王阿绥睦率领他的儿子赛义府·姆鲁可和老相的儿子梭尔德欣然回到宫中,吩咐管库的取来所罗门大帝送给他的礼物,对他俩说:"我的孩子,你们过来,每人从这些名贵礼物中,随便选择一两件吧。"

赛义府·姆鲁可第一个伸手,把那个包袱和图章戒指取在手里,接着梭尔德伸手,把那柄宝剑取在手里,二人亲切地吻过老王的手,然后双双回到寝宫。赛义府·姆鲁可拿到包袱,不曾打开看看里面包的什么东西,只是随意把它扔在他和梭尔德一起睡觉的那张床上。这是因为他俩从小在一起长大,形影不离,惯于同床睡觉的缘故。

当天晚上,仆人按时燃点蜡烛,铺好床铺,让赛义府·姆鲁可和梭尔德安息、睡觉。半夜里,赛义府·姆鲁可忽然醒来,见那个包袱摆在枕边,便对自己说:"父王赏赐的这个包袱,里面包的到底是什么宝贝?"他怀着好奇心情,一骨碌爬起来,拿着包袱和一支蜡烛,悄然溜到贮藏室中,打开包袱一看,见是一件仙袍。他即时摊开仙袍,翻着仔细欣赏,发现后襟的里子上,用金线绣着一幅美人图,她的形貌出奇的美丽可爱。他呆呆地望着绣像,颇有一见倾心的感触,爱她爱得发狂,一下子昏晕过去,人事不知。一会儿,他慢慢苏醒过来,茫然不知所措,只会糊里糊涂地哭泣、叹息,一会儿批颊捶胸,一会儿痛吻衣上的绣像,凄然吟道:

一

命运播种爱情,
初恋时爱情不过是口中喷出来的沫液。
可年轻人一旦潜入情海急流,
他碰到的苦头远非壮年人可以担承。

二

爱情原来具备掠夺生命的威力,
先前我若知道此中隐情便该即早回避。
无奈我茫然甘心插足于爱情,
不知将来会出现什么样的结局!

赛义府·姆鲁可吟罢,不停地叹息、哭泣、捶胸、批颊。这时候,他的宰相梭尔德从梦中醒来,不见他睡在床上,室中只剩一支蜡烛,便对自己说:"赛义府·姆鲁可哪儿去了?"于是起身,拿着蜡烛,走出卧室,到处寻找,最后来到贮藏室,见赛义府·姆鲁可坐在里面,忽儿痛哭流涕,忽儿长吁短叹,举止非常离奇古怪。他大吃一惊,赶忙挨过去说:"弟兄,你干吗哭泣?发生什么事了?告诉我你伤心哭泣的原因吧。"

赛义府·姆鲁可不说话,也不抬头看他,只顾哭泣、叹气、捶胸。梭尔德眼看这种反常举动,只好婉言说:"我是你的宰相,是你的手足,咱俩是从小在一起长大的。如果你不肯让我知道你的苦衷,不肯把秘密在我面前透露,那你要让谁知道呢?要对谁透露呢?"他说着跪了下去,卑躬屈节地吻着地面不动。经过很长的时间,赛义府·姆鲁可却木然无动于衷,既不看他一眼,也不回答他一句话,只是伤心哭泣。梭尔德眼看他的呆狂神情,感到左右为难,茫然不知所措。没奈何,他毅然站起来,匆匆离开贮藏室,回到卧室中,抽出挂在墙上的宝剑,急急忙忙再回到贮藏室,挨近赛义府·姆鲁可,拿剑尖对准自己的胸膛,然后对他说:"弟兄,你苏醒过来吧。如果你再不把你伤心哭泣的缘故告诉我,我便自杀了事,免得看着你的苦恼情形而难过。"

赛义府·姆鲁可慢吞吞地抬头看梭尔德一眼,对他说:"弟兄,我不好意思把自身的遭遇讲给你听。"

"我以宽大、慈祥、仁爱的安拉的名义恳求你,希望你把切身的遭遇全都告诉我。我是你的奴婢,是你的宰相,你的什么事情我都应该参加意见,所以你用不着害羞。"

"你过来,看一看这幅绣像吧。"赛义府·姆鲁可拿仙袍上的美人图给梭尔德看。

梭尔德接过仙袍,翻着仔细看了一阵子,发现绣像的上端,用整齐的细珠,绣着一行字:"这是白狄尔图·赫曼丽的绣像。她父亲叫佘摩虎·本·沙鲁侯,是信奉伊斯兰教的一个神王。他父女已下凡到巴比伦城,住在羽勒姆·本·翁殿大帝的御花园中。"他读罢像上的说明,心中有数,对赛义府·姆鲁可说:"弟兄,你知道这是哪个女郎的绣像吗?让咱们找她去吧。"

"指安拉起誓,我的弟兄啊!这幅像到底绣的是谁,我可一点也不知道。"

"你来看像上绣着的这行字吧。"

赛义府·姆鲁可挨近梭尔德,读了上面的说明,明白它的内容,欢喜若狂,抑制不住激情的冲动,使从内心里发出了"哎呀!哎呀!哎呀"的感叹声。

"弟兄,"梭尔德赶忙说,"这幅像绣的既然实有其人,她叫白狄尔图·赫曼丽,而且下凡在人间,我这就可以毫不迟延地去把她给你找来，以便你和她结为夫妻，达到最终目的。弟兄，我以安拉的名义恳求你别再伤心哭泣了。你应该振作起来，预备登殿视事，让宫中各行人等各尽所能地好生伺奉你。明天，你可以召见城中的商人、旅行者和一般穷苦黎民，向他们打听巴比伦城的情况。在安拉的恩赏、眷顾下，或许会有一个人告诉我们该城的情况和翁殿大帝的御花园呢。"

次日清晨，赛义府·姆鲁可升殿坐在宝座之上，怀中抱着那件仙袍。因为自从他发现仙袍里子上的绣像之后，就爱不释手，无论坐站、起居，都不放下它。将相、朝臣和官员们按时进宫，排班站在殿下，等着朝拜。他却无精打采，漠然对宰相梭尔德说："你去晓谕他们，说寡人突然患病，昨宵整夜不曾安眠，让他们退朝吧。"

宰相梭尔德遵循命令，按照吩咐向群臣宣布国王患病、免朝的消息，让他们退朝，各司其事。老王阿绥睦听说儿子患病，大为吃惊，惴惴不安，即刻召大夫、方士进宫，嘱咐他们替赛义府·姆鲁可治病。大夫、方士唯命是听，诚惶诚恐地替赛义府·姆鲁可诊脉、处方，配药给他吃。

经过三个月的治疗，赛义府·姆鲁可的病仍无起色。老王阿绥睦迫不及待，迁怒于大夫、方士，破口大骂他们："该死的狗家伙们！这是怎么搞的？莫非你们一个个都无法把我儿子的病给医好吗？如果你们不赶快把他医好，我就通通杀死你们。"

"大国王陛下，"大夫、方士们的头目向老王说，"我们知道赛义府·姆鲁可是您的儿子。向来我们替一般路人看病都不马虎，这是陛下知道的。何况给令郎治病，我们怎么敢不尽心竭力呢？然而令郎所患的病可不好医治。如果陛下欲知此中实情，我们是可以对您谈一谈的。"

"你们发觉我的儿子到底害的什么疾病？"老王急于要知道赛义府·姆鲁可的病情。

"大国王陛下，目前令郎所患的是单思病。他所恋念的人，是可想而不可即的。"

"你们从何知道我的儿子害单思病？平白无故，我的儿子从哪儿去恋爱呀？"老王声色俱厉，怒不可遏。

"个中实情，他的宰相梭尔德知道的最清楚，陛下可以向他去打听。"

老王阿绥睦离开大夫、方士，一个人走进贮藏室，把梭尔德唤到身边，对他说："你的弟兄赛义府·姆鲁可是怎么害病的？如实告诉我吧。"

"我不知道他的实在情形。"梭尔德断然否认事实。

老王阿绥睦即刻唤来刽子手，对他说："带梭尔德下去，拿布束住他的眼睛，砍掉他的脑袋。"

梭尔德吓得发抖，哀求道："恳求主上饶命。"

"你如实告诉我，我便饶恕你。"老王答应他的要求。

"我的弟兄赛义府·姆鲁可，他害的是单思病。"梭尔德一针见血地道破赛义府·姆鲁可的病源。

"他恋念的是谁？"老王追问赛义府·姆鲁可的恋爱对象。

"一个神王的女儿。"

"一个神王的女儿！他从何认识她呀？"老王惊诧到极点。

"他是从所罗门大帝送给你们的那个包袱所包着的一件仙袍衬里上看见她的绣像的。"梭尔德直言不讳地说明赛义府·姆鲁可的病根。

老王阿绥睦跟梭尔德简短的交谈后，知道赛义府·姆鲁可闹病的苗头，便直接去到他的卧室中，当面对他说："儿啊！到底是什么灾难折磨着你？你所钟情的那幅绣像究竟是怎么一回事？当初你干吗不跟我讲呢？"

"父王，当初我觉得害羞，不好意思对您老人家谈这件事，同时，对任何人我都守口如瓶，一字不提。如今父王既已知道我的情形，便请您老人家斟酌想一想，该用什么办法救我的命。"

"这有什么办法呢？假若那是人世间的一个女郎，那我们总可以想办法接近她，无奈她是神王的女儿，谁能向她求婚呢？这种事，除了所罗门大帝，人世间任何人都是无能为力的。不过我的孩子，你应该即刻振作起来，打起精神，跨上战马，去山中打猎消遣，或往竞技场中跑马寻乐，并注意讲究饮食，借此消除心中的苦恼、忧愁情绪。关于你的婚姻问题，我可以替你物色一百个公主，充当你的伴侣。至于向神女求婚，那是不必要的事。因为第一，咱们没有能力高攀；第二，他们跟咱们不是同类。"

"我可不愿舍弃她而另找别人。"

"儿啊！那该怎么办呢？"老王感到左右为难。

"恳求父王召集所有的商人、旅行者和旅居本国的外路人，以便向他们打听。也许安拉会借此把翁殿大帝的御花园和巴比伦城的方向告诉我们呢。"

老王阿绥睦果然把城中的全体商人、每一个外路人和每一艘商船的船长召进宫来，向他们打听巴比伦城和翁殿大帝的御花园的情况。可是他们全然不知不晓，谁也谈不出所以然来。当其时，人们面面相觑，正感觉不知如何是好的时候，有一个人大胆地建议："大国王陛下，如果您要知道那方面的情形，那请到中国去吧。因为中国是一个地广人众的大国，也许那里会有一个人使您的希望实现的。"

赛义府·姆鲁可认为往中国去探听消息的建议不错，便对老王说："恳求父王给我预备船只，让我上中国去旅行一趟吧。"

"儿啊，你应该坐镇京都，执掌政权，处理国家大事。至于往中国旅行的事，由我出马，亲身代你去办理这桩事情好了。"

"父王，这是我的终身大事，谁也不会像我一样任劳任怨地关注它。只要您许可我去旅行，问题便可迎刃而解。再说我暂时离开家园，出去旅行一趟，如果因此探到她的消息，便可一帆风顺地达到目的，即使探听不出什么，那我在海外旅行一趟，看看市面，开开眼界，心胸会因此而开朗，精神也会因此而振奋，就不至于怨天尤人了。此去如果有命活着,最后我会平安回到您老人家面前来的。"

老王阿绥睦瞅儿子一眼,仔细思考一番,觉得除非满足他的愿望,别无其他办法可行,因而勉强同意他去旅行,并即刻替他预备行李。在短期内,给他预备了四十条船,派定二万名护卫人员,其他亲信的随行除外。并给予大批金钱、粮食和武器,举凡旅途中需要的物品,应有尽有,而且非常充足。

行装准备齐全。赛义府·姆鲁可动身起程之日,老王阿绥睦和王后出城郭送行。他对赛义府·姆鲁可说:"儿啊!我可是把你托庇给万能的安拉了。你安心、愉快地去吧。祝你一路顺风,诸事如意。但愿你最后载誉归来。"

赛义府·姆鲁可辞别父王母后,兴高采烈地带着四十条满载淡水、粮食、武器和随行、护卫人员的船只,浩浩荡荡地出发,开始航海旅行,在无边无际的海洋中,连续航行,一直到了中国。

中国人听说有四十条满载士兵、武器和财物的船只靠岸的消息,认为是敌人前来袭击、围攻,因而赶忙关闭城门,调集大兵,摆好弩炮,严阵以待。中国人紧急备战、对付敌人的消息传到赛义府·姆鲁可的耳中,他即刻派两名亲信的随员前去交涉,解除误会。临行他嘱咐随员:"你们前去求见中国国王,说明我是阿绥睦老王的继承人赛义府·姆鲁可。此次前来中国做短期的参观、访问旅行,并不包藏攻击、敌视他人的祸心。如果获得他的同意,我便登陆参观、访问,否则,我马上下令返航。总之,我对中国国王本人和他的臣民,保证秋毫不犯。"

两名亲信随员遵循命令,冒险来到城下,对守城的将领说:"我们是赛义府·姆鲁可国王的使臣,奉命前来求见贵国王。"守城的将领知道来者是使臣,便开门迎接,带他们进宫,谒见国王。使臣在中国国王面前,把赛义府·姆鲁可嘱咐的话,复述一遍。中国国王叫法埃夫尔·沙,往昔他与老王阿绥睦曾相认识。他从使臣口中知道此次前来中国参观、访问的是阿绥睦的儿子赛义府·姆鲁可,非常欢喜,欣然赏使臣贵重衣服,即刻下令开城门隆重接待贵宾,并率领亲信臣僚,躬亲出城迎接赛义府·姆鲁可,热烈拥抱他,说道:"欢迎! 欢迎! 竭诚欢迎光临敝国的贵宾。我是陛下的奴婢,也是令尊阿绥睦的奴婢。敝城摆在你面前,等候你发号施令。你需要的一切,我当尽量供应。"

赛义府·姆鲁可、他的宰相梭尔德和亲信随员分别骑马,率领护卫,在钹鼓喧天的欢呼声中,鱼贯进城,下榻宾馆,受到极其隆重、优厚的上宾待遇,安逸、舒适地过了四十天。临了,法埃夫尔·沙向赛义府·姆鲁可献殷勤,说道:"世侄,你好吗? 你觉得敝国有可取的地方吗?"

"但愿安拉永久恩赏陛下,使贵国长治久安。"

"你不远万里,远涉重洋,蓦然光临敝国,此中想必不无原因。你对敝国如有所需,我当尽量满足你的需求。"

"国王陛下,不瞒你说,我的境遇奇怪极了。这是因为我看了白狄尔图·赭曼丽的绣像,便一见倾心,爱她爱到极点,因而不辞跋涉,冒险出来探听她的消息,一心要向她求婚。"赛义府·姆鲁可说着不禁潸然泪下。

"赛义府·姆鲁可,现在你打算做什么呢?"法埃夫尔·沙也洒下一掬同情、怜悯的眼泪。

"我打算请你把贵国中经常往海外经商、旅行的人,全都给我找来,让我向他们打听白狄尔图·赭曼丽的信息,也许他们中会有一个人把她的消息告诉我的。"

法埃夫尔·沙即刻派一批大小官员和卫兵,分头出去,把所有往海外经营、旅行过的人都召集进宫。于是成群结队的商人和旅行者聚集在国王法埃夫尔·沙面前,听候命令。临了,国王赛义府·姆鲁可向他们打听巴比伦城和翁殿御花园的消息。无奈他们全然不知不晓,谁都答不上口,致使赛义府·姆鲁可惘然大失所望。最后,有一个船长说:"大国王陛下,你要知道巴比伦城和翁殿御花园的消息,请往属于印度的那些海岛上去打听吧。"

赛义府·姆鲁可急不可待，即刻吩咐动身起程。随从遵循命令，赶忙给船只装满淡水、粮食和其他必需的物品。赛义府·姆鲁可和他的宰相梭尔德向中国国王法埃夫尔·沙告别，率领随行们、护卫人员，开船启行，离开中国，向印度的海岛进发。他安全愉快、一帆风顺地航行了四个月，正继续向前航行时，想不到天气突变，既刮飓风，又下暴雨，海面上顿时波涛汹涌澎湃，狂风从四面八方袭来，吹打得大小船只相互碰撞，结果船只碰碎、沉没，船中人也相继落水淹死，其中仅剩赛义府·姆鲁可和几个随员、护卫乘坐的小艇幸免于难。待风止雨停、日出浪静之时，赛义府·姆鲁可蒙眬苏醒过来，睁眼一看，除了水天相接的汪洋大海外，大小船只的踪影都不见了。他惊问同舟的人："大小船只哪儿去了？我的弟兄梭尔德流落何地？"

"大国王陛下，大船小艇被风吹浪打，相互撞沉了，船里的人先后落水淹死，都葬身鱼腹了。"

赛义府·姆鲁可狂叫一声，凄然叹道："全无办法，只盼伟大的安拉拯救了。"他感叹着气得乱打自己的面颊，并起身要跳海自杀。随员、护卫赶忙拽着他不放，并劝慰他："主上，投海自杀管什么用呢？这种风险，是你自己要来冒的。当初你若听从令尊的教言，这种风波是根本不会发生的。不过这种灾难全是根据造物主的意旨注定下来的，以便奴婢完成安拉为他所规定的一切。记得远在你诞生之日，占星者便对令尊说过：'令郎的前半生要经受种种风险、磨难。'因此，咱们现在除了耐心等候安拉解救之外，别的办法、出路是没有的。"

赛义府·姆鲁可听了随行的劝解，说道："全无办法，只盼伟大的安拉拯救了。生前注定了的事，原是无法避免的。"他感慨之余，唉声叹气地吟道：

> 我不知忧愁、灾难从何处把我纠缠、包围，
> 只有慈祥的安拉洞悉我痴呆、迷惘的境遇。

我应该逆来顺受、忍耐到头，

表示我的耐性比忍耐本身还艰苦卓绝。

从忍耐方面我尝到的味道非黄连可以比拟，

它的温度比炭火更加炽烈。

除非委托造物主处理这桩事情，

我能有什么办法解围？

赛义府·姆鲁可吟罢，沉没在思考的海洋中，眼泪像雨水一样不断地从腮颊上流下来，湿透了衣襟。他感觉疲倦，倒身睡了一会儿。继而他惊醒过来，觉得饥饿，随便吃一点饮食充饥。从此他和随行、护卫在孤舟中，不辨方向，也不知去向。经过几昼夜的漂流，粮食吃完了，大伙又渴又饿，显然已濒于死亡境界，正感到极端恐怖、绝望之时，突然远方出现一个海岛，而且恰遇顺风，于是风送舟，舟载人慢慢荡到岸边。

赛义府·姆鲁可吩咐一个护卫待在舟中，然后率领其余的人，舍舟登陆。他们发现岛上生长着各种果树，结实累累，便争相摘果子充饥。他们正吃得香甜的时候，忽然发觉树上坐着一个人，面孔长得很长，胡须和身体都是白的，形象稀奇古怪。最奇怪的是，他竟喊出一个护卫的姓名，对他说："别吃那些果子！那是不成熟的。你上我这儿来，我摘熟透的给你吃。"

护卫听人唤他的名字，抬头仔细观看，以为他是淹在海里那些同伴中的一人，为流落到岛上来才幸免于死难的。因而一见他，便感到十分欢喜，茫然不知命运会给他带来什么结局，只是一股劲地跑到那棵树下。殊不知那个在树上唤他的人，原是一个精灵，所以当他刚到树下，便纵身跳了下来，骑在他肩膀上，用一条腿缠绕着他的脖子，另一条腿从他背上垂了下来，并命令他："带着我向前走吧！从今日起，你这一辈子做定我的骑驴了。"护卫知道上当，一声哭喊起来："啊呀！我的主人哟！你赶快带着随从离开树林逃命吧，因为一个家伙拿我当牲口骑在我脖子上了，别人也要拿你们当牲口，像骑我一样骑在你们脖子上的。"

赛义府·姆鲁可和随行、护卫,眼看那个护卫的遭遇,听了他的呼唤,吓得惊惶失措,一个个没命地逃跑,奔到海滨,乘着小船,迅速离开海岸。这时候岛上的鬼怪成群地跟踪追至海滨,对他们说:"你们要上哪儿去?赶快转回来,跟我们住在一起,让我们骑在你们背上,当骑驴役使你们吧,我们会给你们吃喝的。"他们听了群鬼的呼唤,感到不寒而栗,只顾得划着小船逃命,远远地离开海岛。在茫茫无边无际的大海中,既不辨方向,又不知去向,只得把希望、生命寄托在安拉身上。经过一个月的漂流,才发现另一个海岛,便靠岸登陆。他们看见岛上长着各种果树,便争相摘果子充饥。继而他们无意间发现老远的路上有突出的东西,便走过去,仔细一看,才知横卧在地上的,是形状丑陋不堪、像一根银柱的一个动物。赛义府·姆鲁可的护卫中,有人抬起腿来踢它一脚。它突然摇身一骨碌爬了起来,恶狠狠地一把抓住踢它的那个护卫,带着他大摇大摆地走进森林。这时候他们才恍然大悟,知道那个所谓的动物,原来是长着七凸八凹的头颅、具有两只长眼睛的一个怪人。当时他把一只大耳朵铺在地上,用头枕着,并用另一只盖着头睡觉,让人看不见它的真面目。赛义府·姆鲁可和随从们,一个个吓得面面相觑。接着他们听见被怪人掳走的那个护卫大声呼唤他们:"伙伴们!你们赶快逃命吧,这个岛上全是住的吃人鬼,它们要把我给撕吃了。"

他们听了同伴的警告,转身拔脚逃跑,直奔到海滨,乘上小船,迅速离开海岛,继续漂流。因为过于匆忙,来不及摘些果子带在身边,所以大家饿着肚子,航行了几昼夜,才发现另一个海岛,不得不靠岸登陆,找食物充饥。他们饿得要死,眼看岛中的一架高山上,长满了茂密的树林,便爬上山去,摘果子度命。他们正吃得香甜的时候,不想突然树林中冲出一群黑人,把他们包围起来。那群黑人的形状非常可怕,每人身高五丈,牙齿像象牙一样突出嘴外。他们把赛义府·姆鲁可和他的随从逮捕起来,押到他们的国王面前,禀告说:"这群落在树上吃果子的雀鸟,被我们捉来了。"

赛义府·姆鲁可冷眼偷看,见他们的国王,盘腿高高坐在铺在磐石之上的一张黑毡上面,面目狰狞,张着血盆大嘴。站在周围伺奉他的,是一大群黑种人。当时正是他肚饿需要吃喝的时候,所以他伸手把赛义府·姆鲁可的两个随从拿起来,宰了果腹。赛义府·姆鲁可眼看两个随从的下场,兔死狐悲,深感自己的生命难保,吓得伤心哭泣,凄然吟道:

一

> 不测的事件爱上了我的心灵,
> 在避不胜避的情况下我对它们表示亲昵,
> 因为善良的心灵更能表现亲密。
> 我满腔的忧愁并不属于一个类型,
> 而每一次颠危都能履险若夷,
> 因此我对安拉的顾怜几千次地感激。

二

> 时日集中灾难的矛头向我袭击,
> 致使我的心灵盖上一床矛被。
> 假若有人再向我发射一些箭镝,
> 我心头上的矛锋会把箭锋全都消灭。

国王听了赛义府·姆鲁可的哭泣、吟诵声,对仆从们说:"这群雀鸟的声音好听极了,我喜欢听它们歌唱,把它们关在笼中,养着玩吧。"于是赛义府·姆鲁可和他的随行人员,每人被关在一个笼中,高高地挂起来,供国王欣赏。国王派仆从按时给他们饮食吃喝。他们被拘禁在笼中,有时伤心哭泣,有时哈哈大笑,有时相互谈话,有时缄默、沉思。国王对他们的一举一动都很感兴趣,觉得他们的声音非常悦耳动听。在那样的情况下,他们度过了漫长的一段时间。

国王有一个女儿，出嫁在别的海岛上。她听说她父亲养着一些雀鸟，声音很好听，便打发人来向他要几只。国王慨然把赛义府·姆鲁可和他的三个随从，连人带笼子交给来人，带给公主。

公主得到赛义府·姆鲁可和他的随从们，感到无限的欢喜快乐，吩咐把他们挂在经常起坐的地方，以便欣赏并听他们鸣唱。这时候，赛义府·姆鲁可眼看自身的遭遇离奇古怪，同时想到过去的荣华富贵，不禁悲从中来，忍不住伤心哭泣。他的三个仆从也为各自的身世、际遇而叹息、伤感，继之痛哭流涕。公主听了他们的呜咽、悲泣，认为他们是引吭鸣唱，从而感到快乐。

公主天生一种癖性：凡是落在她手里的外路人，一旦蒙她垂青，便身价十倍，受到优厚待遇。说来事属安拉的巧安排。此次她一见赛义府·姆鲁可，便被他的漂亮形貌和标致体态所吸引，内心里顿生爱慕心情，因而嘱咐仆从们格外敬重、优待他。过了一些日子，她爱赛义府·姆鲁可的心情与日俱增，竟然到了无可抑制情怀的程度。有一天，她把赛义府·姆鲁可弄到身边，百般勾引他，叫他跟她交配。赛义府·姆鲁可断然拒绝，说道："我的主人，你知道我是一个异乡人，为了忠于我钟情者的爱情，此时我正感到忧心如焚，所以我不愿同别人再发生爱情关系。"

公主溺于色情，对赛义府·姆鲁可的拒绝还不死心，仍然在他面前卖弄风情，一再引诱他。可他肃然无动于衷，弄得她无门可入，毫无办法。她失望之余，恼羞成怒，便下毒手报复，吩咐仆从奴役赛义府·姆鲁可和他的同伴，让他们替她干汲水打柴的苦差事。

似水流年。赛义府·姆鲁可和他的随从一直做着汲水打柴的苦役，一混便是四个年头。这时节，他累得精疲力尽，瘦弱不堪，无法坚持下去，便托人向公主说情，求她大发慈悲，释放他们，让他们回故乡去。公主命令带赛义府·姆鲁可到跟前来，说道："如果你肯依从我，满足我的欲望，我就免除你的苦役，并释放你，让你平安、康泰地回你的老家去。"为要达到不可告人的目的，她不择手段，老是露出讨好卖乖的温存姿态,企图使他心服。无奈赛义府·姆鲁可不买她的账,她的愿望落空,发脾气转身走了。

赛义府·姆鲁可和他的随从仍然留在海岛上,继续做汲水打柴的苦役。日久年深,岛上的人都知道他们是公主养着开心取乐的雀鸟,谁也不敢触动、加害他们。公主本人相信他们离不开海岛,没有逃亡的余地,所以也很放心。在这样的情况下,他们经常两三天不见公主之面,约着去到老远的荒原地带,在边陲地区砍柴火,运回来放在公主的厨房中,供厨子们烧饭。就这样他们日复一日地替公主服劳役,一混又是五个年头。

有一天,赛义府·姆鲁可和他的随从们坐在海滨谈心,回忆他们的遭遇。赛义府·姆鲁可眼看自己和随从们流落到这样的凄惨境地,一时想起高堂老父老母和他的弟兄梭尔德以及过去的荣华富贵生活,不禁悲从中来,忍不住唉声叹气地痛哭流涕,随从们也像他一样,一个个泣不成声。他们同声悲哀哭泣,越哭越伤心。后来随从们对赛义府·姆鲁可说:"主上,咱们要哭到什么时候才休止呢?哭是不管用的。因为这些事件,原是生前注定了的,所以现在一桩桩一件件地实践出来了。咱们除了逆来顺受,别无其他可靠的办法。或许给咱们这种罪受的安拉,有朝一日会解脱咱们的。"

"弟兄们,咱们该怎么想办法摆脱这个该死的娘们儿呢?在我看来,除非安拉救援,咱们是无能为力的了。不过我是随时随地都打算约着逃跑,摆脱这种灾难的。"

"主上,这个岛上,到处都是吃人的妖魔,我们能逃往哪里去呢?我们逃到任何地方,都会碰到他们,即使不被他们吃掉,也会被他们逮押回来,那时候国王的女儿更加恼恨咱们了。"

"我给你们想个办法,也许借此获得安拉的援助,咱们便可逃出海岛呢。"

"好的,你说吧!咱们该怎么办?"

"咱们砍倒一些大树,剥树皮搓成绳子,把木头并排着绑在一起,做成一个筏子,并做几把桨,再摘些果子摆在筏中,然后推下水去,然后乘筏逃走。总之安拉是万能的,也许他为救援咱们会掀起一阵顺风,一直把咱们连筏带人刮往印度去,咱们就摆脱这个该死的娘们儿了。”

“这个办法好极了。”随从们异口同声地说,一个个手舞足蹈,欢喜若狂。他们即刻动手砍树,剥皮,准备造筏,按计划行事,继续忙了一个月。这期间,他们每日利用白天的时间造筏,只是傍晚照例带些柴火回去,堆在公主的厨房里,供厨子烧饭做菜之用。

赛义府·姆鲁可和他的随从躲藏着造了筏子,并收集大批水果摆在筏中,然后趁天黑时推筏下水,划着悄悄地潜逃。他们不辨方向,茫然在无边无际的汪洋大海中航行,不知将会流落到什么地方。经过四个月的漂流,筏中的水果吃完了,大伙饿得要命,正束手无策,坐以待毙的时候,筏子突然受到汹涌澎湃的波涛冲击,差一点把他们掀下水去。接着筏前出现一个凶猛的大鳄鱼,伸出利爪,把筏上的两个人抓了下去,一口吞吃掉。

赛义府·姆鲁可眼看两个随从被鳄鱼吃掉,气得痛哭流涕。当此之时,筏上仅剩他和另一个随从,彼此相依为命,惊惶失措地划着筏子逃避鳄鱼的危害,不停地航行。有一天,他俩忽然看见一架耸入云表的山峰,不禁喜出望外,便朝那个方向行去,见老远的地方出现一个海岛。他俩互相报喜,预备去岛上找食物度命,于是使出全身的力气划着筏子前进。然而好景不长,想不到就在这个时候,海水一下子波动翻腾起来,情景突然起了变化,接着那个凶恶的大鳄鱼又一次出现,伸出利爪,把赛义府·姆鲁可仅剩的一个随从抓下水去,一口吞掉了。

赛义府·姆鲁可一个人留在筏上,形单影只,既饥饿,又恐怖,有气无力,动弹不得。待筏子漂到岸边,他挣扎着慢慢爬到陆地上,勉强撑持着走进树林,摘水果充饥,坐着休息,消除疲劳。但他喘息未定,便见树上栖息着二十多个猿猴,个子比骡子还大。他看见那群猿猴,怕得要死。猿猴蹦下树来,从四面八方向他包围,慢慢挨近他身边,比手势叫他跟它们走。于是猿猴朝前走,赛义府·姆鲁可跟在后面,一直来到一座建筑坚固、巍峨的堡垒门前。

赛义府·姆鲁可随猿猴跨进堡垒大门,见里面全是金银财宝、珍珠宝石,数量之大,种类之多,非语言可以形容。同时他还看见一个年轻小伙子,嘴上无毛,身材却很高大。因为他是堡垒中唯一的一个人类,所以一见如故,心中感到无限的快慰。那个年轻小伙子一见赛义府·姆鲁可,非常惊奇、诧异,对他说:"你叫什么名字?从哪儿来?是怎么到这儿来的?把你的情况全都告诉我,什么都别隐瞒。"

"指安拉起誓,我流浪到这儿来,并非出自我的心愿,这个地方也不是我的目的地。当初我从一个地方旅行到另一个地方,不辞辛苦、跋涉,不过是寻找自己的需求而已。"

"你寻找什么呢?"

"我是埃及人,叫赛义府·姆鲁可。家父阿绥睦·本·索夫旺,是埃及国王。"于是他把自身的遭遇,从头到尾,详细叙述一遍。

青年听了赛义府·姆鲁可的叙述,起身伺候他,对他说:"主上,我曾经在埃及待过,当时听说你上中国去了。那是一件了不起的稀奇事情,到底中国是在什么地方呀?"

"你说的对。不过我离开中国后,在往印度的旅途中,不幸中途遇到飓风暴雨,所有的船只,被汹涌澎湃的浪涛击沉……"他把遇难的经过,详细叙述一遍,最后说:"现在我总算流落到此地和你碰在一起了。"

"太子殿下,你离乡背井,漂流异地,久经风霜、灾难折磨,已经吃够了苦头。感谢安拉!幸亏他眷顾你,让你到达此地。现在你留下来,跟我生活在一起,给我一些慰藉吧。待我死后,你便做这个地方的君王。须知,这是一个大岛,它的幅员之广,是人所不知的。你所看见的这些猿猴,都是能工巧匠,什么都能做。无论你需要什么,都是有求必应的。"

"弟兄,除非我的愿望获得实现,我是不能待在一个地方而不动的。为寻找自己心爱的人,即使走遍天下,我也要去奔波。此去,也许安拉会让我一帆风顺地达到目的,或者中途去到某地方,当然一旦寿限告终,瞑目长逝,葬身异乡也是可能的。"

青年回头看身边的一个猿猴一眼,并做了一个手势。那猿猴会意,急忙走了出去。一会儿,它带几个束着丝围裙的猿猴进来,用金银盘子端来成百样的丰盛饮食,齐齐整整地摆好,然后大伙站在一旁侍候。青年陪赛义府·姆鲁可吃饭。待他俩吃饱之后,猿猴们才收去碗盘,接着拿来金盆金壶,供他俩洗手。之后,猿猴们端来四十件酒器,每件酒器中盛着一种美酒。青年和赛义府·姆鲁可边开怀畅饮,边看猿猴们跳舞、游戏,感到无限的欢喜、快乐。赛义府·姆鲁可陶醉在悦目畅怀的境界中,精神抖擞,乐不可支,竟然把他流浪生涯的狼狈窘况和九死一生的致命灾难忘得一干二净。

天黑了,猿猴们燃点蜡烛,插在用黄金白银精制的烛台上,并端出新鲜果品。青年和赛义府·姆鲁可边吃鲜果边谈心,直到深夜。是安歇的时候了,猿猴们给青年和赛义府·姆鲁可铺床,让他俩睡觉。

次日清晨,青年照例按时起床,并唤醒赛义府·姆鲁可,说道:"你过来,把头伸出窗外,看一看站在窗下的是些什么。"

赛义府·姆鲁可果然挨近窗户,伸头一看,只见广阔的原野中,到处都是猿猴,它们的确切数目,只有安拉知道。他觉得奇怪,对青年说:"这些猿猴,数量可不少,整个地面都叫它们站满了。大清早,它们集合在这儿干吗?"

"这是它们的习惯。岛上的猿猴,此时全都到这儿来,有的是打两三天路程之外赶来的。照例每逢礼拜六,它们都到这儿来集合,等着和我见面。我醒来时,把头伸出窗外和它们见面。它们一见我,便跪下去吻地面,然后各自归去,做它们自己的事情。"青年解释一番,随即把头伸出窗外,和猿猴们见面。猿猴们看见青年,即时跪下去,吻过地面,然后起身,陆续归去。

赛义府·姆鲁可在堡垒中,跟青年住满了一个月,然后向他告辞。青年见赛义府·姆鲁可去志坚决,便派成百的一批猿猴送他。它们沿途小心翼翼地伺候他,经过七天跋涉,把他送到另一个海岛上,才和他分手,然后转回老地方去。从此,赛义府·姆鲁可一个人成行,越过高山、戈壁,穿过平原、漠野,继续跋涉了四个月。沿途饥一顿、饱一顿,有时采野菜充饥,有时摘果实果腹,经受了千辛万苦,仍觉前途茫茫,因而心灰意懒,懊悔当初不该随便出来冒险,同时后悔不该轻率离开堡垒中的那个青年。想到这里,他有意循着自己的脚印,转回堡垒去找那个青年。

赛义府·姆鲁可遇难思退,正感觉进退维谷的时候,忽见老远的地方出现一个黑影,便自言自语地说:"莫非那是一座城市,或者是别的什么东西?我必须看个清楚明白,再作归计。"于是他急急忙忙走了过去,抬头一看,见是一幢高大的宫殿。这幢宫殿,原是圣诺亚之子雅弗斯所建而被《古兰经》指为"多少井池和大厦,全都人去楼空,荒芜不堪回首"的那类宫殿之一。

赛义府·姆鲁可惊喜交集,一屁股坐在宫殿门前,心里想:"宫里到底有什么呢?是哪个国王待在里面?住在宫殿里的究竟是人还是神?有谁能把个中的真实情形告诉我呢?"他坐着沉思默想,冷眼观看。经过很长的一段时间,却始终不见有人出入于宫殿之门。为要探索个中真实情况,他把自身的安危寄托给安拉,然后壮着胆,冒险进入宫殿。他战战兢兢地一直朝里走,经过七道门廊,始终不见一个人影。至此,他向右看,瞧见三道大门。当中的一道门上,挂着门帘。他走到门前,掀起门帘,进去一看,原来是一间宽阔的大厅,里面的陈设全是丝绸细软的,非常富丽堂皇。靠大厅的正上方,摆着一张纯金宝座。宝座上坐着一个月儿般的女郎,身穿华丽的宫服,活像新婚之夜的新娘子。宝座前面摆着一桌筵席,四十个金银盘中,装着各种丰盛可口的食物。他看了那种情景,从容挨近宝座,向女郎请安问好。

女郎回问赛义府·姆鲁可一声,说道:"你是人还是神?"

"我是善良的人类,而且是出身于帝王府中的一个王子哩。"

"你要做什么呢?这儿有吃喝的,"女郎指着筵席说,"你坐下去吃吧!等你吃饱了,再把你的经历从头告诉我,并谈谈你是怎样到这儿来的。"

赛义府·姆鲁可饥肠辘辘,正是需要吃喝的时候,便听从女郎的指示,坐下去享受丰盛可口的饮食,大嚼特嚼,饱餐了一顿。吃毕,起身洗过手,才挨近女郎坐下。

"你是谁?"女郎问他,"叫什么名字?打哪儿来?是谁带你到这儿来的?"

"我叫赛义府·姆鲁可。至于我的经历,说来话长,不是一言两语可以说得完的。"

"那先告诉我吧:你是打哪儿来的?干吗到这儿来?你的目的是什么?"

"还是请你先告诉我吧:你是做什么的?叫什么名字?是谁让你到这儿来的?干吗一个人待在这儿?"

"我叫刀勒图·霍图妮,是印度国王的女儿,原来是住在瑟兰第补城中的。家父的御花园既宽大又美丽,在印度全国是首屈一指的。园中有个大水池,水清澈底。有一天,我和婢女们去园中游玩,大伙脱掉衣服,下池塘去洗澡,正游得高兴、愉快的时候,突然觉得有一团云雾似的东西,一下子落到我身上。接着那东西把我从婢女群中攫了起来,飘飘荡荡地在空中飞行。当时我听见有人对我说:'刀勒图·霍图妮!你只管放心,不要害怕。'那东西带着我飞行了不多一会,就把我降落到这幢宫殿中。临了,那云雾似的东西顿时摇身变成一个衣冠楚楚、形貌漂亮的年轻小伙子,站在我面前,说道:'你知道我吗?'我摇头说:'不,我的主人!我不知道你。'他说:'我是神王艾孜勒果的儿子。我父亲住在革勒宰睦堡垒中。他手下统辖着六十万翔翔于空中、潜游于海里的神兵神将。今天我因事外出,打你们国土上空经过,偶然碰见你,便一见倾心,所以落了下去,把你从婢女群中攫起来,迅速飞回这幢高大的宫殿中。这是我的住所,无论人或神,谁都不可能到这儿来。从印度到这儿,当中相距一百二十年的旅程。从今以后,你绝对不可能返回印度跟你的父母见面了。今后你安安心心、快快乐乐地住在这里,跟我生活在一起吧。凡是起居饮食和穿戴所需的东西,你需要什么,我给你拿什么来。'他说罢,开始拥抱我,吻我。继而他对我说:'你坐着等一等,我去一会就来。在这里不用担心害怕。'他嘱咐着离开我,约莫去了一小时的工夫,然后给我带来这样的一桌筵席。从那回之后,每逢礼拜二他都到宫里来,陪我吃喝,拥抱我,吻我,其他猥亵行为可从来不曾发生,因此我还原样保全着童贞。我父亲叫塔祝·姆鲁可,他一点也不知道我的去向和下落。这便是我的身世和境遇。现在请把你的情形和来历告诉我吧。"

"我的经历说来话长,我只怕跟你谈的时间拖长下去,碰上魔鬼回来,那就糟了。"

"他是在你到这儿前一点钟时候刚离开我走了的,要礼拜二他才回来。你不必顾虑,只管安心待下来,把你的情形,从头到尾,详细告诉我吧。"

"听明白了,遵命就是。"赛义府·姆鲁可回答着,开始讲述他的来历,把他的身世和遭遇,从头到尾,详细叙述一遍。

刀勒图·霍图妮听赛义府·姆鲁可谈到白狄尔图·赫曼丽时,心情沉重,热泪夺眶滚了出来,唉声叹道:"白狄尔图·赫曼丽哟!我不曾料到这是跟你有关的事呀。白狄尔图·赫曼丽哟!咱俩的命运多凄惨呀!你不想念我吗?你不问一问刀勒图·霍图妮哪儿去了吗?"她自言自语地叹息着越哭越伤心;因为白狄尔图·赫曼丽不提念她,所以一时变得灰心丧气。

赛义府·姆鲁可眼看刀勒图·霍图妮的伤感情形,莫名其妙,便对她说:"刀勒图·霍图妮,你是人类,而白狄尔图·赭曼丽属于神类,你跟她怎么会是姊妹呢?"

"我和她虽然不是同类,但彼此却属于奶姊妹。原因是这样的:家母怀胎九月之际,去御花园里散步、消遣,适逢产期,便生下我。当时,白狄尔图·赭曼丽的母亲带着她的侍从路经御花园的上空,因妊娠期满,感觉阵痛,不得已仓促落到园中,随即生下白狄尔图·赭曼丽。她打发一个婢女向我母亲要吃的和穿的。我母亲满足她的需求,还约她带婴儿进宫去见面,并亲自哺乳她的女儿白狄尔图·赭曼丽。就这样她母女住在御花园中,跟我们在一起生活了两个月,才告辞归去。临行,她送我母亲一包香料,说道:'你需要我的时候,一焚此香,我便到御花园中来见你。'从那回之后,白狄尔图·赭曼丽每年都同她母亲上御花园去,跟我们在一起住一些日子,母女才约着回老家去。告诉你吧,赛义府·姆鲁可!假若当初在我母亲面前跟白狄尔图·赭曼丽照常会面期间我能碰见你,那我一定要生方设法地说服她,那会使你的希望实现的。但是我在这个地方,他们都不知道我的下落。如果他们得到我的消息,知道我在此地,那他们是能够把我救出去的。不过一切都掌握在安拉手中,我能做什么呢?"

"你跟我来,我带着你逃走,让咱们一起逃往别的地方去。"

"这是不可能的事。指安拉起誓,即使咱们逃出一年的旅程之外,这个该死的讨厌家伙能在一小时内赶上咱们,会把咱们弄死的。"

"让我躲在一个地方,等他打我面前经过时,我一剑杀死他。"

"除非先杀死他的灵魂,你是不可能弄死他的。"

"他的灵魂在什么地方?"

"我问过他好多次,他不肯告诉我。有一天,我执意再三向他打听。他生气说:'你问过我多少次了?你干吗要打听我的灵魂呢?'我说:'哈体睦,除安拉之外,唯一存在我心目中的是你。大凡我活着的一天,跟你的灵魂是分不开的。如果我不重视你的灵魂,不把它搁在我的眼睛里,那你不在时,我怎样生存下去呢?因此,我必须认识你的灵魂,像保护眼睛一样地保护它。'他说:'当我诞生之日,一个占星家预言说,我的灵魂可能死在人类的一个王子手中。为了保护我的灵魂不被杀害,我才把它藏在一个麻雀的嗉囊中,并把麻雀关在一个首饰盒里,再把首饰盒放在一个匣子中,再把匣子摆在一个七层的套匣里,并把那个套匣搁在一个七层的套箱中,最后把那套箱装在一个云石柜中,然后把石柜埋在海滨。因为这边的海岸,距人类居住的地方太远,任何人都来不到这里。喏!我把真实情况全都告诉你了。这是你我之间的秘密,你千万不可告诉别人。'我说:'除你之外,任何人都不到这儿来,我会对谁说呢?'接着我对他说:'指安拉起誓,你已经把你的灵魂安置在神都去不到的、最大最牢固的堡垒中了,人类中有谁能上那儿去呢?老实说,除非反常的事件一旦发生,除非安拉按占星家所预言的那样规定过,人类中有谁能上那儿去呢?'他说:'也许人类中有谁戴着所罗门大帝的图章戒指到这儿来,把戴着戒指的手放在水面上,然后说:"凭着刻在戒指上面的这些名字的权力,××的灵魂快出来吧。"那石柜便应声漂腾起来;于是乎他会打破石柜和柜中的套箱套匣,最后把麻雀从首饰盒中拿出来,捏死它。这样一来,我的生命就完结了。'"

赛义府·姆鲁可听了刀勒图·霍图妮的叙述,大为欢喜,坦率地对她说:"我便是一个王子,我手指上所戴着的便是所罗门大帝的图章戒指。现在让咱们上海滨去试验试验,看一看他所说的究竟是真是假。"

赛义府·姆鲁可和刀勒图·霍图妮即时动身,走出宫殿,双双去到海滨。刀勒图·霍图妮站在岸上,赛义府·姆鲁可涉水进入海中,把戴着戒指的手摆在水面上,然后喃喃地说:"凭着刻在这个戒指上面的名字和符咒以及所罗门大帝的权力,神王艾孜勒果之子的灵魂快出来吧。"他刚说毕,海水便汹涌澎湃,接着那石柜被掀出水面。赛义府·姆鲁可把石柜弄到岸上,砸破它,接着又打破套箱套匣,最后把麻雀从首饰盒中拿出来,带回宫去。

赛义府·姆鲁可和刀勒图·霍图妮进得宫来,刚在宝座上坐定,忽然风起尘涌,卷起可怕的烟尘,铺天盖地地滚向宫殿,当中还夹着呼吁声:"王子殿下请饶命,别杀我,让我做你的一个自由民吧。我将竭尽绵薄,促使你的希望实现。"

刀勒图·霍图妮眼看天地变色,耳闻呼吁求饶声,赶忙对赛义府·姆鲁可说:"魔鬼来了,你快掐死麻雀,别让他进宫来拿走它,否则他会把你和我杀死的。"

赛义府·姆鲁可使劲一掐,麻雀登时被掐死。当时神王艾孜勒果的儿子哈体睦刚赶到宫殿门前,便倒在地上,顿时变成一堆黑灰。刀勒图·霍图妮惊喜交集,对赛义府·姆鲁可说:"咱们总算从这个该死的家伙手中挣脱出来了,下一步该怎么办呢?"

"咱们应该向给我们罪受的安拉求救,也许他指示我们出路,会帮助我们摆脱目前的困难处境的。"他说着即刻动手,把宫中用檀香木、沉香木制造的、钉着金钉银钉的房门取下十扇,排列在一起,并找来一些丝绳,把它们绑扎成一个筏子,在刀勒图·霍图妮的协助下,将筏子弄到海滨,推下水去,系在岸边,然后回到宫中,把盛着食物的金银碗盘和珠宝玉石以及各种价值昂贵而易于携带的名贵什物,一概搬到筏子,把生命托付给安拉,然后解缆,用两块木板当桨用,划着筏子,冒险成行。

赛义府·姆鲁可和刀勒图·霍图妮乘筏在汪洋大海中,任风吹浪打,经过四个月的漂流生活,饮食吃完了,饥渴得要命,已经濒于死亡境地,前途渺茫,只好虔心祈祷,恳求安拉援救,给予生路。在漂流期间,每当夜里睡觉的时候,赛义府·姆鲁可总是让刀勒图·霍图妮躺在他的背后,并抽出宝剑摆在彼此之间为界,而且将剑刃对着他自己,以便睡梦中翻身时,宁可被剑刃划破自身,避免无意间触碰着她。

有一天夜里,赛义府·姆鲁可已经睡熟,只是刀勒图·霍图妮还醒着,恰巧他俩的筏子漂进一处码头,港内停泊着船只。她看见船只,听见船员对船长的说话声,知道这是一座城市的港口,证实她和赛义府·姆鲁可已经来到有人烟的地方,感到万分欢喜,立刻唤醒赛义府·姆鲁可,说道:"喂! 你快起来,去问一问那位船长,这是什么地方。"

赛义府·姆鲁可欢天喜地地一骨碌爬起来,去到船长跟前,说道:"老兄,请问这叫什么港口? 这座城市的名称是什么? 城中的国王是谁?"

"你这个虚伪、冷酷家伙! 连港口和城市的名称都弄不清楚,那你到这儿来干吗?"船长有些生气。

"我是个异乡人,原是乘商船出外经商的,但不幸中途遇险,全舟覆没。我幸而浮在一块木板上,流落到此,所以向你打听港口和城市的名称。这算不得是罪过吧。"

"这个码头是凯咪奴·巴哈赖伊尼港;这座城市是尔摩律亚城。"

刀勒图·霍图妮听船长说出地名,非常欢喜,情不自禁地发出赞叹声:"感谢伟大的安拉!"

"什么事?"赛义府·姆鲁可听了赞叹声,赶忙问她。

"赛义府·姆鲁可,我先给你报个喜信:咱们快要脱险了。因为这座城中的国王是我的叔父,他叫阿里·姆鲁可。现在你再问一问船长:城中的国王是不是阿里·姆鲁可。"

赛义府·姆鲁可听她指使,果然向船长打听国王的姓名。船长大为恼火,恶狠狠地对他说:"你说你是异乡人,生平没到过此地,那么是谁告诉你国王的姓名呢?"

刀勒图·霍图妮侧耳细听船长跟赛义府·姆鲁可谈话,从他的声音和形貌,终于知道其中的实情,不禁喜出望外。原来这个船长是她父亲手下的一个亲信随从,名叫母欧嫩丁,是她失踪后,奉命出来寻找她的。因为找不到她,所以到处周游,最后才来到她叔父所管辖的这个地区,终于跟她邂逅了。因此,她吩咐赛义府·姆鲁可:"你唤那个叫母欧嫩丁的船长过来,我有话对他说。"

赛义府·姆鲁可听从吩咐,果然对船长说:"喂!船长母欧嫩丁,请到这儿来吧,你的女主人有话对你说。"

船长听了赛义府·姆鲁可的呼唤,大发雷霆,骂道:"狗崽子!你是谁?你怎么知道我?"接着他吩咐船员:"你们给我拿一根桦木棍来,以便我过去,打碎那个坏蛋的脑袋。"

船长握着船员递给他的桦木棍,怒气冲冲地走到赛义府·姆鲁可跟前,一眼看见他的筏子,并发现筏上那些灿烂、名贵的无价之宝,顿时惊得目瞪口呆。继而他仔细打量一番,见刀勒图·霍图妮像一轮明月,正襟坐在筏中。他惊而问赛义府·姆鲁可:"跟你在一起的是谁?"

"是一个女郎,她叫刀勒图·霍图妮。"

船长听赛义府·姆鲁可说出姑娘的名字,知道她是公主,欢喜过度,一时晕倒,昏迷不省人事。过了一会,他慢慢苏醒过来,撇下筏子和筏上的一切不顾,掉头往城市里奔跑。他一口气跑到宫中,求见国王。侍卫替他请示,去到国王面前,报告说:"船长母欧嫩丁前来求见,要向主上报喜信。"

国王许可接见船长。母欧嫩丁去到国王面前,跪下吻了地面,然后毕恭毕敬地说道:"奴婢我应该蒙受主上赏赐的报喜钱呢,因为御兄的女儿刀勒图·霍图妮平安来到此地,如今正待在一个筏子上。跟她一块儿来的是一个年轻小伙子,生得像满盈的月亮那么漂亮。"

国王听了他哥哥的女儿刀勒图·霍图妮平安归来的消息,非常欢喜,重赏船长,即刻下令装饰城郭,为刀勒图·霍图妮的平安无恙欢庆,并派人将她和赛义府·姆鲁可接进宫去,亲切地问候她俩,祝贺她俩平安脱险,同时派使臣星夜兼程去向他哥哥塔祝·姆鲁可报喜,告诉他刀勒图·霍图妮平安到达尔摩律亚的消息。

国王塔祝·姆鲁可知道女儿刀勒图·霍图妮的下落,喜出望外,赶忙调集兵马,亲身率领着赶到尔摩律亚城中,跟他弟弟阿里·姆鲁可和女儿刀勒图·霍图妮团聚,彼此皆大欢喜。他们弟兄、父女久别重逢,大伙在一起快快乐乐地欢度了一礼拜,塔祝·姆鲁可才向阿里·姆鲁可告辞,带着女儿刀勒图·霍图妮和赛义府·姆鲁可动身起程,继续跋涉,平安回到瑟兰第补城中。

刀勒图·霍图妮和她母亲团圆聚首,母女欢喜若狂。为她平安归来,宫中举行庆祝宴会,热闹空前。国王塔祝·姆鲁可对赛义府·姆鲁可怀着尊敬、感激心情,剀切地对他说:"赛义府·姆鲁可,你对小女做了这样的好事,我是无法报答你的。你的恩情,只有安拉可以报酬你。不过我希望你来坐在我的宝座上,代我发号施令,执掌印度全国的政权。现在我决心把我的宝座,我的库藏,我的婢仆以及整个江山,当礼物奉送给你,表示我对你的感激心情。"

赛义府·姆鲁可听了塔祝·姆鲁可由衷之言,赶忙跪下去吻了地面,表示衷心感谢,并坦率地说:"大国王陛下,你送给我的礼物,我全部接受下来,然后转手把它当礼物奉送给陛下。因为江山、权势都不是我的愿望,而我所需求的是:切望安拉恩赏,让我的希望实现而已。"

"赛义府·姆鲁可,唉!我的库藏摆在你面前,你几时需要钱财,只管随便取用,不必跟我商议。但愿安拉替我很好地报酬你。"

"愿安拉多多抬举陛下。至于我自己,除非希望一旦实现,金钱、领土对我来说,都不是幸福。不过目前我倒是希望参观一下这座城市,去街上溜达溜达,看看它的风光。"

国王塔祝·姆鲁可满足赛义府·姆鲁可的要求,即刻吩咐侍从给他备匹上好坐骑。侍从们遵循命令,诚惶诚恐地给赛义府·姆鲁可牵来一匹鞍辔齐全的御用骏马。他跨上骏马,在侍卫们簇拥下,去到城中,行在大街上,摆着头左右观看。在行人中,他无意间看见一个小伙子,拿着一件袍子兜售,喊价十五枚金币。他仔细打量一番,觉得那个小伙子的模样,很像他的弟兄梭尔德。其实那个小伙子,的确是梭尔德本人。不过因为长期漂泊、流浪,久经风霜折磨,使他改模换样，容貌、形迹现在显得憔悴、狼狈不堪，所以赛义府·姆鲁可一时辨认不出来。于是他吩咐侍卫："你们把那个青年给我带过来，我要向他打听消息。"侍卫遵循命令，果然把梭尔德带到他面前。赛义府·姆鲁可看梭尔德一眼，随即吩咐侍卫："你们把他带进宫去，让他和你们一起待在我住宿的屋子里，等我游览毕，再回去跟他交谈。"

仓促之间，侍卫们把赛义府·姆鲁可的话听差，误认为他吩咐他们把梭尔德带去关在牢狱里，因而他们窃窃私语："也许此人是他的奴隶中的一个逃犯吧。"于是他们不问青红皂白，一直把梭尔德带往狱中，镣铐、监禁起来。

赛义府·姆鲁可参观、游览毕，回到宫中，竟然把梭尔德忘得一干二净，也没人提醒他，因此梭尔德一变而为狱中的一名犯人。从此监狱中的俘虏被带出去服苦役的时候，梭尔德也在他们队中，跟他们一起做苦工，染得满身污垢，又脏又臭，简直不像人样。他跟囚犯们一起做了一个月的苦工，累得要死，每逢想到自己的遭遇时，总是唉声叹气地埋怨道："为什么把我监禁起来当囚犯呢？"

正当梭尔德横遭冤狱，受苦受难，被折磨得形劳心瘁的同时，赛义府·姆鲁可在王宫中，耳闻目睹的却都是赏心悦目的快乐、幸运事物，致使他乐以忘忧，彼此的处境，有如天壤之别。幸亏有一天，他突然想起梭尔德，便对左右的侍卫说："我去城中游览那天，叫你们带回来的那个年轻人呢？"

"你不是吩咐我们把他带到狱中监禁起来了吗？"侍卫们提醒赛义府·姆鲁可。

"我可没对你们这么说。我只是叫你们把他带往宫中我居住的屋里去。"赛义府·姆鲁可解释着即刻打发卫官去提梭尔德。

卫官遵循命令，赶忙奔到牢房中，找到枷锁银铛的梭尔德，先替他解掉镣铐，然后带他进宫，直来到赛义府·姆鲁可跟前。他看梭尔德一眼，问道："青年人，你是哪里人？叫什么名字？"

"我是埃及人，名叫梭尔德，是埃及宰相法力斯的儿子。"

赛义府·姆鲁可听了梭尔德的回答，赶忙起立，离开座位，一下子扑在梭尔德身上，紧紧地搂着他的脖子。他一时间欢喜过度，忍不住放声痛哭，然后对他说："我的弟兄梭尔德哟！感谢安拉，你还活着，我总算看见你了。我是你的弟兄赛义府·姆鲁可，也就是埃及国王阿绥睦的儿子呀。"

梭尔德听了赛义府·姆鲁可道出姓名，才恍然大悟，如梦初醒。于是弟兄二人，久别重逢，互相拥抱，喜极而悲，痛哭失声。他俩的举止动作，引得在场的人大为惊异。

赛义府·姆鲁可吩咐侍卫带梭尔德上澡堂洗澡。侍卫遵循命令，带梭尔德进澡堂沐浴熏香，并拿华丽的衣服给他穿戴起来，然后带他回宫，跟赛义府·姆鲁可住在一起，彼此促膝谈心，叙述离散后的遭遇。

国王塔祝·姆鲁可听到赛义府·姆鲁可和梭尔德邂逅的消息，满心欢喜，亲自来到赛义府·姆鲁可的住处，向他俩道喜，亲如父子一样地坐着听他俩谈彼此的离奇遭遇。

赛义府·姆鲁可怀着兴奋、愉快的心情，把跟梭尔德离散后的遭遇，从头到尾，详细叙述一遍。接着梭尔德开始谈他的经历："赛义府·姆鲁可我的弟兄啊！告诉你吧：当风浪大作，我们的船只撞破沉没的时候，人们都淹在海里。我和几个随从攀伏在一块破船板上，随波逐流，经过一个月的漂流，才流落到一个海岛岸边。我们爬上岸去，当时饿得要死，便进树林中摘果子充饥。我们正吃得香甜时，却突然被一群魔鬼似的野人包围住了。他们一个个跳起来，骑在我们肩膀上，说道：'驮着我们走吧！现在你们变成我们的骑驴了。'我问骑在我肩头上的那个人：'你是谁？干吗骑在我肩上？'他听了我的质问，用一只腿紧紧地缠住我的脖子，差一点把我给勒死，同时用另一只脚使劲踢我的背。我痛得要命，相信脊骨被踢碎了。我饥渴得有气无力，支持不住，一跟头栽倒，伏在地上。我跌倒之后，那人知道我快饿死,便牵我去到一棵结实累累的梨树下,说道:'摘些梨饱饱地吃一顿吧。'我饥不择食,果然摘些梨,填饱肚子。我站起来,不自主地刚走了几步路,那个家伙便跟踪赶上我,纵身跳起来,骑在我肩膀上。我扛着他,有时慢走,有时快跑,有时急行。他感到满意,咯咯地笑着说:'嗬!像你这样的毛驴,我从来没见过哩。'

"有一天,我们摘了很多葡萄,扔在一个凹坑里,用脚踩烂,致使那凹坑变成了水塘。过了一些日子,我们又去到那凹坑旁边,看见里面的葡萄汁经太阳晒过发酵,终于变成了葡萄酒。于是我们喝酒解闷,越喝越起劲,结果一个个喝得酩酊大醉。我们的面颊一时变得通红,大伙不约而同地手舞足蹈,既跳舞又引吭高歌。那些野家伙觉得奇怪,纷纷向我们打听:'你们的脸皮怎么变红了?是什么叫你们跳舞唱歌的?'我们回答说:'别问我们吧!你们打听这个干什么?'他们说:'我们打听这个不为别的,只想明白个中的真实情况罢了。'我们说:'这没有什么,不过是葡萄汁起的作用而已。'

"野人把我们带到一处无比广阔的山谷中,一眼望不到边。谷里长着葡萄树,树上结的葡萄,每串不下二十磅重,而且正是成熟的时候。野人指着葡萄吩咐我们:'给我们把葡萄摘下来。'我们听从指使,摘了大批葡萄,扔到附近一个比水池还大的洼坑里,并跳下坑去,像第一次那样,把葡萄踩得稀烂,然后任它们糟在坑中。过了一些日子,待葡萄汁发酵,慢慢变成了浓酒,我们才对野人说:'葡萄酒已经酿成了,你们拿什么盛酒喝呢?'他们说:'当初我们养着像你们一样的一群毛驴,但通通叫我们给吃光了,只是他们的脑壳还在。去拿那些脑壳盛酒给我们喝吧。'我们果然用人脑壳盛酒给他们喝。他们喝了酒,有几分醉意,倒下去睡熟了。他们总共是二百来人。趁他们睡熟,我们便互相商议对策:'这些家伙,拿咱们当牲口役使还不满足,最后还要把咱们给吃掉呢。全无办法,只盼伟大的安拉拯救了。不过咱们可以拿酒把他们灌得人事不知,然后杀死他们。这样一来,咱们就摆脱他们而不再受苦受难了。'我们打定了主意,便唤醒他们,拿人脑壳舀酒给他们喝。他们拒绝喝酒,摇摇头说:'这酒苦极了。'我们吓唬他们:'你们怎么能说酒苦呢?凡说这种话的人,假若他不接连喝十次酒,当天必然死掉。'他们怕死,说道:'快给我们喝足十次酒吧。'于是我们继续不停地舀酒灌他们。他们喝足了十次,一个个烂醉如泥,像死人一样,既无知觉,又动弹不得。临了,我们拽着他们的手,把他们拖在一起堆积起来,再收集大批柴草,摆在他们的周围和身上,放一把火点着柴草,然后退到较远的地方站着观看。只见柴草越烧越旺,直待火焰逐渐熄灭,我们才挨近火堆,却见野人被烧成一堆灰烬。我们感谢使我们摆脱野人的安拉一番,然后离开山谷,欣然分头去找海岸线。我跟另外两个随从一道,继续跋涉,走进一处树林茂密地带,便摘野果充饥。不想突然碰见一个个子很高、胡须很长、耳朵很大、眼睛似火炬的牧羊人,赶着羊群放牧。他一见我们便乐开了,喜笑颜开地说道:'欢迎你们到我家去,以便我宰只羊,烧烤出来招待你们。'我们问他:'你住在哪里?'他说:'离此山不远。你们朝这方向走过去,见山洞时,便可进洞去,里面有很多像你们这样的客人呢。你们去吧,跟他们坐在一起,等我预备饮食,以便拿来招待客人。'

"我们相信那个高人,认为他说的是真话,所以朝他指示的方向走过去,果然看见一个山洞,便坦然走了进去,看见里面的客人都是些瞎子,并听见他们一个个唉声叹气,有的说:'我害病了!'有的说:'我弱极了!'听了叹息、呻吟声,我们觉得奇怪,便问他们:'你们害病、虚弱的原因是什么?'他们听了我们的问话,反问道:'你们是什么人?'我们说:'我们是客人呀。'他们说:'你们是怎么落到这个家伙手里的?全无办法,只盼伟大的安拉拯救了。须知:这是一个吃人鬼。他把我们的眼睛都弄瞎了,要把我们全都吃掉呢。'我们说:'这个吃人鬼,他是怎样把你们的眼睛弄瞎的?'他们说:'一会儿他将把你们的眼睛像我们一样给弄瞎的。'我们说:'他怎样弄瞎我们的眼睛呢?'他们说:'他给你们端来几碗奶,对你们说:"你们走累了,快

喝碗奶解渴吧。'你们一喝他拿来的奶,便像我们一样变成瞎子了。'

"听了洞中人的谈话,我暗自想:'不用计谋,是无法摆脱灾难的。'于是我悄悄地刨个坑,暗自坐在坑上。约莫过了一小时,该死的吃人鬼进洞来了,手里端着几碗奶,给我和两个伙伴每人一碗,说道:'你们从荒芜地方来到这里,疲倦了,先喝碗奶解渴吧,一会儿我烤肉款待你们。'我抬起碗来,凑到嘴边,显出喝奶的模样,暗中却把奶倾入屁股下面的坑中,随即吼叫起来:'哎哟!我眼睛看不见了,我变成瞎子了。'我用两手捂着眼睛,号啕、吼叫不止。那个吃人鬼站在一旁,咯咯地边笑边说:'你别害怕。'至于我的两个同伴,他俩一口气喝了奶,终于变成了盲人。该死的吃人鬼即刻把洞口堵塞起来,随即挨到我身边,伸手摸一摸我的肋巴骨,觉得我很瘦,身上无肉。继而他又揣摩另外一个人,发觉他很肥胖,感到满意,沾沾自喜。临了,该死的吃人鬼杀了三只羊,剥了皮,并拿来几根铁叉,穿着羊肉,摆在火塘上烧烤。继而他拿烧羊肉陪我的两个伙伴一起吃,狼吞虎咽地饱餐了一顿。

"该死的吃人鬼吃饱肚子,随即拿来一皮袋酒,咕嘟咕嘟地喝个够,然后倒身睡觉,鼾声如雷。我暗自说:'他睡熟了,我该怎么收拾他?'我嘀咕着一时想到烤肉的铁叉,便站起来,拿两个铁叉,放在火塘里,待铁叉烧红了,然后勒紧腰带,拿起那两个铁叉,挨至该死的吃人鬼面前,将烧红的铁叉,对准他的两只眼睛,猛力戳了进去,并使出全身的力气顶住铁叉,总算刺瞎了他的双目。可他不甘心死亡,挣扎着蹦跳起来,存心逮住我。幸亏他看不清楚,我便趁机朝里面逃避。他跟踪追赶我。我危在旦夕,赶忙向洞中的盲人求援说:'弟兄们!我该怎样对付这该死的吃人鬼?'他们中有一个人说道:'你跳到那个壁龛上去,里面有一柄锋利的宝剑,你取下它,拿到我这儿来,让我教你对付他的办法。'

"我果然纵身跳到壁龛上,取下宝剑,急忙去到那个盲人跟前。他说道:'你拿剑拦腰砍他一刀,这就要他的命了。'我壮着胆,迎向那该死的吃人鬼。这时候，他显得疲惫不堪，转身扑向盲人们，存心掐死他们。我趁他措手不及，手起刀落，拦腰砍了下去，终于一剑把他砍成两截。他没立刻断气，却大声对我说：'好汉啊！你既然下毒手杀害我，请给个快性，再砍我一刀吧。'我正预备砍第二刀的时候，先前指使我对付他的那个盲人却阻拦我说：'你不可砍他第二刀，否则他不但死不了，反而会活回来危害我们呢。'我听从盲人的指使，不再砍第二刀，只望着他慢慢咽气。

"该死的吃人鬼死了，那个盲人对我说：'你去打开洞门，让我们走出魔窟吧。也许安拉会拯救我们，让我们摆脱这个鬼地方哩。'我安慰他们：'没有危险了，不用忙，往后咱们该走的路还很远呢。现在咱们该杀几只羊吃，并喝点酒解闷。'于是我们仍然待在那里，每天杀羊充饥，摘果子解渴，继续待了两个月之久。

"有一天，我们坐在海滨，望洋兴叹，不想忽然看见一只船在老远的地方破浪航行，便边招手边大声呼唤，向船中人呼吁求救。然而他们知道岛上有吃人鬼，都怀着戒心，不理睬我们，只顾划着船逃避。我们沿着海岸边奔跑，边连声呼唤，并打开缠头，摇摆着向船中人示意。幸亏他们中有个眼光尖锐的人，看了我们的情形，便对他们说：'同伴们，以我看来，站在岸上的那些影子，全是像我们一样的人类，他们身上毫无鬼怪模样。'于是他们慢慢把船驶向我们，直至距岸很近，看见我们是人而不是吃人鬼的时候，才招呼、问候我们。我们回问他们好，并告诉他们杀死吃人鬼的好消息，博得他们的称赞和感谢。

"我们收集大批果子搬到船中当粮食，然后搭船离开海岛，一帆顺风地航行了三天。可是第四天一开始，飓风突起，乌云满天，一下子风起浪涌，孤舟在汹涌澎湃的波涛中漂流无定，最后触礁，砸得粉碎，船中人全都落水淹死。我幸而抓住一块破船板，攀伏在板上，随波逐流，漂流了两昼夜，风浪才逐渐平息。我用两脚交换着划水，经过长时间的努力、挣扎，在安拉的援助下，终于到达岸边，保全了性命。从此我流落到这座城市里，孤苦伶仃，一变而为唯一的异乡人。兼之遭逢此次大难，九死一生，全身有气无力，疲惫不堪，腹内苦饥，饿得要死，茫然不知该做什么。

"没奈何，我埋名隐姓，悄然去到市中，脱下身上仅有的这件袍子，打算卖掉它，弄几个钱买食物充饥，权且维持生命，然后等待安拉作出最后的安排。我拿着袍子叫卖，人们争相竞买时，恰巧你往市中经过，一眼看见我，便吩咐随从带我进宫去。可是他们却把我送到牢狱里监禁起来，派我服了一个月的劳役。最近你才派人把我从狱中带到你跟前来，如你所说那样。以上便是我们遇险失群离散后，我自身的遭遇和经历。感谢安拉！现在咱们总算重逢聚首了。"

赛义府·姆鲁可和国王塔祝·姆鲁可听了梭尔德的叙述，感到不寒而栗，对他的遭遇和脱险，既感到十分惊诧，又格外替他庆幸。

国王塔祝·姆鲁可给赛义府·姆鲁可和梭尔德预备了非常美好、舒适的住所，供他俩养息，当上宾招待，唯恐照顾不周。他的女儿刀勒图·霍图妮经常去看赛义府·姆鲁可，陪他谈天，对他解救她的恩情，表示衷心感激、没齿难忘。当时梭尔德在旁插言，对刀勒图·霍图妮说："公主，今后还需要你大力帮忙，促使他的希望实现。"

"好极了，若是安拉愿意，我一定为此事竭力奔走、斡旋，直至他达到目的为止。"刀勒图·霍图妮回答着转向赛义府·姆鲁可，说道："你只管放宽胸怀，心情舒畅地安心将息吧！你的希望是会实现的。"她嘱咐毕，告辞回到后宫，立即去见王后，说道："娘，求你带我上御花园去消遣、散步，并焚香召唤白狄尔图·赫曼丽母女前来和我们欢聚、谈心。咱们彼此之间好久不见面了。"

"好的，我这就带你去。"王后慨然答应女儿的要求，随即携带白狄尔图·赫曼丽之母临别送给她的香料，陪刀勒图·霍图妮去到御花园中，然后点火焚香。不多一会，随着香烟的弥漫，白狄尔图·赫曼丽母女便姗姗出现在御花园中。于是两王后和两公主碰头见面，皆大欢喜。尤其两公主天真浪漫，喜欢得了不得。刀勒图·霍图妮问候白狄尔图·赭曼丽,热情地拥抱她,亲切地吻她的额角。白狄尔图·赭曼丽热诚地祝贺刀勒图·霍图妮平安脱险之喜。她俩见面寒暄一番,然后双双坐下来谈心。白狄尔图·赭曼丽关怀地问刀勒图·霍图妮:"你在异乡的境遇如何?"

"唉,我的姊妹哟! 你别问了。万恶的灾难,差一点叫我死于非命。"

"究竟是回什么事呢?"白狄尔图·赭曼丽茫然不知个中情形。

"我受神王艾孜勒果之子的劫掠,被拘縻在一幢无比高大、巍峨的堡垒中……"刀勒图·霍图妮开始谈她的遭遇,从头到尾,详细叙述一遍,并叙谈赛义府·姆鲁可如何冒万险去到堡垒中,如何杀死艾孜勒果的儿子,如何用门板制筏子,如何带她脱险的经历,从头到尾,详细讲给白狄尔图·赭曼丽听。

白狄尔图·赭曼丽听了刀勒图·霍图妮的叙谈,惊喜交加,喟然叹道:"我的姊妹呀! 指安拉起誓,这是一桩稀奇古怪的事情呢。"

"我想跟你谈一谈赛义府·姆鲁可冒险的根源,可是总觉得不好意思。"

"有什么不好意思的呢? 咱俩是吃一母之奶长大的姊妹,是最亲密的朋友,彼此的关系历来非常密切。我知道你对我只会从好的方面着想,这还有什么不好意思的呢? 你有什么话,尽管对我说,不必害羞,也用不着顾虑。"

"赛义府·姆鲁可冒险的根源是从令尊向所罗门大帝进贡那件袍子上看见你的绣像而开始的。原因是所罗门大帝收到贡礼时,不曾打开包袱看一看里面包的是什么东西,却原封不动地把那包袱连同其他的名贵礼物转送给埃及国王阿绥睦,后来国王阿绥睦又原封不动地把那包袱赏给他的儿子赛义府·姆鲁可。赛义府·姆鲁可打开包袱,取出袍子预备穿着时,无意间发现绣在衬里上的你的图像,便一见倾心,钟情于你,从而一往情深,毅然离乡背井,不辞跋涉,万水千山地出来找你。沿途之上,他冒着生命危险,吃尽苦头,九死一生,差一点牺牲了性命。他所遭逢的各种艰难险阻,都是为追求你而招致的。"

白狄尔图·赭曼丽听了刀勒图·霍图妮的叙谈,羞红了脸,腼然说:"这是绝对不可能的事情,因为人同神是配合不来的。"

刀勒图·霍图妮一再向白狄尔图·赭曼丽解释,并趁机会提到赛义府·姆鲁可的漂亮形貌、高尚德行和大无畏的勇气。她不惮其详地大肆形容一番,最后说:"我的姊妹啊!请看安拉和我的情面,你跟他见面谈一谈吧。即使只谈一句话也行。"

白狄尔图·赭曼丽好像听而不闻,对赛义府·姆鲁可的美貌、德行和勇敢,显然丝毫不生爱慕情绪,因而剀切地说:"你所说的这些话,我可不听,我也不依从你的指使。"

刀勒图·霍图妮只好低声下气地恳求白狄尔图·赭曼丽,亲切地吻她的手和脚,哀求道:"白狄尔图·赭曼丽,指咱俩吃过的奶和刻在所罗门大帝戒指上的名字起誓,你还是听从我吧。因为我还困在坚固的堡垒中,便向赛义府·姆鲁可作过保证,要让他和你见面。因此,我以安拉的名义恳求你:为保全我的面子,让他看你一眼吧,并就此机会,你也可以看他一眼。"她苦苦哀求着边伤心流泪,边不息地吻白狄尔图·赭曼丽的手和脚,直缠绵得她不得不同意,最后说:"为了你的情面,我让他看我一眼好了。"

这样一来,刀勒图·霍图妮满心欢喜快乐,再一次吻过白狄尔图·赭曼丽的手和脚,然后暂时和她分手,回到宫中,吩咐婢女们用金桌椅和各种食器把园中最大的那幢楼阁布置起来,并准备上好饮食款待宾客。接着她去到赛义府·姆鲁可和梭尔德的住处,向他报喜信,告诉他可以见白狄尔图·赭曼丽的消息,并吩咐他:"你跟你的弟兄一起去花园中的楼阁里,悄悄地躲起来,别叫宫中的任何人看见。一会儿,我就带白狄尔图·赭曼丽上楼阁去,让你看她一眼。"

赛义府·姆鲁可和梭尔德听从刀勒图·霍图妮的指示,约着来到御花园中的楼阁里,见里面布置得焕然一新,摆着金桌椅,椅上垫着靠枕,桌上摆着饮食,便双双地坐下等了一会儿。只因赛义府·姆鲁可一时想到意中人,爱情掀起风浪,弄得他心神不定,坐立不安,不自主地站了起来,沿走廊信步走向花园,梭尔德也起立随他往外走。可他嘱咐梭尔德:"我的弟兄啊!你坐着等一等,我一会就回来。"他让梭尔德待在楼阁中,一个人走到花园里。他满腔情愁,如痴似醉,茫然不知如何是好,凄然吟道:

一

白狄尔图·赭曼丽哟!
你是生活在我心坎里的唯一人物。
我被爱情攫为你的俘虏,
愿你多加怜悯、眷顾。
你是我想念、寻找、追求的最终目的,
除你之外谁都值不得我顾惜。
我夜夜流泪、失眠,
你是否知道此中情形?
求你吩咐瞌睡不要离开我的眼睑,
或许我能在梦寐中看见你的形影。
痴情人盼望你的同情、怜惜,
求你从毁灭中解救他的生命。
愿安拉增加你的幸福、安宁,
把仇人全都变成你的替身。
并叫有情人都向我看齐,
让美女们循着你的步伐迈进。

二

超凡出众的美丽一贯是我追寻的目的,
因为它秘密地潜伏在我的心窝里。

我一开口总要歌颂她那绝无仅有的丽影，

缄默时她的倩影便占据我的心灵。

三

爱火燃烧着我的心灵，

火焰越烧越烈。

你是我追求的目的，

彼此间却隔着很长的距离。

我一心钟情于你，

别人丝毫引不起我的注意。

为博取你的情愿，

我甘心吃尽苦刑。

爱情使我体瘦心裂，

求你大发慈悲心情。

我对你海枯石烂永不变节，

但愿你显出一片慈祥、慷慨心肠。

四

从爱你之日起我就被忧愁重重包围，

瞌睡也趁火打劫地使我辗转反侧。

据传话者说你很生气，

但愿安拉防止那种祸患出现。

梭尔德一个人待在楼阁中，等了好一阵，不见赛义府·姆鲁可转来，便径自走出楼阁，去园中寻找，见他彷徨树下，喃喃地吟道：

指伟大的安拉起誓，

指读《创造者》①的人起誓，

你是人世间最美丽的女郎，

你的丽影每天晚上陪我夜谈。

他赶忙趋前，陪他散步，一起摘果子吃。

刀勒图·霍图妮按照计划，带白狄尔图·赭曼丽双双来到楼阁中，让她坐在近窗户的靠椅上，陪她吃丰盛可口的饮食，并一再请她多吃。待她吃饱了，这才吩咐端来各种甜食，陪她共同享受。吃过甜食，然后洗手。接着婢女端来酒器和醇酒。刀勒图·霍图妮亲自斟酒，和白狄尔图·赭曼丽对饮。几杯醇酒下肚之后，白狄尔图·赭曼丽欣然起立，凭窗眺望园中盛开的花卉和结实累累的果木。随着视线的移动，赛义府·姆鲁可在梭尔德的陪随下，在园中徘徊、往返的情景，一下子映入她的眼帘，而且隐约听见他的哀吟声，看见他泪眼盈盈的愁容，不禁大吃一惊。仅此突然的一瞥，致使她内心感到成千次的悔恨、惋惜。她醉眼惺忪，回头问刀勒图·霍图妮："我的姊妹啊！园中那个彷徨、迷惘的青年，他是谁呀？"

"你同意他上这儿来，让我们仔细看一看他吗？"刀勒图·霍图妮因话就话地反问一句。

"如果你能叫他到这儿来，那就叫他来吧。"白狄尔图·赭曼丽欣然同意刀勒图·霍图妮的建议。

于是刀勒图·霍图妮临窗呼唤赛义府·姆鲁可，对他说："喂！小王子，请到这儿来，让我们看看你那标致、漂亮的体态、形貌吧。"

赛义府·姆鲁可闻声，知道是刀勒图·霍图妮唤他，即时迈步走进楼阁，来到刀勒图·霍图妮和白狄尔图·赭曼丽跟前。他举目第一眼看见白狄尔图·赭曼丽，便一下子晕倒，昏迷不省人事。刀勒图·霍图妮赶忙洒蔷薇水在他脸上。他慢慢苏醒过来，随即倒身跪在白狄尔图·赭曼丽脚下，吻着地面不动。白狄尔图·赭曼丽面对

---

① 《创造者》是《古兰经》第三十五章的标题。

着赛义府·姆鲁可的标致、漂亮形貌,一时惊羡得目瞪口呆。刀勒图·霍图妮向她解释说:"我的姊妹啊!告诉你吧:这就是安拉借他的手救护我的那个叫赛义府·姆鲁可的王子。他为你历经千辛万苦,吃尽各种苦头,所以我劝你另眼看待他。"

白狄尔图·赭曼丽听了刀勒图·霍图妮的解释和劝告,立地站了起来,抿着嘴边笑边说:"人类是缺乏真情实感的,他们谁都背信弃义,而这个青年怎能守信践约呢?"

赛义府·姆鲁可听了白狄尔图·赭曼丽的判断,颇不以为然,因而急起力争,向她辩解说:"公主,我绝对不是背信弃义的人。再说所有的人也都不是一样的。"他说罢,眼泪汪汪地吟道:

> 一双魔术般的眼睛使我潦倒、忧郁,
> 乞望白狄尔图·赭曼丽大发慈悲、伸出救援之手。
> 指你红白相间的容颜起誓,
> 那是用雪一样的白色和牡丹一样的红色配成的。
> 我这憔悴、瘦损的病体不该受你轻蔑,
> 因为它是久经奔波、跋涉的结局。
> 和你聚首是我原来的希望、要求,
> 白头偕老该是可望实现的最终鹄的。

赛义府·姆鲁可吟罢,忍不住痛哭流涕。他抑制不住胸中澎湃的激情,以祝福的情趣,凄然吟道:

> 忠诚的求爱者向你祝福,
> 因为慷慨者对高贵的人总是怀着美好的心术。
> 无时不想念你的人向你祝福,
> 因为你的形影出现在任何场所。
> 每逢听人提到你的姓名我便产生嫉妒心情,
> 这是有情人景仰、拜倒于可爱者裙下的表现。
> 我守望着灿烂的星辰感到不寒而栗,

只觉得黑夜漫长得没有止境。
我的耐性、计谋全都消逝无遗，
怎能回答询问者提出的问题？
愿安拉同你常在一起，
忍苦耐劳的恋人再一次向你致意。

因为他多情善感，过分爱慕白狄尔图·赭曼丽，所以情不自禁地再一次吟道：

当初如果我舍你另有他求，
无论如何不可能达到目的。
你的美丽容颜促使我的末日骤然降临，
人世间有谁像你这样窈窕美丽？
为了你我从来不怕流血、牺牲性命，
要我抛弃爱情这谈何容易！

赛义府·姆鲁可吟罢，号啕痛哭。白狄尔图·赭曼丽听了他的吟诵，眼看他的形态，迟疑不决地说道："王子殿下，如果我全盘接受你的要求，就怕得不到你的真正爱情。因为人类中，大都是好人少坏人多。你要知道：所罗门大帝为热爱补莱勾丝而娶她为妻，可是当他看见比补莱勾丝更美丽的女人时，便喜新厌旧地舍她另寻新欢。"

"白狄尔图·赭曼丽我的眼珠子、我的灵魂呀！安拉所创造的人类不全是一样的。若是安拉愿意，我是要坚守约言的，要死在你脚下的。将来你总会看见我是言行一致的。我所说的这种意志，有安拉可以证实。"

"既然如此，那你安心坐下来，咱俩指宗教盟誓吧。今后，谁背信弃义，辜负对方，那让安拉惩罚好了。"

赛义府·姆鲁可听了白狄尔图·赭曼丽开心见肠之言，果然依她坐了下来。于是他俩彼此捏着对方的手山盟海誓起来，决心从今以后，谁都不得舍弃对方，而再从人或神中，另选对象。盟过誓，彼此互相热烈拥抱，一时乐得抱头落泪。赛义府·姆鲁可越发热爱白狄尔图·赭曼丽，抑制不住心中澎湃的激情，欣然吟道：

> 炽烈的爱情使我喜极而泣，
> 她的心是我日日夜夜向往、追求的目的。
> 长远的距离增加我的惆怅，苦恼心情，
> 过短的手臂是我鞭长莫及的根源。
> 忧愁、苦恼消磨了我的耐性，
> 我的一切秘密已在责难者面前暴露无遗。
> 先前无比广阔的耐性曾经变得窄无间隙，
> 我的精神、力量也消失得不存丝毫痕迹。
> 但愿我能知道安拉是否让我们生活在一起，
> 可否让我同忧愁、苦难永久绝迹？

赛义府·姆鲁可和白狄尔图·赭曼丽彼此情投意合，山盟海誓之后，白狄尔图·赭曼丽便吩咐女仆洗盏更酌，陪赛义府·姆鲁可对饮、谈心，说道："王子殿下，等你去到羽勒姆花园中，便可看见一个用绿丝绳张起来的红缎子大帐篷。你鼓起勇气走进帐篷，便可看见一个老太婆坐在一张镶珠宝玉石的纯金床上。你恭恭敬敬地问候她，并注视床下，那里摆着一双镶珠玉的绣花鞋。你拿起那双鞋子，吻一吻，并放在头上顶一顶，再把它挟在右腋下，然后规规矩矩、缄默不语地低头站在老太婆面前。如果她问你：'你打哪儿来？是谁告诉你这个地方的？你是怎么到这儿来的？你干吗拿起这双鞋子来吻它？'你别回答她，直待我的这个婢女进帐去和她答白，由她替你说情，征求她对你的眷顾、同情。也许在安拉的指引下，她慈悲为怀，会慨然答应你的要求呢。"她说罢，即刻唤女仆到身边，对她说："马尔基娜，指我的爱情起誓，今天我要派你替我做一件事，你可千万别疏忽大意。如果你能胜任，今天做完这件事，我便看安拉的情面解放你，让你成为自由民，而且格外尊重你，视你为最敬爱的知心，从此以后，我的私事、秘密也只让你一个人知道。"

"眼珠般的小姐，你要我做什么呢？快告诉我，让我替你去做吧。"

"我要你背着此人，飞到羽勒姆花园中，让他进帐篷去见我祖母。你自己站在帐外，待老人家问他的来历和需求时，才进去问候她，并替他回答问话，对她说：'老太太，是我带他到这儿来的，他是埃及国王的儿子。他曾经闯进古帝王的废堡中，杀死神王艾孜勒果的儿子，冒险救出刀勒图·霍图妮公主，并把她送回家去，因此我才带他到这儿来向你老人家报告这个喜信呢。请你恩赏他吧。指安拉起誓，这个青年的性格、品德都好，为人非常正直、勇敢，真不愧是十全十美的埃及王子哩。'如果老太太问他需要什么时，你趁机对她说：'老太太，我们小姐问候你老人家，同时叫我问一问老人家：为什么老叫她待在闺中？为什么不趁你老人家和她母亲在世之时即早替她办理婚姻大事？她左候右盼，等待的日子太久了。'如果老太太说：'这叫咱们怎样替她备办婚事呢？要是她认识谁，或钟情谁，那可以提出姓名，我们便按她的意图行事，这才可以替她料理婚姻大事呢。'这时候，你直截了当地对她说：'老太太，小姐说：当初你们有意把小姐嫁给所罗门大帝为妻，曾经把小姐的像绣在袍子衬里上献给他。无奈他跟小姐没有姻缘之分，所以把那件袍子原封转送给埃及国王。之后埃及国王又转手把袍子原封赏给他的儿子。王子发现小姐的绣像，一见钟情，一心一意要跟小姐结婚，所以撇下江山不顾，索性离乡背井，不辞跋涉，到处打听、寻找小姐的所在。为了小姐，他千辛万苦，九死一生，吃尽各种苦头。'马尔基娜，这便是我要你替我去做的事情。"

"听明白了，遵命就是。"马尔基娜欣然应诺着，随即让赛义府·姆鲁可伏在她背上，并嘱咐他："闭起眼睛来！"于是带着他飞腾起来，一口气飞到羽勒姆花园中，这才对他说："睁开眼睛吧！"

赛义府·姆鲁可睁眼一看，见自己已置身于羽勒姆花园中。马尔基娜指着帐篷对他说:"赛义府·姆鲁可,进帐篷去吧。"他边赞颂安拉,边迈步走进帐篷,抬头一看,见一个老太婆正襟坐在床上,身边有婢女们侍候。他规规矩矩、彬彬有礼地挨到床前,拿起床下的绣花鞋,按照白狄尔图·赭曼丽所吩咐的一一做过之后,老太婆便对他说:"你是谁?你从哪儿来?是哪里人?是谁带你上这儿来的?你干吗拿起这双鞋子来吻它?你几时向我乞求而未得到满足呢?"

老太婆向赛义府·姆鲁可提出一连串的问题,他却默然不答。这当儿,马尔基娜赶忙走进帐篷,毕恭毕敬地向老太婆请安问好,并把白狄尔图·赭曼丽嘱咐的话,从头复述一遍。老太婆听了婢女的叙述,十分生气,大骂婢女一顿,接着说:"人与神,彼此各有区别,两者之间,怎能融合、一致呢?"

赛义府·姆鲁可听了老太婆反对他跟白狄尔图·赭曼丽结婚的意见,兀自开口说:"老人家,我是能和你们融合一致的。我将是你的奴婢,我将为你而死。我要守信践约,绝不朝三暮四。若是安拉愿意,我的忠诚、正直品德,你是可以亲眼看得见的。"

老太婆垂头沉思默想一阵,然后抬头说:"漂亮的小伙子,你果真能守信践约吗?"

"不错,指创造天地的安拉起誓,我一定守信践约。"

"若是安拉愿意,我满足你的要求好了。现在你去花园里玩一会,摘些果子吃。这里的果子是人世间罕有的。我将唤我的儿子佘赫亚鲁到这儿来跟他谈这桩事情。若是安拉愿意,这只会是有益无害的,因为佘赫亚鲁对我向来是言听计从的。这样一来,我就可以让他的女儿白狄尔图·赭曼丽同你结婚了。赛义府·姆鲁可,你只管放心,白狄尔图·赭曼丽是会同你结成恩爱夫妻的。"

赛义府·姆鲁可听了老太婆的嘱咐,满心欢喜快乐,赶忙吻她的手和脚,表示衷心感谢,并遵命退出帐篷,去花园中消遣、寻乐。同时,老太婆回头看马尔基娜一眼,说道:"你出去看一看,我儿佘赫亚鲁哪儿去了?无论他在什么地方,必须赶快把他找来。"

"听明白了，遵命就是。"马尔基娜回答着欣然奔出帐篷，前去寻找佘赫亚鲁。

赛义府·姆鲁可踌躇满志、逍遥自在地正玩得痛快的时候，想不到他的行踪突然被五个游神发现，他们都是神王艾孜勒果的臣民。他们看着赛义府·姆鲁可觉得奇怪，便窃窃私语地谈论起来："此人是从哪儿来的？是谁带他到这儿来？也许他就是杀害艾孜勒果之子的那个凶手，咱们想法从他口中打听实情吧。"于是他们慢步去到花园的边角，在赛义府·姆鲁可面前坐下，对他说："漂亮小伙子，你杀死神王艾孜勒果的儿子，解救了刀勒图·霍图妮公主，这件事做得太好了。因为他是个诡计多端的狗崽子，一向作恶多端，居然欺骗到公主头上，所以活该死在你的刀下。假若安拉不派你去解救公主，她这一辈子就完了。可你是怎样杀死那个狗家伙的？"

赛义府·姆鲁可瞅他们一眼，漫不经心地举起手来，说道："我是用戴在我手指上这个戒指杀死他的。"

他们听了赛义府·姆鲁可的一句话之后，确定他是杀害神王艾孜勒果之子的凶手，于是大伙一起动手：两个握住赛义府·姆鲁可的两手，两个握住他的两脚，一个紧紧地捂住他的嘴，不让他叫喊，免得喊声被佘赫亚鲁的臣民听见，会来救他。就这样，他们抬着赛义府·姆鲁可，飞腾起来，继续不停地一直飞到神王艾孜勒果宫中，才把他放在神王面前，说道："大王陛下，我们把杀害太子的凶手替你捉来了。"

"他在哪儿？"神王艾孜勒果不禁喜出望外。

"呶！这就是他。"他们指着赛义府·姆鲁可回答神王。

"我的儿子是我的心肝和眼珠。"艾孜勒果对赛义府·姆鲁可说，"他跟你无冤无仇。是你无缘无故地杀死他吗？"

"不错，是我杀死他。但我不是无缘无故地杀他，而是他多行不义、恶贯满盈应得的下场。因为他任意抢夺国王的女儿，带到荒无人烟的残宫废殿中，随便玩弄、侮辱人家，弄得人家骨肉离散，所以我打抱不平,主持正义,才用戴在我手指上的这个戒指杀死他,为民除害,让他的灵魂早日归到地狱的烈火中去。"

神王艾孜勒果听了赛义府·姆鲁可剀切的回答,毫无疑问地确定他是杀死王子的凶手,便立刻召集宰相和朝臣,跟他们商议对付赛义府·姆鲁可的办法。当时他对宰相和朝臣们说:"此人是杀害太子的凶手,这是千真万确的事,当中毫无可疑的地方。对这种人,你们有什么办法对付他?我该用碎割碎剐的刑法诛杀他吗?用酷刑拷打、炮制他吗?或者该用什么极刑惩罚他?"

朝臣们听了神王征求他们处罚赛义府·姆鲁可的意见,便各抒己见,一时谈开了。他们中有的建议:"砍断他的四肢。"有的说:"每天狠狠地痛打他一顿。"有的说:"齐腰把他劈为两截。"有的说:"把他的手指脚趾割下来用火烧。"有的说:"把他钉死在十字架上。"朝臣们议论纷纷,你一言,我一语,莫衷一是。神王的宰相是个老成持重、世故很深的家伙,经验、阅历异常丰富。当时他对神王说:"大王陛下!臣请进一句忠言,听不听主上可以自作主张。"

由于宰相是群臣中的首脑,执掌大权,替神王出谋划策,运筹帷幄,颇为神王所器重。神王对他向来言听计从,任何事物都不违反他的意见,因此神王欣然说道:"你有何高见?只管说吧。"

宰相赶忙起身,跪下去吻了地面,然后说:"大王陛下!如果我对这桩事提出自己的意见,你能采纳吗?你保证我的安全吗?"

"我保证你的安全,你尽量阐述高见吧。"

"我觉得现在处决此人,不太适宜,所以劝主上暂缓杀他。因为他既然成为俘虏,已在你的手掌中,什么时候要他,都可以提取;要怎样处置他,便怎样处置。因此劝陛下权且忍耐一时,先把他监禁起来,然后相机行事不迟。我主张这么办的理由是:此人曾经去到羽勒姆花园中,预备跟神王佘赫亚鲁的女儿白狄尔图·赭曼丽公主结婚。这样一来,显然他已经成为佘赫亚鲁的臣民。虽然此时他被俘,已解到这儿来,可这件事对我们和他们来说,都不是秘密,一时掩盖不了。

如果一旦处他死刑,佘赫亚鲁难免要替他报仇,从而会跟你结仇结怨,为他女儿白狄尔图·赭曼丽的终身大事着想,他甚至于会兴师问罪呢。他的大兵一旦压境,咱们是无力抵抗的。"

神王艾孜勒果认为宰相的话有道理,便按他的指点,果然把赛义府·姆鲁可暂时监禁起来,预备相机行事。

白狄尔图·赭曼丽的祖母唤来她的儿子佘赫亚鲁,和他谈了孙女儿的婚姻问题,征得他的同意之后,这才打发婢女马尔基娜去唤赛义府·姆鲁可。马尔基娜奉命急急忙忙去到园中,到处寻找,却始终不见赛义府·姆鲁可的踪影,便转回帐篷,回禀老太后说:"他不在花园中了。"太后即时唤来园丁,向他们打听赛义府·姆鲁可的去向。他们说:"当初我们见他坐在树荫下乘凉,突然间神王艾孜勒果的五个臣民闯进园来,在他面前坐下,跟他谈了几句话,随即一齐动手,捂住他的嘴,握着他的手脚,一起抬起他来,腾空飞去了。"

太后听了园丁们的报告,骇然震惊,大发雷霆,立地站了起来,对他的儿子佘赫亚鲁说:"你是赫赫有名的大国之王,当你还活着的这个时期,能让艾孜勒果的臣民随便闯进我们的花园,明目张胆地劫走我们的客人吗?"接着她还激励他说:"老实说,你在世一天,我们就不该受人侵犯一天。"

"娘,此人亲手杀死艾孜勒果的儿子,是他犯罪自作孽,安拉才叫他跌在艾孜勒果手中的。何况艾孜勒果和我们同是神类,我怎么能为人类的事而去跟他结仇、作对呢?"

"不,你应当去见艾孜勒果,向他要回我们的客人。如果他把活着的赛义府·姆鲁可交出来,那你把他给我带回来就行。万一他受到杀害,那你把艾孜勒果和他的妻室儿女,以及他的随从通通给我逮来,让我亲手宰他们,连根捣毁他的统治权,以除我心头之恨。假若你不按我的吩咐去做,那我就等于白养你,你便成为忤逆不孝之徒了。"

神王佘赫亚鲁为尊重、讨好母亲,满足她的愿望,即刻发号施令,调兵遣将，亲自率领大兵远征，继续跋涉，直开到神王艾孜勒果的辖区内。艾孜勒果的部队出来迎战，两军相遇，开起火来，但打不上几个回合，艾孜勒果的部下抵挡不住，一败涂地。艾孜勒果本人和他的将领，以及他的妻室儿女通通垂手被擒，押到神王佘赫亚鲁面前受审。一见面，佘赫亚鲁便问他："艾孜勒果，赛义府·姆鲁可是从人世间到我家来做客的，你把他弄到哪儿去了？"

"佘赫亚鲁，你我同属神类，难道你是为了一个杀害我儿子的人类才来做这种事吗？他杀害我的儿子，等于挖掉我的心肝，好像夺走我的灵魂。你不同情我的境遇，干吗兴师动众，穷兵黩武，一举杀死成千上万无辜的同类呢？"

"你别跟我谈这个。要是赛义府·姆鲁可还活着，你快交出他，我这就释放你和你的子女，并恢复所有俘虏的自由。假若你把他杀了，我就非砍你和你的子嗣的脑袋不可。"

"神王陛下，莫非你把此人看得比我的儿子还重要吗？"

"你的儿子是个暴虐家伙，一贯欺负人类，抢劫他们国王的女儿，弄到荒无人烟的残宫废殿中，任意玩弄、侮辱人家。他无法无天，恶贯满盈，死有余辜，活该丧命。"

"赛义府·姆鲁可安然活着，我愿意释放他。不过恳求陛下做主，替我们和解一番，以期圆满解决命案问题。"神王艾孜勒果表明态度，随即下令释放赛义府·姆鲁可，并吩咐带他来见神王佘赫亚鲁。

神王佘赫亚鲁慨然答应艾孜勒果的请求，亲自替他和赛义府·姆鲁可和解，不但出重金抵偿命债，而且还写下证书，交两造保存，并优礼厚待艾孜勒果和他的部下，把他们当上宾招待了三天，这才带着赛义府·姆鲁可凯旋回国，把他交给他母亲。

太后达到目的，欢喜若狂。佘赫亚鲁眼看赛义府·姆鲁可的漂亮形态和英勇气概，感到无限的惊奇、诧异。赛义府·姆鲁可把他的身世以及为寻找白狄尔图·赭曼丽所碰到的一切，从头到尾，详细讲给佘赫亚鲁听。

佘赫亚鲁听了赛义府·姆鲁可的叙述，非常感动，回头对太后说："娘，凡是你老人家喜欢的事，我无不遵命、听令。你老既然愿意赛义府·姆鲁可同白狄尔图·赫曼丽结婚，那就随他一起上瑟兰第补去替他俩举行隆重的婚礼吧，因为他是个很好的青年，为白狄尔图·赫曼丽已经吃尽苦头了。"

太后爱孙女儿心切，不辞跋涉，果然带着赛义府·姆鲁可和婢女们，开始旅行，一直去到瑟兰第补，住在御花园中，跟白狄尔图·赫曼丽和刀勒图·霍图妮公主见面言欢，还把神王艾孜勒果替他儿子向赛义府·姆鲁可报复，致使赛义府·姆鲁可差一点死在他监狱中的惊险遭遇，详细讲给她们听，并告诉她们白狄尔图·赫曼丽的父亲和她当祖母的都同意她和赛义府·姆鲁可结婚的消息。于是她恳求刀勒图·霍图妮的父母协助筹备妆奁，并择吉举行婚礼。

赛义府·姆鲁可既已达到能同白狄尔图·赫曼丽公主结婚的目的，固然感到无限的喜悦，可是每逢想到他的弟兄梭尔德还没有对象，刀勒图·霍图妮公主还没结婚，便耿耿于怀，很不痛快。他决心当月下老人，撮合他俩的婚姻大事，便趁国王塔祝·姆鲁可召集朝臣替他和白狄尔图·赫曼丽公主缔结婚约的时候。毅然决然地站起来，挨近国王，跪下去吻了地面，然后说："大国王陛下，请饶恕吧！我想恳求陛下答应我的一个要求，可是怕陛下断然拒绝，所以不敢开口。"

"指安拉起誓，你做了一桩好事，我感激不尽。现在即使你要我的灵魂，我也不拒绝你的要求。你要求什么？只管说吧。"

"恳求陛下让刀勒图·霍图妮公主同我的弟兄梭尔德结为夫妻，以便他和我都成为你的奴婢。"赛义府·姆鲁可说明他的要求。

"听明白了，照你的要求行事好了。"国王塔祝·姆鲁可慨然答应赛义府·姆鲁可的要求，同时吩咐朝臣们替梭尔德和刀勒图·霍图妮公主缔结婚约，写下婚书，还下令备办丰盛的筵席，并装饰城郭，热烈庆祝。于是按期举行婚礼,大宴宾客,席间还撒了许多金币银币,热闹空前。

赛义府·姆鲁可同白狄尔图·赭曼丽结婚后,过着甜蜜生活,形影不离,转瞬便过了四十天。有一天白狄尔图·赭曼丽对赛义府·姆鲁可说:"王子殿下,你心中还有什么不如意的事吗?"

"求安拉禁止那样的事情发生!我的希望、理想全都实现了,因此我心上绝不存在丝毫不如意的念头。不过我希望去埃及见高堂老父老母一面,看看两位老人家是否康泰。"

白狄尔图·赭曼丽公主体贴赛义府·姆鲁可的思亲心情,同意他回国省亲,便打发她的仆从们护送赛义府·姆鲁可和梭尔德一起回国,满足他的愿望。

赛义府·姆鲁可和梭尔德在神仆们的护送下,安然回到埃及,分别跟他俩的父母见面言欢,彼此欢欢喜喜、热热闹闹地在一起过了一周,这才分别告别父母,然后动身起程,安然回到瑟兰第补。从此之后,每当思亲心切之时,他俩便约着回埃及去省亲,共享天伦之乐。

赛义府·姆鲁可和梭尔德跟他俩的娇妻白狄尔图·赭曼丽和刀勒图·霍图妮在一起,过着恩爱、美满的幸福生活,直至白发千古。

巴士拉银匠哈桑的故事

　　古代巴士拉城中有个富商,死后遗下一笔财产。他的两个儿子把他装殓埋葬以后,每人分享一份财产,分别开了两个铺子。哥哥从事打铜,做了铜匠,弟弟经营银器,成为银匠,人们都管他叫巴士拉银匠哈桑。

　　有一天,城中来了一个波斯人,混在人群中,从银匠哈桑铺前经过,顺便走进去参观。他见银匠的手艺很好,成品非常精巧别致,心里很羡慕,点点头,说道:"指安拉起誓,你是个高明的匠人哪。"当时哈桑手里拿着一本古书,正在仔细阅读,认真研究技巧。他的标致漂亮惹得人们围着他看热闹。直到午后,人们陆续散了,铺中只剩哈桑,那个波斯人这才趁机走到他面前,说道:"我的孩子,你是个很好的青年。你自己没有父亲,我也是没有儿子的人。我会做一种世间最好不过的手艺,许多人求我教他们,我都不肯。现在我有意把这种秘方传授给你,把你当亲生儿子看待,替你开辟一条幸福的道路,让你丢掉这种旧行业,免得终日守在炉前做拉风箱、捶银片这种麻烦的事情。"

　　"先生,你什么时候教我呢?"哈桑欣然答应。

　　"明天教你吧。我预备教你炼铜成金的本领。"

　　哈桑感到无比快慰,欣然和波斯人告别,回到家中,问候母亲,母子一起吃饭。他带着天真幼稚、非常快活的情绪,把波斯人的情况讲给她听。他母亲说："儿啊！你这是怎么了？你留神别听旁人吹牛，尤其要当心波斯人，不可随便听信他们。那些人都是骗子，干什么炼金术，专门设陷陷害别人，靠撞骗过活。"

"娘，我们是穷人，没有什么财物好惹人撞骗，他怎么会设陷害我们呢？那个波斯人道貌岸然，是个廉洁的长者，显然是受到安拉启示，他才同情可怜我呢。"

他母亲生气，不耐烦再说话。他却把波斯人的话记在心里，十分喜欢，兴奋得整夜睡不着觉。第二天清晨，他带着钥匙，去到市中，刚打开铺门，那波斯人也就赶到。哈桑起身迎接，要吻他的手。他却拒绝，不让他吻①，说道："预备坩埚，快生起火炉吧。"

哈桑遵循命令，生了火炉。波斯人问道："孩子，你这儿有铜器吗？"

"有个破铜盘。"

他叫哈桑捶碎铜盘。哈桑遵命把破铜盘捶成碎片。他把碎铜片扔进坩埚，放在炉上，待铜片熔解了，才伸手从缠头里取出一个纸包，打开它，把半块钱大的、像黄色眼药的一种什么东西扔在坩埚里，然后吩咐哈桑使劲拉风箱，加强火力。哈桑遵命，连续拉风箱，一会儿，坩埚里的黄铜就变成金子。哈桑眼看这种情景，欢喜若狂，一下子愣住了。他把金子拿在手里，掂一掂，再拿把锉刀，锉一锉，仔细端详，见是质量最好的纯金。他喜得差一点发狂，弯下腰去吻波斯人的手。波斯人制止他，说道："你带这块金子上金市去，卖掉它，赶快把钱拿回来。你须留神，不要多说话。"

哈桑去到金市中，把金子交给经纪人，托他代卖。经纪人接过去，摩擦着一看，见是十足赤金，以一万元的市价开盘拍卖。商人们竞相争购，最后卖得一万五千元。他带钱回到家中，把情况告诉母

---

① 年轻人吻年长者的手，表示尊敬。年长者不让吻，也是尊敬对方，表示不敢当的意思。

亲,说道:"娘,我学会这种手艺了。"他母亲苦笑一笑,叹道:"全无办法,只盼伟大的安拉拯救了!"她气得哑口无言。

哈桑被一股愚昧的蛮劲所怂恿、鼓舞,抱起铜擂钵,一口气跑到铺中,把它放在波斯人面前。波斯人见了,问道:"孩子,你拿这个擂钵来做什么用?"

"拿它炼更多的金子呀。"

"在一天之内你要上金市去卖两趟金子,这不是发疯吗?你不明白吗,如果秘密泄露,叫人猜疑起来,这就要我们的命了?孩子,我要嘱咐你,我教会你这种手艺以后,你可不能轻举妄动,每年炼它一次,就尽够你一年的费用了。"

"我的主人,你说得对。"他回答着一面收拾坩埚,摆满一炉炭,拉着风箱,生起火炉。波斯人问道:"孩子,你要做什么?"

"让你教我这种手艺哪。"

"全无办法,只盼伟大的安拉拯救了!"他哈哈大笑起来,"我的孩子,你太无知,我看你是不适于做这种手艺的。你想想看,一个人能在街头或大庭广众之中学做这种手艺吗?我要是在这里教你,被人看见,人家会造谣,说我们弄炼金术,被官家知道,我们就完蛋了。孩子,你要学这种手艺,那就跟我来,上我家去吧。"

哈桑一骨碌爬起来,关锁铺门,跟随波斯人,预备去学手艺。走了一会,他忽然想起母亲的告诫,一下子疑虑起来,一再迟疑、盘算,低头站着,一动也不动。波斯人见他站着不动,一声笑了起来,说道:"你疯了?我为你抱着满腔好意,你为什么疑心我要害你呢?上我家里去你既然有顾虑,那我跟你上你家里去教你好了。"

"好的,老伯。"哈桑同意了。

"你在前带路吧。"

哈桑在前带路,波斯人跟在后面,一直来到他家门前。哈桑先进去,告诉母亲带来波斯人的消息。他母亲赶紧收拾、布置一番,把屋子弄得井然有序,这才退走。哈桑请波斯人进屋去,拿个盘子,匆匆走出去，买了食物，拿来摆在波斯人面前，殷勤招待他，说道："先生，为了让我们的友谊结成盐巴和面包的关系一样，你请吃吧。不守约的人，会遭天谴呢。"

"你说得对，孩子。"波斯人抿着嘴笑了笑，"但是谁真懂得友谊的价值呢？"

波斯人吃饱喝足后，说道："孩子，给弄点甜食来吃吧。"

哈桑听从他的吩咐，欢天喜地，诚惶诚恐地一溜烟跑到街上，买了十个锥形糕，拿来摆在他面前，陪他一块儿吃。他边吃边说道："孩子，愿安拉赏赐你。你的为人，跟人们喜欢结识他、对他披肝沥胆、为他的利益而尽忠者的情况正是一样。好了，现在你快预备工具吧。"

哈桑一听他的吩咐，像脱缰的小马在旷野奔跑那样，一溜烟跑到铺中，拿着工具，立刻赶回家来，摆在波斯人面前。他慢吞吞地取出一个圆锥形的纸袋，说道："哈桑，指友谊起誓，要是你不比我的儿子可爱，我决不教你这种手艺的。说实话，我只剩这袋仙丹了。我当你的面配备药料的时候，你要留神看着。哈桑我儿，你要知道，每十磅铜料，只需放半块钱重的仙丹，便可炼出十磅纯金。哈桑我儿，这个纸袋里有三'乌勾叶'①仙丹。等你用完了，我再给你制造吧。"

哈桑拿起纸袋，仔细一看，见里面的仙丹比头次的更黄更细，问道："老先生，什么地方才有这种东西？这是怎样制造出来的？"

"你心里想要我做什么呢？"他贪婪地望着哈桑笑一笑，随即拿起一个铜碗，捶碎它，放在坩埚里，撒上一点点仙丹，一会儿便炼成一块纯金。哈桑看了这情景，欢喜若狂，呆呆地望着金子发愣。波斯人趁机敏捷地掏出烈性强得可以麻醉大象的一包麻醉剂，弄一块塞在糕里，说道："哈桑，你等于是我的亲生儿子，我把你看得比我的生命、财产还可贵。我有个女儿，打算把她匹配给你为妻。"

---

① "乌勾叶"，埃及重量单泣，约等于二十八英两。

"我是你老人家的奴婢。你对我的关怀照顾,愿安拉报答你。"

"哈桑,你想宽些,耐心些,好事都在后头哩。"

波斯人说着,把带麻醉剂的那块糟递给他。哈桑接过去,吻了他的手,天真活泼地吃起来。可是糟才咽到肚中,他就一个筋斗栽倒,昏迷不省人事。波斯人见他中了计谋,十分欢喜,得意地说道:"哈桑,你这个阿拉伯狗子! 多少年来我一直在找你,今天你算是落在我的罗网中了。"

他站起来,束上腰带,拿条绳子把哈桑的手脚捆在一起,并找来一个箱子,取出里面的衣服什物,把哈桑装进去,关锁起来。接着又腾空一个箱子,把哈桑的财物和他一手替他炼的金子,全都收来装在里面,关锁起来,这才急急忙忙跑到街上,雇个脚夫,把两个箱子挑出城外,放在海滨。他赶到停着等他的一只大船上。水手一见他,立刻上岸,把两个箱子抬上船去。一切都弄妥帖了,他才高声对船长和水手们说:"大功告成,我们的目的已经达到了。"接着船长大喝一声,吩咐水手们:"大家快张帆起碇,准备开船吧。"于是他们一帆风顺地把船开走了。

哈桑的母亲回避儿子的客人,等到晚饭时候才回家,见屋门开着,但不见儿子在家里,并发现箱子财物都没有了,这才知道儿子遭劫,家中出了祸事,气得批着面颊、撕着衣服,哭哭啼啼地喊道:"我的儿啊! 我的心肝啊! ……"

她呻吟、哭泣,一直悲哀到第二天清晨。邻居去看望她,问她为什么伤心哭泣。她就把儿子跟波斯人往来被拐骗的经过告诉他们。邻居都可怜、同情她,安慰她,劝她耐心等待。从此她一个人孤零零地守着寂寞空虚的屋子,废寝忘食地打着转转,早也伤心,晚也哭泣。最后在屋里建筑一座坟墓,碑上刻着哈桑的名字和他失踪的年月日。于是她守着孤坟,孤苦伶仃地过悲哀、伤心的生活。

拐骗哈桑的那个波斯人，原是个卑鄙龌龊的祆教徒，非常仇恨穆斯林。落在他手里的穆斯林，没有不被他置之死地的。他叫白赫拉睦。每年要拐骗一个穆斯林，送上祭坛杀了献火。他把银匠哈桑骗到手，弄到船上，开航以后，才吩咐仆从把装哈桑的那个箱子抬来，打开，取出他，拿醋熏他，用药粉吹进他的鼻孔。他打了几个喷嚏，吐出麻醉剂，然后蒙眬苏醒过来，睁眼环顾左右，发现自己置身船中，漂行在海里，波斯人坐在他身旁，才明白这是对付他的一种谋害，自己叫邪恶的祆教徒骗了，已经落进他母亲警戒他的那种境界中。他喟然叹道："全无办法，只盼伟大的安拉拯救了！我们是属于安拉的，我们都要归宿到安拉御前去。我主！求你同情我，支持我，增强我忍苦耐劳的毅力吧。"接着他掉头望着波斯人，和和气气地说道："义父，这是怎么一回事呀？你给我的诺言和我们之间的友谊哪儿去了？"

"狗家伙！像我这样已经宰掉——包括你在内——一千个穆斯林的英雄人物，跟你会有什么友谊呢？"

波斯人大声斥责、辱骂，哈桑吓得不敢开口，知道命运之箭已经射在他身上了。波斯人吩咐仆从解掉他手脚上的绳索，给他一点水喝，嬉皮笑脸地说道："指火、光、影、热起誓，我没有想到你会落在我的罗网里。幸蒙火的支持、援助，我才一帆风顺，达到希望目的哩。回到家中，我要拿你当牺牲祭火，求它保佑我们。"

"你这是背信弃义呀！"哈桑提出抗议。

祆教徒举起拳头，一拳把哈桑打倒。他倒在地上，门牙撞在船板上，昏迷不省人事。过了好一会，他才泪痕满面地清醒过来。祆教徒叫仆从给他点起火来。哈桑问道："你点火做什么？"

"火是光明与黑暗的主人，是我膜拜的主宰。你要是像我一样地膜拜它，我愿意把财产给你一半，并把女儿匹配给你为妻。"

"该死的家伙！"哈桑一声叫骂起来，"你是个邪教徒；你撇开伟大的、创造宇宙的安拉，从事拜火，你是教徒中的败类。"

祆教徒生气，问道："阿拉伯狗子！你不同意吗？你不跟我拜火吗?"他说着站起来,向火磕了头,叫仆从摔倒哈桑,拿起皮条编成的鞭子,狠狠地鞭挞,把哈桑打得皮破血流,遍体鳞伤。哈桑挨了毒打,支持不住,悲哀哭泣,呻吟着切望安拉怜悯、援救他。

祆教徒毒打哈桑一顿,叫仆从扶起他,拿点饮食给他吃。哈桑拒绝吃喝。祆教徒硬着心肠,从那天以后,沿途不分昼夜,残酷地虐待他。哈桑忍受着痛苦,暗中向安拉祈祷,切望安拉冥冥中拯救他。

船在海中航行三个月以后,飓风突起,掀起惊涛骇浪,整个天地都黑暗起来,孤舟随时有覆没的可能。在危急存亡的时候,船长和水手们面面相觑,叹道:"指安拉起誓,这是祆教徒作孽,三个月来一直虐待那个青年,安拉才降下这种灾难,连累我们呢。"于是他们愤愤不平,群起进攻祆教徒,杀死他的仆从和党羽。祆教徒见势不妙,自身有被杀的危险,惊惶失措,自动解了哈桑的束缚,脱下他身上褴褛污秽的衣衫,换给一身好衣服,跟他和好,许下教他炼金术和送他回家的诺言,说道:"孩子,我这样对待你,你别见怪。"

"到了这步田地,我怎么还能相信你呢?"

"孩子,如果没有罪过,饶恕也就不存在了。因为要试验你的忍耐性,我才那样对待你。你是知道的,事无大小,全是安拉规定的。"

哈桑恢复了自由,船长和水手们都感到快乐、满意。哈桑替他祈祷,表示感激,并赞美、感谢安拉。接着风暴停了,海空也亮开了,人们转危为安,孤舟继续向前航行。哈桑问道:"波斯人! 现在你打算驶到哪儿去?"

"孩子,我打算驶到产仙丹的那座云山去;因为仙丹是炼金必需的原料。"他说着指火、光发誓,表示决不再危害哈桑。

哈桑信以为真,安心、愉快地和他一块儿起居饮食,继续又航行了三个月,到达一处海岸线很长、有着各色沙土的海边停泊。祆教徒对哈桑说:"目的地到了。哈桑,来呀,我们上岸去吧。"同时他吩咐船长好生等候他。

哈桑随祆教徒登陆,向前走到距海岸很远的地方,祆教徒便坐下,掏出一面铜鼓,一个丝制的绘着符咒的鼓槌,一敲,旷野中便飞起灰尘。哈桑觉得他的举动奇怪,可怕得很,吓得面无人色,懊悔不该随他登陆。祆教徒望他一眼,说道:"你怎么了,我的孩子? 指火、光起誓,你用不着害怕。如果不是我的工作需要借重你的姓名,我是不带你上岸来的。告诉你吧,未来的一切都是美好的。前面的尘埃,它可以供我们骑坐,轻而易举地带我们跨过广阔的原野呢。"

一会儿以后,灰尘开处,出现三匹母驼。祆教徒和哈桑各骑一匹,其余一匹驮着粮食,一齐向前迈进。行了七天,到一处一望无垠的地区。下得驼来,一望,见一幢高大的有四根赤金柱子的圆顶建筑,便进去打尖,并吃饮食充饥。哈桑摆着头东张西望,忽然指着更高的地方,问道:"老伯,那是什么?"

"是一幢宫殿。"

"我们不到里面去看看吗?"

"唉! 你别跟我提这幢宫殿了,"他不耐烦地说,"那里面住着我的仇人,我同他之间的纠葛,现在还不是对你谈论的时候。"

祆教徒一敲铜鼓,母驼闻声出现在他们面前。于是他们跨上骆驼,继续向前迈进,跋涉了七天。到第八天,祆教徒说道:"你看见什么了,哈桑?"

"我见云雾弥漫在东边和西边。"

"那不是云,也不是雾,而是一架被云隔开的、高不可攀的大山。由于太高的缘故,山顶上没有云雾。这是我的目的地,我的希望都在山头上,因此我才带你上这儿来,要借你的双手实现我的愿望。"

"指你的信仰和主宰起誓,你带我上这儿来要实现的愿望到底是什么?"哈桑感到没有活命的希望了。

"做炼金术需要一种药草作为主要原料。那种药草的出处须有云雾回绕,并经云雾侵蚀过,腐化过。此山云雾深处,便是那种药草生长的地方。如果采到那种药草,我就可以把炼金的全套技术都传授给你。"

"好的,我的先生。"哈桑绝望到极点,想着母亲啜泣,懊悔当初不该违背她的指示。

他们一直向前,去到山麓。哈桑抬头看见一幢屋子,指着问道:"那屋子是做什么用的?"

"是鬼神和吃人的妖魔居住的。"

祆教徒跳下骆驼,叫哈桑也下来,并走到他面前,吻他的头,说道:"过去的事,你别怨我。因为经受那次锻炼后,你上那幢屋子里去,我能保证你平安无事。我向你发誓,这次你上山去的收获,我们共同享受,你可不能隐瞒我。"

"听明白了,遵命就是。"

祆教徒打开一个袋子,取出一盘磨和一些麦子,推磨磨细麦子,再用水和了面,做成三个面饼,然后点着火,烤熟面饼,这才掏出铜鼓和彩槌一敲,便有一群骆驼应声而来。他选择一匹,宰掉,剥下皮,回头对哈桑说:"听我吩咐吧,哈桑我儿。你带这柄刀子在身边,钻进皮去,让我把你缝在里面,摆在地上。一会儿有很大的兀鹰飞来,把你攫走。等它带你到达山中,你拿刀割开皮,钻了出来。大鹰一见你,它就落荒飞逃。那时候,你朝下望,同我说话。下一步该怎么做,我会指示你的。"于是他把三个面饼、一囊水连同哈桑本人一起缝在骆驼皮中,让他躺在地上,自己远远地避开。一会儿,突然飞来一只大兀鹰,攫着他飞腾起来,慢慢落到山上。哈桑发觉自己已经到了山中,拿刀割开骆驼皮,钻了出来,对山下的祆教徒说话。祆教徒听了哈桑的谈话声,喜得手舞足蹈,吩咐道:"你转过背去,一直向前走,看见什么,立刻告诉我。"

哈桑听他指挥,果然向前走了几步,发现那里堆着无数的骷髅,附近还有许多木柴。他把情况全都告诉给祆教徒。祆教徒听了,说道:"那是我们寻找的对象,也就是我们的目的。你收集六捆柴,丢给我。我们需要拿它炼金子哪。"

哈桑听从他的吩咐,收集六捆柴,丢下山去。祆教徒见柴已到手中，便得意忘形地露出狰狞的面目，对哈桑说："狗崽子！我利用你进行的事已经大功告成。今后你是在山中一直住下去还是跳下来摔死你自己，让你自己选择吧。"他说罢，扬长而去。哈桑叹道："全无办法，只望伟大的安拉拯救了。我叫这个畜生给骗了。"他坐着伤心哭泣，吟道：

> 命运要叫一个耳聪目明而且头脑清楚的人颠沛流离的
> 　时候，
> 必先塞聋他的耳朵，
> 遮瞎他的眼睛，
> 并叫他的理智像脱发那样脱尽。
> 等它的规定彻底执行以后，
> 它才恢复他的理性，
> 让他回忆着往事吸取经验教训。
> 你别追问事件怎样演变，
> 因为凡事都具有微妙的根据。

　　哈桑站起来，东张张西望望，流落在高山顶上，相信没有活命的希望了。他走到侧面，见悬崖下面一片蓝色，仔细端详，原来是个海天相接、一望无际的大海，滚滚如山的波涛，掀起白色的浪花。他坐下来，诵了几节《古兰经》，虔心虔意地祈求安拉伸出援救的手，让他摆脱劫运，或者干脆死掉，快快得到归宿，倒也心甘意愿。他忏悔、祷告一番，不顾一切地跃身投到海里。出乎意料，他安全地落在波涛的怀抱里，接着又被风浪轻快地推到沙滩上。他站起来，见自己没伤亡，欢喜若狂，非常感谢、赞美安拉。他走动着，打算找点食物充饥。忽然发现那是他跟祆教徒白赫拉睦经过的地方。他继续向前走了一会，来到一幢高耸入云的宫殿面前，抬头一看，原来那是他来时曾向祆教徒打听而他说里面住着他的仇人的那幢屋子。他自言自语地说："指安拉起誓，我非进去不可。也许到了里面我就能脱险了。"

他走过去，见大门敞开着。他刚跨进大门，便发现门堂里的长凳上坐着两个月儿般美丽可爱的女郎，正在低头对弈。一会儿，女郎中的一人无意间抬头看见他，喜得狂叫起来，说道："指安拉起誓，这是一个人哪！我想他是那个祆教徒白赫拉睦今年给弄来的。"

哈桑听了女郎的谈话，赶忙跪在她面前，痛哭流涕，说道："小姐，指安拉起誓，我就是那个可怜的人呀。"

"姐姐，你来证明吧，我要跟这个人结拜为兄妹。从今以后，我要为他的死而死，为他的生而生，为他的快乐而快乐，为他的忧愁而忧愁呢。"两姊妹中的妹妹对她姐姐说，并起身牵着哈桑的手，和她姐姐一起走进屋去，脱掉他身上的肮脏破旧衣衫，拿来一套宫服，给他穿戴起来，并预备各种珍馐美味，摆在他面前，姊妹两人陪他吃喝。她们说："你同那个下流无耻的狗崽般的坏魔法师之间的情况如何，把你在他手中的遭遇从头详细告诉我们吧。我们也要把我们和他之间的始末讲给你听，以便将来你跟他碰头见面时，好提防他。"

听了两姊妹的谈话，哈桑感到她们对他格外亲昵、关怀，便放下心来，理智也逐渐恢复正常状态，毫不隐瞒地把自己的遭遇从头到尾详细叙述一遍。两姊妹听了，问道："当时你向他打听这幢宫殿的情况没有？"

"我向他打听过，但是他说：'我不喜欢这幢宫殿，那是魔鬼妖怪栖息的地方。'"

"那个邪教徒把我们当魔鬼妖怪吗？"两姊妹十分生气。

"不错，他是那样说的。"

"指安拉起誓，"妹妹说，"我一定要杀死他，非消灭他不可。"

"他是一个诡计多端的魔法师，你怎能接近他、杀死他呢？"

"他住在一个叫'姆尚也歹'的花园中。最近我非找到那儿杀他不可。"

"哈桑说得对，关于那个狗子所说的话都是事实。"她姐姐说，"不过你还是先把我们的情况告诉他，让他心里有数吧。"

"你要知道,我们都是公主出身,我们的父亲是神王中的一个有权威的国王,宫中婢仆成群,养着无数的神兵神将,声势非常浩大,膝下有我们姊妹七人,都出自一母之腹。可是父亲鲁莽、嫉妒、狂妄成性,成为仅有的怪人,因此他不让我们嫁人。有一天他召集宰相、朝臣,对他们说:'告诉我吧,宇宙间什么地方可以找到既有森林河流又为人神足迹所不能到的地方吗?'

"'主上,陛下要找那样的地方做什么?'

"'我打算把七个公主迁到那里去住。'

"'主上,圣所罗门时代那些反叛的鬼神在云山上建筑的一幢宫殿,是适于公主们居住的。因为那幢宫殿自从叛徒们被消灭以后,便空闲着,而且地处边险地带,没有人到那儿去。那儿周围有森林,有果树,有河流;河水比蜂蜜还甜,比雪还凉。患麻风、癫病和其他不治之疾的人,喝了那里的水,疾病立刻可以痊愈。'

"父亲听了,就派兵马送我们到这儿来,给我们预备了各种日常生活需要的东西。他要见我们的时候,便派手下精通魔法的助手来接我们,带我们到他宫里,父女见面,共享天伦之乐,彼此都感到快慰。我们和父亲在一起,陪他过些日子,他又派兵马送我们回到这儿来。我们的五位姊妹到森林中打猎去了,那里野兽很多。我们轮流着每次留两人在家值班,负责烹调,预备饮食。今天该我和我的这位姐姐值班,留在家里给她们预备饭菜。我们早就祈祷,恳求安拉差遣一个男人到这儿来陪伴我们,安慰我们。赞美、感谢安拉,他应答我们的祈祷,已经差你来了。既来之,则安之。你放心愉快地跟我们在一起过活吧。这里非常安静,什么危险都没有。"

哈桑高兴快乐,情不自禁地说道:"赞美安拉,是他同情怜悯我们,指引我们走光明大道。"

公主起身,牵着他的手,带他走进一间宽敞的房间,给他预备人间罕有的被褥,让他在里面安歇。一会之后,打猎的姊妹们回来,她俩把哈桑的情况告诉她们。她们非常喜欢,拥到房里去看他、问候他、祝福他。从此他和她们在一起欢欢喜喜地过幸福生活,跟她们出去打猎,亲手宰猎获物。他感到生活的乐趣,元气逐渐恢复,身体也慢慢健康起来。尤其在那样优越、舒适的环境中,公主们天天陪他在雕梁画栋的宫里谈心、消遣,或随他至万紫千红百花争艳的花园中散步、游玩,无微不至地好言安慰他,尊敬他,使他无忧无虑,因此他的身体日益健壮,越来越结实。大家欢天喜地,生活中有无限的乐趣。后来小妹妹把祆教徒白赫拉睦诬蔑她们,说她们是魔鬼、妖怪的事告诉姐姐们。她们听了非常生气,发誓一定要杀死他。

时间过得很快,不知不觉就过了一年。有一天,哈桑和公主们坐在河边一棵大树下乘凉,忽然发现那个鬼鬼祟祟的祆教徒带来一个漂亮的、被捆绑着的、受尽折磨的穆斯林青年,走进山麓那幢圆顶屋里。一见那种情景,他的心扑扑地跳个不止,脸色变得苍白,搓着手,对公主们说:“姊妹们! 指安拉起誓,求你们帮助我杀死那个魔鬼吧。喏,他拐带一个好人家的穆斯林青年自投罗网来了。我有意杀死他,替我自己报仇雪恨,并从他的魔爪中解救那个青年,让他回家去和父母兄弟团聚。我们这样做好事,安拉会报答我们的。”

“听明白了,遵命就是。看安拉和你的情面,我们帮助你。”她们应诺着,戴起面罩,佩带宝剑,并给哈桑预备一匹战马和锐利的宝剑,把他武装起来,大家一同下山。只见祆教徒宰了骆驼,剥下皮,正在威逼那个青年,要他钻进皮去。哈桑悄悄地出现在他后面,一声吼叫起来,吓得他心惊胆战,呆若木鸡。哈桑逼近他,骂道:“不准你动,鬼家伙! 你这个狗东西! 你是穆斯林的仇敌,是骗子,是坏蛋;你还拜火拜光,拿火、光发誓吗?”

祆教徒回头看见哈桑,说道:“我的孩子,你是怎么得救的? 是谁带你下山来的?”

“安拉解救了我,并且像你沿途虐待我那样叫你跌在仇人手中了。你这个邪教徒! 今日狭路相逢,没有一个母亲或弟兄,朋友或什么约言可以挽救你了。你说过：'谁违背誓约,安拉惩罚他。'你背信弃义,因此安拉叫你落在我手里,没有逃避的余地了。"

"指安拉起誓,我的孩子,在我心目中,你本人比我自己的灵魂和眼珠还可贵呢。"

哈桑怒火上冲,立地抽出宝剑,一剑结果了他的性命,随即拿起他的口袋,取出里面的铜鼓和鼓槌,一敲,便有一群骆驼闪电般奔到他面前。他解了那个青年的束缚,选择两匹骆驼,拿一匹替他驮饮食,另一匹供他骑用,然后吩咐道:"你可以回去了。"

公主们见哈桑杀死祆教徒,十分高兴,非常钦佩他的勇敢和义气,大家围着他欢呼、祝福,说道:"哈桑,你做了一桩好事,可以借它消灾延年,博得帝王的赞赏呢。"于是簇拥着他回到宫中,吃喝、谈笑、玩耍,继续过舒适、愉快的生活。

哈桑和公主们过着极其快乐的享福生活,把他的母亲一股脑儿忘得干干净净。正当他乐以忘忧的时候,有一天旷野中忽然飞起一阵灰尘,弥漫了整个天空。公主们对他说:"去吧,哈桑。你进房去,或者上园里树丛中暂且避一避,这跟你无干。"

哈桑起立,走进房去,关上房门,悄悄地躲在里面。一会之后,灰尘开处,出现了浪潮般的骑兵,排山倒海地向宫殿涌来。公主们殷勤接待,请他们住在最好的房屋中,当宾客招待了三天,这才打听他们的情况和使命。他们说:"我们奉国王的命令,前来迎接你们。"

"父王要我们回去做什么?"

"某藩王结婚,主上要你们回去看热闹,参加婚礼。"

"要我们去多久?"

"一去一来再加上在国内逗留的日子,要花两个月的工夫呢。"

公主们到哈桑房里,把情况告诉他,嘱咐道:"这个地方等于你自己的家乡,我们的屋子等于你自己的屋子,你安心住在里面,不用忧愁,不用害怕,没有人能找到这里来。你快快乐乐地过下去,我们去一趟就回来。这是宫内各道房门的钥匙,由你保管着。但凭着姊妹的情谊起誓,你千万别开这道门;这对你是不必要的。"

公主们嘱咐一番,向他告别,随骑兵去了。他孤零零一个人留在宫中,感到孤单寂寞,十分忧愁苦闷,宽敞的宫殿在他眼里也越来越狭窄,情绪非常混乱,想起她们就哭,睡不着觉。有时他一个人出去打猎,拿回来杀了吃,可是始终觉得孤苦无聊,生活一刻也不安定。他在宫中急躁地转来转去,走遍了每个角落,打开姑娘们的闺房观看,见屋中藏着骇人见闻的各种金银财宝,却因她们不在面前而觉得索然无味;其中为他所感兴趣而一心向往的,却是临行她们禁止他开启的那道房门。他想:"姊妹们不让我开这道房门,是因为里面藏着不可告人的东西吧。指安拉起誓,我一定要开门,看个究竟,即使因此而丧命也在所不惜。"

他拿钥匙开了房门,进去一看,里面没有金银财宝,只见对面有一道玛瑙石砌的阶梯。他沿梯一直往上走,去到另一个天地里,眼前出现一片广阔的田地花园,长着茂盛的庄稼和花草树木,成群结队的飞禽走兽在那里蹦跳飞翔,清脆婉转地歌唱着。再朝远处看,便是一望无际,波涛汹涌的海洋。

他不息地左右前后仔细观看,最后来到一幢用金砖、银砖、宝石砖、翡翠砖建筑的有四棵柱子的宫殿里。里面的椅凳上嵌满了红宝石、绿翡翠、风信子石和其他各种名贵的珍宝玉石。中央有个池塘,塘边矗立着赤金柱、檀木顶的亭榭,镶着各种灿烂辉煌的有鸽蛋大的珍珠宝石。亭里摆着一张沉香木制成的,用赤金条和彩色珠宝玉石镶成图案花纹的靠椅。池塘附近养着雀鸟,清脆悦耳地歌唱着。这幢宫殿非常巍峨幽静、堂皇富丽,即使赫赫不可一世的波斯罗马帝王,也是梦想不到的。哈桑看了那种情景,流连忘返,贪婪地欣赏着建筑物的精巧、别致的结构,巨量的金银珠宝,善鸣的雀鸟和幽雅清静的庭园风光。他怀着凭吊古迹的心情,对前人的威力正在感觉惊愕、迷惘的时候,忽然看见十只飞鸟从远方飞来。他知道它们是来饮塘中的水的,怕它们发现自己而惊逃,便迅速躲避起来,暗中窥探。只见它们落在一棵大树下面,围绕着一起游息。其中有一只格外美丽可爱,显出高傲自大的骄态,其余的围着伺候它;它却随意啄它们,追逐它们。后来它们一起围它坐下,用爪子剥下羽毛,随即从每件羽衣下面出现一个少女,一个个喜笑颜开,月儿般美丽可爱,大家坐在草地上,尽情地谈笑、嬉戏。哈桑躲着看得出神,心里想:"指安拉起誓,姊妹们不许我开门,就是因为这些姑娘的缘故吧。"

姑娘们欢欢喜喜快快乐乐,一直嬉笑、游戏的情景,哈桑躲着看得出神,一点也不觉得饥饿。直到午后,那个特殊的姑娘才对伙伴们说:"公主们,时候不早,天快黑了,我们也玩厌了,路程还远着哪,我们快赶回家去吧。"于是她们站起来,把羽衣往身上一披,随即变成飞鸟,跟先前一模一样,展翅扬长飞去。

哈桑大失所望,忍不住伤心啜泣,软绵绵地瘫了下去,一点力气也没有。他要站起来,可是力不从心,只觉得眼前一片黑暗,连方向都辨不清楚。后来他挣扎着离开那个奇异的境界,慢慢返回宫中,原样锁上了门。从此他染病在身,不吃不饮,落在相思的海洋里,不停地呻吟、饮泣。

第三天清晨,他开了门,去到那幢奇异的宫殿中,坐在昨天起坐的地方,对着大树下面的景物,耐心等到日落,却不见一只鸟儿飞来。他痛哭流涕,伤感着倒在地上,昏迷不省人事。过了好一阵,才苏醒过来,慢慢返回宫中。天黑了,他觉得宇宙狭小,整夜呻吟、饮泣,通宵不能入睡。

第二天,太阳照亮了山冈和大地,宇宙间充满了光明,万物都活跃起来,但哈桑却不吃不饮,惴惴不安,如醉如痴地想着奇异宫中的事情发愣,满腔郁结,正感觉寂寞无聊而无人安慰的时候,旷野间突然升起了尘埃,他知道是宫殿的主人们回来了,立刻起身,躲藏起来。

一会之后,护送公主们的人马来到宫前,公主们走进宫来,放下宝剑,卸了武装。其中只是她们的小妹妹例外,她来不及卸装,一直冲进哈桑房中,却不见哈桑,便到处寻找,发现他在一间小室里,疲弱不堪,瘦骨嶙峋,脸色苍白,由于伤感过度,一双眼睛哭得深陷下去。她看了那种情景,大吃一惊,吓得差一点丧失神志。她问他的情况和遭遇,说道:"告诉我吧,以便我做你的替身,替你解决各种疑难问题。哥哥啊!我看你流的眼泪不少,你这样的情况是什么时候开始的?指安拉和我们之间的情谊起誓,快把你的情况和秘密告诉我吧。我们分手之后到底发生什么事件,你别害怕,一桩桩一件件都讲给小妹听吧。为了你,我烦恼极了,生活也打乱了。"她说着呜呜地伤心哭泣。

"妹妹,我说出来,怕你抛弃我,我会忧郁而死呢。"

"不,指安拉起誓,纵然粉身碎骨,我也不要离开你。"

哈桑把开了那道门的见闻和十天以来没有吃喝睡觉的情况叙述一遍,然后痛哭流涕。她听了,觉得可怜,洒着同情的眼泪,说道:"哥哥,你只管放心,不必忧愁苦闷。我要冒着生命的危险,置生死于度外,尽我平生的力量,替你筹划,满足你的愿望。但是我要嘱咐你,在姐姐们面前你必须保守秘密,在她们中的任何人面前不可透露你的情况,免得你和我的生命难保。如果她们问你开门没有,你可绝对不能承认。只说:你们走后,我孤零零一个人留在宫中,感到十分孤单寂寞罢了。"

"很好,你的主意非常正确。"他吻她的头,顿时觉得心旷神怡。先前他唯恐因开门而遭杀身之祸,一直顾虑着,愁得要命。幸亏公主同情怜悯他,生命有了保障,满腔的忧愁恐怖,才烟消云散,感到腹内苦饥,向她索取食物充饥。

小公主离开他的居室,愁眉不展地去见姐姐们。她们问她为何闷闷不乐。她告诉她们哈桑害病,整整十天没吃喝,因而替他担忧。她们问他害病的原因。她说:"原因是我们撇下他走后,他孤单寂寞,那段时期,他觉得比一千年还长呢。他是个孤苦伶仃的异乡人,被我们扔在空旷的宫殿里,无人陪伴他,安慰他;兼之他年纪轻,也许无意间想起家中的白发老母,为他早伤心晚哭泣,过忧愁、苦恼的日子。这种情况我们是可以理解的,应该体谅他。让我们去安慰他、陪伴他吧。"

公主们听了小妹妹的叙述,觉得对不起他,一个个洒下怜悯的眼泪,说道:"指安拉起誓,应该谅解他。"于是大伙约着去到宫外,遣回兵将,然后从容转到哈桑房里,问候他。只见他改模换样,形容憔悴,脸色苍白,瘦骨嶙峋,疲弱不堪,情况非常凄惨、可怜。她们望着忍不住流下同情的眼泪,大伙坐下来安慰他,叙谈旅途中稀奇古怪的见闻和参加婚礼的盛况。从此她们一直陪伴他,伺候他,安慰他,嘱咐他好生将息。可是事与愿违,他的病势反而日益加重。眼看着那种情景,她们束手无策,人人伤心饮泣,其中哭得最悲痛的是她们的小妹妹。

公主们整整陪伴、侍奉哈桑一个月,大家感到疲劳,想骑马出去打猎、消遣,换换空气。主意打定以后,便征求小妹妹的意见,希望她陪她们一块儿出去打猎。她回道:"姐姐们,指安拉起誓,哥哥的病势如此沉重,需要我在他身边看护、照管,因此我不能陪你们去。等将来他的病痊愈,我再奉陪你们吧。"

她们听了妹妹的话,都钦佩、赞赏她的情谊,说道:"你对这个异乡人做了好事,真是功德无量。"于是她们留下妹妹,携带十天的粮食,骑马出猎去了。

一会儿之后,小妹妹料想她们去远了,就回到哈桑房中,对他说:"哥哥,来吧,带我去你发现飞鸟的那个地方去看一看好吗?"

"指安拉起誓,我愿意极了。"哈桑不禁喜出望外,随小公主一起开了那道房门,沿阶梯去到上层那幢宫殿中,把他发现的地点和她们游息的地方指给她看,并叙述当时的情景,尤其对她们中身材苗条的那个女郎谈得更详细。小公主听了,明了其中实情,惊惶失措,吓得面无人色。哈桑莫名其妙,说道:"妹妹,你的脸色变得这样苍白,神气也都改变了,这是为什么呢?"

"哥哥，你要知道，你说的那个美丽姑娘，她原是个长公主。她父亲是神王中最有权势的，统辖着广阔的地域，包括大陆和海岛，神和鬼都在他的管辖范围之内，家父不过是他的一个藩王罢了。他的财富之多、兵马之众、地域之广，是任何帝王不能同他相提并论的。他养着二万五千骁勇无比的女将，她们武装起来，骑马冲锋上阵的时候，一人能抵挡一千勇士。他有七个超群出众的女儿，尤其是大女儿，智勇双全，并不亚于女将们。他指定一块纵横相距一年路程的地方给他的大女儿管辖。那个地方周围有大江大河围绕，是天然的屏障，任何人神都不能到那里去。你所见随在她左右的那几个姑娘是她的僚属。她们借以飞翔的羽衣，是神制造的仙衣。如果你想捉住那个姑娘，同她匹配为夫妻，那你坐在这儿等她吧；因为每当月初，她们都要上这儿来的。你见她们来时，赶快躲藏起来。你必须藏好，不可露出破绽，否则我们的生命就危险了。你听清我的嘱咐，牢记在心里吧。你须在附近找一处你可以看见她们而不被她们发觉的地方隐藏起来。她们脱羽衣时，你留神看清公主的那件，把它偷走，因为没有羽衣，她就飞不回去。你拿着羽衣，就等于控制她本人了。要是她说：'谁偷我的羽衣，还给我吧。喏！我跟你在一起，听你支配了。'这你可要留神，别叫她欺骗你；因为你若把羽衣还给她，她不仅要你的命，还要捣毁我们的宫殿，杀死我们的父亲呢。往后的情况如何，让我一起告诉你吧：她的随从见她的羽衣被偷，无法挽救，没奈何，只好撇下她，扬长飞去。这时候，你要好生保存那件羽衣。拿着羽衣，她就变为俘虏，在你掌握之中，无法飞回家去。可你千万别告诉她羽衣在你手里。"

听了小公主的嘱咐，哈桑转忧为喜，非常兴奋，亲切地吻她的头，并安下心来，随她转回宫去，愉快地过了一宿。第二天，他开了门，溜到上层的宫殿中，坐在里面，耐心地等到傍晚时候，小公主才送饮食给他吃喝，替他更换衣服。从此他继续不断日复一日地等待着，经过月圆，挨到下月初，她们才闪电般飞来，落在宫中。一见她们，他立刻闪身隐在一处他能看见她们而她们看不见他的地方,暗中窥探。他见她们在附近的草地上脱掉羽衣,然后翩翩游玩去了。待她们渐渐走远,他便蹑手蹑脚慢慢走过去,偷了公主的羽衣。

她们在一起尽情地嬉戏、游玩够了,然后回草地来穿羽衣,预备飞回家去。可是公主不见了她的羽衣,一声惊叫起来,气得批自己的面颊,撕身上的绸衣。其余的人闻声跑来围着她,问她发生什么事情。她告诉她们羽衣不见了。她们听了,惊恐万状,一个个急得批着面颊悲哀哭泣。当时已经是天黑时候,她们不能陪她耽搁下去,只得撇下她,匆匆归去。

公主一个人留在宫里。哈桑侧耳细听,只听她凄然叹道:"拿羽衣的人哟!求你还给我,别叫安拉惩罚你吧。"哈桑听罢,从容走过去,一把握住她的两手,把她带回宫去,关在房里,然后去见小公主,告诉她捉到公主、带她到宫中的经过。最后说道:"现在她在房里咬着自己的手指伤心哭泣呢。"

听了哥哥的叙述,小公主立刻跑进房去,见公主忧郁苦闷,正在悲哀哭泣。她跪下去,吻了地面,毕恭毕敬地问候她。公主怒目斥道:"小公主!像你们这样的人,能随便用卑鄙下流手段对待国王的女儿吗?你自然明白,家父是赫赫有名的神王,他的兵马,只有安拉知道他们的数目。他手下的哲人、魔法师、祭司、魔鬼和妖精也是别人望尘莫及而不可战胜的,所有的神王都尊敬他,畏惧他。可是你们身为公主,为什么要胡作非为呢?你怎么敢和人类串通、泄露我们内部的秘密呢?事实如果不是这样,那么这个男人他是从哪儿来的?"

"公主,此人是非常厚道的。"

公主听了她替哈桑辩护,觉得没有脱身幸免的余地,大失所望。后来小公主端来饮食,陪她一起吃喝,好言宽慰她,安她的心,花言巧语,不惮其烦地规劝她,打动她。公主却长吁短叹,老是悲哀啜泣,整夜没睡觉。

第二天清晨,公主知道既然落在人家手里,摆脱不了圈套,便回心转意，止住悲泣，怡然自得，对小公主说："小姐，我的命运既然掌握在安拉手里，他存心使我别乡离井，和亲戚骨肉断绝往来，所以我忍受主的分派，这是再好没有的了。"

于是小公主把宫中最好的屋子腾出来供她居住，随时随地陪伴她，好言安慰她、逗趣她，致使她的身心轻松愉快，有说有笑，心安理得，忘记离愁的时候，她才去见哈桑，对他说："来呀！快来吻她的手吧。"

哈桑急急忙忙去到公主屋里，亲切热烈地吻她的手，说道："小姐，你放心吧。我留你在这里，是因为我和我的这位小妹妹愿意做你的奴婢，终身服侍你。我这样做的目的，是要按照安拉和圣贤的规定，跟你结为合法夫妻，带你回故乡去，和你住在巴格达城中，给你预备婢仆，让你过幸福生活。我家里还有一位善良的老母，她会疼爱你，照顾你。我的家乡是个好地方，那里的什么东西都是最好的，人们个个满面春光，非常和蔼可亲。"

哈桑苦口婆心、诚诚恳恳地跟公主叙谈，拿好言安慰她、逗趣她。可是她默然不言不语，一句话也不回答。这当儿，突然听见有人敲门。哈桑匆匆出去开门一看，原来是公主们打猎回来。他满心欢喜，迎接着问候她们。公主们喜笑颜开，同声祝福他，为他的健康感到快慰；于是她们下马进宫，各自回到房中，卸掉猎装，换上漂亮的绸衣，然后走出来，吩咐带上猎获物。当中有羚羊、野牛、小兔、狮子和鬣狗等物。她们指定一部分杀吃，其余的蓄养起来。哈桑束起腰带，跟她们一起，忙着宰割野兽。大家说说笑笑，眉飞色舞，感到十分欢喜快乐。宰割以后，大家坐下来预备烹调，好痛痛快快地吃喝享受。哈桑非常热心，任劳任怨，格外卖力。公主们很感激，说道："兄弟，你太客气了；你过分关怀照顾我们，真是令人感激、钦佩。而且你是人，比我们神类可高贵多了；这种事情，我们应该跟你合作，大家动手才对呢。"

哈桑眼泪汪汪，忍不住号啕痛哭起来。公主们觉得奇怪，问道：

"什么事呀？你哭什么？你这一哭把我们给弄糊涂了，今天我们不能安安静静地过日子了。你好像思乡心切，想念你的母亲。如果真是这样，我们预备送你回家去。"

"指安拉起誓，我是不愿离开你们的。"

"我们谁扰乱你，才使你这样不安静呢？"

哈桑默然不言语，什么都不肯吐露。小公主便趁机说："他从空中捕到一只飞鸟，希望姐姐们替他装饰那只鸟儿哪。"

公主们聚精会神地盯着哈桑，说道："我们都在你面前，你要什么，我们都替你做。你先把情况告诉我们吧，什么都别隐瞒。"

"那么，请你告诉她们好了。"哈桑吩咐小公主。

"是这样的，姐姐们，前次我们奉命回去参加婚礼，把这个可怜人留在宫中，他感到十分孤单寂寞，惴惴不安，怕人闯进宫来危害他。姐姐们都知道，人类都很轻浮，遇事不多加思索，因此，当他寂寞无聊的时候，便不顾一切，糊里糊涂开了那道房门，一直往上走，闯到上层的那幢宫殿中去消愁解闷，寻找快乐。他在宫里徘徊、观望，流连忘返，有时感觉恐怖，怕人闯进去，因而随时环视，心神不安。有一天，他在宫里，忽然飞来十只鸟儿，落在大树下面的草地上。其中的一只个子比较高大，羽毛格外美丽，形态非常矜骄、傲慢。其余的被它追啄，都不敢抵抗。一会儿以后，它们伸爪脱掉身上的羽衣，霎时变成十个月儿般美丽可爱的少女，欢欣鼓舞地在一起游玩、嬉戏，直到傍晚，才转来披上羽衣，变成鸟儿，展翅扬长飞去。他钟情于那只大鸟，念念不忘，神魂为之颠倒，悔恨当时不偷掉她的羽衣。他废寝忘食，待在宫中，等待她们。经过月圆，到了月初，好不容易它们才照例翩翩飞来，脱掉羽衣，高兴地游玩、嬉戏。他趁她们玩得高兴时，悄悄偷掉大鸟的羽衣。因为他知道没有羽衣，她就飞不了。他隐藏起来，免得被她们发现，会遭杀身之祸。他耐心等着，待其余的鸟飞走了，这才跑去捉住她，把她带回宫来。"

"她在哪儿？"姐姐们问小妹妹。

“他让她住在最漂亮的那间屋子里。”

“来吧，带我们去看一看她。”她们要求哈桑。

哈桑一骨碌爬起来，带她们上公主居住的屋子，开了门，引她们进去。她们举目一看，见她苗条美丽的体态，感到十分惊羡，急忙倒身跪下去吻地面，毕恭毕敬地问候她，齐声说道：“指安拉起誓，这桩事妙极了！公主如果知道此人的底细，那么你这一辈子会爱他爱到底呢。告诉你吧，公主，他并不想胡作非为，而是诚恳合法地向你求爱。据说你的羽衣叫他给烧毁了，否则我们会向他要还你呢。”于是她们中的一人征得她的同意，主持着替她和哈桑缔结婚约，尽了证人的义务，促成他们之间的美满姻缘。接着姊妹们尽东道之谊，预备适合公主身份的丰盛筵席，欢喜快乐地替他俩举行婚礼。

新婚后，哈桑和公主一对青年恩爱夫妻，跟公主们在一起过快乐的美满生活。她们每天变换着给他俩预备各种可口的饮食，并送给珍贵礼物，陪他俩谈天、游玩、消遣。哈桑感到无比的快慰，公主也心旷神怡，在公主队中充分享受生活乐趣，一股脑儿把家里的人忘得干干净净。

时间过得很快，不知不觉就过了四十天。有一天夜里，哈桑做梦，见他母亲形容憔悴，面色苍白，骨瘦嶙峋，显出一副衰老、苦闷的可怜相，而他自己却丰衣足食，境况非常优越，母子之间，真有天壤之别。他母亲眼看这种情景，对他说：“儿啊！你能忘记我，一个人过享乐的幸福生活吗？你仔细看看我的情景吧。自分别后，我从来没忘记你，不停地提念你，一直要提念到老死呢。我已经在屋里给你建了一座坟墓，表示千秋万世都不忘记你。儿啊！你看我还能活着等待你吗？我们母子还能见面，像过去那样团聚吗？”

哈桑从梦中惊醒，忍不住伤心、哭泣，眼泪雨水般流过腮颊，苦闷到极顶，抑制不住奔腾澎湃的情绪，惴惴不安，翻来覆去，始终睡不熟。第二天清晨，公主们照例到他房里去问候他，和他欢聚，他却不理睬。她们问公主他不愉快的原因，她回道：“我不明白。”

"你问一问他吧。"

公主走到他面前，问道："亲爱的！这到底是怎么一回事呀？"

他长吁短叹一阵，勉强断断续续地对她叙述梦境。公主听了，把他做梦的经过转告公主们。她们听了，非常同情、怜悯他，说道："我们不能阻止你去看望你母亲，我们应尽量帮助你去看望她。以后你也应该常来看望我们，不要跟我们断绝来往，即使每年来见一次面也是必要的。"

"听明白了，遵命就是。"哈桑慨然同意她们的建议。

公主们立刻行动起来，给他夫妇预备粮食和许多言语不能形容的名贵首饰，无数的财礼。一切准备妥帖，把鼓一敲，许多骆驼便从四面八方闻声赶来。她们选择一批骆驼，让哈桑夫妇各骑一匹，其余的驮着二十五驮金子，五十驮银子，于是依依不舍地约着送行，继续跋涉三天，走了三个月的路程，这才互相告别。临行，哈桑的义妹小公主格外悲伤，拥抱着他不放，哭得昏迷不省人事。过了一会，她慢慢苏醒过来，叮咛道："到家中跟你母亲见面，生活安定以后，可别忘了每半年来看我们一次。要是你觉得有什么不如意或者受到什么威胁，只消敲一下祆教徒的铜鼓，便有骆驼赶到你面前，你可以骑着骆驼来找我们。可是你不要自误啊。"

哈桑对她发誓，决心遵守她的嘱咐，并恳求她们留步、转回宫去。她们带着离愁依依不舍地向他告别。其中最惜别的是他的义妹小公主。她从分别回宫之后，神魂不定，无从抑制情绪，白天黑夜都伤心哭泣。

哈桑带着妻子，赶着骆驼不分昼夜，继续跋涉，行经平原、漠野，越过山谷，通过崎岖小道，一路平安到达巴士拉，来到自家门前。他卸下驮子，遣走骆驼，然后走到门前，刚要敲门，便听见他母亲哀怨、凄惨的悲泣声。他受了感动，心肠一软，忍不住流下伤心的眼泪。他急促地敲门。他母亲在里面应声问道："谁敲门呀？"

"是我，快开门吧。"

他母亲开门一看，认出他是哈桑，欢喜过度，一下子昏晕过去。哈桑赶忙把她救醒，母子抱头痛哭一场，然后起身搬运行李、驮子，一切布置安排妥帖，母子才安闲地坐下来促膝谈心。他母亲问道："儿啊！你跟那个波斯人在一起过得好吧？情况如何？"

"娘！他不是波斯人，而是一个拜火的邪教徒。"于是他把祆教徒带他出走，把他缝在驮皮中，被兀鹰攫到山中，发现那般受祆教徒欺骗利用之后而牺牲了的尸骨，他跳崖落到海中脱险，到宫殿中结识公主们，祆教徒回到原地自投罗网，以及他结婚的经过，从头到尾，详细叙述一遍。他母亲听了，感到十分惊奇、可怕，虔心虔意地感谢、赞美安拉一番，然后起身去看驮子，问里面装的什么东西。经哈桑一解释，她越发喜欢了。后来她走到儿媳妇面前，和她交谈，好言安慰她，望着她轻盈、苗条的体态和笑容可掬的美丽面孔发愣，感到十分欢喜、快慰，唠唠叨叨地说道："哈桑我儿，赞美、感谢安拉，是他保佑你，使你平安归来啊。"她说着急急忙忙跑到市上，买了十套最华丽的衣服和顶考究的被褥带回来给儿媳妇穿用，使她欢喜快乐，让她过得安逸、舒适。后来她对哈桑说："儿啊，我们有这么多钱财，不能再在这个小城市里待下去了。因为我们原是穷苦人家，过惯清寒生活，如今一旦富裕起来，人们会怀疑我们是做炼金术呢。让我们搬到巴格达那座安全的城市去，在哈里发的保护下安居乐业地过活吧。难得安拉解救你，让你发了财，我们就该好好做人；你可以在巴格达城中开个铺子，安静地坐下来做买卖，赚些钱维持一家人的生活就行了。"

哈桑觉得母亲的话有道理，完全同意，立刻出去活动，卖了房屋，唤来骆驼，驮着财物，携带母亲和妻室动身起程，跋涉到底格里斯河畔，然后雇船，载上财物，一家人经水道径向巴格达前进。一路上风平浪静，航行了十天到达巴格达。

他租了旅店中一间仓房，把财物搬到里面储藏起来，当天在旅店中住宿一夜。第二天他衣冠楚楚地穿戴起来,便有一个捐客去找他,问他需要什么。他说:"我需要一所宽大、漂亮的房子。"

捐客带他去观看出卖的房屋。他看中一所原属官宦人家的住宅,非常高大、堂皇,便以十万金的代价买下,搬进去居住,并购买家具、婢仆,收拾、布置得齐齐整整,焕然一新,从此跟母亲和妻室在一起,过着非常舒适、快乐的幸福生活。

时间过得很快。哈桑迁到巴格达后,不知不觉已经三易寒暑。在三年内,他老婆生了两个儿子,大的叫纳肃尔,小的叫曼肃尔。这时候他想起宫殿中的姊妹们,想起她们无微不至地关怀、照顾他,群策群力地支持、帮助他,成全他的愿望,因此十分惦念她们;于是他去市中,买了最名贵的丝绸和首饰,预备送给她们。他母亲问他为什么买丝绸、首饰。他回道:"我决心要做一次旅行,去拜望那些待我很好、生活上给我周全照顾的姊妹们。若是安拉愿意,我看过她们,很快就赶回来。"

"儿啊,你别离开我吧。"

"娘,我去去就来。现在我告诉你怎样待遇儿媳妇吧。她的羽衣装在箱子里,埋在地下,你好生看管着,别叫她知道,否则她会取出来,带着儿子高飞远走,那就要我的命了。娘,我再一次嘱咐你,你千万别告诉她。你要知道,她是神王的女儿。她父亲是神王之首,兵权很大,钱财很多。她父亲非常宠爱她,在神界中她的地位很高,她为人也很高贵;因此劳烦母亲多多照顾,严加管束,别让她随便出门,也别让她在窗前东张西望,免得惹是生非。万一人世间的什么不测祸患发生在她身上,这会使我为她而牺牲生命的呢。"

"我一定不违反你的嘱咐。儿啊!你这样嘱咐我,难道我疯了,才要违反你不成?儿啊!你放心去吧。等你平安归来,那时候你看好了。若是安拉愿意,你的妻子会把我们之间的情况告诉你的。"

事属巧遇,哈桑母子之间的秘密谈话,叫他老婆全都听在心里,他母子却茫然不知。哈桑放心地出了巴格达城,去到郊外,拿出铜鼓一敲,骆驼便应声赶来。他选择二十只驮着伊拉克的特产,辞别母亲、妻子。临行,他又嘱咐母亲一遍,这才启程。

他继续不停地向前迈进,行经平原、漠野,越过山谷地带,通过崎岖小道,不分昼夜地整整跋涉了十天。到第十一天,才算一路平安,到达目的地。他带着礼物走进宫殿。公主们见了他,眉飞色舞,一个个喜出望外,大家祝福他,问候他,收下礼物,像过去那样热情地接待他,问他母亲和妻室的情况。他告诉她们,妻子生了两个儿子,大的满两岁,小的满一岁。于是她们把他当为上宾殷勤招待。他感到无限的快乐,和她们在一起谈笑、游玩,有时陪她们出去打猎。

哈桑出门后,他的妻子跟他母亲在一起过了两天;第三天她对婆婆说:"赞美安拉!难道我跟他在一块儿生活了三年,连澡堂都不能进吗?"她说着呜呜地伤心哭泣。婆婆怜悯她,说道:"儿啊!我们是异乡人,你丈夫又出门在外;要是他在家里,他会带你上澡堂去的。我一个老太婆,什么人都不认识;现在我给你烧些热水,让你在家中的浴室里随便洗吧。"

"娘,你这种话即使对使女们说,也不会令人满意的。娘,男人爱吃醋,这是可以原谅他们的。因为他们以为女人上街去,往往会做出见不得人的丑事。娘,你老人家知道,女人全都不是一种货色。一个女人如果她存心做坏事,那谁也不能禁止她,也没有办法监视、阻挠她。禁入澡堂和其他的手段也不是阻止的办法,她可以为所欲为地进行她的企图呢。"

她呜呜地哭泣起来,咒骂自己,怨自己离乡人命苦。她婆婆听了,疼她,怜悯她,知道她的脾气是说了就要做的,于是赶忙站起来,急忙准备澡堂中需要的东西,然后带她上澡堂去沐浴,满足她的愿望。

她们婆媳两人一进澡堂,妇女们都把视线集中在她身上,大家惊叹着赞美安拉伟大,都聚精会神地欣赏他创造的那个美丽形象。从澡堂门前经过的妇女,也一个个争先恐后地进去看热闹,挤得水泄不通。于是一传十,十传百,一下子她的名声给传开了,人们都在谈论她,夸赞她。

事属巧遇。当天哈里发哈代·拉希德宫中一个叫图哈斐突·奥娃黛的宫女也上澡堂去洗澡。她见澡堂中全是妇女,挤得没有插足的余地,便打听情况,拼命挤到哈桑夫人面前,仔细端详,呆呆地望着她那苗条美丽的形影发愣,连声赞美安拉创造力的伟大、巧妙。于是她自己不去洗澡,却抬着惊奇、羡慕的眼光,呆呆地坐着饱眼福。只见她从容不迫,轻举慢动地洗过澡,穿起衣服,戴上首饰,花枝招展,显出更标致、可爱的美态,姗姗走到铺毡子的座位上斜靠着休息,惹得妇女们都围着她看热闹。她休息一会,举目看妇女们一眼,这才站起来,从容随婆婆姗姗走出澡堂。

图哈斐突·奥娃黛也站起来,走出澡堂,跟在后面窥探她的行踪,直到一幢大屋子门前,看她走了进去,认清她的住处,这才匆匆奔回王宫,一直跑到祖白玉黛王后面前,跪下去吻了地面,还来不及开口,王后便问她:"图哈斐突,你尽在澡堂里耽搁,这是为什么呢?"

"娘娘,我看见一桩新鲜奇怪事情,像她那样美丽的形貌,我这一辈子在男子和妇女之间都没有看见过。因此我被她吸引,弄得彷徨、迷离,呆呆地望着她发愣,连头都没洗就回来了。"

"是什么事,图哈斐突?告诉我吧。"

"娘娘,我在澡堂里看见一个绝世佳人,身边带着两个活泼可爱的孩子;像她那样苗条美丽的女人,我这一辈子还是第一次看见;她的标致漂亮是空前绝后的,世间没有谁能跟她媲美。娘娘,指你的恩惠起誓,要是主上见了,准会杀掉她丈夫,把她夺来做妻子的呢;因为她太美了,世间没有比她更可爱的美女。我打听她丈夫的姓名,据说她丈夫是巴士拉商人,名叫哈桑。我从澡堂里出来,跟在她后面窥探她的行踪,直到她家门前,一看,原来是面向河流和街衢各开一道大门的那幢旧相府。娘娘，如果主上知道这件事，我怕他会违背教律，做出谋夫霸妻的坏事来呢。"

"该死的图哈斐突，难道这个女人真美得足以使主上违背教律，甚至于为她而出卖宗教吗？指安拉起誓，我非亲眼看看这个女人不可。如果她名不副实，不像你所称赞的那样美丽，我要叫人割你的头呢。你这个小娼妇！主上宫中有三百六十个妃嫔和宫娥彩女，难道真没有一个比得上她吗？"

"不，娘娘，指安拉起誓，不但全巴格达城，甚至整个阿拉伯国家都找不到像她那样漂亮的美女，而且人世间也没有谁能跟她媲美。"

祖白玉黛王后出声一喊，马师伦便应声来到御前，跪下去吻了地面。王后吩咐道："马师伦，我命你上那所具有两道大门的旧相府中去一趟，把住在里面的那家婆媳和她的两个孩子给我带进宫来。快去快来，不要耽搁。"

"听明白了，遵命就是。"马师伦遵从命令，急急忙忙走出王宫，一直去到旧相府门前敲门。哈桑之母应声问道："谁敲门呀？"

"是哈里发的奴婢马师伦。"

她开了门，马师伦走进去，问候她。她应付着问他来做什么。他说："祖白玉黛王后请你老人家带儿媳妇和两个孙子上宫里去一趟，因为妇女们都称赞你的儿媳妇生得美丽，王后要亲眼看看她。"

"马师伦，我们是异乡人，我儿子不在家。他出门前嘱咐我们婆媳不要出去见人，因此我们不敢随便出去，免得发生什么意外，让我儿子知道，小则我们婆媳吃不消，大则会影响我儿子的生命呢。马师伦，求你行行好，别叫我们做我们担当不起的事吧。"

"老人家，如果此事对你们有什么不利，我是不会强迫你们去的；这不过是祖白玉黛王后要亲眼看她一眼罢了。若是安拉愿意，你们去这一趟，同样我会负责送你们回来的。你们别违拗命令而自找烦恼吧。"

哈桑之母不敢违拗命令，进去预备一番，然后带儿媳妇和两个孙子随马师伦进宫，一直去到祖白玉黛王后面前，跪下去吻了地面，问候她，祝福她。王后见哈桑夫人戴着面幕，便对她说："你不揭下面纱，让我看看你的面貌吗？"

她第二次跪下去吻了地面，然后揭开面纱，露出一张闭月羞花的美丽面孔，整个宫室似乎被她容颜上的光泽照得焕然一新。王后见了，趋前仔细端详，被她的美丽所吸引，感到万分惊奇、羡慕。其他在座的人，也一个个惊羡得像疯人一样，哑口无言。王后把她搂在怀里，让她坐在自己身边，吩咐宫人赶快收拾布置，并拿来最华丽的衣服和最珍贵的首饰，给她穿戴打扮起来，说道："夫人，你太可爱了；我看你身上的每一件装饰品，都是令人惊奇、羡慕的。"

"娘娘，我有一件羽衣，要是我在你面前穿起它来，你见了会觉得更惊奇可贵呢；其他的人见了，也会同声赞赏而认为奇观呢。"

"你那件羽衣在哪儿？"

"我婆婆收藏着；你替我向她要来吧。"

"老伯母，指我的生命起誓，你回家去把她的羽衣给我取来，让我们看看，你再收回去好了。"王后吩咐老太婆。

"娘娘，她这是说谎呀。你见过女人有羽衣吗？这不是事实；飞鸟才会有羽衣呢。"老太婆不承认。

"娘娘，我的确有件羽衣在婆婆手里，她把它装在箱中，埋在贮藏室里。"

娘娘从自己脖子上解下价值连城的项珠，递给老太婆，说道："给你，老伯母，你拿去做抵押。指我的生命起誓；你快回去，把羽衣取来给我看一眼，你再拿回去吧。"

老太婆赌咒发誓，说她从来没见过羽衣，也不知道它在哪里。王后生气，骂老太婆一顿，从她身边拿下钥匙，递给马师伦，吩咐道："这串钥匙给你，你带着上她们家去，打开贮藏室，找到埋在里面的箱子，取出来，砸破它，把里面的一件羽衣给我带来。"

"听明白了，遵命就是。"马师伦回答着，收下钥匙，叫老太婆随他一块儿去。她站起来,边走边哭,懊悔当初不该依从儿媳妇,带她上澡堂去洗澡。现在她知道先前她坚持要上澡堂去洗澡,原来是她的阴谋诡计。

回到家中,老太婆开了贮藏室,马师伦走进去,找到箱子,弄开它,取出羽衣,包在一个包袱里,赶忙带回宫去,呈献给王后。王后接过去,打开包袱,仔细欣赏羽衣,感到十分惊奇、羡慕。她把羽衣递给哈桑夫人,问道:"这是你的羽衣吗?"

"不错,娘娘,这是我的羽衣。"她欢欣鼓舞,伸手接过来,仔细检查一番,见它完整如初,一根羽毛也未脱落,不禁喜出望外。于是在王后面前,把两个儿子搂在怀里,再把羽衣往身上一披,霎时变成一只飞鸟,翩翩跳起舞来。王后和在场的人都觉得惊奇,呆呆地看她跳舞,只听得她说道:"太太们,我跳得不错吧?"

"好得很;你的每个动作都是美丽可爱的。"人们齐声说。

"太太们,我将要表演的,比这个还好呢。"她说着展开翅膀,带着两个孩子,飞上屋顶,居高临下地俯视宫里。人们围绕着她抬头观看,赞叹不已,说道:"指安拉起誓,这个稀奇美丽的形象,我们从来没有见过呢。"

她打算飞走的时候,忽然想起哈桑,凄然吟道:

远离家庭奔去拜访密友的人儿哟!
你以为我在你们之间享受过荣幸,
生活向来都很安静?

他把我的羽衣收藏起来的时候,
以为我不会向唯一的主宰诉苦、呼吁。
他曾再三叮咛,
叫他母亲好生保藏羽衣,
给我欺凌和压抑。

我听见他们窃窃私语，
把话记在心头，
期待着更多的幸运。

我上澡堂去，
那是一个脱身的机缘，
惹得人们精神恍惚、神志迷离。

拉施德夫人走到我面前，
左顾右盼，
仔细端详一会，
对我的容颜感觉惊奇，
满口称羡。

我向她呼吁：
"娘娘啊，
我有一件高贵、华丽的羽衣，
穿在我身上的时候，
可以悦目畅怀，
你见了一定觉得惊奇可羡。"

她问我：
"那件羽衣，
它在哪里？"
我回道：
"被埋藏在屋中的贮藏室里。"

马师伦急忙奔去，

匆匆把羽衣带到王宫里；
突然间它射出灿烂的光辉，
照亮了整个宫廷。

我从她手里接过羽衣，
打开仔细检阅，
见衣领和纽扣全都完整无缺。

我披上羽衣，
搂着孩儿，
展翅飞上屋顶。

婆婆啊！
你儿子旅行归来的时候，
请你转达我对他的心意：
如果他愿意跟我联系，
叫他离开家庭。

　　她吟罢，祖白玉黛王后对她说："美丽可爱的人儿呀！赞美安拉，他赏你这样灵巧的口舌和笑逐颜开的面孔。可是你不飞下来，和我们在一起，让我们多多欣赏你的美容吗？"

　　"已经过去的，再要它转回来，那谈何容易啊！谈何容易啊！"接着她对忧郁苦恼的婆婆说："娘啊！指安拉起誓，我寂寞够了。等你儿子回来，他觉得离别的时间太长，想要和我见面，请你告诉他，叫他上瓦格岛找我去吧。"她说罢，带着两个儿子，展翅飞回老家去了。

　　哈桑之母眼看儿媳妇带着孙子高飞远走，惊惶失措，号啕痛哭，不停地批自己的面颊，气得昏迷不省人事。过了一会，她慢慢苏醒过来。王后安慰她，说道："老太太，我想不到会有这样的事发生。当初如果你告诉我这种情况，我就不会强迫你。到现在我才知道她原是一只神鸟。如果早知此中底细,我是不会让她穿羽衣的,我也不会让她带走孩子的。老太太,请原谅我、宽恕我吧!"

"娘娘,我不怪你。"她说着,一筹莫展,垂头丧气,茫然走出王宫,慢吞吞地回到家中,批着面颊哭得死去活来。她过于想念儿子和孙子,勉强撑持着在屋里掘了三座坟墓,当作他们的归宿地,从此伏在坟头上,天天早伤心,晚哭泣,一直过着凄惨、孤独的痛苦生活。

哈桑去到云山宫中,跟公主们生活在一起,有时一同出去打猎消遣,高兴快乐地过了三个月,她们才给他预备五驮金子、五驮银子和一驮粮食,并亲身送他回家,陪他行了很远的一段路程,经他流着惜别的眼泪,发誓请她们留步,她们才依依不舍地和他分手。

他不辞辛苦,在旅途中昼夜不停地跋涉,兼程赶回巴格达,卸下驮子,遣走骆驼,进入家门,走到母亲面前,预备问候她时,才发现她因伤感、失眠过度,形容憔悴,骨瘦如柴,颤巍巍地已经说不出话来了。他打听老婆和孩子的情况时,她越发伤心,哭着晕倒,昏迷不醒。他莫名其妙,立刻寻找妻室儿子;可是找遍整个屋子,却一直不见他们的踪影。他奔到贮藏室,见屋门洞开,箱子给刨出来,羽衣也不见了。这当儿,他才知道妻子已经找到羽衣,儿子也给她带走。他急急忙忙奔到母亲面前,见她清醒过来,向她打听妻子的下落。她哭哭啼啼地说:"儿啊! 这是他们的坟墓,愿安拉加倍赏赐你。"

他狂叫一声,一下子栽倒,昏迷不醒,陷在迷糊状态中,给他母亲带来更多的忧愁苦恼,使她感到没有生存的余地,绝望到极顶。直至午后,他慢慢清醒过来,痛定思痛,伤心啼哭,批自己的面颊,撕身上的衣服,彷徨、迷惘地在屋中踱着,走投无路,凄然吟道:

> 前人曾控诉离别的苦刑,
> 认为随时受到生离死别的威胁,
> 如今我的遭遇跟他们有什么区别?
> 因为我听不见妻子的声音,

他们的形影也不在我眼前出现。

他吟罢，毅然决然拿起宝剑，拔了出来，走到母亲面前，说道："娘！如果你不把真情实况全都告诉我，我要先杀死你，然后自杀了事。"

"儿啊！你别激动，我告诉你好了。你先插上宝剑，静下来，听我告诉你家里的遭遇吧。"

他依从母亲，插上宝剑，靠她身边坐下。她这才把事件的经过，从头到尾，详细叙述一遍，最后说："儿啊！如果不是她哭哭啼啼坚持着要上澡堂去，如果我不怕你旅行归来，她多嘴惹你生气，那么我决不会带她上澡堂去的。再说祖白玉黛王后如果不生气，不强迫我交出钥匙，那我死也不会献出羽衣的。儿啊！你自然明白，哈里发的权力高于一切，谁也不可能跟他对抗。他们把羽衣拿到宫里，你妻子接过去，翻着仔细看了又看，生怕有损坏的地方，临了发现羽衣完整无缺，这才欣然脱下王后给她的衣服、首饰，把儿子搂在怀里，披上羽衣，摇身变成一只鸟儿，在宫中走来走去。当时人们都围着观看，十分惊羡她的美丽。可是一忽儿之后，她飞上屋顶，对着我说：'等你儿子回来，他觉得离别的时间过长，想要和我见面，请你告诉他，叫他上瓦格岛找我去吧。'这是她临走时嘱咐我转告你的。"

哈桑听了母亲的叙谈，狂叫一声，晕倒在地，昏迷不醒。夜里他稍微清醒些，便批着面颊，像蛇一样，躺在地上打滚。他母亲坐在他身旁，伤心啜泣。直到更残夜静，他才清醒过来，于是痛定思痛，痛哭流涕，凄然吟道：

　　　　请你们暂且止步，
　　　　回头看一看被遗弃者的疾苦。
　　　　也许你们觉得他有可怜之处，
　　　　因为经过离愁的缘故。

如果你们和他碰在一起，
一定不会承认他是你们的亲戚。
因为他害病的原因，
好像是你们之间从来没有见过面。

为了爱情，
他愿捐去可贵的生命。
若不为奄奄一息的呻吟，
人们早把他当尸体埋殓。

请相信：
离散是人生最难渡过的关隘。
在情人眼里，
生离的痛苦超过死别十倍。

他吟罢，站了起来，叹息、啜泣着在屋里转过来，踱过去，不吃不饮，整整坚持了五天。他母亲提心吊胆地守护他，费尽心机地宽慰他、规劝他。可是他始终悲哀、哭泣，不停地长吁短叹，临了，感觉精疲力竭，才倒身呼呼地睡熟。在梦中，他看见老婆哭哭啼啼，显出忧愁苦恼的神情，于是从梦中惊醒，狂叫着吟道：

你的形影随时离不开我的记忆，
我心里最崇高的地位已经被你占领。
若不图在梦中跟你见面，
我就不会躺下去睡眠。
如果不希望和你白天聚首，
我就不愿苟延生命。

哈桑越哭越伤心，心中的忧愁苦恼有增无减，从此天天失眠，饮食逐渐减少，艰难地过了一月。有一天，他忽然想起云山中的公主们,打算去向她们求援,以便达到目的。临了,决心动身起程,预备许多伊拉克的特产,唤来五十只骆驼驮着,并吩咐母亲一番,然后告别,自己骑着一只骆驼,径向云山出发,要去找姊妹们,希望她们帮助他寻找妻子。他向前迈进,继续跋涉,一直去到云山的宫殿中,献上礼物。公主们看见他,非常高兴,热诚地欢迎他,祝福他,问道:"兄弟,分别才不过两月,你便匆匆转来,这是为什么呢?"

他伤心哭泣,告诉她们妻子趁他不在家时带孩子飞走的经过。她们听了,十分难过,追问她走时嘱咐什么。他回道:"姊妹们,当时她对我母亲说:'等你儿子回来,他觉得离别的时间过长,想要和我见面,请你告诉他,叫他上瓦格岛去找我。'"

公主们听了他的叙述,眨眨眼,比个手势,彼此面面相觑;接着大伙低头凝视地面,静默了好一阵,这才叹道:"全无办法,只盼伟大的安拉拯救了!兄弟,如果你抬起手来能够摸着苍天,那么你就可以找到妻子了。"

哈桑伤心哭泣,眼泪雨水般从腮上流下,湿透了衣襟。公主们觉得可怜,流着同情的眼泪安慰他,替他祈祷。他的妹妹小公主很热情,安慰他说:"哥哥,你安下心来,静静地等一等吧。有志者,事竟成。坚韧不拔的人,终有达到目的的一天。忍耐是成功的钥匙。古人说得好:

> 扔下命运的缰绳,
> 让它无拘无束地自由漫行。
> 清夜里你敞开胸襟,
> 恬静地埋头睡眠,
> 不必顾后思前。
> 因为转瞬间或一觉惊醒,
> 安拉会把乾坤转变。

你应该抖擞精神,坚定下来;须知该活十岁的人,他不会九岁时夭折的。悲哀、哭泣不管用，只会给人带来疾病。现在你跟我们在一起，好生将息吧。若是安拉愿意，我替你想法，让你找到妻子好了。"

听了小妹妹的劝慰，哈桑十分感动，忍不住痛哭流涕。可是她始终陪随他，劝慰他，宽他的心，追问她飞走的原因，说道："哥哥，我本来打算叫你烧掉那件羽衣的，可是魔鬼叫我忘记这桩事了。"她一直陪他谈话，好言劝慰。可是日子越久，哈桑越觉不安。她看着他一往情深，惴惴不安的情况，难过到极顶，愁然去见姐姐们，哭哭啼啼地跪在她们面前，吻她们的脚，恳求她们伸出援助的手，使他找到妻子，想办法让他上瓦格岛去。她不顾一切地老在姐姐们面前哭泣，终于赢得她们的同情，引动她们同声啜泣，对她说："你放心吧。若是安拉愿意，我们当竭力帮助他，使他和妻子见面。"

哈桑跟公主们在一起过了一年，终日伤心哭泣，眼泪没有干过。公主们有个叔父，是她们父亲的同胞兄弟，叫奥补督勒·滚都士，为人很好，一向疼爱他的大侄女，每年都到云山看望她，替她解决疑难问题。在年初她对他谈过哈桑被袄教徒折磨和他报复杀掉袄教徒的情况。他非常高兴，给她一包乳香粉，嘱咐道："侄女啊，要是你有什么忧虑或不如意的事，或者需要什么，只消把香粉撒在炉中，出声一喊，我会立刻应声赶来，满足你的要求的。"

大公主想到她们已经一年不见叔父了，对姊妹们说："叔叔整整有一年没到我们这儿来，你们快拿燧石打着火，给我取香粉盒来吧。"

公主们兴会淋漓，点着火，拿来香粉盒，递给大姐。她接过去，打开，取出一点香粉，撒在火炉中，出声喊她叔父奥补督勒·滚都士。香粉刚烧尽，接着边远地方扬起尘埃。一会儿灰尘开处，出现一个老人，骑在大象背上欢呼鼓舞地奔来，摇手向公主们打招呼。一会儿他赶到她们面前，纵身跳下大象。公主们拥抱他，问候他，吻他的手。他和她们一块儿坐着谈心。她们问他不来看她们的原因。他说：

"我在家里跟你们的婶娘一起谈心来着,突然闻到乳香气味,便立刻骑象赶到你们这儿来。侄女们,你们要我给你们做什么呢?"

"叔叔,我们整整一年不见你了;按习惯说,我们分别的日期是不该超过一年的,因此我们想念你哪。"

"我很忙,原是打算明天要来看你们的。"

她们感谢叔父,祝福他,围着他谈心。大公主说:"叔叔,那个被教徒白赫拉睦骗到这儿来的名叫哈桑的青年,他的遭遇和他报仇杀掉袄教徒的经过以及他追求国王的女儿所发生的种种磨难、捉住她、娶她为妻并带走她的情况,我们全都跟你说过了。"

"不错,可是后来他怎么样了?"

"公主替他生了两个儿子,然后趁他不在家,带着儿子回娘家去了。临走对他母亲说:'等你儿子回来,觉得离别的时间过长,想要和我见面,请你告诉他,叫他上瓦格岛去找我。'"

奥补督勒·滚都士叔叔摇摇头,咬着指尖,垂头不语;他伸手擦一擦地面,然后举目东张西望,只顾摇头。哈桑躲着偷看他的神情,公主们忍耐不住,尽催他:"叔叔,我们的肝胆都要碎了,你快给我们讲吧。"他再一次摇头,说:"姑娘们,这个人不顾死活,冒着生命危险,自找苦头,他是永远不能上瓦格岛去的。"

公主们出声一喊,哈桑闻声跑了出来,走到奥补督勒·滚都士长老面前,问候他,吻他的手。长老非常高兴,让他坐在自己身边。这时候,公主们说:"叔叔,你把刚才对我们说的话对哈桑解释清楚吧。"

"孩子,我劝你丢掉这个念头吧,你即使跟随飞神,乘着行星,也不能上瓦格岛去的。这儿和瓦格岛之间隔着七道深谷、七个大海、七架高山,你怎么能上那儿去?谁给你带路?指安拉起誓,你快打消这个念头,别枉费苦心吧。"

哈桑听了长老的话,痛哭流涕,哭得昏迷不醒。公主们围着他伤心啜泣,他的妹妹小公主批着自己的面颊,撕破身上的衣服,声泪俱下，哭得尤其伤感。长老眼看他和侄女们因爱情、友谊而引起的忧愁苦恼情绪，很受感动，觉得可怜，说道："好吧，你们别哭了。"继而他对哈桑说："孩子，你放心吧，若是安拉愿意，我替你解决问题好了。起来，孩子！振作起来，随我来吧。"

哈桑欢喜若狂，一骨碌爬起来，精神抖擞，神气十足地向公主们告别，跟奥补督勒·滚都士一起骑上大象，闪电般继续跋涉了三昼夜，去到一座大山面前。山上的石头全是蓝色的，山上有个山洞，一道铁门牢固地关闭着。长老拉着哈桑下得象来，走到山洞门前，抬手一敲，洞门豁然开启，出来一个秃头黑奴，活像一个魔鬼，右手握着宝剑，左手拿着钢盾。他一见长老，扔下剑和盾，赶忙趋前，亲切地吻老人的手。长老拉着哈桑，一起走进山洞；黑奴随在他们后面，关上洞门。哈桑一看，山洞又宽又大，里面有一条望不到头的长廊。他们沿长廊约莫走了一哩路，来到最宽阔的地方，随即面向其中有两道黄铜门的一隅。长老开了一道铜门，走进去，对哈桑说："你坐在这儿等我，可别开门，我去一会就来。"

长老去了一会儿，牵来一匹鞍辔齐备，行走如飞的快马，打开第二道铜门，眼前便展开一望无际的原野。他边行边嘱咐哈桑："孩子，这儿有一封信，你带在身边，骑上这匹快马，它会带你上与此地相仿佛的另一个山洞门前。到那儿，你下马来，把缰绳摆在鞍头上，让它进去。你安心在山洞门前等候五天，别着急。到第六天，会有一个黑老人出来见你。他身穿黑袍，白胡须垂到脐下。你向前吻他的手，拉着他的衣衫，悲哀哭泣，求他同情你、怜悯你。等他问你需要什么，你就把这封信递给他，他会不言不语地把信拿进洞去。你再在山洞门前等候五天，可要耐心，别急躁。你等着看，到第六天，如果他本人出来见你，那说明你的问题就有解决的希望了。如果他的仆人出来见你，你要知道，那出来的人会杀死你的呢。孩子，你要知道，冒险者是会牺牲性命的。如果你爱惜生命，干脆就别冒这个险。要是你不害怕,那就勇往直前,让事实来说明一切吧。如果你要去见公主们,我叫大象来,让它带你去见她们,她们会送你回家去跟家人团聚的;往后安拉会另给你安排一个妻子的呢。"

"老伯,如果达不到目的,我怎么能活下去呢?指安拉起誓,我决不回家,必须坚持到底,直至找到妻子,或者为她牺牲生命为止。"

哈桑说罢,号啕痛哭。奥补督勒·滚都土长老看情况,知道他决心很大,劝不过来,相信他非冒险不可,于是对他说:"孩子,你要知道,瓦格岛是七个岛屿的总称,岛上驻着娘子大军,居民中牛鬼蛇神,样样俱全,上那个地方去的人,没有能生还的。指安拉起誓,你还是快回家去的好。你要知道,你想寻找的那个女人,她是瓦格岛国王的女儿,是赫赫有名的美丽公主,你怎能找到她呢?孩子,你依我劝告吧,往后安拉会补偿你一个更好的女人呢。"

"老伯,指安拉起誓,即使粉身碎骨,我也要爱她爱到底。因此我必须上瓦格岛去寻找妻子;若是安拉愿意,我可以找到妻子的。"

"这么说,你非去不可啰!"

"是,我一定要去。可是恳求你帮助我,替我多多祈祷;也许最近期内安拉会让我跟妻子团圆的呢。"

哈桑说罢,痛哭流涕,凄然吟道:

> 你们是我的希望、目的,
> 属于最良善的人民,
> 因此我把你们摆在耳朵和眼睛里。
> 你们占有我的心灵,
> 作为你们栖息的屋宇。
> 你们悄然归去,
> 使我感到凄凉、悲切。
> 别以为我会转移眷恋的念头,
> 因为我爱你们的心情,
> 跟可怜人应受的折磨毫无差别,

没有割裂的余地。

你们归去，

我的欢欣、快慰随之而消灭，

境遇混乱得无法澄清。

你们丢下我，

让我凄怆地守着空中的繁星呻吟。

我痛哭流涕，

滂沱四溢。

黑夜啊！

你叫我彷徨、失眠，

熬煎着你带来的漫长苦刑。

那牢不可破的爱情，

叫我眼巴巴等待着月儿升起。

和风呀！

我的生命所剩无几，

你掠过她们的留宿地时，

劳驾替我向她们致意，

附带谈一谈我所遭遇的苦刑，

因为她们不了解我的处境。

　　哈桑吟罢，伤感着晕倒，昏迷不醒。一会儿以后，他慢慢苏醒过来，奥补督勒·滚都士长老对他说："孩子，你家里还有白发老母，别叫她绝望而遭丧子的痛苦吧。"

　　"老伯，指安拉起誓，要带着妻子我才能回家去，否则，让我死在异乡好了。"他说罢吟道：

指爱情起誓，

离别固然不可撕毁誓言，

我更不属于背信弃义之列。

我满腔情愁、惦念，

若向人透露一点衷情，

他们会说我得了疯病。

爱情、忧愁、哭泣、苦痛，形成了我的境遇；

这境遇该怎么了结？

奥补督勒·滚都士长老眼看哈桑很坚决，宁可牺牲生命，而不愿空着手回家，于是只好把信递给他，叫他照指示行事，说道："凭着安拉的护佑，你快去吧。"

哈桑跨上快马，放松缰绳，闪电般勇往直前，继续行了十天，前面便出现黑夜般无比庞大的一堵阴影，横贯东西之间。他走到阴影下面，胯下的快马长嘶一声，便有雨点般数不尽的骡马闻声涌现出来，围着哈桑的快马，一起向前奔跑。他怀着万分恐怖的心情，一直奔到奥补督勒·滚都士长老所说的那个洞前停下。他下得马来，把缰绳系在鞍头上，让它进洞去。他自己依照长老的嘱咐，惶惑不安地站在洞外，整整等了五昼夜，一直没有睡觉，想着别乡离井、妻离子散的苦难和残酷的遭遇而悲伤哭泣。

第六天，一个身穿黑袍，名叫艾彼·勒威史的黑老人从山洞中出来。哈桑一见，根据奥补督勒·滚都士的叙述，知道便是他，赶忙倒身跪了下去，亲切地吻他的脚，匍匐着悲哀哭泣。老人问道："孩子，你要我做什么？"

哈桑伸手把信递给老人。他接过去，不言不语，默然转进洞去。哈桑遵循奥补督勒·滚都士长老的嘱咐，在山洞门前等候。他忧郁苦恼、惴惴不安，经受着离愁的苦楚，忍不住伤心哭泣，好不容易才熬过五天。到第六天清晨，艾彼·勒威史才蹒跚出来，做手势召唤他。他走过去，老人拉着他，带他走进洞去。他相信问题有解决的希望，欢喜若狂，随老人继续走了约莫半天的工夫，去到一道穹形门前。老人开了铜板门，带他走进玛瑙石镶金砌成的走廊，一直向前，去到一幢大理石建筑的宽敞宫殿里,庭园中长满了花草树木,小鸟在枝头清脆、悦耳地歌唱着。四间相对矗立的大厅中都有喷水池设备,池的四角蹲着金狮子,口中喷出珍珠般闪光的泉水。厅中的交椅上各坐着一位长老,身旁摆着许多典籍,金香炉中冒出馨香扑鼻的香味。长老们正在谆谆指导门徒们攻读。他们进去的时候,四位长老起身迎接,表示尊敬,并遣散门徒,让艾彼·勒威史坐下,问他关于哈桑的情况。艾彼暗示哈桑,吩咐他:"把你的情况和遭遇从头到尾扼要地对长老们谈一谈吧。"

哈桑非常激动,忍不住号啕痛哭,果然把自己的境遇从头叙述了一遍。他们听了,惊叫起来,齐声问道:"你是给祆教徒缝在骆驼皮中,被兀鹰攫到云山中的那个人吗?"

"是的,就是我。"哈桑回答。

长老们异常惊奇,转向艾彼·勒威史,问道:"老人家,白赫拉睦把他骗上山去,他怎样下来的?在山中他看见什么奇怪东西没有?"

艾彼·勒威史吩咐哈桑:"孩子,你怎么下山来的,看见什么奇怪的事物,都告诉老人家吧。"

哈桑把自己的遭遇:怎样战胜祆教徒、杀死他、救出青年,如何捉住姑娘,妻子怎样欺骗他、带走儿子、给他带来苦难的经过,从头到尾,详细叙述一遍。长老们听了,都觉得惊奇、诧异,对艾彼·勒威史说:"老人家,指安拉起誓,这个青年可怜得很,你得帮助他,让他找到妻子才对。"

"老兄们,这是一桩再危险不过的事情,比这个小伙子轻生的人,我还没有见过。你们都知道,上瓦格岛去难于上青天,不冒生命的危险是无法去的。那里警戒森严,障碍很多。我发誓不踩那儿的地面,不问那儿的事情。我自己是这样,那么这个小伙子呢,他怎能上那儿去找国王的女儿呢?谁能帮他完成这个任务呢?"

"老人家,这个人冒着生命的危险,带来令兄奥补督勒·滚都士的介绍信,你就该帮助他了。"

哈桑倒身跪下去，吻艾彼·勒威史的脚，把他的衣襟拉来顶在头上，哭哭啼啼地哀求："指安拉起誓，求你带我去找我的妻子吧，即使此去有生命的危险，也是心甘情愿。"

长老们同情、怜悯哈桑，一个个为他而流泪，齐声对艾彼·勒威史说："老人家，你行行好，看令兄奥补督勒·滚都士的情面，找机会把这桩功德承担下来吧。"

"这个小伙子不知天高地厚，真是可怜得很，我们尽量帮助他好了。"

听了艾彼·勒威史的诺言，哈桑欢喜若狂，吻他的手，同时也吻长老们的手，表示感谢，恳求他们促使他的希望实现。艾彼·勒威史取笔墨写封信，折叠起来，封好，递给哈桑，并给他一个皮袋，里面盛着乳香粉和打火的燧石，嘱咐道："你好生带在身边，遇到什么危险，只消焚一点香粉，出声喊我，我会应声前来搭救你呢。"接着他使人唤来一个飞神，问道："你叫什么？"

"奴婢叫黛赫涅叔·本·府格颓史。"

"附耳上来！"

黛赫涅叔遵命把耳朵凑了过去。艾彼·勒威史把嘴贴在他耳朵上悄悄地说了一通。黛赫涅叔边听边点头。继而他吩咐哈桑："来呀，孩子！坐在黛赫涅叔肩上，他会带你飞到空中，可是你听见天神赞颂时，千万别开口，否则你和他都要遭殃的呢。"

"好的，老人家，我决不开口。"

"此去，他带你飞行一天，次日黎明，去到一处洁如樟脑的地区。打那儿你一个人向前走十天，去到一座城门前。你进城去找国王。见面时，问候他，吻他的手，把信呈上去。往后他怎么指示你，你就怎么做吧。"

"听明白了，遵命就是。"

长老们都替哈桑祈祷，并谆谆嘱咐黛赫涅叔一番，哈桑这才告别，坐在飞神肩上，一直升到云表，继续飞行了一昼夜，到处都听见天神赞颂之声。第二天黎明时，到达一处白如樟脑的境界。黛赫涅叔让他待在那儿，从容归去。

到了那个地区，哈桑知道只有他自己一个人处在那样的境界里，便壮着胆，遵循艾彼·勒威史长老的吩咐，不分昼夜地赶着路程，继续跋涉了十天，到达一座城市前。他走进去，打听王宫的所在和当地的情况。知道那是柯夫尔国，国王叫胡稣涅，兵马很多，布满全国各地。他请求入见，得了许可，去到国王面前，见他非常威武。他跪下去，吻了地面，便听见国王问道："你要做什么？"

他掏出信，吻一吻，递给国王。国王接过去，读了信，点点头，吩咐侍从："带这青年上宾馆去吧。"

侍从遵命，领哈桑去宾馆里，当上宾招待，供给各种可口的饮食，殷勤侍奉，陪他谈心，安慰他，打听他的情况，问他的来意。他把自己的境况和遭遇全都告诉侍从，在宾馆中待了三天。第四天，侍从带他进宫谒见国王。国王对他说："哈桑，你到敝国来，是想进入瓦格岛，正如艾彼·勒威史长老在信中所提那样。孩子，我打算在这几天内送你成行。但这条路可不好走，要经过干燥的漠野，危险重重，沿途非常恐怖。不过你放心好了，前途是有希望的，我一定给你想办法，若是安拉愿意，我能使你达到目的呢。孩子，你要知道，戴谊勒睦人的一支强大精锐的部队要侵入瓦格岛，都没成功。为了艾彼·勒威史长老的情面，我不能叫你白跑一趟，一定要替你解决问题。不久就有船只打瓦格岛开来。快了，等船到时，我让你上船去，把你托付给水手们，叫他们保护你，带你上瓦格岛去。途中若有人盘问你、打听你的情况，你只消说是柯夫尔国王胡稣涅的女婿。船到瓦格岛靠岸时，你听船长吩咐，上岸去，那儿陆地上摆着许多长凳。你选择其中的一条，安静地躲在下面。等天黑时有一支娘子军赶来分别坐在凳上。那时候你伸手拉住那个坐在你借以藏身那张凳子上面的女兵，向她求援。你要知道，孩子，如果她肯援救你，问题可以迎刃而解，你就能找到妻子,否则,你只有忧愁、绝望,生命也就难保。你要知道,孩子,你这是冒着生命的危险行事,不成功,就得要命。你要知道,孩子,如果不是安拉关怀、眷顾,你是不可能到这儿来的。这是我可以尽力的地方,除此以外,我没有别的办法帮助你了。"

哈桑听了国王的嘱咐,哭得死去活来,凄然吟道:

> 这是当前责无旁贷的使命,
>
> 我必须急起直追;
>
> 如果坐失机会,
>
> 难免就要付出我的生命。
>
> 倘若在森林中一旦受到狮子袭击,
>
> 只要给予充分的时间,
>
> 我必然要操最后的胜算。

哈桑吟罢,跪下去吻了地面,问道:"尊敬的国王陛下,要等多久船只才开到这里?"

"再等一个月;船到之后,他们在这儿销售货物,必须逗留两个月,才启航归去;你须等六个月的工夫,才有机会成行呢。"国王说着,叫哈桑回宾馆去休息,吩咐侍从给他预备适于帝王享受的饮食、服饰,供他享受。他在宾馆中安心等了一个月,船只果然开到。国王带他上船去,一看,见里面载着沙子般数不尽的人群。船停泊在海中,有小艇来往搬运货物。他耐心等他们卖完货物,距启航只有三天的日期时,国王才唤他进宫,给他预备行装,重重地赏赐他,然后召见船长,吩咐道:"你把这个青年带走,别告诉任何人。到瓦格岛时,让他上岸去,不必带他回来。"

"听明白了,遵命就是。"船长唯命是从地应诺着。

临了国王嘱咐哈桑:"你的情况不可告诉船里的人,别叫他们知道你的遭遇,免得发生意外。"

"听明白了,遵命就是。"哈桑回答着祝福他,呼他万岁,并替他祈福求寿。国王谢谢他,祝他一路平安、顺利达到目的,然后把他托付给船长。船长应承下来,把他装在一个木箱里,搬进小艇,趁人们忙着搬运货物而不注意的时候,偷偷弄到大船上。

　　船在海中一帆风顺地航行了十天。到第十一那天靠岸,船长带哈桑登陆。他见岸上摆着许多凳子,便偷偷摸摸地走过去,钻到一张凳下,躲藏起来。天黑时,有无数女兵,身披铠甲,手持明晃晃的宝剑,飞蝗般赶到海边,集中视线,仔细监察运来的货物,然后一个个坐在凳上休息。哈桑试探着伸手拉那个女兵的衣尾顶在头上,哭哭啼啼地吻她的脚。女兵一怔,叫道:"你是谁?趁没人看见你,赶快站出来,免遭杀身之祸。"

　　他从凳下钻了出来,站在女兵面前,吻她的手,苦苦哀求:"我的主人呀! 在你的庇护下,恳求你可怜我这个离乡背井、妻离子散、冒险前来寻找眷属的异乡人吧。你做好,安拉会赏赐你呢。如果你不肯救我,那么求你给我保守秘密吧。"

　　他向女兵苦苦哀告,被附近的一个商人听见,觉得可怜,知道他冒险而来,其中必有缘故,因而发生怜悯心肠,走过去斡旋,对他说:"孩子,你安心下来,仍然躲在凳下,等到明天晚上,看安拉怎样安排吧。"

　　商人说罢,匆匆走了。哈桑仍然钻到凳下,躲藏起来。之后,女兵们燃着用沉香、龙涎香混在油质中制成的粗大蜡烛守夜,直至次日清晨,才一哄而去。商人们活跃起来,搬运货物,从早忙到日落。哈桑躲在凳下,觉得前途茫茫,正在悲哀啜泣的时候,昨夜同情怜悯他的那个商人突然出现在凳前,给他带来一身铠甲、一柄宝剑、一条镀金的腰带和一杆长枪,随即悄悄隐去。他仔细斟酌,体会商人给他带来武器的目的是要他武装起来;于是他钻了出来,穿起铠甲,结上腰带,佩带宝剑,握着长枪,提心吊胆地端坐在凳上,随时提念安拉,希望冥冥中得到安拉护佑。

当他感到惊恐万状的时候,突然远方出现火把、灯笼和烛光,照得大地如同白昼,接着娘子军也就赶到海边。他站起来,混在她们队中,好像是她们的一个成员,跟她们一块儿守夜,直至黎明,她们动身时,他才趁机随她们去到营地,进入当中的一个帐篷里,抬眼一看,见那帐篷的主人,就是前夜他在海边向她求援的那个女兵。只见她进入帐篷,随即卸下武装。他仔细端详,见她是个头发斑白的老太婆、麻脸皮、蓝眼睛、皱腮巴、大鼻子、脱眉毛、缺牙齿,淌着鼻涕、流着口水,相貌狡猾、丑陋,活像满身花斑的蛇蝎,形象非常可怕。老太婆看见哈桑,感到十分惊奇,问道:"你怎么到这儿来?你乘什么船来的?为什么你没有遇险?"

哈桑跪下去,拿腮角擦她的脚,哭着吟道:

> 待命运指定团圆的日期,
> 久别后我们会重相聚首。
> 期待着的人儿到我面前的时候,
> 一切苦难、灾祸都会宣告绝迹,
> 爱情从此长存不灭。
> 尼罗河如能像我的眼泪这样均匀地泄流,
> 人世间就不存在荒芜地区。
> 但它突然泛滥、漫溢,
> 淹没了阿拉伯、埃及,
> 也使叙利亚、伊拉克变为灾区。
> 亲爱的人儿哟!
> 这一切的是你离开我的结局。
> 愿你怜悯我,
> 指定相逢、见面的日期。

哈桑吟罢,把老太婆的衣尾拉来顶在头上,痛哭流涕,苦苦哀告,向她求援。老太婆见他忧愁、苦痛的神情,触景生情,心一软,产生慈悲心肠，答应帮助他，嘱咐道："你别害怕。"于是打听他的情况。他把自己的身世、遭遇从头详细叙述一遍。老太婆听了，十分惊奇，说道："你放心，不必忧愁、苦恼，现在你已到达目的地，没有什么可怕的了。若是安拉愿意，你的希望是可以实现的。"

哈桑感到十分高兴、快乐。那天正是月末最后的一天，老太婆召来部下官员，吩咐道："你们去传达命令，叫队伍明天清早都开出去，谁都不准留在营中，违令者，军法从事。"

"听明白了，遵命就是。"官员回答着退出帐篷，传达命令去了。这当儿哈桑知道老太婆原是娘子军的首领，主意好，有本事，能发号施令。

老太婆名叫佘娃西，绰号温姆·黛娃西。她吩咐、布置以后，已是黎明时候，队伍都开拔出去，营中只剩老太婆和哈桑，于是她吩咐哈桑："靠近我些，孩子！"哈桑遵命走过去，站在她面前。她问道："你冒险到这儿来做什么？为什么你愿意牺牲自己？你的真实情况到底怎样？全都告诉我吧，什么都别隐瞒。你别害怕，我既然同情、怜悯你，答应援助你，我就得实践诺言。如果你把真情实况告诉我，哪怕就是杀人流血，我也要帮你解决问题呢。你既然已到我帐下，这就没有事了，我决不让瓦格岛上的人伤害你。"

哈桑把自己的遭遇从头叙述一遍，并把妻子的情况，怎样捉住她、跟她结婚、生育孩子以及她找到羽衣带孩子逃走的经过，毫不隐瞒，详详细细全都告诉了老太婆。她听了，摇摇头，说："赞美安拉，幸亏他保佑你，让你到这儿来遇在我手里。要是换了别人，那你早就完了，生命既不可保，更谈不上解决问题。这是你忠诚的动机、纯洁的爱情和对妻子赤诚的关怀使你达到希望目的。如果你不是真心爱她，那你不至于冒这个危险了。赞美安拉，他使你平安无恙。在这种情况下，我们应该替你解决问题呢。若是安拉愿意，我们竭力帮助你，在最近期内，使你的希望实现。可是你要知道，孩子，你的妻子住在瓦格岛的第七个岛上,相距七个月的路程。上那儿去必须经过一处飞禽地带,由于雀鸟鸣叫和飞翔发出来的声音过于嘈杂,形成一片混乱,致使行路人彼此听不清对方说话的声音。在那地带跋涉十一昼夜之后,进入一处走兽境界。由于狼狮虎豹等野兽狂吼怒噑,喧逐之声震耳,叫行人说什么也听不清楚。在那个地区须继续跋涉二十昼夜,才到一处鬼神地区。由于鬼神尖声呼喊、喘息以及火、光、烟、热从他们口中喷发出来的喧哗、混乱,震聋行人的耳朵,迷瞎行人的眼睛,阻拦行人的去路。在那里谁都不能朝后看,否则便自招灭亡。因此行人只好把头靠在鞍头上,整整坚持三天,才能闯过去,到达瓦格岛附近的一架高山和一条长河面前。你要知道,孩子,我们这儿的部队全是姑娘组成的,统由瓦格岛第七岛上的一个女王指挥。打这儿上第七岛去,有一年的路程。那条长河的另一面还有一架高山,叫瓦格山。这个名字的由来,是因为山上有棵大树,它的枝叶跟人头一样;太阳出时,树上的枝叶齐声叫喊:'瓦格! 瓦格! 赞美创造万物的主宰!'听见它们的叫声,我们知道是天亮了。同样的,太阳落山时,它们也'瓦格! 瓦格! 赞美创造万物的主宰'地叫起来;听见它们的叫声,我们知道是天黑了。在这儿,任何男人都不能跟我们混在一起,也不可能到我们这儿来,也不能踩我们的这块地面。女王和我们之间相距一个月的路程。岛中的居民全都归她管制,其中神鬼妖魔应有尽有,数目之多,指不胜屈。如果你觉得恐怖,我送你到海边,派船只护送你回去。要是你认为住在此地还好,我不但不禁止你,而且要把你当眼珠一样看待;若是安拉愿意,我很快替你解决问题好了。"

"老人家,我不要离开你,我愿意跟你在一起,直至找到我的妻子为止。"

"这是轻而易举的事,你放心吧。若是安拉愿意,你的希望很快就可以实现的。我非竭力帮助你,满足你的愿望不可。"

哈桑祝福她,吻她的手;一方面感谢她的好意和关怀,一方面却想着事情的结局和离乡的可怕而叹息、流泪。临了，老太婆下令敲鼓，召集人马，动身起程。哈桑跟老太婆一起出发，沉思默想着，觉得前途茫茫不知将要发生什么事故，惴惴不安，神魂不定。幸亏老太婆宽慰他，安他的心。

她们继续不断地跋涉，一直去到飞禽地带的第一岛。听了厉害的嘈杂声，哈桑认为是天翻地覆了，顿时觉得头痛，神志不清，眼花耳聋，吓得胆战心惊，相信非送命不可，想道："才到飞禽地带便这么恐怖，要到了走兽地带，那怎么得了！"老太婆佘娃西眼看这种情景，哈哈大笑，说道："孩子，刚到第一岛你就这么恐怖，往其他境界去，那该怎么办呢？"

他诚恳、虔信地祈祷，切望安拉保佑，帮助他顺利达到目的。于是跟她们继续向前，通过飞禽地区，进入走兽境界，勇往直前，直至进入鬼神世界时，情况更危急、恐怖了。哈桑吓得要命，懊悔当初不该随她们冒险。他虔心诚意地祈祷，切望安拉保佑，坚持向前迈进。通过那个境界，一直去到河边，在一架高耸入云的山麓驻下，架起帐篷。老太婆特地为他预备一张镶珠宝金玉的云石交椅，让他坐着休息，并让部队都从他面前走过，经他检阅后，然后围绕着他扎营、休息，欢欣鼓舞地吃喝。因为她们回到家乡，所以大家可以高枕无忧，安然过夜。

哈桑脸上戴着面纱，只露出眼睛，叫人看不出他的真面目。佘娃西下令军中，叫娘子军都列队慢步从哈桑帐篷前经过，让他检阅，也许他的妻子在军中，好让他有所识别。因此每过一队，佘娃西都问哈桑有没有他的妻子，而他的回答都是否定的。末了，在队伍的最后姗姗出现一个姑娘，被十个女伴和三十个女仆簇拥着，在人丛中摇摇摆摆，袅袅娜娜地走过来。哈桑一见，心跳得几乎飞了，说道："她在同伴中这样庄重、傲慢，跟我在云山公主们宫中瞧见的那位公主完全一样。"

"那么她是你的妻室了?"佘娃西问。

"不,指你的生命起誓,老人家,这不是我的妻室。在这个岛上我所见的女子,没有谁像我妻那样苗条、美丽可爱的。"

"你说说看,把她的相貌、特征全都告诉我,让我心中有数。因为我是娘子军的首领,瓦格岛中的姑娘我全都认识。经你叙谈以后,如果我认识她,那我想法找到她好了。"

哈桑详细叙述了一番。佘娃西低头凝视地面,过了好一会儿,才抬头对他说:"赞美伟大的安拉!我把你给害了,哈桑!但愿我不认识你,那该有多好啊!因为据你刚才所谈关于你妻的特征,我认识那个姑娘了,她是国王的长女,整个瓦格第七岛都在她的统治之下。现在你睁开眼睛,另作打算吧。你如果是在睡梦中,那该是清醒的时候了。无论如何你是不可能接近她的,即使幸而跟她见面,那也不可能把她弄到手;你和她之间跟天地间的距离正是一样。你还是快回去的好,别把你自身连同我自己都扔进火炕里。你的希望渺茫得很,你从哪儿来,快回哪儿去,别白牺牲我们的生命吧。"

佘娃西说罢,非常替他担心,同时也感觉自危。哈桑听了老太婆苦口婆心的忠言,痛哭流泪,顿时晕倒,昏迷不醒。老太婆不停地洒水在他脸上,救醒他。可是他过于忧愁、苦闷,越哭越伤心,泪水淋湿了衣襟,自觉已无生存的余地,凄然说道:"老人家,我千辛万苦,既然奔波到这儿来,怎好空着手回去呢?你老人家是娘子军的首领,我相信你一定有办法满足我的愿望呢。"

"指安拉起誓,孩子,你从这些姑娘中任意选择一个,我把她匹配给你,代替你的妻室好了,免得你落在国王手中,那我才无法挽救你呢。指安拉起誓,听我的话,除公主外,随便选择一个,在最近期内平平安安转回家去,别拖累我,也别叫我再替你担心。指安拉起誓,你已经到了最危险的边缘,没有谁能援助你了。"

哈桑垂头丧气,号啕痛哭,吟道:

我恳求责难者,

请别过分埋怨，

因为我的眼睛是为悲哀流泪而生长的。

爱人高飞远走，

我的眼泪像山洪泛滥、奔流，

洪峰淹没了我的腮角。

我的恋念日益增添，

却得不到爱人的怜悯。

山盟海誓之后，

你们背信弃义，

撇下孤零零的我，

扬长归去。

离别之日，

你们姗姗隐去，

让我沉醉在屈辱的酒杯里，

永久看不见光明。

赤心哟！

愿你跟爱情常在一起，

慢慢化为液体。

眼睛哟！

愿你毫不吝啬，

慷慨捐出最后一滴热泪。

　　他吟罢，伤感着晕倒，昏迷不醒。佘娃西不停地洒水在他脸上，救醒他，说道："孩子，你还是回家去的好。什么时候我若带你进城去，我们的生命就难保；因为女王如果知道是我带你到她国中——这个人类从来没到过的岛上，她会埋怨我，判我们杀头之罪呢。孩子，你回去吧，我愿赏你无数金银财宝，不但供你一生之用，而且尽够你娶天下女子之用。听我的话，快回去吧，别作践生命。我算是尽可能地劝告你了。"

哈桑伏在地上，拿腮角擦她的脚，哭哭啼啼地说道："老人家，我的主人，我的眼珠呀！我奔波到这儿来，离爱人的家不远，眼巴巴期待着和她相会，还没见她的面，怎么好回家呢？也许我有缘和她相会呢。求你帮助我吧。"

佘娃西可怜他，安慰他，对他说："你安心吧，别忧愁苦恼了。指安拉起誓，我决心冒着生命的危险跟你在一起，直至你的希望实现，或者牺牲我的老命好了。"

哈桑感到欢喜、快慰，一下子乐开了，陪老太婆一起谈心，直至天黑，姑娘们散了，有的进城上王宫去，有的在帐篷中过夜。老太婆带他进城，腾出一间屋子，让他躲在里面，自己亲身伺候他，免得被人看见，告诉女王，而遭杀身之祸。她向他谈论他岳父——国王的威权，叫他有所警惕。他哭哭啼啼地向她诉苦："老人家，如果不能和妻子团圆聚首，那我就活厌了，情愿一死了之，因此才冒着生命的危险，只希望达到这个目的，否则牺牲生命好了。"

佘娃西被哈桑忘我的、勇敢的、不怕牺牲的坚强意志所感动，觉得很可怜，因而抖擞精神，深谋远虑地替他想办法，以便他跟妻子团圆的愿望能够实现。可是他的妻子是岛上的女王，名叫努鲁勒·胡达，是瓦格岛国王的长女。她还有七个妹妹，跟她父亲生活在一起。老太婆由于哈桑急于要见他的妻子，迫不得已，鼓起勇气，进宫谒见女王。她原是女王姊妹们的保姆，对她们有抚育之恩，一向为她们姊妹和国王尊敬、爱护，因此进宫时，女王努鲁勒·胡达起身迎接，拥抱她，请她坐在自己身边，问她旅行的情况。她回道："陛下，指安拉起誓，这次旅行非常吉利。我给主上带来一件礼物，这是非常稀罕的，我将要把他献给陛下，希望陛下从中帮忙，替他解决疑难问题。"

"那是什么东西？"女王问。

她一方面把哈桑的情况和遭遇对女王叙述，一方面自己感觉恐怖，哆嗦得像暴风中的竹子，支持不住，一下子倒下去，伏在女王面前，说道："陛下，在海边有个陌生人向我求援，当初他躲在凳下。我发现他,悄悄地把他给带进城来。他全副武装,跟娘子军一个模样,谁都不知道这桩事情的底细。我跟他谈过陛下的威严、权力,可是他一点也不畏惧。我威胁他、吓唬他,他却吟诗、流泪,说:'找不到妻子,我就牺牲生命吧,我不愿空手回去。'他是冒着生命的危险,流浪到瓦格岛的。他为人实在坚强、勇敢,像他那样的人,我生平还没见过呢。"

女王听了老太婆的陈述,明了哈桑的情况,大发雷霆,低头沉思一会儿,然后抬头瞧着她,骂道:"你这个老坏蛋! 胆敢带男人到瓦格岛来见我吗? 难道你不怕我的惩罚吗? 指国王的头颅起誓,要是不看你保育我们的恩情,我必得狠狠地把你和他杀死,作为后人的警戒,免得以后有人敢像你这样胡作非为。现在我命令你快带他到宫里来见我。"

佘娃西急急忙忙走出王宫,惊慌失措,茫然不辨方向,自怨自艾地叹道:"这样的灾祸都是哈桑一手制造出来的。"她蹒跚奔到哈桑躲避的屋子里,喝道:"喂,小伙子! 随我来吧,女王叫你哪,死期降到你头上来了!"

哈桑莫名其妙,随老太婆上王宫去,心里念念不忘安拉,暗自祈祷:"主啊! 怜悯我,保佑我,别叫我受灾难吧。"幸而老太婆边走边教他对答、应付的方法。一会儿,他们走进王宫,到达女王面前。哈桑一看,见女王头戴面纱,便赶忙跪下去,吻了地面,祝福她,替她祈福求寿,呼她万岁。女王暗示老太婆,叫她唤哈桑靠近她,跟她对谈。老太婆遵命,对哈桑说:"主上祝福你,问你姓甚名谁? 哪里人? 你的妻子叫什么?"

这当儿,哈桑镇静下来,毕恭毕敬地回道:"回陛下,我叫哈桑,是巴士拉人。我妻的姓名我可不知道。我的两个孩子,大的叫纳肃尔,小的叫曼肃尔。"

"她从什么地方带走你的儿子呀?"女王问。

"从巴格达哈里发的王宫里。"

"临走时她说什么没有？"

"当时她嘱咐我母亲：'等你儿子回来，他觉得离别的时间太长，想要和我见面，请你告诉他，叫他上瓦格岛找我去。'"

"如果她有意离弃你，那么她不至于对你母亲这样说了，"女王点点头说，"要是她不想跟你相会，那么她不至于告诉你她的住址而叫你去找她了。"

"女王陛下，我的情况和遭遇一点也不隐瞒，全都告诉你了。我向安拉和陛下呼吁求援，恳求陛下可怜可怜我，帮我寻找妻子，让我们夫妻、父子团圆聚首，千万别责罚我。"说着，痛哭流涕，凄然吟道：

> 虽然我不曾完成应尽的使命，
>
> 可是困难还没对我的辛勤宣布死刑。
>
> 固然我不曾尝过幸福的滋味，
>
> 但我必须向你致谢，
>
> 因为是你指示我找到幸福的根源。

女王低头沉思默想一阵，点点头，举目瞧着他，说道："我同情你、怜悯你，决心让你检阅城中和岛上的妇女；如果发现你的妻室，我让你带她回去；要是她们中没有你的妻室，我可要把你吊死在佘娃西门上呢。"

"我同意这个办法；陛下提出的条件，我全都接受。全无办法，只盼伟大的安拉拯救了。"

这当儿，女王下令，召集城中的妇女，并吩咐佘娃西到城中去，负责催促所有的妇女进宫。人到后，女王每次带一百人从哈桑面前走过，让他观看。直至城中的妇女全都让他看过，却不见他的老婆在她们队中。女王问道："看见你的妻子没有？"

"指陛下的生命起誓，她不在她们队里。"

女王十分生气，吩咐佘娃西："你上后宫去，把宫中的姑娘全都带来给他看吧。"老太婆遵命,带来全体宫娥彩女,让哈桑看过,可是他老婆仍然不在她们队中。他对女王说:"指陛下的生命起誓,她不在她们队里。"

女王生气,呼唤侍从,吩咐道:"你们给我摔倒他,砍掉他的头,免得以后还有人敢冒险窜到我们岛上来,窥探我们的秘密。"

侍从遵命,摔倒哈桑,撩起衣襟,盖住他的眼睛,然后拿宝剑架在他脖子上,等女王一下命令,就杀他。这当儿,佘娃西奔到女王面前,跪下去吻了地面,把她的衣尾拉来顶在头上,苦苦哀求:"陛下,凭我保育你的恩情,求你暂别杀他。主上已经知道,他是个可怜的异乡人,冒着生命的危险,受尽世人所不曾遭遇过的苦难,幸亏安拉保佑,才摆脱危难的。他知道陛下仁慈、公道,所以奔到这儿来,求主上庇护他。如果陛下杀死他,消息宣扬出去,会损害陛下的声望呢。总而言之,现在他在陛下的掌握和刀剑之下,逃也逃不了。陛下暂别杀他,等到发现他妻子果真不在瓦格岛时,陛下什么时候要他,我能马上带来。我对陛下有过保育的恩情,指望陛下慈悲为怀,所以我接受他的请求,保证陛下能满足他的愿望,这是陛下向来为人公正、仁德的缘故,否则我是不敢带他到这儿来的。当时我说:'让女王看一看他,听一听他那珠玉般的诗句吧。'再说,他既已来到我们国内,吃过我们的饮食,我们就有责任保护他,而且是我答应带他谒见陛下,请求援助的。因为离别是最难忍耐的苦事,尤其妻离子散,比受死刑还苦,这是陛下知道的。如今城中和宫里的妇女,除了陛下,他都看过;恳求陛下取掉面纱,让他看一看吧。"

"难道他是我的丈夫吗?我替他生过孩子吗?你要我给他看吗?"女王微笑着问,于是吩咐带上哈桑,在他面前取下面纱。他一见,狂叫一声,晕倒在地,昏迷不醒。他的叫声,差一点震倒了宫殿。老太婆赶忙救醒他,安慰他,问他怎么了。他说:"这位女王,要么她就是我的妻室,要么她的模样挺像我的妻室呢。"

"该死的接生婆哟!"女王生气了,"这个异乡人呆呆地盯着我,他是一个疯子呀！"

"陛下，原谅他，别责备他。古人说得好：害单思病的人是没有药医治的，当事者跟疯子是没有区别的。"

哈桑痛哭流涕，凄然吟道：

> 我看见她们的遗迹，
> 引起我的怀念、忧心，
> 我用热泪洒遍她们的故居。
> 拿离别来考验我的人哟！
> 恳求你行行好，
> 让她们回到我的怀抱里。

哈桑吟罢，剀切地对女王说："指安拉起誓，陛下虽然不是我的娇妻，可是陛下的情影跟她毫无区别。"女王听了，启齿笑了一笑，转向佘娃西，吩咐道："你带他去，让他在原来的地方住下，好生伺候他。他的事待我斟酌看；如果他是个守信义、重交情的仁人君子，那我们应当协助他，替他解决问题。尤其他到我们这儿来，吃过我们的饮食，而且万水千山，跋涉奔波，千辛万苦，吃尽人间苦头，我们怎能不管他呢。希望你带他到你家里，把他交给手下人，然后快来见我。若是安拉愿意，我有好事跟你商量呢。"

佘娃西遵循命令，带哈桑回到自己家中，把他交给侍从，吩咐好生侍候他，供给各种需要的东西，什么都不可短少，然后匆匆转到王宫，听候吩咐。女王命她武装起来，带领一千骁勇的骑兵听令。她立刻穿起铠甲，佩带宝剑，并带来一千骑兵。女王命她带领人马上她父亲的京城去见她的小妹妹买娜伦·瑟诺玉。临行嘱咐道："告诉我妹妹，我想念两个外甥，叫她拿我送去的铠甲给他俩穿戴起来，让你带他兄弟两人来见我；可千万别提哈桑的事。动身时，你告诉她，我请她本人也上我这儿来玩。如果她有意来看我，那你先带走孩子，星夜赶回来,不必和她同路。你留神些,这桩事不可让人知道。我起誓,如果我发现我妹妹真是哈桑的妻室,证实两个外甥真是他的儿子,那我不禁止他们夫妻团圆,我也不反对他带走他的妻子。”

佘娃西信以为真,却不明白女王心中的打算。其实女王早就胸有成竹,假使她妹妹不是哈桑的妻室,她的两个儿子的相貌跟他不一样,她就决心杀死他。她对老太婆说:“如果我没猜错,那么买娜伦·瑟诺玉妹妹一定是哈桑的妻室。因为我妹妹本来就是他眼中的那个形象嘛。他形容的那些苗条、美丽、可爱的特征只是我们姊妹,尤其是小妹妹的身上才具备嘛。安拉是最了解一切的。”

佘娃西接受命令,吻了女王的手,然后告别,先回到自己家中,把女王所说的话,全都告诉哈桑。他听了,欢喜若狂,站了起来,亲切地吻她的头。老太婆嘱咐道:“孩子,这回你可以欢喜快乐,用不着忧愁苦闷了。”于是和他告别,携带武器,率领一千人马。径向京城出发。她继续跋涉了三天,赶到京城,和买娜伦·瑟诺玉公主见面,问候她,传达女王努鲁勒·胡达的问候,并转述女王对她母子的系念和为她不去看她而引起的埋怨情绪。买娜伦·瑟诺玉公主说:“我没去看姐姐,这算我无礼;现在我就要去看她呢。”于是吩咐在城外张起帐篷,并预备名贵礼物,准备起程。这当儿,国王从宫窗向外眺望,见城外的帐篷,便问是怎么一回事。左右的人报告说:“那是买娜伦·瑟诺玉公主张起的帐篷,因为她要去拜望她的姐姐努鲁勒·胡达。”

国王听了报告,从国库中取出许多金银珠宝和粮食给她做礼物,并派人马护送。

国王的女儿原是七姊妹,其中除了最小的一个之外,其余的都是同胞姊妹。长的叫努鲁勒·胡达,老二叫奈芷闷·隋巴哈,老三叫佘睦穗·祖哈,老四叫佘者勒图·顿尔,老五叫姑图勒·古鲁彼,老六叫佘勒福勒·白娜图,最小的叫买娜伦·瑟诺玉。买娜伦·瑟诺玉是异母所生的,年纪最小,是哈桑的妻室。

一切预备妥帖以后,佘娃西走到买娜伦面前,跪下去吻了地面。公主问道:"有什么事吗?"

"令姐努鲁勒·胡达女王要你给两个少爷穿上她给他们的铠甲,由我带他们先走,赶去报告公主驾临的喜讯。"

买娜伦·瑟诺玉听了老太婆的话,脸色一下子变了,低头凝视地面。一会儿,她抬起头来,摇一摇,说道:"刚才听你提到我的儿子,我顿时觉得心惊胆战;这是因为从他二人生下地来,我一直小心翼翼地保育他俩,向来不让人神中的男女见他俩的面,我怎么好让你带他俩去呢!"

"公主,你这像什么话呢?难道你不放心你大姐吗?你别发疯吧。你要违背女王,这是不可能的事,她会埋怨你呢。自然喽,我的小姐,令郎年纪还小,担心他们的安全是必要的,对心爱的人儿更应该加倍提防、保护。但是,我的小姐呀,我怜惜、疼爱你们母子的心情,你是明白的。你们姊妹都是我一手保育成人的,那时候你儿子还没有诞生呢。现在请把孩子交给我吧,我要拿自己的腮颊铺路给他们走,要揭开自己的胸膛,把他们装在心房里呢。对于保护他们的方式方法,不用你操心,也不必多嘱咐。你放心,让我带他们先去见他们的姨妈吧,我最多能在你之前一两天内赶回去罢了。"

佘娃西说好说歹,一直纠缠。公主怕惹姐姐生气,左右为难,又不知将会发生什么意外,迫不得已,只好顺从她,同意她带走孩子。于是她叫出两个儿子,替他俩洗澡,给他俩穿上铠甲,打扮一番,然后把他俩交给老太婆。

佘娃西飞鸟般带着孩子告辞,按照女王努鲁勒·胡达的嘱咐,选择一条不同的路线,小心翼翼地维护着两个孩子,继续跋涉,星夜赶回去。

女王看见两个外甥,非常高兴,搂着不放,让他俩坐在左右股上,抬头对老太婆说:"去带哈桑来见我吧。我接见他,让他住在我的屋子里，一直没杀他，仁至义尽地保护他，尽管他千辛万苦，越过许多死亡的路途，可是直到今天他还没有摆脱杀身之祸，必得喝死的苦汤呢。"

"等我带他来，你能让他跟两个孩子见面吗？如果孩子不是他的儿子，你放他回去吗？"

"该死的老坏蛋哟！"女王大发雷霆，"你跟那个外路人之间的勾结、欺骗行为要延长到什么时候呢？那个胆敢混进我们地方、窥探秘密、了解情况的小子，难道他深入内地，看了我们的面目，玷辱了我们的身体，他还想平平安安地回去，在人群中散布谣言，让一般商人把我们的情况带到天下各地去传播吗？让人们都张着嘴说：'有一个青年人冒着危险，突破鬼神、野兽，飞禽地带，上瓦格岛去了一趟，又平安地回来了。'这是万万不可容忍的。指创造宇宙万物的主宰起誓，如果这两个孩子不是他的儿子，我一定要亲手杀死他。"

女王说罢，大喝一声，吓倒了佘娃西。这当儿，她命侍卫和二十个仆人跟随佘娃西，吩咐道："你们跟这个老家伙一块儿去，把她家里那个小子赶快给我带来。"

佘娃西脸色苍白，哆嗦着跟随侍卫和仆人，连走带跑，回到家中。哈桑一见，忙起身迎接，吻她的手，亲切地问候她。她却不回答，喝道："去吧，女王找你说话哪。我不曾劝你别干这种事，叫你赶快回家去吗？你却不听我的劝告。我情愿给你足够的财物，要你赶快回去，你不听我的话，却替你自己和我选择这条死路。好了！你自作自受，死期快就到了。走吧！那个凶恶、残酷的女王在等你说话哪。"

哈桑胆战心惊，绝望到极点，暗自祈祷："大慈大悲的主呀！求你救援我，保佑我。"于是垂头丧气，悲观失望地被老太婆、侍卫和仆人们押进宫去，走到女王面前，一眼看见他的两个儿子纳肃尔和曼肃尔正在跟女王一起游玩。他仔细端详，认识清楚，欢喜过度，狂叫一声，晕倒在地，昏迷不醒。

两个孩子看见哈桑，认识他，被一种天性的父子之爱推动着，一直奔到哈桑面前,喊着爸爸哭泣。老太婆和在场的人,眼看这种情景,大发慈悲心肠,忍不住洒下同情的眼泪,说道:"赞美安拉,他叫你们父子见面了。"这当儿,哈桑苏醒过来,把两个儿子搂在怀里,呜呜地号啕痛哭,哭得声嘶力竭。女王仔细琢磨,证实两个孩子是哈桑的儿子,她妹妹买娜伦·瑟诺玉是他的妻室,不禁火上加油,怒火上冲,瞪着哈桑暴跳如雷,一下子把他给吓倒,昏迷不醒。过了很长时间,他才慢慢苏醒过来,睁眼一看,见自己被拖出宫外,扔在地上。当时佘娃西左右为难,十分痛心,在女王盛怒之下,不敢替他说情。哈桑被逐出宫外,痴呆迷离,走投无路,茫然不知何所适从。没有一个人宽慰他,跟他谈心,给他出个主意或收留他。宇宙在他眼里变得很狭小,这说明他非死不可的了。因为他既不识途,又没人领路,无从动身回家,更不可能逾越鬼神、野兽、飞禽盘踞的地带。他想着儿子悲哀哭泣,绝望到极顶,悔恨当初不听人劝告,不该到这个地方来寻死,凄然吟道:

> 苦难日增月累,
> 要忘记她们,
> 这颇不容易,
> 让我为失去的心爱人儿痛哭流涕。

> 我畅饮离别的酒杯,
> 尝到个中的滋味。
> 失恋的人哟,
> 谁不抖擞精神,急起直追?

> 你们铺下一床埋怨的毯子,
> 在我和你们之间划下鸿沟。
> 这毯子呀,
> 几时才被卷起?

我夜夜失眠，
你们却酣睡不醒。
这只为我舍弃一切甜蜜的时候，
你们却误以为我忘记过去。

你们治病救人，
是着手成春的良医。
我这颗彷徨的心灵，
怎不期望跟你们联在一起？

别后我的境况你们可曾看见？
宇宙间的人类，
不管他们富贵与贫贱，
全都遭受我的白眼。

我对蜜语、誓愿一向坚守不渝，
希望你们怜悯我的处境。
你们是我的灵魂，掌握着我的心，
今后能否有相逢见面的机会？

离别给我带来疮痍，
你们是否还生存在人间？
希望派人送来一缕生活的消息，
医疗我这颗重创的心灵。

哈桑吟罢，茫然向前，去到郊外，走投无路。正当彷徨歧途的时候，突然发现一条河流，便不自主地向河边走过去。

哈桑的妻室买娜伦·瑟诺玉公主准备妥帖，在佘娃西带走孩子的第二天，要动身前去看望她姐姐努鲁勒·胡达女王。可是第二天正当她预备起程的时候，国王的侍卫突然来见她，跪下去吻了地面，说道："启禀公主：国王向你致意，请你去见御驾。"

她匆匆随侍卫前去，看国王有什么话要说。到了国王面前，国王请她在自己身边坐下，说道："儿啊，你要知道，昨夜里我做了一个噩梦，兆头不好，因此我替你担心，怕这次旅行会发生不幸事件。"

"这是为什么呢？在梦中父王看见什么呀？"

"在梦中我好像走进一个宝库，里面有许多金银珠宝，可是整个宝库中的金银珠宝我都看不上眼，只是其中的七颗宝石例外，很惹人眼，是最名贵的宝物。于是我从七颗宝石中选择了一颗，它是其中最小、最好、最灿烂的一颗。因为它太可爱，所以我把它放在掌中，走出宝库，高兴地仔细观看。可是突然飞来一只怪鸟——它不是本地出产的雀鸟——一下子扑下来，啄着我掌中的宝石，随即高飞远走。我感到忧愁苦恼，十分恐怖，随即从梦中惊醒。我把梦景说给圆梦的人听，让他们解释。他们说：'陛下有七位千金小姐，其中最小的一位将要遗失，被人夺走。'儿呀，你是我的小女儿，在我心目中，比你姐姐们更受宠，地位比她们都高。喏，你将上你大姐那儿去，我不知此去会发生什么意外。你还是不去的好，快回后宫去吧。"

听了国王的叙述，买娜伦·瑟诺玉的心扑扑地跳个不止，十分担心两个儿子，低头默然不语。一会儿，她抬起头来，望着国王，说道："父王，大姐努鲁勒·胡达既然邀请我，她难免不时时刻刻眼巴巴地等着我吧。我们整整四年不见面了。我要是不去，她会生气的呢。我去她那儿，最多逗留一个月，就告辞回来。再说我们这个地方关山远隔，固若金汤，跟外界之间有着白地、黑山、卡夫尔岛、鸟堡和飞禽、走兽、神鬼栖息丛居地带之隔，谁有本领闯过那些关口、要隘而到瓦格岛来呢？外人要上我们这儿来，一定会中途淹死在海洋里，谁也不敢上我们这儿来的。父王，你放心吧，不必为我的旅行而担惊受怕。"

买娜伦·瑟诺玉好言宽慰国王，说服他，征得他的同意。于是国王派一千人马，护送公主，命他们到河边时，驻在那里，等着接她一起转回京城；同时并嘱咐公主，叫她在姐姐处住上一两天，然后快快告辞回家。她回道："听明白了，遵命就是。"于是动身起程。国王走出宫外送行，临别谆谆嘱咐她快去快来。

公主在人马的护送下，小心翼翼，继续奔波跋涉了三昼夜，到达河边，张起帐篷，然后随身携带宰相和几个婢仆渡河，去到城中，进入王宫，谒见女王，却见两个儿子在姐姐面前，喊着爸爸哭泣。她忍不住流下眼泪，把儿子搂在怀里，哭哭啼啼地说："你们看见爸爸了吗？这不是我跟他分别的那个时候了。如果我知道他还活在人间，那非带你们去找他不可。这只怪我一手摧毁自己的家庭，自作自受，害了两个孩子哪！"

她姐姐不理睬她，破口骂道："小娼妇！你这是哪儿来的这两个儿子？你背着父亲嫁人吗？通奸吗？你要是跟人通奸，就该重重地处罚你，以儆效尤；如果你背着我们结了婚，那你为什么带着儿子背夫逃走？为什么叫他们父子分别离散？你藏着孩子，以为我们不知道吗？安拉是未见能知的，他把你的秘密、丑事给我们揭穿了。"她咒骂一顿，吩咐仆人一齐动手捉住她，绑起她的胳膊，戴上铁镣，痛打一顿，打得皮破血流，并用她自己的头发把她吊起来，禁闭在监狱里，然后写信报告国王。

父王陛下：

兹在我处发现一个人类中的青年男子。据买娜伦·瑟诺玉妹妹自称，该男子是她的合法丈夫，婚后曾生育两个儿子，但她一向隐匿前情，不让父王、家人知道个中秘密。及至该男子被捕之后，自称名叫哈桑，承认曾娶妹妹为妻，但日久之后，她中途携带孩子背夫逃走。临行对其母说："等你儿子回来，他觉得离别的时间过长，想要和我见面，请你告诉他，叫他上瓦格岛去找我。"

我辈捕获哈桑之后,曾命佘娃西赶往京城,邀妹妹来我处小住;今她已如约来到我处。先是我嘱佘娃西先带妹妹之两个儿子前来见我,她果然如约带来。我传见自称为妹丈之男人,彼一见两个孩子,彼此认识,足见他是两个孩子之父,妹妹是他之妻,已无疑义。女意以为该男人之口供是实,无可非议,而罪恶、丑行全在妹妹一人身上。唯恐王家之威望信誉在国人前扫地,我对妹妹之放荡、奸昧行径,深感痛心疾首,已重加体罚,禁闭在案,并呈报前情,敬候父王裁夺。事与王家名誉有关,有损父王之威信、体统,若不及时予以裁处,则难免不流为千古笑柄,而遗臭万年。父王若有所指示,吾辈自当唯命是从。临书不胜迫切待命之至。

女王努鲁勒·胡达把信交给使者,命令星夜送往京城。国王收到急信,大发雷霆,非常恼恨,马上回信。

努鲁勒·胡达吾儿见字知悉:

来书收悉。关于买娜伦·瑟诺玉之案件,命汝全权处理。如事件果如汝信所述,则不必与我商讨,判伊极刑可也。

国王的回信送到,努鲁勒·胡达拆开读罢,吩咐仆人把买娜伦·瑟诺玉带来。仆人遵命,果然把血迹斑斑,身在缧绁之中,戴着重镣的买娜伦·瑟诺玉带到她面前。她凄惨悲怯地站在姐姐面前,自顾遭受到如此侮辱、浩劫,不禁想起过去的尊贵、威严,忍不住痛哭流涕。她姐姐不但不同情、怜悯她,反而正言厉色地咒骂她,准备一张梯子,吩咐仆人拿索子把她牢固地绑在梯上,并披开她的头发,紧紧地跟梯木结在一起,穷凶极恶地虐待她,毫不念惜姊妹之情。买娜伦·瑟诺玉身受凌辱、摧残,哀泣、呻吟着求救,可是没有人同情、援救她。她苦苦哀求,说道:"姐姐哟! 你怎么这样忍心? 你不可怜我,也不怜悯这两个孩子吗?"

听了妹妹的哀求,努鲁勒·胡达越发残酷,骂得更厉害。她说:"你这个婊子! 安拉都不怜悯你,还有谁可怜你? 为什么我要同情你？"

"可以了，你别搬安拉来咒骂我，我没有对不起他的地方。指创造宇宙万物的安拉起誓，我没有偷汉，我是合理合法地嫁人的。我的话是真是假，自有安拉知道。你对我这样残忍，我恨死你了。没有确凿证据，你凭什么诬我偷汉？你诬蔑我的如果真是事实，安拉会惩罚我，你等着瞧吧。"

"你敢跟我这样斗嘴？"努鲁勒·胡达跳起来，把买娜伦·瑟诺玉打得死去活来，昏迷不醒，才拿水浇醒她。她挨了重打，身体绑得过紧，遭受极端侮辱，疲惫不堪，一下子折磨得不像人样，有气无力地吟道：

> 如果我有了罪孽，
> 违法乱纪，
> 我愿诚心忏悔，
> 前来向你们赔罪。

努鲁勒·胡达听了她的哀吟诵，异常愤怒，骂道："烂婊子！你敢在我面前吟诗弄文，想要摆脱你那不可赦免的罪行吗？我非叫你回到你的丈夫跟前，亲自证实你的罪恶不可，因为你通奸，犯了大罪，反而傲然自诩为荣。"于是她吩咐仆人拿来树枝，卷起袖子，噼噼啪啪不住地鞭挞，从头打到脚，打得她遍体鳞伤，昏迷不醒。

佘娃西眼看女王毒打她妹妹，心中难过，哭哭啼啼地诅咒着逃跑。女王大吼一声，吩咐仆人们："你们快去，把她追回来。"仆人遵从命令，一哄跑出去，捉住她，带进宫去。女王吩咐他们摔倒她，让她扑卧着，拖出去扔在宫门外。

哈桑忍着痛苦在河岸上踟蹰、徘徊。他忧郁、苦恼、绝望，茫然连昼夜都分不清楚。他继续向前走了一阵，突然发现两个孩子，身边摆着一根铜拐杖和一顶系着带子画着符箓的皮帽子。两个孩子正在争吵、斗殴，彼此打得头破血流。其中一个说："拐杖只该归我享受。"另一个说："不，应该由我继承。"哈桑过去劝解，拉开两人，问道："你们嚷什么？"

"叔叔，你给我们裁判吧。这是安拉派你来替我们判断是非曲直哪。"孩子说。

"到底是怎么一回事，告诉我吧，我给你们裁判好了。"

"我们是同胞弟兄。先父是最精明的预言者，住在这个山洞中。他过世后，留下这根拐杖和这顶帽子。我们弟兄两人都要继承遗物，互不相让，因而争执不下。请你替我们裁判，解除我们的争端吧。"

"拐杖和帽子有什么区别？值多少钱？从表面看，拐杖值六块钱，帽子值三块钱罢了。"

"你不知道它们的特点哪。"

"它们有什么特点？"

"它们具备着神奇的秘密呢。拐杖的价值跟瓦格岛全部的收入一样值钱；帽子呢，它的价值也不亚于拐杖。"

"孩子，指安拉起誓，把它们的秘密讲给我听吧。"

"叔叔，它们的秘密大着哪。因为先父活了一百三十五岁，历来埋头计划、钻研，从事制造、改进它们，给它们绘上天体运行图，写上各种符箓、咒语，致使它们具备了隐身的秘密和特殊的用途，直至最后能够精确控制、操纵它们。完成这项工作以后，他老人家一命呜呼，离开人世。至于那顶帽子的秘密，谁只要把它戴在头上，便能障住人眼，任何人都看不见他。那根拐杖呢，谁拥有它，便能统治鬼神，所有的鬼神都服从他，听他使唤，只要举杖一打地面，所有的帝王全都望风而降，人、神都皈依他、服从他。"

哈桑听了孩子的叙述，垂头凝视地面，暗自说道："指安拉起誓，有了拐杖和帽子，我一定能操胜算。若是安拉愿意，我比这两个孩子更应该享受它们。让我想法子从他们手中弄到拐杖和帽子，借此从那个暴虐的女王手中救出我的妻子，然后离开这块任何人都不可幸免、逃脱的歹地吧。安拉让我到这儿来碰见这两个孩子，也许是他有意让我从他们手中获得拐杖和帽子呗。"于是他举目瞧着两个孩子，说道："你们要我替你们判断，那让我先试验你们吧。试验之后，你们中优胜的继承拐杖，落后的享受帽子好了。经过试验，分别清楚，便可辨别谁该享受什么了。"

"叔叔，我们委托你了；请试验我们以后，再判断谁该继承什么吧。"

"你们听我的话吗？服从我的判断吗？"

"是，我们都听你吩咐。"

"那么，我捡个石头，投了过去，让你们去抢，看你们谁先跑到，捡来石头，就算夺得拐杖，落后的，继承帽子。你看这样行吗？"

"行，我们听你的话，同意这个办法了。"

哈桑拾起一个石头，使劲把它抛向眼睛看不见的地方，两个孩子便争先恐后，没命地奔去抢夺。哈桑趁孩子跑远，拿帽子戴在头上，并拾起拐杖，握在手里，匆匆离开那个地方，亲身试验一下拐杖和帽子的秘密。这当儿，弟弟先跑到目的地，捡起石头，急急忙忙奔回原地，却不见哈桑的踪影，这才吼着问他哥哥："替我们做裁判的公证人哪儿去了？"

"我没见他，莫非他升天了，还是钻进地里去了？"哥哥回答着，弟兄两人到处寻找。哈桑站在一旁，冷眼观看，听他弟兄两人争吵、互骂，彼此埋怨对方，最后叹道："拐杖、帽子都丢了，我们都不能享受了。父亲早就警戒、嘱咐我们，可我们把父亲的遗言给忘记了。"

临了，待他弟兄两人悲观失望、垂头丧气各自归去以后，哈桑这才从容进城。他头戴帽子，手持拐杖，因此谁都看不见他。他径直去到佘娃西家里，走近她身边，伸手一摇她头前摆着玻璃器皿和瓷器的搭板，板上的器皿便落到地上。老婆子这一惊非同小可，打着自己的耳光，跳将起来，一面收拾器皿，一面暗自想道："指安拉起誓，这是努鲁勒·胡达女王派鬼神给我捣乱来了。只望安拉保佑，免除她的恼恨了。主啊！她妹妹是她父亲最宠爱的人儿，却无辜受到残酷吊打、折磨，像我这样的异乡人，要是惹恼了她，那该受到什么样的虐待呢?"临了,她出声说道:"指创造人、神的伟大的安拉起誓,指刻在圣所罗门戒指上的文字起誓,魔鬼啊!你是谁?请告诉我,回答我吧。"

"我不是魔鬼,而是彷徨落魄、流离失所的可怜的哈桑。"他说着取下头上的帽子,原形出现在老太婆面前。她一看,知道是他,一把扯住他,拉到僻静地方,说道:"你疯了才跑到这儿来吗?快躲起来吧。你的妻子是那个烂婊子的妹妹,都难免她的折磨,要是你落在她手里,那将受到什么样的虐待啊!"于是把他妻子的遭遇和受到的鞭挞以及她自己的遭遇全都告诉他,接着说道:"女王撵走你以后,心中懊悔,立刻派人跟踪追赶,还给追赶的人许多金子,并委他代替我的职位。她发誓要逮捕你,决心杀死你和你的妻子呢。"

老太婆伤心流泪,拿伤痕给哈桑看。哈桑也伤感哭泣,说道:"老人家,我该怎么办才能离开这个地方,摆脱那个暴君的危害?有什么方法让我救出我的妻室儿子,平平安安地带走他们?"

"能够救了你自己,那就算是不幸中的大幸了!"

"我非把妻室儿子都抢救出来不可。"

"你怎么抢救他们,我的孩子?现在你快躲起来,等待安拉安排吧。"

这当儿,哈桑拿拐杖、帽子给她瞧。她一见,欢喜若狂,叫道:"赞美复活枯骨的安拉!指安拉起誓,孩子,这以前,你和你的妻子是死定了的了,可现在呢,我的孩子,你和你的妻子都有救了。因为这根拐杖和它的主子我都认识,他是给我传授法术的最伟大的一位预言者,活了一百三十五岁。他历来埋头钻研、苦干,制成这顶帽子和这根拐杖,最后才瞑目长逝的呢。我曾听他对他的两个儿子说:'我的孩子,这两件宝物不归你们享受,将来有个异乡人要从你们手中夺走它们,至于怎样夺走,那你们是不知道的。'两个孩子说:'父亲,他怎么夺取,告诉我们吧?'老人说:'这个连我也不清楚。'我的孩子!你是怎么得到这两件宝物的?"

哈桑把抢夺的情况原原本本地叙述一遍。老婆子听了,很高兴、快乐,说道:"孩子,听我告诉你吧,那个婊子胆敢欺负、鞭挞我,我不跟她在一起了,我决心去山洞里,跟同道的人在一起共度晚年。你呢,我的孩子,你戴上帽子,拿着拐杖,直上王宫去,找到你的妻子,举杖一打地面,并出声一喊,符箓的仆人便应声出现在你面前,听你使唤。你要做什么,尽管吩咐他吧。"

哈桑向佘娃西告别,戴上帽子,拿着拐杖,直奔王宫,闯入禁闭室,见老婆被绑在梯子上,满面愁容,气息奄奄,动弹不得,近于死亡状态,呆望着梯下嬉戏的两个孩子,伤心饮泣,情况异常凄惨、可怜。他眼看老婆身受这样的酷刑,十分痛心,一下子晕倒,昏迷不醒。一会儿,他慢慢苏醒过来,流着眼泪,取下帽子,现出本来面目。儿子一见他,便喊着"爸爸"叫起来。他赶忙戴上帽子,隐匿起来。他老婆闻声从昏迷状态中清醒,见两个孩子喊着爸爸哭泣,却不见丈夫的踪影。这当儿,她感到心碎肠断的痛苦,哭哭啼啼地问道:"孩子,你们在哪儿? 你们的爸爸在哪儿?"她顿时想到自身的遭遇,忍不住痛哭流涕,眼泪淹没了腮角,流湿了地面。她的手足被牢固地绑着,无法拭泪,任蚊蝇侵扰她的身体,在绝望的环境中,没有救援的人,因此她一直伤心哭泣,想着往事,百般懊悔。

哈桑走到儿子面前,取下帽子。儿子一见,便认识他,出声呼唤爸爸。他们的母亲听了喊声,伤心哭泣,叹道:"命运如此,这是没有办法的。"继而她想:"真奇怪! 这时候他们为什么想念爸爸、呼唤爸爸呢?"

这当儿,哈桑抑制不住激情,毅然取下帽子,出现在老婆面前。她一见,认识清楚,狂叫一声,声音震动整个屋子。她惊讶地问道:"你是怎么到这儿来的? 从天上掉下来的吗? 由地里钻出来的吗?"她说着,眼里噙着泪水,哈桑也失声痛哭。继而她说:"生前注定的一切全都实现了,我们都是瞎子,可是现在不是悲哀、埋怨的时候。

指安拉起誓,你从哪儿来,快回哪儿去躲起来吧,别让人看见你,免得传到我姐姐耳中,她会把我们一块儿杀死呢。"

"亲爱的!我冒着生命的危险上这儿来,只要不死于非命,那我必须救出你母子,一起转回家去,同时我非给你姐姐那个婊子碰一鼻子灰不可。"

听了哈桑的谈话,她微微一笑,继而她哈哈大笑一阵,不停地摇头,最后叹道:"我的灵魂哟!这谈何容易啊!除了安拉,谁要挽救我,这谈何容易啊!救救你自己,赶快走你的,别白牺牲你的生命吧。她拥有无数大兵,无敌于天下,所以你就别想带走我了。再说这个地方关山险阻,沿途布满了惊险、恐怖、危险和困难,非凡的鬼神都闯不过去,你怎么还能转回去呢?你快走,别再给我增加忧愁、苦闷吧。别提救我的话了,谁也不能把我从这个倒霉地方救出去的。"

"指你的生命起誓,我的眼珠啊,不跟你一起走,我是再也不离开这个地方的。"

"我的人儿哟!你想想你到底是哪一类?你能做这种事吗?你自己不明白你在说些什么。你纵有统治人神的本领,也不能轻易摆脱这个地方的。安全地拯救你自身吧,不必管我,让我这样好了。这以后,还可能发生别的事变呢。"

"亲爱的,我上这儿来,是要用这根拐杖和这顶帽子救你脱险。"于是他叙述碰见两个孩子和获得宝物的经过。这当儿,努鲁勒·胡达女王突然走进禁闭室,听见他们谈话。哈桑赶忙戴上帽子,隐匿起来。女王问道:"烂婊子!是谁跟你讲话呀?"

"除了这两个孩子,没有人跟我讲话。"

她拿起鞭子,毫不留情地毒打。哈桑隐在一旁,冷眼观看。她不住地鞭挞,打得她昏迷不醒,这才吩咐侍从弄走她,另换禁闭的地方。侍从遵命,果然把她弄到另一个禁闭的地方,扔在地下。哈桑跟踪追到那里,等侍从走了,他才取下帽子,出现在她面前。她看见他,对他说:"我的遭遇你看见了,这是我辜负你、违背你、背着你出走而招致的。指安拉起誓，我的人儿啊，你饶恕我吧。告诉你，妻子离开了丈夫，才知道丈夫的可贵呢。我作孽，做了错事，我向伟大的安拉忏悔、求饶。今后要是安拉让我们夫妻重新聚首，那我再也不敢作孽了。"

"你没错，其实是我不对。"他望着妻子受罪，十分心疼，"因为我出门时，把你扔在家里，让你跟不了解你的人在一起。我的心肝，我的眼珠啊，告诉你吧，承蒙安拉赏赐，我有力量拯救你了。今后你要我送你去见你父亲，跟他永远在一起，以尽为女的孝心呢，还是愿意立刻随我回家去，过安居乐业、白头偕老的夫妻生活？"

"只有安拉才能拯救我。你死了这个念头，赶快回家去吧，因为你是不了解这个地方的危险的。你要是不听从我，你将会亲眼看见这桩事的结局呢。"

她忍不住呜呜地号啕痛哭，两个儿子也陪她哭泣。女仆们闻声进来察看，见买娜伦·瑟诺玉公主和她的儿子在伤心哭泣，大家都可怜她，洒下同情的眼泪，都埋怨、咒骂努鲁勒·胡达女王做人残忍不道。哈桑始终忍耐着，直到天黑，当人们都睡熟了，他才结起腰带，走到妻子面前，解掉她的束缚，吻她的头，说道："多么长的相思，多么久的见面的日子啊！莫非我们的相会是在梦中吗？"于是他抱着大儿子，他妻子抱着小儿子，在伸手不见五指的黑夜里，悄悄溜出禁闭室，奔到王宫大门前；可是宫门牢固地关锁着，无法开启。哈桑喟然叹道："全无办法，只望伟大的安拉拯救了。我们是属于安拉的，我们都要归宿到安拉御前去。救难济危的主呀！一切事物我都考虑、斟酌过，只剩最后这着不曾想到。这该怎么办呢？待到天亮，可就糟了。"他搓着手，绝望到极点，忍不住伤心流泪。他妻子也无限地感慨、痛苦，对着丈夫泣不成声，说道："指安拉起誓，山穷水尽，我们无路可走，让我们毁灭自己，摆脱人间的苦难吧。否则，到天亮时，我们更遭殃了。"

正当哈桑夫妇彷徨绝望的时候，忽然门外有一股声音，说道："指安拉起誓，买娜伦·瑟诺玉太太呀！要是你们夫妻听我吩咐，我这才给你们开门呢。"他们听了说话的声音,默不作声,打算回到禁闭室去。这当儿,那声音继续说道:"你们怎么了? 为什么不回答我?"

他们仔细斟酌,知道说话的是佘娃西,这才放心,说道:"任你吩咐什么,我们都照办;不过现在不是谈话的时候,你先给我们开门吧。"

"指安拉起誓,要我开门,必须你们先发誓,带我跟你们一起走,我要和你们同甘共苦,活在一起,死在一堆,千万别把我扔在这个婊子跟前受苦,因为她为你们的事轻视我、鄙弃我。我的女儿呀! 我的本领你是明白的,求你们带走我吧。"

既知道说话的是佘娃西,哈桑夫妇心中的疑虑顿时冰消云散。于是镇静下来,对她发誓,她这才开了大门,放他们出去。哈桑夫妇走出宫门,抬头一看,见老太婆跨在一个希腊式的红色瓦缸上,瓦缸的环上系着一条树皮绳子,它滚动的速度,比乃智德出产的骏马还快。她走近他们,说道:"跟我来,别害怕;我有四十套法术,拿其中最小一套,就可以把这座城市变成汪洋大海,把里面的女人变成鱼鳖;这在我是易如反掌,不到天亮就可以做到的。可是慑于你父亲那个老王的权威,为了要保护你的姐姐们,尊重城中无数的苍生,我才不肯干这种缺德的事。不过我得显一显神通给你们看,凭着安拉的吉利和匡助,一会儿你们就可以看见奇异的法术了。"

哈桑夫妇高兴、快乐,相信有救星了。于是一块儿去到城郊,哈桑举起手中的拐杖,鼓起勇气一打地面,说道:"符箓的仆人们,快来见我吧!"他刚一说,地面突然裂开,钻出七个魁梧巨伟的魔鬼。它们的脚插在地里,头伸到云雾中,一起跪在哈桑面前,吻了三次地面,异口同声地说:"我们的主人啊,我们应命来了,有话尽管吩咐,我们绝对服从。只要你乐意,我们可以为你移山倒海呢。"

他们剀切、迅速的回答,使哈桑喜不自禁,越发胆壮、气盛,问道:

"你们是些什么人？叫什么名字？是什么种族？属于什么类别？全都告诉我吧。"

他们跪下去第二次吻了地面，异口同声地回道："我们是七个神王，每人统着神、鬼中的七个种族，合计起来，总共管辖着四十九个种族。除了神鬼以外，其他栖息在山中的妖魔、陆上的走兽、空中的飞禽、水中的鱼鳖虾蟆，都在我们的统辖范围之内。凡是掌握这根拐杖的人，我们全都受他统治，听他使唤，不敢违背命令。现在我们是你的奴仆，你需要做什么，尽管吩咐吧。"

听了他们的回答，哈桑夫妇和佘娃西皆大欢喜。于是哈桑说："叫你们的兵马出来，让我看看吧。"

"我们的主人啊，叫他们出来，恐怕吓坏你们。因为他们的数量太多，形形色色，形象、肤色各不相同，有的有头无身，有的有身无头，有的像野兽，有的像狮子。如果你非看不可，我们先让你看像野兽的那部分吧。我们的主人啊，目前你需要我们给你做什么呢？"

"我要你们把我们夫妻和这位廉洁的老妇立刻背往巴格达去。"

听了哈桑吩咐，他们一个个低头不语。哈桑问道："你们怎么不说话呢？"

"我们的主人啊，圣苏莱曼曾禁令我们背负人类，直到现在，我们没背过一个人，不让人骑在我们的肩、背之上。因此，我们只好给你们预备神马，送你们回去。"

"从这儿上巴格达去有多远？"

"这段路程尽够骑兵继续不断地走七年哪。"

"我到这儿来时，还没走一年，这到底是什么缘故呢？"哈桑非常惊奇。

"这是因为那班廉洁、虔诚的信徒受到安拉启示，他们同情、怜悯你的缘故；否则，你无论如何到不了这个地方，也不可能看见什么的。那位给你象骑的奥补督勒·滚都士长老，他在三天内叫你走了三年的路程；还有吩咐黛赫涅叔伺候你的那位艾彼·勒威史长老，他在一昼夜里也叫你走了三年的路程；这全是凭借安拉的福分才可能的。因为艾彼·勒威史是阿绥福·本·白尔赫亚的后裔，他能背诵安拉的大名。此外，从巴格达到云山相隔一年的路程；所以说从巴格达到这儿，相距七年的路程哪。"

哈桑听了解释，感到十分惊奇，喃喃地说道："赞美把困难转为容易的安拉，赞美缩短距离的安拉，赞美克服强暴者的安拉，是他替我克服困难，让我到这儿来和妻子见面的。现在我却不明白，我究竟是清醒着呢，还是在睡梦中？难道我喝醉了吗？"临了，他仔细打量那班神王，问道："骑你们的神马，几年可以回到巴格达？"

"不要一年工夫就可到啦。不过一路上需要经过无数干旱的山谷、盆地和荒凉寂寞的戈壁、原野，而且必须千辛万苦，冒尽种种阽危才能达到目的。在这种情况下，我们还不敢担保你们不受本地人和国王的危害。说不定他们一旦占了上风，你们被擒，那我们也就遭殃，从此他们会骂我们作奸犯科，胆敢带人类混入国王的禁地，冒犯国王，这我们可吃不消啊。要是只有你一个人跟我们在一起，那就容易应付了。但是安拉既然让你到这儿来，他也可以让你转回家乡去；最近的将来，他可以让你同令堂见面呢。你拿出勇气来，一切托靠安拉吧。不必忧虑，有我们护送你呢。"

"愿安拉赏赐你们！"哈桑十分感激，"请赶快给我预备马吧。"

"听明白了，遵命就是。"他们回答着，一顿足，地面霎时裂开，他们钻了进去。一会儿，他们第二次出现，带来三匹鞍辔齐全的神马，每个鞍上搭着一个鞍袋，鞍袋的一边盛着水囊，一边盛满粮食。

哈桑夫妻两人每人带一个儿子，各骑一匹神马；这当儿，佘娃西跳下瓦缸，跨上第三匹神马；他们从此踏上旅途，继续跋涉了一夜。黎明时，他们岔向偏僻小道，面向山区，口中念念不忘安拉，继续向前迈进。途中，哈桑发现前面矗立着一架柱状的高山，像烟柱一样突入云表。他朗诵几节《古兰经》，祈求安拉保佑不受妖魔侵扰。继而越走越近，高山的面目也越来越清楚；到了山麓，才发现那所谓的高山，原来是个精灵。它的头像大建筑的圆屋顶,嘴像山洞,牙床像小巷,犬牙像铁钩,臼齿像石柱,鼻孔像铜壶,耳朵像盾牌,手像飞叉,脚像桅杆,顶天立地,庞然挡住去路。哈桑惊恐万状,立刻滚鞍下马,跪在精灵面前,只听精灵对他说:"哈桑啊,你别害怕。我是本地的头目,这是瓦格第一岛。我是信仰安拉的,我听了你们的谈话便认识你们。一见你们,我便打算离开邪魔地带,找一处与世隔绝没有人神居住的地区,安静地躲着膜拜安拉,以终余年。我要陪随你们,做你们的向导,带你们走出这个地区。我是夜里才出现的,请你放心,相信我吧。我跟你们一样,是信仰安拉的虔诚信徒哪。"

哈桑听了,知道他是一个守护神,相信有脱险的希望,因而笑嘻嘻地对他说:"愿安拉赏赐你;凭着安拉的福佑,你跟我们一块儿走吧。"于是守护神在前领路,大家心旷神怡,谈谈笑笑,继续前进。途中哈桑跟妻子谈心,叙述各种遭遇。神马带着他们,跑得像闪电一般快,直到天明。他们伸手从鞍袋中取出饮食充饥,吃饱肚子,然后继续迈进。守护神在前引路,尽走没有人迹的偏僻路线,爬山越岭,穿过崎岖的山谷盆地,不停地跋涉了一个月。到了第三十一天,前面突然升起灰尘,阻断路途,遮黑大地,接着出现喧哗嘈杂的声音。哈桑惊慌失措,吓得面无人色。这当儿,余娃西掉过头来对他说:"啊哟!不得了,瓦格岛的追兵赶来了,我们就要被擒了。"

"老人家,这该怎么办呢?"

"你举起拐杖,快打地面吧。"

哈桑果然举杖一打,地面裂开,七个神王一齐出现在他面前,问候他,毕恭毕敬地跪在他面前,说道:"主人不必忧愁害怕。"哈桑得了安慰,胆壮气盛,喜不自禁,说道:"鬼神的领袖们,现在是你们大显身手的时候了。"

"你带着夫人、少爷和随行的人到山上去,让我们跟他们拼吧。我们知道你们有理,他们狂妄,安拉会协助我们战胜他们的。"

哈桑夫妇带着儿子和老太婆跳下神马,遣走它们,奔到山中躲起来。这当儿,女王努鲁勒·胡达带领人马,分为左右翼,指挥着将领,一队队摆开阵势。接着两军相遇,互打起来,在火光烈焰中,勇敢地向前冲撞,胆小的抱头鼠窜;战争越打越激烈,神兵一直喷出火焰围攻,战到天黑,两军才收兵停战,各自扎营安歇。这当儿,七个神王上山谒见哈桑,跪在他面前。哈桑迎接着替他们祈祷胜利,问他们跟努鲁勒·胡达女王交战的情况。他们说:"他们只能跟我们对垒三天;今天我们占了上风,生擒敌人两千,杀死的人数不可细算。你放心吧,不必顾虑。"

神王报告之后,告辞下山,回到营中,烧起篝火,枕戈待旦,直熬到天明,这才率领部下,跨上战马,争先恐后,潮水般冲向敌人。既用剑砍,又放火烧,继续不停地搏斗、追杀,杀得敌人抱头鼠窜,逃到哪里,败到哪里,最后招架不住,一败涂地,尸横遍野。临了,努鲁勒·胡达女王和将领束手被擒,其余死剩的逃得无影无踪。他们整整战了一整天,一场大战才告结束。

第二天清晨,七个神王谒见哈桑,给他预备一张嵌珠宝的云石交椅,并给买娜伦·瑟诺玉和佘娃西各预备一张镶金银的象牙交椅,让他们坐定,这才把戴着镣铐的、以努鲁勒·胡达女王为首的俘虏带来发落。老太婆一见女王,怒不可遏,骂道:"臭婊子!你为什么折磨你妹妹?结婚是合理合法的,她没犯罪;伊斯兰教不许禁欲,婚配是古圣贤的体制嘛。你这个暴虐无道的婊子!不惩罚你倒也罢了,要惩罚你,就得预备两匹渴水的马,把你系在马尾巴上,让它们拖着你奔向海边去喝水,并嗾使两只饿狗追着撕你的皮,咬你的肉,活活地吞掉你,这样才能消人的怨气呢。"

哈桑下令处决俘虏。老太婆在旁助威,说道:"把他们都杀死,不许放走一个。"这当儿,努鲁勒·胡达戴着脚镣手铐,一旦变成阶下囚,显出一副可怜相,哭哭啼啼地望着她妹妹买娜伦·瑟诺玉,问道:"妹妹,这位到这儿来打败我们并俘虏我们的人,他是谁呀?"

"这个人伟大着哪。他叫哈桑,不仅战胜了我们,而且还打败了鬼神,因此他统治我们了。他是凭这根拐杖和这顶帽子的威力战胜你们并逮住你们的。"

努鲁勒·胡达女王明白这种情况,知道哈桑救出了妹妹的经过,便向她苦苦哀求、求饶。买娜伦·瑟诺玉怜悯、同情她,对哈桑说:"你打算怎么处置我姐姐?喏,她在你面前哪。她没有对不起你的地方,你怎么好处罚她呢?"

"她折磨你,这尽够对不起人的了。"

"她对不起我的地方,倒可以原谅她。可是你已经带我出走,而使家父感受心如火焚的痛苦,要是我姐姐再遭到什么意外,老人家的境遇会糟到什么地步呢?"

"那你做主好了;你要怎么办,就怎么办吧。"

得到哈桑的允许,买娜伦·瑟诺玉吩咐解掉努鲁勒·胡达和全体俘虏的镣铐,恢复他们的自由,慨然释放他们。这当儿,她姐姐走到她面前,抱着她痛哭流涕,说道:"妹妹,我对不起你的地方,千万求你饶恕。"

"姐姐啊!这是生前注定,该我倒霉。"于是姊妹两人坐在一起谈心,谈起她跟哈桑结婚的经过,哈桑为她而遭遇的种种艰难困苦,最后说道:"姐姐啊!这么英勇、坚强、敢作敢为的人,再加上安拉冥冥中的支持鼓励,因此他能到我们这儿来,打败你的兵马,并逮住你们。像这样特殊伟大的人物,他应该有所成就呢。"

"妹妹,指安拉起誓,你说得对,他经历的各种艰难困苦,实在惊险离奇。莫非他是为了你才找这种苦头吃的吗?"

"不错,一切都是为了我。"

临了,她尽力劝慰姐姐和佘娃西,消除她们心中的宿怨,恢复她们的感情,彼此和好如初。哈桑十分感谢神王的兵马,遣走他们,预备安歇过夜。

第二天清晨,他们预备起程,互相告别。哈桑举起拐杖一打地面,神王应声出现在他面前,问候他,说道:"赞美安拉!他使你心满意足了。你需要什么,尽管吩咐,我们立刻给你预备。"

"愿安拉赏赐你们,"哈桑感谢他们,"请给我预备两匹好马吧。"

他们遵循命令,转瞬间牵来两匹鞍辔齐全的好马。哈桑夫妇每人携带一个儿子各骑一匹,同时努鲁勒·胡达女王和佘娃西也各跨上战马,从此告别分手,各自东西。

哈桑夫妇带着孩子赶路,继续跋涉了一个月,来到一座城市附近,那城市的周围全是森林、河渠。他们在森林中下马休息、谈心。这当儿,突然发现一队人马迎面走来。哈桑过去仔细打量,知道是柯夫尔国王胡稣涅,因而赶忙向前,问候国王,吻他的手。国王下马,陪他到树荫里,双双坐下,非常高兴、快乐,说道:"哈桑,此次上瓦格岛去,你的经历如何,详细告诉我吧。"

哈桑把自己的经历从头到尾,详细叙述一遍。国王听了,感到十分惊奇,说道:"孩子,上瓦格岛去的人非遭杀身之祸不可,你却平安归来,这是唯一的例外,真奇怪极了。赞美安拉!是他保佑你哪。"

叙谈以后,国王起身上马,带哈桑夫妇进城,去到王宫中,当上宾招待,供给各种可口的饮食,陪他们谈天消遣,欢欣快乐地过了三天,哈桑这才告辞,征得国王的同意,携带妻子出发。国王依依不舍,骑马送行,陪他们行了十天,才转回宫去。哈桑夫妇和儿子,风尘仆仆,继续赶路,整整跋涉了一个月,来到一处黄铜地区,走近一个山洞面前。哈桑对妻子说:"这个山洞,你认识不认识?"

"我不认识。"他妻子摇摇头说。

"里面住着艾彼·勒威史长老,他对我的恩情可大了;经他介绍,我才认识胡稣涅国王呢。"于是他对妻子叙述艾彼·勒威史的情况。这当儿,艾彼·勒威史突然走出山洞,哈桑一见,滚鞍下马,急忙吻他的手。老头喜出望外,问候他,祝贺他,带他们进洞去,让他们坐下。哈桑叙述在瓦格岛的遭遇,老人感到十分惊诧,问道:"后来你怎么救出你的妻子的呢?"

哈桑叙述拐杖和帽子的故事。老头听了，越加觉得惊诧，说道："哈桑，我的孩子啊！如果没有这根拐杖和这顶帽子，你是不可能救出他们的。"

　　"不错，那真是没有办法的事。"

　　他们正在谈话的时候，忽然听到敲门声。老人起身，开门一看，原来是奥补督勒·滚都士长老骑象来了。哈桑趋前迎接，问候他，拥抱他。老人非常高兴，祝他平安归来，于是一起坐下。艾彼·勒威史吩咐哈桑："你把这次旅行的经过讲给老人家听吧。"

　　哈桑遵命，把他的遭遇，从头直至获得拐杖、帽子的经过，详细叙述一遍。奥补督勒·滚都士长老听了，说道："孩子，你拿拐杖和帽子救了你的妻子，现在拐杖和帽子对你没有用处了。你去瓦格岛之行是我们促成的，为看重侄女的情面，我给你出过力；你行行好，把拐杖送给我，帽子送给艾彼·勒威史长老，作为对我们的报酬吧。"

　　听了奥补督勒·滚都士长老的提议，哈桑低头沉思默想，不好意思拒绝，想道，两位老人给我出过大力，我上瓦格岛去全是他们两人促成的，没有他们的帮助，我到不了那个地方，也不能解救我的妻子，更不可能得到拐杖和帽子。"于是他抬头，慨然说道："好的，都送给你们吧。不过，老人家啊！我岳丈那个暴君一旦带兵追来，没有拐杖和帽子，我这就无法抵抗了。"

　　"孩子，你别怕；我们在这儿当你的坐探，尽保卫的责任。凡是你岳丈派来的人马，有我们负责抵御，你尽管放心，根本用不着顾虑。"

　　听过长老的诺言，受到情礼的束缚，哈桑慨然把帽子送给艾彼·勒威史长老。接着他对奥补督勒·滚都士长老说："老人家，劳驾送一送我，待我回到家中，好把拐杖送给你。"

　　奥补督勒·滚都士长老非常高兴、快乐，给哈桑预备了许多无法形容的金银、财宝。哈桑和两位长老在一起，做了三天的客人，然后告辞，带领妻子，跨上神马，动身起程。奥补督勒·滚都士长老一吹口哨，一头大象闻声从原野奔到他面前。他跨上大象，护送哈桑夫妇回家，做他们的向导，带他们走容易通行的捷径，翻山越岭，继续不断地跋涉，越走越接近目的地。途中，哈桑想到经过千辛万苦，才救出妻子，快要跟堂上老母见面，心中掀起澎湃的快乐情绪，不禁赞美安拉，对他的保佑和恩赐，万分感激，欣然吟道：

> 也许最近安拉让我们聚首、相会，
> 我们的脖子就可以靠拢在一起。
> 我将频频诉说别后的相思离愁，
> 并告诉你们离奇古怪的遭遇。
>
> 我渴念着跟你们见面，
> 因为碰头可以医治我的眼病。
> 一切事件都埋藏在我心里，
> 见面时好向你们倾泻衷曲。
>
> 我满腔情愁，
> 曾一度埋怨你们的行为。
> 可今日怨尤的气氛全都消散无余，
> 胸中只剩千丝万缕的喜悦。

哈桑吟罢，抬头朝前一看，一幢绿色圆顶的大建筑出现在他们面前，高耸入云的云山也隐约映入他们眼睑。这当儿，奥补督勒·滚都士长老对他说："哈桑，给你报个喜讯吧，今晚你可以做我侄女的客人了。"

哈桑夫妇欢喜若狂，大伙下马，在圆顶的建筑里休息、吃喝，然后动身起程，继续向前迈进。直至快到云山下面的宫殿门前，奥补督勒·滚都士长老的侄女们便一哄涌了出来，欢迎、问候他们。奥补督勒·滚都士长老对她们说："侄女们，我对哈桑尽了应尽的义务，帮他把妻子给找回来了。"

　　姑娘们一哄涌到哈桑面前,拥抱他,祝贺他,为他而欢呼,像过节一样高兴快乐。临了,哈桑的义妹小公主出现在他面前,抱着他失声痛哭,诉说别后的相思离愁,吟道:

> 从离别的时候起,
> 我的视线落到哪里,
> 便在哪里发现你的形影。
> 每当我睡觉休息的时候,
> 在梦中总和你形影不离,
> 你好像永远生活在我的眼睛里。

　　她吟罢,不禁悲喜交集。哈桑感动得落下欢喜的眼泪,说道:"妹妹啊,关于这桩事情,在你们姊妹行中,我首先得感谢你,愿安拉重重地赏赐你。"于是他原原本本地叙述他的经历:途中惊险的遭遇,奇怪的见闻,跟他大姨子交涉的经过,大姨子要杀他妻子的情况,解救妻子的办法,获得拐杖和帽子的经过,艾彼·勒威史和奥补督勒·滚都士长老向他索取拐杖和帽子的情况,他因妹妹的情面而接受他们的要求等等全都告诉了她。最后他说:"指安拉起誓,你始终同情我、协助我;你给我做的好事,我这一辈子都忘不了。"

　　小公主谢谢他的好意,替他祈祷一番,然后转身走到买娜伦·瑟诺玉面前,热情地拥抱她,把两个孩子搂在怀里,笑嘻嘻地说道:"国王的女儿啊,难道你一点良心没有,这才叫他们父子分离失散,使他心如火焚吗? 你这样做,不是存心致他死命吗?"

　　"这是安拉的巧妙安排呀。"买娜伦·瑟诺玉笑了一笑,"骗人的人,安拉也要骗他呢。"

　　公主们摆出饮食,招待他们,大家痛痛快快地吃喝。从此哈桑夫妇成为她们的客人,在一起吃喝、游玩,欢欣快乐地过了十天,然后告辞。公主们预备了许多钱财宝物送给哈桑,同时哈桑也把拐杖送给奥补督勒·滚都士，这才携带妻子起程，继续跋涉，爬山越岭，经过荒凉的漠野，整整赶了两个月零十天的路程，好不容易才回到巴格达，来到自家门前，抬起手来，一面敲门，一面"母亲！母亲"地大声喊叫。

他母亲从他走后，废寝忘食，终日忧愁哭泣，卧病不起，一直惦念着儿子，失望到极点。那天她睡在床上，辗转呻吟，蒙眬听到喊声，知道是儿子回来，将信将疑地撑持着来到门前，开门一看，见儿子、儿媳妇和两个孙子都站在门外，感到万分欢喜，狂叫一声，晕倒在地，昏迷不醒。哈桑赶忙急救，慢慢把她救醒，母子这才抱头失声痛哭。

哈桑带领妻子，扶着母亲走进屋去，并吩咐随从搬运金银财物，指挥着安置妥帖。这当儿，他母亲亲亲热热地拥抱儿媳妇，吻她的头，对她说："国王的千金小姐呀！如果我有什么对不起你的地方，我向安拉忏悔过了。"接着她转身对哈桑说："儿啊，你为什么去了这么久呀？"

哈桑把自己的遭遇，从头到尾，详细叙述一遍。他母亲听了，对儿子的遭遇感到可怜、心疼，狂叫一声，晕倒在地，昏迷不醒。哈桑赶忙救醒她，她便抽抽噎噎地哭着说："儿啊，可惜你丢掉拐杖和帽子，否则你可以借它们来统治天下呢。但赞美、感谢安拉，你们夫妻和孩子总算平安回家来了。"

哈桑母子久别重逢，一家人团圆聚首，欢欣快乐，极其舒适愉快地过了一夕。第二天，他换上一身华丽衣冠，去到市中，买了婢仆、衣物、首饰和富丽堂皇的家具摆设，并广置庭园房舍，从此一家老幼过舒适、美满、愉快的幸福生活，直至白发千古。

渔夫和哈里发的故事

渔夫和猴子

古代巴格达城中住着一个渔夫,叫哈利法,景况很坏,一贫如洗,穷得要命,娶不起老婆。有一天,他照例带着渔网在同行之前出城去打鱼。到了河边,他结起腰带,卷起裤管,涉到水中,撒下网,接连打了两网,可是一点收获也没有。但他不灰心,继续打下去,总共打了十网,结果还是一无所得。他十分苦恼,不禁陷于痴呆、迷惘状态,自言自语地说道:"我向伟大的、唯一的、永生的、公正的安拉求饶、忏悔;全无办法,只盼伟大的安拉拯救了。凡是安拉要的,全都出现;凡是他不要的,什么都不存在。衣食是安拉掌握着的,他要照顾一个奴婢的时候,谁也不能阻止他;他要不照顾一个奴婢的时候,谁也不能满足那个奴婢的要求。"由于想到自己的窘况,他越发忧愁、苦恼,凄然吟道:

> 命运给你带来灾难的时候,
> 你须放宽胸怀,
> 节哀顺变。
> 因为在艰难困苦之后,

安拉凭他的慷慨，

会教你一帆风顺地走向胜利。

吟罢，他坐在岸边，垂头呆呆地沉思默想，暗自忖道："依靠安拉，我再打一网看，也许他不至于使我失望吧。"于是他抖擞精神，振奋起来，使出所有的膂力撒下网，紧紧地拉着绳子，耐心等了好一阵，然后满怀希望地收网。他觉得异常沉重，便小心翼翼地、慢慢地收了起来，一看，网中没有鱼踪，却打起一个瞎了一只眼的跛脚猴子。他大吃一惊，叹道："全无办法，只望伟大的安拉拯救了；我们是属于安拉的，我们都要归宿到安拉御前去。这种晦气到底是打哪儿来的？在光天化日下，我究竟该倒霉到什么地步呢？这都是生前注定了的啊！"

渔夫自解自嘲，拿绳套住猴子的脖子，牵到岸边一棵树下，拴了起来，举起手中的拐杖，要打它泄愤。这当儿，想不到那猴子伶俐地开口说话了："哈利法，你住手，暂别打我，快去撒网打鱼吧；你好生依靠安拉，他会赏你衣食哪。"

听了猴子的谈话，渔夫果然拿起渔网，涉到水中，撒下网，拉着绳，等了一会儿，然后收网。但他觉得比第一次还沉重；他不停地努力挣扎，费了很大的力气，才把网收到岸上，仔细一看，见网中又是一个缺着牙齿、点着眼药、染着指甲、身穿一件破衣服的猴子。渔夫眼看这种情景，喟然叹道："赞美安拉！是他拿猴子来代替鱼类啊。"于是他去到树下，对拴在树上的猴子说："倒霉家伙！看吧，你教我做的这桩事该有多丑，是你让我捞到第二个猴子的。活该我倒霉才碰到你这个歪脚扭手的独眼龙，弄得我精疲力竭，两手空空，一个子儿没有，把我活活地给害死啰。"

他十分生气，又举起拐杖要打；猴子却向他苦苦哀告、求饶，说道："为了我的那个伙伴，请你看安拉的情面，饶恕我吧。你需要什么，尽管去向它要，它能满足你的愿望呢。"

渔夫放下拐杖，走到第二个猴子面前，猴子便对他说："告诉你吧，哈利法，空谈对你没有什么好处，只有听我的话才管用。要是你听我吩咐，依从我，不违拗我，那我是能使你致富的。"

"你能对我说什么，以致要我依从你？"

"把我拴起来，你再往河里打一网；往后该怎么办，等我告诉你吧。"

渔夫果然听从猴子，涉到水中，撒下网，拉紧绳，等了一会，然后收网。他觉得很沉重，继续努力挣扎，费尽力气才把渔网弄到岸上，一看，里面还是一只猴子；而这猴子是红色的，身穿蓝色衣服，手脚都染了指甲，还画过眼皮。他眼看这种情景，喟然叹道："赞美权威、伟大的安拉！今天自始至终都是吉利的。所谓吉利，那是从第一只猴子嘴脸上表现出来的；因为一部典籍，首先可从标题看到它的内容。让我且把今天叫作猴子日吧，因为河中的鱼鳖都绝迹了，今天我们是专为打猴子来的。赞美安拉，是他拿猴子代替鱼类哪。"接着他转身对第三只猴子说："你这个最后被打捞起来的倒霉家伙！你究竟是什么东西啊？"

"哈利法，莫非你不认识我？"

"不。"渔夫摇摇头说。

"我是犹太钱商艾彼·瑟尔多突的猴子呀。"

"你是做什么的？"

"我午前陪伴主人，帮他赚五个金币；午后陪伴他，也同样帮他赚五个金币。"

听了猴子的回答，渔夫转向第一只猴子，埋怨道："倒霉的家伙！你看别人的猴子多好啊；我自己呢，叫你这个跛脚的瞎子带来晦气，把我纠缠得一个子儿没有，快要饿肚子了。"于是举起拐杖，第三次要打它。这当儿，艾彼·瑟尔多突的猴子劝道："哈利法，你高抬贵手，别打它；随我来吧，我有话对你说。"

渔夫果然扔掉手中的拐杖，走过去问道："请问你这位猴子们的领袖，你有什么话要跟我说的？"

"让我跟这两只猴子坐在这儿等你，你拿网去打一网，不管打得什么,都拿到这儿来,我再把你喜闻乐见的事告诉你吧。"

"听明白了,遵命就是。"渔夫回答,拿起网,涉到水中,使出所有的膂力撒下网,等了一会儿,然后收起来,终于打得一个圆头的大尾巴鱼;头像瓢一样的圆,眼睛像两枚金币闪闪发光。这样的鱼是他生平不曾打过的,因此他满心欢喜、惊奇,像拥有整个宇宙那么高兴、快乐。他急急忙忙把鱼带到艾彼·瑟尔多突的猴子面前,听它吩咐。猴子问道:"哈利法,告诉我,你将拿这个鱼儿做什么用?此外你打算怎么对待你的猴子?"

"告诉你吧,猴子们的领袖啊!首先我打算毁掉这个该死的猴子,然后选你代替它,天天给你预备你喜欢吃喝的饮食。"

"你既然选择我,那我该告诉你怎样行事了;若是安拉愿意,我的指示会给你的窘况带来好处呢。记住我的话吧:你预备一根绳子,把我拴在树上,别管我,自己去到中流,把网撒在底格里斯河中,等一会收起来看,那时候,你将打到你生平不曾见过的、非常美丽可爱的鱼。你把那鱼带来见我;往后该怎么办,我会指示你的。"

渔夫听从猴子吩咐,立刻涉到水中,撒下网,等了一会儿,收起来一看,见网中打到一尾绵羊般大的白鱼,形状异常稀奇,是他生平没见过的。他带着白鱼回到猴子面前;猴子对他说:"你去收集一些绿草,摆一部分在篮中,垫在鱼下,再用一部分盖在上面,撇下我们,把鱼背进城去。你别理睬那些跟你谈话或询长问短的人,只管低头走向钱市。钱商的领袖艾彼·瑟尔多突的铺子就在街头。他坐在铺中,靠在枕头上,前面摆着两个钱柜,一个金质的,一个银质的,手下还养着许多婢仆。你把篮子放在他面前,告诉他你今天出去替他捕得这尾白鱼。他问你白鱼被别人看见没有,你告诉他没有。他若收下鱼,给你一枚金币,你可别接受;给你两枚,你同样不要;总之,无论给你什么,你一概拒绝,即使给你跟鱼同等重量的黄金也不要。他问你要什么时,你告诉他,只要他说两句话。他问你说两句什么话时,你告诉他你不需要金钱,只望他当众宣布把他自己的猴子和运气同你的猴子和运气互相交换，作为白鱼的价格，这便完成交易。如果他跟你办了这样的手续，那我每天早晚奉陪你，让你每天净赚十枚金币，同时让这个跛脚、瞎了一只眼睛的猴子陪随那个犹太钱商艾彼·瑟尔多突，叫他倒霉、蚀本，从此江河日下，无法收拾残局，逐渐落寞下去，结果会弄到一个子儿没有。哈利法，听我的话吧！以后你会得到幸福，走向光明大道呢。"

"猴王啊！你所指示的，我全都遵循。至于这个又跛又瞎的倒霉猴子——安拉不降福给它——我不知该怎么处置它才好。"

"把它推下水去，同样也把我和其余的都推下去好了。"

"听明白了，遵命就是。"他说着走到猴子面前，解了绳，把它们推下水去，然后洗鱼，放在篮中，拿绿草上下垫盖起来，背着进城，边行边唱道：

> 把你自身的一切依靠宇宙的创造者吧，
> 他能保证你的安全。
> 你坚决从善如流，
> 此生就不至于悔恨不及。
> 你别跟嫌疑犯过从、交游，
> 就不会惹是生非。
> 你控制舌头不说流言蜚语，
> 便能避免外来的诬蔑。

渔夫和犹太商人

渔夫背着篮子，一直去到巴格达城中。人们一见便认识他，争相和他谈话，都问他："哈利法，你带来什么？"可是他谁也不理睬，低头径往钱市，按照猴子的指示，找到犹太商人的铺子，抬头一看，见商人坐在铺中，婢仆成群，俨然是个呼罗珊的君王。他仔细打量，辨别清楚,迈步走到商人面前。犹太商人抬头一看,便认识他,说道:"欢迎你,哈利法!你要什么?有何要求?如果有人骂你,或跟人口角,那你尽管告诉我,我带你告到省长跟前,求他主张公道,维护你的利益。"

"不,公正的犹太人啊!指你的头颅起誓,并没有人骂我,我也没有和人争吵。但托你的福,今天早晨我上底格里斯河去打鱼,一网打得这尾白鱼。"他说着揭开篮子,把鱼扔在犹太商人面前。商人一见,觉得很好,说道:"指《旧约》和《十诫》起誓,昨夜里在梦中我好像在圣母御前,听见她对我说:'你要知道,艾彼·瑟尔多突,我要使人送一件很好的礼物来给你。'毫无疑问,这尾鱼一定是那件礼物了。"继而他回头对渔夫说:"指你的宗教起誓,我来问你,这尾鱼别人看见没有?"

"不,指安拉和先贤艾彼·白克尔起誓,告诉你吧,公正的犹太人,除你之外,谁也没有看见它。"

犹太商人扭转身子,望着一个仆人,吩咐道:"喂!你过来,把这尾鱼送回家去,交给塞尔黛,叫她好生烹调,等我回家来享受。"

"对的,小伙子,把它拿给厨娘,让她好生煎炒吧。"渔夫凑上一句。

"听明白了,遵命就是。"仆人回答着带走了鱼。

犹太商人伸手从袋中掏出一枚金币,递给渔夫,说道:"给你,哈利法,拿去做家用吧。"

渔夫见了他手中的金币,好像一辈子没见过金钱,欣然说道:"赞美安拉!"随即接过金币,回头就走。可是他刚走了几步,突然想起猴子的嘱咐,便转回去,把金币扔在犹太人面前,说道:"还你;你这样奚落人吗?还我的鱼吧。"

犹太商人眼看这种情景,认为他在开玩笑,又给他两枚金币。渔夫不肯接受,说道:"别开玩笑了,快还我鱼来。你以为用这样的价格我甘心卖鱼吗?"

犹太商人再掏出两枚金币,递给渔夫,说道:"拿去,给你五枚金币,别再贪心了吧。"

渔夫欢然收下金币,转身就走,边走边看着手中的金钱,非常满意,自言自语地说道:"赞美安拉! 今天哈里发陛下的收入敢情也不可能跟我相提并论吧。"他走着,一直去到街头,又想起猴子的嘱咐,于是匆匆转回犹太人铺中,把钱扔还他。商人问道:"你怎么了,哈利法? 你要什么呢? 要把金币兑成银币吗?"

"我既不要金币,也不要银币,只要你把鱼还给我。"

"哈利法!"商人生气,大声说,"你带来不值一块钱的一尾鱼,我花了五枚金币收买,你还不愿意? 你疯了吗? 说吧,你要多少才卖呢?"

"我不用金、银交易,只要你说两句话就卖给你。"

犹太商人听说要他说两句话,气得目瞪口呆,咬牙切齿地骂道:"你这个穆斯林中的强盗! 为了一尾鱼,你要我背叛自己的宗教,毁掉传统的信仰吗?"于是他振臂一呼,唤来仆人,吩咐道:"你们这些该死的家伙! 快给我重重地揍这个坏蛋,打断他的脖子!"

仆人们遵循主子的命令,一齐动手,脚踢拳打,直把他打倒,躺在地上,商人这才叫他们住手,吩咐道:"可以了,让他爬起来吧。"

渔夫一骨碌站了起来,精神抖擞,像什么事都没遇到似的。商人看着这种情景,觉得奇怪,对他说:"刚才你没得到我们的便宜,现在你说吧,鱼钱你要多少,我都给你。"

"我挨的这一顿,够喂十匹驴子了。可是我的先生啊,你不用为我挨的打而担忧吧。"

"指上帝起誓,"犹太商人笑了一笑说,"鱼钱你到底要多少? 拿我自己的宗教担保,我一定付给你。"

"我不要钱,只希望你说两句话就行了。"

"我想你恐怕是要我改奉伊斯兰教吧?"

"指安拉起誓,犹太人啊! 你要是改奉伊斯兰教,那你的皈依既无裨益于穆斯林,对犹太人也无半点损害。反之,你要是坚持异教徒的立场,那你的立场既不损于穆斯林,也无利于犹太人。话说回来吧,别的我不希望,我只要你跟我上市中去,当众人的面宣布,说你愿意拿你的猴子和命运跟我自己的猴子和命运互相调换,这就成了。”

“如果你的要求仅仅是这么一丁点,对我来说,那是轻而易举的。”于是他立刻起身,随渔夫去到市中,站在人群里,大声说道:“商人们,请你们作证吧,我拿自己的猴子和命运跟渔夫哈利法的猴子和命运互相调换了。”

犹太商人宣布以后,对渔夫说:“我还应该替你做点什么呢?”

“不用了。”渔夫回答。

“那就再见了。”

渔夫带着鱼网和篮子,匆匆离开商人,走出巴格达城,去到底格里斯河岸上,从事打鱼。他撒下网,等了一会,然后收网,觉得很重,费了很大的劲,才收到岸上,一看,网中装满了各式各样的鱼类。这当儿,一个妇人带着托盘出现在他面前,拿一枚金币向他买鱼。随后又来了一个仆人,向他买了一枚金币的鱼。接着人们络绎不绝地前来买鱼,当天卖鱼所得,共有十枚金币。往后,他经常打鱼、卖鱼,每天有十枚金币的收入。他继续经营了十天,总共积蓄得一百金币。

渔夫哈利法居住的巷中,是巨商大贾麇集的地区。有一天夜里,他躺在床上,翻来覆去,一直睡不熟,想道:“唉!哈利法哟!人们都知道你是个打鱼为生的穷光蛋,可现在你手中积存了一百金币,这桩事难免会被人透露给哈里发哈代·拉希德知道。也许哈里发要来找你,说他需款应用,向你借贷,那你只好对他说:‘众穆民的领袖啊!我是个穷苦人,说我有一百金币,那是人家造谣,我什么也没有呀。’不过哈里发会把你交给省长,叫他脱光你的衣服拷打,逼你成招,承认金币摆在箱中,这样,事情可就糟了。为了早些准备,避免这桩浩劫,正确的办法是:你应当立刻起床,拿鞭子抽你自己,从中经受锻炼,养成一种经得起鞭挞的习惯。快起来,快起来! 脱掉你的衣服吧!"

他紧张地幻想着,一骨碌爬了起来,脱掉衣服,拿出他原有的一根鞭子和一个皮枕头,然后举起鞭子,交替着打皮枕头一鞭,又打自己一鞭;边打边呻吟、哭泣,说道:"哎哟! 哎哟! 指安拉起誓,这是谎言,老爷! 是他们给我造谣啊! 我是打鱼为生的穷人,什么东西都没有……"

渔夫折磨、锻炼他自己的时候,鞭子打在枕头和他身上,静夜里发出响亮的噼啪声,附近的生意人家听了,觉得奇怪,嚷道:"你们瞧,那个可怜家伙为什么呻吟、哭泣? 还有鞭挞的响声,好像贼人去偷他,在折磨他哪。"于是人们同情、怜悯他,纷纷起床,前去救援。他们来到渔夫的陋室前,见门关着,便互相猜测着说:"也许贼人是打屋后爬进去的,我们应当从屋顶上翻进去救他。"于是人们果然从天窗爬了进去,却见他赤裸裸地在折磨自己。

"你怎么了,哈利法? 这是怎么一回事呀?"邻居问他。

"哟! 老乡们,告诉你们吧,我节衣缩食,省吃俭用,好不容易积下几个钱,可是唯恐消息传到哈里发哈代·拉希德耳中,他会传我进宫,向我要钱,那我自然要否认事实。在我坚决不承认的时候,怕挨他拷打,加我刑罚,因此,未雨绸缪,宁可事先准备,鞭打自身,折磨自己,从事锻炼,以便习以为常罢了。"

邻居听了,哈哈大笑,埋怨道:"别这样胡作妄为了吧! 你吵得我们心慌意乱,整夜不能安眠。你再胡闹,万一惹怒安拉,你的钱财和自身就不保险了。"

渔夫听了邻居劝告,不再鞭打自己,解衣一觉睡到天亮,才蒙眬醒来。他正预备出去打鱼的时候,忽然想起十天以来辛勤经营所得的一百金币,想道:"把它摆在家里,会遭偷窃。要是装在钱袋中,把它结在腰里,也许叫人瞧见,人家会在没人来往的地方窥探我的行踪,趁机干图财害命的勾当,那我就人财两空了。如此说来,为了保全这一百金币,我非做出一个妥善、安全的办法不可。"于是他立刻行动起来,在他长袍的衣领上缝了一个口袋,把一百金币牢固地包裹起来,放在袋中,然后披上衣服,带着网、篮和拐杖,安心地出去打鱼。

到了底格里斯河岸,他撒下网,等了一会,然后收网,却什么也没打到。他换了一个地方,仍然没有打到。于是他继续换地方再打鱼,直至去到距巴格达半天路程的地方,还是始终没打到一尾鱼。他火了,向自己说:"指安拉起誓,不管能否打到鱼,我只打这网了。"他怒气冲冲,使尽平生气力猛力撒网。就在这个时候,领口袋中的那包金币被甩出来,落到河中,叫急流冲走了。他扔掉网,脱了衣服,跳到水中,跟踪追去,浮沉了一百多次,弄得精疲力竭,软弱不堪,却一直没有能捞到那包金币。他挣扎着奋斗到完全绝望时,才爬上岸来,一看,只见网、篮和拐杖还在岸边,但衣服却不翼而飞了。这当儿,他喟然叹道:"唉!'不获骆驼不足以满人的愿望'这句谚语,全是欺世骗人的胡言!"没奈何,他只好披开网,拿它裹在身上,遮住羞耻,像一匹掉队的骆驼那样,在迷途中左右前后莽撞地寻找出路。当时他蓬头垢面,比一个久禁在圣苏莱曼胆瓶中被释放出来的妖魔还狼狈。

渔夫和哈里发哈代·拉希德

哈里发哈代·拉希德有个做珠宝生意的商人朋友,名叫伊本·格尔诺肃。当时巴格达城中的人,上自巨商大贾,下至一般掮客,谁都知道伊本·格尔诺肃是哈里发在买卖场中的代理人,上自古玩和名贵的商品,下至奴隶方面的交易,必须走他的门路,经他过目才能成交。

有一天,正当珠宝商伊本·格尔诺肃照例坐在铺中经营生意的时候,突然有个年长的经纪人走到他铺中,身边带着一个非常标致的绝世美人。她不仅相貌美丽,身段窈窕,而且知书识礼,弹唱歌舞,琴棋书画,门门都懂。珠宝商出五千金的高价买下那个美女,并花一千金给她制备衣冠首饰,然后送进宫去。哈里发拿各种学艺试验她,知道她精通各种学艺,是当代仅有的人物。她名叫姑图·谷鲁彼,博得皇上的赏识,爱如掌上明珠,决心收她充当妃子。

第二天清晨,哈里发召珠宝商伊本·格尔诺肃进宫,给他一万金,作为姑图·谷鲁彼的身价。从此,哈里发撇开祖白玉黛王后和其他宫娥妃嫔,终日沉溺于酒色,迷恋着姑图·谷鲁彼,寸步不离。整整的一个月内,除每周礼拜五他来去匆匆地上清真寺参加聚礼外,其余的时间都在后宫里混过,不理朝政。朝臣们惴惴不安,劝谏无门,都向宰相张尔蕃诉苦。宰相耐心地等待,直到礼拜五哈里发上清真寺参加聚礼时,才趁机谒见他,对他因迷恋女色而发生的种种反常现象,作了详细分析,劝他放弃那种生活方式。

"张尔蕃,指安拉起誓,这不是我心甘愿意的,只为我的心跌在情网里,致使我不知该怎么办才对呀。"哈里发说,心里有些迷惘、疑虑。

"你要知道,陛下,那个名叫姑图·谷鲁彼的宠儿已经在你的指挥下,属于你的奴婢之一。照理说,凡是到了手里的东西,它会给人带来厌倦心理呢。现在请向陛下进一言:古往今来,公子王孙们一贯引以夸耀自得的寻乐方法,不外上山狩猎。陛下如果出去打打猎,欣赏欣赏大自然的风光,说不定会逐渐忘掉那个宠儿呢。"

"你说得对,张尔蕃;我们马上上山打猎寻乐去吧。"

聚礼毕,走出清真寺的大门,宰相便陪哈里发出猎。他君臣各骑一匹骡子,并肩且行且谈,前面有卫队开道、保卫。他们继续迈进,一直去到山中。天气炎热,在烈日下,都需要喝水。"我渴极了。"哈里发说着往前看,眼见山顶上有个人影,不禁喜出望外,问道:"张尔蕃,你看见那个人影没有?"

"是的,主上,我看见了。他或许是园地的守护人,也许是森林的保护者;一句话,他那儿总有水可喝,让我上那儿给你讨水去吧。"

"我的骡子跑得快,你带领人马在此等一等,我自己上那儿去喝吧。"

哈里发催骡加鞭,刮风流水般一直奔到山顶,一看,不见先前发现的那个人影,却见渔夫哈利法坐在那儿。他仔细打量,见渔夫赤裸裸地身上只围着一张渔网,两只眼睛红得冒火,蓬头垢面,歪歪倒倒,鬼不像鬼,野兽不像野兽,形状非常尴尬、狼狈。哈里发问候他,说道:"老人家,你这儿有水可喝吗?"渔夫怒形于色,气冲冲地招呼一声,说道:"你这个人呀!难道你是瞎子不成?去你的吧!山背后就是底格里斯河嘛。"

哈里发绕至山后,去到底格里斯河边饮骡,自己也喝水解渴。之后,他立刻回到山上,打听渔夫的情况,问道:"老人家,你为何待在这儿?你是做什么的?"

"你这一问比讨水还奇怪呢!你不见我肩上摆着的职业工具吗?"

"你好像是打鱼为业的。"

"不错。"

"那么你的长袍、腰带和衣服哪儿去了?"

听了哈里发的谈话,渔夫疑心从岸上拿走他衣服的人就是他,便闪电般跳到哈里发面前,伸手抓住骡缰,说道:"你这个家伙!快还我的衣服来,别开玩笑了。"

"我呀,指安拉起誓,我没见你的衣服,也不知道这是什么情况。"

"你也许是吹鼓手或是卖唱的吧!"渔夫呆呆地望着哈里发的小嘴和大腮帮子,"不过你还是快还我衣服的好,否则,我会拿这根拐杖揍你。"

哈里发眼看渔夫手中的拐杖和他的威力,想道:"指安拉起誓,我经不起蛮汉的半棍子。"于是从容脱下身上的绣花袍,递给渔夫,说道:"给你,老人家,拿去抵偿你的衣服吧。"

渔夫接过去,翻着看了一看,说道:"我自己的衣服比这件绣花斗篷贵十倍呢！"

"你暂且拿这件衣服去穿，你的衣服，等一会我拿来还你好了。"

渔夫收下长袍，披在身上，一看，觉得太长。他毫不犹豫，抽下别在篮子把手上的短刀，打衣服下襟一刀割掉衣长的三分之一；因此，他穿起时，刚搭至膝盖，这才觉得满意。他掉头望着哈里发，说道："看安拉的情面，告诉我吧，吹鼓手，你干吹奏这种行业，师傅每月给你多少工钱？"

"每月十枚金币。"

"哦！你这个可怜虫呀！指安拉起誓，我替你干着急哪。指安拉起誓，十枚金币这个区区之数，只是我一天的收入罢了。你愿意跟随我、伺候我吗？如果你愿做我的仆人，那我教你打鱼，告诉你生财之道，让你每天赚五枚金币；万一你的师傅来找麻烦，我就拿这根拐杖保护你。"

"我愿意极了。"

"那你下马来，拴住它，以便利用它驮鱼；然后你随我来，让我教你打鱼好了。"

哈里发果然从骡背上跳下来，把骡子拴好，这才随渔夫去到河边，把衣衫下摆别在腰带上。"吹鼓手！"渔夫对他说，"你这样握着网儿，这样把它搭在手臂上，然后这么把它向前撒在河中就行了。"

哈里发鼓起勇气，按照渔夫的指示，把网撒在河中，等了一会去收，却扯不动。渔夫过去帮忙，还是扯不起来。他着了急，骂道："你这个坏透顶的吹鼓手！如果说头次你拿袍子赔偿我，那么这次为补偿渔网我得扣下你的骡子了。万一弄破了网儿，那我非打死你不可。"

"来，我们一起动手收吧。"

渔夫同意哈里发的建议，跟他合作，两人一齐动手，费了九牛二虎之力，才把渔网收起来，见网中装满了各式各样的鱼儿。渔夫欢喜快乐，嚷道："吹鼓手！指安拉起誓，你为人虽然可恶，但只要认真学习打鱼,将来会成个大行家呢。现在,我认为最正确的办法是:我在这儿守着鱼儿,你骑骡上市去带对大箩来装鱼,以便把鱼驮进城去贩卖。反正秤和各种需要的器皿,我自己有的是。那时节,你收钱、掌秤,这么多鱼可以卖他二十枚金币呢。你去取箩去,快去快来,不可耽搁。"

"听明白了,遵命就是。"哈里发十分欢喜,撇下渔夫,跨上骡子,边跑边想着和渔夫的一段交往,不禁好笑。行了一阵,不觉来到张尔蕃等候的地方。君臣见面,张尔蕃说道:"众穆民的领袖啊,陛下去找水喝,也许在那儿发现一座美满的花园,因而一个人到园中欣赏景致去了。"

听了张尔蕃的谈话,哈里发忍不住哈哈大笑。这时候侍从们肃然起敬,大家跪下,吻了地面,说道:"天长地久,愿安拉赐主上万寿无疆、快乐无穷! 先前主上往山中喝水,何以去了这么久? 这中间发生什么事没有?"

"不错,确是碰到一桩稀奇古怪的事情了。"哈里发随即把渔夫哈利法的故事:他被诬偷窃衣服、赔偿长袍、渔夫割掉袍子下摆等等,从头详细叙述一遍。

"指安拉起誓,众穆民的领袖,我早有心向陛下索取那件袍子;现在待我去找渔夫,花笔钱从他手中买来我自己穿吧。"张尔蕃说着征求哈里发的同意。

"指安拉起誓,衣服被他割掉三分之一,已经弄坏了,不中用了。哦! 张尔蕃,我打鱼打累了;我打得许多鱼,都在河边我师傅哈利法那儿。他正在等我进城取箩,驮鱼进城去卖,然后分享赚头呢。"

"主上,让我去找人来向你们买鱼吧。"

"张尔蕃,指我那清白的祖宗起誓,卫队中凡从教我打鱼的那个渔夫手中拿一尾鱼来的,每人给一个金币的赏钱。"

于是张尔蕃派人在卫队中传达命令,说道:"官兵们,大家往河边给主上买鱼去吧……"官兵们闻声一哄涌向河边。这当儿,渔夫哈利法正在等待他的伙伴拿箩来驮鱼，突然见官兵们争先恐后，像老鹰一样蜂拥而至，把他身边的鱼一下子抢光，还吵吵嚷嚷，几乎打起架来。渔夫见势头不对，叹道："唉！无可怀疑，这一定是天堂中的鱼哪！"于是左右手各握着一尾鱼，跳到河中躲避；河水淹到他的脖子，他还喃喃地祈祷："主啊！指鱼儿起誓，你的奴婢那个吹鼓手，他是我的伙伴，叫他赶快来吧。"

他正在祈祷，忽然又有一个官员赶到他面前。那官员原是卫队中跑在最前面的，只为他骑的马中途撒尿，因而落后一步，以致赶到河边时，鱼已经一尾不剩。他左右打量，见渔夫站在水中，手里还有鱼。

"渔夫，你上岸来吧。"他对渔夫说。

"去你的吧！别多嘴多舌的。"

"把鱼卖给我，我给你钱。"

"你是傻子吗？告诉你，我不卖。"

官员火了，抓起一根短棒，预备动武。渔夫见势头不对，叫道："倒霉鬼！你别打，动手不比讲理好。"于是把鱼扔给他。官员拾起鱼，拿手巾包起来，然后伸手掏钱，可是袋中一个子儿没有。

"渔夫，怪你运气不好；指安拉起誓，现在我身边没带钱，明天你上王宫去，告诉门官找宦官蒜德礼，他会指示你找到我，那时候我会重赏你呢。"

"今天真是吉利的一天哪！吉利的迹象从早就显示出来了。"渔夫自言自语地说，捐起网，收拾回家。他慢吞吞地一直进入巴格达城，行在街上，人们见他身上披着哈里发的宫服，都用惊奇的眼光注视他。待他进入巷口，走过经常替哈里发缝纫的那个御用裁缝的铺子，裁缝见渔夫身穿价值千金的宫服，觉得奇怪，问道："哈利法，你哪儿找到的这条出路呀？"

"你何必多嘴多舌的？这是从一个跟我学打鱼并收他为徒弟的人手中得到的。我算是饶了他，不割他的手，因为他偷了我的衣服，愿意拿这件斗篷抵偿我的损失嘛。"

听了渔夫的解释,裁缝知道哈里发从河边经过,碰到渔夫,因而陪他打鱼,开他的玩笑,并给他开辟一条出路;所以不多追问,让他扬长回去。

哈里发哈代·拉希德原为宠爱姑图·谷鲁彼,被她迷住心窍,这才出去打猎消遣,以便恢复正常状态,好治理国家大事的。而祖白玉黛王后呢,她听了姑图·谷鲁彼的美名,眼看哈里发被她迷住,因而心中烧起嫉妒的火焰,致使她废寝忘食,惴惴不安,终日如坐针毡,一直等着哈里发什么时候离宫或出游的机会到来,便要阴谋给姑图·谷鲁彼张起网罗。这次,她听到哈里发出去打猎消遣的消息,喜不自禁,马上吩咐婢仆收拾打扫,把宫室布置得焕然一新,并预备丰富的饮食、糕点和果品,还特别做了一磁盘最可口的甜食,里面混入烈性的麻醉剂。一切准备妥帖,这才打发一个仆人去请姑图·谷鲁彼来赴王后的宴会。

"祖白玉黛王后玉体欠安,今天服过药了。她听说你长于歌唱,因此一心希望欣赏你的技艺呢。"仆人对姑图·谷鲁彼说。

"听明白了,一切为了安拉和王后,我遵命就是。"

姑图·谷鲁彼立刻起身,带上必需的乐器,随仆人一直去到后宫,跪在王后面前,吻了几次地面,然后毕恭毕敬地站起来,说道:"祝你这位高尚显贵的、阿巴斯的子嗣、先圣贤的后裔健康!天长地久,愿你荣华富贵,万寿无疆!"

她赞颂之后,谦逊地站在奴婢队中,小心翼翼地伺候王后。王后大模大样地抬头观看,见她月儿般的脸上,透出鲜花一样的额,细腻的腮,弓形的眉,鲜红的唇,明眸皓齿,眉语眼笑,满面春光,太阳月亮好像从她的额上吸取了光、热,夜似乎是因她的黑发而变成的,麝香的香味仿佛是从她身上放射出来的,馨花俨然是她额角上的产物,树枝也甘为她的窈窕而鞠躬。总而言之,她像黑夜里悬在高空的一轮

明月,致使和她见面的人都感到肃然起敬、神魂迷离而绝口称赞化工之妙。正如诗人所吟:

> 你一旦烦恼、生气,
> 人头就要落地。
> 如果你感到快乐、高兴,
> 死人便可起死回生。

"欢迎你,姑图·谷鲁彼小姐! 竭诚欢迎你。你请坐下来,给我们演唱你的绝技吧。"王后仔细端详后向她说。

"听明白了,遵命就是。"她回答着坐下,拿起小鼓,边敲边唱。她的歌声抑扬顿挫,致使空中的鸟儿都飞下来侧耳细听,落满一地,大地差一点沸腾起来。她唱了几曲,放下小鼓,拿起横笛,动听地吹了几曲,然后换上琵琶,调了弦,像慈母抱婴孩那样把它抱在怀里,边弹边唱,一口气弹唱了二十四个调子。人们听了,飘飘然都陶醉了。继而,她翩翩起舞,跳了优美、柔和的"刹尔摆瑟"和"德库雅屠",每个动作、姿势都十分美妙、灵巧。祖白玉黛王后看得出神,十分感动,想道:"难怪主上爱她! 我不该埋怨他呀!"

姑图·谷鲁彼表演毕,跪在王后面前,吻了地面,然后坐下。婢仆为她摆上筵席,陪王后一起吃喝。临了,端出果品、甜食,姑图·谷鲁彼刚吃了一口那盘掺麻醉剂的甜食,便一跟头栽倒,昏迷不醒。王后马上吩咐婢仆:"快把她抬到别的房间去,等着听我指示吧。"

"听明白了,遵命就是。"婢仆回答着,抬走了姑图·谷鲁彼。

"给我做个木箱拿来使用。"王后吩咐另一个仆人。

继而她命令其他的仆人赶砌一座假坟,叫他们传布姑图·谷鲁彼噎死的消息,并嘱咐心腹把任何散布流言否认姑图·谷鲁彼之死的人处死。

祖白玉黛王后的阴谋诡计布置妥帖之后,接着哈里发哈代·拉希德就打猎归来。他唯一关心和首先询问的事便是姑图·谷鲁彼。

这当儿,一个受王后指使的侍从向前迎接,跪在他面前,吻了地面,说道:"给主上道恼,姑图·谷鲁彼噎死了。"

"黑奴才!安拉不会给你好道路走的!"哈里发大怒,吼骂着急急忙忙走进宫去,可是所有他碰见的人都说姑图·谷鲁彼死了。他问道:"她埋在哪儿?"

"喏!这就是她的坟墓。"侍从带他去到那座假坟面前,指着说。

哈里发眼看这座坟墓,狂叫一声,扑在坟上,悲哀哭泣,吟道:

> 指安拉起誓,
>
> 坟呀!
>
> 她的美妙消逝了吗?
>
> 优越的环境也改变了吗?
>
> 坟呀!
>
> 你不是庭园,也不是宇宙,
>
> 怎么花卉和月亮会聚会在里头?

哈里发待在坟前,痛哭流涕,过了好一阵,才垂头丧气地起身归去。祖白玉黛王后窥探哈里发的举止,知道自己的计谋得逞,才吩咐仆人:"给我带木箱来。"

仆人遵循命令,带来木箱和姑图·谷鲁彼。王后指示着把姑图·谷鲁彼装在箱里,关锁起来,然后嘱咐心腹:"好生把箱子拿去拍卖,并向买主提出只能锁着买卖为条件。卖了箱子,把钱都施济出去。"

仆人遵循命令,诚惶诚恐,偷偷摸摸地把木箱抬到市上拍卖。

渔夫哈利法那天打鱼回家,舒适愉快地睡了一夜。第二天清晨,阳光照到他的陋室里,他才蒙眬醒来,梳洗、吃喝毕,懒洋洋地对自己说:"今天最好我去找那个宦官去;昨天他买了鱼,叫我上王宫去找他嘛。"

主意打定,渔夫毅然离开家,一直去到王宫门前,朝前一看,见兵丁、仆人成群结队,在宫门附近来来往往,坐的坐,站的站,过着悠闲的生活。他仔细打量,见他要找的那个宦官坐在人丛中,周围有仆人奉承、伺候。这当儿,一个小奴仆一声喊叫起来,问他来干什么。小奴仆的叫声惊动了宦官,他回头一看,见是渔夫来了。渔夫知道宦官看见自己,认识自己,激动地叫道:"好心肠的人儿啊!你没有欺骗我,这是言而有信者的行为哪。"

"不错,渔夫,你说对了。"宦官笑一笑,预备拿钱给他,刚把手伸到袋里,便听见喧哗之声。他抬头观看,以便知道发生什么事情,原来是宰相张尔蕃退朝出来。他立刻起身趋前,陪宰相边走边谈。渔夫等了一阵,见宦官不理睬他,等得不耐烦,打着手势喊着说:"我的好主人哟!让我走吧。"

宦官听了渔夫喊叫,但在宰相面前,不好意思回答,为了陪宰相谈话,终于把他忘记了。渔夫生气,怨道:"欠债的家伙!财心这般重的、买东西不付款的坏蛋!愿安拉报应他们!我的主人哟!你面前那个胖子,我来对付他,你快给我钱,让我走吧。"

听了渔夫的怨言,宦官不便回答。渔夫指手画脚叫嚷的情形,宰相看见了,但不知他嚷些什么,因而显出不高兴的神态,说道:"阁下,那个可怜的乞丐,他问你要什么?"

"相爷不认识这个人吗?"

"指安拉起誓,我不认识;我现在刚看见他,怎么能认识他?"

"相爷,这是昨天在底格里斯河边我们从他手里买到鱼的那个渔夫;当时我去迟了,没有抢得鱼,不好意思空手来见皇上。最后我见他站在水中,正在祈祷,手中捏着两尾鱼,我便说:'把你手中的鱼卖给我,我给你钱。'可是当他把鱼给我,我伸手掏钱的时候,才发现身边没带钱,便吩咐他:'明天上王宫去,我给你钱,以便解决你的生活。'因此,他今天来取钱。可是正当我掏钱,预备给他的时候,却赶上相爷退朝出来,我立刻起身伺候,把他给忘了,一直耽搁到现在,让他老等着。这就是事情的经过情况。"

"哦！这个渔夫在紧迫的时候来找你,为什么你不给他解决困难?"宰相微笑着说,"你这位宦官之长,难道你不认识他吗?"

"是,我认识他。"宦官尴尬地回答。

"这渔夫是皇上的师傅,也是他的伙伴。今天一早皇上就惴惴不安,十分忧愁苦恼,我们都束手无策,恐怕只有这个渔夫可能替皇上排闷解忧了。你暂时别放他走,让我先去请示一番,再带他谒见皇上,也许安拉会因他的光临而使皇上忘了姑图·谷鲁彼,会使他一下子快乐起来也说不定。万一皇上一高兴,赏他一点什么,帮着解决他的生活问题,那么,这就是你的功劳了。"

"相爷,你要怎么办,就怎么办吧。愿安拉保佑我国长治久安,并让相爷一辈子成为朝中的栋梁。"

宰相张尔蕃回朝请示,宦官吩咐仆从别放走渔夫。渔夫生气,嚷道:"哟！好心肠的人儿呀！你干的好事情,居然黑白不分,本末倒置。我原是讨债来的,反而叫你们给拘留起来了!"

张尔蕃回到宫中,见哈里发愁眉不展,垂头凝视地面,沉思默想,郁郁不乐。他轻脚轻手地走过去问候,说道:"主上——圣贤的后裔,宗教的保护人——愿陛下康泰、万寿无疆。"

"你好,愿安拉慈悯你。"哈里发抬头望着张尔蕃说。

"臣进忠言来了,恳求陛下接纳,别拒绝奴婢吧。"

"你是宰相,你进忠言,寡人几时拒绝过? 你有什么话,尽管说吧。"

"臣退朝回家,见陛下的师傅那个叫哈利法的渔夫站在王宫门前,面有难色,对陛下心怀不满,口出怨言,喋喋不休地说:'赞美安拉！我教会他打鱼,他去拿箩来装鱼,却一去不复返,不讲信义,这不够伙伴的资格,也不是对待师傅的道理嘛!'陛下如果有意结识他,这是不碍事的;否则,索性让他去找别的伙伴吧。"

"指我的生命起誓,你说渔夫站在王宫门前,这是真的吗?"哈里发喜笑颜开地说,心中的郁闷一下子烟消云散了。

"主上,指陛下的生命起誓,他果真站在王宫门前哪。"

"张尔蕃,指安拉起誓,我一定尽力帮他解决困难。若是安拉要他从我手中遭到灾难,他可以终生不幸;如果要他从我手中享受幸福,他同样可以一帆风顺地坐享其成。"于是他拿起一张白纸,撕成二十片,递给张尔蕃,吩咐道:"张尔蕃,你来替我规定二十种级别,从最低拿一枚金币的差役起,直至最高拿一千金币的一国之主止。同时替我规定二十条惩处条例,从最轻的革职起至最重的处死止;把各种级别和惩处条例都分别写在这些纸片上。"

"听明白了,遵命就是。"宰相回答着,按照哈里发的吩咐,拟定了级别和惩罚条例,分别写在纸片上。一切预备妥帖,哈里发才对宰相说:"张尔蕃,指我那清白的祖先哈睦载和尔庚理起誓,我要叫渔夫哈利法进来,命他从这些秘密纸片中抽取一张,然后根据纸上的指示决定他的命运。如果纸上写的是最高级别,那我决不吝啬,一定下台,让位给他,由他来执掌国家大权;万一不幸,要是他拿到的纸片上写着绞死或割头等惩处条例,那我也不客气,一定照规定行事。现在你去把他带进宫来吧。"

听了哈里发的吩咐,宰相大吃一惊,暗中叹息,对自己说:"全无办法,只望伟大的安拉拯救了! 也许那个可怜虫抽到一张惩处条例而遭杀身之祸,那么这桩祸事是我惹出来的。现在哈里发既已发誓,别无办法,只好带他进来,一切听天由命吧。"于是他去到王宫门前,一把抓住渔夫,拽着他往里走。渔夫莫名其妙,吓得呆头呆脑,暗自说:"到底是什么纠葛使我来找这个倒霉奴才,甚至于又跟这个胖家伙纠缠不清呢?"

张尔蕃只顾拽着渔夫不停地往里走,前后左右围满了仆从,渔夫心惊胆战,叫道:"拘禁了我还不够满足,他们这些人还要前前后后包围我,不让我溜走啊。"

张尔蕃带着渔夫继续走过七道走廊,这才对他说:"该死的渔夫哟! 现在你来到保卫宗教的、穆民领袖的御前了。"他说着随手扯起帐幕。渔夫举眼看见哈里发正襟坐在龙床上,周围站满了臣僚。他见面认出以后,就趋前问候,说道:"欢迎你,吹鼓手! 你不该打了鱼,把我扔在河边,一去就不来呀。那时候,我守着鱼儿,不知不觉来了一伙骑着各色战马的官兵,把鱼全都抢走。我一个人无法抵抗,这全都怪你。要是你赶快拿篓去,那些鱼可能卖一百金币呢。今天我来讨债,给他们拘留起来啦。你呢,是谁把你给拘留在这儿的啊?"

"你过来,从这些纸片中随便取一张吧。"哈里发微笑着说。

"你学过打鱼,我看现在你又做星相家了。不过你要明白,行业搞得越多的人,生活的出路会越狭窄的。"

"快取,快取,别多说话! 主上命令你做什么,你遵循命令好了。"张尔蕃催着说。渔夫走了过去,一边伸手取纸片,一边喃喃地叹息:"唉! 看来这个吹鼓手不再做我的徒弟,跟我一起打鱼去了!"他感叹着取了一张纸片,递给哈里发,说道:"我抓到了什么,吹鼓手? 全都告诉我吧,什么都别隐瞒。"

哈里发接过纸片,转递给宰相张尔蕃,吩咐道:"你拿去看,上面到底写的什么?"

"全无办法,只望伟大的安拉拯救了!"张尔蕃看罢,喟然长叹。

"你看见上面写的是什么,张尔蕃? 是好消息吧?"

"回主上,上面写着:'重责一百大板'。"

哈里发下令照纸上的指示行事,打他一百大板。仆从们遵从命令,摔倒渔夫,重责一百大板。渔夫挨了一顿,站起来,怨言百出地骂道:"这种万恶的把戏,必受天诛地灭。老胖子! 你们拘留我,毒打我,是拿我开玩笑吗?"

"启禀主上,这个可怜人既已来到海里,怎好让他渴着回去呢? 我们希望主上开恩,准他再取一张纸片;也许他走运,能拿到一点什么奖赏,借此而改善他的困境哇。"

"指安拉起誓，张尔蕃！要是他拿起来的纸上写着处死的指示，我就非杀他不可，那你就是致他死命的原因了。"

"能够一死了之，算是他的造化，他可以永久安息了。"

"安拉是不会给你好道路走的！"渔夫愤恨地对张尔蕃说，"难道在巴格达城中我拦住了你们的去路，你们才要把我置之死地吗？"

"恳求安拉默助，你再来取一张吧。"张尔蕃指示渔夫。

渔夫果然伸手从纸片中取了一张，递给张尔蕃。张尔蕃接过去，看了一看，默不作声。

"你怎么不吭气，张尔蕃？"哈里发问。

"纸上写着：'什么也不给渔夫'。"

"他的衣食不出自我们这方面；叫他别处走走吧。"

"指陛下清白的祖先起誓，恳求主上准他再取一张吧；也许这次他能抽到什么东西也说不定。"

"那么叫他抽最后一次吧。"哈里发应许张尔蕃的请求。

渔夫伸手第三次取了纸片，上面写着："给渔夫一枚金币"。张尔蕃对渔夫说："我竭力替你谋福利，可是安拉只给你一枚金币呀。"

"每挨一百大板给一枚金币的报酬，这实在妙不可言，恐怕安拉不会让你的大肚皮太平无事吧。"

听了渔夫的怨言，哈里发忍不住哈哈大笑。张尔蕃牵着渔夫，带他出宫。到大门前，宦官蒜德礼看见他，一声叫了起来："来吧，渔夫，主上赏识你了，快把主上恩赏你的礼物拿来我们大家享受吧。"

"指安拉起誓，你说对了。告诉你吧，我挨了一百大板，得到一枚金币的报酬。你这个黑皮！真要跟我分享吗？喏，给你吧。"渔夫说着，把金币扔给宦官，流着满腮的清泪走出宫门。宦官眼看那种情景，知道他说的是事实，赶忙追去，叫仆从带他转来，伸手掏出一个红色钱袋，打开一数，共一百金，便一股脑儿塞在渔夫手里，说道："渔夫，这些金币是给你的鱼钱，你拿走吧。"

渔夫收了宦官给的一百金币和哈里发赏的一枚金币，顿时忘了身上的伤痛,兴高采烈地转回家去。可是事属巧遇,在回家的途中,他路过奴市,见一个大圈子内挤满了人。"这些人在干什么呢?"他想,于是冲了过去,挤开人群,只听商人们嚷道:"大家给纳呼泽图·宰相颓把地方让宽些吧!"

人们听了喊声,果然让宽了地方。这当儿,渔夫哈利法一看,见一个年满花甲的老太监站在中央,身边摆着一个木箱,箱上坐着一个仆人。只听那个老太监说道:"商人们! 富贵人们! 这个关锁着的箱子是从王宫中祖白玉黛王后那儿抬出来的,谁敢冒险参加竞买,请来出价钱吧;愿安拉赏赐你们吉利。"

"指安拉起誓,这是一桩冒险事情;我冒昧说一句,大家可不要埋怨我。我愿出二十个金币。"一个商人说。"我出五十个金币。"另一人说。于是在场的生意人纷纷增价竞买,直至增到一百金币时,老太监问道:"还有人愿意增价吗?""我出一百零一个金币。"渔夫哈利法在旁一声叫了起来。商人们听了哈利法增价,大家认为他在开玩笑,都取笑他、奚落他,说道:"老相公,一百零一个金币卖给哈利法吧。"

"指安拉起誓,除他以外,我不卖给别人。渔夫! 你来付款,把箱子带走吧;愿安拉借此赏你吉利。"

哈利法掏出金币,兑给仆人,办了交易手续。老太监当场把金币施舍出去,然后回到宫中,报告出卖箱子经过,王后听了欢喜快乐。

哈利法要把木箱扛回去,可是太重,扛不起来,只好硬着头皮把它顶在头上,挣扎着回到巷中。到了家门前,他放下箱子,已累得精疲力竭,喘不过气来。他坐下休息,回忆着自身的遭遇。"如果我知道这箱中装的什么东西,那该有多好啊!"他想。他开了大门,费了很大的气力,才把箱子弄到屋里。接着他想办法开箱子,可是始终开不开。他对自己说:"我到底着了什么迷才买回这个箱子呀? 我非打破它,看里面装的是什么东西不可。"于是他想尽办法开锁,却始终开不开。"管它的,摆到明天再说吧。"他想。

他要睡觉,却找不到安身的地方,因为他的斗室叫那个木箱给占满了。他只好爬到箱子上去安歇。可是刚睡了一会儿,便感到箱里响动起来。他惊恐万状,瞌睡没有了,神志也给弄糊涂了,一骨碌爬了起来。"里面好像有妖怪。"他说,"赞美安拉,他没有叫我能打开箱子,否则黑天夜晚,这不会有好事的;他们向我一扑,我这就完蛋了。"

待了一会,没有什么动静,他这才回到箱子上睡觉。一会儿,箱内突然第二次响动起来,而且响动的时间比头次长。哈利法跳将起来,说道:"又是一次灾难! 太烦扰人了。"于是赶忙寻找灯火;可是他从没有闲钱制备灯火,只得跑出门外,向邻居呼吁、求援,大声喊道:"邻居们! 街坊邻舍们……"

当时同巷的邻舍人家差不多都已入梦;他们闻声,从梦中惊醒,问道:"哟! 哈利法啊! 你怎么了?"

"快给我拿灯火来吧,我叫妖魔给缠住了。"

人们觉得奇怪,都觉得好笑,果然借给他一盏灯。他持灯进屋去,拿石头砸破锁,打开箱子一看,见里面睡着一个仙女般的女郎。她原是吃了麻醉剂失去知觉的,现在她咳嗽吐出麻醉剂,苏醒过来,觉得气闷,因而动弹起来。

哈利法一见女郎,立刻趋前,说道:"指安拉起誓,我的小娘儿!你是从哪儿来的?"

她眯着眼,嚷道:"给我叫亚瑟密娜、奈尔芷萨①来吧!"

"这儿只有'苔睦鲁候诺羽'②呀!"哈利法回答。

她蒙眬睁眼,看见哈利法,吃惊地问道:"你是什么人? 我到底是在哪儿呀?"

---

① "亚瑟密娜":素馨花;"奈尔芷萨":水仙花;这里是女人的名字。
② "苔睦鲁候诺羽":指甲花。

"你是在我家里哪。"

"难道我不是在哈里发哈代·拉希德宫中吗?"

"你这个疯子!拉施德算什么东西?现在你是我的丫头了。你原来睡在这个箱子里,是我今天花了一百零一个金币把你买回来的。"

"你叫什么名字?"

"我叫哈利法。"

"唉!好运不过昙花一现,我知道自己命中不会有那样的幸运呀!"她哈哈笑了一会儿,自解自嘲地说:"算了吧,还是不谈这个的好。你这儿可有什么吃的?"

"指安拉起誓,一点饮食都没有。说真的,我整整两天没吃喝了,现在正饿得要命呢。"

"你没有一块钱吗?"

"愿安拉保佑这个箱子!为买这家伙,抖光了我的口袋底,如今一贫如洗,一个子儿也没有了。"

"去吧!"女郎笑了一笑,"我饿了,向邻舍讨点食物给我充饥吧。"

哈利法起身,去到巷中,大声喊道:"邻居们!街坊邻舍们!"

巷中的人家都入睡了;他们闻声从梦中惊醒,问道:"哈利法哟!你怎么了?"

"邻居们!我饿了,一点吃喝的也没有。"

人们可怜他,有人给他一个面饼,另一人给他一些碎面包,第三人给他一块干酪,第四人给他一个胡瓜。他把食物抱在怀里,转回屋去,一股脑儿扔在女郎面前。

"吃吧。"他说。

"这叫我怎么吃呢?"她苦笑着说,"没有一杯水喝,我怕咽一口就得活活地噎死掉。"

"我给你装一坛水来好了。"哈利法说着拿起坛子,去到巷中,大声喊道:"邻居们!街坊邻舍们!"

"哈利法!今夜里你到底闹什么鬼呀?"邻居问他,觉得讨厌。

"感谢你们给我食物,我吃饱了肚子,渴得要命,请给些水喝吧。"

于是邻舍中这人给他拿来一杯,那人给他拿来一壶,第三人又给他拿来一瓦罐,一下子灌满了一坛子,他这才把水拿到屋里,摆在女郎面前。

"不需要别的东西了吧?"他问。

"对,现在不需要什么了。"

"那么给我说说你的来历吧。"

"该死的家伙!如果你不认识我,那么让我告诉你吧。我叫姑图·谷鲁彼,是哈里发哈代·拉希德的妃子。我不幸横遭祖白玉黛王后的嫉妒、怀恨,拿迷药麻醉我,把我装在这个箱子里送出宫来。赞美安拉,这桩轻而易举的事件,也非他来收场不可,别人是无能为力的。一句话,我的这种遭遇,对你来说,却是有百利而无一弊的;你非从哈里发拉施德那里发一笔大财,一跃而成为富翁不可。"

"他就是把我拘留在他宫中的那个拉施德吗?"

"不错,就是他。"

"指安拉起誓,那个愚顽、残暴的吹鼓手,我从来没见过比他更吝啬的人了。我教他打鱼,跟他合伙经营,他不仅欺骗我,而且昨天还狠狠地打我一百板,却只给我一枚金币;这叫我伤心透了!"

"别信口胡说八道!眼光要朝远处看。今后你跟他见面,应该礼貌些。这回你的愿望可以满足了。"

听了女郎的一席话,哈利法恍然如大梦初醒,知道安拉为未来的幸福开启他的心窍了。

"一切全都听你吩咐。"他说,"凭着安拉的大名,请你安歇吧。"

女郎果然和衣就寝,哈利法也离她远远地倒在屋角的地上,一觉睡到第二天清晨。女郎醒来,向哈利法索取笔墨、纸张,写信给哈里发的商人朋友,叙述她自己的情况、遭遇和被卖到渔夫哈利法手中的经过,向他呼吁、求救。她把信递给哈利法,嘱咐道:"这封信交给你;你带到珠宝市中,打听珠宝商伊本·格尔诺肃的铺子,把信交给他;你不必说什么。"

"听明白了,遵命就是。"哈利法带着信一口气奔到珠宝市,仔细打听伊本·格尔诺肃的铺子。他根据人们的指点,找到铺子,走了进去,向老板问好。伊本·格尔诺肃朝他轻蔑地瞧一眼,随便招呼一声,问道:"你需要什么?"

哈利法把信递给他。他没有马上读信,认为他是前来乞讨的穷酸、潦倒之徒,因而吩咐一个仆人:"喂!赏他半块钱吧!"

"不,老板,我不需要你的接济,请先看信吧。"哈利法说。

伊本·格尔诺肃果然把信一看,知道个中底细,亲切地吻一吻信笺,又把它放在头上顶了一顶,然后毕恭毕敬地站了起来。

"老兄,你家住在哪儿?"他问。

"你问我的住家做什么?你要上那儿去,偷走我的姑娘吗?"

"不,不是这么说;我是打算给你买些食物,好让你带去跟她一块儿吃喝罢了。"

哈利法老实地说出自己住家的巷名。"好啊!你这个倒霉家伙!这回安拉不会拯救你了。"伊本·格尔诺肃说。接着他呼唤两个奴仆,吩咐道:"你们跟这人上钱商沐候辛奴铺中,给我支取一千金币,快去快来。"

两个奴仆带哈利法去到钱庄,对老板沐候辛奴说:"我们奉主人的命令,前来支取一千金币。"老板果然付给一千金币。哈利法收下一千金币,随仆从回到珠宝商伊本·格尔诺肃铺前,见老板骑着一匹价值千金、长着斑花的大骡子,前后左右有奴仆伺候着,他身旁还有一匹鞍辔齐备的骑骡。

"凭安拉的大名,你来骑这匹骡子吧!"伊本·格尔诺肃对哈利法说。

"我不骑;指安拉起誓,我怕跌下来呀。"哈利法断然拒绝。

"指安拉起誓,你非骑不可。"

迫不得已,哈利法只得战战兢兢地跨了上去,倒骑在骡背上,紧紧捏着骡子尾巴,吓得吼叫起来。骡子闻声一跳,他无法控制,霎时一跟头栽下马来,惹得人群哄然大笑。他埋怨道:"我不是对你说我不要骑这匹大毛驴吗?"

伊本·格尔诺肃不理睬,把他撇在街头,率领仆从,径到王宫报告消息,并转到哈利法家中,带走了姑图·谷鲁彼。

哈利法蹒跚奔回家去照管姑娘,刚到巷口,便见同巷的邻居一丛丛聚在一起,交头接耳,在谈论什么。他侧耳细听,只听得有人说:"到现在为止,哈利法这个人太可怕了!你瞧,他到底打哪儿弄来的那个娘儿呢?""这个疯狂的鬼东西,"另一个人说,"也许他在路上见她醉倒,这才把她抱进自己家中去吧。现在他一定是明白自己的过失而躲开了。"

哈利法不顾流言蜚语,趁他们谈得起劲的时候,突然出现在他们面前。

"哦!你怎么了?可怜的人啊!"邻居一见哈利法便嚷起来,"你不知道你家里发生什么事吗?"

"不,指安拉起誓,我一点也不知道。"

"刚才一群奴仆拥到你家里,把你偷来的那个娘儿给带走了。他们还到处找你,幸亏没有找到你。"

"他们凭什么带走我的姑娘?"他怒气冲冲地说,看也不看他们,回头就走;只听得其中有人说:"要是他在家里,早被他们杀了。"

哈利法一口气奔到珠宝市,见伊本·格尔诺肃还骑在骡上。他走过去,说道:"指安拉起誓,你耍手法蒙混我,暗中却使奴仆弄走我的姑娘;你不该这样做呀!"

"疯人!你住嘴,跟我来吧。"

伊本·格尔诺肃带哈利法去到一幢非常华丽的屋子里,见姑图·谷鲁彼坐在屋中一张金质床上,有十个月儿般美丽的姑娘小心伺候她。伊本·格尔诺肃一见姑娘,赶忙趋前,跪下去吻了地面。

"为买我而花掉他全部积蓄的那位新主子,你怎么对待他的呢?"姑图·谷鲁彼问。

"太太,我给过他一千金币了。"伊本·格尔诺肃说,接着把哈利法的情况从头到尾详细说了一遍。

"原谅他,他是一个平凡人嘛。这儿还有一千金币,是我赏给他的。若是安拉愿意,他从哈里发手中能够获得足以致富的一笔巨款呢。"

他们正在叙谈的时候,哈里发的差人突然赶到,前来迎接姑图·谷鲁彼。这是哈里发知道她被救,住在伊本·格尔诺肃家里的消息以后,抑制不住惦念的情绪,所以立刻派人前来接她回宫的。

姑图·谷鲁彼带哈利法同行,匆匆赶到宫中,倒身跪在哈里发面前,吻了地面。哈里发起身迎接,亲切地安慰她,问她跟那个买她的人之间的情况。她回道:"那个男人,人们都叫他渔夫哈利法;现在他等在王宫门前呢。据他说,由于合作打鱼,他跟主上彼此之间账目不清,还需要另行结算呢。"

"他果然等在宫门外面吗?"

"果然。"

哈里发吩咐带他进宫。渔夫哈利法去到宫中,跪在哈里发面前,祝他长命富贵,万寿无疆。哈里发感到惊奇,追问他的来历。他把自己的经历,从头到尾,详细叙述一遍。哈里发听了,很感兴趣,忍不住哈哈大笑。继而他又把最近的经过,宦官跟他之间的交易,宦官给他一百金币凑足一百零一个金币,市中收买木箱等等,从头到尾,详分缕析地说了一遍。哈里发听了,开怀大笑,顿觉心情舒畅。

"你这位成人之美的善良的人呀!我们应该大力帮助你呢。"哈里发说,随即下令,赏他五万金、宫服一套、骑骡一匹、婢仆数人,并规定每月发给津贴五十金。从此,渔夫哈利法不仅有了崇高地位,备受哈里发的尊敬信任，而且一下子变为富翁，前呼后拥，跟帝王毫无区别。他受了丰富的赏赐，享受崇高的待遇，不禁感激涕零，跪在哈里发面前，吻了地面，然后告辞，洋洋自得、大摇大摆地走出王宫。

他走到王宫门前的时候，先前给他一百金币的那个宦官一眼看见他，认识清楚，趋前说道："渔夫！你哪儿来的这些财物呀？"

他把前后的经过，从头到尾说了一遍。宦官听了，明白他自己是使渔夫致富的原因，不禁十分高兴、快乐，说道："你有这么多财物，不肯分给我一点享受吗？"

哈利法伸手掏出装着一千金的一个钱袋，递给宦官。"收回你的金钱吧，"宦官说着把钱袋还给渔夫，"愿安拉借此使你大吉大利。"

宦官虽穷，可是性格慷慨、廉洁，因此哈利法十分钦佩他的为人，对他表示无限的敬意，亲热地向他告别，骑上骡子，在仆从的簇拥下，离开王宫。一路之上，人们成群结队地站在街头看热闹。他带领仆从，去到一家旅馆门前，刚下马，一下子就被人群围起来，纷纷询问他致富的原因。他把自己的经历、情况，详细告诉他们，然后在旅馆中暂且住下，接着从事物色居室，买了一幢美丽的房屋，并花一笔巨款，精心装饰、陈设，终于把屋子弄得富丽堂皇，像乐园一般，然后搬进去定居，并娶有名绅士的女儿为妻。从此他安了家，落了户，丰衣足食，享尽人间清福，满心高兴快乐，万分感谢安拉的恩赐。

之后，哈利法经常进宫谒见哈里发，陪他闲谈、吃喝，在哈里发的爱护、关怀下，有了崇高的名誉、地位，过着如意、快乐、舒适的幸福生活，直至白发千古。

麦斯鲁尔和载玉妮·穆娃绥福的故事

　　相传从前有个叫麦斯鲁尔的大商人。他的钱财很多,境遇很好,在当代的同辈中,算是数一数二的人物。可是他好享乐,经常去花园中消遣、寻乐,借机勾引、调戏美貌的妇女,满足他的欲望。有一天夜里,麦斯鲁尔在睡梦中,去到一座最美丽的花园里,看见园中有四只飞禽。它们中有一只是白鸽,白得像身上镀了一层银,非常美丽可爱。麦斯鲁尔眼看那只白鸽,顿时产生爱慕之心,把它拿在手里赏玩。一会儿,突然从空中落下一只大鸟,把白鸽从他手里攫走。他大吃一惊,一下子吓醒,才知这是南柯一梦。但总觉得失去白鸽可惜,因而惴惴不安,辗转不能成寐,直熬到天明,仍念念不忘梦境。他暗自嘀咕:"今天我非出去找人给我圆梦不可。"

　　麦斯鲁尔清早出门,怀着找人圆梦的念头,左拐右转地往前走,直至离家很远的地方,却始终找不到一个替他圆梦的人,因而心灰意懒,只好垂头丧气地败兴而返。在归途中,他蓦然想到同行中的一个富商,打算顺路去他家走走。于是他随脚从一家富豪门前路过,便听见一缕如泣如诉的声音从屋里传出来。他侧耳静听,只听得那哀怨的悠扬声断断续续地吟道:

> 晨风送来她脚迹下的芳香气息,
> 那馨香气味成为医治病人的妙灵。
> 我茫然立于阜头打听她的信息,

眼泪只肯透露一点她的残败痕迹。

晨风啊！恳求你回答我提出的问题：

她的恩泽可否再一次光临这幢屋宇？

一个瘦骨嶙峋、睁着蒙眬眼睑的病羚，

能否使我感到欢欣、快慰？

麦斯鲁尔听了吟诵声，探头朝里面一看，眼前便出现一座极其美丽的花园。他极目远望，见彼端挂着一个镶珍珠宝石的红缎幕，幕后坐着四个女郎。当中的一个，年纪在十四以上，还不到十五岁，生得明眸皓齿，如花似玉，像灿烂、满圆的明月，无比美丽可爱。她有一双黑眼睛，两树相连的长眉毛，一张所罗门大帝的印章似的嘴唇，一口珍珠般的牙齿，配着一个苗条、标致的身段，具有销人魂魄的魅力。

麦斯鲁尔被那女郎的美貌所吸引，不自主地迈步走了进去，直挨到幕前，毕恭毕敬地向女郎问好。女郎慢条斯理地抬头看他一眼，并用甜蜜的音调回问他好。麦斯鲁尔面对女郎，仔细打量一番，顿时感到心神恍惚，如痴似醉，茫然不知所措。他摆着头东张西望，视线终于被美丽的庭园所吸引，只见整个花园里全是花果，当中素馨花、紫罗兰、蔷薇、香橙花和其他各式各样的馨花香草，香味扑鼻，万紫千红，正在争艳怒放。里面的每一棵树木，都结满了累累的果实，令人馋涎欲滴。那里还有潺潺的清水，一股股从相对的四幢厅堂中汇流到花园里。他抬头观看，见第一幢厅堂的门头上，用朱砂写着下面的诗句：

忧愁、苦恼不会进入这幢屋宇，

时运不跟屋宇的主人捣鬼、作祟。

所有的客人都进入这幢屋宇，

它是无家可归者的归宿地。

他转向第二幢厅堂，见门头上用赤金墨写着下面的诗句：

飞禽在枝头歌唱的时节，

你的锦绣壁衣始终灿烂、光明。

屋内弥漫着芬芳气息，

满足了有情人的一切需求。

只要天空中还有星辰继续运行，

房主人的高贵、享福生活永不停息。

他转向第三幢厅堂，见门头上用蓝琉璃镶着下面的诗句：

大凡昼夜循环交替的时节，

你的尊贵品级永不磨灭。

幸福招引人们奔进屋宇，

你叫忠于你的人们享受无穷的恩典。

他转向第四幢厅堂，见门头上用黄墨写着下面的诗句：

这座美丽的庭园，

当中布满了流渠。

它是最美妙的游息胜地，

屋主人尤其慈祥高贵。

花园中还有斑鸠、鸽子、黄莺、唱鸽等鸣禽，每一种雀鸟都唱出清脆悦耳的声音。麦斯鲁尔听着鸟语，闻着花香，望着勾人魂魄的窈窕美女，正感到如入仙境的时候，忽然听见主人对他说："喂！你这个人呀，怎么随便闯进别人家里？干吗不经主人许可便混到妇女丛中来呀？"

"我的主人啊！我看见这幢庭园，被它的绿树、鲜花和鸟声所吸引，抑制不住爱慕心情，因而不自主地随脚就进来了。我只希望欣赏一会，就离开这里。"

"既然如此，我们竭诚欢迎你，请随意欣赏吧。"

麦斯鲁尔听了主人的谈话，满心欢喜。他置身于鸟语花香的美丽庭园中，面对苗条美貌、伶俐活泼的美女，一阵阵心神恍惚，理智不

翼而飞,顿时陷于迷惘状态,喃喃地吟道:

> 一个极其美丽的月儿骤然莅临,
> 在花草芬芳、馨香四溢的丘陵中漫步流连。
> 桃金娘、长春花、紫罗兰这类争妍斗艳的花群,
> 从枝叶中吐出馨香扑鼻的香味。
> 这是一座尽善尽美的庭园,
> 里面各种馨花芳草样样俱全。
> 花丛中灿烂的光泽使得圆月黯然失色,
> 还有鸣禽唱出啁啾婉转、悦耳动听的歌曲。
> 当中既有斑鸠、夜莺也有野鸽,
> 尤其夜莺的泣声勾起我的情愁。
> 强烈的爱情截断我体内环行的血液,
> 她的美丽使我醉汉般彷徨迷离。

主人载玉妮·穆娃绥福听了麦斯鲁尔的吟诵,抬头用她那勾人魂魄的眼睛瞟他一眼,然后出口成章地跟他唱和起来,吟道:

> 别指望能达到你攀缘的目的,
> 砍断你所期待的那种强求。
> 难于实现的念头不可保留,
> 舍弃钟情美女的痴心、妄求。
> 你视我为情人犯下罪孽,
> 没把我的警告当作一回事情。

麦斯鲁尔听了载玉妮·穆娃绥福的吟诵,非常反感,但无可奈何,只好隐忍着内心的苦恼,暗自说:"忍耐是对付患难的唯一办法。"于是他跟她们混在一起,一直谈到傍晚,载玉妮·穆娃绥福这才吩咐摆出饭菜,招待麦斯鲁尔,陪他同席吃喝。席中有鹌鹑、鸡、鸽、羊等可口的肉食。他俩尽情享受,直至吃饱喝足,女主人便吩咐撤去杯盘碗盏,取来盆、壶,陪他一齐洗手漱口,然后吩咐燃点灯烛,

在散发着馨香气味的樟脑烛光下，陪他促膝谈心，对他说："指上帝起誓，今晚我身体发烧，满腔郁结，苦闷得要死。"

"愿上帝消除你的苦恼、忧愁，使你的心胸开朗、宽阔。"麦斯鲁尔同情、安慰她。

"麦斯鲁尔，我习惯于弈棋消遣。你会下棋吗？"

"不错，我会下棋。"

载玉妮·穆娃绥福吩咐女仆前去取棋，预备跟麦斯鲁尔对弈。女仆遵命，即刻取来一副象棋，齐齐整整地摆在主人和客人面前。麦斯鲁尔一看，见棋子是乌木、象牙雕的，棋盘上的界线是赤金的，棋盘的方格全是用珍珠、宝石镶成的，面对那样堂皇考究的象棋，他不禁感到吃惊、发愣。载玉妮·穆娃绥福瞟他一眼，问道："你要走红子，还是走白子？"

"美丽的小姐啊！红子像你一样美丽可爱，你请走红子，让我走白子吧。"麦斯鲁尔表示谦虚、退让。

"好的，我同意这么走。"载玉妮·穆娃绥福说着动手摆好棋子，举棋和麦斯鲁尔对弈起来。

麦斯鲁尔眼看载玉妮·穆娃绥福移动棋子的纤指，白嫩、柔软得像面团，配着她的温和、文雅的性情，显得越发美丽可爱，致使他心不在焉，一阵阵感到心慌。载玉妮·穆娃绥福抬头看他一眼说："麦斯鲁尔，你别呆头呆脑的，还是耐心、稳步地走下去吧。"

"具有闭月羞花之美的人儿哟！有情人见了你，他怎么耐心得下呢？"麦斯鲁尔刚唉声感叹毕，突然听见载玉妮·穆娃绥福对他说："将军！老王死了。"于是他输了第一盘。

载玉妮·穆娃绥福眼看麦斯鲁尔的神情，知道他一往情深，爱她爱得发痴，便对他说："麦斯鲁尔，除非规定出一定数量的输赢，我可是不跟你下棋了。"

"听明白了，遵命就是。你说吧，该怎么办呢？"

"你对我发誓，我也对你发誓，表明咱们谁都不骗谁。你看如何？"

"好的，我同意这么办。"麦斯鲁尔同意载玉妮·穆娃绥福的意见，并当面对她发誓。

载玉妮·穆娃绥福发誓之后，接着说："麦斯鲁尔，我每赢一盘棋，你得输给我十个金币。可是你赢棋时，我却一个子儿不输。"

麦斯鲁尔认为他能战胜对方，欣然同意她的条件，说道："主人啊！在下棋方面你比我强，你可是不得破坏约言呀。"

"我同意这么办。"载玉妮·穆娃绥福说着开始跟麦斯鲁尔对弈起来。她精神抖擞，一鼓作气地推进士卒，用车掩护它们，排成严密阵势，随即推出大炮，并纵马前冲，阵势严整，无隙可乘。她兴奋得解下束着头发的蓝色缎带，并高高卷起袖管，露出银柱似的白手臂，用纤指边挪动红子，边警告对方："注意这边，好生防御吧！"

麦斯鲁尔面对面地坐在形态标致漂亮、举动活泼雅致的载玉妮·穆娃绥福跟前，老是感到恍惚迷离，而且眼看她每走一步的妙意和作用，给他很大威胁，逼得他挣扎、动弹不得，因而糊里糊涂地伸手拿起红子就走。载玉妮·穆娃绥福赶忙提醒他："麦斯鲁尔，你的理智哪儿去了？红子是我的，你该走白子呀。"

"对不起，因为眼看着你，这就管不住理智了。"麦斯鲁尔表示歉意。

载玉妮·穆娃绥福眼看麦斯鲁尔的不正常情形，便把红子让给他，她自己走白子，结果赢了他。接着再下再赢，每赢一盘，麦斯鲁尔便输给她十枚金币。载玉妮·穆娃绥福见麦斯鲁尔过于痴情，太迷恋她，便对他说："麦斯鲁尔，除非你按所提的条件赢棋，那你是达不到目的的。现在除非你每输一盘付出一百金币，那我不再跟你下棋了。"

"好的，我完全同意这个办法。"麦斯鲁尔欣然接受载玉妮·穆娃绥福提出的条件，并继续跟她对弈。

载玉妮·穆娃绥福精神抖擞，再接再厉，屡下屡胜，每赢一盘，麦斯鲁尔便输给她一百金币。他俩继续不停地直下到次日清晨，载玉妮·穆娃绥福始终保持不败。麦斯鲁尔从来没赢过一盘，输得一塌糊涂，便茫然站了起来。载玉妮·穆娃绥福惊而问他："麦斯鲁尔，你要做什么？"

"我要回家去取钱，也许我会达到希望、目的的。"

"那好，照你的想法去做吧。"

麦斯鲁尔急急忙忙回到家中，把全部现款带在身边，然后来到载玉妮·穆娃绥福家里，在她面前吟道：

> 梦寐中我去到一座鲜花争艳的庭园里，
>
> 看见一只白鸟从我面前走了过去。
>
> 只有在我的希望实现之时，
>
> 我的梦意才能获得解释。

麦斯鲁尔吟罢，坐下来跟载玉妮·穆娃绥福下棋。他求胜心切，但事与愿违，每下一盘都败在载玉妮·穆娃绥福手下，一盘也没赢过。他越输越想赢，为了达到赢棋目的，他坚持跟载玉妮·穆娃绥福下了三天三夜，结果把手中的现款输得一文不剩。钱输光之后，载玉妮·穆娃绥福对他说："麦斯鲁尔，现在你将做何打算呢？"

"我将继续跟你下棋，打算以一个药材香料铺做孤注一掷。"

"那个香料铺值多少钱？"

"五百金币。"

麦斯鲁尔用他面下的一个香料铺作本钱，跟载玉妮·穆娃绥福赌输赢，继续下了五盘棋，一盘没胜，输掉香料铺，仍不服输，索性拿女仆、田地、房屋和果园作赌注，硬着头皮跟载玉妮·穆娃绥福下棋，结果全部财产输得一干二净，只落得两袖清风，手中一文不名。载玉妮·穆娃绥福瞟他一眼，说道："麦斯鲁尔，你还有钱赌输赢吗？"

"指使我落在你的情网中的主宰起誓，我一文钱也没有了。"

"麦斯鲁尔，当初你甘心情愿的事，到头来可不该懊悔呀。假若你觉得懊悔不置,那干脆把输给我的财产都收回去,然后走你的大路好了,因为我认为这样做是正当而合法的。"

"指规定我们做这些事的主宰起誓,你是我唯一钟情的人。我即使把灵魂输给你,那也是微不足道的。"

"麦斯鲁尔,你现在快去请个法官和几个证人来,给我写张契据,由我做全部财产的业主吧。"

"听明白了,遵命就是。"麦斯鲁尔应诺着立刻起身,急急忙忙走了出去,邀请一位法官和几位证人,带他们来到载玉妮·穆娃绥福家中,预备写转业契据。

法官一见载玉妮·穆娃绥福的妖娆美丽形貌,顿时感到心神恍惚迷离,理智不翼而飞,结结巴巴地说:"太太,你必须出钱购买这些房屋、田地和婢仆,我才替你写转移业权的契据呢。"

"这些我们彼此间谈妥了。"载玉妮·穆娃绥福对法官说,"现在只要你替我写张契约,说明麦斯鲁尔以如此这般的价钱,把他的房屋、田地、婢仆等全部产业卖给载玉妮·穆娃绥福,由她管业就成了。"

法官果然按照载玉妮·穆娃绥福的嘱咐,写了契据,并经证人们画过押,这才把契据递给载玉妮·穆娃绥福。

载玉妮·穆娃绥福手里捏着契据,把麦斯鲁尔的全部产业据为己有,这才从容瞟麦斯鲁尔一眼,心安理得地对他说:"麦斯鲁尔,去你的吧。"这时候,载玉妮·穆娃绥福的婢女胡波补抬头看麦斯鲁尔一眼,对他说:"慢走!你先吟首诗给我们听一听再去吧。"

麦斯鲁尔应女仆之请,以弈棋为题,即席吟道:

> 我埋怨命运带给我的浩劫,
> 我也埋怨她的眼目使我输得倾家荡产这种结局。
> 我钟情一个婀娜、窈窕的美女,
> 宇宙间任何男女都不能同她媲美。
> 她那尖锐的眼神对准我先射出锋利的箭矢,

随之调遣强劲的队伍向我进击。
红兵白卒各随其冲锋的骑士向前相互撞击，
她则边指挥部下边警告我："注意,好生招架着!"
在头发般漆黑的深夜里战火纷飞越打越烈，
她举棋时从容镇静得没把我放在眼里。
我疲于奔命无法保全白兵突围，
爱情却使我悲哀、哭泣。
士相、大炮跟随皇后匆忙撤退，
惨败的白兵只落得仓皇逃命。
先是她把两支军队摆成阵势任我挑选，
我欣然选中那月色似的部队。
我说这支白色部队适合我带领，
那支红色军队留给你去指挥。
她按我所同意的赌博方式同我对弈，
可是在爱情方面我极难获得她应允。
为爱一个月儿般美丽的女性，
我怀念、忧郁,胸中燃烧着炽烈的火焰。
其实我的心并不在火里,我也不因破产而忧愁，
却只为人家的白眼、蔑视给我招致的苦头。
我一旦变得彷徨迷离,愕然哑口无言，
一再责怪时运和它分配给我的一切。
她问我："你干吗张口结舌、哑然缄默?"
我回道："难道醉汉的头脑还能清醒、明白?"
我的理智被一个美人的妖娆身段所掠夺，
那窈窕的身段能使石心人变得又软又弱。
我安慰自己说："凭赌博我无所畏怯，
今天她已属于我的主权。"
我一心一念追求她的行动始终不停，

到头来只落得一贫如洗。

青年人即使淹没在汹涌澎湃的情海里，

难道就可免除恋爱过程中必遭的打击？

这奴婢已经变得两手空空一文不名，

在情场中单思一回却没达到追求的目的。

载玉妮·穆娃绥福听了麦斯鲁尔的吟诵，非常钦佩他的口才，便对他说："麦斯鲁尔，希望你冷静、理智些，抛掉狂妄念头，各自去你的吧。因为你赌棋输光了钱财、产业，却一无所得。今后你的希望、目的也是无法实现的。"

麦斯鲁尔瞅载玉妮·穆娃绥福一眼，说道："太太啊！无论什么东西，你都向我要吧，凡是你所需要的都能得到手，我给你拿来，送到你面前。"

"麦斯鲁尔，可是你手中一个子儿没有了。"

"我虽然没有钱，可是别人会帮助我的。"

"莫不是施主要变成遵命的人了吗？"

"我有些亲戚、朋友，他们能帮助我。无论向他们要什么，他们都肯给我。"

"那我向你要四个麝香、四瓶麝香混龙涎香精制的香水，四磅龙涎香、四千金币和四百套御用锦缎衣料。麦斯鲁尔，如果你能给我带来这些东西，我这就接待你了。"

"闭月羞花的人儿啊！这件事，对我来说，是最轻易不过的。"麦斯鲁尔即时告辞，退了出去，以便给她拿来她所需要的东西。

载玉妮·穆娃绥福对麦斯鲁尔的言行将信将疑，因而派她的使女胡波补跟踪追随麦斯鲁尔，窥探他的举止行动，以便了解他所说的是否属实。胡波补遵循命令，悄悄地跟随着麦斯鲁尔，仔细窥探他的一举一动。麦斯鲁尔大摇大摆、东张西望地走在大街上。他无意中一回头，忽然看见胡波补走在他后面。于是他站住，等胡波补来到他面前，这才问她："胡波补，你上哪儿去？"

"我奉主人之命,前来探听你的情况。"胡波补把载玉妮·穆娃绥福吩咐她的话,毫不隐瞒,全都说给麦斯鲁尔听。

"胡波补,指上帝起誓,不瞒你说,我手中一个子儿都没有了。"

"既是这样,你干吗许诺她呢?"

"唉!许而不践诺言的人,何止一个,这对求爱的人来说,总是难免的。"

"麦斯鲁尔,你安心、快乐吧,别为此事苦恼。指上帝起誓,我一定要努力奔走,以便你同她很快结合在一起。"胡波补说罢,撇下麦斯鲁尔,转身扬长而去。

胡波补离开麦斯鲁尔,急急忙忙一口气奔到家中,挨至载玉妮·穆娃绥福跟前,哭哭啼啼地说道:"太太啊!指上帝起誓,麦斯鲁尔是个大人物,人们谁都敬仰、爱戴他呢。"

"上帝所规定要发生的事是难以避免的。麦斯鲁尔在我们家里没有得到一点同情,我们拿了他的钱,对他却没有好感,也不热情接待他。因为我若迎合他的心情,满足他的愿望,唯恐事情传出去,会惹人议论呢。"载玉妮·穆娃绥福感到左右为难。

"太太,他既然损失了财产,这桩事对咱们说来的确不容易应付。不过在你面前的只有我和苏科补,别人谁都不知不晓。而苏科补和我都是你的丫头,谁还能对你说长道短呢?"

载玉妮·穆娃绥福听了女仆之言,低头沉思,默不吭气。胡波补眼看她犹豫不决,迫不及待,便直言规劝:"太太,依我们看来,你还是打发人去找他,恩顾他一下的好,别叫他仰求那班鄙吝之人的鼻息吧,因为求人是多么痛苦的事啊!"

载玉妮·穆娃绥福沉吟一阵,觉得婢女的话不错,便接受劝告,命她取来笔墨纸张,毅然写了下面的诗句:

> 向麦斯鲁尔报个欢聚即将降临的喜讯,
>
> 以便天黑时你快来同我幽会。
>
> 先前我既昏且醉,迄今才恢复理性,

请别再提我敛财的卑鄙行径。
你的财物即将拱手全部奉回，
额外还增加欢迎你莅临的机会。
因为面对意中人的冷淡、虐待行为，
你既能安之若素且具备达观、愉快心情。
这有神灵保佑，请快来实现你的夙愿，
可千万小心谨慎，避免家人察觉个中底细。
请别耽搁、迁延，务希趁早成行，
幽会的果实须趁丈夫外出时才能结成。

载玉妮·穆娃绥福写毕，将诗笺折叠起来，递给婢女胡波补，命她送给麦斯鲁尔。胡波补拿着信，急急忙忙来到麦斯鲁尔的住宅门前。她侧耳静听，只听他边哭边吟道：

微风给我送来忧伤气息，
致使我焦急得心碎肝裂。
离别增加我无可抑制的渴念心情，
眼眶中的泪水继续不断澎湃奔流。
假若我稍微透露一点蕴藏在胸中的畏怯、疑虑激情，
其威力能即刻熔化坚不可摧的盘石。
但愿我能迅速见到赏心悦目的事情，
从而很快达到我所追求的目的。
但愿黑夜卷起我们之间的遥远距离，
让深入膏肓的症结一朝宣告痊愈。

麦斯鲁尔一往情深，对载玉妮·穆娃绥福过于痴情。当时由于爱情冲击，他无法抑制激情，便吟诗遣愁。正当他重复朗诵的时候，不想叫胡波补听见了。她听了吟诵，把门一敲，麦斯鲁尔闻声出来开门。胡波补进屋去，把信递给麦斯鲁尔。他拆信匆匆读了一遍，随即对使女说："胡波补，你们主人有什么话吩咐我吗？"

"老爷,你是聪明、敏感的人。我们主人既然写信给你,这就用不着我来回答问题了。"

麦斯鲁尔欢喜若狂,欣然吟道:

> 来信的内容使我欢欣、快慰,
> 我必须把它牢固地保存在心内。
> 吻信时倍增惦念情绪,
> 因为珠玉般的热情蕴藏在里面。

麦斯鲁尔吟罢,赶忙写封回信,交胡波补捎给载玉妮·穆娃绥福。胡波补带着回信,急急忙忙回到家中,把回信递给载玉妮·穆娃绥福,并在她面前大肆颂扬麦斯鲁尔,夸赞他的才能、慷慨、温良等美德,说得天花乱坠,对于促进麦斯鲁尔接近载玉妮·穆娃绥福帮了很大的忙,致使载玉妮·穆娃绥福对麦斯鲁尔增加了好印象,爱慕他的心情越发浓厚。因而她迫不及待地对使女说:"胡波补,他迟迟不到咱们这儿来,这是为什么呢?"

"太太,他很快就会来的。"胡波补刚说完,便听见敲门声。她出去开了门,见是麦斯鲁尔驾临,便引他到太太跟前,让他坐下。载玉妮·穆娃绥福向麦斯鲁尔问好,热情欢迎他,让他坐在身边,然后吩咐使女:"胡波补,快去给我取一袭最名贵的锦袍来。"

胡波补遵循命令,即时取来一袭绣金锦缎袍子,递给太太。载玉妮·穆娃绥福转手把锦缎袍子扔给麦斯鲁尔,叫他穿起来。同时为了表示尊重客人,她自己进屋去换一身最华丽的衣服,披一方串珠织成的名贵头巾,用一条嵌满珠宝玉石的缎带束着它,两根点缀着金玉宝石的飘带联连着缎带直垂在胸前,再把夜一般的黑发散披在肩背上,然后焚沉香熏了一番,并洒了一些麝香、龙涎香,收拾打扮得花枝招展,馨香扑鼻,这才袅袅娜娜地走动起来,预备出去接待麦斯鲁尔。女仆胡波补眼看载玉妮·穆娃绥福如花似玉的抚媚形态,赞不绝口,替她祈祷说:"求上帝保佑,别叫坏人看见你。"接着欣然吟道:

她轻盈的步履使柳树枝感觉羞怯，

　　她睁眼一瞥使追求者受到袭击。

　　她一出现好像月亮从黑暗中升起，

　　也像太阳放射出灿烂的光明。

　　向晚上陪她过夜的人报喜，

　　祝昼间忠心耿耿的殉情者幸福。

　　载玉妮·穆娃绥福谢谢女仆的祈祷和赞颂，然后喜笑颜开地走了出来，好似一轮初升的明月。麦斯鲁尔一见载玉妮·穆娃绥福，大吃一惊，立地站了起来，自言自语地说道："如果我的猜想不错，那她不是凡人，而是来自乐园中的一位仙女。"

　　载玉妮·穆娃绥福热情接待麦斯鲁尔，吩咐抬出饭菜来款待他。仆人遵循命令，即时摆出一桌丰盛的筵席。麦斯鲁尔一看，见桌子的四边写着下面的诗句：

　　请用调羹去舀盘中的菜肴享受，

　　盘碟中各种煎、炒的食品你能尝到美味。

　　其中有刚开口叫的肥嫩的鹌鹑，

　　另外还具备肥胖的秧鸡和各种家禽。

　　油光闪烁的烤肉色泽美观，气味喷香扑鼻，

　　金属盘中醋熘的蔬菜多鲜美，

　　大米饭穿着美丽的牛奶衣服，

　　戴镯的纤指伸到钵中取食。

　　两盘色、味各异的红烧、黄焖鲤鱼惹人馋涎欲滴，

　　侧面还摆着两个"台瓦里芝"①的烤饼。

　　载玉妮·穆娃绥福陪麦斯鲁尔痛痛快快、无拘无束地吃喝享受。吃过饭，撤去杯盘，接着端来酒肴。于是载玉妮·穆娃绥福和麦斯鲁

------

　　① "台瓦里芝"：地名。

尔相互交杯,开怀畅饮,彼此的感情非常融洽,乐不可支。麦斯鲁尔满斟一杯,兴高采烈地说:"我的主人啊!奴婢我干这杯了。"他说着一口气喝了酒,随即兴致勃勃地引吭唱道:

> 一个女性的美丽形影征服我的眼睛,
> 这使我感到无比惊奇诧异。
> 她的高尚人格和慈祥性情,
> 当代没有谁能同她比高低。
> 她端正、苗条的体形配着合身的衣裙走在人前,
> 柳树枝见了却因羡而产生嫉妒心情。
> 她闪烁发光的容颜和新月一样的蛾眉,
> 使夜空中的明月深感羞愧。
> 凡是她足迹所到之地,
> 不论平原或戈壁都弥漫着芬芳气味。

麦斯鲁尔唱罢,载玉妮·穆娃绥福说道:"麦斯鲁尔,任何严守自己信仰的人,只要吃过我们的饼和盐,我们就该待他如亲人,你可不必拘礼。现在我打算把从你手中赢得的田地、房屋和钱财都赔还你。"

"夫人,你虽然违背了我们之间的誓言,可你所说的是合情合理的。今后我是准备改奉伊斯兰教做一个穆斯林的。"

"主人啊!"女仆胡波补趁机插嘴说:"你年纪虽轻,可懂的事情却不少。求主保佑,让我永久跟你在一起。除非你依从我,答应我的要求,今晚我就不跟你在这屋中过夜了。"

"好的,胡波补,你的希望一定会实现的。现在你快收拾一下屋子,再给我们弄些吃喝的吧。"

女仆胡波补遵循命令,赶忙起身收拾、布置屋子,按照主人的要求、嗜好,焚香把它熏得馨香扑鼻,并预备了果品、酒肴,这才请载玉妮·穆娃绥福陪麦斯鲁尔吃喝享受。于是他俩卿卿我我地促膝谈

心,开怀畅饮,彼此心情舒畅,乐不可支。载玉妮·穆娃绥福怡然自得地说道:"麦斯鲁尔,现在是咱俩亲密无间的时候了。要是你对爱情果然出自真诚,那请你吟首诗,表达你的心情吧。"

麦斯鲁尔醉眼蒙眬,欣然吟道:

> 我以燃烧着熊熊火焰的满腔热情,
> 一心要弥补被割裂的团圆。
> 我所钟情的那个女性的妖娆切断我的心弦,
> 她妩媚、光滑的腮颊掠夺了我的理性。
> 她有联系在一起的柳眉和黑白分明的眼睛,
> 微笑时她露出闪电般的白齿。
> 她年方十有四岁,
> 为爱她,我流出涌泉般的眼泪。
> 在溪渠和花坛间我初次看见那张笑脸,
> 它比高空中的新月还灿烂光明。
> 我像一个俘虏战战兢兢站在她跟前,
> 祝福说:愿上帝赏赐你长寿、安宁。
> 她说出串珠般美妙、匀整的语言,
> 欣然回答我的祝愿。
> 听了我的语言,理解我的抱负、目的,
> 她的心一下子变成了硬石头。
> 她问道:难道这不是无知、愚妄的念头?
> 我对她说:请你暂别埋怨。
> 如蒙你答应,求亲的愿望就易于实现,
> 你和我这样有情人终会成为亲密的伉俪。
> 针对我的希望目的她笑开了颜,
> 启齿说:指创造宇宙万物的主宰发誓:
> 一个希伯来人必然坚持她的犹太教义,
> 你自己也只能追随基督教的礼节。

彼此的信仰各有区别,你怎能向我求亲?
假若你要强求,必然后悔莫及。
莫非爱情允许你随便作弄两种教律?
到头来你和我同样会受人指责、抨击。
为爱情你不惜糟蹋宗教,辱没其礼仪,
事实证明你对犹太教和基督教都是罪大恶极。
你若诚心忠于爱情,就该欣然改奉犹太教律,
往后凡接触异性,对你来说都是犯禁行为。
你那厢凭《福音》发个真诚誓言,
决心严格保守你我之间爱情的秘密。
我这里也指《旧约》发下确切誓语,
对彼此缔结的盟约信守不移。
我指自己的信仰和教律、派系发了誓言,
她像我一样也山盟海誓慎重发过誓语。
我说:请问你这位为我所崇敬者的贵姓大名?
她回道:奴家是躲在深闺中的载玉妮·穆娃绥福。
我喊道:载玉妮·穆娃绥福我心爱的人儿哟!
我热爱你已经到了发狂的境地。
从面纱下面我窥探她妩媚的容颜,
内心顿时充满无可抑制的澎湃激情。
我露出极其谦逊、可怜的神情,
一再埋怨爱情给我招致无限苦头。
眼看我狼狈不堪、神魂颠倒的形迹,
她毅然掀起面纱对我笑脸相迎。
促使我们联系在一起的和风徐徐刮起,
她颈项和手腕上继之散发出麝香气味。
整幢屋宇像她本人那样光华、清澈欲滴,
像饮烈性醇酒我痛吻她微笑的嘴唇。

她穿着薄衬衫的苗条身体比垂柳还优柔，

对先前定为犯禁的聚首一下子改为合法行为。

随着幽会的机缘我们碰头聚首，

在低谈细语、接吻拥抱的氛围中欢度良夜。

只有蒙她垂青、在她身边听发号施令的人，

才感觉宇宙的光明和生存其间的乐趣。

黎明她匆匆起身话别，

嫣然露出比皓月还灿烂的容颜。

临行她边叹气边哭泣，

成串的泪珠挂在腮前。

我要终身履行对上帝许下的诺言，

一辈子牢记昨晚发过的誓语。

载玉妮·穆娃绥福听了麦斯鲁尔的吟诵，感到无比欢喜快慰，情不自禁地夸赞他祝愿他，说道："麦斯鲁尔，你的心意非常风趣，但愿你轻易战胜情敌，事事如意。你的财产，对我来说，显然是非法的。现在咱俩成为亲密的伴侣了，财产应该归你掌管才对。"于是她把钱财全部归还麦斯鲁尔，说道："麦斯鲁尔，我可以上你的庭园里去玩耍吗？"

"当然可以，我的主人啊！我的庭园是绝无仅有的。"麦斯鲁尔同意载玉妮·穆娃绥福上他家去玩，便告辞先回家，吩咐女仆预备丰盛的饮食，并布置富丽堂皇的客厅，以便隆重接待载玉妮·穆娃绥福。

载玉妮·穆娃绥福应邀带着女仆来到麦斯鲁尔家中，受到热情接待，宾主同席，大吃大喝，开怀畅饮，彼此殷勤劝酒，觥筹交错，快乐无穷。直至吃饱喝足，这才坐下来卿卿我我地促膝谈心。载玉妮·穆娃绥福说："麦斯鲁尔，我突然诗思来潮，打算弹着琵琶吟唱一曲。"

"好极了，请弹唱吧。"麦斯鲁尔即时给她拿来琵琶。

载玉妮·穆娃绥福怀抱琵琶,调过弦,随即边弹边吟唱道:

愉快的心情使我弹偏了琴弦,
且喜晨宴时有晴朗的朝霞陪随。
爱情撕破痴情者的心幕,
一颗热衷于爱情的赤心便随之而流露。
伴随着一杯清亮透明的醇酒,
恰像从月亮手中喷出灿烂的光明。
夜里她带来喜闻乐见的愉快事情,
用欢欣抹弃一切灰暗、阴郁。

载玉妮·穆娃绥福弹唱毕,对麦斯鲁尔说:"麦斯鲁尔,你吟一首吧! 让我尝一尝你心田里长出来的果实。"

麦斯鲁尔答应载玉妮·穆娃绥福的要求,欣然吟道:

圆月亲手斟酒传递的情景使我欢欣、快慰,
花园中她的弹技、歌喉动人心弦。
她的弹唱引得树枝摇曳、斑鸠欢鸣,
在晨熹照耀下大地一派春光似锦。

麦斯鲁尔吟诵毕,载玉妮·穆娃绥福对他说:"麦斯鲁尔,如果你是真心实意地爱我,那请你吟首诗,叙述咱们相识的经过吧。"

"听明白了,遵命就是。"麦斯鲁尔应诺着即席吟道:

一只白羚羊用媚眼射我一箭,
请停步听一听:
我在恋爱过程中的遭遇。
她的一瞥击中我的心灵,
在情场中我疲于奔命,
生命将一朝毁于爱情。
她的妖娆、风流使我一见钟情,

当初见她在花园中徘徊、流连，
受到刀枪剑戟重重保卫。
她的体态苗条、均匀，
我向她请安、祝愿，
她听了屈尊给我致意。
我问道：请问贵姓大名？
她回道：我名副其实，
被称为载玉妮·穆娃绥福①。
我说：我对你一见钟情，
恳求同情、怜惜我的一片痴情，
像我这样的忠诚者世间不可多见。
她说：假若你产生恋爱心情，
企图同我结成眷属，
必须付出大批金钱、财物，
数目超过我能获得的最高限度。
此外还要大量名贵丝绸衣服，
并大批金银嵌珍珠宝石的簪环首饰，
再加上二十五斤麝香作婚配的礼物。
面对这桩令人惶惑不安的事情，
我显出坚韧不拔的耐性，
最后她终于满足我的心愿，
这该是多么难能可贵的恩遇；
如果妒嫉者为此而埋怨，
我要对他说，你请听：
她拖着长长的发辫，
颜色像漆黑的深夜。

———————————

① 品质的装饰品。

她的腮颊上长着玫瑰，

有如熊熊的火焰。

她的眼睛像锋利的宝剑，

举目一瞥恰如射手放箭。

她的牙齿洁白、整齐，

像珍珠串成的项链。

她的项颈跟羚羊脖子无异，

极其丰满、美丽。

她的胸膛云石般光滑细腻，

突出的乳峰像僧舍的屋脊。

一天夜里我去同她幽会，

受到合法的待遇，

彼此欢度一夜，

这是我生平难忘的一宿。

次日黎明，

她新月般笑嘻嘻地起立，

像软柔的花枝摇摆着身躯，

亲切地向我话别：

"如此良夜什么时候再现？"

"我的眼珠哟！"我说，

"只要你愿意，可以随时下个命令。"

　　载玉妮·穆娃绥福听了麦斯鲁尔的吟诵，非常感动，眉飞色舞，喜笑颜开，满心欢喜快慰。继而她说："麦斯鲁尔，时间不早，就快天亮，我该走了，否则会遭人诋毁、诽谤呢。"

　　"听明白了，遵命就是。"麦斯鲁尔应诺着起身送她回家。

　　麦斯鲁尔把载玉妮·穆娃绥福送到她家中，然后转回来，躺在床上，念念不忘载玉妮·穆娃绥福的姿色，辗转不能成寐，直到日出，他才起床，预备一份贵重礼物，带到载玉妮·穆娃绥福家里，送给她，跟她在一起幽会、谈心。就这样,他俩天天见面言欢,彼此形影不离,过着无比美满、快乐的吃喝嬉戏生活。

载玉妮·穆娃绥福跟麦斯鲁尔一起过了几天荒淫无度的生活,彼此正感到情深谊笃、难分难舍的时候,载玉妮·穆娃绥福突然收到她丈夫的来信,告诉她最近他可以回家的消息。她读了信,恶狠狠地咒骂她丈夫:"但愿上帝不保佑他,不叫他活下去。因为他回到家中,势必搅混我们的生活。我恨不得当初和他断绝夫妻关系。"

麦斯鲁尔照例来和载玉妮·穆娃绥福幽会,彼此对坐谈心。载玉妮·穆娃绥福对他说:"麦斯鲁尔,我丈夫给我寄来一封信,告诉我最近他就旅行归来的消息。咱俩在一起过惯了,谁也不忍心离开谁,你说该怎么办呢?"

"我不知道该怎么办。其实你是深知、了解你丈夫的性格的人,更何况你是妇女中顶聪明、智慧的人,你能干,有办法。你的谋划、策略,远非一般男子可以望尘。"

"但是他为人严厉、倔强,对家人教管严格,尤其醋意重,很不容易对付。不过等他此次旅行归来,你想办法去看他,问候他,跟他交谈,说你是做香料生意的,向他买些香料,借故经常接近他,多跟他交谈。无论他要你做什么,你都依从他。这样一来,我预备要向他所施的计谋,也许就得逞了。"

"听明白了,遵命就是。"麦斯鲁尔怀着满腔爱情的烈火向载玉妮·穆娃绥福告辞归去。

载玉妮·穆娃绥福处心积虑,试用妇人特有的伎俩,天天以郁金香水洗面,故意染黄面孔,并蓬头垢面地等待丈夫归来。她丈夫在她收信之后不久,果然如期回到家中。她装出欢喜的样子热情迎接丈夫,亲切地问候他。可她丈夫一见老婆的黄脸皮,不禁大为吃惊,忙问她脸色不正的缘故。她诡称从丈夫出门之后,她和丫头都生病。她对丈夫说:"你长期在外,我们一方面想念你,一方面替你担惊受怕。"继而她哭哭啼啼地向丈夫诉苦,怨他不该长期在外奔波。她说:"假若有个亲人在你身边,我就不至于如此忧虑了。指上帝起誓,我的老爷啊!从今以后,非跟亲朋一道,你可不要再出远门了。你在外面的时候,应该经常给我写信,让我知道你的行踪,我的心才能安定,免得叫我老为你的安全而终日如坐针毡。"

"听明白了,遵命就是。指上帝起誓,你的见地和劝告非常正确可取。指你的生命起誓,今后凡是你所需要和乐意的事,我都牢牢记在心上。"载玉妮·穆娃绥福的丈夫安慰、应酬老婆一番,随即携一些货物去到市中,打开铺子,坐在里面经营生意。这时候,麦斯鲁尔按照载玉妮·穆娃绥福的指示,来到他铺中,问候他,坐在他身旁奉承、祝愿他,继续跟他谈了一阵,然后掏出一个钱袋,解开它,取出一些金币,递给载玉妮·穆娃绥福的丈夫,对他说:"请把你铺中的各种香料,按这些金币的数值,给我批发一部分,以便带往铺中去零售。"

"听明白了,遵命就是。"载玉妮·穆娃绥福的丈夫应诺着把他需要的货物卖给他。

从这回以后,麦斯鲁尔天天跟载玉妮·穆娃绥福的丈夫打交道,经过几天的交往,彼此混得很熟。有一天,载玉妮·穆娃绥福的丈夫斟酌看麦斯鲁尔一眼,对他说:"我打算找个伙伴经营生意。"

"我也有找个伙伴合伙做生意的意图。因为先父曾在也门经商,给我留下很大的一笔遗产。如果不把这笔钱拿出来经营谋利,恐怕坐吃山空,会把钱财花掉呢。"麦斯鲁尔因话就话,迎合了商人的心理。

"你愿意跟我合伙,让咱俩成为忠诚老实的伙伴,彼此同路出去经营,同道转回家园,并由我教你买卖取舍的方法吗?"载玉妮·穆娃绥福的丈夫征求麦斯鲁尔的意见。

"我非常愿意跟你合伙经营生意。"麦斯鲁尔毫不迟疑地同意跟载玉妮·穆娃绥福的丈夫合伙经商。

载玉妮·穆娃绥福的丈夫约麦斯鲁尔去到家中,让他坐在堂屋里,然后进内室去对老婆说:"我结识了一个伙伴,请他到家里来作客。你预备一桌饭菜,好生招待客人吧。"

载玉妮·穆娃绥福满心欢喜,因为她知道所谓的客人就是麦斯鲁尔。由于她过于爱慕麦斯鲁尔,而且她的计谋已经得售,所以她兴高采烈地赶忙为他备办丰盛可口的饮食。

饭菜准备停当,是开饭的时候了。载玉妮·穆娃绥福的丈夫对老婆说:"你随我一块儿出去陪客,说几句话欢迎客人吧。"

载玉妮·穆娃绥福听了丈夫要她出去陪客的话,借故佯为生气,对他说:"你要我去见生男人吗?求上帝保佑!即使你拿刀砍碎我,我也不要去见他。"

"他是个基督教徒,我们是犹太人,他和我彼此成为伙伴了,你还有什么可害羞的?"

"我可不愿意在一个既不认识,又从来没见过面的男人面前抛头露面。"

载玉妮·穆娃绥福的丈夫满以为老婆所说的是真心话,所以耐心说服,一再缠绵,费了许多唇舌,才得到她的同意。于是她站起来,换一身衣服,端着食物,随丈夫出去陪客,说几句客套话表示欢迎麦斯鲁尔。麦斯鲁尔羞答答地低着头,装出腼腆的模样。载玉妮·穆娃绥福的丈夫面对着麦斯鲁尔那副眼不斜视的拘谨、正经派头,心里想:"毫无疑问,这是个虔诚的信徒呢。"于是他们同席大吃大喝。吃过饭,撤去杯盘碗盏,随即摆出酒肴果品,款待客人。载玉妮·穆娃绥福坐在麦斯鲁尔的对面,彼此眉来眼去,边开怀畅饮,边偷偷摸摸地以眼传情,暗中嬉戏寻乐,直到傍晚,麦斯鲁尔才怀着满腔的爱火告辞归去。

麦斯鲁尔走后,载玉妮·穆娃绥福的丈夫对他这个伙伴的正派行为和昳丽形貌念念不忘地思索着。当天晚上,他老婆载玉妮·穆娃绥福照例端出饭菜,陪他吃喝。所不同的是,他家里原来养着一只驯服的夜莺,每当吃饭时候,它总要挨到主人跟前啄食吃,并在他头上来回飞翔。可他此次旅行归来，夜莺已经不认识他，也不挨近他了。此中原因是，他不在家期间，麦斯鲁尔跟女主人来往甚亲，夜莺跟他见面几次之后，便习以为常，跟他亲近起来，吃饭时就挨近他身边啄食吃，也在他头上来回飞翔。载玉妮·穆娃绥福的丈夫对夜莺疏远他而改变习惯的情形觉得奇怪而有所思，心事重重，一直睡不着觉。同样的，他老婆载玉妮·穆娃绥福从麦斯鲁尔走后，恋恋不舍地老想着他，因而辗转不能入梦。她这种惴惴不安、如有所失的混乱心情，继续延长到第二三天晚上。她丈夫察言观色，眼看她六神无主的形态，知道她心里必有隐情，对她有所猜疑，便冷眼窥探，暗中寻找她的过失。到了第四天半夜时候，他突然从梦中醒来，听见酣睡在他怀中的老婆，喊着麦斯鲁尔的名字，喃喃地说起梦话来。这使他对她更加怀疑、不解，但他隐忍在心，丝毫不表现在言行之间。

次日清晨，载玉妮·穆娃绥福的丈夫照常去铺中，坐着经营生意。不一会儿，麦斯鲁尔来到他铺中，向他请安问好。他回问麦斯鲁尔好，并说："欢迎你，我的弟兄啊！我可想念你呢。"于是二人对坐谈天，越谈越投契。继而载玉妮·穆娃绥福的丈夫对麦斯鲁尔说："走吧，老兄！请你到我家去，以便咱们订个合伙经商的合同。"

"听明白了，遵命就是。"麦斯鲁尔欣然接受邀请。

载玉妮·穆娃绥福的丈夫约着麦斯鲁尔回到家中，然后进房去，告诉老婆他要跟麦斯鲁尔合伙经商，已经请他到家中来，预备订立合同，随即吩咐她："劳你好生预备款待客人吧！并且请你到场，参与订立合同，做个忠证人。"

"指上帝起誓，别让我到外人跟前去吧！我根本不愿见这种人。"

他保持镇静，不跟老婆啰唆，回头吩咐女仆端饮食招待客人。继而他呼唤家里养着的那只夜莺，可它已经不认识主人，却飞到麦斯鲁尔胸前。接着他问客人："老兄，请问你的贵姓大名。"

"我叫麦斯鲁尔。"客人即时回答他。

他顿时想到:这就是他老婆睡梦中一直呼唤的那个名字。随后他抬头看见他老婆举眉动眼地对麦斯鲁尔传情、示意。从此他知道计策已售,便起身对麦斯鲁尔说:"老兄,请稍等一会儿,以便我去请几位亲戚来参与订约,请他们作证人。"

"好的,照你的想法去做吧。"麦斯鲁尔同意主人的办法。

载玉妮·穆娃绥福的丈夫迈步走出大门,拐个弯,悄悄地转到屋后,挨近客室的窗户下,隐着窥探室内的情形。他听见载玉妮·穆娃绥福问她的丫头:"苏科补,老爷上哪儿去了?"苏科补回答说:"老爷出去了。"她又吩咐丫头:"你去关起门来,拴上铁闩。他来敲门的时候,必须问过我才许给他开门。"丫头说声"好咧!"随即出去关门。他侧耳听清楚老婆跟女仆的谈话,接着又看见他老婆斟杯酒,并浇上蔷薇水和麝香,这才端到麦斯鲁尔跟前。麦斯鲁尔赶忙站起来,对她说:"你的口水比这杯酒还香甜。"于是二人你喂我,我喂你,彼此相互喝起酒来。她还拿蔷薇香水,从头到脚地洒在麦斯鲁尔身上,弄得整个屋子弥漫着馨香气味。他亲眼看着这种情景,对他俩如胶似漆的爱情不胜惊奇,从而醋意大发,心中充满了愤恨。他匆匆转到门前,见门关得紧紧的。在盛怒之下,猛烈敲门。

女仆苏科补听见敲门声,赶忙对女主人说:"太太,老爷回来了。"

"这个不受上帝保佑的倒霉家伙!你去给他开门吧。"载玉妮·穆娃绥福吩咐女仆。

苏科补遵循命令,即时奔到门前,开了大门。

"大天白昼,你关起门来干吗?"他一进门就责问女仆。

"老爷出门期间,这道大门始终是关锁着的,白天黑夜都不开它。"苏科补说明关门的理由。

"你做的好,我很欣赏这种办法。"他说着毫不流露心事,反而装出喜笑颜开的模样走进客室,满面春风地对麦斯鲁尔说:"老兄,咱们推迟一下订合同的日期,改一天再订吧。"

"听明白了，遵命就是。你要怎么办，就怎么办吧。"麦斯鲁尔满口同意主人的意见，并告辞归去。

载玉妮·穆娃绥福的丈夫，心情沉重，情绪混乱到极点，无时不思索、考虑自身的问题，但百思而不得其解，茫然不知该怎么办。他心里暗自嘀咕："连夜莺都否认我了，丫头使女也在我面前关门闭户地偏袒别人。"由于过分的愤恨、苦恼，他反复吟道：

> 在漫长的岁月里，
> 我享受过一段幸福生活。
> 在时日挑拨下爱人同我反目，
> 我胸中燃起熊熊烈火。
> 时代赏赐的恩惠从此消逝无遗，
> 只是那美丽、抚娆的形影仍然使我彷徨、迷离。
> 当初一眼看中她的窈窕、美丽，
> 我顿时变成爱情的奴隶。
> 她出自心愿斟给我甘泉般的醇酒，
> 充分流露出深情厚意。
> 夜莺为何断然同我疏远？
> 它为什么偏要跟我的对头亲近？
> 我亲眼看见一桩奇怪事件，
> 所以嘱咐眼睑睡觉时仍须警惕。
> 心爱的人儿中途背信弃义，
> 活泼的夜莺不复在我身边盘旋。
> 指万能的上帝起誓，
> 若要毁灭宇宙，他可立刻实践。
> 对付那个勾引她的歹徒，
> 我必须给予应得的报复。

载玉妮·穆娃绥福听了丈夫的吟诵，立即明白，她肌肉发抖，脸色苍白,惊问使女:"你听他吟过这样的诗吗?"

"这样的诗我从来没听他吟过,咱们别理他。他爱说什么,让他说吧。"

载玉妮·穆娃绥福的丈夫证实老婆的确有外遇的事实之后,开始变卖他所有的一切,心里暗自嘀咕:"我要是不把她远远地带走,他俩私通、苟合的丑事是绝对制止不住的。"他卖完所有的一切,伪造一封信件,念给老婆听,声称是亲戚寄来的,约他夫妇去拜访他们。老婆问道:"咱们去多久?"他回道:"在他们那儿逗留十二天。"于是她同意跟他一起去,问道:"带不带丫头呢?"他回道:"带胡波补和苏科补去,留虎图补在家。"于是夫妻二人,各自分头准备。丈夫忙着预备一乘很好的驼轿,供妻室和使女乘坐。妻室也即时捎信给她的情人,透露丈夫要带她出门的消息和情况,最后嘱咐他:"麦斯鲁尔,旅行期满我若不归来,你便知道那是他用计谋隔离我们,你千万别忘记我们之间的誓言,因为他的阴谋诡计实在可怕。"

载玉妮·穆娃绥福从知道丈夫要带她出去旅行之日起,便唉声叹气、呜咽哭泣,心情沉重,日夜惴惴不安。她丈夫眼看她的懊丧情形,却不过问,只顾忙着预备行李。她眼看丈夫非带她旅行不可,无可奈何,只好忙着收拾,把衣服首饰和贵重什物包扎起来,送去寄存在她的姊妹家中,并告诉她丈夫要带她出门的消息,然后哭哭啼啼地和她分手。她回到家中,见丈夫已经绑好行李,还给她预备很好的驼轿。眼下就要动身起程,离开心爱的麦斯鲁尔,她顿时彷徨迷离起来,怅然不知所措。这时候恰巧她丈夫因事外出,她便趁机奔到大门前,把下面的诗句写在门上:

> 家鸽呀! 当此生离死别,
> 劳你替我向心爱的人儿致意。
> 告诉他我一直忧郁,
> 始终恋念着消逝了的美好时日。
> 同样我的恋念心情更加强烈,

往昔的甜蜜生活历历展现在眼前。
我们曾经日夜形影不离，
欢欣、快慰地度过漫长岁月。
直至离散的乌鸦引颈呱呱长啼，
在报丧声中才猛然从梦寐中惊醒。
今日撇下居室动身起行，
但愿我们不离开这幢屋宇。

她写毕，即时回到二门前，把下面的诗句写在二门上：

从这幢屋宇门前过往的人哟！
看上帝的情面请看一看黑暗中爱人的容颜，
顺便提一提我悲哀哭泣和回忆往昔幽会的情形，
虽然泪水滔滔不绝却毫无裨益。
我的遭遇如果不能使你忍受，
请拿尘埃抹擦你的脸面，
还可以上东西方去流浪、旅行，
耐心活下去等待万能的上帝发布命令。

继而她匆匆回到第三道门前，伤感着把下面的诗句写在门上：

在访问她的故居时请你慢行，
到门前抬头读一读写在上面的诗句。
如果你是忠诚老实之辈就该牢记发过的誓愿，
因为在漫长的日日夜夜你尝到甜头和辛酸滋味。
你必须跟她紧密联系，
因为在你身上寄托着她的欢乐、快慰。
你不到时她向来垂帘回避人群，
所以你应该为接触过的美好时日悲哀哭泣。
为寻觅我的行踪你须作长途旅行，
渡水、爬山，横跨平原。

幽会的良夜已经悄然归去，

当中的光明被离散的黑影遮蔽。

愿上帝保全消逝了的日日夜夜，

在那安静的庭园中我们采集芬芳的花卉。

往昔的时日能否归来收拾这离散的残局？

果如此，我们对天所发的誓愿就算实现。

因为上帝掌握着我们的命运，

这一切早在诞生前便做出决定。

　　载玉妮·穆娃绥福写毕，哭哭啼啼地回到房中，想着过去的一段甜蜜生活，忍不住边痛哭流涕，边自言自语地说："赞美上帝，是他给咱们这种安排呀！"于是她为分别麦斯鲁尔和离开居室，感到无限的忧愁、苦恼，凄然吟道：

愿上帝的恩惠继续笼罩这空旷的屋宇，

我们在里面度过许许多多快乐的时日。

家鸽呀！难道是跟圆月似的主人分别，

你才持续不停地悲哀、长啼？

麦斯鲁尔哟！离愁使我的眼睛失明，

你别为离别过分悲哀、哭泣。

起程日我心中燃烧着烈火，热泪滚滚奔流，

你若在场，便可目睹个中悲惨情形。

别忘记在花园中林荫下所发的誓言，

当时咱们躲在帷幕似的丛林后面幽会。

　　载玉妮·穆娃绥福吟罢，离开闺房，来到门外。她丈夫把她抱进替她预备的驼轿里。她回头望着房屋，凄然吟道：

这幢一朝变为空旷的屋宇曾长期受到我们修葺、装点，

上帝对你会深加保护、怜惜。

但愿生存在屋中时我的生命线就告断绝，

最好是趁极度欢乐之夜突然丧命。
因为离乡背井我终日悲哀、忧愁，
不知可爱的屋宇将遭到什么变迁。
但愿我知道今后能否再见自己的家园，
它是否仍像先前那样一见面就令人感到快慰。

　　她丈夫眼看她依依惜别的情形，安慰她说："载玉妮·穆娃绥福，不要为离家而忧愁、苦恼，不久你就会回家来的。"他说着带老婆动身起程，出了城郭，走在大路上。

　　载玉妮·穆娃绥福身在驼轿中，恍然知道离别已成为事实，因而感到惶恐不安。当时她的情人麦斯鲁尔待在家里，也为他自己和载玉妮·穆娃绥福的事焦心、苦恼，一时感到离别之苦，便起身走出家门，匆匆来到载玉妮·穆娃绥福的故居，抬头见关着的大门上载玉妮·穆娃绥福写下的诗句，赶忙从头到尾读了一遍，便昏晕过去。过了一阵，他慢慢苏醒过来，起身推开大门，走了进去，来到二门前，读了载玉妮·穆娃绥福写在门上的诗，同样又读了三门上的诗。这时候，他心中增加了爱慕、惦念和离愁情绪，急急忙忙离开载玉妮·穆娃绥福的故居，没命地跟踪追赶，一直赶上驼队。他看见载玉妮·穆娃绥福的丈夫在前面照管行李，她本人的骆驼行在最后，便悄悄地挨近驼轿，为离别而伤心、哭泣，凄然吟道：

但愿我知道凭什么罪名我们遭受暗箭，
干吗射得我们长年累月地疏远、隔离？
这天我抑制不住澎湃的渴念心情，
前往府中看望你这位我心头上的宝贝。
只见你的居室变得荒凉不堪入目，
我不禁边控诉离别，边悲叹、呻吟。
我六神无主，忧心如焚，
向墙壁打听你的遭遇。

它回道:据说她们怀着满腔情愁,

怅然离别家园奔向荒原漠野。

仿佛人世间践约者的所作所为,

你在墙壁上给我写下留言。

　　载玉妮·穆娃绥福听了吟诵,知道是麦斯鲁尔跟踪赶来,感动得一时泣不成声,她的使女也陪她流泪。没奈何,她只好说:"麦斯鲁尔,我以上帝的名义请求你快离开我们回家去吧,别叫我丈夫看见你。"

　　麦斯鲁尔听了载玉妮·穆娃绥福的嘱咐,一下子晕倒,昏迷不省人事。过了一会儿,他慢慢苏醒过来,立刻追赶上去,随着驼轿跟载玉妮·穆娃绥福絮语话别,吟道:

黎明前带露的晓风一阵阵刮起,

旅行队的头目催行声划破沉静的黑夜。

人们赶忙捆绑货驮、行李随即动身起行,

在领队抑扬顿挫的催行歌中驼队一往直前。

在山谷、流域间人们快步赶路程,

沿途播下一缕缕馨香气味。

我这颗迷恋的痴心被他们带着远行,

清晨面对旅行者留下的足迹我感到彷徨、迷离。

我一心一念不要离开美丽的邻居,

否则我的眼泪将淋湿大地。

当此生离死别关头,

可叹我这支离破碎的肝胆和心灵。

　　他一直追随着载玉妮·穆娃绥福的驼轿,时而伤感,时而叹息,没完没了地絮叨着。载玉妮·穆娃绥福一再安慰他,劝他趁日出前转回去,唯恐私事外露出丑。他挣扎着再一次跟她作最后话别,但又一次晕倒。过了好一阵,他蒙眬苏醒时,她们已经去得无影无踪。他

极目望着她们旅行的方向,深吸着由那边吹来的气味,凄然吟道:

> 和风刚给迷恋者送来即将聚首的消息,
> 转瞬又叫我备尝相思的苦头。
> 凌晨的一阵晓风把我吹醒,
> 顿时发觉自己流落在荒寂的原野。
> 病人般疲惫地卧床呻吟、喘息,
> 抑制不住的血泪夺眶奔流。
> 我的心被邻居带着踏上征程,
> 在驾驶者驱赶的驼队中周游。
> 和风一旦送来快要见面的信息,
> 她便出现在我的眼帘。

麦斯鲁尔怀着满腔恋念情绪,怅然回到城中,进入载玉妮·穆娃绥福的故居,只见人去楼空,满屋萧条、寂寞。他面对这样的景象,思今追昔,不禁潸然泪下,哭得差一点气绝身死,凄然吟道:

> 我的屈辱、温情、憔悴的身体和涌泉般的泪水,
> 一切的一切应该博得这宅院的同情、怜悯。
> 恳求惠风把她们呼出的芳香气味送到这里,
> 以便治疗我胸中日益扩散的感伤情绪。

他吟罢,垂头丧气地回到家中,从此郁结于衷,满腔离愁,终日以泪洗面,过着忧愁、苦闷的生活。

载玉妮·穆娃绥福跟麦斯鲁尔分手后,知道中了阴谋诡计,已经跌在陷阱之中。她丈夫带着她旅行,继续跋涉了十天,来到一座城市中住下。她便趁机给麦斯鲁尔写封信,交给女仆胡波补,嘱咐道:"你去把这封信寄给麦斯鲁尔,让他知道咱们是怎样受这个犹太人欺骗而跌在他的阴谋诡计中的。"

女仆胡波补遵循命令,揣着信溜出寓所,想办法把信寄走。

麦斯鲁尔收到载玉妮·穆娃绥福写给他的信,明白个中真情实

况,大为震惊,气得痛哭流涕,泪水洒湿了地面。他立刻给载玉妮·穆娃绥福写回信,并以下面的诗句收尾:

> 哪儿是通往慰问的路途?
> 怎样才能把烈火中的人儿救出?
> 最美满的时日已经全部消逝,
> 但愿那消逝的日子还有再出现的时候。

载玉妮·穆娃绥福收到麦斯鲁尔的回信,过目之后,交给使女胡波补,嘱咐道:"好生保守秘密。"

载玉妮·穆娃绥福的丈夫知道老婆跟麦斯鲁尔还有书信往来,便带着她和使女离开那座城市,继续跋涉了二十天路程,转移到另一座城市中。

麦斯鲁尔想念载玉妮·穆娃绥福想得废寝忘食,忧心忡忡,忧愁苦闷到极点。有一天夜里,睡梦中,他突然来到一座花园中,看见载玉妮·穆娃绥福迎面走来,紧紧地拥抱他。但彼此刚接触,他便惊醒过来,才知道是南柯一梦,不见她的身影。霎时间,他的理智不翼而飞,神志恍惚,泪水夺眶奔流,痴情已经达到无以复加的境地,凄然吟道:

> 祝愿梦寐中出现的她的形影康宁,
> 这激起我无边无际的恋念、渴慕心情。
> 我满腔热情地一骨碌从床上爬起,
> 以便看一看梦中光临的那个美丽的幻影。
> 难道梦寐能证实我对爱人的一片真诚?
> 或者它能治疗我因爱情而感染的疾病?
> 她时而对我慷慨施予,时而把我抱在怀里,
> 有时用甜言蜜语给我慰藉。
> 一场甜梦初醒,
> 我的泪水扑簌簌长流不停。

从玫瑰色的嘴唇上我喝到口液，
它醇酒般放散出麝香气味。
梦中出现的情景使我感到惊奇，
因为我所期望的一切在梦境中全都实现。
一梦醒来不见爱人的形影，
胸中仅仅留下烦恼、惦念。
当初每逢昼间和她见面时，我就变成狂人，
夜里虽然没有喝酒，我可是烂醉如泥。
恳求惠风看上帝情面，
给她们捎去我的祝愿和惦念情绪，
并对她们说：同你们山盟海誓的那个盟友，
　　　他已喝完患难斟给的鸩酒。

　　他吟罢，哭哭啼啼地离开家，直去到载玉妮·穆娃绥福的故居，站在空洞洞的屋里，眼前便出现载玉妮·穆娃绥福的幻影，好像是她本人站在他面前。面对着这样的情景，他心中的爱火突发，离愁的情绪顿增，致使他一下子晕倒，昏迷不省人事。过了一会儿，他慢慢苏醒过来，凄然吟道：

我闻到她们的麝香气味，
欢喜得无从抑制澎湃的情绪。
面对人去楼空的屋宇，
我忧郁、诚挚地弥补这破碎的思绪。
离散、惦念、忧郁使我精疲力竭，
这说明彼此间的誓言即将破灭。

　　他刚吟毕，便听见屋外传来一声声乌鸦的狂啼声。他大吃一惊，潸然泪下，喟然叹道："赞美上帝！乌鸦是在荒芜的庭园中才哇哇地悲啼的。"于是他呻吟、悲叹着吟道：

一股烈火正在焚烧我的脏腑，

乌鸦为何对着爱人的屋宇痛哭？

为追求爱情消磨了我漫长的时间，

我的精力也白花费在她的故居。

抱着满腔如焚的痴心我将死于爱情，

写给她的书信没人替我传递。

可怜我这为离愁而憔悴、瘦损的躯体，

但愿那去了的人儿还有返回的余地。

东风啊！清晨刮到荒原漠野之际，

请停在宿营地的帐篷前替我向她致意。

载玉妮·穆娃绥福的姊妹纳西梅从楼上看见麦斯鲁尔的情形，非常忧愁苦恼，伤感着吟道：

这幢屋宇正为建筑它的人伤心哭泣，

干吗你也经常到这儿挥泪？

屋主随驼队起程之前室内充满欢欣、喜悦，

一张张笑颜像灿烂的太阳照亮整幢屋宇。

先前从这屋中升起的明月，现在流落到哪里？

她们的光辉叫厄运糟蹋得模糊不明。

请舍弃先前对美人一往情深的念头，

有朝一日也许她会再出现在你面前。

若不为你，房主人决不至于离乡别井，

乌鸦也不会飞到屋脊上长啼。

麦斯鲁尔听了纳西梅的吟诵，懂得诗的寓意，忍不住痛哭流涕。纳西梅原来知道他跟载玉妮·穆娃绥福之间的热爱、狂恋关系，因而直截了当地对他说："指上帝起誓，麦斯鲁尔，你离开这幢屋子吧，免得叫人发觉，还以为你是来找我呢。因为我的姊妹载玉妮·穆娃绥福是叫你给害走的，现在你又来坑害我了。事件的演变非常清楚明白，假若不是因为你，这幢屋子是不会变得这样空虚、凄凉的。现在你忘记她,抛弃她吧,反正过去的事是一去不复返了。"

麦斯鲁尔听了纳西梅的责骂,号啕痛哭一场,然后说道:"纳西梅,我怎么能忘记她呢?假若我有翅膀,我一定要飞去找她。"

"除了忍耐,别的办法是没有的。"

"恳求你看上帝的情面,替我给她写封信,以便我读到她的回信时,可以获得些慰藉,借此泼灭心中的火焰。"

"听明白了,遵命就是。"纳西梅慨然接受他的要求,即时取来笔墨纸张,准备替他写信。于是麦斯鲁尔向她倾吐胸中的惦念心情以及别后所感受的种种苦难、离愁。纳西梅按照他的叙述,做了如下的记录:

> 此信出自一个为爱情而彷徨迷离、忧郁绝望、孤独可怜者的口述。他日夜坐卧不宁,终日挥泪哭泣,泪水腐蚀了眼睑,愁火焚烧着心灵,悲伤没有止境,苦难日益加剧,像失去伴侣的孤鸟,一心只望早日死去。离别带来无限的忧愁,希望聚首的心情万分迫切,致使身体憔悴瘦损,眼泪夺眶奔流,山岳平原全都变成窄无容身之地。由于惦念猛烈冲击,我才吟诗寄情:

> > 我对这幢屋宇依然狂喜、入迷,
> > 恋念房主人的心情日益增剧。
> > 我寄书陈述热爱你的情形,
> > 为爱情我终日举杯浇愁。
> > 随着你离家远行,
> > 我的眼泪长流不停。
> > 恳求驼夫迅速带回我的情人,
> > 因为烈火正燃烧我的心灵。
> > 请代我向情人致意,
> > 并说明我的痼疾只有红唇可以治愈。
> > 时日瞄准我们射出离散的箭矢,
> > 断然宣判奄奄一息的我以死刑。
> > 请转述一下我渴望、苦恼的心情,

且顺便谈一谈离散给我带来的种种遭遇。

我宣誓一辈子忠于爱情，

海枯石烂始终遵守誓言。

我绝不变心，更不至忘记你的恩情，

作为害相思病的恋爱者怎能忘怀情人？

我用麝香熏过的书笺给你写信，

祝你平安，向你致敬。

纳西梅非常钦佩麦斯鲁尔的口才和言谈，尤其欣赏他诗中的优美辞藻，因而对他的境遇产生同情怜悯心肠。她用沉香、龙涎香熏过信笺，然后折叠起来，这才拿去托一个商人捎给载玉·穆娃绥福，并嘱咐他："这封信务请交到我的姊妹载玉妮·穆娃绥福或者她的使女胡波补手中。"

"听明白了，遵命就是。"商人满口应诺着把信给捎走。

载玉妮·穆娃绥福收到纳西梅托商人寄来的信，拆开一读，知道是麦斯鲁尔口述记录下来的，信中字里行间处处显露出他本人的音容愁貌。于是她亲切地吻信，拿它捂着眼睛伤心落泪，直哭得昏迷不省人事。过了一会，她慢慢苏醒过来，吩咐使女取来笔墨纸张，开始给麦斯鲁尔写信：

载玉妮·穆娃绥福写信向主人祝福——你是我身心的主人，主宰着我的灵魂——

失眠使我坐卧不宁，忧郁的情绪日益增剧。你的容颜比日月还光明，离开你，我丝毫不能忍受。惦念扰乱我的心情，爱情毁坏我的身体。我已经进入死亡者的范围，怎能不属于这种悲戚、潦倒情形？你是宇宙的荣誉，也是生存必需的装饰品！请问：一个生命受伤，处在生与死之间的人，难道她还能举杯畅饮？

她写毕，并赋诗寄情：

来信激起我的悲伤、渴念之情，

指上帝发誓:我忘不了你,更抑制不住惦念心情。
面对你的笔迹浑身肌肉顿时渴得要命,
我用泪水当饮料给肌肉解渴。
离别使我惴惴不宁,也不知饮食的滋味,
假若我是鸟群早就趁黑夜飞遁。
不在你跟前我的生存便是违法行为,
在渴别的烈火中我被烧得软弱无力。

　　载玉妮·穆娃绥福用麝香和龙涎香熏过信笺,然后折叠起来,这才托一个商人捎给她的姊妹,并嘱咐他:"务希亲手交给我的姊妹纳西梅。"

　　纳西梅收到载玉妮·穆娃绥福的回信,赶忙转交给麦斯鲁尔。他匆匆过目之后,亲切地吻一吻信,然后拿它揩着眼伤心流泪,直哭得昏晕过去。

　　载玉妮·穆娃绥福的丈夫知道老婆和麦斯鲁尔仍有书信往来,便带着载玉妮·穆娃绥福和她的使女,继续不停地跋涉,从一个地方旅行到另一个地方。载玉妮·穆娃绥福不胜跋涉之苦,硬着头皮问她丈夫:"赞美上帝! 你要带我们上哪儿去? 打算使我们离家多远?"

　　"我要把你们带到一年旅程之外的地方去,让麦斯鲁尔的信寄不到你手里,看你怎样拿我的钱财去奉承麦斯鲁尔,看他对你们到底有什么利益,能否把你们从我手中救出去。总之我所失去的一切,非从你们身上补偿不可。"他说着扒掉载玉妮·穆娃绥福和女仆身上的丝绸细软,每人换给一身用硫磺熏过的粗毛布衣裤,然后去到铁匠铺中,定制三副铁镣,并带铁匠和脚镣一起回到寓所,这才吩咐铁匠:"拿脚镣给这三个丫头戴起来吧。"

　　他指示铁匠先给载玉妮·穆娃绥福戴脚镣。可是铁匠一见她,便大吃一惊,顿时失去了知觉,六神无主,咬着手指头,茫然不知所措。继而他问犹太商人:"这几个女仆,她们犯了何罪?"

"她们是我的丫头。她们偷了我的钱财，约着逃走。"

"愿安拉挫败你的猜疑。指安拉起誓，这个女仆即使每天犯一千次过错，告到首席法官面前，他是不会谴责她的。兼之她身上也没有丝毫偷窃迹象，所以不该在她脚上钉镣。"铁匠感叹议论一番，随即好言替载玉妮·穆娃绥福说情，劝犹太商人不要给她戴镣。

载玉妮·穆娃绥福见铁匠替她说情，便趁机对她丈夫说："我以上帝的名义恳求你，别叫我待在这个外男人面前吧。"

"当初你干吗待在麦斯鲁尔面前呢？"犹太商人反问一句，问得载玉妮·穆娃绥福哑口无言。

犹太商人碍于情面，不得不接受铁匠的劝告，结果只好叫他给载玉妮·穆娃绥福戴一副轻脚镣，让两个女仆各戴一副重脚镣。

载玉妮·穆娃绥福生来体格柔弱、纤细，小巧玲珑，穿惯丝绸细软，如今一旦换着粗糙、笨重的毛布衣，日日夜夜不脱，结果被折腾得肌消皮黄，瘦骨嶙峋，前后判若两人。

铁匠从见载玉妮·穆娃绥福一面之后，便念念不能忘怀，对她产生了痴情、妄想念头。他怅然回到家中，惝惝如有所失，感到无名的忧愁、苦恼，便赋诗遣愁，凄然吟道：

> 铁匠啊！为你给她戴上镣铐所犯的罪行，
> 你的右手应该落得瘫痪、麻木的结局。
> 她的温柔、美丽是妇女中的典型，
> 你却忍心给她受尽镣铐的苦刑。
> 假若你是一个主持公道、正义的信徒，
> 铁的镣铐就不至代替她那纯金的脚环和手镯。
> 如果她的姿色、美丽被任何法官看见，
> 他会本怜惜心肠给她评定出崇高地位。

铁匠高声吟诵的时候，恰巧城中的首席法官打他门前路过，偶然听见他所吟的情诗，心有所感，便打发人去唤他。铁匠应邀来到法官家中,法官直截了当地问他:"铁匠,你所钟情而念念不忘的那个人儿,她是谁呀?"

铁匠毕恭毕敬地挨近法官,吻他的手,说道:"愿安拉延长法官的寿限,使老爷长命百岁。不瞒法官,我所钟情的人,她是一个丫头,人可生得格外美丽。"于是他把载玉妮·穆娃绥福的美丽脸蛋、苗条腰肢、肥大臀部详细叙述一番,接着又把她目前被拘禁、受屈辱、戴脚镣、饿肚子的遭遇,全都告诉法官。

法官听了铁匠的叙述,便吩咐他:"你去叫她到我这儿来吧。告诉她,我们可以替她裁处,弄清是非曲直。对于解决她的问题,显然你是负有责任和义务的。如果你不指引她到我这儿来,将来总清算的时候,难免你是要受安拉惩罚的。"

"听明白了,遵命就是。"铁匠应声告辞法官,即时来到载玉妮·穆娃绥福的住处,见大门关锁着,只隐约听见屋内传出一缕凄切的吟诵声:

> 在家乡时情人同我密切聚首、谈心,
> 经常斟满一杯杯清澈的醇酒陪我对饮。
> 我们之间感情融洽,彼此亲密无间,
> 朝朝暮暮情投意合,无忧无虑。
> 在欢宴、弹奏、酣歌、狂舞的热闹氛围中,
> 我们雍容自在,度过漫长岁月。
> 然而我们的友谊突遭时日摧残、打击,
> 惬意的岁月一旦宣告完结,从此我和情人各自东西。
> 但愿那使人离散的乌鸦别在我们跟前噭啼,
> 但愿同情人重相会的曙光早日降临。

铁匠侧耳听了载玉妮·穆娃绥福的哀吟,忍不住涕泗交流。他砰砰地敲门。载玉妮·穆娃绥福的使女闻声问道:"谁敲门呀?"

"是我,是做铁活的匠人因事找你们来了。"于是他把法官吩咐

他的话讲给她们听,叫她们去向法官起诉,说法官会替她们裁处,可以辨明是非曲直。

"大门关锁着,我们戴着脚镣,钥匙叫犹太商人拿走了,这叫我们怎么去找法官申冤呢?"

"我去弄几把钥匙来,替你们开门开镣好了。"

"可我们不知法官住在什么地方呀。"

"我会告诉你们的。"

"再说我们穿着臭味难闻的粗毛布衣服,怎么好意思去见法官呢?"

"你们处在这样的情况下,法官是不会耻笑你们的。"铁匠安慰她们几句,这才赶回铁匠铺,即时动手配备几把钥匙,然后拿到载玉妮·穆娃绥福的寓所,开门进去,替她们开了脚镣,然后带她们出来,告诉她们法官的住所。

胡波补趁老爷应邀前去参加某商人的宴会之便,赶忙带载玉妮·穆娃绥福上澡堂洗澡,拿丝绸衣服给她穿起来,并认真替她装饰、打扮一番,这才陪她上法官家去。

法官一见载玉妮·穆娃绥福,赶忙起身迎接。她转着如箭的秋波射法官一眼,然后用甜蜜的音调、美妙的言辞问候他,祝愿他:"愿安拉使我们的法官长寿,并帮助你公正廉明地办理案件。"接着她叙述铁匠帮助、指引她前来向他伸冤的经过,最后才向他控诉犹太商人虐待她、折磨她的万恶罪行,并详细申述她被迫濒于死亡境地而无人解救的处境。

"小娘子,你叫什么名字?"法官问载玉妮·穆娃绥福。

"我叫载玉妮·穆娃绥福,我的这个使女叫胡波补。"

"这个名字对你本人来说,倒也名副其实。"

载玉妮·穆娃绥福听了法官的夸赞,嫣然一笑,赶忙扯头巾遮盖脸面。

"载玉妮·穆娃绥福,你有丈夫没有?"法官问。

"我没有丈夫。"

"你信的是什么教？"

"信伊斯兰正教。"

"如果你真是信的伊斯兰正教，请指记载先兆和劝诫的《圣经》向我起誓吧。"

载玉妮·穆娃绥福果然指《圣经》起誓，并当法官的面念了《信仰箴言》，表示她的确是穆斯林。

"你既是穆斯林，干吗跟着那个犹太人糟蹋你自己的青春呢？"

"法官啊！愿安拉无限期地延长你的寿元，并实现你的希望、目的，而且使你的事业有圆满的结局。我跟那个犹太人之间的关系，说来话长。先父死后，遗留给我一万五千金现款。只因他生前将现款交给那个犹太人，作为本钱，经营生意，约定彼此共同享受赢利，并按法律手续订过契约。可是先父死后，该犹太商人居心叵测，对我妄抱野心，公然要家母把我字他为妻。当时我娘不同意，对他说：'我怎么能叫女儿舍弃原来的信仰，让她跟犹太人结婚呢？指安拉起誓，我非向当局告发不可。'该犹太人畏罪携款潜逃，去得无影无踪。后来我们听说他逃到尔岱尼城中，便上这个城市来找他。他对我们说是出来经营谋利的，继续买进一批货物，又卖出去一批。我们信以为真，一直受他瞒哄、欺骗。后来他索性把我们拘禁、镣铐起来，任意施加酷刑虐待我们。我们是异乡人，举目无亲，只盼望安拉和法官老爷拯救我们了。"

法官听了载玉妮·穆娃绥福的控诉，将信将疑，回头瞟她的使女一眼，问道："胡波补，这个娘儿是你的主人吗？她没有丈夫吗？你们是异乡人吗？"

"不错，这些事是真的。"

"让我娶她为妻吧。我发誓向你们保证：为了拯救你们，恢复你们的自由，我一定根据那个狗家伙所犯的罪行，判他以应得的惩罚。如果达不到这个目的，那我就算许下愿心，而把解放奴隶、斋戒、朝觐和施济作为我此生应尽的责任了。"

"听明白了,遵命就是。"胡波补慨然答应法官的要求。

"你们主仆安心回去吧!若是安拉愿意,明天我派人传他到庭,审判他,严惩他。你们等着看他受刑吧。"

胡波补赶忙祝愿法官,替他祈祷,表示由衷感激,直给他心中留下爱慕、恋念、痴情的念头之后,才告辞出来。接着她陪载玉妮·穆娃绥福打听到另一个法官的住所,同样向他起诉,求他援救。继而她主仆二人又找到第三和第四个法官,分别向他们申冤求援。她俩先后所见到的四个法官,每人都当面要求载玉妮·穆娃绥福跟他结婚,她都满口应诺。因此他们四人,谁都抱定独占花魁的野心,只是彼此间,谁都不知谁的底细。同样的,犹太商人因贪口腹,忙应酬,所以对老婆的活动,也茫然不知不晓。

次日,胡波补拿最华丽的衣服最名贵的首饰给载玉妮·穆娃绥福穿戴起来,然后陪她上法院去。到法院中,载玉妮·穆娃绥福见昨天碰头的四个法官都在场,便揭开面纱,挨过去问候他们。他们回问她好,而且一见面便认识她。当时他们中有的人在书写,有的人在谈话,有的人在计算。他们一见载玉妮·穆娃绥福,便一个个心不在焉,六神无主。于是那个写字的法官,他手中的笔一下子掉下去了;那个谈话的法官,顿时张口结舌,不知所言;那个计算的法官,手忙脚乱,把数字弄得一塌糊涂。后来他们安慰她:"雍容华贵的绝世佳人啊!你只管放心,关于你的案件,我们一定主张公道,非使你达到目的不可。"

载玉妮·穆娃绥福祝愿法官们几句,表示感激,然后告辞,退出法院,回到寓所,想着自身的遭遇,忍不住痛哭流涕,凄然吟道:

> 眼睛啊!你尽量挥泪哭泣,
> 也许急流般的泪水会泼灭我胸中熊熊的火焰。
> 我历来穿惯细软的绣花衣裙,
> 今朝醒来却换上一身僧侣的道服。

这道服散发着恶臭的硫磺气息，

比我那经芳草、龙涎香熏染过的锦衣确有天壤之别。

麦斯鲁尔！倘若你亲眼看见我的狼狈不堪的境遇，

这种耻辱和惭愧你本人绝不能忍受。

胡波补也被这个异教徒当作俘虏，

给她戴上镣铐和枷锁。

我讨厌犹太人，因而毅然抛弃其教律，

今日我所皈依的是至高无上的教理。

我接受先知对伊斯兰的解释、分析，

按穆斯林礼节履行各种规定。

麦斯鲁尔啊！我们之间的情谊须臾不可忘记，

必须忠心耿耿地保全誓言。

为爱情我不惜改奉别的教理，

并始终把热爱你的一片痴情埋藏在心底。

如果你心中还保存着一点真诚的友情，

请赶快前来给我们以救援。

　　载玉妮·穆娃绥福吟罢，吩咐使女取来笔墨纸张，开始给麦斯鲁尔写信。她把犹太商人虐待她的经过，从头到尾，详细写在信中，还把上面的诗抄在后面，然后折叠起来，递给女仆胡波补，对她说："你把这封信装在衣袋里，找机会寄给麦斯鲁尔。"

　　胡波补刚把信装好，犹太商人便推门进来。他一见载玉妮·穆娃绥福和胡波补喜笑颜开的模样，大吃一惊，说道："我看你俩这么欢喜快乐，莫非你俩心爱的麦斯鲁尔给你们寄信来了？"

　　载玉妮·穆娃绥福听了犹太人的讽刺，毫不畏惧地对他说："除安拉之外，谁都不可能把我们从你手中解救出去，因为他是我们唯一的救星。如果你不赶快送我们回家乡去，明天我们就上法院去向法官控告你。"

　　"是谁替你们开掉脚镣的？我可是非叫你们每人戴一副十磅重

的脚镣不可，非把你们带去游街示众不可。"

胡波补听了犹太人所暴露的恶毒念头，忍无可忍地回嘴说："你打算折磨我们的种种念头，让你自作自受呗。若是上帝意愿，明天，我们将和你一起站在法庭上，听候法官判断此中的是非曲直。"

载玉妮·穆娃绥福和胡波补主仆二人，敢作敢为地跟犹太人整夜顶嘴，直吵到天明。于是她俩趁犹太人去找铁匠打脚镣的时候，赶忙约着跑到法院里，向法官们问好。

法官们齐声回问她俩好，接着首席法官对周围的人说："这个娘子是个可爱的人，凡是看见她的人都爱她，都被她的苗条、美貌所折服。"于是他派四名差官前去逮捕犹太人，临行吩咐他们："你们去吧，用最毒辣的手段把她的仇人给抓来。"

犹太人带着脚镣回到寓所，不见载玉妮·穆娃绥福和丫头的踪影，大吃一惊，正感觉彷徨迷离的时候，差官们突然赶到，七手八脚地抓住他，不分青红皂白地痛打一顿，然后拽着脚把他拖到法院里。

法官一见被打得半死的犹太商人，怒气冲天，面对着他大声喝道："该死的安拉的对头哟！莫非你已经达到为所欲为的地位，才拐带这些妇女远离家乡，霸占她们的钱财，并逼她们做犹太人吗？你干吗要叫穆斯林改教呢？"

"启禀老爷：这个女人，她是我的妻室哪。"犹太商人指着载玉妮·穆娃绥福向法官辩白。

法官们听了犹太商人的辩白，齐声怒吼起来，大伙吩咐当差的人："你们来把这条狗摔倒，脱下鞋子重重地打他的嘴巴，因为他的罪孽是不可饶恕的。"

差人们遵循法官的命令，一哄拥向犹太商人，先扒掉他身上的丝绸衣服，给他换上一套犯人穿的粗毛布衣，这才摔倒他，拔他的胡须，并脱下鞋子痛打他的嘴、脸一顿，然后牵匹毛驴来给他倒骑着，叫他握着毛驴尾巴，随即带往城中游街示众，直游遍各条街道，最后仍带回法院判刑。

四个法官窃窃私议，要给被炮制得猥琐、狼狈不堪的犹太商人定罪，决定先砍他的手脚，然后施以绞刑。犹太商人听说要处他极刑，吓得魂不附体，惊惶失措地苦苦告罪求饶：“恳求法官老爷恕罪，留我一条命，无论你们要我做什么，我都答应。”

　　“那你招认说：‘这个娘子不是我的老婆，钱财都是她的，是我侵犯她而把她拐带出来的’吧。”

　　犹太商人果然按照法官们的指示，照样说了一遍。他们这才把他所说的话记下来，作为口供，据此做出判决。于是他们根据判决，把犹太人的钱财收归载玉妮·穆娃绥福，并给她一份判决书，算是圆满解决了案件。

　　载玉妮·穆娃绥福打赢了官司，从容离开法院，满载而归。当时法院中的人员，谁都被她的苗条身段和美丽形貌所吸引，一个个都感觉吃惊、发愣。尤其那四个法官，谁都认为载玉妮·穆娃绥福会把她的身子付托给他。因此他们各自怀着野心，吩咐差人把载玉妮·穆娃绥福的丈夫犹太人押往监狱监禁起来，然后宣布退堂。

　　载玉妮·穆娃绥福回到寓所，赶忙把所需要的什物收拾、包扎起来，耐心等到日落天黑，才带着价值昂贵、携带方便的财物，跟两个使女一起动身，趁黑夜悄悄逃走，日以继夜地继续跋涉。

　　第二天一清早，四个法官都待在家中，等候载玉妮·穆娃绥福来找他们。但事与愿违，始终不见载玉妮·穆娃绥福到来，因而大失所望。首席法官自称有事要去城外走走。于是他骑着骡子，带着仆童，去城中寻找载玉妮·穆娃绥福。他走遍各条街巷，始终不知她的去向。正徘徊不知所措的时候，突然碰见其余的三个法官，也都骑着马在城中兜圈子。他们中的每个人，满以为除自己之外，载玉妮·穆娃绥福不会跟别人有约会。所以当首席法官问他们骑马在街上行走的原因时，大伙都支吾说因事出来走走。这时候他恍然发觉他们的情形跟他的情况相似，他们的问话也跟他的一样。于是他们分手，各走各的，继续寻找，但始终不知载玉妮·穆娃绥福的去向和下落。结果大失所望,垂头丧气地回到家中。从此一个个害了单思病,卧床不起。

首席法官念念不忘载玉妮·穆娃绥福,突然想到铁匠,便派人把他唤来,问道:"铁匠,你指引来向我们申冤的那个小娘子的信息,你知道吗?指安拉起誓,如果你不把她的去向告诉我,我就用鞭子抽你。"

铁匠听了法官的话,喟然吟道:

> 掌握我命运的那个巾帼,
> 其本身便是一切美丽的总和。
> 她具备小羚羊特有的眼眉,
> 喘气时吐出的尽是麝香气息。
> 她的面容像太阳那样光明,
> 腰肢比杨柳枝更娇柔。

铁匠吟罢,说道:"法官老爷!指安拉起誓,打从我离开老爷那天起,直到现在,我就一直没见她的面了。可是我的心和理智都叫她给拿走了,所以我所说所想的,都离不开她。我曾经到她的住处去找她,但没遇见她,也没人告诉我她的行踪。她好像潜入海底或者飞上天去了。"

法官听了铁匠的叙述,呻吟着长叹一声,他的灵魂差一点随着沉痛的叹息声而消逝。继而他有气无力地哀叹道:"指安拉起誓,今后我们是不可能同她谋面的了。"从此他一往情深,念念不忘载玉妮·穆娃绥福,茶不思饭不想,终日呻吟叹息,结果弄得卧病不起。同时,其余的三个法官的情况也跟他差不离,都为钟情于载玉妮·穆娃绥福而患单思病,一个个都病倒。大夫忙着登门替法官们诊脉看病,终于发觉他们所患的是心病,根本不需要医药治疗。城中的绅商显贵听说首席法官生病,约着来探望他,安慰、问候他,顺便问他生病的原因。他呻吟着把心事告诉他们,最后凄然吟道:

请停止责备,因为相思病给我吃尽苦头,
一个替庶民排难解纷的法吏应该受到你们原宥。
埋怨我不该谈情说爱的人们请原谅我的处境,
因为被爱情杀死的人不应受到责备。
作为一名法官我深受命运宠幸,
凭据笔墨、言谈我获得财富地位。
直至我身中一支无药可治的利箭,
那是一个女性为致我死命而通过其眉眼射出来的。
一个美丽无双的女穆民前来控诉冤屈,
朱唇内露出的两行皓齿均匀、整齐。
我从面纱下窥见她的美丽容颜,
仿佛是漆黑之夜当空升起的一轮明月。
灿烂的面颜微笑的嘴角尤其惹人注目,
从顶至足,美丽贯穿着全身的每部分肌肉。
像她这样可爱的美女无论外地或阿拉伯境内,
指安拉发誓! 在人世间我生平不曾看见。
"守信、忠实的法官啊! 我答应的事情一定要履行。"
这是美人儿给我许下的诺言。
这一切便是我不幸的处境和悲惨的遭遇,
请活力充沛的人们别再过问我的悲哀结局。

　　他吟罢,伤心痛哭一阵,随即长叹一声,便气绝身死。绅商显贵
们眼看首席法官为情而惨死,觉得可怜,大家帮忙洗涤、装殓他的尸
体,并替他的灵魂祈祷,然后送往祖茔安葬,还在他的墓碑上刻了下
面的诗句:

谈情者应具的完备品质一朝在他身上形成,
爱情和被爱的人却提前把他葬进墓穴。
在人群中他乐意执行法官应尽的职权,

贪赃枉法是他引以为畏的戒律。

死于爱情属于前所罕闻的事情，

堂堂法官老爷竟屈辱于一个卑微的娘儿面前。

　　绅商显贵们送葬归来，大伙约着去探望第二个法官，并带个大夫替他治病。经医生诊断，证明他的身体并无损伤、疾病，不需要服药。于是他们追问他呻吟、苦恼的原因。不得已，他只好把忧愁苦恼的前因后果，从头叙述一遍。他们听了都埋怨他，你一言我一语地怪他不该拿生命不当数，自找苦头。在众口埋怨声中，他赋诗作答，凄然吟道：

我为她而遭殃不该受到责备，

是她亲手放箭致我死命。

一个叫胡波补的姑娘来到我跟前，

历数年复一年所遭逢的厄运、灾星。

随她而来的是另一个美丽、含羞答答的少女，

活像黑夜里高空中浮游的一轮明月。

她毫不掩蔽那绝无仅有的容颜，

声泪俱下地向我诉说冤屈。

我木然瞪眼倾听个中原由，

挂在她嘴角上的微笑使我彷徨迷离。

我的心被她一股脑儿带走，

让我一变而为爱情的抵押品。

这是我的境遇，请给予同情、怜惜，

并让我的小听差接替法官职位。

　　他吟罢，长叹一声，气绝身死。他们赶忙给他料理善后，把他的遗体送出城去埋葬，并替他的灵魂祈祷，然后相率回城，并约着去探望正在患病的其余两个法官，发觉他俩的情形跟前两个法官的情形相差不离，都是害的单思病，其结果也相同，都落得个情死的下场。

他们替死者料理善后，埋葬他俩的遗体之后，还听说当日参与审案的几个证人，对载玉妮·穆娃绥福也都一见倾心，相继卧病不起。总而言之，凡是跟载玉妮·穆娃绥福见过面的人，都为她而痴情、着迷。当中有的人断送了生命，有的虽然活着，却神魂颠倒，饱受情火烧灼。他们耳闻目睹这种种离奇事件，大伙怀着同情怜悯心情，乞望安拉慈悯死者的灵魂，并眷顾病人的性命。

载玉妮·穆娃绥福带着使女逃出城市，日以继夜地跋涉了几天，走了很长的一段路程。有一天，她们打一幢修道院门前路过。院中有四十名僧侣，主持道院的是大名鼎鼎的丹尼斯道长。那天他看见行色匆匆的载玉妮·穆娃绥福，被她苗条美丽的形貌所吸引，便出来接见她，殷勤地留她歇宿，对她说："请到我们院中住下，休息十天再走吧。"

载玉妮·穆娃绥福和她的使女走得疲惫，需要休息，便应邀在修道院中住下。道长丹尼斯面对如花似玉的载玉妮·穆娃绥福，迷于她的姿色，一往情深，为要达到奸淫的目的，而不惜毁损自己的道行，终于左一个右一个地派僧侣去奉承载玉妮·穆娃绥福，暗中替他传情，以期达到诱惑、勾引她的目的。无奈他所派去接近载玉妮·穆娃绥福的每个僧侣，一见面便钟情于她，嬉皮笑脸地调戏她，她却从容应付、拒绝。道长丹尼斯野心勃勃，继续打发僧侣去替他向载玉妮·穆娃绥福传情献爱，直把院中的四十名僧侣都轮派过来，却不成功。原因是每个僧侣一见载玉妮·穆娃绥福，便产生痴情、妄想，要把她当花魁独占，因而厚颜无耻地用种种卑鄙下流的言行阿谀她，诱惑她，调戏她，在她面前谁都不提道长丹尼斯的姓名。载玉妮·穆娃绥福面对僧侣们你去我来的纠缠，深感厌烦，但始终保持正经态度，正颜厉色地拒绝、斥责他们。

道长丹尼斯的性欲发作，色情冲动到极点，没耐心再等待下去，因为那是他留载玉妮·穆娃绥福在修道院中休息的第九天了。他暗自嘀咕："俗话说得好，'只有用自己的指甲搔痒时最过瘾，要达到自己的希望、目的,什么都不比自己的脚更能奔走。'"于是他站起来,预备些可口的食物,亲自拿去摆在载玉妮·穆娃绥福面前,以示款待,对她说:"我以上帝的名义请你赏光,尝一尝我们为你备办的这些饮食吧。"

"我凭至仁至慈的安拉之名开始吃喝。"载玉妮·穆娃绥福说着,跟她的两个使女一起吃喝,饱餐一顿。道长丹尼斯待她们吃毕,便对载玉妮·穆娃绥福说:"太太,我想吟一首诗给你听。"

"请吟吧。"载玉妮·穆娃绥福同意道长给她吟诗。

丹尼斯欣然吟道:

> 你用眉眼、腮颊征服我的心灵,
> 我的诗歌、散文将表达爱慕你的一片痴情。
> 莫非你要我变为心神错乱相思严重的情侣,
> 即使在梦寐中也去同病魔决斗?
> 我瘦弱憔悴地抛弃修道院里的事情,
> 别叫我一蹶不振地在情场中栽跟头。
> 为了爱情你固然可以置我于死地,
> 但我的境遇和控诉值得你怜惜、听取。

载玉妮·穆娃绥福听了丹尼斯的吟诵,便赋诗作答,吟道:

> 企图接触我的人必须抛弃他的要求,
> 才能避免妄想的引诱、欺凌。
> 必须停止追求能力范围以外的事情,
> 因为贪婪与寿限之间存在着不可分割的联系。

丹尼斯听了载玉妮·穆娃绥福的吟诵,怅然转回道长室中,左思右想,茫然不知所措,心情极其沮丧,整夜辗转不能成寐。

当天夜里,载玉妮·穆娃绥福悄悄地起床,唤醒两个女仆,说道:"咱们赶快走吧! 因为我们无法对付院中的四十个僧侣,他们每人都来调戏我呢。"

"听明白了,遵命就是。"女仆应诺着跟载玉妮·穆娃绥福一起带着行李和牲口,偷偷摸摸地溜出修道院,连夜奔波、跋涉。在旅途中,她们遇见一伙客商,便跟他们同路。一路之上,她们从商人的谈话中,知道这个商队是由载玉妮·穆娃绥福待过的尔岱尼城中出发的。他们纷纷谈论有关载玉妮·穆娃绥福和法官、证人们为爱她而情死的消息。同时还提到新上任的法官和证人们,应市民的请求而释放载玉妮·穆娃绥福的丈夫的消息。

载玉妮·穆娃绥福仔细听了商人们的谈话,回头问女仆:"胡波补,你们听见这些流传的消息没有?"

"我们都听见了。"胡波补说,"这些以禁欲为信条的修道士们都为你而神魂颠倒,而那些法官则为你而发狂,这有什么可奇怪的呢?因为伊斯兰教是不禁欲的呀。现在趁咱们的事情还保守秘密的时候,咱们应该尽快赶回家乡去。"于是她们继续跋涉,在回乡的旅途中迈进。

载玉妮·穆娃绥福走后的第二天清晨,修道院中的僧侣们一个个去看载玉妮·穆娃绥福,向她请安问好,但见人去室空,才知她已高飞远走,因而大失所望,对她耿耿不能忘怀,终于为恋念她而一个个病倒。他们中的第一个僧侣撕破身上的衣服,凄然吟道:

> 朋友们!霎时我将气绝同你们永别,
> 莫非你们不肯回来见我一面?
> 爱情给我的生命以沉重打击,
> 愿望的火焰在我胸中越烧越烈。
> 这是经过本地区那个女郎惹出的事件,
> 她比夜空中光辉的圆月还美丽。
> 临行她向我射出致命的一支利箭,
> 我应声倒地,终于变为爱情的牺牲品。

接着第二个僧侣吟道:

呼吁携带我的生命动身起程的人，
恳求本同情、怜悯的心肠赶快转回。
随着她们远行，我的平静心情消失无遗，
隔着遥远的距离，她们的音容依然在我耳目中回旋。
日益拉长的距离割断谋面的机缘，
今后但愿能在梦寐中团圆。
她们带着我的心脏一去不肯回头，
只抛下这躯壳在泪河中漂流。

第三个僧侣吟道：

你的形貌刻画在我的耳目和心房里，
我的心胸是你游玩、栖息的地区。
提念你比含在口中的蜂蜜还甜蜜，
恰像血液循环在肌肉的每一部位。
爱情累得我牙签般瘦骨嶙峋，
一直淹没在泪水汇成的情海里。
请让我在梦寐中见到你的形影，
因为我的腮角已经不起眼泪冲击。

第四个僧侣吟道：

你妖娆美丽的倩影使我惊讶得口呆目眩，
爱情原是苦难、病疾的根源。
你不愧为宇宙间地位显赫的一轮圆月，
我恋念、崇拜你的心情日增月积。

第五个僧侣吟道：

我钟情一个月儿般标致、秀丽的女郎，
她细柔的腰杆子经不起风暴摧残。
她的口液堪与醇酒的芳香匹敌，

那肥硕、圆润的臀部尤其惹人注目。
白昼爱情纵火焚烧我的心灵，
夜间它将从熬夜的人中夺取我的生命。
一串串玛瑙似的血泪经过我的腮角，
暴雨般持续不断地涌出。

第六个僧侣吟道：

你断然拒绝，使我达不到求爱的目的，
是你柳枝般的体态和晨星似的容颜惹我入迷。
我向你诉说满腔情愁和渴慕念头，
因为从你玫瑰腮上泛出的火焰正燃烧我的心灵。
难道我这样爱你就是叛逆行为，
从此祈祷、膜拜的仪式就不履行？

第七个僧侣吟道：

她禁锢我的心灵，只让眼泪澎湃奔流，
我的耐性叫她惹人爱慕的形影破坏无遗。
她的甜蜜性情混杂着倨傲的苦味，
相逢时便放箭射中追求者的心灵。
请责难者停止责备，别再提过去的一切，
因为你不理解恋爱者的经验阅历。

此外，其余的僧侣也都伤心流泪，大伙为怀念载玉妮·穆娃绥福而吟诗寄情。当中他们的道长丹尼斯，因无法和她谋面、聚首，显得尤其伤感。他痛哭流涕，凄然吟道：

随着心爱的人儿归去，我的耐性消失无遗，
寄托在她身上的一切希望目的，也一旦逃得无影无形。
但愿驼夫怜惜牲口慢步成行，
有朝一日也许她心回意转再次光临敝院。

离别日瞌睡宣告同我的眼睑决裂，

它驱散剩余的慰藉，换来别恨新愁。

我向上帝控诉为爱情尝到的种种苦头，

是她使我憔悴不堪且毁掉我的全部精力。

　　修道院中的僧侣们经过一度悲哀、伤感，最后感到绝望之时，便商议补救办法。大伙一致同意把载玉妮·穆娃绥福的像画出来，留为永久纪念。于是他们果然画了她的一张肖像，贴在院中，每日朝参晚拜，直至大伙的生命告终为止。

　　载玉妮·穆娃绥福怀着早日会见麦斯鲁尔的心情，不辞辛苦，继续跋涉，终于回到了家乡。她开门走进故居，然后派使女去唤她的姊妹纳西梅。

　　纳西梅听说姊妹平安归来，喜不自禁，即时携带衣物被盖来看她，赶忙替她铺床挂帐，收拾布置屋子，并焚沉香、龙涎香和麝香熏屋，弄得整个屋子馨香扑鼻，摆设得比往昔更堂皇富丽。同时，载玉妮·穆娃绥福也忙着认真梳洗、打扮，并穿戴起最华丽、最珍贵的衣服、首饰。这种种情形，她的情人麦斯鲁尔却一点也不知道。因为从她走后，他便一直待在家中，过着无比忧愁、痛苦的潦倒生活。

　　载玉妮·穆娃绥福雍容、大方地坐下来，跟留在家中的婢女们谈心，把别后的经过，从头到尾，详细讲给她们听。叙谈毕，她瞟胡波补一眼，并给她钱，吩咐她去买食物。

　　胡波补遵循命令，急急忙忙去到市中，按主人的吩咐买了食物，带回家来，主仆们一块儿吃喝。大伙吃饱喝足，载玉妮·穆娃绥福才打发胡波补上麦斯鲁尔家去，看看他的举止动静。

　　麦斯鲁尔从载玉妮·穆娃绥福被她丈夫带走之后，一直心绪不宁，惴惴不安，终日如坐针毡，过着苦闷、潦倒的生活。这期间，每当思绪来潮、感情冲动之时，便赋诗遣愁，有时跑去凭吊载玉妮·穆娃绥福的故居，亲切地吻每堵墙壁。可巧在载玉妮·穆娃绥福将回到故乡的那天，他突然心血来潮，一股脑儿奔到郊外，站在当日送别载

玉妮·穆娃绥福的地方,遥望云天,高声吟道:

> 我的遭遇已经暴露得无法再隐匿,
> 瞌睡给眼睛换来了失眠。
> 迫于消沉、混乱心情我向命运呼吁:
> 请舍弃怜悯念头索性毁掉我的肉体,
> 因为灵魂早已悬挂在苦难与恐怖之间。
> 倘若爱神主张公道,爱憎分明,
> 瞌睡就不至于被撵出我的眼睑。
> 求主人可怜我一片痴情,
> 并对一个望族的劫运给予同情,
> 因为爱情使我迈过由贵变贱,从富到穷的历程。
> 我向来塞耳不听风语、流言,
> 更不同意责难者的訾议。
> 我坚守向情人发过的誓言,
> 人们说我钟情于私奔的女流。
> 我回道:住口,不许胡言!
> 因为厄运临头,眼睛总会失明。

麦斯鲁尔拖着沉重的脚步,从送别的地方慢吞吞地回到家中,想着载玉妮·穆娃绥福痛哭流涕,哭得精疲力竭,便蒙眬睡熟。在梦中,他似乎看见载玉妮·穆娃绥福平安归来,因而欢喜若狂。然而好梦不长。他一下子醒来,才知这是南柯一梦,忍不住号啕痛哭,凄然吟道:

> 我的心被爱情的火焰烤得比烧红了的火炭还炽烈,
> 难道叫我把掌管我命运的人儿忘记?
> 时日和沧桑任意消磨我的天年,
> 为离愁我向上帝控诉满腔冤屈。
> 恳求意中人告诉我见面的日期,

什么时候我才能同圆月般的人儿聚首谈心？

麦斯鲁尔吟罢，抑制不住澎湃的激情，信步走出大门，边喃喃地反复朗诵刚才吟的情诗，边走向载玉妮·穆娃绥福的故居。他刚进入载玉妮·穆娃绥福居住的那条胡同，便闻见一股喷鼻的馨香气味，使他顿时感到情绪翻腾，心脏像是离开胸腔，爱火喷出烈焰，痴情发展到极点，正茫然不知所措的时候，忽见胡波补迎面走来，这才欢喜若狂，乐不可支。

胡波补赶忙趋前，问候麦斯鲁尔，告诉他载玉妮·穆娃绥福回来的消息，并对他说："我奉太太的命，正要上你家去请你呢。"

麦斯鲁尔听了载玉妮·穆娃绥福平安归来的消息，喜得心花怒放，精神振奋。于是胡波补陪麦斯鲁尔往回走，带他去见太太。

到了家中，载玉妮·穆娃绥福一见麦斯鲁尔，便跳下床来迎接他。他俩久别重逢，喜不自禁，彼此热情拥抱，亲切互吻，由于欢喜过度，无法控制激情，便双双晕倒，昏迷不省人事，过了好一阵才慢慢苏醒过来。载玉妮·穆娃绥福吩咐胡波补取来一罐糖水、一罐柠檬水和其他食物，陪麦斯鲁尔吃喝。于是彼此边吃喝，边细谈别后相思离愁和种种遭遇、经历，直谈到天黑点灯时候。临了，载玉妮·穆娃绥福告诉麦斯鲁尔她已皈依伊斯兰教的消息。麦斯鲁尔非常高兴，也随她改奉伊斯兰教。同时，载玉妮·穆娃绥福的使女们也相率随他俩改奉伊斯兰教。接着他和她们一起诚心忏悔，求安拉恕罪，决心做虔诚的穆斯林。

次日清晨，载玉妮·穆娃绥福打发女仆请来法官和证人，向他们说明她是寡妇，已经守满限期，愿与麦斯鲁尔结为夫妇，请他们办理结婚手续。法官和证人果然替他俩写了结婚证书。从此麦斯鲁尔和载玉妮·穆娃绥福结成正式夫妻，过着相亲相爱的甜蜜生活。

载玉妮·穆娃绥福的丈夫犹太商人被释放后，即时离开尔岱尼城，急忙动身回乡。他日以继夜地赶路程，继续不停地跋涉，直到达距家乡还剩三天路程的一座城市时，他的行踪和消息便传到载玉妮·穆娃绥福耳中。因此她唤胡波补到跟前,对她说:"你上犹太人的墓地去,挖一座坟墓,摆上一些鲜花,并洒水泼湿地面。待那个犹太人回来问我时,告诉他:'太太生你的气,活活地给急死了;她死了二十天了。'如果他打听我的坟墓,你便带他上墓地去,想办法把他给活埋掉。"

"听明白了,遵命就是。"胡波补应诺着赶忙帮太太收卷被盖什物,拿去摆在贮藏室中。

载玉妮·穆娃绥福指使女仆们把什物收藏起来,然后从容离开自己的家,随麦斯鲁尔去他家中,夫妻二人悄悄地躲着吃喝谈笑。

三天之后,犹太商人果然如期归来,回到自家门前,砰砰地敲门。胡波补闻声问道:"谁敲门呀?"

"是我,你的主人回来了。"犹太商人回答她。

胡波补哭哭啼啼地给犹太商人开了门。他见女仆泪流满面,大吃一惊,问道:"你干吗哭?太太在哪儿?"

"太太生你的气,活活地给急死了。"

犹太商人听说载玉妮·穆娃绥福死了,大惑不解,呆然不知所措,不禁痛哭流涕。继而他问女仆:"胡波补,太太的坟在什么地方?"

胡波补回答着带犹太商人上墓地去,指她挖掘的坟墓给他看。犹太商人面对着坟墓号啕痛哭,凄然吟道:

一

青春和爱情,
原是人生最宝贵的两桩事情。
为这两件事情即使流尽心血、哭得身死气绝,
也弥补不了遗恨心情的十分之一。

二

我曾一直蒙受忍耐的欺骗，
离别使我忧愁、苦恼得要命。
我既痛恨那因离散致人烦恼的根源，
又后悔不该亲手撕碎自己的心灵。
但愿一开始我就藏起内心的秘密，
不向内人透露那刺痛肝胆的真情。
当初我生活得极其美满、安逸，
她一走我就变得无比卑微、可怜。
胡波补掀起我内心的苦痛波涛，
因为她传来我心爱之人的噩耗。
载玉妮·穆娃绥福哟！我跟你永不分离，
即使气绝身死也算不得是分离。
我既懊悔不曾认真履行誓言，
且责备我对维护感情的疏忽行为。

犹太商人吟罢，唉声叹气，不停地悲哀哭泣，直伤感得昏迷不省人事。胡波补赶忙刨开空坟，把犹太商人拖到坟中，然后盖上土，活埋了他，这才跑回去给太太报喜信，叙述活埋犹太商人的经过。

载玉妮·穆娃绥福听了喜报，知道计谋得逞，欢喜若狂，欣然吟道：

命运发过誓愿：
一心要跟我作对。
这似乎不是真情实意，
请命运赶快收回誓愿。
随着责难者的死亡，
钟情人已为我所掌握。

从此急起直追，

尽量享受欢欣、愉快生活。

从此载玉妮·穆娃绥福和麦斯鲁尔住在一起，过着无忧无虑的吃喝玩乐生活，直至白发千古。

努伦丁和玛丽娅的故事

相传从前在埃及有个叫塔祝丁的富商,是当代最有钱的生意人,也是自由民的头目。为了求财致富,他经常远离家乡,不辞奔波跋涉,东奔西走,走遍陆地上的各大城镇和海洋中的许多岛屿。甚至于原野、戈壁中崎岖的羊肠小道也有他的足迹。如果把他历年所冒的危险和所经受的痛苦讲给孩子们听,那会把他们的头发给吓白的。在当时的生意人中,数他的资本最雄厚,他说的话最吃香。他的婢仆成群,还养着很多的骡、马和双峰驼、单峰驼,作运载货物之用。他的货物中,举凡哈睦隋出产的布帛,巴尔勒班克出产的丝绸、锦缎,桑迪西亚出产的匹头,麦尔瓦子出产的衣服,印度出产的衣料,巴格达出产的纽扣,马格里布出产的带头巾的外衣及各地方的特产都应有尽有。他的婢仆中,举凡土耳其籍的白奴,埃塞俄比亚籍的黑奴,希腊籍的婢女,埃及籍的仆童都兼养并蓄。由于他的钱财太多,不仅吃的穿的格外考究,而且不惜用丝帛包装货驮,派头、排场很大。他的面貌妩媚、英俊,性情温和、慈祥,为人非常阔达,所以诗人赋诗称赞他:

一

我发觉崇拜一位商贾的人群,
他们之间争吵不停。
他问道:"人们为何吵闹不息?"

我回道："贵商啊！这是因为你的眼睛。"

二

一位商人光临我们的屋宇，

他的一瞥使我彷徨、迷离。

他问道："你为何呆然发愣？"

我回道："贵商啊！这是因为你的眼睛。"

商人塔祝丁有个儿子，叫阿里·努伦丁，生得像十四晚上的明月，非常标致漂亮。阿里·努伦丁经常坐在他父亲的铺中，经营生意。其他商人们的孩子也经常跟他在一起游玩。他在孩子群中，有如繁星中的月亮，明眸红腮，显得异常光辉灿烂。他的皮肤像雪花石那样白腻，正如诗人所吟：

一

一个漂亮人对我说：

"你长于辞令，

请替我描绘描绘。"

我说道：

"概括一句：

你身体的每一部位都美丽。"

二

一颗黑痣在他腮角上出现，

俨然是一片龙涎香摆在云石盘里面。

他的一瞥有如锋利的宝剑，

似乎是向叛徒吼出一声"安拉最伟大"的警句。

有一天商人们的儿子约着来找阿里·努伦丁，对他说："我们的

345

主人努伦丁啊！今天我们特意前来邀请你,希望你跟我们一起去逛
大花园。"

"我得先征求家父的同意,因为只有他许可,我才能跟你们一起
去逛花园。"努伦丁正跟同伴们谈话的时候,恰巧他父亲来到铺中,
他便说:"父亲,同伴们来约我,要我跟他们一起去逛花园。你老人
家让我去吗?"

"儿啊,我同意你跟他们一起去玩。"商人塔祝丁慨然答应儿子
的要求,并给他些零用钱,最后说:"好了,你跟他们去吧。"

努伦丁骑一匹雌骡,跟其他骑驴骑骡的同伴们离开城市,向目的
地出发。一路之上,大伙说说笑笑,不觉之间便来到一座大花园门
前。这是一座使游人悦目畅怀的大花园。它的墙基非常坚固,围墙
又高又长。花园的大门是拱顶的,一眼看去跟大建筑物的门面相仿
佛,既高大又堂皇,俨然是天堂的大门。看门的人叫李子旺。园中有
成百的格子棚,棚架上攀满各种颜色的葡萄。红葡萄像珊瑚,紫葡萄
像苏丹人的皮肤,白葡萄像鸽子蛋。园中还有桃、石榴、梨、杏、苹果
等各式各样的果木。树上结满了一丛丛一团团不同颜色、形状的果
实。孩子们抬头观看各种令人馋涎欲滴的鲜果,面对着一串串不同
颜色的葡萄,便联想到诗人写的诗句:

一

葡萄的味道像醇酒,
紫葡萄的颜色像乌鸦的羽翮。
葡萄叶闪烁着灿烂的光泽,
好像妇女纤指上指甲花的颜色。

二

葡萄串摇摆着对干树枝开玩笑说:
"你的筋骨累得憔悴、虚弱。"

一串串葡萄的形状恰如盛满蜜水的土罐,

一旦成长期满就变成又香又甜的酒浆。

孩子们观赏、游览一阵,慢步来到凉亭中,见管门的李子旺坐在亭中。一见面,便觉得他真像守天堂门的那个李子旺。亭门上写着下面的诗句:

安拉灌溉一座结实累累的果园,

饱满、华润的果实压得树枝摇摆着直向下垂。

当枝叶随着和风载歌载舞的时节,

暴风突然洒下一阵珍珠似的雨点。

亭子里面也写着如下的诗句:

欢迎朋友到我们园中来游息,

借此消除郁结于衷的忧愁。

清新的空气轻快地陪随你的裙缘回旋,

馨香的花卉从你袖中发出欢声笑言。

花园中除了各种果木外,还有各种鸣禽,如斑鸠、黄莺、麻鹬、唱鸽、鸽子等,它们在树枝上唱出悦耳动听的音乐。花园中还有一条条蜿蜒曲折的溪渠,被芬芳灿烂的花草和甜蜜的果实点缀得格外幽雅、美丽,正如诗人所吟:

一

清风慢步穿过茂密的树林,

恰像身穿鲜艳服装的活泼少女。

园中一条条潺潺畅流的溪渠,

似乎是骑士们从鞘中拔出的一柄柄宝剑。

二

溪渠穿过树林持续不断畅流,

把林间欢快的景色映入自己的胸怀。

和风发觉景色具备的豁达、慷慨情怀，

因而一直挨到它跟前显得格外亲热。

花园中的每种果树，都是两个品种，是成对成双的。当中有一种石榴，它的籽粒跟金铁砟相似，正如诗人所吟：

一

一个个细皮红润的石榴，

跟健康女郎胸前突出的乳峰无异。

剥开石榴皮的时候，

骇人见闻的红宝石便在眼前涌现。

二

石榴壳中成群结队的籽粒，

看来跟镶在锦缎袍上的红宝石没有区别。

每当石榴出现在我眼前，

总认为那是少女的乳房或大理石建成的圆形屋脊。

石榴能当药物治疾，

先知的语录曾经提及。

它对健康的裨益，

《圣经》中也有定评。

园中有一种苹果，像麝香那样香，像蜜那样甜，非常惹人注目，正如诗人所吟：

苹果具备黄红两种色泽，

好像情侣腮角上混在一起的颜色。

这个是血红色，那个却是淡黄色，

两者在枝头露出奇异而敌对的色泽。

因为当彼此热烈拥抱之际诽谤者突然出现，

所以其中一个吓得面容苍白，另一个羞红了脸色。

园中的杏子分甜仁杏、樟脑杏、藏了尼杏和奥陀补杏①等品种，正如诗人所吟：

一

甜仁杏口口声声念叨爱情，

当情侣前来幽会时却显得彷徨迷离。

它怀着破碎心灵露出蜡黄脸色，

以终身做爱情的俘虏而心满意得。

二

请看花丛中杏树枝头累累的果实，

正吸引着人们的眼目。

园中灿烂盛开的百花像满天闪烁的星宿，

照亮簇叶中细枝的本来面目。

园中有一种梅子、一种樱桃和一种葡萄，可以当药治疗头晕和黄肿等病症。无花果树上结着累累的果实，红的红，绿的绿，使人看着眼花缭乱，正如诗人所吟：

一

请给我一些味道馨香，衣着美观的无花果，

它们表里如一，内部和外形相互匹敌。

你咬一口尝试着稍一咀嚼，

它的香气和甜味便全部显露。

---

① "藏了尼"和"奥陀补"都是地名。

眼看盛在盘中的无花果，
恰像丝线编织成的绿球。

二

我养成酷嗜无花果的癖习，
跟爱吃其他水果的人有区别。
因此人们问我："你干吗偏爱无花果？"
我回道："因为无花果有许多爱好它的顾主。"

三

熟透了的无花果出现在闪光弯曲的枝头，
使我感到无比惊奇诧异。
俨然是在云雨滋润下的虔诚信徒，
为祈求安拉恕罪而终日挥泪哭泣。

园中的梨包括来自西奈半岛、哈勒白、希腊等地的特产，品种和颜色都不相同，有黄的绿的，非常惹人注目，正如诗人所吟：

赞美笑容可掬的梨子，
它的面容染上悦目的淡黄颜色。
好像戴着面纱的少女，
居住在深院中的闺房里。

园中有一种被称为"肃勒塔尼"的桃子，颜色不同，有黄的，也有红的，正如诗人所吟：

生长在花园中的桃子，
好像穿着苏木色的红衣服。
桃核仁是黄金铸成，
脸面上还染着鲜红色的血液。

园中有一种绿皮杏,味极甜,状如雄枣树的花卉,有三层果皮包着果肉,面对这种果实,人们感到惊奇,正如诗人所吟:

一

成熟的枣子身穿三件衣服,
那是造物主创造的形色各异的装束。
虽然无罪而受到禁闭,
死亡却日日夜夜围着它寻衅。

二

杏子成熟时从枝头摘下的情形,
你难道不曾亲眼看见?
杏皮反映出其内心的隐情,
俨然是珍珠躲藏在牡蛎壳之内。

三

绿杏多么美丽!
黄杏中最小的也有满握的体积。
杏皮上长出的毛茸,
似乎是少年腮帮上的鬓发。
杏仁分两种类型,
有单个和成对的区别。
它那像藏在碧玉中的情形,
同牡蛎壳内的珍珠大同小异。

四

灿烂的杏花怒放之际,
如此美丽的花卉我生平不曾看见。

当杏子长到脸色变绿的时候，

它头顶上便吐出灰白色的火焰。

园中有各种枣子，品种和颜色都不相同，正如诗人所吟：

一

请看枣树枝头排列成行的枣子，

好像生长在杏树枝叶丛中的杏子。

它那带黄色的长形体积，

俨然是一串串镀金的小铃。

二

枣树每天换一身漂亮衣服，

排列成整齐的队伍。

结满枝头的果实，

格外惹人注目。

仿佛是纯金铸成的小铃，

挂在枝叶中摇来摆去。

园中的香橙跟"虎兰卓尼"差不离，正如诗人所吟：

一

光华、美丽、硕大如拳的橙子，

外皮红似火，内心白如雪。

雪遇火而不融化这是奇迹，

更奇怪的是烈火中却没有温度。

二

橙子树身披茂盛的绿叶，

像节日穿着丝绸盛装的妇女。
结在树枝上惹人注目的果实，
俨然是少女们红彤彤的腮角。

三

和风吹到丘陵般的橙树林之际，
枝头上丰满的橙子便摇摆着出现。
它们一个个露出满面春风的容颜，
迎接、祝福那凉风的笑脸。

四

我们对一个漂亮的青年说："请按你的见地，
对这果园和橙子稍加描绘。"
他回道："你们的果园如同我的体形，
谁摘橙子，等于摘似火的果实。"

园中的香橼，色黄如赤金，一个个从树枝上垂下来，像纯金铸成的金球，正如诗人所吟：

当你看见结实累累的香橼树林，
会担心树枝被沉甸甸的香橼坠毁。
每逢一阵阵清风掠过香橼树林，
枝头便挂满纯金铸成的钟铃。

园中的佛手柑一个个垂在树枝下，好像处女的乳峰，令人看着想入非非，正如诗人所吟：

面对香橼树上的嫩枝和果实，
眼前便出现苗条美女的体形。
香橼随着清风向一边倾斜，
像挂在碧玉杖上摇晃的金球。

园中的柠檬形如鸡蛋,又黄又香。它的黄色表示果子已经到了成熟阶段,它的芬芳气味说明已经是采摘的时候,正如诗人所吟:

> 柠檬成熟时节,
> 闪烁的光泽非常吸引人的视线。
> 它的形状跟鸡蛋差不离,
> 只是外表被匠人用番红花染上一层斑纹。

园中除了各种果木外,还有各式各样的馨花香草,诸如素馨花、指甲花、睡莲、甘松香、各种玫瑰、羊舌花、桃金娘等名花异卉无不应有尽有,而且到处弥漫着芬芳气味,使身临其境的人,如入天堂之中,是世间绝无仅有的好地方。一个赢弱不堪的人,只消到园中来赏心悦目一趟,出园时,他的精神会像怒狮一样充沛、振奋起来。花园中的奇观异景,非言语可以形容其万一,堪与天堂中的一部分景致媲美。而管理这座花园的人之所以被称为李子旺,这怎么能说它不像天堂呢?但不可否认,两者之间的差别,当然是顶大的。

商人的孩子们观赏、游览一阵,大伙来到一幢阁楼的拱廊下休息。他们围着阿里·努伦丁,在一张镶花边的皮毯上坐下,让他靠着一个填满鸵鸟毛的灰色圆形枕头,并递给他一把鸵毛扇,扇面上有诗:

> 这是一柄芳香四溢的扇子,
> 它使人回忆最幸福的日子。
> 对这位善良、自由青年的脸面,
> 随时飘送出馨香气味。

孩子们取下缠头,脱掉外衣,面对着英俊、漂亮的努伦丁随便聊天、闲谈,想到什么便谈什么,毫无拘束。他们坐着闲谈、休息了约莫一小时的光景,便有一个仆人给他们顶来一托盘食物。托盘中有瓷盘和玻璃盘,盘中盛着用飞禽、走兽和鱼虾烹调的各种肉食,举凡松鸡、鹌鹑、鸽子、绵羊和鲜鱼等珍馐美味,应有尽有。这些饮食,原来是他们中的一人,事先嘱咐家里的人给他们预备,并按时送来的。于是他们围着食物大吃大喝,每人都吃饱,才起身用清水和香皂洗手,用绣花丝帕擦手,并特意给努伦丁预备一条绣金线的红丝帕擦手。然后大伙边喝咖啡,边谈天。这时候园丁采来一篮玫瑰花,对他们说:"贵客们,你们爱花吗?"

"花自然是可爱的,尤其玫瑰花更可爱,这是不容拒绝的。"他们中的一人回答园丁。

"这就好了。不过按我们的老习惯,只能把花送给吟诗的人。你们谁要玫瑰花,请即席吟一首与情景相适应的诗来换取吧。"

当天来游园的商人们的儿子总共是十个人。他们听了园丁的叙述,其中的一人说:"好的,给我花吧,我即时吟一首适合情景的诗。"

园丁果然给他一束玫瑰,他拿着花吟道:

> 玫瑰花在我心目中有崇高地位,
> 它雍容、瑰丽,百看不腻。
> 各种馨花像部队中的兵丁,
> 玫瑰却是其中权威的官吏。
> 背着官吏,士卒们往往自鸣得意,
> 直至官吏莅临,它们才显得卑微、下贱。

园丁给第二人一束玫瑰,他接过去吟道:

> 请主人收下这束玫瑰,
> 能使你回忆麝香气味。
> 它像情人眼中的苗条美女,
> 用手袖遮掩自己的脸面。

园丁给第三人一束玫瑰,他拿着花吟道:

> 看见美丽的玫瑰使人感到快慰,
> 它的芳香气味跟龙涎香无异。

被花枝紧紧搂在一起的红花绿叶，
像接吻时两张难分难舍的嘴唇那样亲昵。

园丁给第四人一束玫瑰,他拿着花吟道:

花坛上盛开的玫瑰你可曾看见？
奇异、玲珑的蓓蕾骑马般排列在枝头，
仿佛是成群结队的名贵宝贝，
周围还有镶金边的碧玉充当护卫。

园丁给第五人一束玫瑰,他拿着花吟道:

黄玉般的嫩枝肩负的担子不轻，
因为枝头的果实全是黄金铸件。
从黄玉叶上滚下来的雨点，
俨然是倦怠的眼中流出的泪水。

园丁给第六人一束玫瑰,他拿着花吟道:

玫瑰花具备各种美丽，
安拉把雅致、柔和之性寄存在它体内。
它似乎是一张笑容可掬的脸面，
幽会时情人给她腮角粘上一枚金币。

园丁给第七人一束玫瑰,他拿着花吟道:

我对玫瑰花说:"你的蒺藜怎么这样残酷，
　　　　碰到你的人难免不皮破血出？"
它回道:"所有馨香的花卉都是我的部队，
　　　　我作为领袖,荆棘便是抵抗敌人的武器。"

园丁给第八人一束玫瑰,他拿着花吟道:

金子般绚烂、鲜艳的黄玫瑰，
蒙受安拉无微不至的护卫。

苗壮的嫩茎上长出鲜花、果实，

　　枝头挂满一个个玲珑的红日。

园丁给第九人一束玫瑰，他拿着花吟道：

　　黄金色的玫瑰花群映入人的眼帘，

　　每个相思病人感到心旷神怡。

　　奇怪的是经过银水灌溉的花木，

　　终于结出累累的黄金果实。

园丁给第十人一束玫瑰，他拿着花吟道：

　　你可曾看见玫瑰花部队，

　　穿着黄色红色军装在花坛中出现？

　　它们全副武装，遍体挂满荆棘，

　　其武器被我喻为绿玉制的长矛，黄金铸的坚盾。

　　园丁给每个孩子一束玫瑰，并拿酒肴款待他们。他把一个盛酒器的花瓷盘摆在他们面前，欣然吟道：

　　黎明召唤人们举杯畅饮陈酒，

　　它使贤明、智慧者喝得酩酊大醉。

　　醇酒清澈、透明无比，

　　致使我茫然不辨是酒在杯中，还是杯在酒里。

　　园丁吟罢，斟一杯酒，一口气喝了，然后再斟给孩子们喝。他顺序斟给每人喝一杯，轮到努伦丁喝酒时，他拒绝说：“酒我是从来不喝的，因为喝酒是犯大罪，这也是圣经的明文严令禁戒的。”

　　“努伦丁我的主人啊！如果你是怕犯罪才不喝酒，那是不必要的，因为安拉是慈祥仁爱的，任何罪过他都饶恕的。诗人说得好：

　　安拉宽大、慷慨无比，你可做你要做的事情，

　　即使犯罪作孽也不必畏怯。

只是诽谤安拉、危害人群这两桩罪行，

　　你可千万不能犯禁。"

　　"指我的生命起誓，努伦丁！你喝吧。"一个伙伴劝努伦丁喝酒。同时其他的伙伴也纷纷起誓，围着努伦丁，劝他喝酒。

　　努伦丁不好意思拒绝大家的盛意，只得接过园丁递给他的酒杯，一口气喝了酒，然后边吐唾液，边说道："苦极了！"

　　"努伦丁我的主人啊！"园丁说，"酒要是不苦，喝它就没有益处了。莫非你不知道，拿甜食当药吃，它不也是苦的吗？喝酒是有种种好处的。总的说来，它助消化，消愁解闷，消食撵气，清血，滋润皮肤，振奋精神，鼓舞勇气，助长性欲等。如果详详细细地谈，话就长了。诗人说得好：

　　在安拉的宽恕、庇护下我们干杯，

　　我且借酒浇愁，治疗一身疾病。

　　'酗酒是犯罪根源，'我可没被这话吓退，

　　而'酒有益于健康'的名言，我却牢记心头。"

　　园丁说罢，即刻站起来，打开阁门进去，取来一个锥形糖，砸一大块糖放在杯中，然后斟满酒，递给努伦丁，说道："我的主人啊！如果你怕苦不喝酒，那现在酒里加糖，是甜的了，你请喝吧。"

　　努伦丁接过酒杯，喝了酒。接着一个伙伴斟一杯酒，递给他，说道："努伦丁我的主人，我是你的仆人，敬你这杯酒，你请喝吧。"

　　努伦丁刚喝了酒，第二个同伴又斟酒敬他："请看奴婢的情面，喝这杯吧。"同样的，第三个伙伴又斟酒敬他："指安拉起誓，努伦丁我的主人，请接受我的敬意，喝这杯吧。"就这么样，九个同伴继续向努伦丁敬酒，每人灌了他一杯。

　　努伦丁从来没喝过酒，今天是他第一次喝酒，因而酒下肚后，便感到头晕目眩，一下子弄得酩酊大醉。于是语无伦次，絮絮叨叨地嚷道："指安拉起誓，同伴们！你们人生得漂亮，你们的谈吐十分有趣，

你们的处境格外优越,然而美中不足的是缺少音乐,因为有酒无歌,喝酒等于白搭。诗人吟得好:

> 接过灿烂的月儿亲手斟给你的醇酒,
> 陪老人和青年们交替着干杯。
> 欢聚畅饮不可没有音乐助兴,
> 因为马儿也是随着饲养者的口哨才低头饮水的。"

年轻的园丁听了努伦丁的谈话,即刻起身,借孩子们的一匹骡子,骑着走出花园。他去了不多一会儿,随即带着一个苗条美丽的少女回到园中。这姑娘白得像纯银铸的,近看却像摆在瓷器中的一枚银币。她的身段玲珑、活泼,活像一只敏捷的小羚羊。她的牙齿像珍珠,腮颊像玫瑰,明眸皓齿,笑容可掬,好像十四日夜间的明月,比太阳还灿烂可爱。她身穿一套绿色衣服,头戴一个蓝面纱,越发显得标致、美丽,正如诗人所吟:

一

> 如果她被偶像崇拜者看见,
> 他们会舍弃菩萨而拜她为神灵。
> 若是她向海洋吐出一口唾液,
> 咸水一定会变得比蜂蜜还甜。

二

> 一个眼睑乌黑、比月亮还美丽的女郎匆匆莅临,
> 她的形影像被一群幼狮追逐的母羚。
> 她那夜一般又黑又长、直往下垂的头发,
> 俨然是不需要木桩支撑的发制帐篷。
> 她玫瑰腮颊上闪烁的灿烂光线,
> 是从溶化了的肝胆中喷出来的火焰。

三

三件事情阻挠她同我们接近，
第一是慑于密探的阴谋和嫉妒者的嫌隙。
第二是她额角上的灿烂光线和装饰品发出的悦耳声音，
第三是堆积在她脖项上的龙涎香气味。
她可用袖子掩着脸面卸下簪环首饰，
但怎能摆脱遍身的芳馨气味？

四

她穿一身蓝衬衫姗姗迎面走来，
那衣色俨然是晴空的蔚蓝之色。
从衣裙中她露出真实本色，
好像隆冬的夜空中出现一轮仲夏的明月。

五

我向一个戴着面纱莅临的少女提议：
"你须取下面纱，露出如花似月的脸面。"
她回道："为维护体面，我不能随便抛头露面。"
我说道："别再提这些往昔认为是惹是招非的事情。"
她果然卸下面纱，露出笑逐颜开的脸面，
恰像结晶体中突出的宝石那样美丽。
由于过分的爱怜，我真想索性致她于死命，
好让她在最后审判日向我申冤、叫屈。
因此我一心盼望她和我变为情侣中的第一对仇敌，
以便世界末日，彼此在安拉御前互相争辩曲直。
那时节我将要求说："请把审判时间延长下去，
让我有机会多看爱人几眼。"

园丁带姑娘来到商人们的子弟面前,指着努伦丁对她说:"比星辰还明亮的美丽小姐呀!我们请你到这儿来,是要你陪我们的主人努伦丁喝酒、唱歌,因为今天他到园中来游玩,还是第一次呢。"

"如果你先讲明这个意思,我会随身带来乐器的呢。"姑娘表示遗憾。

"小姐,我替你去取吧。"

"好的,你愿去就去吧。"姑娘同意园丁替她去取乐器。

"可我凭什么去取呢?请给我一件证据吧。"

姑娘给园丁一条手帕。他拿着手帕急急忙忙走出花园。过了不多一会儿,园丁回到花园里,随身带来一个系着金属挂带的蓝色缎袋。姑娘把袋子接过去,解开袋口,倒转过来一抖,便从袋中落下三十二块木片。于是她把凸的和凹的木片交相配搭、组合起来,转眼构成一具印度造的光滑琵琶。她卷起袖管,像慈母搂抱婴儿似的把琵琶抱在怀里,轻举纤指一弹,琵琶便钑钑琤琤地发出一曲如泣如诉的思乡调。那琵琶似乎在回忆阔别的家乡故土,顿时想起了灌溉它的水源,它出生和成长的土地,砍伐和制造它的木匠,油刷它的漆匠,贩卖它的商人以及运载它的船只。因而它的音调时而高昂,时而低沉,有时哀泣,有时呻吟,仿佛是姑娘追问它的来龙去脉,所以它做了如下的回答:

> 当初我原是供夜莺栖息的树木,
> 夜莺在青枝绿叶中同我处得情投意合。
> 它们在林间呜咽、呻吟,我便理解其隐情,
> 随着夜莺的悲鸣,我的秘密泄露无遗。
> 伐木者悍然把我砍倒在地,
> 且把我制成你眼前这具纤弱的诗琴。
> 通过知音者的指头在我弦上一再弹奏,
> 证明我经得起打击的耐性至死不变。
> 从此酒友们一听我哀鸣、哭泣,

一个个抑不住澎湃激情,甚至烂醉如泥。
主人使我获得每个人的同情、怜惜,
因而我平步青云,直攀缘到人们的胸前。
所有超群出众的美女都把我抱在怀里,
凡是苗条、妖娆的羚羊都同我亲密交游。
因为安拉不让有情人徘徊歧途,
也不叫相爱者走投无路。

姑娘弹罢,稍停一会,随即亲切地再抱起琵琶,轻举纤指,边弹边唱道:

倘若他一心一意追求爱情,
她必然会替他开脱为爱慕而犯的罪孽。
夜莺在枝头吵闹着甘作他的情敌,
造成他同爱人分离、断交的原因。
醒来吧!月白之夜最适于幽会,
恰像黎明给人再碰头聚首的机缘。
今日嫉妒者的监督已经流于疏忽大意,
琴弦传来的乐曲正招引我寻欢做戏。
娱乐所需要的四种馨花早已齐全,
即蔷薇、桃金娘、紫罗兰和玫瑰。
今日形成娱乐的四种主要成分已经齐备,
那是爱情、友谊、酒肴和金币。
你须保全人世间应该享受的一切,
享乐固然是过眼烟云,但其信息、事迹却长存不灭。

努伦丁听了姑娘弹唱,用爱慕的眼光望着她,爱她爱得几乎无法抑制激情。同样的,那姑娘对努伦丁也怀着相似的心情。原因是她仔细打量商人们的子弟,见努伦丁在同伴中,好像繁星中的月亮,与众不同。因为他言谈温雅,仪表肃穆,体态标致,举止大方,形貌漂

亮,性格比晨风还温柔。因此非常钟情于他,一时控制不住羡慕、恋念情绪,只好再一次抱起琵琶,边弹边唱道:

> 我的一瞥招致他的严厉责备,
> 我的灵魂握在他手里,肉体却被抛弃。
> 他理解我的心情,可是断然同我隔绝,
> 这一切仿佛是安拉所指引。
> 我在自己手心里描下他的形影,
> 且嘱咐眼睛:"你须为他的境遇悲哀哭泣。"
> 能代替他的人儿我从来不曾看见,
> 在他面前我无法抑制崇敬、爱慕的激情。
> 心灵哟! 我将把你从脏腑中撕裂,
> 因为你是产生嫉妒的主要原因之一。
> 我曾嘱咐自己的心灵必须忘记一切,
> 它却死心塌地不肯回头。

努伦丁听了姑娘的弹唱,非常欣赏她的诗才、歌喉和弹艺,爱她爱得发狂,不能抑制感情,便挨近她,拥抱她,痛吻她,旁若无人地跟她嬉戏、调情。他的举动正合姑娘的心意,所以她欣然把整个身躯依伏在努伦丁的怀抱里,亲热地吻他的额角。在场的同伴们,眼看努伦丁的失常行为,一个个骇然震惊,大伙不约而同地一哄站了起来,茫然不知所措。努伦丁面对此情,感觉惭愧,这才松手放下姑娘。姑娘觉得难为情,恶然抱起琵琶,边弹边唱道:

> 他弯腰时人眼中出现如钩的新月,
> 他举目一顾羚羊们一个个受到屈辱。
> 国王的威仪来源于统辖下的部队,
> 征战时他的体形像枪杆那样挺直。
> 倘若他的心灵也像肢体那么软柔,
> 爱慕他的人就不至于胆战心惊地遭受酷刑。

多么残酷的心灵,多么软柔的肢体!

莫非你俩不可以交换一下各自具备的性能?

原谅吧,责备我不该求爱的人哟!

请让我今生暂且偷安苟活,俾你自己独享来世不朽的生活。

努伦丁听了姑娘的弹唱,对她的诗才和弹唱技艺,钦佩得五体投地,抑制不住爱慕心情,欣然吟道:

在我看来,她是正午时光明、灿烂的太阳,

但其光、热却是从我的心血中煎熬出来。

假若她使个眼色或举起指尖向我们表示问候,

这对她说来,到底有什么损害?

羡慕者窥见她的容颜感到彷徨、迷离,

都承认这是美女中一个无以比拟的巾帼。

有人问我:"莫不是因爱她而使你消瘦、憔悴?

　　　　这对你可是有原谅的余地。"

我回道:"不错,她不顾我的悲哀、孤苦、可怜情形,

　　　　横眉对准我射出一支利箭,

　　　　致使我这痴心受到重创而被俘,

　　　　从此我日日夜夜呻吟、哭泣。"

姑娘听了努伦丁的吟诵,对他的文雅态度和伶俐口才,感到无比惊奇诧异,欣然抱起琵琶,使出绝技弹唱道:

人类的灵魂哟,指你的面容起誓!

无论前途光明或者暗淡,但爱你的心情始终一样。

你疏远、冷淡时,我同你的幻影联系,

看不见你时,我凭回忆寻求慰藉。

使我的目光荒凉、寂寞的人哟!

除却你的爱情我永久得不到安宁。

你的腮角红似玫瑰,口水甜如咖啡,

对此良辰美景难道你不肯做出贡献?

努伦丁听了姑娘的弹唱,非常感动,对她的技艺钦佩到极点,欣然吟道:

只有圆月般的容颜戴上面纱的时候,

灿烂的太阳才能在暗淡的空中露面。

除非她稍微揭开面纱,透出一条缝隙,

黎明绝不会在人眼中显露额角。

请堵住我眼中连绵不绝的眼泪,

且把爱情故事简明地叙述一遍。

我向张弓射击的女射手呼吁:

请暂别对准这破碎的心放出利箭。

如果说我的眼泪像尼罗河那样涌流,

那么爱你的心情也像尼罗河流域那样辽阔。

她对我说:"交出你的全部金钱。"

我回道:"你只管拿去。"

她说道:"还须付出你的睡眠。"

我回道:"请从我的眼球中取去。"

姑娘听了努伦丁的吟诵,对他的优美辞藻和雄辩口才,钦佩得五体投地,整个身心都融化在爱情里,情不自禁地把他搂在怀里,痛吻一阵,然后抱起琵琶,边弹边唱道:

可恨,责难者的中伤、毁谤多么恶毒!

我该对他牢骚满腹或控诉自身的委屈。

我的钟情遭你断然弃绝的人哟!

生平没想到爱你会招致屈辱。

当初我痛骂过恋爱者吵闹、激动的言行,

如今我对责骂你的任何人都抱谅解心情。

昨天我还埋怨为爱情执迷不悟者的痴情,

今日我要向被爱情折磨得憔悴、瘦弱的人赔罪、道歉。

倘若灾祸随着离散一旦降临，

我只会喊着你崇高的令名向安拉求援。

努伦丁听了姑娘的弹唱，对她的诗才和弹唱技艺越发感到惊奇、钦佩，并当面感谢她的眷顾、厚爱态度。姑娘听了努伦丁的赞扬、感谢之言，怡然自得，亲切、热情地吻他，然后把外衣和首饰脱下来，当礼物送给努伦丁，说道："我心爱的人儿啊！你要知道：礼物的数质是送礼者量力而定的。"

努伦丁收下姑娘送给他的礼物，然后转手赔还她，并热情地吻她的腮颊和额角，表示衷心感激她。至此，努伦丁同姑娘的交谈、嬉戏宣告结束，他便毅然站了起来。姑娘赶忙问他："我的主人啊！你要上哪儿去？"

"时候不早，我该回家了。"

同伴们听说他要回家，都发誓留他跟他们一起在园中过夜。努伦丁不肯留宿，跨上骑骡，离开花园，一直回到家中。他母亲站起来迎接他，说道："我的孩子，你干吗耽搁到这时候才回来？指安拉起誓，你不在我面前的时候，我和你父亲一直心神不定，老是为你的安全担心受怕呢。"她说着挨过来吻他，表现出慈母对儿子的亲切、关怀。可她顿时闻到一股熏鼻的酒气，不禁大吃一惊，问道："儿啊！你是坚持礼拜、祷告的人，怎么随便喝酒，甘心违犯教律呢？"

努伦丁母子正在谈话的时候，他父亲已经回来了。他不言不语，一头钻进被窝，躺着不动。他父亲不知个中情形，问道："努伦丁怎么了？"

"他去花园里玩耍，似乎受了凉，感觉头痛。"他母亲托言替他掩饰。

做父亲的非常关心儿子的疾苦，亲身挨至床前问候、安慰他，忽然闻到一股恶臭的酒味，便知此中苗头。商人塔祝丁向来洁身自好，不喜欢喝酒的人，因而生气说："该死的小崽子！难道你昏庸、愚蠢到这步田地,公然喝起酒来了吗?"

努伦丁听了父亲的骂声,醉眼蒙眬地坐了起来,举手打他父亲一个嘴巴,碰巧打中他的右眼,一下子把眼珠打出眼眶,挂在腮上,痛得他顿时晕倒,昏迷不省人事。家人赶忙洒玫瑰水在他脸上抢救。过了一阵,他慢慢苏醒过来,痛定思痛,预备重重地打努伦丁一顿,再作道理。幸亏他母亲好说歹说,劝他慢作处理,先好生养伤,他才暂时息怒,但以休妻发誓,待明晨非砍掉努伦丁的右手不可。

努伦丁之母听了丈夫的誓言,满腔忧愁,一心替儿子担忧,害怕得要死。可她故作镇静,继续安慰、规劝丈夫,直让他睡熟,并待明月当空的深夜,才悄悄地来看努伦丁,说道:"努伦丁,你对自己的父亲做了大逆不道的事,这到底是为了什么?"

努伦丁已经清醒过来,听了母亲之言,不明白自己闯了什么祸,因而反问道:"娘,我对父亲究竟做了什么不对的事?"

"你打了他一巴掌,把他的右眼珠给打出来了。他盛怒之下,以休妻发誓,明晨非砍掉你的右手不可。"

努伦丁知道自己闯了大祸,非常懊悔,怨自己当初不该喝酒,但事已至此,噬脐莫及。他母亲对他说:"儿啊!你现在悔恨,为时已晚,没有什么好处。为今之计,你应该赶快逃出去,找一条生路,去朋友家暂时躲避,静候安拉的好安排吧。因为过一些时候,情况总会有转变的。"于是她打开钱柜,取出盛着一百金币的钱袋,递给他,说道:"儿啊!你把这袋钱带在身边,酌量使用。用完之后,给我捎个信来,我再接济你。往后随时来信,把你的情况暗中告诉我。也许安拉给你开辟出路,到时候你就可以回家了。"她说罢,哭哭啼啼地送别儿子。

努伦丁收下母亲给他的钱袋,正预备出走的时候,忽见钱柜旁边摆着一个盛着一千金币的钱袋,是他母亲忘了装进钱柜的,因而顺手抄起来,把两袋钱一并系在腰中,然后告别母亲,趁黑夜出走。他走出胡同,径向布拉格迈进。

黎明时，人们从睡梦中醒来，做完晨祷，然后纷纷各奔前程，为谋求衣食而奔波、劳碌。这时候，努伦丁来到布拉格，走在海岸上，看见一只大船停泊在码头。人们行色匆匆，通过跳板，有的上船，有的下船，川流不息，岸上还站着一些船员。努伦丁眼看那种情景，挨到船员跟前，问道："你们的船将开往什么地方去？"

"开往亚历山大。"船员们回答他。

"带我跟你们一块儿去吧。"

"漂亮小伙子，欢迎你搭船一块儿去。"船员们慨然答应他的要求。

努伦丁即时去到市中，买些食物和一套被盖，带着赶至码头，正赶上开船时间。他刚上船不久，船员便解缆启行。船在海中继续航行，直到拉施德城靠岸。

努伦丁旅行到拉施德城，碰巧有只小船开往亚历山大，他便搭小船成行。渡过拉施德海港，到达一座叫艾尔昭密的大桥下面上岸，然后由西督览门进入亚历山大城，守门的卫兵没有发觉他。

努伦丁进城之后，见城楼高大，城墙坚固，房屋栉比，花园林立，非常整齐美观，十分引人注目。那时严寒已逝，正逢春暖时节，花园中百花怒放，绿树成荫，河中清水湍流，树上果实累累，景色异常美丽，真不愧是一座整齐、美观的大城市。城中居民和善可亲，安居乐业，只消把城门一关，他们的安全就有保障。正如诗人所吟：

一

有一天我对一个朋友说：
——他有出口成章的才能
"请描绘一下亚历山大这座城郭！"
他说道："它是大名鼎鼎非常美丽的港口。"
我问道："里面有没有生活资源？"
他回道："只要大气流通，都可生活下去。"

二

亚历山大是一张嘴唇,
它的口水清澈、甜蜜。
当乌鸦不在上空盘旋之际,
生活在里面多么惬意!

努伦丁睁着惊奇的目光,在城中溜达,经过木器市,银钱兑换市,水果市,糖果市,药材市,所见所闻都感到新鲜、有趣。当时有个老年人从药铺中走出来,挨到努伦丁面前问候他,并牵着他的手带他上他家去。

努伦丁随老人来到一条洒扫得干干净净的胡同里,只见胡同中绿树成荫,花香扑鼻。胡同中有四幢房屋,当中靠内面的那幢特别高大,是建筑在水面上的,墙壁高大坚固,门前铺着云石,扫得非常干净,到处弥漫着浓郁的芬芳气味,使身临其境者觉得如置身于乐园之中。

老人带努伦丁走进那幢大屋子,摆出饮食陪他吃喝。饭后,老人问努伦丁:"你是什么时候从开罗上亚历山大来的?"

"老伯,我是今天才到这儿的。"

"你叫什么名字?"

"我叫阿里·努伦丁。"

"努伦丁我的孩子,我应该收拾出一间屋子来供你住宿。大凡你逗留在亚历山大这个期间,千万不要离开我,否则我就等于三次发誓休妻了。"

"老伯,你是谁? 请详细告诉我吧。"

"孩子,你要知道:有一年我去开罗经商,卖掉货物,然后收购当地的一批土特产,还需要一千金才够付款。当时令尊塔祝丁在不认识我的情况下,慨然借给我一千金,并不要我写借据,直待我回到亚历山大,才打发仆人送钱去还他,并送他一些薄礼。当日我曾见你一面,那时候你还小呢。若是安拉愿意,我当把令尊对我的恩遇回报在你身上。"

努伦丁听了老人的谈话,非常快乐,喜笑颜开地把盛着一千金币的那个钱袋从腰中解下来,递给老人,说道:"这袋钱请老人家代为保存。往后我打算拿它做本钱经营生意。"

从此努伦丁在亚历山大城中住下来,每天都去串街游玩,随意吃喝享受,没有几天工夫,便把手中的一百金币挥霍完了。于是他去到房主人的铺中,预备取些钱使用。但老人不在铺里,便坐下来等待,并东张西望地看生意人做买卖和过往的行人。这时候,有一个波斯人骑一匹骡子,带着一个明眸皓齿、窈窕美丽的少女来到市中。那姑娘好像是白银铸成的,满脸笑容,活泼伶俐,既像一尾梳鱼,又像一匹小羚羊,正如诗人所吟:

> 她具备不高不矮的美妙体形,
> 俨然是惹人钟爱而被创造的范例。
> 蔷薇见她的腮角羞红了脸颊,
> 招展的树枝面对她软柔的腰肢深感惊诧。
> 她口吐麝香气味,面容与日月争辉,
> 柳枝般的窈窕身体竟没人同她媲美。
> 她的身躯原是珍珠液的铸件,
> 所以每一部位像月亮那样透明。

波斯人下马后,把姑娘扶下马来,然后大声唤经纪人到跟前,说道:"你带这个丫头去,替我卖掉她。"经纪人果然带姑娘到市中,并拿来一张镶象牙的乌木椅,让她坐下,随即取掉她头上的面纱。于是一个盾形的珍珠般的面孔顿时显露出来,像十四日夜里当空的一轮明月,非常美丽可爱,正如诗人所吟:

> 圆月厚着脸皮来同她的容颜媲美,
> 结果只落得黯然失色的惨败结局。

请征询那戴金丝面纱的美丽姑娘的意见：

她怎样看待一个僧侣般虔诚的奴婢？

在她的容貌和面纱的双重光辉面前，

隐藏在黑暗中的一切灾难、疾病全都消逝无遗。

我企图偷偷地向她的腮角一瞥，

护卫便对准我射出流星似的利箭。

　　掮客把姑娘陈列在市中，开始拍卖，对生意人们说："这是潜水者捞到的一颗明珠，也是猎人捕获的一只珍禽，你们愿出多少钱买她？"

　　随着掮客的询问，便有一个买主还价："我愿出一百金买她。"

　　"我出二百金。"第二个买主说。

　　"我出三百金。"第三个买主说。

　　商人们相互增价竞买姑娘，直把她的身价增到九百五十金时，才停下来，等待生意成交。掮客见没人再增价，便向她的波斯主子请示，说道："你的丫头，有人出九百五十金买她。你愿意以这个价格出卖她吗？"

　　"她本人愿意不愿意呢？这桩事我可是要先征求她的同意才能决定。因为此次我带她出门远行，沿途患病，全靠这个丫头好生伺候我，所以我许下愿心：非她本人同意，我决不随便出卖她。我把卖她的事交给她自己做主了。现在你去同她商量吧！如果她同意，就把她卖给她看中的买主吧。假若她不愿意，那就拉倒。"

　　掮客按波斯人的指示行事，来到姑娘面前，说道："美丽的小姑娘，你的主子把卖你的事交给你自己做主。现在有人出九百五十金买你。你同意我来成交这笔生意吗？"

　　"在生意成交之前，先让我看一看要买我的人吧。"

　　掮客满足姑娘的愿望，把她带到出高价的年迈体衰的那个买主跟前。她仔细打量老头一番，然后回头对掮客说："经纪人，莫非你是疯子或者是个白痴？"

"美貌的小姑娘,你干吗对我说这种话呢?"

"难道安拉容许你把我这样的人,介绍给如此衰朽的老头子吗?诗人对他的老婆做过如下的描绘了:

> 她唤我去办一件不起作用的事情,
> 且卖弄风情、怒气冲冲地对我直言:
> 如果你不像丈夫待妻室那样同我睡眠,
> 我偷情时你可别抱怨。"

老头子听了姑娘的恶毒嘲弄,愤恨到极点,对掮客说:"最下贱的经纪人哟!你给我们弄来的并不是什么好货色,却是一个最使人晦气、倒霉的坏丫头,我可是叫她当生意人的面给侮辱了。"

掮客赶忙带姑娘离开老头,对她说:"我的小姐,你放尊重些,别这样放肆、无礼。刚才你嘲笑、讽刺的这位老人,是监督市场的商界头目,生意人都向他求教哩。"

姑娘听了掮客的警告,启齿笑了一笑,喟然吟道:

> 当今的统治者应该都是善良的官吏,
> 一系列的事情是他们应尽的职权。
> 首先把省长吊在他自己门前判处死刑,
> 再就是把市场监督鞭挞得皮破血流。

姑娘吟罢,对掮客说:"指安拉起誓,我的主人啊!我不愿卖给这个老头子,你给我另找顾主吧。因为万一他恼羞成怒,怀恨在心,把我转卖给别人,让我去做下贱的婢女,这就玷污、糟蹋我自身了,我是不乐意这样做的。总之,你已经知道,卖我的事,必先和我商量,取得我的同意。"

"听明白了,遵命就是。"掮客应诺着带姑娘来到一个巨商大贾跟前,然后指着他对她说:"小姐,你同意我以九百五十金的身价,把你卖给佘律奋丁老先生吗?"

姑娘一看佘律奋丁,是个老头子,胡须却染得漆黑,看不顺眼,心里生气,回头对掮客说:"莫非你是疯子或者是个白痴,所以要把我卖给这个腐朽的老家伙吗?难道我是一团乱丝线、一块烂破布,你才左一次右一次地把我向老头子兜售吗?而你给我所找的这两个买主,每人都像快要倾倒的朽墙,又像被流星打死了的妖魔鬼怪,令人一见作呕。而这两个老家伙中的前者,诗人对他做过如下的描绘:

一

我恳求吻一吻这女郎的嘴角。
'不,指创造宇宙的主宰起誓,'她断然拒绝,
'我压根儿不需求白发苍苍之徒。
难道我还活着嘴唇就被棉花堵住?'

二

据说头发的灰色是离散的光泽,
它给人脸涂上庄重、威严的神色。
直至头发一旦变白,便是死亡的时刻,
所以我希望须臾不离开黑色。
在总清算之日,白色即使能解脱一切罪责,
我这一辈子也不要选择白色。

而后者呢,仍不失为无耻、下流之徒。他染头发、胡子充当年轻人这件事情,欲盖弥彰,更能表现他的卑鄙龌龊行径,正如诗人所吟:

一

她对我说:'我见你把白头发染成黑色。'
我回道:'眼珠哟!我这样做只为蒙蔽你的眼目。'
她狂笑着说:'这是奇怪的事情,
　　欺骗事件多到这步田地,连头发中也在出现。'

二

你用黑颜色把白头发染黑，

目的在于使青春常在。

喏！请把我的份额再一次染黑，

今后我保证它不至于再褪色。"

染头发、胡子的老商人听了姑娘的笑骂，愤恨得无以复加，迁怒于掮客，对他说："最下贱的经纪人哟！你今天给我们带到市中的不是什么好货，而是一个胡说八道的贱妇。她信口雌黄，拿歪诗、胡言，把生意人一个个都咒骂了。"他埋怨着走到铺门前，重重地打了掮客一个嘴巴。

掮客挨了商人打骂，敢怒而不敢言，只好带姑娘离开商人的铺子。他边走边怒气冲冲地对姑娘说："指安拉起誓，像你这样寡廉鲜耻的丫头，我活了这半辈子从来还没见过。今天你把我的饭碗给砸碎了。为了你，商人们都生我的气，同样的，你自己的前途也叫你一手断送了。"

掮客嘀咕着带姑娘回到市中。有个叫史和本丁的商人看见姑娘，愿增加十个金币买她。掮客征求姑娘的意见。她对掮客说："先让我见他一面，以便向他打听一件东西。如果他家里有那种东西，我就同意卖给他，否则，便拉倒。"

掮客让姑娘等着，一个人去到史和本丁铺中，对他说："史和本丁老爷，刚才姑娘说，她要向你打听一件东西，如果你家里有那种东西，她便同意卖给你。不过这个丫头对你的同行所说的话你是听见的了。指安拉起誓，我只怕带她来见你时，若是她像对待你的邻居那样对待你，那我和你会当面受侮辱的。我先把话说清楚，如果你允许我带她来见你，我就遵命照办。"

"行，你带她来见我好了。"商人史和本丁同意跟姑娘见面。

"听明白了，遵命就是。"掮客应诺着赶忙回到姑娘跟前，并带她来到商人史和本丁铺前。

姑娘看商人一眼,对他说:"史和本丁老爷,你府上有用松鼠毛填塞的圆枕头吗?"

"不错,美貌的小姐,我家里有十个松鼠毛填塞的圆枕头。指安拉起誓,你要这些枕头做什么?"

"我将耐心地等你睡熟后,拿它捂着你的嘴和鼻子,活活地把你闷死掉。"姑娘回答着回头看掮客一眼,说道:"最无用的经纪人哟!你显然是一个疯子,所以刚才把我介绍给各有两种缺点的那两个白发老头子。现在你又把我介绍给矮个子、大鼻梁、长胡须的史和本丁。他的这三种缺点,正如诗人所吟:

一

人类中像他这个模样的体形,
我们的耳目从来不曾接触。
他有一具一拃长的大鼻和一蓬腕尺长的胡须,
还有一个指头般细长的身躯。

二

一座清真寺的高塔摆在他脸颊上面,
跟一颗宝石嵌在戒指上没有差异。
假若把宇宙塞进他的鼻孔里面,
这宇宙便消失得一干二净。"

商人史和本丁听了姑娘的嘲笑之言,怒不可遏,起身走出铺门,一把抓住掮客的衣领,边揉他,边骂道:"最下贱的经纪人哟!你干吗带个毛丫头到市中来,让她用歪诗、胡言,左一次右一次地随便辱骂我们?"

掮客无可奈何,只得赶快带着姑娘离开史和本丁,并埋怨她,说道:"指安拉起誓,我干这种行业一辈子,可是像你这样没礼貌、这样使我倒霉的丫头,我却从来还没见过。今天你可是把我的饭碗给砸了,我从你身上所赚得的,除却挨了一个嘴巴之外,还被人抓着衣领揉得差一点跌跤。"他嘀咕着带姑娘来到一个养着很多婢仆的商人跟前,对她说:"你愿意卖给这位叫尔辽温丁的富商吗?"

姑娘看富商尔辽温丁一眼,见他是个驼背,回头对掮客说:"这是一个驼背,正如诗人的描绘:

一

他的脊椎骨往上突出,肩膀却向内收缩,
活像一个被流星追击得狼狈不堪的妖魔。
他似乎是久经鞭挞、饱尝痛苦之余,
最后终于落得个腰弓背驼的结局。

二

当你们的驼背骑在骡背上的时候,
奇妙的景象必然在人群中出现。
当驼背骑着的骡子吃惊、蹦跳之际,
这难道不是令人惊奇诧异的事件?

三

驼子的脊背日益增加缺陷,
人们误以为他的前胸就是后背。
他活像一截枯萎的树桩头,
凸凹的状态跟干瘪的构橡没有区别。"

掮客听姑娘诵诗嘲弄驼背商人,生怕惹祸,赶忙带她去到另一个商人跟前,对她说:"你愿意卖给这个人吗?"

姑娘看商人一眼,见他是个烂眼睛,回头对掮客说:"这是个烂眼边儿,你怎么替我找这样的顾主呢? 他的情形,正如诗人所吟:

发炎溃烂的眼睛是他不治的疾病，

致使他的生命逐渐减缩、体力日益衰退。

眼屎蒙住他的眼睑，

大家快来观看这种奇景。"

捐客知道姑娘不愿意，只好带她去到另一个商人跟前，问道："你愿意卖给这位吗？"

姑娘看商人一眼，见他是个大胡子，回头对搏客说："坏透了的经纪人哟！此人是一只尾巴长在喉头上的公绵羊。你这个该死的家伙！怎么能把我卖给他呢？常言道：'凡是胡须长的人都是傻瓜，胡须越长，头脑便越简单。'这是明理人所公认的事，莫非你不曾听见？诗人吟得好：

我们之间有个蓄着一口长胡须的朋友，

可惜安拉叫他的胡须空长无益。

那胡须恰像隆冬季节的夜间，

既寒冷又黑暗且占据的时间太久。"

捐客听了姑娘的议论，知道她不同意，只好带她往回走。她觉得奇怪，问道："你要带我上哪儿去？"

"带你上你的波斯主子那儿去，今天我为你可吃够苦头了，因为你太放肆、失礼，我和他的生活门路都叫你给阻断了。"

姑娘随捐客边往回走，边摆头左右前后观看，无意间视线落到阿里·努伦丁身上。她仔细打量一番，见他是个年方十四、非常标致漂亮的小伙子，像十四日夜里当空的一轮明月。他具有玫瑰色的腮角，雪花石似的脖颈，珍珠般的牙齿。形貌之美，正如诗人所吟：

一

一轮明月和一只羚羊突然在人前出现，

一心一意要同他比赛美丽。

羚羊啊！慢些,你别同他争艳；

月亮啊！你且止步,务须多加克制。

二

他的头发、额角光亮透明,

俨然是夜空中升起的一轮明月。

他腮角上的黑痣不容否决,

因为每一朵白头翁都有一个斑点。

姑娘一见努伦丁,心中顿时留下深刻的印象,颇有一见倾心之感,立刻爱上了他。她抑制不住爱情的冲动,回头对掮客说:"喂！那个坐在商人当中,身着褐色衣服的年轻生意人,他不肯为买我而稍加一点价钱吗?"

"美貌的小姐,那个青年不是本地人,他刚到此地不久,寄住在他父亲的朋友处。他父亲是开罗城中商界的头目人,地位很高,资金非常雄厚。关于买你的事,小伙子一声不吭,所以谈不上增价减价的事。"

姑娘听了掮客的叙述,毅然脱下名贵的宝石戒指,拿给掮客看,并对他说:"带我到那个漂亮青年跟前去吧。如果他肯买我,这戒指便送给你,作为今天你为我操劳应得的报酬。"

掮客大为欢喜,果然带姑娘来到努伦丁跟前。她仔细打量,认为努伦丁的确标致漂亮,有过人之美,像十四晚上的一轮明月。

姑娘呆看努伦丁一会儿,说道:"少爷,指安拉起誓,你说实话吧,我生得美丽吗?"

"抚娆的小姐啊！难道世间还有比你更美丽的人吗?"

"那你为什么眼看商人们增价买我,你却不吭气,不肯增一枚金币买我呢? 莫非你看不起我吗?"

"小姐,如果此事出在我的本乡本土,我会不惜花尽手中所有的钱买你呢。"

"少爷，我可不是强求你非买我不可；不过你要是肯当众人的面，稍微增加我的身价，即使你不买我，这对我来说不但会起鼓舞、激励作用，而对一般生意人来说，他们会说：'假若这个丫头不算美丽，这位开罗商人是不会增价竞买她的，因为开罗人对丫头使女的识别是有经验、阅历的。'"

努伦丁听了姑娘的一席话，感觉惭愧，羞红了脸，回头对捎客说："这个丫头的身价，最高出到了什么程度？"

"有人出过九百五十金，但经纪费不包括在内。因为按政府的规定，这笔手续费，应由卖主缴纳。"捎客讲明情况。

"我以一千金作代价和佣金收买她吧。"努伦丁征求捎客的同意。

姑娘听说努伦丁愿以一千金买她，立刻离开捎客，边靠近努伦丁，边扬言说："我愿以一千金的身价卖给这位漂亮的年轻人。"

努伦丁默然等待最后决定。当时在场的人一下子议论开了。有人说："我们让他收买她了。"

"他应该买到她的。"

"光哄抬价钱而不买的人，是邪魔鬼怪的子孙后代。"

"指安拉起誓，他俩配成一对倒是挺适合的。"

人们正在议论纷纷的时候，捎客已经请来法官和证人，当面写了卖契。捎客把契据递给努伦丁，说道："请收下你的丫头吧！安拉会因她而使你幸福的，因为你二人配成一对，是再适宜不过的了。"他祝愿着欣然吟道：

> 幸福拖着长裙恭顺地来到他面前，
>
> 显然他和她是天生的一对佳偶。
>
> 除了她任何妇女都不适于做他的妻子，
>
> 同样的只有他才配做她的夫婿。

努伦丁在生意人面前，恧然收下契约，即刻把寄存在商人处的一千金取出来,兑给掮客,然后带姑娘离开市场,回到他寄居的地方。

姑娘来到室内,见里面空荡荡的,除了一张破毛毯和一床旧皮垫,什么都没有,因而觉得失望,便对努伦丁说:"我的主人,你干吗不带我上你父亲的家里去? 莫非你看不起我,认为我不配上你的老家去享福吗?"

"指安拉起誓,美丽的小姐,这不是我的家,而是我暂时寄居的地方。我对你说过,我是个离乡人,我的老家远在开罗城中。这幢房子原是本城中一位经营药材生意的巨商的产业,蒙他腾出这间屋子,让我暂时栖身罢了。"

"我的主人,目前有个狭小地方暂时栖身就可以了,将来你总会回老家去的。不过我的主人,现在我饿了,你快去买些酒、肉、蔬菜、果品一类的食物,拿来咱们充饥吧。"

"指安拉起誓,美丽的小姐,除了买你的那一千金,我身边的钱昨天刚花完,现在手头一个子儿不剩了。"

"莫非城里你没有朋友,可以借几块钱来用吗?"

"除了做药材生意的那位老商人,我谁都不认识。"

"你去向他借五十块钱,拿来给我,让我告诉你怎样做吧。"

努伦丁听从姑娘的指使,立刻去到商人跟前,说道;"老伯,你好。"

商人回问努伦丁好,并问他:"我的孩子,今天你用一千金买了什么?"

"买了一个丫头。"

"我的孩子,花一千金买个丫头,你发疯了吗? 告诉我,她是个什么类型的丫头?"

"老伯,她是个西洋姑娘。"

"我的孩子,你要知道:在我们这座城市里,顶好的西洋女子,最多只值一百金。指安拉起誓,我的孩子,显然你叫人给骗了。假若你真是为她的姿色着迷,那今晚跟她过一夜,满足欲望后,明晨赶快带她到市中去卖掉她,即使赔二百金的本钱也在所不惜,就当是渡海遭难蒙受损失或旅途上遇匪抢劫吧。"

"老伯,你说得对,不过我的情况你是知道的:除了用来买丫头的那一千金,现在我两手空空,一个子儿不剩,因此恳求老伯行个好,借给我五十块钱,暂时维持生活。待明天我卖掉丫头,再送钱来赔你。"

"我非常愿意借给你钱。"商人数了五十块钱递给努伦丁,"不过我的孩子,你还年轻,不太懂事。而你买的那个丫头想必很美丽,因而你一心恋念她,下不了决心卖她。可你手中没钱使用,一旦花完这五十块钱,你可能再来找我,从而一次、二次、三次,甚至于十次地向我借贷。今后要是果真发生这样的情况,我就该不理睬你,我和令尊之间的交情也会被你破坏掉的。"

努伦丁回到寓所,把借来的五十块钱交给姑娘。于是她对努伦丁说:"我的主人,现在你上街去,用二十块钱替我买五种不同颜色的绸子来使用,并用其余的三十块钱买些肉、饼、果、酒和鲜花,拿回来过生活。"

努伦丁去到市中,按姑娘的吩咐,买了绸子、食物和鲜花,带回寓所。姑娘卷起袖管,即刻动手烹调,做出可口的饭菜,陪努伦丁共同享受。吃饱饭,她斟酒陪他同饮,有说有笑地继续向努伦丁劝酒,直待他喝醉酒,躺在床上睡熟,才打开包袱,取出一个塔羽府出产的皮制针线包,从里面拿出针线来,开始裁剪、缝纫,她不停地劳作,一气缝成一根精致美观的腰带,然后整整齐齐地折叠起来,再用一块旧布包好,放在努伦丁的枕头下面,这才解衣睡觉。

次日清晨,阳光照遍大地,努伦丁从梦中醒来,见姑娘已经为他烧了热水,于是他和她一起沐浴,然后晨祷。祷告毕,姑娘摆出饭菜,陪他一起吃喝。饭后,姑娘伸手从枕下取出昨晚连夜赶制的那条腰带,递给努伦丁,说道:"我的主人,你收下这条腰带吧。"

"这腰带是从哪儿来的?"努伦丁打听腰带的来历。

"我的主人，这是我用昨天你花二十块钱买来的绸子制作成的。现在你把它拿到市中，交给经纪人，请他代为销售，最低限度卖二十个金币。"

"美丽的人儿哟！莫非用二十块钱买来的绸料，花上一夜工夫制成的腰带，便可卖二十个金币吗？"

"我的主人，这条腰带的价值你还不知道。不过你把它带到市中去，交给经纪人，待他唤卖时，它的价值便显露出来了。"

努伦丁听从姑娘指使，带着腰带，来到市中，把它交给经纪人拿去叫卖。他坐在一家铺前的凳上等了不多一会，便见经纪人转来，对他说："我的主人，腰带以二十金的价值卖出去了，请随我一起去取款吧。"

努伦丁听了经纪人的谈话，大为震惊，非常诧异，怀着将信将疑的心情，随掮客去到买主跟前，把卖腰带应得的二十金取到手，随即转身进入绸缎铺，用它买了各种颜色的一批丝绸，急急忙忙带回寓所。他把丝绸递给丫头，说道："你把这些丝绸都制成腰带，并教一教我，以便我跟你一块儿制作。因为我有生以来，还没见过比这个更好更赚钱的手艺了。指安拉起誓，这种事比生意买卖好上一千倍哩。"

丫头笑了一笑，说道："努伦丁我的主人，你去向那位卖药材的朋友再借三十块钱来买吃的。等明日卖了腰带，再把今天和昨天所借的五十块钱一齐赔他。"

努伦丁听从丫头指使，果然去见药材商人，说道："老伯，求你再借给我三十块钱。若是安拉愿意，明天我把所欠的八十块钱一起奉还。"

商人数了三十块钱借给努伦丁。他拿着钱去到市中，买了肉、饼、蔬菜、水果和鲜花，带回寓所，交给丫头——过去人们管她叫制作腰带的巧手玛丽娅。

玛丽娅即刻动手烹调，做成丰富可口的饮食，摆在努伦丁面前，陪他吃喝。饭后,她又拿酒来和努伦丁对饮,相互劝酒,彼此细语谈心。玛丽娅喝了酒,醉眼蒙眬,觉得努伦丁的形貌越发漂亮,他的谈吐越发动听,欣然吟道:

> 我举杯向标致漂亮的小伙子祝酒,
> 他口中散发出芬芳的麝香气味。
> 我问道:"莫非你从自己腮角上挤出这醇酒?"
> 他回道:"否,古往今来有谁从玫瑰上榨取醇酒?"

玛丽娅和努伦丁相互劝酒,觥筹交错,开怀畅饮,尽情享乐。努伦丁斟酒敬玛丽娅。玛丽娅佯为拒绝。努伦丁眼看醉意增添了玛丽娅的媚气和美丽,乐不可支,欣然吟道:

> 一个苗条的嗜酒如命的女性,
> 在亲切的筵席间喝得酩酊大醉。
> 她向陪随者劝酒说:"倘若你感觉不到喝酒的乐趣,
> 　　　　　　　　这等于浪费时光,虚度良夜。"

努伦丁终于喝得酩酊大醉,倒在床上睡熟了,玛丽娅这才起身收拾杯盘,然后坐下来,照常裁剪、缝纫腰带。她持续不停地埋头缝成一条腰带,好生折叠起来,用纸包好,然后解衣就寝。

次日清晨,努伦丁从梦中醒来,开始沐浴祷告,然后吃早饭。饭后,玛丽娅把昨夜赶制的腰带拿给努伦丁,说道:"你上市场去,照昨天所卖的价钱。卖二十金吧。"

努伦丁带着腰带去到市场,以二十金的代价卖掉它,然后去到药材铺中,把先后借贷的八十块钱赔还老商人,并当面感谢他,祝他健康长寿。

"我的孩子,你把那个丫头卖了吗?"商人表示关怀。

"不,我怎么能卖自己的灵魂呢?"努伦丁回答一句,然后把他和玛丽娅之间的交情和所作所为,从头到尾,详细叙述一遍。

商人听了努伦丁的叙述,非常快慰,说道:"指安拉起誓,我的孩子,这件事使我快乐极了。若是安拉愿意,今后你会长期过好日子哩。从我对令尊的敬仰和彼此之间的交情来说,我自然是希望你会越过越好的。"

努伦丁感谢商人一番,然后告辞,去到市中,照例买了酒、肉、饼、果和其他生活必需的食物,带回寓所,交给玛丽娅烹调出来吃喝。从此他和玛丽娅在一起过美满的爱情生活,终日吃喝、玩乐、嬉戏,尽情地寻欢作乐,不知不觉,转瞬便过了一个年头。在这欢快的一年期间,玛丽娅照例每天夜里裁缝一条腰带,次日由努伦丁拿出去卖二十金,然后开支其中的一部分,买日用生活必需的物品,并将剩余的交玛丽娅储存起来,以备不时之需。

有一天,玛丽娅对努伦丁说:"努伦丁我的主人,明天你卖掉腰带,顺便给我买六种不同颜色的丝绸带回来,我打算用它做个披肩,给你披在肩上,让那般商人子弟,甚至于公子王孙见了,赞不绝口。"

次日,努伦丁去到市中,卖了腰带,然后按玛丽娅的吩咐,买了她所需要的彩绸,带回寓所,交给她。于是玛丽娅每天夜里赶制一条腰带之后,便利用一部分时间,从事制作披肩,终于在一周之后,精心制成一个无比美观的披肩,给努伦丁披在肩上作装饰。从此之后,努伦丁每次外出都惹人注目,一般市民甚至于绅士商人都成群结队地围拢来观看漂亮的努伦丁,欣赏他披着的美丽披巾,赞赏制作者的精细技巧。

有一天夜里,努伦丁从梦中醒来,见玛丽娅痛哭流涕,伤感地吟道:

> 离别爱人的时间近在眼前,
> 可叹生离死别,令人悲愤欲绝。
> 回顾欢度过的良宵美夜,
> 使我痛得肠断心碎。
> 心怀叵测的嫉妒者窥探、监视之余,
> 他终于达到幸灾乐祸的目的。

> 嫉妒者的居心，毁谤者的流言，
> 比离愁带来的苦难更胜一筹。

努伦丁听了玛丽娅的悲泣、吟诵，莫名其妙，问道："玛丽娅我的妻子，你干吗悲哀哭泣？"

"我为离别之苦而伤心哭泣，因为我心中有离别的预感了。"

"我美貌的妻子啊！我是人类中最爱你、最迷恋你的人，谁能把我们给拆散掉呢？"

"我对你的爱慕、恋念心肠，比你对我的有过之无不及，不过美好的想象，往往会落空而使人陷入苦恼、患难的境界。诗人吟得好：

> 处顺境时你须抱乐观心情，
> 灾难一旦临头你不必悲叹、畏怯。
> 因为升平景象中往往藏着骗人的祸心，
> 本来是安静的清夜会一朝变得乌烟瘴气。
> 天空中布满无数的星辰，
> 月晕日食的情景只会在月亮太阳中出现。
> 大地上到处长着茂盛的森林和枯朽的树木，
> 只有结实的果树才招致袭击。
> 难道你不曾看见那漂浮在海面上的尽是腐朽的尸体，
> 珍珠、宝物却潜伏在海底。

努伦丁我的主人，如果你切望咱俩之间不发生离别事件，那你对一个西洋人就须百倍加以戒备。那是一个瞎右眼、跛左脚、黑面孔、蓬胡须的老头子，因为这个老家伙是使我俩分别、离散的原因。我见他已经到这座城市里来了，显然他是为找我才到这儿来的。"

"美丽的妻子，我若碰见那个老家伙，就杀死他，拿他示众。"

"我的主人，你别杀他，别跟他谈话，别跟他交易，别跟他打招呼，别跟他起坐，别理睬他的问候。你只祈求安拉保佑咱们，不让他的阴谋诡计得逞就行了。"

次日清晨，努伦丁照例拿腰带去市中售卖。他坐在一家铺前的长凳上跟商人们的子弟聊一阵天，然后打起瞌睡来，终于倒在凳上睡熟。这时候，恰巧那个西洋老头带着七个随从来到市中，打那儿经过，一眼看见努伦丁躺在凳上，以披肩裹着头，还用一只手紧紧地握着披肩的一角。于是他挨过去，靠近努伦丁坐下，伸手拽着披肩的一角，翻转着仔细地看了好一阵。努伦丁有所感觉，忽然醒来，见玛丽娅告诉他的那个老头坐在自己身边，便大声斥责他，吓他一跳。

"你干吗斥责我们？我们拿你的什么了吗？"老头责问努伦丁。

"指安拉起誓，该死的家伙！你要真拿我的东西，我就非抓你去见官不可。"

"穆斯林，指你的宗教和你膜拜的主宰起誓，告诉我吧，你是打哪儿弄来的这个披肩？"

"这是我母亲亲手给我做的。"

"我可以出高价收买。你愿意把它卖给我吗？"

"指安拉起誓，该死的家伙，我不愿卖给你，也不卖给别人，因为这是我母亲特意为我做的。她不再做第二个了。"

"把它卖给我吧，我马上兑给你五百金的售价。往后，你可以让做它的人给你另做一个更好的。"

"绝对不卖，因为它是这座城市中绝无仅有的一个。"

"先生啊！我出六百金，你还不卖吗？"老家伙再加一百金币的价钱，仍然买不到手。于是他左加一百，右加一百，一口气把披肩的价钱增加到九百金，然后征求努伦丁的同意。

"愿安拉给我开辟更好的出路。"努伦丁斩钉截铁地说，"不，我不卖，即使你出一千金或再高的价钱，我也决心不卖。"

西洋老头眼看努伦丁不肯出卖披肩的坚决意志，却仍以金钱引诱他，最后竟把披肩的价钱增到一千金币。当时在场的商人便开口对老头说："我们做主，把这个披肩卖给你，请兑款吧。"

"不，指安拉起誓，我可是不卖它。"努伦丁坚持己见。

"你要知道,我的孩子,"一个商人悄悄地对努伦丁说,"这个披肩,即使碰到最需要它的主顾,再多也不过值一百金。现在这个西洋人出一千金的高价收买它,给你净赚九百金了,你还要比这个更多的赚头吗?依我看,你应该把披肩卖给这个该死的西洋邪教徒,赚他一千金,然后让做这个披肩的人,再给你做一个更好的,这便两全其美了。"

　　努伦丁听了商人的劝告,觉得惭愧,同意以一千金的价钱,把披肩卖给西洋老头。老头子当面兑款给努伦丁。他拿着钱,正要回寓所,以便把卖披肩给西洋老头的事,向玛丽娅报喜。可是他忽然听见那个西洋老头说:"商贾们,劳驾留住努伦丁吧。因为今晚我邀请你们和他一起去吃饭。我那里有的是希腊陈酒、肥羊肉、鲜果、糖食、馨花,都是为你们而预备的。务希各位拨冗光临,鄙人不胜荣幸之至。"

　　商人们欣然接受老头的邀请,果然留住努伦丁,不让他走,说道:"努伦丁,今晚希望你和我们在一起谈心,大家一块儿赴宴,因为这位西洋人是很慷慨的。"他们始终不让努伦丁回家,并以休妻发誓强留他,硬逼他跟他们一起去赴宴。于是他们关锁铺门,带着努伦丁随西洋老头去到他的寓所。主人候他们进入宽敞的客厅,让他们坐下,然后拿一张非常精致、考究的桌布铺起来。桌布上绣着各种人物形象:有的在搏斗,有的谈情说爱,有的促膝谈心,栩栩如生,非常美观、可爱。继而主人摆出一些名贵的瓷器和水晶器皿,里面盛着水果、糖食和馨花,同时还捧出一坛希腊陈酒,并杀一只肥羊烧烤出来款待客人,陪他们吃喝。在席间,主人向商人们敬酒,一再向他们示意,让他们给努伦丁斟酒。直待努伦丁喝醉了,他才欣然说:"努伦丁先生,今晚蒙你光临,给我们无上的慰藉,鄙人不胜欢迎、感激之至。"他说着挨近努伦丁身旁坐下,絮絮叨叨地奉承他一番,然后说:"努伦丁先生,你愿意把一年前,你当这些商人的面,用一千金买到手的那个丫头转卖给我吗?我可以出五千金的价钱买她,给你净赚四千金。"

努伦丁不肯出卖丫头。西洋老头却边让他吃肉喝酒,边继续拿金钱引诱他,直把丫头的身价增到一万金。这时候,努伦丁烂醉如泥,人事不知,当众商人的面对他说:"我把她卖给你了,给我一万金吧。"

西洋老头子大为欢喜,即刻请在座的商人们做此项交易的证人,于是洗盏更酌,陪商人们继续吃喝,直至次日清晨,他才吩咐仆从取来大批金钱,数一万金兑给努伦丁,说道:"努伦丁先生,这份钱是你的丫头的身价银子,昨天夜里,你当这些穆斯林商人的面把她卖给我了,请收下它吧。"

"该死的家伙!你撒谎骗人。我不曾跟你做买卖,我没有丫头。"努伦丁矢口否认卖丫头的事。

"你已经把你的丫头卖给我了,这些商人可作见证。"

"是真的,努伦丁。"商人们异口同声地说,"你当我们的面以一万金的价钱,把你的丫头卖给他了,我们是这项交易的见证人。现在你收起钱来,把丫头交给他吧!愿安拉用比她更好的人补偿你。再说,你用一千金买了一个丫头,日日夜夜跟她在一起吃喝、玩乐、嬉戏,尽情享受了一年半之后,才把她转手卖出去,净赚九千金,这样的好事情,难道你还不乐意吗?兼之长期以来,她每天给你做一条腰带,卖二十个金币,让你赚了不少的钱,使你大发横财,可你现在不肯脱手,还嫌赚的钱少。试问:世间比这个更赚钱的买卖,你上哪儿去找呢?就算你爱她吧,那在过去这段时期中,你已经把她享受够了。所以我们劝你收下这笔钱,卖掉她,然后另物色比她更美好的人儿,或者由我们替你从我们的女儿中,选个比她更美丽、贤淑的姑娘做你的妻室,只要你花比这个数字的一半还少的钱做聘金,其余的钱留在你手中做本钱。"

商人们说好说歹,始终用似是而非的理由诱惑、怂恿努伦丁出卖丫头,直至他首肯,答应以一万金的价钱出卖了丫头为止。西洋老头即时请来法官和证人,替他写一张买玛丽娅为奴的契约,买卖算是正

388

式成交。

玛丽娅坐在屋中,等努伦丁按时回家,但出乎意料,她从早等到黄昏时候,再从黄昏时候等到半夜三更,却始终不见他归来,因而惶恐不安,忍不住号啕痛哭。房东听见哭泣声,赶忙使老婆去看。女主人来到玛丽娅跟前,见她哭成一个泪人,问道:"小姐,你干吗伤心流泪?"

"伯母,我坐着等候我的主人努伦丁,直到现在还不见他回来。我怕有人从中作祟,存心挑拨我们的感情。要是他果真中人的阴谋诡计而出卖我,那就糟了。"

"玛丽娅小姐,我知道你的主人非常爱你,即使有人用装满这间屋子的黄金来买你,他也不会出卖你的。不过他现在还不归家,想必是有乡亲从开罗旅行到此地来,他便在他们的住处设宴请他们吃饭。他不带他们到这儿来,因为地方窄小,不好意思;也许是他们的地位不高,不便带他们上门;也许是他不让他们知道你的情况,所以索性在他们那儿过夜。这恐怕是他今晚不归家的原因。若是安拉愿意,明天他会平安回来的,你用不着忧愁、顾虑。喏!今夜我留在这儿跟你作伴好了,免得你孤单寂寞。"女房东说着果然留在玛丽娅身边,安慰她,激励她,陪她度过漫长的黑夜。

次日清晨,玛丽娅站在门前等努伦丁回来,一眼见他进入胡同,但他后面跟随着那个西洋老头和一伙商人。眼看这种情景,她顿时吓得面目改色,浑身发抖,好像暴风中漂荡在海面上的一只孤舟。女房东见她恐怖的情形,忙问道:"玛丽娅小姐,你怎么了?我看你的脸色一下子变得这样苍白,神情如此萎缩,这是为什么呢?"

"指安拉起誓,伯母,我内心里感到跟努伦丁相处的日子已经告终,现在是分别、离散的时候了。"玛丽娅说着凄然吟道:

> 请不要忙着分手,
> 因为离散给人带来的是苦痛滋味。
> 太阳落山时节,

为离别白昼而愁黄了脸皮。

直至次日黎明，

才因同白昼重逢乐得笑容满面。

玛丽娅吟罢，忍不住唤声长叹，痛哭流涕，相信非离散不可，对女房东说："伯母，我不是对你说过，曾经有人怂恿努伦丁出卖我吗？现在我毫不怀疑，显然昨天晚上，他已经把我卖给那个西洋老头了。虽然事先我警告过他，叫他提防那个老家伙，可是生前注定了的事，警告、提防都不管用。现在你算明白了，我所顾虑的并不错吧。"

玛丽娅跟女房东谈话之际，努伦丁已经来到玛丽娅跟前。她抬头见努伦丁脸色苍白，肌肉战栗，面容间表现出忧愁、懊悔的迹象，便对他说："努伦丁我的主人，你好像把我给卖了。"

努伦丁忍不住既伤心哭泣，又唤声叹气，凄然吟道：

这是天数所规定，当中没有提防的余地。

如果说你做事有失误之虞，天数却从来不做错事情。

倘若天数要一个人倒霉，

——尽管此人耳聪目明兼之智慧超群，

必先堵塞他的两耳，蒙住他的双目，

并像脱发那样轻易抽出他的智力，

直待判决在他身上全部执行，

这才恢复其理性，俾他从中深思，吸取教训。

既已发生的事情，就别追问其底细，

因为一切事情都是天数所注定。

努伦丁吟罢，向玛丽娅认错："指安拉起誓，玛丽娅我的主人，安拉所判断的事已经执行了，因为有人怂恿我出卖你，我中了他们的阴谋诡计，终于把你给卖了。这是我莫大的失误，非常对不起你。不过，决定我们分手的安拉，也许有一天他会大发慈悲，让我们重逢聚首的。"

"当初我对这样的事件已有预感,曾经忠告你,叫你有所提防。"玛丽娅说着把努伦丁搂在怀里,吻一吻他的额角,凄然吟道:

> 指爱情发誓! 你的情意我永久不会忘记,
> 即使爱慕和惦念毁掉我的生命。
> 像斑鸠在沙丘树上哀鸣,
> 我日日夜夜伤心哭泣。
> 离散摧毁我的生命,
> 从此我没有同你重逢的机会。

正当玛丽娅和努伦丁交谈之际,那个西洋老头挨近玛丽娅,预备吻她的手。玛丽娅打他一个嘴巴,声色俱厉地骂道:"该死的家伙,你给我滚! 你一直追随着我,终于把我的主人给欺骗了。告诉你这个坏家伙吧,你的阴谋诡计是不会得逞的。若是安拉愿意,这桩事是会有好结果的。"

西洋老头挨了打骂,对玛丽娅的言行感到惊奇,只好赔着笑脸向她推故说:"玛丽娅我的主人,我犯什么过错呢? 这是你的主子努伦丁心甘情愿地出卖你呀。指基督起誓,假若他真心爱你,他就不会随便抛弃你了。如果他不从你身上充分获得满足,那也是不会出卖你的。诗人吟得好:

> 谁讨厌我,让他赶快滚出去,
> 如果我重提他的名姓,可不是出自心愿。
> 对我来说,宇宙还不是窄无容身之地,
> 最后你会看到我自愿出家修行。"

玛丽娅原是希腊国王的女儿。她父亲的王国跟君士坦丁相仿佛,幅员广阔,工艺发达,农产品也丰富,各种植物花卉应有尽有。玛丽娅身为公主,她离开王室,流落异地,这当中有着一个稀奇古怪的原因。原来玛丽娅从小受到父母无微不至的关怀、抚育,教她读书写字、骑马刺剑、学习各种女红,如缝纫、刺绣、纺织、制腰带和服饰品;

并教她在黄金上镶白银，在白银上嵌黄金等手艺。此外还教她男女艺人们所擅长的各种技术，因此她一跃而为当代无可比数的唯一巧手。兼之她天生丽质，是当时绝无仅有的美女，大名鼎鼎，一般王子皇孙纷纷向她求婚，都被她父亲断然拒绝。因为她父亲虽然有很多的儿子，但他对玛丽娅特别怜爱。由于她是他唯一的女儿，一时一刻都离不开她。有一年玛丽娅身患重病，差一点病死。在患病期间，玛丽娅许下愿心，待疾病痊愈，她要到某岛上的修道院中去朝山敬香。那是一座规模宏大、香火很旺、被人视为最灵验的寺院。

玛丽娅病愈之后，一心要实践诺言，前往寺中还愿。她父亲替她预备一只小船，并派一些贵族小姐和大主教陪随、服侍玛丽娅公主前往寺院朝山敬香。船在海中航行，距海岛不远的地方遇事，受到穆斯林的报复、袭击，不但船中的财物被洗劫，而且里面的主教和小姐们也垂手被擒，全部带往格宇莱旺城中拍卖。玛丽娅被一个波斯商人买到手。而那个波斯商人原是害阳痿的，从来没同妇女接触过，所以他只把玛丽娅当婢女使唤。后来波斯商人身患重病，卧床数月，几乎病死，幸亏玛丽娅每天端汤送药，无微不至地侍奉他。波斯人病愈之后，回想玛丽娅对他的同情、温存心肠和伺候他的忍苦耐劳性格，心有所感，存心对她有所报酬，便对她说："玛丽娅，告诉我，你要我赏你什么？"

"老爷，你要出卖我的时候，只希望你把我卖给我看得上眼的买主。"

"我答应你的要求了。指安拉起誓，玛丽娅，我只把你卖给你所看中的买主。我把卖你的事，交给你本人做主好了。"

玛丽娅得到波斯主子的诺言，非常欢喜。同时她听从主人的规劝，欣然改奉伊斯兰教，并跟他学宗教知识，初步认识了普通法学，并能背诵简短的《古兰经》和《圣训》。后来她被带到亚历山大城中，如愿以偿地卖到努伦丁手中。

玛丽娅的父亲听说女儿中途遇难的消息，惊恐万状，如闻世界末日降临,赶忙派将领率士卒乘船前去搭救。将士们日以继夜地在海上航行,寻遍了各个岛屿,始终得不到玛丽娅的消息,最后以失败告终,败兴而返。但国王仍不甘心,便派那个瞎右眼、跛左脚的大臣出马。在朝臣中数他的地位最高、势力最大、计谋手段最毒辣,颇为国王所信任。国王命令他上各穆斯林国家去寻找玛丽娅,不惜以成船的黄金把她买回去。他奉命出国,走遍各岛屿各城市,始终打听不到玛丽娅的消息。最后他去到亚历山大城中,才探听到玛丽娅的下落,知道她跟开罗的努伦丁在一起,并根据除玛丽娅之外,别人不可能制作的那个漂亮披肩,证实她的确流落在城中,这才设法去买她,而且事先跟那帮生意人打交道,托他们从中帮忙。结果他终于用阴谋诡计把玛丽娅买到手。

玛丽娅一直伤心哭泣,不愿同努伦丁分手。她父亲的大臣好言劝道:"玛丽娅公主,别忧愁苦闷了。走吧,跟我一起回祖国去,在令尊御前过呼奴使婢的高贵幸福生活,从此摆脱这种卑贱漂流境遇。须知我为你整整奔波、跋涉了一年零半载,花了无数的金钱,吃够了各种苦头。令尊曾经吩咐,只要找到你,即使花一船金子也非把你赎回去不可。"他边说边卑躬屈节地痛吻玛丽娅的手和脚。他左一次右一次不停地吻玛丽娅的手脚,表现出无限的忠诚、敬意。但他的动作反而越发激起玛丽娅的愤恨,当面指着鼻子骂他:"该死的讨厌家伙! 你所妄想的东西,安拉是不会让你获得的。"

这时候那个西洋老头的随从牵来一匹配备金鞍银辔的骑骡,大伙把玛丽娅扶上马背,并给她头上打起一个金柄的丝华盖,前呼后拥地带她去到码头,然后扶她下马,换乘小艇,并划着小艇,驶往停泊港中的一艘大船跟前,最后带她登上大船。接着西洋老头向船员发号施令:"大伙快张帆开船吧!"船员遵循命令,立刻竖起桅杆,张上帆,挂起旌旗,然后一齐动手划船,离开亚历山大港。玛丽娅呆呆地望着亚历山大城,直至看不见时,才忍不住痛哭流涕,凄然吟道:

朋友的故居哟! 你是否还让我们回去栖息?

安拉所安排的一切，我一点也不知悉。
离别的船只载着我迅速航行，
强迫我同相依为命的伴侣生离死别。
他原是我赖以医治疾病，消除痛苦的最终鹄的，
因此我伤心哭泣，泪水浸湿了眼睑。
主啊！今日我把他寄托在您御前，
深信将来您终有归还寄存物的日期。

在旅途中，玛丽娅一想起努伦丁，便伤心哭泣，不停地呻吟叹息。船中的将领前来安慰她，她不但不听规劝，他们的话反而激起她对努伦丁的无限爱慕、恋念心情。因此她悲泣、叹息、诉苦、呻吟，凄然吟道：

爱情的舌头通过我的生命陪你谈心，
说明我是钟情于你的一个伴侣。
离愁摧毁我这颗战栗的心灵，
肝脏也被爱情的烈火烤成灰烬。
澎湃的泪水冲破我的眼皮，
我还能把摧残身心的爱情埋藏到什么时候？

在归途中，玛丽娅始终惴惴不安，坐卧不宁，无时不呻吟叹息、伤心哭泣。

努伦丁眼看玛丽娅乘船走后，觉得宇宙顿时变狭小了。他惴惴不安地回到当初跟玛丽娅同居的小屋里，只觉得眼前漆黑一片。他把玛丽娅做腰带使用的工具和她穿过的衣服拿起来，紧紧地抱在怀里，挥泪痛哭，凄然吟道：

一

经过离别，吃尽苦头，
今后能否再一次聚现？

要恢复往昔的情形该是多么困难的事情？

但愿伴侣间还有碰头见面的机会。

恳求安拉给予谋面、团圆的机缘，

且提醒她牢记彼此间的誓言。

离散后我只有死亡的路途可行，

这愿望可否在伴侣同意下迅速实现？

倘若悲叹有益，那么我的伤感将永不停息，

由于过度悲愁，我的感情随之融化无遗。

往昔共同欢度的如意生活消失得无影无形，

命运是否会让我的心愿再一次实现？

但愿心灵格外激动，眼睛任意哭泣，

把眼眶中仅存的一滴泪水挥尽。

随着伴侣的远行，我的耐性宣告破灭，

从此我孤独无援，患难日益剧增。

我向创造宇宙的主宰哀求、乞怜，

请让心爱的人儿回来同我欢聚如昔。

二

面对她的遗迹，我渴念得有气无力。

我痛哭流涕，眼泪洒遍她踩过的地面。

我向执掌离、合职权的人苦苦哀求，

请行行好准她回来一天。

努伦丁吟罢，把门一锁，急急忙忙奔到码头，定眼望着玛丽娅乘船归去的地方，忍不住痛哭流涕，凄然吟道：

祝你康宁，我须臾不能同你分离，

今日我所处的不外乎接近与远离这两种境地。

我无时无地不深切怀念你，

> 恋念之情像口渴者寻找水源那样迫切。
>
> 我的耳目、心灵和你的形影寸步不离，
>
> 回忆你比吃蜂蜜还甜。
>
> 你乘船远行，这是一桩痛心疾首的事件，
>
> 因为那船只载着你避开我唯一的目的。

努伦丁望洋兴叹，不停地伤感、悲泣、呻吟、叹息、诉苦，情不自禁地喊道："玛丽娅啊，玛丽娅！难道我是在梦中看见你的吗？或者我一直是在梦魇中？"他叫喊着吟道：

> 难道离散后我的眼睛还能看得见你？
>
> 我的耳朵还能在寓所附近听到你的声音？
>
> 在共同住过的屋宇中我们获得慰藉，
>
> 我的心胸里充满希望和目的。
>
> 请随身携带我的尸骸，
>
> 在你定居的地方把它安埋。
>
> 但愿我一身生就两个心灵，
>
> 俾其中之一维持生计，另一个同你谈情。
>
> 倘若有人问我："你对安拉怀抱什么希冀？"
>
> 我一定说："第一是谋求他的欢心，第二是获得你的满意。"

正当努伦丁伤心哭泣、吟诗寄情的时候，有个老人从船中走上岸来，听见他边喊玛丽娅边吟道：

> 归来吧，美丽的玛丽娅！
>
> 泪水暴雨般冲破我的眼皮。
>
> 请向人群中责难我的人去打听消息，
>
> 便知我的眼球已经淹没在汪洋的泪海里。

老人听了努伦丁的吟诵，说道："我的孩子，你好像为昨天跟一个西洋老头一块走了的那个姑娘而伤感吧。"努伦丁一听老人提到

姑娘,一跟头栽倒,昏迷不省人事。过了好一阵,才慢慢苏醒过来,痛定思痛,伤感到极点,凄然吟道:

> 经历一度离别是否还有聚首的希冀?
> 我们之间亲密无间的情谊能否持续下去?
> 我胸中充满离愁、渴念的激情,
> 毁谤者的流言蜚语使我惴惴不宁。
> 白昼我彷徨迷离,度日如年,
> 夜间一心盼望她的幻影在我面前出现。
> 指安拉发誓! 爱情不曾给我带来一点儿慰藉,
> 因为诽谤者的中伤、打击使我招架不迭。
> 一个体态苗条心肠柔和的女性,
> 用她如弓的眉眼瞄准我的心脏射出一支希望的利箭。
> 她的细软腰肢比园中招展的柳条还妖柔,
> 灿烂的太阳面对她美丽的脸面也感到羞惭。
> 假若对伟大、崇高的安拉不抱敬畏心情,
> 我一定会说:"堪称崇高、伟大的只有美丽当之无愧。"

老人仔细打量努伦丁,见他形貌映丽,身段标致,口才伶俐,非常讨人喜欢,因而对他的处境产生同情、怜悯心情,便对他说:"孩子,你权且忍耐吧,这桩事会有好结果的。若是安拉愿意,我带你去找她好了。"这位好心肠的老人原是一个船长。他的船将运载一百名穆斯林商人前往那个姑娘居住的城市经营生意。努伦丁赶忙问他:"几时动身?""三天之后开船起程。"船长告诉努伦丁起程的时间。他听了十分欢喜,当面感谢船长的好意。继而他回想跟无可比拟的玛丽娅在一起的甜蜜生活,忍不住又痛哭流涕,凄然吟道:

> 慈祥的安拉可否让我同你聚首?
> 我的希望理想会不会一旦实现?
> 患难能否准许你回来看一看情形?

它会不会慨然准我睁开渴念的眼睑看你一眼？

倘若团聚可以交易，我会以生命作代价去收购，

但是同你团聚须付的代价，比这个更昂贵。

努伦丁即刻去到市中，买了食物和行李，然后赶回码头来见船长。船长问他："孩子，你手里拿着的是什么？"

"旅途上吃用的东西。"

"我的孩子，你打算去参观游览塞瓦律柱子吗？"船长笑了一笑说，"须知：打这儿上你所要去的那个地方，在一般天晴顺风的情况下，有两个月的航程哩。"于是他向努伦丁取一笔钱，去到市中，替他购买足够的食物和必需的行李，并给他灌了一坛淡水，让他在船中等了三天，直待旅客的货物和行李预备妥帖，大伙都上了船，才下令解缆开船，一帆风顺地航行了五十一天。但不幸在离目的不远的地方，突然受到西洋海盗袭击，船中的货物全部被抢窃，所有的商人连同努伦丁在内，全都沦为俘虏，被押进城去，献给他们的国王，监禁在牢狱中。在他们被国王关进监狱那天，国王派去寻找玛丽娅公主的那个瞎右眼的大臣也同时归来。他急急忙忙离开码头，一口气奔进京城，进入王宫，报告他带着玛丽娅公主平安归来的好消息。

国王听说玛丽娅公主平安归来，喜出望外，下令击鼓鸣锣，传播喜信，并装饰城郭，表示热烈庆贺。同时国王骑马率领朝臣和卫队，亲自赶到码头迎接。玛丽娅舍舟登陆。国王迎过去，把她搂在怀里，并问她好。玛丽娅也问候她父亲。父女久别重逢，乐不可支。于是玛丽娅跨上她父亲给她预备的坐骑，在朝臣和卫队的簇拥下，父女并辔进城，回到王宫。王后一见玛丽娅，喜不自禁，抱着她问好，询问别后的情况，问她是否跟从前在家一样还是处女。

"娘，一个女孩子叫人拿到穆斯林地方辗转售卖，一旦变成奴隶，任人玩弄、宰割，她还能保全贞操吗？"玛丽娅坦率地说，"当初买我的那个商人，用鞭挞来威胁我，强迫着破坏了我的贞操，然后把我卖给别的商人。继而那个买我的商人又出卖我。就这样他们把我辗

转卖了好几道手。”

王后听了玛丽娅公主的回答,脸上的光泽霎时变黑。她把女儿的遭遇如实告诉国王。国王万分愤恨,感到左右为难,不知该如何处理这桩事件。不得已,只好将公主受辱失身的真实情况讲给文臣武将们听,征求他们的意见。朝臣们知道公主的遭遇,愤愤不平,对国王说:“主上,公主受了穆斯林人玷污,不杀一百个穆斯林人的头颅,她身上的污垢是洗不净的。”

国王下令带狱中的俘虏前来听候处置。手下的人遵循命令,即时带来全体俘虏,努伦丁也在其中。国王吩咐处他们死刑。于是其中第一个被开刀的是老船长,接着别的商人一个个被杀,最后只剩努伦丁一人。轮到他受刑时,刽子手割下他的衣尾,蒙住他的眼睛,让他站在皮垫子上,举起屠刀正要杀他的一刹那,突然有个老太婆奔到国王跟前,说道:“主上,当初你曾许愿说,如果上帝归还玛丽娅公主的时候,你要给每个教堂派去五名穆斯林俘虏,供我们役使。现在玛丽娅公主已经平安归来,是实践诺言的时候了,请你还愿吧。”

“老妈妈,指主耶稣和基督正教起誓,我这里除了这个将被杀头的俘虏外,其余的都杀光了。现在你暂且带他去使唤吧!待下次逮到穆斯林俘虏时,再给你补充四名好了。假若在处决这帮俘虏前,你早一会到这儿来,那么你要多少,我会派给你的。”

老太婆当面感谢国王的裁处,并祝愿他荣华富贵、长命百岁,然后挨到努伦丁跟前,把他从皮垫子上拉了过来,仔细一打量,只见这是一个聪俊、活泼、文雅的青年,容貌清秀,像十四日夜间的明月一样美丽可爱,因而感觉满意,欣然带他去教堂中,说道:“小子,脱掉你身上的这套衣服吧,因为这种服装只适合宫中的差役穿用。”于是她给努伦丁拿来一件黑色粗毛袍,一方黑头巾和一条宽腰带,替他穿上袍子,扎上头巾,结起腰带,然后吩咐他干活。

努伦丁在教堂中服役,刚过了七天,那个老太婆便来找他,说道:“小穆斯林,拿你这套绸衣穿起来,带着这十块钱,赶快到外面玩耍去。今天你可千万别留在教堂里，免得生命不保险。"

"老妈妈，这是怎么一回事呀？"

"我的孩子，你要知道：国王的女儿玛丽娅从穆斯林地方脱难归来，今天要上教堂来敬香，奉献祭品，以便履行她在难中对主基督许下的愿心。陪她前来参拜的还有四百个极其美丽的贵族小姐，当中包括宰相和文武朝臣们的女儿。现在她们快要来了。你快走吧！免得她们见你待在教堂中，会用宝剑砍死你的。"

努伦丁赶忙换上他自己的衣服，收下老太婆给他的十块钱，急急忙忙走出教堂，一直去到城中，在街上兜了一个圈子。经过一小时的游览，他对城市的方向和门路有了概略的认识，这才匆匆返回教堂。这时候玛丽娅公主和陪随她的四百个月儿般的贵族小姐已经来到教堂里。她在她们当中，好像众星围绕着的一轮明月。努伦丁一见她，抑制不住澎湃的激情，不自主地从心坎里发出了"玛丽娅啊！玛丽娅"的呼唤声。

小姐们听见努伦丁喊玛丽娅的狂叫声，一个个抽出明晃晃的宝剑，群起而攻之，要当场杀死他。玛丽娅回头瞟他一眼，再定睛细看时，终于把他看清楚了。于是对同伴们说："你们撒开这个青年！他是个疯子。毫无疑问，看他满脸疯相便知他是狂人。"

努伦丁听了玛丽娅的谈话，把头巾一扯，边转动眼珠，边举手比画着，并扭歪两只脚，又顺口角吐出一些唾液，装出疯人模样。玛丽娅指着他对同伴们说："我不曾告诉你们这个青年是疯子吗？你们把他弄到我身边来，然后远远地躲开，以便我听他有什么话可说，因为我懂得阿拉伯语，可以借此了解他的情况，看他的病症能不能用药物治疗。"

女伴们按照玛丽娅的指示，把努伦丁抬到她面前，然后各自离开她。玛丽娅问道："你是为我才装疯，不惜冒生命危险而到此地来的吗？"

"我的妻子啊！诗人的吟诵你听过吗：

他们说：'你所追求的人儿使你癫狂、入迷。'

我回道：'世间唯狂人的生活最甜蜜，

　　　　请拿我的疯狂同使我着迷的人比一比，

　　　　如果彼此的情形相差不离，我就不该受到责备。'"

"努伦丁，指安拉起誓，你这是自作孽呀。本来在事件发生之前，我曾忠告你，叫你有所提防，可你任性妄为，不肯接受我的忠言。当初我提醒你注意的事项，并不是凭据灵感，也不是凭据相术，更不是凭据梦兆，而我所凭据的是亲眼目击的事实。因为我一发觉那个独眼宰相出现在亚历山大城中，便知他是专为找我而来的。"

"玛丽娅我的妻子，但愿安拉保佑咱们不再犯错误。"努伦丁悔恨莫及，越发感觉苦恼、沉痛。

玛丽娅同努伦丁不期而遇，彼此亲热地谈到日落天黑，她才告别努伦丁，急急忙忙迎向伙伴们，问道："你们把教堂的大门关起来了吗？"

"已经关起来了。"伙伴们齐声回答。

"这就好了。"玛丽娅说着带她们走进一个被称为圣母玛利亚的小礼拜堂中。据基督教徒说，里面有圣母的阴灵和秘密，非常灵验。因此大家围着祭坛忏悔、祷告，并顺序参拜整座礼拜堂。参拜毕，玛丽娅回头望着伙伴们说："我因为长期流落在穆斯林地方，非常想念玛利亚的祭坛，所以打算一个人留在这儿，虔心忏悔、祷告。你们既然参拜完毕，可以自行找地方安歇吧。"

"我们非常乐意听你的指示，你请便吧。"伙伴们回答着离开玛丽娅，各自找地方睡觉去了。

玛丽娅待伙伴们都去安歇，趁教堂中没有声响的时候，这才走出小礼拜堂，悄悄地去找努伦丁，见他坐在屋角生火的炉旁等她。

努伦丁一见玛丽娅，赶忙站起来，亲切地吻她的手，然后双双坐下，促膝谈心，叙述别后的遭遇和彼此渴念之情，深切感到见面的时间短暂，离别的时日太长。这时候突然传来钟声。这是黎明时，教堂中的童仆按时到屋顶去敲钟,招唤教徒前来做礼拜的缘故。

随着催人离散的钟声,玛丽娅赶忙把努伦丁搂在怀里,边吻他边问道:"努伦丁,你到这座城里有多久了?"

"七天了。"

"你在城中走动过吗? 认识街道和出口吗? 知道通往海道和陆道那两道城门的所在吗?"

"知道。"

"教堂中有个装献金的钱柜,你知道摆在什么地方吗?"

"我知道。"

"你既然知道这些内幕,待明天夜里二更时分,你上摆献金钱柜的地方去,按你自己的意愿,拿它一笔钱带在身边,然后悄悄地打开通向海滨的那道小后门,径向海滨去。那儿停着一只小船,里面有十个船员。他们的头目见你时,便伸手牵你。你只管把手递给他,他会拉你上船去。到了船上,跟他坐在一起等我。可是今夜里,你要好生提防,千万不要打瞌睡,否则失误时机,懊悔就不济事了。"玛丽娅吩咐毕,向努伦丁告别,匆匆去到她的使女和伙伴们安歇的地方,唤醒她们,并带她们来到教堂门前,把门一敲,老太婆便应声给她们开了门。

玛丽娅刚迈出大门,便见卫官和护卫人员排班站在门前伺候她,给她牵来一匹骑骡,让她骑上马,再给她打起丝绸华盖,然后由卫官替她牵着缰绳,其他贵族小姐们和手持宝剑的护卫人员跟随在后,簇拥着她离开教堂,转回王宫。

努伦丁一直躲在他跟玛丽娅过夜的帷幕后面,直至天明,教堂大门开放,前来做礼拜的教徒逐渐增多时,他才悄悄地溜出来,混在人群中,来见住持教堂的老太婆。老太婆问他:"昨天晚上你在什么地方过夜?"

"我遵循你的指示,在城中过了一夜。"

"我的孩子,你做对了。假若你昨天晚上在教堂中过夜,那早叫她把你给残杀了。"

"赞美安拉！他把我从凶险的夜中拯救出来了。"努伦丁感叹着开始干起活来,勤勤恳恳地从早直忙碌到日落天黑,才按照玛丽娅的指示,悄然来到摆钱柜的地方,打开钱柜,从中选择一些容易携带而价值昂贵的财宝,并耐心等到二更时分,然后带着财物,蹑手蹑脚地挨到通往海滨的那道小门前,小心翼翼地开了门,溜出教堂,一直走到海滨,见靠岸停着一只小船,里面有个上了年纪、胡须很长、倒也精神的老头,他身边还站着十个船员。努伦丁按玛丽娅的吩咐把手伸向老头。老头果然牵着努伦丁的手把他拉到船上,然后大声喝令船员们:"快解缆开船吧,趁天亮前,把我们划出海去。"

"船长,现在咱们怎么能开船呢?"一个船员说,"咱们曾经得到通知,明天国王要乘此船出海巡查,因为他怕穆斯林人再来抢劫玛丽娅公主,不让他们有机可乘呀。"

"该死的家伙哟！你敢跟我顶嘴而违拗我的命令吗?"船长大发雷霆,抽出宝剑,手起剑落,顿时砍了违命者的脑袋。

"你杀死咱们这个伙伴,他到底犯了何罪?"另一个船员质问船长。

船长不理睬他,只顾抢起宝剑,一剑砍掉质问者的头颅。继而他发疯似的舞着宝剑,一个接一个地一口气杀死十个船员,把他们的尸体抛在岸边,然后回头瞪着努伦丁,高声喝令他:"喂！你快上岸去,解掉缆索。"

努伦丁吓了一跳,生怕死在他的刀下,赶忙站起来,跳到岸上,即刻解了缆索,然后闪电似的蹦到船中。接着船长一会儿吩咐他做这,一会儿指示他做那,并嘱咐他好生望着星辰。努伦丁战战兢兢、小心翼翼地按照他的命令行事。最后船长张起风篷,船便载着他俩顺风破浪前进。努伦丁紧握着缆索,淹没在思虑的海洋中,觉得前途茫茫,不知将落得个什么样的下场。每当他的视线落在船长身上,便忐忑不安,不知将被他带往何地,因而一直胡思乱想,熬到天亮时,他举目打量船长,见他用手捏着他的长胡须一捊,胡须便从他嘴唇上脱落下来。努伦丁仔细一看,才知那是贴上去的一口假胡须。继而他定睛细看船长,这才看清楚这个所谓的船长,原来就是他所钟爱的玛丽娅公主。她曾用计谋杀了那只船上的船长,把他的胡须连皮剥了下来,拿它贴在自己的嘴唇上冒充船长,从而夺取船只,最后带着努伦丁逃走。

努伦丁明白其中的来龙去脉,非常钦佩玛丽娅的作为、勇敢和胆量,顿时心旷神怡,乐得几乎发狂,说道:"欢迎你,我的妻子啊!你是我最终的目的呢。"他一时激情冲动,相信他的希望已经实现了,便抑扬顿挫地引吭高歌:

> 请向那不懂爱情的人们去打听,
> 我心爱的人儿被他们带往何地?
> 请向本族中的亲友去询问我的情形,
> 在传情的赞扬诗中我写过多少甜蜜的词汇?
> 为恋念失踪的伴侣,他们挖掉我的心灵。
> 想念她时我的疾病得到治愈,
> 胸中的烦恼一旦消逝无遗。
> 清晨正当我的情绪消沉、郁闷之际,
> 渴慕的念头便越增越厚,
> 在人群中我竟成为人所共见、传述的比喻。
> 我不接受她们的非难、责备,
> 不见她们的面我就不追求愉快、安慰。
> 爱情向我射出苦恼的利箭,
> 在我心坎里燃烧起熊熊的火焰,
> 旺盛的火焰在胸中越烧越烈。
> 让我长期卧病不起而且在漫长的黑夜里继续失眠,
> 这显然是稀奇古怪的事情。
> 为什么甘心同我疏远、隔离?

因爱情干吗把流我的血视为合法事情？

这一切肯定是非正义的违法行为。

如此忠心、痴情的青年竟然被你遗弃，

这到底是谁替你出的主意？

倘若责难者在你跟前挑拨离间，

指我的信仰和创造你的主宰发誓，

他们的流言蜚语全是诬蔑、虚构。

安拉不至于根治我的疾病，

不，要恢复我的健康也是不可能的事情。

为爱情我懊恼得精疲力竭，

可是你在我心目中的地位谁都不能代替。

只要你乐意，我的心任你蹂躏，

我有一颗忠于爱情的心灵，

即使因你拒绝而遭毁灭仍坚定不渝。

讨厌也好，情愿也罢，二者任你择抉，

对待奴婢，你尽管放手为所欲为，

作为你的奴婢，我并不吝惜自己的生命。

　　玛丽娅非常欣赏努伦丁的歌喉，而且对他的由衷之言表示十分感激，说道："一个人碰到这样的处境，他必须踏着英雄豪杰的脚印勇往直前，不该偷安苟活、与卑鄙下贱之徒同流合污。"

　　玛丽娅向来抱有雄心壮志，有航海经验，熟悉航线，深知风向及其变化，所以她能驾轻就熟、履险如夷地驾着小船向前航行。努伦丁对玛丽娅的行动不胜钦佩、感激之至，说道："指安拉起誓，我的妻子啊！假若你再迟一步对我表明这桩事情的真相，那我一定会活活地被吓死掉的，尤其是当爱火在我心中燃烧得正烈，而我正感受离别之苦的时候。"

　　玛丽娅嫣然笑了一笑，站了起来，拿出一些饮食，陪努伦丁一起痛痛快快地吃喝、享受。继而她把从她父亲库藏中拐带出来的一批非常名贵的珠宝玉石和金银拿出来摆在努伦丁面前。努伦丁一见财物，喜得心花怒放，乐不可支。就这样他俩驾着一叶扁舟，继续航行，终于一帆风顺地到达目的地。先是亚历山大的境界隐约映入眼帘，继而清楚地看见塞瓦律柱子，最后入港拢岸。努伦丁跳上岸去，把船系在漂布者经常站在上面漂布的一个大石头上，然后把财物带在身边，这才对玛丽娅说："我的妻子，你在船中等一会，让我先去预备一番，以便照我所乐意的方式接你进城。"

"你该快去快来，不可耽搁太久，否则，这会误事呢。"

"我不会耽搁太久。"努伦丁说着赶进城去，一口气奔到他父亲的故交——经营药材生意的商人家中，向他借他老婆的一个面纱，一身披肩，一双靴子和一条裙子，预备拿给玛丽娅暂时穿用，好让她打扮成亚历山大妇女的模样，以便体体面面地带她进城。

玛丽娅逃走的第二天清晨，国王从梦中醒来，不见玛丽娅公主的踪影，赶忙向伺候她的丫头和太监打听她的去向。她们回答说："主上，昨晚小姐上教堂去敬香，往后我们就不知她的去向了。"

正当国王跟丫头和太监谈话之际，突然宫殿下面发出嘈杂的呼喊、告急声，喊声震得宫殿几乎动摇起来。国王惊而问道："出什么事了？"

"主上，刚才有人前来告急，他们发现有十个男人被杀死在海滨，停在港中的御用小船也不见了，还有教堂中通往海港的那道小门洞开着，同样派往教堂中服役的那个俘虏也不见了。"

"我的小船既不见了，那玛丽娅公主一定坐在船中，这是不可怀疑的事。"国王感叹着马上召港务大臣进宫，说道："指耶稣主和基督正教起誓，如果你不即刻带领水警去把我的小船和里面的人追回来，我非砍你的头示众不可。"

港务大臣受到国王斥责、喝令，战战兢兢地退了出来，急急忙忙跑到教堂中，找住持的老太婆打听情况，问道："当初派来教堂中服役的那个俘虏,他是哪里人? 你听他谈过有关他们地方的情况吗?"

"他只对我说,他是亚历山大人。"

港务大臣听了老太婆之言,即刻赶回海港,召集水警,叫他们赶快张帆,准备航行。水警们遵循命令,按大臣的指示作好各种准备。于是大船在港务大臣的指挥下,开始航行,日以继夜地破浪前进,终于在努伦丁撒下玛丽娅进城去取衣服的时候到达亚历山大。此次同船前来缉捕的,还有当初从努伦丁手中骗买玛丽娅的那个独眼宰相。船进港后,上面的人一见系在岸边的那只小船,便认清它是他们所追寻的御用之船,于是赶忙抛锚停泊,并用一只吃水二尺深的小艇,载一百名武装水警,驶向御用之船。那个独跟宰相也在艇中。他之所以亲身出马,这是因为他向来凶悍、横霸、诡计多端,是个善于巧取豪夺的强盗,跟恶名昭著的艾补·穆罕默德·阪塔里很相似。他们划着小艇冲近御用之船,突然袭击,发现船中除玛丽娅公主外,别无他人。于是他们逮住玛丽娅,夺取小船,然后登陆等了一会,不见有何动静,这才带着胜利品回到大船上,随即开船向希腊返航,继续迈进,一帆风顺地胜利归去。

当时国王坐在宝座上,玛丽娅公主被押进宫去见他。国王一见她便恶言相对,骂道:"你这个该死的叛徒! 干吗舍弃祖先的宗教和救世主的保佑,而去皈依用武力反对十字架和偶像的伊斯兰邪教呢?"

"启禀父王:发生这件祸事,我本人是无辜的。因为那天晚上我去教堂中参拜圣母玛利亚,向她忏悔、祈祷,而不知不觉间,突然受到穆斯林匪徒袭击。他们塞住我的嘴,绑起我的胳膊,然后把我弄到船中,带着逃往他们的地方去。在他们的劫持下,我只好欺骗他们,跟他们一起谈他们的宗教,他们才给我松绑。可当时我真想不到你的人马会跟踪追去,把我救了回来。指救世主和基督正教起誓,指十字架和被钉在十字架上的人起誓,他们把我从苦难中解救出来,我感激不尽。而我一旦逃出穆斯林的虎口,回到父王跟前,我的心情就舒畅了。"

"小娼妇哟！你是撒谎骗人呀。指《新约》中所规定的有关许可和禁令的真义起誓，我非狠狠地杀死你，拿你当最坏的例证儆戒后人不可。莫非你第一次欺骗了我们还嫌不够，所以现在打算再一次欺骗我们吗？"国王盛怒之下，下令处玛丽娅公主死刑，并把她的尸首挂在宫门前示众。

国王的独眼宰相对玛丽娅公主向来抱着野心，所以一听国王下令处她死刑，便上殿进谏忠言，说道："主上，恳求陛下免她死罪，索性把她赏给臣下为妾，以便我认真地监管她吧。目前我可不急于要跟她成亲，只打算用最坚固的石头替她盖一幢无比高大的屋子，让任何匪徒都无法攀上屋顶去。等新屋落成，便在门前宰三十个穆斯林人，当牺牲献祭耶稣主，替我和她赎罪，然后正式和她成亲。"

国王听了独眼宰相的建议，觉得不无道理，因而准如所请，同意他娶玛丽娅公主为妾，许可祭司、牧师和族长们出来主持婚事，让宰相和公主匹配成夫妻，并下令鸠工，替玛丽娅公主建造一幢适于她居住的高楼大厦。

努伦丁向房东借了他老婆的衣履什物，拿着赶回港中停船的地方给玛丽娅穿用，以便接她进城。但是出乎意料，玛丽娅和小船都不见了。他这一惊非同小可，一下子气得伤心哭泣，凄然吟道：

> 深夜里幸福的幻影前来敲门、报喜，
> 黎明前我惊醒时爱人正躺在旷野里过夜。
> 我睁大眼睛企图看清那个光临的幻影，
> 眼前茫茫一片空虚，会面的地区遥不可计。

努伦丁沿着海岸东张西望地寻找玛丽娅和小船的去向，忽然碰到一伙人聚集在海滨，交头接耳地在议论什么。他挨近人群，仔细一听，当中有人说："穆斯林们！亚历山大城的名声从此扫地了，因为连西洋人都随便开船进来抢着人扬长而去，却没有一个穆斯林人和一个士兵敢出来过问这桩事情。"

"出什么事了?"努伦丁插嘴问他们。

"我的孩子,告诉你吧:刚才有一艘西洋人的大船,满载士兵,开进港来,把停在岸边的一只小船连人带物给抢走了。"

努伦丁听了这个消息,刺激过度,顿时昏倒,人事不知。人们待他慢慢苏醒过来,这才问他为何这般激动。他把自身的经历、遭遇,从头到尾,详细叙述一遍。人们听了他的叙述,明白个中情况,都骂他做事不牢。当中有人责问他:"你非得让她戴上面纱穿着披肩才带她上岸,这是什么道理呢?"于是人们你一言我一语地纷纷责骂他。有人说:"让他这样下去吧!他的遭遇够他经受了。"人们愤愤不平,埋怨之声像箭矢一样射在他身上。

努伦丁悔恨莫及,气得再一次晕倒,昏迷不省人事。正当人们围着他束手无策的时候,恰巧那个经营药材生意的老商人赶到海滨,发现人群,便走近他们,打听情况,见努伦丁躺在地上,便赶忙坐下去喊醒他,问道:"我的孩子,你怎么人事不知地躺在这儿?"

"老伯,我费了千辛万苦才把遗失了的那个使女从她父亲那儿找了回来,可是进港之后,我把小船系在岸边,吩咐她待在船中,然后进城去你府上,向你借了伯母的衣履,预备拿来给她穿用,以便接她进城。但想不到就在这个时候,我的使女连人带船叫西洋人给抢走了。"

老商人听了努伦丁的叙述,顿时气黑了脸,非常同情、可怜他的境遇,说道:"我的孩子,当初你干吗不带她一块儿进城呢?何必要替她预备衣履呢?但是现在抱怨、懊悔都不济事了。走吧,我的孩子,跟我一起回家去吧。也许安拉会赏你一个比她更好的使女,会让新人代替旧人来安慰你的。赞美安拉,他不至于因她而使你有所失,相反,他会因她而使你有所得的。我的孩子,你要知道:人世间的聚合、离散,全是操纵在安拉的手中的。"

"老伯,指安拉起誓,我可是再也不能忘记她,我也不能不去找她,即使为她而牺牲性命,我也是在所不惜的。"

"我的孩子,那你打算怎么办呢?"

"我打算再做希腊之行,冒着危险到西洋人的城市中去找她。此去如不成功,便牺牲性命,此外别无他路可行。"

"我的孩子,古人说得好:'瓦罐不是每次撞不破的。'如果说他们第一次不曾把你怎么样,可下次他们也许会下毒手杀害你,何况他们把你认识得太清楚了。"

"老伯,你让我去吧,让我为爱她而被人立刻杀死,别叫我因忍受绝望的痛苦而慢慢地丧生吧。"

努伦丁一心一念要去寻找玛丽娅,恰巧那天停在港中的一艘商船正预备开船,乘客们的行李货物都准备齐全,船员正在张帆、解缆,努伦丁便趁机搭该船出发。船在海中,风平浪静、日以继夜地继续航行,但不幸中途遇难,受到海盗袭击。这是因为希腊国王为防御穆斯林人前来报复,为保护玛丽娅公主不再被抢窃,所以派船在波涛汹涌的海上巡逻,严加防范。因此过往船只,都惨遭劫掠,不但货物被抢窃,而且还把乘客当俘虏,押送给国王任意宰杀,作为牺牲祭神,履行他为玛丽娅公主所许下的愿心。此次努伦丁所乘的商船,就是受到那只巡逻船的劫掠,全体乘客垂手被擒,押进王宫,听候发落。国王见一百名俘虏全是穆斯林人,便下斩首令。刽子手遵循命令,即刻执行任务。结果穆斯林人一个个被杀,最后只剩努伦丁,刽子手可怜他年轻,身体单薄,所以留到最后处决。国王一见努伦丁,便认识清楚,说道:"你不是叫努伦丁吗?上次你不是在我们这儿待过吗?"

"我不曾到过这儿,我不叫努伦丁,我叫伊补拉欣。"

"你撒谎;其实你就是被我分给教堂中的那位女住持,让你在教堂中服役的那个努伦丁。"

"主上,我叫伊补拉欣。"

"等教堂中的那位女住持来看一眼,你到底是不是努伦丁,这就明白了。"

国王正打算召教堂住持前来辨认努伦丁的时候,他的独眼宰相忽然上殿谒见国王。他跪下去吻了地面,说道:"主上,我替公主建造的新屋已经落成。当初我向救世主耶稣许过愿心,要在新屋门前,杀他三十名穆斯林人祭神。因此前来向陛下借三十名俘虏,拿去杀了当牺牲还愿。待我自己的俘虏解到之时,如数奉还不误。"

"指耶稣主和基督正教起誓,我这儿只剩一个俘虏了。"国王指一指努伦丁,"现在你暂且拿他去用吧。等另一批穆斯林俘虏解到时,再给你补足缺数。"

独眼宰相站了起来,谢过国王,带着努伦丁来到新建的高楼门前,以便宰他当牺牲还愿。当时有一帮油漆匠人正在油漆门面,便有人向宰相建议,说道:"相爷,我们的油漆工作再过两天便可完工,因此恳求相爷暂缓宰此俘虏,再宽限我们两天。待我们油漆完工之时,也许其余的俘虏可能解到。那时节,相爷一次宰掉他们,便可在一日之内完成誓愿了。"

宰相接受漆匠们的建议,吩咐把努伦丁镣铐起来,拘禁在马房里。努伦丁被关在厩中,又饥又渴,眼看没有活命的希望,只有死路一条,因而顾影自怜,终日悲哀、叹息。

说来事属巧遇。当时希腊国王养着两匹骏马,是一匹母马所生的。其中一匹叫梭彼革;另一匹叫廖哈革,一匹的毛色是纯灰的,另一匹是净黑的。由于那两匹骏马太好,名声太大,国王视如宝贝,其他各国王公都以得不到那两匹骏马之一而深感遗憾,曾许愿说:"谁能替咱们弄到那两匹骏马之一,咱们愿按他的要求以金银珠宝报酬他。"可是谁也无法把马儿偷到手。后来那两匹骏马之一突患眼病,国王召集所有的兽医前来替马治疗,都不收效。有一天独眼宰相进宫谒见国王,见他愁眉不展。为了减轻国王的苦恼情绪,建议说:"主上,索性把马给我带去治疗吧。"国王准如所请,果然将马交给宰相。宰相把患眼病的御用之马牵到拘禁努伦丁的那间马房中拴起来,预备想办法替它医治。可是那匹马儿一旦离开它的同伴,便终日长嘶不停,尖厉的鸣声吵得周遭的人惶恐不安。宰相察觉马儿之所以长嘶不止,只为不习惯离开同伴的缘故,于是赶忙进宫,把情况禀告国王。国王证实宰相之言不虚,喟然叹道:"如果说离别之苦连牲畜都忍受不了,这对有理智的人类来说,那更是不言而喻了。"于是国王吩咐仆童把宫中的那匹骏马牵往相府,以便跟它的同伴同槽饲养,并叫他们转告宰相:"为了看重玛丽娅公主的情面,我把两匹骏马都赏赐她了。"

努伦丁戴着脚镣手铐,躺在马房里,无意间发现那两匹骏马之一的瞳孔有白翳障,不能视物。他眼看此情,便计上心来。原来他对牲畜的饲养和治疗方法有一知半解的常识,因此心里想:"指安拉起誓,这是个好机会。我要鼓起勇气去骗宰相,叫他让我替马治病,然后弄点什么东西把马眼给弄瞎掉,惹他生气,以便他杀死我,从此我就摆脱这种卑贱的苦难生活了。"于是他耐心地等待着,直至宰相到马房中来看马时,他才对宰相说:"我的主人,倘若我配些药剂,把马眼医好,你能给我什么报答呢?"

"指我的头颅起誓,如果你能医好马眼,我就免你死罪,并按照你的要求赏赐你。"宰相慨然许下诺言。

"我的主人,既是这样,请下令给我开镣吧。"努伦丁同意宰相的办法。

宰相果然下令开镣,恢复努伦丁的自由,让他替马治病。努伦丁拿一块破玻璃,捣成粉末,掺上一些生石灰,然后用葱汁将二者混拌成膏,敷在马眼上,包扎起来。做完这些手续,便暗自说:"这回马眼可完蛋了,他们可以杀死我,让我摆脱这种卑贱的苦难生活了。"于是他摒弃胸中种种忧愁、顾虑念头,爽爽快快地安然过夜,睡前他虔心虔意地祷告:"主啊!奴婢的希望、祈求,你是最明了不过的了。"

次日清晨,阳光照遍山冈、平原的时候,宰相匆匆来到马房里,亲手解掉扎着马眼的布带,仔细一看,只见瞳孔上的白翳障全都消散,马眼炯炯闪光,眼珠显得更明亮。面对这样的情景,宰相喜出望外,欣然对努伦丁说："穆斯林啊！像你这样有知识、本领的人，我可是从来没见过。指主耶稣和基督正教起誓，我太钦佩你了。因为马眼睛是你给医好的，这是我国境内所有的兽医束手无策的，你的医理是他们望尘莫及的。"他说着走到努伦丁跟前，亲手替他开了脚镣手铐，赏他一套昂贵衣服，委他任管马的职务，给他规定了薪俸，让他住在马房楼上。

宰相为玛丽娅公主所建筑的那幢高楼大厦中，有一道窗户居高临下，面对相府和努伦丁所栖身的那间马房。努伦丁从任职马房之后，连日坐着吃喝享受，尽情寻乐消遣，同时也发号施令，严格管教手下的奴仆，凡是疏懒的、不守在厩中好生喂马的，都被他摔倒，重重地鞭挞一顿，有时还受到禁闭、镣铐的处分。宰相眼看努伦丁做事认真、负责，所以喜欢他，信任他，从而感到高兴、快慰。

努伦丁每天都要下楼，进马房去看看，伸手抚摩那两匹骏马，表示关心、爱护。这是因为他深知宰相对这两匹骏马非常珍惜、宝贵的缘故。

独眼宰相有个女儿，生得花枝招展，非常窈窕美丽，小羚羊一般活泼伶俐。有一天她坐在面临马房的窗前，忽然听见努伦丁为遣愁而引吭的歌咏声：

> 爱唠叨好责难的人哟！
> 你向来过着惬意、舒适生活。
> 假若你被命运的毒牙咬过一回，
> 必然会说这种味道苦不堪言。
> 可叹我的痴情，可悲我的境遇！
> 烈火一直烧烤着我的心灵。
>
> 今日你免遭疾苦、欺压、虐待、侵袭，
> 且生活在平安、愉快的境地。
> 对那因爱情而痛苦者的境遇，

你须给予同情，别求全责备。
可叹我的痴情，可悲我的境遇！
烈火一直烧烤着我的心灵。

你须原谅一般情侣的不幸遭遇，
别助长非难者的气焰。
束缚他们的绳子，你别扯得过紧过急，
以便他们慢慢消受个中的苦刑。
可叹我的痴情，可悲我的境遇！
烈火一直烧烤着我的心灵。

当初我本是人群中普普通通的一员，
像心地光明、无忧无虑者那样过夜。
在听从爱情召唤且变为俘虏之前，
我并不懂什么是爱情，也没尝过失眠的滋味。
可叹我的痴情，可悲我的境遇！
烈火一直烧烤着我的心灵。

只有为爱情而长期卧病、呻吟的人，
只有恋念情侣而毁掉理智的人，
也只有尝过失恋苦头的人，
才真正懂得爱情的真谛及其中屈辱的渊源。
可叹我的痴情，可悲我的境遇！
烈火一直烧烤着我的心灵。

经过多少个黑夜我为悲叹而失眠！
一双眼睛始终尝不到瞌睡的甜蜜。
多少泪水汇成澎湃的洪流！

汹涌地冲过腮角川流不息。
可叹我的痴情,可悲我的境遇!
烈火一直烧烤着我的心灵。

情场中的伴侣一个个憔悴、萎靡,
为爱情通宵辗转到天明。
过度忧郁,长期失眠,
终于给他制成疲惫的冠冕、疾病的衣服。
可叹我的痴情,可悲我的境遇!
烈火一直烧烤着我的心灵。

我骨瘦如柴,耐性消逝无遗,
一股股血泪像苏木水那样川流不停。
先前我尝到的全是甜头,
到如今每一口食物都苦如黄连。
可叹我的痴情,可悲我的境遇!
烈火一直烧烤着我的心灵。

我是情场中最可怜的不幸者之一,
在漫长的黑夜里眼睁睁地熬夜。
谁在冷淡的爱情海中游荡得精疲力竭,
其下场必然是悲叹着溺毙在海底。
可叹我的痴情,可悲我的境遇!
烈火一直烧烤着我的心灵。

投身情场的人岂能不受考验、折磨!
爱情的欺诈、诡计谁能轻易摆脱!
恋爱生活中谁能从容自若?

雍容、宁静、悠闲的人世间何处去寻？
可叹我的痴情，可悲我的境遇！
烈火一直烧烤着我的心灵。

主啊！请对一个罹难者加以怜惜，
求您这位保证人赏赐恩惠。
切望从您方面获得丰衣足食，
在任何情况下长期受到您的保佑。
可叹我的痴情，可悲我的境遇！
烈火一直烧烤着我的心灵。

宰相的女儿从头到尾听完努伦丁的歌咏，喟然叹道："指主耶稣和基督正教起誓，这个穆斯林是个漂亮青年，毫无疑问，他一定是失恋者。但愿我能知道这个青年所钟情的人是否像他这样漂亮可爱，是否像他这样一往情深？如果他的情人果然像他这样漂亮、这样情深，那么他为爱情而悲哀、叹息是应该的了。假若她既不漂亮，又不真诚，那么他为她忧愁苦恼，废寝忘食，这就等于白糟蹋自己的生命了。"她哀叹着忽然想起昨天刚迎进新屋中的那个她父亲的小姨太玛丽娅公主的忧愁苦恼的形貌，便打算去看看她，安慰她，顺便把努伦丁的情形和他的吟诵讲给她听，借此替她消愁解闷。正当宰相的千金小姐作如此打算的时候，想不到玛丽娅公主已着人来相府，约她去陪她谈天、消遣。于是她应邀赶忙来到玛丽娅的新屋中，见她闷闷不乐，边伤心挥泪，边凄然吟道：

我的生命宣告枯竭，爱情的生命却长存不灭，
过度的恋念导致我的胸怀窄无间隙。
离愁消磨、融化了我的心灵，
我仍盼望重相会的时日早日降临，
让离散的双方一朝团圆聚首。

> 对一个心脏被掠夺的人不要多加责备，
> 因为她被悲哀、渴念折腾得面黄肌瘦。
> 别恨离愁是人世间最不幸的遭遇，
> 请别瞄准她的心脏射出非难之箭，
> 因为爱情杯中辛酸的苦酒喝起来味道最甜。

宰相的女儿听了玛丽娅的吟诵，怀着同情怜悯心肠对她说："公主，你愁眉不展，如此悲哀哭泣，这是为什么呢？"

玛丽娅听了宰相女儿的询问，往事一幕幕重映心头，凄然吟道：

> 我以坚定不移的耐性对待离愁，
> 泪珠将一颗接一颗地不断滚流。
> 或许安拉会传来令人心满意足的喜讯，
> 因为艰险、困苦后面往往隐藏着容易。

宰相的女儿听了玛丽娅的吟诵，忙劝她说："公主，你想开些，别再难过了。现在你随我来，让咱们一起到窗前去看看吧。因为家父的马房中新来一个管马的年轻人，形貌非常标致漂亮，口齿伶俐，出口成章，只是美中不足，他为人落落寡合，好像是失恋似的。"

"你凭什么知道他是失恋的？"玛丽娅对此事很感兴趣。

"凭他终日不是唉声叹息，便是引吭吟诗遣愁的情形来判断，我才觉得他是失恋的。"

玛丽姬听了宰相女儿的谈话，心里想："如果小姐所说的是真实事实，那么这个忧郁、可怜的青年，想必就是努伦丁。她所说的这个青年到底是谁，我要不要看他一眼呢？"她思考着心里顿时增加渴望、惦念情绪。临了，她即刻站起来，随宰相的女儿一起去到窗前，朝马房那方面一看，便看见她的情人努伦丁。她不相信自己的眼睛，定睛仔细打量一番，才确确切切地认清楚他，不过他经受患难、离愁和爱情的折腾，面貌、身体已憔悴、瘦弱不堪。她听见努伦丁吟道：

> 爱情占据我的整个心田，

眼里流出来的泪水像晴空中突然降落的暴雨。

为爱情我终日饮泣、伤感、失眠，

有时甚至号啕、痛哭、流涕。

可叹我的热情、忧愁和焦虑，

已经把我的心撕为八片。

接踵而来的将是六乘五的数计，

你们何不站定，听我谈谈个中底细！

记忆、恋念、叹气、疲惫，

再就是过度怀念直缠得我心神不定。

当困顿、离乱、眷恋频仍之际，

悲伤、忧愁、怨气也相继前来集会。

由于心灵遭受沉重打击，

我仅存的一点耐性已消失无遗。

关心、存问我内心疾苦的人哟！

感伤的激情在我胸中日积月累。

眼泪怎么会在脏腑中燃起火焰？

原只为心房里越烧越旺的烈火从来不曾熄灭。

我淹没在汹涌澎湃的泪海里面，

因为这种爱情原是来自地狱中的一片火焰。

　　玛丽娅亲眼看见她的伴侣努伦丁，并听了他的吟诵，证实他真是努伦丁本人，从此心中的疑虑便烟消云散，感到无限的欢喜。可是她秘而不宣地把事情的真相隐藏在心里，不让宰相的女儿知道个中底细，反而对她说："小姐，指主耶稣和基督正教起誓，我内心的忧愁苦闷，谅你是一点也不知道的。"她说着若无其事地离开窗户，从容回到老地方坐下，耐心地等到宰相的女儿离开她去做她自己的私事时，这才挨近窗户，静坐下来，仔细观察努伦丁的举止动静，发觉他像十四日夜里的明月那样漂亮可爱，同时还发觉他因追怀往事而一直伤感、流泪的凄凉形迹，并听见他缠绵悱恻的吟诵：

同爱人见面的愿望始终没能实现，
我所获得的正是生活中极苦的滋味。
眼泪波涛般澎湃、奔流，
但一见责难者我就把它擦得干干净净。
可恨的是那个招致离散之辈，
倘若我能够，必将其舌头剁碎。
命运给我吃够苦不堪言的滋味，
但它的所作所为我毫不埋怨。
我把心脏当抵押品摆在她故居的院落之内，
因为只有她才值得我追求、迷恋。
在暴君的淫威下谁能为我伸张正义？
何况仲裁时他显得格外暴戾。
为保全她的权利，我让她掌握我的生命，
可她既丢失我自己，也损失了我给予的权利。
为爱情我耗尽全部生命，
原只盼凭此费用去换取碰头见面的机会。
年轻、活泼、美丽的小羚羊哟！
别恨、离愁的苦味此生我已尝尽。
你的脸面收集了人间的一切美丽，
我的耐性为了它已消逝得一干二净。
我欣然把她摆在心坎里，结果却招致苦刑，
但我这诚挚的崇敬心情始终不渝。
我终日哭泣，眼泪像汹涌澎湃的河流，
倘若我知道其行迹，一定勇往直前地跟踪追寻。
我所顾虑的是一旦因忧郁而身死气绝，
此生的希望势必一朝化为泡影。

　　玛丽娅听了努伦丁的吟诵，感慨万千，激动得清泪直流，凄然
吟道：

我随时盼望着同钟情的人儿会面，

见面时却茫然无法使唤自己的舌头和眼睛。

我曾记下待质问、需解释的事情，

可碰头时相对无言，一切都忘得干干净净。

努伦丁听了玛丽娅的吟诵，知道是她，顿时感动得痛哭流涕，自言自语地说道："指安拉起誓，刚才是玛丽娅吟诵，这当中丝毫没有可怀疑的地方。我的猜想究竟对是不对？吟诗的人到底是不是玛丽娅呢？"他嘀咕着越发感到忧愁苦恼，忍不住长吁短叹，凄然吟道：

我同伴侣在广阔的地方相遇，

当中的秘密被诽谤者看见。

碰头时我哑然说不出一句怨言，

也许发几句牢骚足以消除胸中的郁结。

非难者怪而问道："干吗缄默无言？

什么阻止你叙述受苦受难的缘由？"

我回道："告诉你这个不谙人情世故之辈，

别以为情场中人总是狐疑、非为。

因为情侣谋面时瞠目相对无言，

这原是情场中迷恋者的惯例。"

玛丽娅听了努伦丁的吟诵，赶忙取笔墨纸张，写了一封信，用丝手帕包起来，往窗外抛了下去，正好落到马房门前。努伦丁捡起来，打开一看，见上面写道：

努伦丁我的主人：

别后非常想念你，仅此向你致意，并切望安拉保佑你，恩顾你。

现在我有一桩紧要事情告诉你：希望你在今晚最吉利的二更时分，把厩中的两匹骏马戴上辔头，备好鞍子，然后牵到城门下面等我。如果有人问你要往何处去，只消推辞说出城去遛马，这就不会有人阻止你，因为人们相信城门已经关锁起来了。

信到之时，务希十分重视此事，务希按我的嘱咐行事，当中必须格外提防、注意，千万不可疏忽大意，尤其不可贪睡而贻误大事。

你的奴婢玛丽娅

努伦丁读了信，明白它的内容，知道是玛丽娅写的，眼看着她的笔迹，往事便涌上心头。他亲切地吻了信，然后拿它捂着眼睛，边哭泣边吟道：

> 深夜里收读你投来的书信，
> 顿时掀起无可抑制的渴念情绪，
> 并使朝朝暮暮欢度过的幸福生活在心版上重现，
> 因此对那借离散来考验我的主宰衷心赞美、感谢。

当天晚上，努伦丁按玛丽娅的指示，先喂饱两匹骏马，做好各种准备，耐心等到二更时分，这才拿两副最考究的鞍子架在马背上，然后牵出马厩，锁起马房门，从容离开相府，一直去到城门下，坐着等待玛丽娅。

玛丽娅给努伦丁写过信，作好出走准备，然后趁吃晚饭时，从容走进专为供她起坐而陈设的房间里，见独眼宰相坐在室中，斜倚在驼绒靠枕上，既不好意思伸手迎接她，也不出声招呼她。她眼看这种情景，便暗自祈祷："主啊！求你保佑，别让他的欲望得遂，而叫我洁净之身受到玷污吧。"她祈祷着表现出欢喜的神情慢步挨到宰相跟前，在他身边坐下，逗趣他说："我的主人，你干吗这样嫌弃我？你是高傲自大呢，还是存心装模作样给我看？常言说得好：'当请安、问候无用的时候，坐着的人向站立的人致意。'我的主人啊！你既不欢迎我，也不理睬我，我可自动给你请安来了。"

"人世间唯一的女王啊！难道我不是你的仆人吗？不是你的仆童中最小的一个吗？其实我是慑于你的威仪才不敢招呼你呀。你是世间绝无仅有的一颗独珠子，让我拜倒在你脚下吧。"

"咱们暂且撇开这个不谈，先弄饭来吃吧。"

宰相同意玛丽娅的建议,随即呼唤婢仆,吩咐他们上菜。婢仆们遵循命令,马上摆出一桌丰富的筵席。当中有用飞禽、走兽和海产做成的食品,包括松鸡、鹌鹑、鸽子、羊羔、肥鹅、红烧鸡等各式各样的鲜美肉食。玛丽娅伸手取食物吃,并拿食物喂宰相,殷勤地伺候他,一直陪他吃饱,才起身洗手。饭毕,婢仆们撤去杯盘碗盏,换上酒肴。玛丽娅自斟自饮,并斟酒敬宰相,诚诚恳恳地奉承他。宰相欢喜若狂,顿觉心旷神怡,乐不可支,因而开怀畅饮,直喝得醉眼蒙眬,神志恍惚。玛丽娅趁机从衣袋里掏出事先准备好的、足以麻醉大象的一团烈性麻醉剂,悄悄地放入杯中,再斟满酒,这才递给宰相喝。宰相一时高兴,慨然接过去,一口气喝了。可是酒刚下肚,他便一头栽倒,昏迷不省人事。玛丽娅赶忙动手,拿两个鞍袋,挑选一些珠宝玉石和值钱而易于携带的名贵物品装在袋中,再弄上一些食物和预备给努伦丁穿用的一套名贵宫服、一柄锋利宝剑,然后腰佩宝剑,武装起来,然后揣起鞍袋,逃出相府,径向城门去找努伦丁。

痴情、可怜的努伦丁牵着两匹骏马,坐在城门下面等玛丽娅。等了一会,不知不觉打起瞌睡来,终于慢慢睡熟了。

当时有个黑奴,是闻名的马贼,许多西洋王公贵族都以重金引诱他,要他为他们去盗那两匹御用之马或其中的一匹,答应弄到马时封赠他一个岛屿,还要赏他名贵的衣服。因此该马贼长期潜伏在希腊京城中,找机会盗马。无奈那两匹御用之马向来拴在王宫中,防卫森严,无法盗取。后来听说国王把两匹骏马送给宰相,他大为欢喜,一心要上相府去盗马,下决心说:"指主耶稣和基督正教起誓,我一定要把两匹马弄到手。"于是就在那天夜里行动起来,预备去相府的马房中盗马。他从城门前路过时,可巧碰见努伦丁牵着两匹骏马睡熟了,于是悄悄地卸下两匹马的笼头,打算骑着一匹赶着一匹逃走。当此之时,玛丽娅扛着两个鞍袋突然赶到城门前。她以为那个马贼是努伦丁,便递给他一个鞍袋。他一声不响地接过去,搭在马背上。玛丽娅再把另一个鞍袋递给他。他接过去搭在另一匹马背上,仍然不吭气。玛丽娅满以为他是努伦丁,骑上马后便带着他逃走。走了老远的一段路程,她对他说:"努伦丁我的主人,你干吗不说话?"

马贼回头看玛丽娅一眼,怒气冲冲地说:"毛丫头! 你胡说什么?"

玛丽娅听了马贼瓮声瓮气的粗鲁语调,知道不是努伦丁,抬头仔细打量,见他有一个水罐般的大鼻子。面对这个形象,她脸都气黑了,问道:"你是谁? 叫什么名字?"

"小贱种! 我叫麦斯武德,是趁人们睡觉时出来偷马的。"

玛丽娅不再跟马贼答话,即刻抽出宝剑,对准他的脖子一剑砍去,一下子砍断他的喉头。马贼应声栽倒,登时死在血泊中。

玛丽娅结果了马贼的性命,赶忙跨上马背,带着另一匹马转回去找努伦丁,只见他还在碰头的地方酣睡,两只手仍然握着马缰绳,可是已经到了连他自己的手和脚都分辨不清的地步了。她跳下马,打了他一巴掌。努伦丁蒙眬惊醒,对玛丽娅说:"感赞安拉,我的妻子啊! 你总算平平安安地逃出来了。"

"你站起来,骑着这匹马走吧,可不许说话。"

努伦丁听从玛丽娅吩咐,果然站了起来,跃身跨上马背。玛丽娅骑着另一匹马,二人一起走出城郭,并辔向前迈进。行了一程,玛丽娅回头瞟努伦丁一眼,说道:"我不是嘱咐你不可贪睡误事吗? 贪睡的人是不会成功的。"

"我的妻子啊! 并不是我贪睡,其实是你的约会使我内心感到清爽而陶醉的缘故。我的妻啊! 莫非这当中发生什么意外了吗?"

玛丽娅把马贼前来偷马的经过,从头到尾,详细叙述一遍。努伦丁听了惊喜交集,说道:"赞美安拉,马总算给保住了。"于是他俩把后事托付给安拉,无所顾虑地边纵马前进,边卿卿我我地谈心,直来到玛丽娅杀死马贼的地方。努伦丁看见马贼僵然躺在灰土中,像一个恶魔,非常可怕。玛丽娅对他说:"你下马去,脱掉他的衣服,解下他的武器吧。"

"指安拉起誓,我的妻呀!我害怕,不敢接近他。"努伦丁一方面对马贼的粗大个子感觉惊奇、恐怖,一方面对玛丽娅的所作所为和她的勇敢感激而又钦佩。

玛丽娅和努伦丁连夜逃走,继续跋涉到天亮,在阳光照遍大地的时候,到达一处广阔的平原地带。那地方绿草如茵,花开遍野,果木成林,鸣禽在枝头歌唱,羚羊在平川里奔跑,一条条蜿蜒曲折的河渠中,清水湍流不息。在朝阳的照耀下,大地显出一片灿烂景象,景致煞是幽美可爱,正如诗人的吟诵:

一

河谷的上空飘荡着密层层的浮云,
保护我们不受酷热的狂风袭击。
我们在树荫下乘凉、歇息,
像婴儿在保姆怀中那样安逸。

我们喝清泉解渴,
比陪亲友共饮醇酒还亲切、甜蜜。
如盖的枝叶从各方面阻止烈日的侵袭,
只让凉爽的和风徐徐吹来调节空气。

二

这鸟语、花香、溪流纵横的流域,
清新、幽静的风光使心烦意乱的人流连忘返。
空中的浮云笼罩着大地上的果木和长泻不止的清泉,
俨然是人间的一座乐园。

玛丽娅和努伦丁跳下马来打尖,让马吃着地上的绿草,然后去摘树上的果子充饥,掬河里的清水解渴。继而两人席地坐下来谈心,互道别后相思离愁和所碰到的各种遭遇。他俩正谈得津津有味的时候,忽然看见一股烟尘飞扬起来,弥漫在空中,接着听见马嘶声和军器碰撞声,不禁大吃一惊。

原野中突然出现这种景象,原来是希腊国王把玛丽娅公主嫁给宰相之后,按皇家的传统习俗,结婚的第二天清晨前去看女儿,随身带些丝绸和金币银币,当喜钱撒给婢仆们,以示庆贺。国王在侍从们簇拥下来到新建的相府中,见宰相躺在地毯上,昏迷不醒,人事不知,连自己的头和脚都分辨不清。面对这样的情景,国王抬头左右前后打量一番,却不见玛丽娅公主的踪影,因而心情沉重,顿时惶恐、恍惚起来。之后国王吩咐取来热水、陈醋和乳香,混合起来,灌入宰相的鼻孔中,摇一摇他的身体,一会儿便从他肚中吐出一团酪饼似的麻醉剂。接着又灌一次,宰相便慢慢苏醒过来。国王问他昏倒的原因和玛丽娅的去向。他回道:"大国王陛下,我不知她上哪儿去了。我所记得的是:昨夜里她斟一杯酒递给我,我刚喝了酒,便昏昏沉沉地一事不知,直到现在才清醒明白。至于玛丽娅公主的情形,我一点也不知道。"

国王听了宰相的回答,顿时气黑了脸。他盛怒之下,毅然抽出宝剑,一剑把宰相的脑袋砍掉一半,登时结果他的性命。接着国王吩咐带管马的仆人到跟前来,向他们索取送给宰相的那两匹骏马。

"主上,那两匹骏马昨晚失踪了,连我们的头子都不见了。因为今天早晨我们起来喂马的时候,见马房门敞开着,两匹骏马都不见了。"

国王听了仆人的回答,喟然叹道:"指我的宗教和我所坚信的主宰起誓,两匹骏马显然是叫我的女儿和那个曾在教堂中服役的俘虏偷走了。他第一次抢劫玛丽娅时,我就把他认清楚了。可是现在从我手中放走他的,却是这个独眼宰相。他自作孽,死有余辜。"国王哀叹之后,立刻召集他的三个儿子前来听令。

国王的三个儿子都是英勇善战的英雄人物,曾屡立战功,在战场上冲锋陷阵的时候,每人可以抵挡成千的骑士。王子们奉命来到国王跟前,国王吩咐他们马上整装出发。于是国王跨上战马,率领王子、将领和士卒亲自出马,跟踪追捕玛丽娅和努伦丁。

玛丽娅眼看追兵赶到,立刻起身,跨上战马,抽出宝剑,预备前去抵抗。临行她对努伦丁说:"你怎么样?对战斗、拼杀有信心吗?"

"我在战斗方面的信念,好像插在麸子堆上的木桩那样坚定。"努伦丁回答着恶然吟道:

> 原谅吧,玛丽娅!别让我经受责备者的折磨,
> 对我也别抱轻视生命、不怕艰难的企图。
> 我听了乌鸦的哇哇声都感到心惊胆裂,
> 怎能让我上阵同仇人对垒!
> 当一只老鼠在我眼前出现,
> 都吓得我把裤裆尿透。
> 好逸恶劳原是我的本性,
> 我认为这才是正确的信念。

玛丽娅听了努伦丁的回答和吟诵,抿着嘴笑了一笑说:"努伦丁我的主人,既然如此,你就不必出马了。纵虽他们的人数多如沙土,我也可以保护你不受他们的危害。现在你骑上马,紧跟在我后面吧。如果咱们寡不敌众,必须败退的时候,你要当心,别摔下去,因为你的马跑得很快,别人是追不及的。"她嘱咐着勒转马头,向着追兵一纵马缰,战马便像一股飓风,又像从细水管中喷射出来的急流,一直冲向前方。玛丽娅如此骁勇,这是因为她父亲从小就教她骑马、刺剑,并经常带她上阵,在黑夜中战斗,因此,她锻炼成当时最勇敢、善战的人。

玛丽娅纵马向追击她的人马冲过去的时候,她父亲一眼便认出她来了。于是国王回头喊着大少爷白尔秃突的绰号说道:"勒矮

俗·敢鲁秃①！那个向我们冲过来的人显然是你妹妹玛丽娅，这是不容怀疑的事。她冲过来是预备跟我们敌对、拼杀的。你去迎战，跟她对阵吧。指主耶稣和基督正教起誓，待你战胜她时，别忙杀她，先劝她回头是岸，虔心信仰基督正教。如果她回心转意，忠于她自己的宗教，把她当俘虏带来好了。否则，你就毫不留情地当场杀死她，拿她当最卑劣的例子示众吧。同样的，对跟她在一起的那个该死的家伙，也要狠狠地炮制他，拿他的下场警诫后人。"

"听明白了，遵命就是。"王子白尔秃突应诺着策马冲向玛丽娅，以便跟她对阵。由于他和玛丽娅彼此迎面冲向对方，所以霎时间二人便碰在一起。白尔秃突对玛丽娅说："玛丽娅，你一生经受了种种磨难还嫌不够，还要背叛祖先的信仰而去皈依流浪人所崇奉的伊斯兰教吗？指主耶稣和基督正教起誓，假若你不赶快回头来坚持皇家祖祖辈辈相传下来的信仰，认真奉行它的清规戒律，我非砍死你不可，非拿你的悲惨结局示众不可。"

玛丽娅听了她哥哥的劝诫，启齿笑一笑说："要过去的事再现，或死了的人复生，这谈何容易啊，谈何容易啊！指安拉起誓，我既然皈依伊斯兰教，那么即使牺牲性命，我也不离开正道。你若不信，我给你尝一尝痛苦的滋味吧。"

白尔秃突听了他妹妹的答白，霎时气黑了脸，认为这是非常令人痛心、可耻的祸事，忍无可忍，因而拔剑相向，跟玛丽娅交锋、对打起来。战斗在兄妹之间进行着，彼此越打越起劲，越战越激烈。二人在广阔的战地中来回往返地奔跑、追逐，经受着战斗带来的种种艰难困苦。因而尽管人们一个个望着他俩吓得目瞪口呆、心惊胆战，但他俩却一直自如地回旋、冲击，一刻不停地打。每当白尔秃突施出一种战术，意欲出奇取胜的时候，玛丽娅总是应用她的精悍武艺、充沛精力、准确识别和勇敢行动，强而有力地进行交锋、对抗。战马踏起的烟尘

---

① "勒矮俗"：头。"敢鲁秃"：一堆屎。两词连在一起，便成为"屎尖子"。

弥漫在空中，笼罩着大地，致使人们看不清交战者的形影。玛丽娅始终周旋、抵御着白尔秃突的攻击，直拖得他心灰意懒、精疲力竭、难以支持的时候，才趁机高举宝剑，对准白尔秃突的脖子，猛劈下去，终于一剑砍掉他的脑袋，当场结果了他的性命。

玛丽娅旗开得胜，一剑杀死白尔秃突之后，策马绕阵地兜个圈子，然后高声叫阵："喂！有谁敢出来和我交锋、比武吗？懒惰、低能之徒可别出来送死，请派英雄好汉出来见识见识我的厉害吧。崇拜偶像、作恶多端的叛逆们！今天是真假善恶分明之日，现在该是正信者扬眉吐气、邪教徒愧无地容的时候了。"

国王眼看他的大儿子被杀，气得打自己的耳光，撕身上的衣服，大声喊着二少爷白尔秃斯的绰号说："胡尔温稣斯①，现在该你上阵了。儿啊！你快出去跟你妹妹玛丽娅对阵，替你哥哥白尔秃突报仇，把她当卑鄙下贱的俘虏擒来吧。"

"听明白了，遵命就是。"二少爷白尔秃斯应声策马上阵，直冲向玛丽娅，玛丽娅也纵马前来迎战。于是兄妹二人刀枪见面，相互交锋、对打起来。当初白尔秃斯显得格外猛勇，因而战斗也显得异常激烈，比第一战有过之无不及。可是刚打了几回合，白尔秃斯便觉得自己不是妹妹的对手，打不赢她，因而存心伺隙脱逃，溜之大吉。然而对方非常顽强善战，苦无机会可趁。每当他抽身欲逃的时候，玛丽娅总是步步跟踪追击，迎头堵住去路，毫不放松地缠住他，直逼得他走投无路、进退维谷的时候，才举起宝剑，对准他的脖项猛劈下去，一剑砍掉他的脑袋，让他追随他哥哥白尔秃突同归于尽。

玛丽娅杀死白尔秃斯，策马沿阵地转了一周，然后高声叫阵："骑士和勇将们都上哪儿去了？那个跛足、独眼宰相在什么地方？敢出来和我较量吗？"

国王眼看白尔秃斯战死沙场，顿时心如刀刺，流着伤心的眼泪哭

---

① "胡尔温稣斯"：蜣蜋屎。

哭啼啼地叹道："指主耶稣和基督正教起誓，她把我的二儿子给杀害了。"接着他喊着三少爷斐斯亚尼的绰号说："塞勒哈·隋布亚尼①！这回轮到你上阵了。儿啊！你快去跟你妹妹对阵，替你的两个哥哥报仇吧。不管胜负，你要尽量跟她拼，努力打败她，狠狠地杀死她吧。"

斐斯亚尼遵循命令，果然策马上阵。玛丽娅一见她的小哥哥出马，便耀武扬威地迎向他，骂道："该死的家伙！你是安拉的仇敌，也是穆斯林人的仇敌。邪教徒是不会有好下场的，我非叫你跟你的两个哥哥同归于尽不可。"她咒骂着挥舞宝剑，施展出超凡、精悍、果敢的战斗本领，猛勇攻击斐斯亚尼。刚打了几回合，斐斯亚尼招架不住，只顾得败退。玛丽娅乘胜追击，砍断他的两只手臂和头颅，轻而易举地把他送上他的两个哥哥走过的死路。

三个王子是当代最骁勇善战的著名人物，却相继死在玛丽娅手下。当时国王手下的将领和骑士目睹这种情景，感到不寒而栗。他们慑于玛丽娅的威势，一个个心惊胆战，垂头丧气，相信如此继续下去，只会落得个耻辱、死亡的下场，因而人人自危，畏难思退，终于不约而同地一哄而退。国王亲眼看着三个儿子战死疆场，手下的将士又不战而退，目下只剩孤家寡人，顿时惶惑、迷惘起来，不禁怒火中烧，自言自语地说道："咱们叫玛丽娅小看了。我若一个人亲自出马，跟她对阵、交锋，也许打不过她。如果败在她手下，她会像对付她的哥哥们那样把我杀掉。显然对她是不能寄予希望了，要她回心转意也是不可能的事了。如此说来，我应该保全尊严，赶快回城的好。"他打定主意，随即勒转马头，打马回城。

国王安然回到宫中，慢慢安静下来，接着他心中因王子们被杀、部下不战而退以及自己的尊严遭受辱没而燃起的怒火，也逐渐熄灭。他静静地养息了半小时，然后召集朝臣，向他们诉苦，叙述玛丽娅公

---

① "塞勒哈·隋布亚尼"：娃娃屎。

主杀害王子们的暴行以及他本人遭受的威胁、凌辱,并跟他们商讨对策。朝臣们经过一番商讨,建议国王写信向哈里发哈代·拉希德申诉,求他主张公道。

国王接受朝臣们的建议,即刻给哈里发哈代·拉希德写了信,并签名盖章,再拿给群臣过目,让他们一一签名盖章,最后折叠起来,递给新上任的宰相,派他去下书,嘱咐道:"你上巴格达去一趟,亲手把这封信呈给哈里发哈代·拉希德,然后听他吩咐。此去如果你能把玛丽娅公主带回来,我将封你两份采地,赏你一套镶双金边的宫服。"

宰相遵循命令,带着国王致哈里发哈代·拉希德的信起程,不辞辛苦地爬山越岭,穿过戈壁、平原,继续跋涉,一直赶到巴格达。他休息了三天,然后整理衣冠,前往王宫。随着人们的指点,一直来到王宫门前,请求谒见哈里发。哈里发准如所请,于是他进入王宫,来到哈里发哈代·拉希德跟前,跪下去吻了地面,然后呈上书信和随身带来的稀罕、名贵礼物。哈里发拆信一看,见上面写道:

希腊国王致书哈里发何鲁纳·拉施德陛下:

兹因小女玛丽娅不幸受一个名叫努伦丁·本·塔祝丁的穆斯林俘虏所引诱,将她拐带潜逃,至今下落不明。臣下不得不上书陈述下情,恳求众穆民的领袖主持公道,通令所属阿拉伯各地区,代为寻找小女,派可靠之仆人送她回乡为盼。

鉴于陛下对此事的关怀、援助,臣下愿将敝邑之一半及其岁入作为贡礼,拱手奉上,俾陛下派人到此修建寺院,供穆斯林人顶礼膜拜之用,以示感恩戴德。

哈里发读了希腊国王的来信,明白个中情节,即刻吩咐大臣通令各穆斯林地区,迅速缉捕犯人到案。大臣遵循命令,赶忙把努伦丁和玛丽娅的姓名和图像一并写在通知里,发送各地区,命令地方官认真缉捕犯人,不得违拗、延误。通缉令按时送到各地区。各地官吏果然认真执行命令,诚惶诚恐地按指令派人到处寻找、捉拿犯人。

玛丽娅那天当场杀死她的三个哥哥,眼望着她父亲和他手下的人马先后撤退了,这才带着努伦丁快马加鞭,继续跋涉,终于平安进入叙利亚地区,最后到达大马士革。但不幸哈里发的通缉令,已经在他俩进城的头一天送到城中。大马士革的执政官奉到通缉令,随即派人四处巡查、探访,以期早日逮到犯人,好解往巴格达领赏。因此之故,努伦丁和玛丽娅刚一进城,密探就追问他俩的名姓和来历。他俩把姓名、来历和遭遇如实讲给查问的人听。密探知道他俩是哈里发所通缉的犯人,便把他俩逮捕起来,带到官厅听候处理。执政官随即着人解努伦丁和玛丽娅进京。到了巴格达,差官请求入见。哈里发准如所请。于是他们带着犯人进宫,来到哈里发跟前,跪下去吻了地面,然后说道:"启禀众穆民的领袖:犯人已经解到了。这个女的叫玛丽娅,原是希腊国王的女儿。这个男的叫努伦丁,原是开罗商人塔祝丁的儿子,就是他拐骗希腊国王的女儿,带她逃往大马士革的。他俩刚进城,就被捕了。我们盘问他俩的姓名和来历,他俩已如实招供在案。因此我们奉上司的命令,押送他俩进京,听候主上发落。"

　　哈里发抬头打量玛丽娅一番,见她生得窈窕美丽,有倾城倾国之色,是当代妇女中绝无仅有的美女,而且精神饱满,体魄结实,因而感到惊奇诧异,随口问道:"你是希腊国王的女儿玛丽娅吗?"

　　玛丽娅赶忙跪下去吻了地面,尽可能地赞美哈里发一番,并祝他荣华富贵、万寿无疆,然后从容回道:"是的,众穆民的领袖、伊斯兰教的保卫者啊!我正是希腊国王的女儿玛丽娅。"

　　哈里发听了玛丽娅的回答,非常钦佩她的口才、言谈和机敏。继而他回头打量努伦丁,见他形貌昳丽,生得非常漂亮,像十四晚上的明月那样可爱,便问他:"你就是叫努伦丁的那个俘虏吗? 是开罗商人塔祝丁的儿子吗?"

　　"是的,众穆民的领袖,我就是努伦丁·本·塔祝丁。"

　　"你干吗把这个姑娘从她父亲宫中骗出来带着私奔呢?"

努伦丁听了哈里发的追问，便趁机把自己的遭遇，从头到尾，详细叙述一遍。哈里发听了努伦丁的叙述，非常惊奇诧异，同时也很感兴趣，喟然叹道："他遭受的损害多频繁啊！"他感叹着回头对玛丽娅说："玛丽娅，你要知道：你父亲派人送来一封信，打听你的消息，要我们替他寻找你。关于这件事，你怎么说呢？"

"陛下是安拉派来执行圣训、天命的代理人。告诉你吧：我已经改奉真实、正大的伊斯兰教，把欺骗耶稣的那种异端邪说抛弃了。现在我成为一个虔诚的穆斯林，信仰伟大仁慈的安拉和他的使徒。我膜拜安拉，承认他是独一无二的主宰，谦逊地顶礼膜拜他，从而感到无上的荣幸。现在我当陛下的面重读《信仰箴言》吧：'我证实安拉是唯一的主宰，穆罕默德是他的使徒。'众穆民的领袖，难道陛下必须信任一个从事异端邪说的国王，打算按他的要求，把我送往异教徒居住的地方去吗？那些异教徒，他们否认创造宇宙万物的安拉，专门崇拜十字架和偶像，而且还把属于人类的耶稣当神膜拜。安拉的代理人啊！假若你真要送我回去，那么在审判日到来的时候，我将扯着你的衣尾，向安拉和他的使徒控告你。到了那一天，除非虔心虔意信仰安拉的人，财帛、儿孙是毫不管用的。"

"玛丽娅，求安拉保佑，我绝对不这样做。我怎么能把一个改奉伊斯兰教的虔诚信徒送到异教徒居住的地方去呢？"

"我证实安拉是唯一的主宰，穆罕默德是他的使徒。"玛丽娅再一次念了《信仰箴言》。

"玛丽娅，安拉会使你幸福，会指引你一直走正道的。你既然皈依伊斯兰教，成为一个虔诚的穆斯林，我们就应当保护你，这对我来说是责无旁贷的。因此，我决不随便弃置你，即使有人给我充满大地的金银珠宝，我也不出卖你。你只管放心，丝毫不必顾虑。"继而哈里发指着努伦丁对她说："玛丽娅，你愿意这个小伙子做你的丈夫，让你和他结成眷属吗？"

"众穆民的领袖，努伦丁出钱买我，无微不至地优待我，还屡次冒生命的危险挽救我,这足以证明他对我的爱护已经到了无以复加的地步。在这样的情况下,我怎么不愿意做他的眷属呢?"

哈里发听了玛丽娅由衷之言,回头看在场的希腊国王的使臣一眼,说道:"喂!你听清楚玛丽娅的谈话没有?她已经皈依伊斯兰教,成为一个虔诚的穆斯林了,我怎么能把她送往她父亲那个异教徒身边去呢?何况她曾杀死她的几个哥哥,她父亲难免要向她报复,甚至会虐杀她。这样一来,在审判之日,我就得承担她的罪责了。《古兰经》的明文说:'安拉不让异教徒对穆斯林有机可乘。'就是这个意思。现在你回去吧,告诉贵国王,叫他别再理论这桩事情了。"

无如那个宰相太傻,不识时务,居然对哈里发说:"众穆民的领袖,指主耶稣和基督正教起誓,我不带着玛丽娅公主是不能回去的,纵虽她改奉伊斯兰教,成为穆斯林人,我也非带走她不可。因为我若空着手回去,她父亲会杀害我的。"

哈里发听了宰相的倔强之言,大为生气。他一怒之下,即时吩咐侍从:"你们把这个家伙带下去斩首、焚尸。"他吩咐毕,随即吟道:

> 这是此人应得的报应,
> 因为他违拗上司的命令。

玛丽娅听了哈里发下令处决宰相,便挺身而出,说道:"众穆民的领袖,别用这个家伙的血染污你的宝剑吧。"她说着抽出佩在腰中的宝剑,挨到宰相跟前,对准他的脖子,手起剑落,一剑砍掉他的脑袋,当场结果他的性命。

哈里发眼看这种情景,非常钦佩玛丽娅的腕力和胆量。他一方面吩咐侍从把宰相的尸首抬出去焚烧,一方面召唤法官和证人前来替努伦丁和玛丽娅写婚书,成全他俩的婚事。然后他赏给努伦丁名贵的宫服,给玛丽娅妆奁,并召集朝臣们前来参加显赫、热闹一时的婚礼。

努伦丁和玛丽娅在哈里发的主持下,正式结成恩爱夫妻。哈里发还给他俩规定俸禄、爵位,让他俩住在宫里一幢独立屋子中,并吩咐仆人把生活起居所需的上好衣物、被盖和名贵的家具、器皿搬到他俩居住的屋中,供他俩使用。从此努伦丁和玛丽娅在巴格达王宫中,过着极其舒适、快乐的幸福生活。

日子过得越久,努伦丁思乡念亲之心越切。不得已,他只好把想要回家去侍奉高堂的心愿向哈里发陈述,征求他的同意。哈里发准如所请,同意他回家养亲,并唤玛丽娅到跟前,当面嘱咐他俩,必须相亲相爱,互相关怀、照顾。同时还给他俩一些珍贵的礼物,并写信通知埃及的执政官,嘱咐他们优待、照顾努伦丁和他的妻室、父母。

努伦丁衣锦还乡的消息传到开罗城中,他父亲塔祝丁闻信之下,不禁喜出望外。他母亲也欢喜若狂,一直盼望着与儿子见面。城中的大官小吏,为遵循哈里发的命令,相率出城迎接努伦丁,同他见面言欢。他到家的这一天,变成了最美满最热闹的喜庆节日,因为爱人者和被爱者相互碰头了,寻人者和被寻者不期而遇了。

努伦丁和他的父母久别重逢,皆大欢喜,彼此间历年积存在心中的忧愁、苦恼,顿时烟消云散。同时他的父母也因为有玛丽娅这样美丽、贤淑的儿媳妇而感到万分欢喜,无微不至地爱护她,关心她。

努伦丁荣归之后,开罗城中的高官显宦每日轮流设宴招待他,极其能事地奉承他。一般豪绅富商也竞相跟努伦丁结交,登门送礼的,日有其人,致使努伦丁一家人,天天都接触新鲜可喜的事物,因此他们所感受的欢乐,跟过年过节所感觉的欢乐比较起来,真是有过之无不及。

从此之后,努伦丁和他的父母、妻室住在一起,吃好的,穿好的,过着舒适、愉快的幸福生活,直至白发千古。

一个上埃及人和他西洋妻子的故事

相传从前埃及的执政官舒卓尔丁·穆罕默德谈他的经历时说：有一次我去上埃及旅行，寄宿在一个本地人家中，深受主人的尊敬和优待。那个上埃及人已年满花甲，老态龙钟，皮肤很黑，是道地的黑种人，可是他的几个儿子的肤色却是白的，而且白中套红。我觉得奇怪，便对主人说："老人家，你是道地的黑种人，肤色很黑，可是你的几个儿子的皮肤怎么这样白呢？"

"这是因为孩子们的母亲是西洋人的缘故。我之所以娶个西洋老婆，当中有一段奇异的经历呢。"

"请谈一谈个中的经历，让我们一饱耳福吧。"

"行。"主人慨然答应我的要求，便谈开了：

我原是个庄稼汉，务农为本。有一年，我种了大批亚麻。到成熟时，收割、脱粒出来，总计花了五百金的成本。当时我要脱手，但行市下跌，连本钱都捞不回来。有人劝我说："倒不如把亚麻运到阿克去销售，或许能赚一笔钱。"

当时阿克在西洋人的统治之下。我果然把亚麻运到阿克，惨淡经营，耐心地零销碎卖，在六个月的时期内，总算脱手了一部分。一次，有个西洋女郎来买亚麻。当时一般西洋妇女到市场中都是抛头露面的，不习惯戴面罩。那女郎生得很美丽，我一见钟情，非常爱她，故减低价钱卖亚麻给她,表示照顾。她带着亚麻欣然走了。过了几天,那个女郎又来买亚麻,我以比第一次更低的价钱卖给她。尔后,她屡次来买亚麻,我关照她钟爱她的心情,她似乎有所察觉。她每次来买亚麻,经常有一个老太婆陪她。我暗中对那个老太婆说:"老伯母,我爱她爱得要死,你能想个办法,让我跟她碰头见面吗?"

"我可以替你想办法,不过这是我俩和她之间的秘密,绝对不可让我们三人之外的第四人知道;此外你非花钱不可。"

"只要能跟她在一起,即使牺牲我的性命,也不算是过高的代价。"我慨然同意老太婆的意见。于是彼此商议一番,议定由我出五十金,老太婆便带她来跟我幽会。我预备了五十金,交给老太婆。老太婆收下钱,说道:"今天晚上她就上你家去,你先给她预备安歇的地方吧。"

我听从老太婆的吩咐,尽力办了吃的喝的,诸如蜡烛、糖果等一应俱全。我的寓所靠近海滨,面临海洋,当时正是盛夏时节,我便在屋顶上铺床,预备接待客人。

当天晚上,那个西洋女郎如约来到我的寓所,我陪她尽情吃喝,谈笑到深夜,这才解衣就寝。我和她同衾共枕,仰望月色如洗的苍天,俯视映在海中闪烁、灿烂的星光,我心有所感,不禁暗自责问自己:"你是一个作客他乡的游子,居然在穹苍下大海前,跟一个基督教女人混在一起,胡作非为,造罪作孽,这是活该下地狱受火刑的,难道你不知害臊吗?安拉啊!请你作见证人吧:因为感到惭愧,害怕你的罪罚,今夜里,我毅然抛弃犯罪念头,不跟这个基督教女人私通了。"我忏悔一番,埋头一觉睡到天亮。而那个基督教女郎黎明即起,怒气冲冲地扬长归去。

当天我去到铺中经营生意,不想又碰见那个女郎跟老太婆一道,像一轮明月,露出怒容,打我铺前路过。眼看她的苗条美丽形影,我心有所感,大感不解,一时懊丧不已,暗自埋怨道:"你是什么人呀!居然抛弃这个女郎?莫非你是苏非派的叟律・瑟革推吗?是彼施尔·哈非吗?是祝奈义德·巴格达亚吗?是裴晬禄·本·尔雅子吗?"我懊悔着赶到老太婆面前,说道:"让她再上我家去吧。"

"指基督起誓,你不花一百金,她是不会再去见你的。"老太婆坦率地提出要求。

"我愿意花一百金。"我慨然答应老太婆的要求,立即给她一百金。于是生意成交,老太婆同意第二次打发女郎来跟我幽会。

当天晚上,那个西洋女郎果然如约上我的寓所来跟我幽会。彼此一见面,我便心有所感,先前出现的那种悔悟情绪,再一次回旋于脑际。于是,因畏惧安拉的罪罚,我毅然抛弃奸淫念头,不跟她通奸。结果又一次不欢而散。

次日,我回到铺中,照常经营生意。当天老太婆露出生气的神情来到我铺中。我对她说:"让她再来见我吧。"

"指基督起誓,除非花五百金,你是没有跟她欢聚的机会了;若不然,你会因此而忧郁丧命的。"

老太婆的话使我骇然震惊,因此决心花光卖亚麻所得的本钱,以此赎买我的生命。正当此时,忽然听见有人沿街高声晓喻道:"告诉穆斯林们,我们跟穆斯林之间的停战协定,限期已经届满。现在我们为在此地居留的穆斯林展期一周,以便他们收拾准备一切,然后在限期内出境。"这样一来,那个基督教女郎就没有机会跟我相会。我自己一方面忙着收账,一方面拿现存的亚麻去交换别的货物,并收购当地的土特产,然后收拾、整装出境。

离开阿克时,我念念不忘那个西洋女郎,一直抱着渴慕、恋念心情。这是因为她既拿走了我的钱,也带走了我的心。

回到大马士革,我以极高的价钱出卖由阿克带来的货物。由于和约期满,货物来源断绝,物价高涨,所以蒙安拉恩赏,我赚了一笔钱。

我手中既然有了本钱,便改行经商,以贩卖女俘虏为职业,打算借此行业消除那个西洋女郎给我心上留下的遗憾。我继续贩卖女奴，一直过了三个年头。后来国王纳肃尔同西洋人之间发生战争；在安拉的匡助下，国王纳肃尔一举打败了西洋人，先后收复了沿海城镇；他们的王侯将相垂手被擒，穆斯林全胜。后来有个官僚来找我，要买一个女奴，供国王纳肃尔使唤。我带手边顶美丽的一个姑娘给他看。他看上眼，出一百金买她，先兑给我九十金，下欠十金缓交。因为战争期间，开支很大，全部国帑用作战费，国库空虚的缘故。后来该官僚把欠款的事呈报国王纳肃尔，他便吩咐："你们带他上拘留俘虏的地方去看一看，让他随便从那些西洋妇女中选一个抵账吧。"

我被引到收留俘虏的地方，看见所有的俘虏。当我仔细打量，认真选择的时候，忽然发现从前在阿克同我交易、往来的那个女郎也在其中。我一见就认识她，没有可疑之处。当时她已结过婚，是一个骑士的妻室。后来我对那个官僚说："给我这个娘儿吧。"于是我带她回到帐篷中，问道："你认识我吗？"

"不，我不认识你。"她断然回答。

"我是当年卖亚麻给你的那个生意人呀。咱们之间，彼此有交易，有往来；你还拿过我的金钱，并且说：'除非花上五百金，你是没有跟我欢聚的机会了。'现在我只花了十个金币，就把你买到手了。"

"这是你奉行正教的秘密呀。我证实安拉是唯一的主宰，穆罕默德是他的使徒。"她毅然皈依了伊斯兰教，显得非常虔诚。

面对她的言行，我暗自说："指安拉起誓，我必须先恢复她的自由，并按法律办过结婚手续，才接触她呢。"于是我去见法官伊本·尚多德，讲明情况。蒙他替我和她办理结婚手续。我们正式结成夫妻，生活在一起，不久她便怀孕。

后来部队撤退，我们回到大马士革。接着国王纳肃尔和西洋人订立和约，西洋人的国王派人来索取战俘。国王纳肃尔下令归还俘虏，全部战俘都到齐了，只是我所娶的那个女人例外。领取俘虏的人说："一个骑士的妻室还没到场。"于是他们一再追问她的去向和下落。最后他们听说她在我家里，便来向我要人。我十分忧愁、苦恼，顿时气得脸色苍白。老婆问我："你怎么着？发生什么事了？"

"国王的使者前来领取战俘，所有男女战俘全都到齐。现在他们找你来了。"

"没有关系，别害怕，带我去见国王好了，我会应付的。"

我带老婆去到国王纳肃尔御前，那个西洋国王的使臣坐在他的右边。我说道："这便是在我家中的那个女人。"

国王纳肃尔问我的老婆："现在你和其余的俘虏全都获释了。你愿意返回老家去呢，还是要留在你这个丈夫身边？你自己选择吧。"

"我改奉伊斯兰教了，而且已经怀孕。咦！这是我的肚腹，陛下亲眼看得见。这样一来，西洋对我来说，已经没有什么可取的了。"

"这个穆斯林和你的那个骑士丈夫之中，你到底最喜欢谁呢？"西洋国王的使臣指着我问我的老婆。

她把对国王纳肃尔所说的话，对使臣重说一遍。该使臣听了，回头对他的同伴说："她说的话你们听清楚了吗？"

"对，我们都听清楚了。"伙伴们同声回答使臣。

继而该使臣对我说："带你的妻室回家去吧。"

我欣然带老婆回家。一会儿，那个西洋国王的使臣，随即派一个人急急忙忙从后面赶来，对我说："这是你岳母给她女儿寄来的东西。据她说，女儿被虏时，衣不蔽体，因而托我给她带来这个箱子。现在请你转交给她吧。"

我收下箱子，带到家中，交给老婆。她打开箱子，见她的衣服原样装在里面。同时，我发现当初我给她的、为数五十和一百的那两包金币也在箱内，还是先前我所包扎的那个样子，原封未动。眼看这种情景，我感动得无法抑制激情，不禁高声赞美安拉。

主人叙述毕，指着他的几个儿子说："咦！这是她生的孩子，现在她还健在。这些食物，是她亲手为你们烹调的。"

我们听了那个上埃及人的叙述,对他的经历和幸运,感到无限的惊奇和羡慕。

一个巴格达青年和婢女的故事

　　相传古代巴格达城中有个青年人,是有钱人家的子弟。他父亲死后,给他留下很多财产,因而他一直过着富裕的生活。他爱上一个丫头,便出重金把她买到手。那个丫头也像青年爱她那样钟情于他,因而彼此情投意合,挥金如土,过着吃喝玩耍的享乐生活。可是好景不长,没有几年工夫,便坐吃山空,把全部财产都花光,手中一文不名,吃穿无着,又找不到维持生活的门路,已经到了山穷水尽的地步。

　　当初他丰衣足食、过富裕、享乐生活时期,经常跟一帮知名的弹唱艺人打交道,参加他们的演唱集会,跟他们一起弹弹唱唱,耳濡目染,日子久了,对唱艺有了出色的成就,一跃而为艺人。所以当他破产、无法维持生活的时候,一个知心的艺人便替他出主意,建议说:"我认为你和你的丫头都来参加卖唱,这是再好不过的办法,可以借此获得很多的收入,吃喝就不成问题。"然而他和他的丫头都讨厌卖唱生活。后来他的丫头对他说:"我替你想了一条出路。"

　　"一条什么出路?"

　　"你索性卖掉我,让咱们暂时摆脱这种困境吧。因为像我这样的人,必然是有钱人家才收买的。这样一来,我有个临时栖身生存的地方,然后从长计议,另想别的办法,以期达到重逢聚首的目的。"

　　青年接受丫头的建议,果然带她往市场出卖。首先看中她的是巴士拉霍史密族中的一个很有教养的文人。此人知书识礼,为人倒

441

也慈善、活络。他花了一千五百金买了丫头。下面是那个青年叙述出卖丫头后的经历：

出卖丫头的身价银子刚交到我手中，我便懊悔不该卖她，彼此相对泣不成声。于是我打退堂鼓，决心退钱，不要卖她；无奈买主不同意。我把钱装在一个钱袋中，拿着它走投无路，不知所向。因为她一走，屋子就变得荒凉、寂寞，我不愿回家去。我彷徨、迷离，忍不住唉声叹气，痛哭流涕，甚至于使劲打自己的面颊。当时我为她悲哀、痛苦到极点，从来不曾这样感伤过。

我顺路走进一座清真寺中，坐着伤心哭泣，懊丧得有气无力，便枕着钱袋睡熟了。蒙眬间我觉得枕着的钱袋被人偷了，因而一下子惊醒。果然不见钱袋，于是即刻起身追赶。但是我的脚被绳子系着，便一跟头栽倒，趴在地上。眼看着一袋钱叫人偷走，气得我伤心哭泣，打自己的嘴巴，绝望地自言自语道："全完蛋了！灵魂离开我的身体，钱袋叫人偷走，真是人财两空呀。"

灾难逼得我活不下去，只有死路一条。我决心一死了事，便去到底格里斯河滨，拿外衣蒙着脸，然后纵身跳河自杀。岸上的人发现我跳河，惊叫道："此人必是遭逢大难才跳河寻死的。"于是跳到水中，把我救出来，纷纷问我跳河寻死的原因。我把自身的遭遇，从头叙述一遍。他们听了，表示同情、惋惜。其中有个上年纪的人开导我："你的钱既已丢了，干吗还要轻生寻死，甘心选地狱为归宿呢？站起来，带我上你家去看一看吧。"

我依从老人的指示，带他回到家中。他一直坐在我身边，谆谆劝导我，安慰我，直待我平静下来，才告辞归去。我非常感激他的好意。

老人走后，我过不惯孤独、寂寞的生活，又萌轻生念头，打算趁早自杀了事。但是一时想到死后的归宿，想到地狱，便犹豫起来。结果我离开家，奔到一个朋友处，把自己的不幸遭遇说给他听。他可怜我，洒下同情的眼泪，慨然给我五十金，说道："接受我的劝告，拿这笔钱做旅费,马上离开巴格达,出去走走,换换空气,从而抛弃恋爱念头,索性忘记她。你是读书人,有教养,又写得一笔好字,可以凭此受雇于人,谋到一个职务,靠笔墨过活,好生做下去。安拉将来会让你同你的丫头重逢聚首的。"

我听从朋友的劝告,顿时勇气十足,心中的苦恼因之而消逝了一些。继而我决心做洼叟屯之行,因为那个地方有亲戚朋友,我可以投靠他们。

我出城去到河滨,见靠岸停泊着一艘商船,船员们正忙着装货,货物中有上好的布帛。我要求船员让我搭船跟他们一起成行。他们说:"这是一位霍史密人的私船,我们不能这样带你同行。"我以愿多出船钱的办法打动他们。结果他们剀切地说:"如果你非乘船不可,那必须脱掉身上的华丽衣服,换穿一套船员服装,混在我们队里,扮为我们队中的成员,这才行呢。"

我回到城中,买了一套船员服装穿起来,打扮成一名船员,然后赶到码头,见船员们正预备解缆,要开往巴士拉。我跟船员们刚上船,便发现我的丫头也在船中,有两名使女伺候她。一见她的身影,盘踞在我心中的怨气便随之而烟消云散。我喜不自禁,暗自说:"呋!我又看见她了。从这儿到巴士拉这段旅程中,我可以听她歌唱呢。"

我正想入非非的时候,不觉之间,那个所谓船主的霍史密人,在成群的随从簇拥下来到码头。他下了马,带随从上船,随即下令解缆开船,并吩咐摆出饮食,跟丫头和随从们一起吃喝、享受。他边吃边埋怨丫头,说:"你不肯弹唱,老是愁眉苦脸、哭哭啼啼的,这种状态要延长到什么时候呢?你并不是第一个分别主子的人嘛。"从他的谈话中,我知道丫头并没忘记我,因此我感到无限的慰藉。

船主吩咐张起一个帷幕,把丫头隔在幕后,这才同随从们坐在幕前,并摆出他们所需要的酒肴、糖食、果品,陪他们边吃喝,边催促丫头唱歌给他们听。我向船员们打听,才知道那些随从都是船主的亲

戚朋友。丫头经不起他们催逼,索性向他们要了一具琵琶,调一调弦,然后边弹边唱道:

> 黑夜里伴侣带着我的心高飞远行,
> 没人替我劝阻心爱的人儿暂停。
> 爱人乘他们的骆驼一往直前,
> 柽柳炭在我心中燃起熊熊火焰。

丫头弹唱毕,摔掉琵琶,痛哭失声。随着弹唱声的停止,人们一下子愣住了,我自己也因之而昏倒。有人以为我是中了魔,赶忙对着我的耳朵念经驱魔。

他们继续好言安慰丫头,一再要求她为他们弹唱,直催得她拿起琵琶,重新调弦,然后边弹边唱道:

一

> 眼望着动身远行者的形影,
> 我放声痛哭流涕。
> 纵然彼此间的距离越来越远,
> 可他们的形影仍然保存在我的心房里。

二

> 我来到断墙残檐面前,
> 打听他们的信息。
> 但见人去楼空,
> 眼前一片荒芜情景。

丫头弹唱毕,一下子晕倒,人事不知。她的弹唱和情景,使在场的人大为感动,因而一个个畅洒同情之泪,一个个都哭出声来。我自己忍不住激情,狂叫一声,顿时晕倒,吓得船员们惊惶失措,乱成一团。船主的一个随从很生气,责怪船员们,说道:"你们干吗带这个疯人到船中来?"船员们互相埋怨,议论纷纷,莫衷一是。他们中有人说:"等船到下一个乡村靠岸时,把他撵走,免得连累咱们。"

这使我十分忧愁、苦闷;没奈何,只好一方面竭力克制、忍耐,另一方面却激励自己,暗自说:"要避免他们的驱逐,别无办法,除非让丫头知道我在船中的消息,然后由她去制止他们。"

船在河中继续航行,中途到了一个村镇的停泊站时,船主便吩咐:"在此靠岸,让咱们上岸去活动活动吧。"那正是傍晚时候,我趁他们上岸之便,溜到幕后,拿起琵琶,调一调弦,然后变着曲调,大弹一通,先后把丫头跟我学过的各种曲调都弹遍了,这才悄悄地回到舱中。

船主和他的随从倦游归来,大伙回到船中。陆地同河面上,到处都是月色,正是月白风清的时候。船主游兴正浓,兴致勃勃地对丫头说:"指安拉起誓,如此大好时光,你弹唱一曲,助人为乐,别叫咱们太扫兴吧。"

丫头怀抱琵琶,边抚摸它,边唉声叹气。她沉痛的叹息声,致使他们觉得她已伤感到气绝身死的境地。继而她有气无力地说:"指安拉起誓,我的乐师,他同我们一起在这只船中呢。"

"指安拉起誓,假若他果真和我们在一起,我可是不轻易放弃跟他聚谈的机会。"船主说明他的心意,"因为他到这儿来,敢情会减轻你的感伤情绪,从而你弹唱起来,咱们就可一饱耳福了。不过说他在船中,这是不太可能的事。"

"老实说,在我的乐师面前,相形见绌,我是弹不出名堂,也唱不出花样来的。"

"咱们向船员打听打听吧。"船主存心找到她的乐师。

"行,你打听好了。"丫头同意船主的办法。

于是船主果然大声问船员们,说道:"喂! 你们带外人到船中来了吗?"

"不,我们不曾带外人到船中来。"船员们同声回答。

当时我怕船主不再问下去，便哈哈大笑几声，说道："不错，我原来是她的师傅。那是我做她的主人时，教会她弹唱的。"

"指安拉起誓，这是我的主人在说话呢。"丫头在幕后应声说。

一会儿，有几个仆童来到我身边，带我去到船主跟前。一见面，他便认识我，惊问道："该倒霉的人哟！你怎么了？你一下子变成这个模样，这是为什么呢？"

我把自身的遭遇如实说给他听，忍不住伤心哭泣。这时候，不仅丫头在幕后痛哭失声，甚至于船主和他的随从也可怜我而洒下同情的眼泪。船主说道："指安拉起誓，我并未接近这个丫头，也不曾跟她发生肉体关系，只是今天听她弹唱两支歌曲。承蒙安拉恩赏，我是一个富人。我此次做巴格达之行，一方面是听弹唱寻乐，另一方面是向众穆民的领袖请领俸禄。我的双重目的，算是如愿以偿。当我即将动身回乡之时，暗自说：'再听一听巴格达人弹唱，以饱耳福吧。'结果，我终于买下这个丫头。当时我不知道你二人之间的这种关系。现在祈望安拉证实我的心意：等回到巴士拉，我将恢复这个丫头的自由，把她匹配给你为妻，并供给你俩足够的生活费用。不过我得提出两个条件：第一，我要听歌唱的时候，便张起一个帷幕，让她在幕后弹唱。第二，我把你当手足看待，让你做我的亲信陪随。"

我欣然同意船主的办法，随即把头伸入幕内，对丫头说："这种办法，你同意吗？"

丫头立即赞颂船主，感谢他的好意。船主吩咐一个仆童："你带这位青年下去，脱掉他身上的衣服，替他熏沐一番，拿一套华丽的衣冠给他穿戴起来，然后带他来见我。"

仆童遵循船主的命令，果然带我下去，替我沐浴、熏香，给我换上华丽衣服，这才带我回到船主跟前。于是他像待身边的陪随那样，给我摆出酒肴，让我跟他们一起吃喝。这时候，幕后的丫头突然引吭高歌，抑扬顿挫地弹唱道：

　　爱人前来送别，

人们埋怨我不该哭哭啼啼。
他们未曾尝过离别的滋味，
更不知焚烧着我肋骨的火焰。
我的心坠落在离别的屋子里，
只有失恋者懂得爱情的真谛。

丫头的弹唱，使在场的人大为感动，我尤其兴奋不已，一时抑制不住澎湃的激情，立地把她手中的琵琶拿了过来，一本正经地边弹出铿锵的音调，边唱道：

如果必须仰赖他人鼻息，
可向仗义疏财者呼吁。
恳求慷慨者可望获得同情，
乞怜于守财奴只会招致白眼。
当屈辱无法避免时节，
宁可向仗义者求援。
尊重慷慨者不属于卑贱行为，
巴结吝啬鬼才是无耻下流。

船主和他的陪随听了我的弹唱，皆大欢喜，都对我表示好感。他们边尽情欢饮，边继续听我和丫头轮流着弹唱，直至船航行到一处码头停泊时，大家才醉眼蒙眬地舍舟登陆。我便溺后，坐下来休息，不知不觉便呼呼地睡熟了。

我酣睡了一觉，最后经烈日照射，才慢慢醒来，睁眼一看，周遭寂然不见一个人影，不禁大吃一惊。原来那位船主和他的陪随喝得太多，都有几分醉意，因而不知我的情形，所以随便游息一回，便一哄上船回巴士拉去了。我忘了问那个霍史密人的姓名、爵位和住址，兼之我的旅费都交给丫头收存着，因此，我感到彷徨、迷离，茫然不知所措，觉得我跟丫头再次见面所感受的愉快，似乎是梦寐中事。

我流落在码头上，感到困惑、迷离，走投无路，直至另一艘大船到那儿停泊时,才顺便搭船,旅行到巴士拉。我谁都不认识,也不知那个霍史密人住在什么地方,只好走进一个杂货店,向老板索取笔墨,坐下来写了一张字给他看。老板夸赞我的书法好,知道我是读书人,但眼看我的衣着腌臜,便打听我的来历。我告诉他,我是个流离失所的离乡人,举目无亲,衣食无着。于是他对我说:"你留在我店中,替我照料生意。我管你吃穿外,每天给你五角钱的报酬。你意下如何?"

"行啊。"我满口应诺,从此留在杂货店中,替老板照料生意,按照他的指示,小心营谋。经过一个月的经营,生意兴隆,老板的盈余增加,开支减少。他非常感谢我,增加我的工资,每天给我一元钱的报酬。

我在杂货店中,替老板苦心经营了一个年头,博得他的看重、赏识,选我为他的女婿,并让我做他的合伙者。我满口应诺,果然同他的女儿结婚,继续在店中埋头经营生意。我的身体虽然有了寄托,但是六神无主,老是惴惴不安,满面愁容,终日如坐针毡。

老板向来好饮酒寻乐,常招我陪饮。我因心神不宁,不愿举杯浇愁,总是推故,婉言谢绝。在那样的情况下,好不容易又经历了两个年头。

有一天我正在店中经营生意,忽见人们成群结队,带着饮食打铺前经过,觉得奇怪,便向老板打听他们的情形,问他们上哪儿去。老板说:"今天是踏青寻乐佳日,城中弹唱歌舞的艺人和有钱人家的青年男女相率出城,上晤布莱突河畔的树林中,吃喝、弹唱、歌舞,尽情地寻欢作乐。"

我听了老板的叙述,有动于衷,想出去看一看那种景象,暗自说:"我混进青年丛中,跟他们一起欢度佳日,也许会因此而跟我心爱的人儿不期而遇的。"我打定了主意,便对老板说:"我也要去踏青寻乐。"

"你要踏青寻乐,就跟他们一块儿去吧。"他说着给我预备了吃的、喝的。

我携带饮食随青年们去到郊外，在晤布莱突河畔的树林中，寻欢作乐，直玩到午后，才尽欢而散。在归途中，我随人群在河岸上走着，突然看见那个霍史密人和他的陪随乘船在河中航行。我喜不自禁，高声呼唤他们。他们抬头一看，便认识我，赶忙接我上船。一见面，他们便问我："你还活着？"于是热情地拥抱我，问我别后的情况。我把经过的情形大略叙述一番。他们听了，说道："我们当你喝醉了酒，落水淹死了。"

我向他们打听丫头的情况。他们说："她知道你中途失踪，一时气得既撕破衣服，又烧毁琵琶，继而打着自己的面颊，痛哭流涕。到了巴士拉，我们安慰她，劝她说：'事已至此，徒悲无益。你好生保重身体，别再悲伤哭泣了吧。'她却说：'我要为他戴孝，在室侧替他建墓，并在墓前守孝，从此终身不再弹唱，以示悔悟。'我们只好依从她，事事听她的便。几年以来，她一直戴孝、守节，始终保持常态，至今丝毫不变。"

他们带我去看丫头。到了她屋中，见她果然处在他们所说的那种状态中。她一见我，欢喜过度，情不自禁地狂叫了一声。那种惊喜的叫声，好像是临终时的喉鸣；我听了以为她喜极而气绝身死了。我赶忙趋前，紧紧地搂着她不放。

过了好一阵，那位霍史密人才对我说："你带走她吧。"

"好的。"我说，"不过请你践约，先恢复她的自由，再把她匹配给我为妻吧。"

霍史密人果然履行诺言，慨然恢复丫头的自由，并让她和我成亲，结为夫妻，而且赏赐我俩一些衣服、铺盖、名贵物品和五百金，最后嘱咐道："这个数目的款项，是我每月要给你俩作生活开支的费用；不过须按条件行事：你得做我的陪随，她得给我弹唱。"于是他吩咐仆人腾出一幢房子，把家具、什物搬进去，供我俩居住、使用。

我和妻室进入那幢屋宇，见里面布置、摆设得井井有序，满家满当,生活起居必需之物应有尽有,什么都不短缺。就这么样,我成立了美满的家庭,总算安然定居下来。

我回到杂货店中,把我所遇所做的事,毫不隐瞒地告诉老板,恳求他许可我按法定手续跟他的女儿离婚,除妆奁什物全部归她外,我还愿意负担必要的赔偿。

离婚之后,我和心爱的妻室靠那位霍史密人供养,过着舒适、安逸的生活。我陪随那位霍史密人,整整做了两年的食客,除了吃喝享受之外,还积蓄了不少钱财,一跃而为富庶之家,终于恢复了当年我和丫头在巴格达所过的那种富裕、享福的生活。这是宽大、仁慈的安拉赏赐我们的无上恩惠,并且也是他使我们从忍耐而达到预期的目的的。所以在今生和来世,我们对伟大的安拉是感激不尽,赞美不绝的。